KB275371

동아시아 문화의 통섭과 역동성

동아시아 문화의 통섭과 역동성

동아시아 문화의 통섭과 역동성

강동엽 편저

도서출판 박이정

동아시아 문화의 통섭과 역동성

초판 발행 2009년 8월 31일
2쇄 발행 2010년 6월 25일

편저자 강동엽
펴낸이 박찬익

펴낸곳 도서출판 **박이정**
130-070 서울시 동대문구 용두동 129-162
Tel 922-1192~3, Fax 928-4683
Http://www.pjbook.com
E-mail pijbook@naver.com
등록 1991년 3월 12일 제1-1182호
ISBN 978-89-6292-065-9 93810

값 30,000 원

　한국학의 세계화는 아주 오래된 숙원이며, 그 수행이 지연된 과제이다. 이 과제는 말할 것도 없이 한국, 한국문화를 세계 속에서 인식하고 사유하는 데에서 출발한다. 그리고 그 세계 속에서도 한국은 아시아에 속해 있다. 우리는 세계의 일원이며, 동아시아의 일원이다.

　경제와 문화의 세계화라는 큰 흐름 속에서 동아시아 각국은 더욱 서로를 필요로 하고 있다. 역사적 상처가 완전히 치유되지 않은 상황에서도 제기되고 있는 동아시아 연합체의 필요성에 대한 주장들이 성급하게 여겨지지 않는 것은 대부분의 사람들이 이 필요성에 대해 공감하기 때문일 것이다. 하지만 우리는 필요만으로 원활하고 의미 있는 소통이 이루어지기 어렵다는 것을 알고 있다. 결국 소통은 문화와 문화의 만남이다. 이 때문에 서로에 대한 문화적 이해는 아주 중요하다.

　근래 동아시아, 특히 한중일 삼국의 많은 학자들이 비교문학적, 비교문화적 연구에 몰두하고 있는 것은 이러한 자각이 널리 공감을 얻고 있음을 보여준다. 이런 고무적인 흐름에도 불구하고, 이러한 연구들이 타당하고 검증가능한 방법론을 획득하기 위한 바른 길을 가고 있는가 하는 문제의식은 여전히 필요하다. 타당하고 검증가능한 방법론이란 연구자들이 개인적으로 파편화되어 고립된 상황에서는 나올 수 없는 것이다. 연구자들이 서로 만나 서로를 비추는 역할을 해야 한다. 머리를 맞대고 서로 배우고 비판하면서 공감할 수 있는 방법론을 찾아가야 한다.

　이런 생각에서 한국학의 세계화를 지향하는 학자들께 글 한 편씩을 청해 책을 만들고, 이를 계기로 연구모임을 구성한다는 계획을 세웠다. 이

연구모임은 한국문화를 연구의 중심에 두되 한국문화를 따로 떼어 보는 것이 아니라 동아시아문화라는 더 큰 틀에서 사유하고, 동아시아문화 또한 세계문화라는 더 큰 틀에서 인식한다는 의미에서 문화통섭연구를 지향한다고 할 수 있다. 한국문화, 그리고 한국문화가 속해 있는 동아시아문화에는 아주 오래된 일종의 원형사유가 있는데, 그것이 태극음양(太極陰陽)의 사유이다. 해와 달은 음양을 떠올리기 좋은 가장 선명한 상징이다. 그래서 우리 모임을 '문화통섭연구모임 해와달'이라고 부르기로 했다. 그러니까 이 책은 '해와달 학술총서' 1권이 된다.

이 책에는 모두 열 다섯편의 논문이 실려 있다. 1부는 동아시아의 문화적 중심을 자처했던 중국과의 관련 속에서 한국문화를 탐구한 글들이다. 시문(詩文)은 물론, 서예이론이나 '회동관'이라는 공간을 중심으로 중국과 한국을 넘나들며 논의를 전개하고 있다. 중국을 전형으로 삼으면서도 그로부터 벗어나 독창적 문화를 창출하고자 했던 우리 선조들의 다양한 노력을 엿볼 수 있을 것이다.

2부는 한국과 일본, 혹은 중국과 일본의 관련 속에서 여러가지 문화적 양상을 살핀 글들이다. 일본 속의 신라신사, 시조와 하이쿠, 한일 근대문학과 죽음의 미학 등 다양한 주제들이 논의되고 있다. 그런데 여기서는 한가지 주의할 것이 있다. 가사체 형식의 창가화나 개화기 서적발행의 의의 같은 주제가 그것이다. 이것들은 한국의 근대화 과정에서 노정된 문제들인데 음으로 양으로 일본문화와 관련을 가진다고 보아 2부에 배치했다. 동아시아 각국의 관계에 있어 시간과 공간은 별개의 문제가 아니다.

3부는 한국문화를 동아시아문화 속에서 보면서도 이를 서양문화와 비교하거나 서양인의 시각에 비친 양상을 연구한 것이다. 여기에 실린 두 편의 글은 한국의 원형사유를 간직한 서사무가를 그리스 비극과 비교하여 동아시아문화의 한 고유형으로 파악한다든지, 서양인과 지식인의 『구운몽』 읽기에서 보이는 일부다처(一夫多妻)에 대한 태도를 통해 동서고금(東西古今)의 시공간적 거리 위에 행해지는 해석-소통의 시도를 재해석하고 있다.

이 책은 문화통섭연구를 통해 한국학을 세계화하겠다는 우리 모임의 첫걸음이다. 앞으로 보다 구체적이고 실효성 있는 기획과 실천을 통해 꾸준한 성과를 내고자 한다. 그러기 위해 우리는 일련의 실현가능성 있는 프로젝트를 기안하고 이를 중심으로 '랩' 방식의 연구팀을 꾸려나가기로 했다. 우리 '문화통섭연구모임 해와달'은 한국학의 세계화라는 지연된 과제를 수행하는데 작은 한 손을 보태고자 할 따름이다.

이 작은 책을 만드는 데 기꺼이 옥고를 보내주신 필진들, 특히 북경사범대학의 장철준(張哲俊) 선생과 조언을 아끼지 않은 여러 학자들, 그리고 어려운 상황에도 선뜻 손을 내밀어주신 박이정 출판사의 여러분께 깊은 감사의 마음을 전한다.

2009년 8월

강동엽

목 차

머리말

제1부 중심을 넘어 – 전형과 변주

제2부 바다를 넘어 – 고립과 협주

제3부 문명을 넘어 – 차이와 소통

제1부

중심을 넘어
– 전형과 변주

회동관과 동아시아의 문화교류*

강 동 엽

목 차

1. 시작하는 말

동아시아 문화교류의 실상은 특정한 지역이나 장소를 중심으로 전개되었다. 중국의 북경이 그렇고, '회동관(會同館)'이라는 공간이 그렇다. 적어도 청대를 중심으로 보았을 때 동시대 문화의 발생과 전파 모두 북경에 집중되었다. 그 집중되는 중앙에 위치한 것이 '회동관'이며, 여기서 크고 작은 만남이 이루어졌다.

이제 그 만남의 장소에 대해서 살펴볼 필요가 있을 것 같다. 지금까지 진행된 '연행사'에 대한 연구나 동시대 문화교류에 대한 연구에서 대개

---

* 이 글은 본인이 기왕에 발표한 논문 (「회동관과 동아시아」, 일본 국제일본문화연구센터 발표회, 2006.; 「연행사와 회동관」, 『비교문학』 41, 한국비교문학회, 2007)에서 나타난 문제점들을 보완하고 글의 형태를 바꾸어 재정리한 것임.

노정이나 창화(唱話)·창수(唱酬) 등에 집중되었던 것을 생각한다면 북경의 교류현장에 대한 연구 또한 필요할 것이라 생각된다.

이 교류의 장소로서의 '회동관'에 대한 고찰은 앞으로 전개될 이 방면 연구의 기초가 될 것이며, 이 곳을 통하여 동시대 동아시아는 물론 동남아시아, 그리고 그 외의 지역에서 북경으로 모여드는 새로운 문물의 교류가 이루어지는 실체가 밝혀질 수 있을 것으로 기대된다.

이 목적을 위하여 우선 '회동관'에 대한 구체적 논의가 있어야 할 것이다. 명칭과 규모, 역할, 그리고 그것의 변천에까지 살펴보고자 한다. 그런 다음에 이 교류의 장소와 우리와의 관계에 대한 구체적인 연구가 진행되어야 할 것이다. 이 글은 그 서설(序說)에 해당된다.

이 방면에 대한 국내의 연구는 특별히 눈에 띄는 것이 없다. 반면에 중국이나 일본 지역에서는 몇몇 연구서와 논문이 있어서 본 연구를 진행하는데 도움이 되었다. 산만한 논술 때문에 내용을 파악하기가 쉽지 않았지만 당시의 규모나 설치 의의를 이해하는 데는 많은 도움이 되었다.

여기서 논의되는 시기는 주로 청대(淸代)를 대상으로 하였다. 그것은 이 때가 '북경회동관'을 중심으로 활발하게 교류가 이루어졌던 시기였기 때문이다.

2. '회동관'의 변천과 교류의 실상

1) 설치의 시작과 규모

회동관은 원·명·청을 거치면서 주변 조공국 사신이나 소수 민족 등의 관리를 접대하는 기관이었다. 1276년, 그러니까 원나라 지정(至正) 13년에 시작되어 청나라 광서(光緒) 29년(1903)에 폐지되었으니 그 역사가 자못 긴 정부 조직이었다. 여기서는 논의의 중심을 청대에 맞추기로 한다. 다만 청대에 실시한 제도의 대부분이 명대(明代)의 것에 의거했기 때문에 잠시 명대의 제도와 회동관의 규모를 살펴보고 난 다음에 청대의 특징을 살피기로 한다.

북경에 '회동관'이란 이름으로 접대소가 설치된 것은 명나라 영락 초기이다.(『明會典』 권145, 兵部·驛傳·會同館) 이것은 명나라 중앙정부가 소수민족의 사절이나 왕족의 관리, 내외 관원 등의 숙박을 전문적으로 관리하기 위하여 홍무(洪武, 명나라 태조) 때 남경공관(南京公館)을 '회동관'으로 바꾸고 난 뒤의 일이다.

처음에는 그 명칭이 예부(禮部)에 소속된 주객사(主客司)였다가 바뀐 것이다. 그러니까 이 예부에는 4부가 있는데 총부(摠部), 사부(祠部), 선부(膳部), 그리고 주객부(主客部)인데 이 속에 주객사가 있고, 그 아래에 '회동관'과 '사이관(四夷館)'이 있었다. '사이관'은 다시 '서역관(西域館 ; 회회, 고창, 서번, 서천관 등을 관장)'과 '백이관(百夷館 ; 섬라, 면전, 백이, 팔백, 소록, 남장관 등을 관장)'을 두어 주변 소수 민족의 대표들을 관리하였다.[1]

『명회전』에 의하면 당시 북경 회동관에 속한 건물이 430채였는데, 선덕 6년(1431), 홍치 14년(1501)의 보수 공사를 거쳐 470채로 확대 되었다. 정통 6년(1441)부터 이 회동관은 남·북 두 관으로 나뉘었고, 북관은 6개소, 남관은 3개소였는데, 이 때 북관은 주로 왕족의 관리, 서역의 여러 나라 및 서남·동북 지역의 소수 민족 수장이나 관리와 사절을 접대하는데 쓰였으며, 남관은 주로 와랄, 조선, 안남, 일본 등지의 조공 사신과 그 일행을 관리하는 데 쓰였다.

이로 보면 조선은 이 남관에 머물렀음을 알 수 있다. 다음 장에서 다시

---

1) 李云泉, 『朝貢制度史論』, 新華出版社, 2004, p.117. '四夷館與鴻臚寺'

논의 되겠지만 이 남관은 청대에 와서도 그 명칭이 계속되었다. 그런데 이 '회동관'에 소속된 숙소는 상설 숙소와 예비 숙소를 가지고 있었다. 상설 숙소는 대개 정양문(正陽門) 안의 동강미항(東江米巷)에 있어 집 72채가 있었는데 '회동남관', 또는 '옥하교회동관(玉河橋會同館)', '공의호동사역관(公議胡同四譯館)' 등으로 불리어졌다. 그러니까 조선의 연행사들이 남긴 견문록에 자주 등장하는 남관, 옥하관 등의 기록은 모두 이에서 비롯된다는 것을 알 수 있다.

상설 숙소와 예비 숙소의 사용은 먼저 온 사신이 특정 숙소(상설 숙소)에 들면 다음 도착한 사신은 예비 숙소(대개 3-4개 지역에 분포됨)에 들게 되었으며, 같은 곳을 동시에 사용하지 않게 하였다. 조선의 사신도 이 방식에 따랐음은 물론이다.

또 한가지 회동관에 대한 설명에서 뺄 수 없는 기능이 있었다. 그것은 국가기관으로 국내외의 관원을 접대하는 장소이기도 하지만 역참의 기능을 겸한 사실이다. 곧 전국의 주요 지점에 관역(館驛)을 설치하여 국내외 관원들의 내왕에 활용되게 했으며, 우정(郵政) 업무를 겸하여 통괄한 사실이다.[2] 그러니까 두 가지 기능을 동시에 사용하는 방식이었는데 규모의 크기로는 원·명·청 중에서 명나라 때가 가장 번성하였음을 알 수 있다. 물론 각 왕조에 따라 그 기능의 변화가 있었음은 해당 왕조의 통치 방식과도 연관을 가지는 일이다.

이제 다음에서 청대를 중심으로 그 변화의 내용을 살펴 보고자 한다.

---

2) 藏嶸, 『中國古代驛站與郵伝』, 商務印書館, 1997, pp.163-186. 「六, 明淸時期的郵驛」 참조.

2) 청대의 회동관과 그 기능

(1) 설치와 명칭의 변경

청이 중국을 통일하여 다민족국가로 자리잡으면서 변방의 민족이나 경외의 여러 국가들과의 관계를 더욱 굳게 하는데 노력하였다. 그 실행의 한 방법으로 채택된 것이 명나라 때의 제도를 받아들인 '회동관' 설치이다. 예부에 속하면서 주객청리사가 주관하였음은 앞에서 언급한 바와 같다. 이 때가 순치(順治) 초기(1644)의 일이다.

그런데 청나라가 '회동관' 제도를 그들 방식으로 정착시키기 전에 시행되던 몇 가지 제도가 있었다. 그것은 홍려시(鴻臚寺)와 마관(馬館)의 설치이다.『청사고(淸史稿)』의「직관」조에 의하면, 홍려시의 설치는 원래 시의사(侍儀司)·전정(殿庭)의 예사(禮司)였다가 홍무 30년(1397)에 정식으로 홍려시가 설립되었다. 이 부서는 청나라 말기까지 지속되었으며, 회동관이 건립되기 전까지는 그 직무의 일부를 담당하였다. 물론 그 관장하는 업무가 각 시대별로 차이가 있었지만 회동관 설치 이후에도 같은 예부에 속해 있으면서 각국의 조공사신에 관한 일정한 직무를 맡고 있었음을 알 수 있다.[3]

또 '마관'의 설치가 있다. 이 기관은 나중에 설치된 회동관과 유사한 기능을 하였는데 청이 중원에 들어오기 전에는 모두 이 '마관'이 회동관의 기능을 담당하였다. 실제로 1642년 10월 달라이 라마가 성경에 들어올 때 이 마관을 이용한 기록이 있는 것으로 보아 북쪽 변방에서는 계속 이 기관이 존속되어 일정한 기능을 수행했음을 알 수 있다.(『淸太宗實錄』, 권63, 崇德7年 10月 己亥 참조)

이러한 변천을 거쳐 1748년(건륭 13년)에는 중요한 변화가 있었다. 곧

---

3) 李云泉, 앞의 책, p.121. '三. 四夷館與鴻臚寺' 참조.

한림원에 소속되어 조공사신들의 문서를 번역하고 관리하던 기관인 '사역관'을 회동관에 병합시켜 '회동사역관'이라 부르게 되었다. 그러니까 두 개의 기관을 합하여 하나로 만들면서 기능적 효율성을 노렸다고 볼 수 있다. 곧 사역관의 직무가 조공국과 관련된 문서를 담당한 기관이었는데 접대를 담당한 기관과 그 조직을 합한 것을 의미한다. 사실 이것은 1643년(순치 원년)에 두 기관으로 나뉘었던 것을 다시 합친 것이다.

청나라가 중국을 통일하면서 주변의 국가나 소수민족들과의 관계를 강화하기 위해 설치된 위 기관들의 명칭이나 역할의 변화는 다민족국가인 그들의 통치를 위한 수단의 한 방법이었다. 다음으로 청조와 운명을 같이한 이 기관과 조선과의 관계에 대해서 보기로 한다.

(2) '회동사역관'과 조선

1748년, 그러니까 건륭13년 이후에는 청조의 기관에 '회동관'이란 명칭은 공식적으로는 존재하지 않았다. 예부에 소속시킨 이 기관은 조선을 위시한 안남·유구와 같은 조공 사신들의 접대와 관리, 그리고 숙소로 사용한 명칭이면서 장소의 이름으로도 '회동사역관'이라 했다.[4]

이렇게 정해진 기관과 장소의 명칭이 때로는 많은 혼동이 있어 오기도 했다. 그것은 국내에서만 그런 것이 아니라 일본에서도 이 명칭 문제는 많은 논란이 있었음을 松浦 章 교수의 논의에서도 알 수 있다.[5] 곧 '회동관'과 '회동사역관'은 엄연히 다른 기관이며, 또 각기 다른 성격을 가진 기관이면서 특정한 임무를 수행하는 장소(건물을 의미함)이기도 했다. 그런데도 이를 구별하여 서술하지 않고 혼동해서 사용했다는 것이다. 더구나 조선 사신들이 사용한 그들 숙소에 대한 명칭 때문에 더욱 혼란스럽게

---

4) 王靜, 『中國古代中央客館制度硏究』, 黑龍江敎育出版社, 2002, p.202 참조.
5) 松浦 章, 「明淸時北京の會同館」, 『淸朝と東アジア』, 山川出版社, 1992, p.379. 脚注 54의 說明 부분.

하고 있다. 곧 사신들이 사용한 숙소의 명칭은 시대에 따라 다르게 사용하였으나 같은 시대라도 청조의 사정과 조공사신의 국가나 인원에 따라서 장소를 이동했기에 사용되는 명칭도 다르게 기록되었다. 가령 『조선왕조실록』에는 '회동관', '옥하관', '남관', '서관', '남소관', '별관' 등등의 각기 다른 숙소가 사용되었음을 보여주고 있다.

조공국의 문서와 서적을 관리하던 '사역관'을 독립적으로 설치하기 보다는 회동관과의 통합을 더욱 필요로 하게 되었다는 것이다. 원래 '사역관'은 중국 서북과 남방의 변방 지역을 위해 설치된 기관이었는데, 곧, 회회, 고창, 서번, 서천, 섬라, 면전, 팔백, 백이 등 8관을 설치했다. 이를 다시 회동관에 합병하면서 '서역관'(회회, 고창, 서번, 서천)과 '백이관'(섬라, 면전, 백이, 팔백, 소록, 남장)으로 나누어 관리하였다.

그런데 이 때 특이한 것은 조선, 유구, 안남 등속은 여기에 포함시키지 않고 별도로 관리했다. 이 부분은 뒤에 다시 논의되겠지만 변방 지역의 관리는 이들 통치 수단에 있어서 매우 민감한 사안이 아닐 수 없었다. 특히 '사역관'이 소속되었던 한림원이나 '회동관'을 행정의 중심부 곁에 두어 황성(皇城)과의 거리를 가깝게 한 것도 그 한 예가 될 것이다. 물론 이 당시 안배된 장소가 각 나라에 따라 달랐음은 당연하다. 우선 아래의 그림을 통한 '회동사역관'의 위치를 가늠해 볼 필요가 있다.

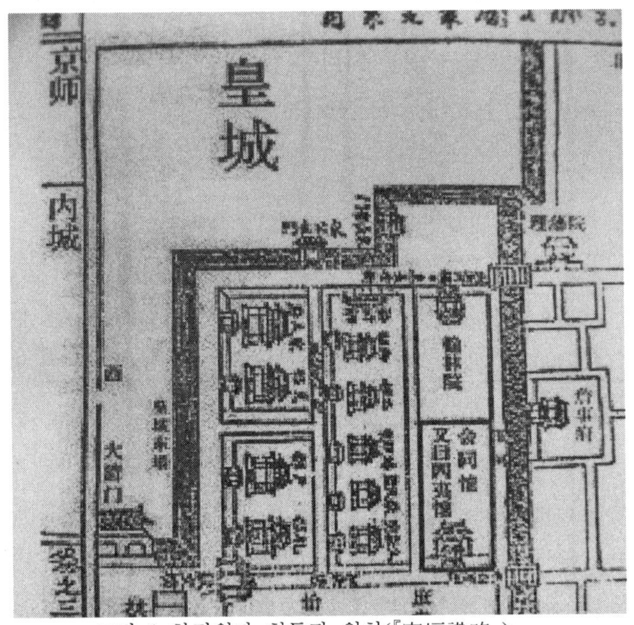

그림 1 한림원과 회동관 위치(『宸垣識略』)

　문헌을 통하여 알 수 있는 것은 '회동사역관'을 관장하는 예부의 곁에 위치하였으며 동장안문이나 대청문에서 가까운 거리임을 알 수 있다. 특히 궁성과 이웃하고 있었기에 숙소에 위급한 일이 생기거나 인원이 넘치면 궁성의 성벽에 의지하여 임시 숙소를 만들기도 한 사실이 『조선왕조실록』에 나타나는 것을 보면 당시의 실상을 가늠할 수 있을 것이다.

　그러니까 명대 이래로 '회동관(후에 회동사역관)'의 중심은 옥하교 서쪽에 위치했으며(이를 통칭 옥하관이라 불렀음), 그 외에도 조공사신의 숙소는 세 곳에 위치했는데 첫째가 선무문 내 경기도호동(京畿道胡同), 둘째 선무문 외 횡가(橫街), 셋째 동강미항 옥하교 등이 있었음을 청대 王敏中이 편찬한 『欽定日下的聞考』에 잘 나타나 있다. 이 세 곳 중에 현재 그 실물이 남아 있는 곳은 두 번째의 선무문 외 횡가, 곧 지금의 북경시 선무구 남횡가 131호의 건물이다. 지금은 퇴락하여 낡은 건물이 몇 동 남아있으나 옛날의 흔적을 알아보기는 어려운 실상이다. 아래의 그림은 그 남아있는 것 중에 정전에 해당하는 건물의 모습과 평면도다.

그림2 남횡가 131호 정전

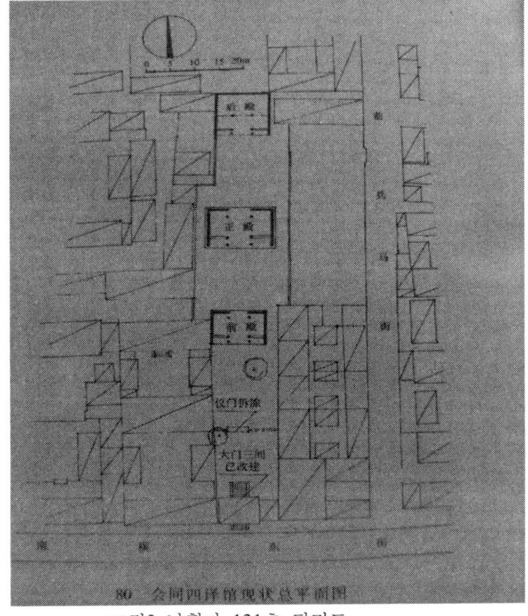

그림3 남횡가 131호 평면도

그러니까 이 '회동사역관'의 중심지역은 지금의 북경시 王府井大街 동쪽의 三條胡同 북쪽 일대임을 알 수 있다. 그 내용은 「그림 1」의 『宸垣識略』에 표기된 것과도 일치되는 지역이다.

그러면 여기서 조선 사신들이 자주 묵었던 소위 '조선관'에 대해서 보기로 하자. 여기서 말하는 '조선관'이란 명칭은 특별한 관청 이름이거나 장소의 고유명사가 아니다. 청나라 옹정 2년(1724) 러시아 사절이 북경에 도착[6]하여 옥하관에 들면서 조선 사신들의 거처가 마땅하지 않아 정양문 동쪽 성 아래 乾魚胡同의 한 건물에 거처한다 했는데 그 당시 조선 사람들이 이를 '남관' 또는 '조선관'이라 불렀다.[7]

그러니까 우리나라 역사서에 자주 등장하는 옥하관은 조선 사신들의 숙소로 거의 고정되어 있었던 장소였으나 러시아 사신이 북경에 오면서 그 장소가 변경되었다. 가령 1756년(건륭 21년) 선무문 내 瞻云坊에 사신 숙소를 세웠는데 1780년 박지원이 북경을 여행했을 때 머문 곳이 이곳이었다. 그가 『열하일기(熱河日記)』, 「황도기략(黃圖紀略)」에서 당시 자신이 머문 숙소에 대하여 다음과 같이 적고 있다.

> 서관은 첨운패루안 큰 거리의 서쪽, 백묘의 왼쪽에 있다. 정양문 오른편에 있는 것은 남관으로서 모두 우리나라의 사관이다. 동지사가 먼저 남관에 들고 별사가 뒤미처 오게 되면 이 관에 나누어 든다.[8]

이 때는 러시아 사신들에 의해 옥하관은 선점되었기 때문에 조선 사신들은 위의 '서관'(이 '서관'은 지금의 북경시 민족문화궁 북쪽의 京畿道胡

---

6) 黃定天, 『東北亞國際關係史』, 黑龍江教育出版社, 1998, pp.28-30. 「第一書, 俄國對西伯利亞的征服及與中國的最初接觸」 참조.

7) 劉爲, 『淸代中朝使者往來硏究』, 黑龍江教育出版社, 2002, p.70. '제2절, 館舍'

8) 朴趾源, 『熱河日記』, 「黃圖紀略」, "西館在瞻云牌樓內大街之西, 白廟之左, 在正陽門之右者稱南館, 皆我國使館也."

同 일대)에 머물게 되었다. 이로 보면 조선 사신들의 북경 체류 때 머문 가장 중요한 거처 중의 하나가 이 곳인 셈이다.

그 중에서 적어도 1724년 이전까지는 조선 사신들의 중심된 숙소는 옥하관이었다. 이 때의 사정을『조선왕조실록』의 기록을 통해 보면 '정조실록, 3권, 2월 24일(경신)'조에 진하겸사은사 정사 이은(李溵)의 장계에 보면 '정양문안에 있는 남관'에 숙소를 정했다고 쓰고 있다. 이 당시의 사정은 홍대용(洪大容)도 그의『燕記』,「藩夷殊俗」에서 러시아인들이 '옥하관'에 들어서 일행은 '남관'에 묵었다고 쓴 바 있다. 이때가 1765년(건륭 30) 영조 41년 때의 일이다.

이 건물 이름은 옥하교 근처에 있어서 붙여진 명칭이다. 이 장소는 앞에서도 지적한 바와 같이 예부에 속해 있으면서 내성에 위치하며 철저한 감독을 받은 것은 물론이고 잡인의 출입이나 사신 일행의 출입도 허가를 받아야만 했다. 아마도 정치적인 문제가 결부된 규정이겠지만 이 문제에 대해서는 다른 기회에 상세하게 논의되어야 할 내용이다.

아무튼 이 '옥하관'은 청대 중국으로 가는 조선 사신들의 대명사와 같이 되었다. 사서에도 나타나지만 초기에는 그 숙소의 명칭이 '회동관'으로 표기되다가 위의 명칭으로 바꾸어 불렀다. 그만큼 청조의 조선에 대한 태도는 매우 복잡하였다. 어떤 측면은 매우 후대했는데 그 이유가 '유교적 문명'과 관련이 있다고 보여진다. 특히 청대의 국운이 번성하던 건륭제의 조선에 대한 예우는 극진하다할 정도였는데 그 이유가 위의 유교적 문명과 깊은 연관이 있음을 정조실록에서 많이 발견할 수 있다.

그러나 정치적 역학관계로 보면 분명히 상하의 관계가 존재했음을 감안할 때 그들의 대조선정책은 매우 복잡한 내용을 담고 있는 것이 틀림 없다. 적어도 서역이나 남방의 변방 소수민족에 대한 정책을 비교해 보아도 짐작이 가는 내용이다.

   '옥하관'이 있었던 자리는 지금의 천안문 광장에서 가까운 최고인민법원 근처이다. 상세한 위치는 청 건륭 때 제작한 『경성전도(京城全圖)』를 보아 동강미항과 옥하가 교차하는 지점의 동북쪽, 그러니까 11시 방향에 해당하는 지역에 '회동관'이 있었는데 그를 두고 하는 말이다. 그리고 「그림1」에 보이는 당시의 문헌과 대조했을 때도 같은 위치임을 알 수 있다. 곧 이 일대가 황궁에 가까우며 주요 조공 사신들의 숙소와 그것을 관리하는 관청이 집중되어 있었음을 보아서도 알 수 있다.[9]

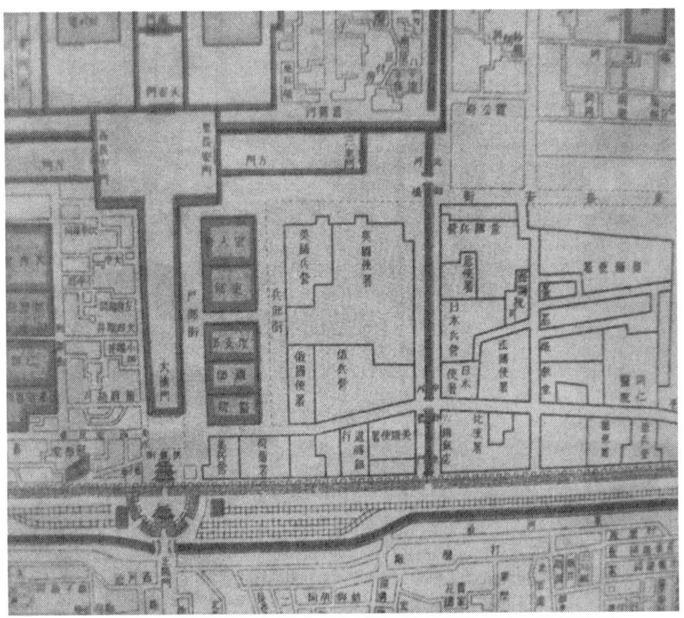

그림4 『淸版老北京胡同詳細圖』의 일부 <俄兵營> 및 <俄國使署>

9) '옥하관'의 위치에 대해서는 이규태, 『신열하일기』, 신원문화사, 1999, pp.182-4. 「사행길 숙박소 옥하관」에서 지금의 '首都賓館'의 자리라고 했다. 그 후 김효민, 「연행길 길잡이」, 『연행노정, 그 고난과 깨달음의 길』, 박이정, 2004, pp.223-227에서는 지금의 최고인민법원 자리로 비정한 바 있다. 그런데 당시의 지도 상으로 보면 위 두가지 비정에서도 차이점을 발견할 수 있다. 왜냐하면 동강미항과 옥하가 마주치는 곳의 옥하교에서 옥하를 거슬러 네 번째 건물이 11시 방향에 '俄兵營(즉 회동관)'이라 표시되어 있기 때문이다.

이곳에 대한 명칭을 정리하면, 공식적인 명칭은 '회동관'에서 '회동사역관'으로 변경되었으며, 그 기관의 산하에 여러 개의 객관(숙소)이 있어서 그 위치와 기능에 따라 명칭을 달리했다. 그것이 위에서 본 '옥하관', 또는 '서관', '남관' 등이다. 앞에서 본 松浦 章의 논문을 통해 지적한 명칭의 혼동은 여기서 출발하며, 같은 숙소 내에서도 정사와 부사, 서장관(조선의 경우) 등은 각각 별개의 숙소를 사용하고 있었다. 그래서 관청명과 숙소명이 혼동, 또는 겸용에 대한 이해가 있었어야 했다. 그 흔적들은 지금도 남아 있는 당시의 건축물(그림 2의 경우)에 대한 명칭을 보아도 알 수 있다.

참고로 청대의 사신 숙소는 크게 세 지역으로 대별되는데 '옥하관'이 있던 곳 근처와 정양문 근처, 그리고 선무문 근처 등이었다. 그 중에서 선무문 근처의 숙소가 주로 서역 지방이나 유구국 사신들이 사용했으며,10) 그 외에도 인원의 다소에 따라 임시 숙소도 마련되었으며, 때로는 사원을 빌려서 사용하기도 했다.

그리고 그 관리 부처도 조선 사신을 관리한 예부의 산하에만 있는 것이 아니라 내무부·병부 등의 국가 기관에서 그들 기관의 필요에 따라 객관을 직접 관리하였으며, 그 담당하는 나라와 지역이 달랐음을 알 수 있다.11) 그리고 각기 숙소에 자리한 사신들은 국가적 공식 행사가 아닌 자의적인 만남은 엄격하게 통제되었음을 알 수 있다. 그런데 이 엄격한 통제에 대한 사신들의 보고에 의하면 초기에는 출입이 자유로웠으나 정치적 문제나 치안에 관계되는 일들이 발생될 때는 엄격히 시행되었다가 완화되기도 했다. 때로는 관원의 자의에 의해 뇌물 요구의 수단으로 악용된 사례도 많았음을 알 수 있다.

---

10) 王靜, 앞의 책, p. 211. 참조
11) 李睟光, 『芝峰集』(성균관대학교 영인본, 1964), p. 50. 「識」 참조.

그러면서도 청나라는 그들 나름의 분류 기준을 만들어 몽고나 서장과 같은 나라는 이번원(理藩院)을 설치하여 특별히 관리한 대신 조선·안남·유구와 같은 나라는 유학의 숭상 여부에 맞추어 매우 후대했음을 알 수 있다.12) 그러한 정책 덕분에 특히 이들 3국의 사신들이 만날 수 있는 기회가 생겼다고 여겨진다. 앞에서 잠시 언급한 명대의 이수광이나 청대에 들어와 유득공 등이 북경에서 이들 사신과 교류한 기록이 모두 이것을 의미한다할 것이다.

그러니까 숙소에 국한해서 본다면 각기 나라나 민족에 따라 그들 나름대로의 원칙이 있어 거기에 맞추어 실시했기 때문에 세칭 '조선관', '유구관' 등과 같이 부르게 되었다. 그러나 때로는 국가의 큰 행사(예로 든다면 건륭황제의 만수절 경우와 같이)가 있어서 사신 일행의 인원이 일시에 증가할 때는 임시 숙소나 '別館'13)을 사용했다. 특히 이때 가장 중요한 것은 '문금(門禁)' 정책14)에 따라 금기시 되어온 관행을 깨고 동일한 객관에 다른 나라의 사신과 함께 머물게 한 경우도 있었던 사실이다.15)

그 대표적인 예가 '유구 사신'과의 만남이다. 앞에서도 잠시 언급되었지만 '유구 사신'들은 주로 남횡가 131호의 숙소에 머물렀지만16) 이수광이 그들을 만났을 때는 '옥하관'에서였다.17) 그것은 특정한 시기의 북경 사정

---

12) 『조선왕조실록』 중의 정조대왕 때의 기록 중에서 북경사신들에게 황제나 태상황이 특별히 이들 삼국의 사신들에게 후대하는 기록이 자주 등장함을 볼 수 있다.

13) 이 곳은 왕공 귀족의 가옥을 몰수하여(지금의 왕부정대가 甘雨胡同에 있던 都統滿丕의 저택의 경우) 사용하기 시작, 1732년, 1737년, 1766년 때에도 '별관'을 설치하였다.(陳宗蕃 편, 『燕都丛考』, 북경고적출판사, 1991, pp. 187-188.)

14) 祁慶富, 「明淸時期北京的朝鮮使館」, 『亞細亞文化硏究』 8, 경원대학교 아시아문화연구소, 2004), p. 75. 참조

15) 이수광의 제2, 제3차 북경 사행 때의 경우가 이에 해당되며, 그는 제1차 사행 때의 실패를 경험삼았다고 적고 있다.(『芝峰集』 권 8, p. 50. 참조 ; 강동엽, 『조선시대의 동아시아문화와 문학』, 북스힐, 2006, pp. 140-154.)

16) 王世仁, 「北京會同館考略」, 『北京文博』, 古籍出版, 2002, p. 26.

17) 강동엽, 앞의 책, p. 50.에서 '옥하관'과 '회동관'을 각각 표기한 바 있는데 이는 '회동관'에 대한 명칭의 혼동에서 기인한 경우이다.

에 따라서 청나라의 기본적 정책을 변경하여 한시적으로 몇 개의 나라에서 온 사신을 같은 장소에 머물게 한 경우이다. 사실 보다 적극적인 만남은 이런 경우에 잘 나타난다. 왜냐하면 공식적인 행사-주로 황제를 알현하거나 특별한 의식을 거행할 때는 좌석이나 도열하는 위치가 달랐으며(이 경우 조선은 언제나 상석에 자리가 정해졌다) 또한 엄격한 분위기 속에서 개인적인 대화는 금지되어 있었기 때문이다.

이 '문금'에 대해서는 다음 기회에 상세하게 논의되어야 할 것이다. 사신의 역할이 진하사의 임무만 있는 것이 아니라 조공무역이란 중요한 임무를 수행하는데 있어서 이 문금정책은 물품의 거래, 즉 상업행위에 대한 중대한 제한행위였기 때문이다. 조선의 사서를 통해 보면 대체로 중종 초기에는 매우 자유로웠으나(내금 조항은 이 때도 있었음) 시간이 갈수록 엄격해졌으며, 수차례 해제를 요구해도 겨우 5일에 한번씩 출입을 허가한 경우도 있었다. 심한 경우『선조 실록』32년 2월 동부승지 정엽 등의 보고에 의하면 '옥하관의 문단속이 심하여 출입이 허용되지 않고 문틈으로 음식만 들여보내고, 아무것도 볼 것이 없다'고 했다.

이 같은 장소적 특징과 제약 속에서도 당시 사행집단들의 내왕과 교류는 어떻게 이루어졌는지 궁금하지 않을 수 없다. 몇몇의 예를 중심으로 보고자 한다.

3) 사행집단의 내왕과 문화교류

(1) 조선 사행의 내왕과 그 주변들

청대 조선에서 북경을 내왕한 사행의 횟수는 모두 679회였다. 그러니까 1637년부터 1894년(광서20년, 고종 31년) 마지막 사신(동지사와 사은사)이 다녀간 257년간을 의미한다.[18) 그런데 이에 비하여 조선에 온 청나라

사신의 총 횟수가 169회였다. 이것 역시 1636년의 시작에서 끝나는 1880년, 245년간을 대상으로 계산한 것이다[19]. 두 나라 사신의 내왕을 단순히 계량적으로 따진다면 약 490회의 차이가 난다. 곧 조선이 청나라에 비하여 그만큼 자주 연행사신을 보냈다는 뜻이다.

위 횟수로 보면 일년에 평균 3번 정도 였는데 가장 많은 경우가 11회 다녀왔다. 이 때가 청조 초기로 1639년(청 숭덕4, 명 숭정12) 조선 인조 17년이며 황도를 아직 심양에서 북경으로 옮기기 전이었다. 그러니까 본격적으로 연경[북경]에 사행을 시작한 것은 1645년(순치 2년, 인조 23년) 5월 인평대군 李濬가 진하겸사은사로 가면서 시작되었다. 이렇게 시작된 260여년 간의 연행사신이 남긴 著籍이 무려 437책[20]으로 조사되었다. 아직도 발굴되지 않은 국내의 자료나 국외에(일본을 포함한 한국 서적을 소상한 도서관) 산재해 있을 자료를 포함하면 상당한 분량이 될 것으로 추정된다.

사실 연행사신들의 기록에 대한 대강은 1931년『靑丘學叢』제 6호에 그 서목을 제시했는데 대략 59종이었다.(1637년부터 1888년 사이에 쓰여진 것) 그 후『연행록선집』[21]이 간행되면서 그 구체적인 윤곽이 나타났으나 실제로 이루어진 사행길에 비해서는 아주 미미한 수준이었다. 그러다가 2001년 임기중에 의해『연행록전집 1~100』(동국대학교 출판부)로 간행되면서 현재 약 500종 정도로 추정할 수 있게 되었다.[22] 이렇게 방대한 분량의 '연행록'에 대한 관심이 높아져 동아시아 3국에서 활발한 연구가

---

18) 劉爲, 앞의 책, pp. 151-251. 「淸朝與朝鮮往來使者編年」 참조

19) 『同文彙考』「詔勅錄」 참조

20) 임기중, 『연행록연구』, 일지사, 2002, p. 30. 여기서 제시한 책수는 국내 소장본, 일본 소장본, 국내 소장본 중에서 수집되지 않은 것을 합하여 계산한 것이며, 이 속에는 이본과 미확인 책수도 일부 포함된 것이다.

21) 성균관대학교 대동문화연구원에서 1960년에 3책으로 간행되었다.

22) 임기중, 앞의 책, pp. 34-45.에 그 서명과 저자, 그리고 연행시기를 밝혀 놓았다.

시작되고 있는 것 또한 바람직한 일이다. 최근의 『연행록 연구 총서 1-10』[23) 등의 발간은 이런 관심의 하나이다.

이러한 높은 관심 속에서도 각국 사행들의 만남이 이루어지던 장소에 대한 연구는 아직은 관심의 대상에 접근하지 못했다.[24) 이 장소에 대한 문제를 검토하다 보면 특이한 내용들이 많다. 예를 들면 '옥하관'이란 숙소에서 만난 사람 중에는 왜인, 불랑기(佛郎機) 사람, 또는 중국 변방에 살고 있는 忽非哈이란 사람, 안남 사신을 만나기도 했다.[25) 엄격한 금지법령 속에서도 합법적인 만남이 이루워지고, 그 속에서 다양한 접촉이 있어왔던 것으로 보인다. 이 중국적 현상은 당시 조선에서 있어온 사신접대나 관리와는 많은 차이가 있다. 조선의 경우 우선 상대하는 국가가 많지 않은 점이고, 둘째는 접대의 장소가 지정되어 있는 점이다. 그 실상은 다음과 같았다.

> 명·청 사신 : 太平館(지금의 서울 한국주택은행 서소문지점 표석)
> 倭使·商倭 : 東平館(서울 중구 인현동 2가 192 일대 민무구 집터)
> 북방 여진족 : 北平館(野八館에서 1438년 명칭 변경)
> * 그 외 琉球·동남아시아 등에서 오는 사신의 숙소는 특별히 마련되
>   지 않고, 교린체제의 예우 받음[26)

위 내용을 중심으로 보면 북경에서의 사행숙소와 비교하면 그 규모나 방식에 큰 차이가 있다. 게다가 접대되는 국가는 청을 제외하면 왜국이나 유구(나중에는 북경에서 국서를 교환하거나 표류민을 송환하는 업무를

---

23) 조규익 등 편, 『연행록 연구 총서』 1-10, 학고방, 2006.
24) 임기중, 앞의 책, p. 166에 '북경 남소관에서 본 5종의 환희'라는 제목의 글에서 연희를 관람한 장소를 설명하는 과정에서 언급된 것뿐이다.
25) 이 내용들은 주로 성종, 중종실록에 실려 있는 내용들이며, '불랑기'는 포르투갈 사람을 지칭한다.(이수광의 『지봉유설』 참조)
26) 이상배, 「조선전기 外國使臣 접대와 明使의 遊觀 연구」, 『연행록 연구 총서 7』, 학고방, 2006, p. 394. 참조.

보았다.), 또는 그외 몇몇의 민족들이 있었을 뿐이며, 접대의 방식도 한강을 중심한 유람 등이 그 대종을 이루었다.[27)]

그러면 여기서 당시 북경에서의 교류가 이루어지는 실제의 모습을 『조선왕조실록』을 중심으로 잠시 살펴 볼 필요가 있을 것이다. 대개 '실록'에 보이는 교류의 사례는 '유구'와의 접촉이 많았다. 특히 성종 이후에서 정조까지를 예로 든다면 지역적인 특수성 때문에 특정 사안, 주로 표류민의 송환문제로 자주 접촉한 것으로 나타난다. 이 과정에서 나타난 특징 중의 하나가 다른 기록들에는 구체적인 인명이 밝혀지지 않고, 일어난 사실에 대해서만 서술한 데 비하여 정조 8년 2월 22일 조에는 유구국의 정사 毛廷東, 부사 蔡世昌이라 명기하고 있는 점이다. 이 두 사람에 대해서는 밝혀진 바 없어서 앞으로의 연구가 필요할 것이다.

이 유구와의 관계에 대해서는 중국이나 일본에 비하여 한국이 훨씬 많은 연구가 있었다. 『조선·유구 관계 자료집성』[28)]과 『한일관계자료집성 전 32』[29)] 등이 그것이다. 그 외는 몇 편의 논문과 연구서[30)]가 있었지만 보다 구체적인 기록물이나 시문집을 통하여 그 내용이 보다 명확히 발혀질 수 있을 것이다. 이 부분에 대해서는 지금도 한·일 양국에서 상당한 수준의 연구가 진행되고 있으나 서로의 정보가 교류되지 못하고 있어서 앞으로 이에 대한 보완이 있어야 할 것이다.[31)]

그런 의미에서 안남과의 교류에 대한 연구 또한 같은 맥락이다. 곧 동아시아 3국에서 이 방면에 대한 최근의 연구가 여럿 발표되었으나 서로의

---

27) 이상배, 위의 논문 참조.
28) 손승철 외 편, 국사편찬위원회, 1998.
29) 손승철 외 편, 경인문화사, 2004. 5.
30) 강동엽, 『조선시대 동아시아의 문화와 문학』, 북스힐, 2006. 참조
31) 일본에서의 이 방면의 연구는 西里喜行, 『淸末中琉日關係史の硏究』, 京都大學出版會, 2005. ; 櫻井淸彦·菊池誠一, 『近世日越交流史』, 柏書房, 2002. 등이 있으며, 그 외 다수의 논문이 발표되었다.

정보가 교류되지 못하고 있는 실정이다. 이들 연구와의 상호보완적 의미의 교류를 통하여 본고가 지향하는 '회동관'을 중심한 사행집단의 교류적 실체가 밝혀지리라 기대한다. 다음에서 이를 위한 기초적 연구의 한 방편으로 몇 가지를 검토해 보고자 한다.

(2) 유구와 안남의 사행집단과 그 실제

① 유구국의 사행집단

청대 북경의 유구 사신들의 숙소는 선무문 내 京畿道胡同에 있는 '회동관'으로 경우에 따라서는 변경될 때도 있었다.[32) 기록에 나타난 것으로 보면 각국이 사용하는 숙소는 대개 그 지역이 나뉘어져 있었으나 국가에 대사가 있을 때는 예외를 두어 몇 개의 국가를 한 곳에 머물게 한 내용은 앞에서 잠시 살펴본 바와 같다. 조선과 유구의 사신도 이 예에 따라 만남이 이루어진 경우가 많았다. 이제 그 교류의 한 면을 유구, 그리고 안남의 순서로 살펴보기로 한다.

유규국의 조공사신 파견은 주로 중산(中山) 왕조 때 활발하게 이루어졌는데 복건관사(福建館舍)를 통하여 노정을 지원받았으며, 여기에 필요한 물자와 경비는 주로 절강, 강소, 산동, 직예(直隸) 등의 각 성으로부터 지원을 받았다. 이들이 북경에 머문 숙소는 대략 다음과 같이 나타나고 있다.(건륭 이후를 대상으로 한 것임)

　　ㄱ 정양문 외 橫街 회동관(건륭 20년 11월 17일 도착 경우)
　　ㄴ 선무문 내 京畿道胡同 회동관(건륭 50년 52년 도착 경우)
　　ㄷ 선무문 외 南橫街 회동관(건륭 54년 1월 17일 도착 경우)
　　ㄹ 정양문 내 公議胡同 內務府 사역관(도광 8년 12월 도착 경우)
　　ㅁ 정양문 내 東城根 內務府 사역관(도광 9년 도착 경우)

---

32) 乾隆 52年 檔案(內務部 檔案)

    ⓑ 정양문 내 사역관(광서 원년)[33]

    위 6곳 가운데 ㉣에 해당되는 '정양문 내 公議胡同 사역관'이 가장 많이 사용한 곳이었다. 이곳에 대한 기록을 보면, '會同南館', '東江米巷', '中玉河橋西', '玉河橋' 등으로 표시하고 있다. 구체적으로 말하면, "南薰坊翰林院南, 今東交民巷北, 正義路南口西"[34] 쪽에 위치하고 있었는데 천안문에서 정양문에 이르는 이곳은 경성의 중심지대였음을 알 수 있다.

    그리고 앞에서(2. 회동관의 변천과 교류의 실상) 언급한 바와 같이 이 일대는 외국사관 구역이라서 청조의 권력기관과 이웃하고 있었으며, 유구국의 사신이 자주 사용하던 '회동남관' 또한 지금의 '최고인민법원' 자리로 추정된다.[35] 이 건물의 구체적인 규모에 대해서는 알 수 없지만 건물을 수리한 문헌을 참고하면 대략 70여 간 정도였던 것 같다.[36]

    사실 유구는 조선과는 다른 조공체계를 가지고 있어서 자주(조선과 비교했을 때) 북경을 내왕했던 것은 아니다. 그런데도 북경에서 조선사신과의 만남은 큰 의미가 있다 할 것이다. 지금까지 알려진 바로는 조선과 유구국의 접촉은 101회 정도 진행되었다.(1389년 - 1861년까지 진행)[37] 이 숫자는 그동안 이루어졌던 크고 작은 접촉을 포함한 것이지만 이 외에도 북경을 매개지로 하여 접촉이 계속되었음은 여러 문건에서 전하고 있다. 그러나 현재 우리나라에 전해진 유구국과의 문학 교류는 대개가 북경을 매개지로 하는 사행들이 간접적인 교류 방식에 의한 것이 특이하다. 그래도 이 과정을 소상하게 알 수 있는 자료집이 간행되면서[38] 앞으로의

---

33) 淸 內務府 檔案 來文.

34) 『明淸 北京城圖』, 地圖出版社, 1986.

35) 위의 책(北京古籍出版社, 1985年 7月 版) 참조.

36) 『內務府 檔案』(淸冊).

37) 손승철, 「朝·琉 通交體制의 구조와 성격」, 『朝鮮과 琉球』, 한일관계사획회, 1996년 발표요지, pp. 1-17. 참조.

38) 성균관대학교 대동문화연구원 편, 『연행록선집』 3책, 1960. ; 손승철 외, 『朝鮮·琉球國關係史料集

연구에 큰 도움을 줄 수 있게 된 것은 다행한 일이다. 이를 참고하면 조선 태조 원년 8월에 '유구국의 중산 왕이 사신을 보내어 조회하다'는 기록에서 시작하여 헌종 6년 3월에 중국의 황제가 안남·유구·조선을 일러 앞으로 4년에 한 번씩 사자(使者)를 보내어 공물을 바치게 하라는 지시를 내린 사실을 전한 기록이 마지막이다.

그런데 조선에 있어서의 유구국에 대한 관심은 오래되었다. 곧 신숙주가 『해동제국기』를 쓰면서 '유구국기'와 '유구지도'를 함께 실었다. 이 속에서 문학과 직접적인 관계를 지닌 내용은 찾기가 어렵다. 이는 사서에서보다는 중국이나 유구 또는 우리나라의 문집 속에서 두 나라의 문학 교류에 대한 기록을 찾을 수밖에 없다. 지금까지 밝혀진 조선과 유구국의 문학 작품이 교류된 내용은 17세기 이수광이 중국 사행 때 남긴 기록과 그 이후 18세기 북경 사행 때 남긴 유득공, 중·유의 문헌 등에서 산견되고 있을 뿐이다.

사실 조·유의 접촉은 경제적인 실리를 추구하기 위해서 계속되었으나 1879년 유구국이 일본에 완전히 병탄되기 전까지는 직접적이거나, 아니면 북경의 옥하관이나 선무문 회동관 등을 중심으로 양국의 국서가 교환되거나 표류민 송환을 위한 업무가 처리되었는데 『조선왕조실록』에 나타난 중기 이후 북경 사신들의 대외접촉 중에서 '유구국'과의 내용이 가장 빈번하였다. 이와 같은 일은 실제적으로 1832년까지 진행되었으니 약 300년간의 조·유 관계는 중국을 중심으로 한 동아시아와 주변국과의 관계를 형성하는 핵심으로 작용하였으며, 같은 한자문화권의 일부라는 자부심이 이를 더욱 오래 지속시켜주는 계기를 마련했다고 본다.39)

成』, 國史編纂委員會, 1998.
39) 여기서 특이한 것은 이 때쯤이면 조선과 일본은 교린관계가 형성되어 소위 '통신사'가 내왕했으나 북경을 통한 접촉은 흔하지 않은 점이다. 단지 『성종실록』 10년 9월 12일 조에 북경의 옥하관에서 '倭人'과 함께 머문 내용이 있다. 이것은 아마도 "조선이나 유구와는 달리 '通信の國'이라 불리는

그동안 이 방면에 대한 다소의 연구가 있어왔기에[40] 여기서는 주로 조선 후기에 해당하는 몇가지 내용을 중심으로 살펴보고자 한다. 그 중심에는 두 차례의 북경 사행(1790년과 1801년)을 다녀온 경험을 『燕台再遊錄』으로 남긴 유득공이 있다. 이 속에는 그 때 만난 문인들의 성명을 「交流姓名」이라는 항목으로 남겼는데, 거기에는 심양서원(瀋陽書院)의 제생(諸生) 13인, 그리고 청나라 학인(學人) 41인, 그 끝에 유구 사신 4인의 이름을 밝혀놓았다. 곧 向必顯, 阮翼, 毛國棟, 鄭得功 등이 그들이다.

이들에 대한 구체적인 창수 내용은 없으나 홍려시에서 있었던 연례(演禮) 모습을 소상하게 적은 것으로 보아 그들과의 직접적인 교류가 있었던 것이 분명하다. 왜냐하면 그가 1796년에 서문을 쓴 『병세집(並世集)』을 간행하면서 이 속에도 유구국 문인 4인을 등재했으나 상기 4인과는 또 다른 별개의 인물임을 볼 때 저간의 사정을 짐작할 수 있다. 그런데 그가 유구국의 사신들에 대한 설명을 소상히 하고 있는 점으로 보아 상당한 기간 동안 관찰했거나 접촉을 가졌음을 알 수 있게 한다.[41] 특히 그들 중 정득공은 약간의 한국말이 가능했으며, 한어(漢語)는 능통했다고 한다. 거기다 네 차례나 북경에 사행을 왔다는 사실까지 적고 있다.

그리고 『古藝堂筆記』 제 3권에는 「琉球安南緬甸使」라는 제목의 글을 남기고 있다. 그러니까 그는 모두 8인의 유구국 문인들을 소개하면서 그 중에 4인과는 직접 창수했거나 그들의 작품을 수집하여 수록하였다.

이 무렵에는 북경을 중심으로 교류가 활발하게 이루어졌음을 알리는 몇 개의 문건들이 있다. 우선은 琉球官學敎司 潘相의 『琉球入學見聞錄』 제 4권에 수록된 내용에 홍계희(洪啓禧)와 이질(李暆)과 교유한 사실을

독자적인 일본형 華夷秩序를 취했다”는 지적과 관련이 있는 것 같다.(西里喜行, 앞의 책, p. 14 참조)

40) 강동엽, 앞의 책 참조.

41) 강동엽, 앞의 책, pp. 172-173.

적었다. 그 구체적인 과정은 적지 않았으나 홍계희가 1760년 - 1762년 사이에 북경에 사행으로 가서 안남의 黎貴惇을 만나 교유했으니 대략 이 때가 아닌가 한다. 이 때 이들은 여러 편의 작품을 남겼는데 이 당시의 만남을 홍계희는 다음과 같이 적고 있다.

潘少年隨其尊大人來枉 如荀氏故事芳蘭玉樹 令人不能忘 用其尊府韻 書寄詞案.[42]

이 기록을 보면 당시 북경의 사신 숙소를 통한 인접국들과의 교류가 매우 활발하게 이루어졌음을 알 수 있다.

다음으로 볼 수 있는 것이 孫鉉이 1705년(청 강희 44) 황제의 명에 따라 편찬한 『皇淸詩選』 전 30권의 내용이다. 이 책에는 이 당시 청나라에 조공을 바치는 주변 15개국 문인들의 작품을 수집하여 수록하였는데, 이 속에는 유구·안남은 물론 조선과 몽고 문인들의 글까지 포함되어 있다. 이 가운데 권 16·24·27·29에는 유구국 문인 25인의 작품 70여 수가 등재되어 있다.[43] 그런데 이 책에 수록된 문인들의 작품이 모두 북경 사행 때에 수창한 것만 아니라 본국에서 활동한 문인들의 작품도 함께 수록하고 있는 점이 특이하다. 그래서인지는 모르지만 이 책속에 있는 유구국 문인들이 수창한 내용만 뽑아서 1998년 上里賢一이 『校訂本 中山詩文集』을 영인간행하면서 그 부록으로 교류에 나타난 작품의 원문을 발췌하여 수록한 바 있다.[44]

이 부록편에는 당시 북경에 유구국 사신들과 수창한 조선의 문인들 작품을 수록하고 있어서 조선 문인들의 작품이 북경이 아닌 유구국에 알려지

---

42) 潘相, 『琉球入學見聞錄』 권 4, p. 31 참조.
43) 上里賢一, 「沖繩(琉球)ど中國の文化交流史 - 中國の詩集に登場する琉球の詩人」, 『沖繩の歷 史と醫療史』, 九州大學出版會, 1998. 참조.
44) 上里賢一, 『校訂本 中山詩文集』, 九州大學出版會, 1998.

게 되었음을 알 수 있다. 이는 위 『황청시선』이 간행된 지 10년 후인 1721년(강희 60년)에 책봉사로 북경에 갔던 유구국 사신 鄭順則(1663-1734)이 강남에서 수십 부를 구입하여 왕부에 기증하면서였다. 여기에는 조선의 문인 9인의 작품이 실렸으며, 그 동기는 기록하지 않았다. 다만 그들이 모두 북경 사신들이었으며, 이들은 당시 15개 주변 조공국들과 함께 북경을 매개지로 하여 문학·문화가 교류되므로써 각자의 의도와는 관계없이 당시의 동아시아와 그 주변의 정치·문화적 교류에 관여하게 되었으며, 한편으로는 같은 한자문화의 공통성을 공유하기도 했다. 이 매개지가 지금 살펴보는 북경 사행들의 숙소인 회동관·회동사역관이다.45) 이제는 그 구체적인 면에 대한 연구가 기대되는 시점에 온 것 같다.

② 안남국의 사행집단

건륭 13년 이후 '회동사역관'이 설치되면서 예부 주객청리사의 주관에 조선·유구와 함께 안남·섬라 등을 두었다.46) 이들 나라의 표문은 모두 한문을 사용했는데 여기에 해당하는 국가는 조선·유구·안남이었다.47) 이 말은 앞에서도 몇 번 언급된 것과 같이 '유교적 문명국' 곧 청과의 문화적 동질성에 큰 비중을 두고 있는 한 증거이다.

그러면서도 이들 연행사를 통하여 소중화주의에 머물기 보다는 동시대를 객관적으로 인식하는 현실적 국제관계를 가질 수 있는 계기를 마련했다고 본다.48) 이는 조선의 입장에서만 있는 것이 아닌 안남의 입장에서도

---

45) 이 때가 소위 말하는 '北京通交時期'로써 개인자격의 이 만남에 오히려 더 깊이있는 내면을 들여다 볼 수 있을 것이라 본다.(楊秀芝, 「北京에서 만난 朝鮮과 琉球의 使臣」, 한일관계사학회, 『조선왕조실록 속의 한국과 일본』, 경인문화사, 2004, p. 179.참조.

46) 王靜, 『中國古代中央客館制度研究』, p. 202.

47) 王靜, 위의책, p. 206.

48) 조규익 편, 「조선사행록을 통해서 본 18세기 동아시아 평화체제로서의 조공체계」, 『연행록 연구총서 7』, 학고방, 2006, p. 43.

같은 맥락으로 볼 수 있을 것이며, 이 당시 북경 사행을 통한 교류가 없었던 일본 역시 동시대의 상호교류가 그들의 학술적 방면을 발전시키는 계기를 마련해 준다는 견해는[49] 동아시아 문화교류에 대한 연구가 보다 폭넓게 이루어져야 된다는 필요성을 알려주는 뜻이기도 하다.

이런 안남국 사행집단과 북경에서의 만남이 자주 이루어지는 것은 아니었다. 그것은 조공체계가 앞에서 본 유구국과도 또 달랐기 때문이다. 그것은 공식적으로는 4-7년에 한 번씩 조공사행이 이루어진 데 기인한다. 그런 현실을 감안하면 조선사신과의 교류가 오히려 잦았다고 볼 수 있다. 특히 안남과는 국교가 없던 시기였는데도 표류민 관계(張漢喆이나 金泰璜, 趙完璧의 경우와 같이) 때문에 양국에 대한 정보가 전달될 수 있었으나 제주에 표류한 중국과 안남 상인 살해사건 때문에 오래동안 나쁜 인상을 남기기도 했다.

그런 조선과 안남이 같은 조공국이라는 처지에서 북경을 매개지로 한 교류가 이루어진 현실은 이 시대가 낳은 특이한 현상의 하나라 할 것이다. 또한 앞에서 본 한문으로 작성된 표문(表文)에서도 언급한 것과 같이 동시대의 중세보편적인 동아시아 문명권으로서의 안남과의 관계는 외교적 관계 이상의 긴밀성을 가지게 한다.

곧 이들 국가들은 유학을 신봉하므로써 그들이 추구하는 이데올로기적 핵심인 '예의'가 존중되고, 이 규범적 가치관은 정치적 현실을 뛰어넘는 위력을 발휘하게 되었는데 그 한 예가 안남에 대한 조선의 각별한 관심이다. 이것은 정신적 동질성에서 오는 결과이다. 이 정신은 오래 지속되어 근대에도 그 결과가 나타난 바 있는데, 1904년 광지서국에서 소남자 번역본 『월남망국사』를 간행한 일이다.

---

49) 木馬 進,「18世紀における日朝學術關係の傳換」, 일본경도대학 심포지움 발표문(2006. 1. 7), p. 2. 참조

조선과 안남국과의 접촉의 시발은 서거정(1420-1488)이 1460년(세조 6년)에 사은사로 명나라에 갔을 때 通州館에서 안남국 사신 梁鵠을 만나 근체시 11수를 주었다는 기록이다.[50] 이 기록은 차후 조선사신의 안남국 사신과의 접촉 때 취하는 전범이 되었다고 볼 수 있다. 이 당시 중국에서 서거정이 행한 활동은 그 뒤 최부(崔溥)(가 중국 절강지방에 표류하였을 때 그곳 문사들이 모두 서거정의 안부를 물을 정도였음을 볼 때 짐작할 수 있을 것이다.

또한 안남국과의 관계에 대한 기록 중에서 특이한 것은 1537년 사은사로 중국에 갔다 온 강현(姜顯, 1486-1553)에게 국왕이 행한 질문이다. 이 당시 안남국에는 정변이 일어났는데 莫登庸이 黎(Le) 왕조를 무너뜨린 사건이다. 이 사실에 대한 국왕의 질문은 당시 동남아시아 제국의 정세에 대한 깊은 관심을 짐작케 하는 내용이다. 국왕의 질문 요지는 문명국의 하나인 '안남'의 국난에 대한 우려와 함께 莫氏 왕조에 대한 반감을 표시한 내용이다.

당시 조선에 파견된 중국 사신이 황제의 관자를 올린 내용 속에도 그간의 주변국들이 취한 조공국으로서의 태도를 칭찬하고, 지금 안남의 정변을 처리하기 위해 고관을 사신으로 파견하는데 그 점에 대한 조선 국왕의 양해를 구한 점이다.(『중종실록』 참조) 이는 중국 정부의 주변국에 대한 정책의 특징을 나타내는 것으로써 안남과 조선을 대등한 관계가 아닌 조선을 우위에 두고 있었으나 안남의 정변으로 인한 해결의 방책으로 고관을 파견하므로써 생길 수 있는 오해를 염려하여 사전에 설명하고 양해를 구한 것이다. 그러니까 당시의 중국은 지배적 위치에 있는 국가이면서 동아시아 주변 국가들에 대한 세력의 균형을 잡고 있는 처지였음을 알 수 있다.

이러한 동아시아적 질서 속에서 안남과 조선의 교류에서 가장 특이한

---

50) 『성종실록』 계축조 참조 ; 서거정, 『四佳集』, 권 7, 「次安南使梁鵠詩韻」 참조.

것은 1687년 9월(숙종 13년) 김태황(金泰璜)이 안남에 표류했다가 돌아올 때 안남 국왕의 국서를 가져온 일이다. 그러나 그 이후에는 큰 진전이 없었다. 그런데도 문학 교류에 대한 연구는 꾸준하게 있어 왔으며, 특히 이수광과 馮克寬의 교류를 중심으로 한 연구가 이루어졌다.

여기서는 앞장의 유구국과의 교류에서 본 바와 같이 대개 조선 중기 이후에 해당하는 시기에 직접 시문을 교류했거나 중국이나 다른 지역의 문헌에 등재되어 간접적으로 교류한 경우를 그 대상으로 삼아 살펴보고자 한다. 논의의 중심은 1796년에 서문을 쓴 유득공의『병세집』권2에 수록되면서 조선 문인들의 관심을 끌었던 것을 대상으로 한다. 이『병세집』의 실제 간행은 서문이 작성되고 난 후 적어도 1801년 이후에 간행되었을 것으로 추정한다. 왜냐하면 1796년 이후에 수집된 작품들이 여기에 수록되었기 때문이다.

여기에 수록된 안남 문인들은 모두 5인이며, 각기 한 편의 작품을 실었다.

이에 안남 측의 자료를 중심으로 그 내용을 보기로 한다. 우선 유득공이『병세집』에 이들 작품을 싣게 된 사연을 볼 필요가 있을 것이다. 그는 그 '서문'에서 '외국인과 창수한 작품들이 유전되고 있어서 이를 모아 권2의 끝에 일본·안남·유구 등 3국의 시 약간을 수록한다'면서 '같은 세대에 태어나 살면서 넓은 세상을 모르고 사는 무지가 안타까운 마음에서 이 시집을 엮는다'고 썼다.51) 유득공이 그러한 생각에서 문집을 편찬하면서 수록한 5인의 문인은 그가 세 차례의 북경 사행 중 두 번째와 세 번째의 경우에 만난 사람들일 것이다. 왜냐하면 첫 번째의 사행(1778년)은 '심양'에서 끝났기에 안남국 사신을 만날 기회가 없었을 것이라 짐작된다.

---

51) 柳得恭, 위의 책, 序, "…則生倂一世 邈若千秋 往往有荒陋寡聞 沾沾自足者一生 不知鱸橘之味 豈不大可哀哉"

아래 제시하는 내용은 조선과 안남 사신과의 교류에 나타난 현상 중에서 아직 알려지지 않은 것을 대상으로 정리한 것인데 1995년에 발표된 裵維新의 베트남어 논문을 참고한 것이다. (16세기 말에서 19세기 초반까지를 그 대상으로 한 것임)[52]

黎中興時代

馮克寬	—	李睟光 외
阮公沆	—	俞集一 · 李世瑾
阮宗室	—	李校理 · 摸序家
陳徽密	—	洪啓禧 · 趙永進 · 李徽中
黎貴惇	—	洪啓禧
鄭春樹	—	

西山時代

阮提	—	徐有防 · 李元亨
潘徽益	—	
段阮俊	—	黃秉礼 · 徐浩修 · 李百亨

阮王朝時代(1868 - 1969)

阮思僩	—	南廷順 · 趙秉皐

위에 열거한 것은 안남의 자료에 의한 표이며, 우리나라에는 아직 그 구체적인 내용이 알려지지 않은 사람들이 대부분이다. 이는 裵維新의 논문에서도 알 수 있듯이 한국에도 알려지지 않은 그들만의 자료에 의해서도 조·안 교류에 대한 연구가 활발하게 이루어지고 있음을 의미한다.

더구나 최근에 대만에서 간행된 베트남과 프랑스에 산재해 있는 안남의

---

52) 裵維新, 「중국에서의 한·월 사신, 시인의 만남 - 문학교류에서 나타난 형제애」, 1995.(베트남어 논문을 중심으로 재정리한 것임. 상세한 내용은 강동엽, 앞의 책, p.141. 참조.)

한적(漢籍) 목록을 간행한 4책의 자료집53)에 보면 그들의 북경 사신이 남긴 문집이 34종이나 된다. 이 가운데 조선 사신과 직접 교류한 시문이 수록된 것(제요의 내용을 통하여 식별된 것만 해당시켰음)만 해도 13종이다. 이 숫자는 현재 한국의 왕조실록에 나타난 교류의 내용을 종합한 것과 필자가 발표한 논문에서 밝힌 것54)을 합하여 대비하면 많은 차이가 난다. 앞으로 이를 바탕으로 더욱 구체적인 내용이 연구되어야 할 것이다. 아래에 그 13종의 새로 밝혀진 문집의 서명을 적어 이 방면의 연구에 도움이 되고자 한다.

    ㉠ 有竹先生詩集
    ㉡ 使程詩集
    ㉢ 海煙詩集
    ㉣ 海波詩集, 又名 海波詩稿 ; 段阮後 撰
    ㉤ 馮使臣詩集, 又名 梅嶺使華詩集
    ㉥ 華程詩集 : 武輝珽 撰
    ㉦ 華程偶筆錄 : 黎光院 撰
    ㉧ 華程遺興 :
    ㉨ 鄏川使程詩集 : 范芝香 撰
    ㉩ 華程消遣集 : 阮偍 撰
    ㉪ 嘗心雅集
    ㉫ 燕台秋詠 : 吳時任 撰
    ㉬ 燕軺詩文集, 又名 燕軺詩集 二卷 : 阮思僩 撰

    앞으로 위에 제시된 문집의 원문이 밝혀지면 조선과 안남의 북경 사행을 통한 교류의 실체가 더욱 자세하게 밝혀지리라 믿는다. 더구나 이웃 일본에서까지 조선과 안남의 교류에 대한 연구가 일어나고 있는 형국이다. 알려진 바와 같이 일본과 안남과의 교류는 매우 역사가 깊었으며, 주로

---

53) 劉春銀 外, 『越南漢喃文獻目錄提要 全4』, 臺灣中央研究院, 2002.
54) 강동엽, 앞의 책.

상업적인 측면에서의 교류가 빈번했음을 알 수 있지만55) 조선과 안남의 경우와 같이 문학적인 측면에서의 교류가 있었던 것은 아니다.

이에 일본에서의 연구 경향의 한 단면을 적어 동아시아 문화교류를 바라보는 시각의 일단을 보고자 한다. 우선 片倉 穣의 『前近代 朝鮮人のベトナム觀』56)에서는 최치원의 「補安南錄異圖記」와 제주도민의 안남 표류기인 「安南漂流記」를 중심으로 고찰하였다. 이는 고대와 근세를 동시에 살핌으로써 동아시아 교류의 어제와 오늘을 보고자 했다.

그 다음에 볼 수 있는 것이 淸水太郎의 「ベトナム使節と朝鮮使節の中國での邂逅(1-4)」57)이다. 여기서는 주로 16세기에서 18세기까지의 조선과 안남의 사행을 통한 교류의 실체를 『皇越詩選』을 중심으로 고찰하고 있다. 이 논문을 통하여 얻을 수 있는 또 다른 의미는 다소의 새로운 사실들, 주로 베트남의 역사 자료를 많이 사용하고 있는 점이다. 앞으로의 연구에도 많은 도움이 되리라 믿는다.

이들 두 나라의 관계는 정상적인 국교가 형성되어 있지 않았는데도 중국을 중심한 조공무역의 실상은 그들로 하여금 문화의 동질성을 확인하는 자리가 되었을 것이다. 나타난 자료에서도 알 수 있지만 외교관계가 없었는데도 전혀 불편하지 않았던 것은 순전히 중세적 공통언어였던 '한자' 때문이었다. 黎貴惇의 지적과 같이 이 '한자' 속에서 이들은 모두가 한 형제(黎貴惇, 『北使通錄』, 「題辭」, "四海皆兄弟也")일 수밖에 없었다. 이것이 조선시대 북경을 매개지로 하여 동아시아는 물론 멀리 동남아시아까지 그 문명의 접촉을 넓힐 수 있었던 이유의 하나일 것이다.

---

55) 櫻井淸彦·菊池誠一, 앞의 책, p. 97. 참조. '일본의 베트남 교류는 주로 16세기에 시작되었는데 주로 중국의 도자기나 동·철을 수출하였으며, 덕천막부 시절의 주인선 시대에 와서 급속히 교류가 증가되었음을 알 수 있다.

56) 桃山學院大學 綜合硏究所, 紀要 28-3, 2003. 3

57) 鳥取女子短期大學, 北東アジア文化硏究 綜合硏究所, 『北東アジア文化硏究』 12-16(2000. 10 - 2003. 10) 연속 게재 됨.

3. 맺는말

동아시아에서 중세적 질서의 추구는 한자를 매개로 한 언어와 문화의 동질성을 추구하는 과정에서 이루어지고 있었다. 그 중심에는 유교적 문명이 자리하고 있었으며, 그 커다란 축에는 중국을 정점으로 조선·유구·안남과 같은 소위 유교적 문명국을 자처하는 국가들이 동참했다. 그 결과 이들은 동아시아의 거대한 세력을 형성했으며, 그 울타리 안에서 그들 나름의 역사를 만들어 가기도 하였다. 그 중심 지역이 북경이었으며, 그들의 만남은 '회동관', 또는 '회동사역관'에서였다.

지금까지 그 때의 문화동질성을 추구하던 나라에 속했던 곳에서 수행된 연구는 대개가 그들이 추구한 내용과 그 과정을 찾아가는 일이었다. 소위 '사행록' 연구가 그것이다. 그 결과 괄목할만한 결과들이 나왔으며, 지금도 계속되고 있다.

그래서 이제는 그들의 만남이 이루어졌던 장소를 중심으로 연구의 대상을 확대해 보고자 했다. 곧 당시의 조공국이었던 15개국이 하나의 정점을 향해 모여드는 그 과정을 살펴보고자 한 것이다. 첫 번째 작업으로 시도된 이 논문은 우선 조선·유구·안남을 대상으로 그들이 표방한 유교적 문명국으로서의 교류가 어떻게 형성되었는지를 살펴보았다.

논의의 초점은 우선 '장소'로서의 회동관의 설치와 그 변천을 통하여 청을 중심으로 한 그들이 추구한 것이 무엇인가를 보고자 했다. 곧 원·명·청 세 왕조를 거치면서 다민족 국가로서의 질서를 유지하려 노력한 그 한 방법이 조공의 실행이고, 그것을 수행하기 위해 황도에 모여드는 사신들은 모두가 해당 국가의 최고 엘리트들이었다. 이들의 만남은 그래서 동시대 문화교류의 최고 수준을 가늠하게 될 수밖에 없었다.

그 결과 장소에 대한 (만남의) 실체가 정리되었으며, 그 속에서 그들이 이루었던 교류의 내용들이 밝혀지고 있는 것이다. 이번의 연구에서는 앞으로의 연구 방향을 제시하면서 동시대의 문화가 사행집단에 의해서 교류되었던 것과 같이, 이에 대한 연구 또한 그들 나라의 연구자들과 함께 수행하기 위해서는 각자가 가진 정보를 공유해야 할 필요를 강조하고 싶었다. 또 실제로 그 이유가 논의되는 과정에서 나타났다고 생각한다. 앞으로는 이 공유의 차원에서 심도있는 연구가 되기를 바라며 동학들의 동참을 기대한다. 본고가 이런 책무의 한 부분을 채우는 데 일조했으면 싶다. 이번의 결과물도 그런 미래의 예상을 보여주는 한 부분이라고 본다.

참고문헌

1. 자료

朴趾源,『熱河日記』.

潘相,『琉球入學見聞錄』

徐居正,『四佳集』.

李睟光,『芝峰集』.

洪大容,『燕記』

『조선왕조실록』

손승철 외 편,『조선·유구 관계 자료집성』, 국사편찬위원회, 1998.

손승철 외 편,『한일관계자료집성 전 32』, 경인문화사, 2004.

손승철 외,『朝鮮·琉球國關係史料集成』, 國史編纂委員會, 1998.

성균관대학교 대동문화연구원편,『연행록선집』, 성균관대학교, 1960.

임기중 편,『연행록전집』, 동국대학교 출판부, 2001.

『內務府 檔案』(淸册).

『同文彙考』

『明淸 北京城圖』(地圖出版社, 1986)

『明會典』.

『淸史稿』.

『淸太宗實錄』『淸版老北京胡同詳細圖』.

劉春銀 外,『越南漢喃文獻目錄提要 全4』(臺灣中央研究院, 2002).

2. 연구논저

강동엽,『조선시대의 동아시아문화와 문학』, 북스힐, 2006.

손승철,「朝·琉 通交體制의 구조와 성격」,『朝鮮과 琉球』, 한일관계사학회, 1996, 발표요지.

楊秀芝,「北京에서 만난 朝鮮과 琉球의 使臣」, 한일관계사학회,『조선왕조실록 속의 한국과 일본』, 경인문화사, 2004.

『월남망국사』, 소남자 역, 광지서국, 1904.

이상배, 「조선전기 外國使臣 접대와 明使의 遊觀 연구」, 『연행록 연구 총서 7』, 학고방, 2006.

임기중, 『연행록연구』, 일지사, 2002.

조규익 등 편, 『연행록 연구 총서』 1-10, 학고방, 2006.

祁慶富, 「明淸時期北京的朝鮮使館」, 『亞細亞文化硏究』 8, 경원대학교 아시아문화 연구소, 2004.

木馬 進, 「18世紀における日朝學術關係の傳換」, 일본경도대학 심포지움 발표문, 2006. 1. 7.

裴維新, 「중국에서의 한·월 사신, 시인의 만남 - 문학교류에서 나타난 형제애」, 베트남, 1995 발표논문.

上里賢一, 「沖繩(琉球)ど中國の文化交流史 - 中國の詩集に登場する琉球の詩人」, 『沖繩の歷史と醫療史』, 九州大學出版會, 1998.

上里賢一, 『校訂本 中山詩文集』, 九州大學出版會, 1998.

西里喜行, 『淸末中琉日關係史の硏究』, 京都大學出版會, 2005.

松浦 章, 「明淸時北京の會同館」, 『淸朝と東カジア』, 山川出版社, 1992.

櫻井淸彦·菊池誠一, 『近世日越交流史』, 柏書房, 2002.

王敏中等編纂, 『欽定日下的聞考』, 北京古籍出版社, 1981.

王世仁, 「北京會同館考略」, 『北京文博』, 古籍出版, 2002.

王靜, 『中國古代中央客館制度硏究』, 黑龍江敎育出版社, 2002.

劉爲, 『淸代中朝使者往來硏究』, 黑龍江敎育出版社, 2002.

李云泉, 『朝貢制度史論』, 新華出版社, 2004.

藏嶸, 『中國古代驛站與郵伝』, 商務印書館, 1997.

陳宗蕃 편, 『燕都丛考』, 북경고적출판사, 1991.

淸水太郎, 「ベトナム使節と朝鮮使節の中國での邂逅(1-4)」, 鳥取女子短期大學, 北東アジア文化研究 綜合研究所, 『北東アジア文化研究』 12-16(2000. 10 - 2003. 10)

片倉 穰, 『前近代 朝鮮人のベトナム觀』, 桃山學院大學 綜合研究所, 紀要 28-3(2003. 3)

黃定天, 『東北亞國際關係詞』, 黑龍江敎育出版社, 1998.

역학미학의 논리적 추론과 직관적 상상력*

-이서(李漵)의 서예론을 중심으로-

김연재

목 차

---

* 본 논문은 「인문과학」 제42집(성균관대학 인문과학연구소, 2008.08)에 발표한 글을 전반적으로 수정 보완한 것임.

1. 서론

우리가 인문학의 담론에서 정신성을 말할 때, 그것은 인간이 추구해야 할 이념적 목표를 가리킨다. 이념적 목표란 사상적으로는 인간의 가치를 대변하며 문화적으로는 삶의 본령을 가리킨다. 우리 동아시아의 사상과 문화에서 이념적 목표를 말한다면, 그것은 바로 '천인합일(天人合一)'의 대명제일 것이다. '천인합일' 관념은 천도(天道)와 인도(人道)의 통합적 지평을 가리키는 말이다. 여기에는 보편적이고도 궁극적인 내용이 담겨있다. 즉 천체에서 진행되는 방식과 인간이 나아가야 할 길에는 필연적으로 공통의 원칙이 존재하며, 인격체로서의 인간이라면 누구나 다 당연히 이를 추구해야 한다는 점이다. 그러므로 동아시아의 사상과 문화에서 '천인합일' 관념은 인도의 필연성과 당위성을 담은 보편적 가치라고 할 수 있다.

천도와 인도의 통합적 지평이라는 보편적 가치의 대전제하에서, 인격체로서의 인간이란 무엇이고 그것은 내용상 어떤 의미를 지니는가? 인격체는 인간이면 지니고 있어야 할 본질적 성품을 말한다. 그것은 '진(眞)', '선(善)', '미(美)'의 원리와 그들의 통일을 강령으로 한다. 인격체의 강령이 이른바 '진', '선', '미'의 통일에 있다고 할 때, '진'은 천도의 구현체이고 '선'은 인도의 구현체라고 말할 수 있다. 그렇다면 '미'는 어떤 구현체인가? 그것은 바로 '예도(藝道)'의 구현체이다. 이른바 '예도'는 인간능력의 감성적 영역에 속하는 것으로서, 심미적 의식이라는 일종의 정신적 경지와 그것을 표상하는 예술성과 밀접한 관련이 있다.

'예도' 속에 함축된 정신적 내용과 그 예술적 발상은 어떻게 담보되고 규정될 수 있는가? 이러한 문제의식은 동서양을 막론하고 미학의 예술철학적 성격을 밝히는 근본적 문제이며 지금까지 서양미학과 차별화되는 동양미학의 고유한 영역을 구축하려는 시도의 관건이었다. 동양미학의 예술철학적 성격을 논하는 데에 대체로 두 가지 방법론이 있다. 즉 범주론과 예술론이다. 전자에는 형신론(形神論), 허실론(虛實論), 언의론(言意論), 의경론(意境論) 등이 있다. 후자에는 화론(畵論), 시론(詩論), 서론(書論), 악론(樂論) 등이 있다. 범주론이 예술작품 속에서 부호 혹은 상징의 기제(mechanism)가 통합적으로 작동하는 원칙에 관한 논의라고 한다면, 예술론은 개별예술들의 영역에서 이 기제가 총체적으로 활용되는 원리에 관한 논의라고 할 수 있다. 동양미학에서 방법론의 중심이 범주론에 있든지 혹은 예술론에 있든지 간에, 그 논의의 핵심은 주체(예술가 혹은 감상자)와 객체(예술적 대상 혹은 예술작품)의 관계 속에서 심미적 의식이나 예술정신을 어떻게 재현(representation)하거나 표현(expression)해 낼 것인가 하는 점이다. 이에 관한 이론적 내용은 세 가지 단계로 압축된다. 즉 '관물취상(觀物取象)', '입상진의(立象盡意)' 및 '경생우상외(境生于象外)'이다. 이른바 '관물취상'이라는 말은 자연의 사물들을 관찰하고 그 속에서 작품의 형상을 얻는다는 뜻이다. 이는 예술적 대상에 대한 올바른 인식과 그 재현의 방식과 관련된다. 이른바 '입상진의'이라는 말은 작품 속에서 형상을 그려놓고 그 속에 예술가의 의도를 드러낸다는 뜻이다. 이는 작품의 구성에 대한 표현의 원리와 관련된다. 이른바 '경생우상외'이라는 말은 작품 속에 투영된 함의가 그 표상적 내용을 넘어선다는 뜻이다. 이는 예술가와 감상자에게 정신성의 예술적 경지와 관련된다. 이 단계들 각각의 내용과 그 통합적 지평에 관한 논의가 동양미학의 기본적 골격을 형성해왔다.[1]

동양미학의 본령에는 '미(美)' 관념이 자리잡고 있다. '미' 관념은 예술작품을 구상하거나 감상하는 데에 특정의 체험적 방식을 통해 형성된다. 특정의 체험적 방식이란 주체(예술가 혹은 감상자)와 객체(예술적 대상

---

1) 王振復, 『周易的美學智慧』 (湖南: 湖南出版社, 1991), pp.175-181

혹은 예술작품) 사이에 지각의 쌍방향적인 관계를 말한다. 이 관계는 대체로 세 가지 범주들, 즉 원리, 대상 및 경지로 설명될 수 있다. 어떠한 사물이든지 간에, 그것이 구체적인 것이든지 관념적인 것이든지 간에, 그것을 모사 혹은 모방하는 데에는 일정한 원칙이나 원리가 있게 마련이다. 그 원칙이나 원리에 따라 완성된 인위적 결과물이 바로 예술작품이다. 여기에서 예술작품은 이를 제작한 예술가뿐만 아니라 이를 음미하는 감상자 모두에게 지각(知覺) 혹은 감지(感知)의 특별한 대상이 된다. 즉 예술가는 예술적 대상 속에 체험의 경지를 지각적으로 구현하고, 감상자는 예술적 대상을 통해서 그 체험의 경지를 지각적으로 체득한다. 그러므로 예술에 관한 원리, 예술에 관한 대상 및 예술에 관한 경지, 이 세 가지 범주들은 인간 감성의 영역에서 일종의 통일적 지평을 형성한다. 통일적 지평에서는 부호 혹은 형상의 상징적 표상을 매개로 하여 재현과 표현의 역동적 기제가 작용하며, 이러한 작용을 통해 예술성 혹은 예술적 정신을 발휘하거나 감수하게 된다. 이러한 통일적 지평이 바로 '미' 관념이다. 따라서 예술의 심미적 특성을 언급할 때, 세 가지 범주들을 '미'라는 말로 사용하여 '미적 원리', '미적 대상' 및 '미적 경지'라고 말하는 것이다.

이 세 가지 심미적 범주들에는 본질적으로 논리적 추론과 직관적 상상력 및 그 양자의 총체적 관계가 깔려있다. 논리적 추론은 예술작품 속에서 부호 혹은 상징의 기제가 분별적으로 작동하는 객관적 합리성을 가리키며, 직관적 상상력은 이러한 기제가 감각적으로 활용되는 주관적 감수성을 가리킨다. 그 양자의 관계는 예술의 작품성을 드러내는 유기적 구성력에 중요한 영향을 끼친다. 필자는 이러한 심미적 범주들의 역동적 관계에 주목하고 이 관계를 논하는 것이 동양미학의 예술철학적 성격을 밝히는 중요한 단초라고 생각한다. 이러한 점에서 필자는 동양의 예술철학에서 그 심미적 범주들의 총체적 관계를 특별히 역학의 이론과 방식에서 찾고,

이를 '역학미학(易學美學)'으로 명명한다. 이른바 '역학미학'은 『주역』의 원리나 방식을 예술철학적 논변과 그 이론적 토대로 삼는다. 이는 논리적 추론과 직관적 상상력의 총체적 관계를 규명하는 일종의 이론적 발상으로서 동양미학을 구축하는 관건중의 하나가 될 것으로 생각한다.

우리는 조선시대의 '동국진체(東國眞體)'라는 전통적 맥락에서 이와 같은 미학의 문제의식을 고찰할 수 있다. 이른바 '동국진체'는 조선의 참다운 서예라는 뜻으로서, 17세기 조선시대 후기에 새롭게 출현한 독창적인 서예이론의 풍조를 가리킨다.[2] 일반적으로 말해, 이 전통은 이서(李漵)[3]를 시작으로 하여 윤두서(尹斗緖)[4]와 윤순(尹淳)[5]을 거쳐 이광사(李匡師)[6]에 이르는 학맥을 가리킨다. 즉 이서는 동국진체의 시조이며, 윤순은 그의 계승자이고 이광사는 동국진체의 완성자라고 말할 수 있다. 필자는 이서의 서예이론을 중심으로 하여 서예미학의 특징을 밝히고자 한다. 즉 주체가 객체를 대상화하는 특정의 방식이 무엇이며, 내용상 논리적 추론과 직관적 상상력의 총체적 관계가 어떻게 이루어지며, 이것이 어떻게

---

2) 문정자, 「白下 尹淳과 圓嶠 李匡師의 審美理想과 書藝術」 (『동양학』 제43집, 2008), p.138

3) 이서(1662-1723)는 호가 옥동(玉洞) 혹은 옥금산인(玉琴散人)이고 자가 징지(澄之)이며, 시호는 홍도선생(弘道先生)이다. 그의 아버지인 이하진(李夏鎭) 둘째부인의 둘째 아들이 『성호사설』의 저자인 성호(星湖) 이익(李瀷, 1681－1763) 이다. 이서의 유작으로는 아직 출판되지 않은 『홍도유고(弘道遺稿)』가 있다. 그의 서예이론서인 『필결(筆訣)』은 이 책의 12권 하편에 실려 있다. 그것은 모두 17장으로 구성되어 있으며 상당히 구체적이고도 관념적인 내용을 담고 있다. 그는 획의 원리나 글씨의 구성 등과 같은 이론뿐만 아니라 붓잡는 법이나 먹가는 법 등의 간단한 실기들도 서술한다. 더 나아가 그는 중국과 한국의 많은 서예가들을 폭넓게 거론하고 비판하고, 그 중에서 중국 최고의 서예가인 왕희지(321-379)의 필법을 정통으로 보고 있다.

4) 윤두서(1668-1715)는 호가 공재(恭齋)이고, 자가 효언(孝彦) 혹은 종애(鐘崖)이다. 그는 윤선도(尹善道)의 증손자이고, 겸재(謙齋) 정선(鄭歚), 현재(玄齋) 심사정(沈師正)과 함께 조선 후기의 삼재(三齋)로 불린다. 의 증손자이다. 그는 당시의 실학과 남종화풍의 영향을 받았고, 18세기 후반 김홍도(金弘道) 등의 풍속화에 영향을 끼쳤다. 그의 저서로 『기졸(記拙)』, 『화단(畫斷)』이 있으며, 그의 작품들은 『해남윤씨가전고화첩』에 남아있다. 그의 삶과 예술성에 관해서는 박은순의 「恭齋 尹斗緖의 生涯와 書畵」,(『온지논총』 제21집, 2009)를 참조할 것.

5) 윤순(1680－1741)은 자가 중화(仲和)이고 호가 백하(白下)이다. 그는 조선양명학의 대표적 인물인 정제두(鄭齊斗, 1649－1736의 문인이다. 그의 학문은 양명학과 실학에서 나온 것이다.

6) 이광사 (1705－1777)는 자가 도보(道甫)이고 호는 원교(圓嶠)이다. 그는 윤순의 제자이다. 그는 순수한 정신성을 강조한 독특한 필체로 유명한데, 이를 '원교체(圓嶠體)'라고 부른다. 그의 서예이론서로는 『원교서결(圓嶠書訣)』이 있다.

심미적 의식이나 예술적 정신으로 발현되는지를 밝히고자 한다. 서예의 예술을 다른 예술들과 비교할 때, 그 특수성은 획이나 글씨체의 형식을 중시할 뿐만 아니라 이들로 구성되는 문장 전체의 흐름 속에 응결된 필치의 힘(筆力)과 그 속에 반영된 정신성을 중시한다는 데에 있다. 그의 서예 이론서인『필결(筆訣)』에서는 그 특수성을 역학적 사유와 그 장치를 통해 구체적으로 해부하여 서예 미학, 즉 예술철학적 토대를 마련했다. 이러한 점에서 이서는 한국 최초의 서예이론의 창시자로 평가받고 있다. 이는 후대에 이광사의 서예이론서인『원교서결(圓嶠書訣)』로 발전되어 이른바 '동국진체' 정수인 생명성과 정신의 경지를 완성한 것이다.

이서의 서예미학에 관한 최근의 연구 성과들[7]을 보면, 그 이론적 근거를 기본적으로『주역』의 이치 즉 역리(易理)에 있다고 보고 이를 분석해왔다. 이 연구 성과들은 서예이론에서『주역』과 관련한 부분을 천착하고 있다는 점에서 학술적인 의의가 있다. 그러나 그 부분을 포괄적으로 단순히 역리라는 표현으로 서술함으로써 분석력과 그 학술적 가치를 반감시키고 있다. 이는 역학사(易學史)의 흐름, 즉『역경』,『역전』및 역학이라는 일련의 학술사적 과정을 충분히 이해하지 못했기 때문이다.[8] 필자가 보건대, 이서의 서예미학을 설명하는 데에『주역』과 관련한 부분은 역학이나 역학적 사유라는 용어를 사용하는 것이 옳다. 그러므로 본고에서는 역학

---

7) 이와 관련된 대표적인 연구논문들로는 조민환의 「玉洞 李漵『筆訣』의 易理的 理解」, 문정자의 「玉洞 李漵의 書論攷－『筆訣』을 중심으로」, 김응학의 「李漵『筆訣』에 나타난 서예의 易理的 이해」 등이 있다.

8) 역사적으로 볼 때,『주역』계열의 학문은 내용상 크게 세 부분으로 나뉜다. 그 원문인『역경』, 이를 풀이한『역전』, 그리고 한대(漢代)부터 경문과 전문을 주석해온 역대의 역학이다.『역경』이 길흉의 현실적 문제를 예측하려는 점술의 감성적 부분이라면,『역전』은『역경』을 재해석해낸 철리(哲理)의 이성적 부분이다. 역학은『주역』계열에 관한 총체적인 학문을 뜻하는 말로서, 다양한 영역과 분야에서 많은 전문가들이『주역』의 전문과 경문을 해석하는 과정에서 성립된 역사적 산물이다. 그것은 동아시아의 세계관과 방법론에 중요한 축을 형성함으로써 오늘날까지 인문과학과 자연과학의 각 영역들 속으로 깊숙이 파고들 수 있었다. 주백곤 편,『역학기초교정』(북경: 구주출판사, 2001), pp. 1-4.

적 사유에 근거한 이서의 발상을 '역학미학'의 토대로 삼고 이것을 이해하는 차원을 논리적 추론과 직관적 상상력의 통일에 두고 있다. 이는 우주의 질서와 그 생명성의 화합을 내용으로 한 전일론적(全一論的) 사유에 기반하며, 역학적 논법, 즉 역(易), 태극(太極), 음양(陰陽), 상수(象數), 경권(經權), 심법(心法) 등의 명제와 개념을 활용하는 데에 있다. 따라서 본 연구에서는 '역학미학'이 이서의 서예이론에서 어떻게 발휘되는지를 분석하고 그 방법론과 범주론을 모색해 볼 것이다.

2. 역학의 범주와 원리

1) 하늘과 땅(天地)의 범주

우선, 『주역』의 세계관은 무엇인가? 그것이 인간이 우주 혹은 자연계를 인식하는 데에 어떠한 의미가 있는가? 이러한 문제의식은 우리가 『역전』을 이해하는 데에 관건이 된다. 『주역』의 세계관은 기본적으로 우주 혹은 자연계를 전체적으로 조망하여 얻은 인간 경험의 총체적 산물이다. 그 속에서 우주 혹은 자연계의 원리나 방식은 중요한 의미를 갖는데, 그 중심에는 '역(易)' 개념이 있다. '역'이라는 말에는 인간 지혜의 통찰이 들어있다. 그것은 인간이 하늘과 땅으로 대변되는 우주를 변화의 구조 속에서 이해하고 이를 자신과의 유기적이고도 전일적(全一的) 관계에서 감응한 시각을 담고 있다.9) 『역전』에서는 이러한 시각을 궁극적으로 자연생태계의 정보를 담아놓는 인식적 틀, 즉 '하늘과 땅의 道(天地之道)'로 설정하고 있는데, 여기에는 논리적 추론과 직관적 상상력의 통합적 지평이 투영

---

9) 김연재, 「全一論的 思惟에서 본 『易傳』의 세계관과 人間學的 地形圖」, 『인문연구』 제53호(2007), pp. 353-357.

되어 있다.

먼저,『역전』에서는『역경』책의 의의를 설명하면서 그 속에 담긴 우주 혹은 세계에 대한 인식의 방식을 피력한다.

> 역은 사려가 없으며 인위가 없고 적막하여 움직임이 없지만 감응하여 마침내 천하의 연고와 통한다.[10]

우주나 세계가 존재하는 방식에는 일정한 통일성을 지니는데, 이는 유기적이면서도 金一的인 연관성을 함축한다. 만사만물은 우주 혹은 세계를 구성하는 요소들로서 서로 작용하는 가운데에 지속적으로 변화를 유발하면서 끊임없이 새로운 관계를 맺는다. 이 관계는 전체적으로 보면 미세한 상황들이 매 순간 바뀌면서 안정적으로 평형을 이루기도 하고 불안정적으로 비평형을 이루기도 한다. 이러한 상황의 전환을 통해 우주 혹은 세계는 역동적인 조절 혹은 조정의 기능이 작동하며 전체적인 관계적 질서를 형성하고 유지한다.[11] 그러므로『역전』에서는 "역은 다하면 변하고 변하면 통하며 통하면 지속된다"[12]는 '변통(變通)'의 원칙에 따른 우주 혹은 세계의 통일성을 강조한 것이다. 이는 세계관 속에 내포된 진화론적 메카니즘의 단면을 보여준다고 할 수 있다. 이러한 내용에서 보면, "적막하여 움직임이 없으면서도 감응하여 마침내 천하의 연고와 통한다"는 말은 함축하는 바가 포괄적이고도 깊다고 말할 수 있다. 여기에는 인간뿐만

---

10)『周易』,「繫辭傳」상편: 易, 無思也, 無爲也, 寂然不動, 感而遂通天下之故.

11) 이러한 내용은 최근에 새로운 패러다임으로 등장하고 있는 복잡계 이론과 일맥상통한다. 이 이론은 기계론적 세계관과 확률론적 세계관의 뒤를 잇는 세계관으로서, 환원론에서 전일론에로의 사고방식의 전환을 반영한다. 이는 현대의 사유방식이 분석 위주의 사고방식에서 통합 위주의 사고방식으로 바뀌면서, 평형에서 비평형으로, 선형에서 비선형으로, 닫힌 사고에서 열린 사고로 확장되고 있음을 드러낸다. 이와 관련해서『복잡계 개론』(윤영수/채승병, 삼성경제연구소, 2005) pp.186-190을 참조할 것.

12)『周易』,「繫辭傳」하편: 易, 窮則變, 變則通, 通則久.

아니라 인간이 감지하기 어려운 초월적인 것조차도 예외일 수 없다. 그러므로 「단전」에서는 "해가 가운데에 이르면 기울어지고, 달이 차면 일그러지고, 하늘과 땅이 차고 비우고 때에 맞게 줄어들었다 부풀었다한다. 하물며 사람에 있어서야? 하물며 귀신에 있어서야?"[13]라고 말한다. 따라서 『주역』의 사유방식은 우주 혹은 세계를 하나의 원칙이나 원리로 포괄하는 전일론(全一論)을 크나큰 기조로 삼고 있다고 할 것이다.

이러한 맥락에서 『역전』에서는 '하늘과 땅'의 구조를 도입한다. 「계사전」에서는 다음과 같이 설명한다.

> 하늘과 땅에 기운이 쌓이고 합하여 만물이 바뀌고 두터워지며, 남과 여가 정기를 역어 만물이 바뀌어 생겨난다.[14]

만사만물이 생성하고 발육하는 과정은 '하늘과 땅'의 구조로 설명되며, 그 방식은 남성과 여성의 상호관계로 이루어진다. 이 구조는 순환적 과정을 표상한다. 이 표상은 태괘(泰卦)䷊의 속성과 이를 해석한 방식에서도 잘 드러난다. 태괘의 형상에 따르자면, 건(乾)과 곤(坤)의 위치가 위와 아래로 뒤바뀌어 건이 아래에 있고 곤이 위에 있는 형태를 취한다. 이는 우주 혹은 자연이 변화하는 순환적 방식을 상징한다.

> 이는 바로 하늘과 땅이 교류하여 만물이 통하며 위와 아래가 교류하여 그 뜻이 같다.[15]

하늘과 땅에서 대표되는 위와 아래라는 실제적 구조와는 반대로 태괘의 괘상에서는 위와 아래가 뒤바뀐 형상을 제시한다. 이는 우주 혹은 자연

---

13) 같은 책, 「彖傳」, 豐卦: 日中則昃, 月盈則食, 天地盈虛, 與時消息, 而況于人乎? 況于鬼神乎?
14) 같은 책, 「繫辭傳」 하편: 天地絪縕, 萬物化醇, 男女構精, 萬物化生.
15) 같은 책, 「彖傳」, 泰卦: 則是天地交而萬物通也. 上下交而其志同也.

계가 진행하는 모종의 방식을 표상한다. 즉 하늘의 기운은 위로 올라가고 땅의 기운은 아래로 내려가야 한다는 것이다. 이는 본래의 평형적 구조를 비평형적 구조로 설정해놓음으로써 모든 존재는 끊임없이 변화한다는 내용을 지닌 순환적 과정을 단적으로 보여준다. 그러므로 순환적 과정은 차면 비우고 줄어들면 부푸는 것과 같은 '그 뜻이 같은' 변화의 흐름이며, 그 속에서 만사만물은 생성되고 변천해가는 것이다.

다른 한편, '하늘과 땅' 개념에는 존재론적 원리가 함유된다. 존재론적 원리는 우주 혹은 세계 속에서 총체적 역동성을 특징으로 하는 유기적인 생명체의 방식을 말한다. '하늘과 땅'은 바로 이러한 방식을 발휘하는 구조적 틀로 간주된다. 이 구조적인 틀 속에서 모든 존재의 합당성과 타당한 근거가 설정된다. 「서괘전」에서는 다음과 같이 말한다.

> 하늘과 땅이 있은 다음에 만물이 생성된다. 하늘과 땅 사이에 가득 찬 것은 오로지 만물뿐이다.16)

여기에서는 '하늘과 땅'은 만사만물이 생성하고 변화하는 추이의 시공간적 좌표를 상징한다. 구체적으로 말해, "하늘과 땅이 있은 다음에 만물이 생성된다"는 말에는 모든 만사만물은 시간성의 생성과정을 지닌다는 내용이 들어있다. 또한 "하늘과 땅 사이에 가득 찬 것은 오직 만물뿐이다"라는 구절은 모든 만사만물은 공간성의 위치를 차지하고 있다는 내용이 들어있다. "그러므로 형상을 본받는 것이 하늘과 땅보다 더 큰 것이 없고 변하여 통하는 것이 네 계절보다 더 큰 것이 없다."17) 이는 '하늘과 땅' 개념을 존재론적 원리로 파악하고, 네 계절을 그 속에서 진행되는 순환적 과정의 일환으로 생각한 것이다. 따라서 『역전』에서는 우주의 모든존재를

---

16) 같은 책, 「序卦傳」: 有天地, 然後萬物生焉. 盈天地之間者, 唯萬物.
17) 같은 책, 「繫辭傳」 상편: 是故, 法象莫大乎天地, 變通莫大乎四時.

시공간이라는 전일론적(全一論的) 계기 속에서 담아놓고 있다. 이러한 의미에서 '하늘과 땅' 개념은 만사만물의 발생학적 맥락에서 이해되는 존재론적 원리를 대변한 것이라 할 수 있다. "하늘과 땅의 크나큰 덕은 생성이라고 한다"[18)는 말 속에 함축된 내용이 바로 이것이다.

더 나아가 이 존재론적 원리는 '하늘과 땅의 道(天地之道)'로 관념화된다.

> 『역경』은 하늘과 땅과 더불어 기준이 되므로 하늘과 땅의 도(道)를 두루 엮어놓았다.[19)

『역전』에서는 『역경』에 반영된 우주 혹은 세계에 대한 인간의 인식적 틀을 '하늘과 땅의 도(天地之道)'라는 말로 수용한다. '하늘과 땅의 도'에는 만사만물의 존재와 그 변화를 총망라한 내용이 함축되어있다. 그러므로 "하늘에서는 형상을 이루고 땅에서는 형체를 이루니 변화가 드러난다"[20)라고 말한다. 이는 하늘과 땅의 관계적 구조에 대한 인간인식을 잘 보여준다. 따라서 '하늘과 땅의 도'는 천체 혹은 자연계의 운행과 그 질서에 관한 인간 인식의 산물이라 할 수 있다. 이는 인간 자신에게 바로 자신의 존재론적 의미와 가치를 설정하는 규준이자 원칙이 된다. 「계사전」에서는 다음과 같이 말한다.

> 仁에 드러나고 활용에 감추어져 만물을 고무시키지만 성인과 함께 근심하지 않으니 왕성한 덕과 크나큰 업적이 지극하도다! 풍요로움을 크나큰 업적이라고 말하고, 나날이 새로운 것을 왕성한 덕이라고 말한다.[21)

---

18) 같은 책, 「繫辭傳」 하편: 天地之大德曰生.
19) 같은 책, 「繫辭傳」 상편: 易與天地准, 故能彌綸天地之道.
20) 같은 책, 같은 편: 在天成象, 在地成形, 變化見矣.

점술방법에서 드러나는 하늘과 땅의 도(天地之道) 혹은 하늘의 도(天道)는 성인이 우환과 같은 주관적인 의식을 지니는 것과는 달리 만사만물의 생성과 변화와 같은 객관적인 운행을 진행한다. 여기에서 천도와 인도가 구분된다.22) 천체의 운행을 인식하는 성인은 스스로 각성하는 우환의식(憂患意識)과 같은 내면적 자각심을 지닌다. 여기에서 천도와 인도가 구분된다. 특히 '왕성한 덕과 크나큰 업적(盛德大業)'은 천체의 순환적 원리를 단적으로 표현한 것으로서, 인간에게 천명(天命)과 같은 정의(正義)와 정도(正道)의 대의명분이 된다. 이는 인간이 성취하고 실현해야할 궁극적 목표인 셈이다.

2) 상수(象數)의 시공간적 기제

그렇다면 '하늘과 땅의 도(天地之道)'가 어떻게 인간 인식의 내용을 담지하여 합당한 규준이 될 수 있는가?『역전』에서는 인간 인식의 내용을 점서법(占筮法)의 수(數)나 상(象)과 같은 중립적 속성들로써 규칙화하고, 이를 통해 우주나 세계의 객관적 질서나 원칙을 연역해 낸다.「계사전」에서는 다음과 같이 말한다.

> 뒤섞음으로써 변하여 그 수(數)를 읽어 모은다. 그 변함을 통하여 마침내 하늘과 땅의 문양을 이룬다. 그 수를 다하여 마침내 천하의 상(象)을 정한다.23)

---

21) 같은 책, 같은 편: 顯諸仁, 藏諸用, 鼓萬物而不與聖人同憂. 盛德大業至矣哉. 富有之謂大業, 日新之謂盛德.

22) 천도와 인도를 동일시할 것인지 아니면 양자를 구분할 것인지의 논점은 후대에 특히 송대의 유학자들, 특히 장재, 정호, 정이 등과 같은 유학자들 각각의 입장, 더 나아가 이학(理學)과 심학(心學) 사이에 윤리의식의 차이점을 파악하는 중요한 단서가 된다. 김연재의『宋明理學和心學派的易學與道德形上學』, pp.64-66쪽과 pp.92-93을 참조할 것.

23)『周易』,「繫辭傳」상편: 參伍以變, 錯綜其數. 通其變, 遂成天地之文. 極其數, 遂定天下之象.

만사만물의 모습은 수(數)의 속성으로써 구상화되고, 이 구상화의 결과를 상(象)의 방식으로 나타냄으로써 하늘과 땅의 구조적 내용을 표상했다. 『역전』에서는 수(數)와 상(象)을 인간이 세계를 인식하는 데에 객관적인 원칙을 확보하는 방편으로 본 것이다. 특히 상(象)은 인간의 인식을 구현하는 구체적인 표상성을 지닌다고 본다. 그러므로 「계사전」에서는 다음과 같이 말한다.

> 성인(聖人)은 천하의 잡란한 것을 보고서 그 형용함을 비유하며 그 사물의 마땅함을 본뜬다. 그러므로 그것을 일러 상(象)이라 한다.24)

'사물의 마땅함'은 인간 특히 성인이 만사만물 및 그 변화의 다양성을 인식하는 본질이다. 상(象)은 바로 이 본질을 표상적으로 구현한 산물이다. 상(象) 중에서 대표적인 것이 바로 팔괘의 괘상이다. 「설괘전」에 따르면, 팔괘의 기본적 구성은 음과 양 및 그 관계성, 특히 남과 여의 발생학적 형태로 나타낼 수 있다.

> 건은 하늘이니 아버지라고 부른다. 곤은 땅이니 어머니라고 부른다. 진은 처음 구해서 남자를 얻으니 장남이라 한다. 손은 처음 구해서 여자를 얻으니 장녀라고 한다. 감은 다시 구해서 남자를 얻으니 중남이라고 한다. 리는 다시 구해서 여자를 얻으니 중녀라고 한다. 간은 세 번째 구해서 남자를 얻으니 소남이라고 한다. 태는 세 번째 구해서 여자를 얻으니 소녀라고 한다.25)

이 단락에서 괘들의 음과 양의 성격으로 나누어 팔괘를 구성하고 있다.

---

24) 같은 책, 같은 편: 聖人有以見天下之蹟, 而擬諸其形容, 象其物宜, 是故謂之象.

25) 같은 책, 「說卦傳」: 乾, 天也, 故稱乎父. 坤, 地也, 故稱乎母. 震一索而得男, 故謂之長男. 巽一索而得女, 故謂之長女. 坎再索而得男, 故謂之中男. 離再索而得女, 故謂之中女. 艮三索而得男, 故謂之少男. 兌三索而得女, 故謂之少女.

양의 괘는 건(乾, ☰, 天), 진(震, ☳, 雷), 감(坎, ☵, 水), 간(艮, ☶, 山)이고, 음의 괘 즉 곤(坤, ☷, 地), 손(巽, ☴, 風), 리(離, ☲, 火), 태(兌, ☱, 澤)이다. 이들 사이에 음과 양의 상관성에 따라 모든 경우의 수를 조합한 것이 64괘이다. 『주역』에서는 하늘과 땅으로 대표되는 자연생태계를 모든 생명성의 원천 및 방식으로 해석하고, 이를 음양, 사상, 팔괘 및 64괘로 표상한다. 『역전』에서는 특히 팔괘의 구상적 성격을 통해 인간이 세계를 인식하고 그 속에서 일이나 상황을 체험하는 계기를 마련했다. "그래서 팔괘를 처음 지었고, 그럼으로써 하늘과 땅의 신령스럽고 밝은 덕을 통하였으며 온갖 사물들의 실정을 분류했다."26) 팔괘가 인간이 모든 만사만물의 구성요소를 인식한 산물이라면, 그것은 인간 인식의 구조에서 대상세계와 내면세계 사이의 상관적 관계 즉 쌍방향적인 출입구의 역할을 한다. 이것이 상(象)과 수(數)의 기제를 통해 상징화한 팔괘의 의의라고 할 수 있다.

팔괘 역시 건괘와 곤괘를 바탕으로 하여 연역적으로 64괘로 확장된다. 즉 건괘와 곤괘를 제외한 나머지 62가지의 괘들은 건괘와 곤괘로 대표되는 음양의 상관적 구조로써 만사만물의 현상을 형상적으로 나타낸다. 이러한 점에서 '하늘과 땅의 도'는 우주 혹은 자연에서 진행되는 일련의 현상들을 화합적이고도 균형적으로 표상한 것이라고 말할 수 있다. 우주에 대한 해석적 기제로서 64괘의 괘상(卦象)을 제작했다는 것은 『역경』의 상징체계가 한갓 우주나 자연의 질서를 모방하는 것에만 머물러 있지 않았음을 의미한다. 『역경』에서 자연생태계를 하늘과 땅으로 관념화하고 이에 대한 해석적 기제로서 수(數)와 상(象)의 방식, 즉 음양, 사상, 팔괘 및 64괘를 설정했다고 한다면, 『역전』에서는 '하늘과 땅의 도(天地之道)'로써 우주생명체의 크나큰 순환계통의 원리를 제시했으며, 더 나아가 상(象)과 수(數)의 기제를 통해 이를 시공간적 좌표로 해석했던 것이다. 이것이

---

26) 같은 책, 「繫辭傳」 하편: 于是始作八卦, 以通神明之德, 以類萬物之情.

바로 『역전』의 우주관에 반영된 전일론적(全一論的) 사유의 한 단면이라고 할 수 있다.

3. 서법(書法)의 강령과 미적 원리

1) 역학관(易學觀)과 생명성의 원리

이서는 성리학(性理學)에서 제기된 우주생성론, 그 중에서도 역학적 사유의 논점, 즉 세계의 본원과 그 파생의 양상에 주목한다. 그는 『주역』에 반영된 내용을 근거로 하여 생명성의 원리가 천체운행의 크나큰 기조를 이룬다고 생각했다. 더 나아가 그는 생명성의 원리가 음과 양의 기(氣)와 그 역동적 관계로 표상되며 그 속에서 모든 변화의 통합적 원칙이 파악될 수 있다고 보았다. 그는 다음과 같이 말한다.

> 하늘과 땅 사이에 생명의 기(氣)가 가득 차 넘치며 수(數)를 갖추지 않은 것이 없다. 이는 단지 교역(交易)과 변역(變易)일 뿐이다. 변역이란 하나의 기(氣)가 유행하여 변화하는 것이다. 교역이란 두 가지 기(氣)가 마주 대하여 서로 뒤섞이게 되는 것이다.[27]

우주에 충만해있는 생명의 기(氣)는 하늘과 땅의 구조 속에서 운행되는 일종의 존재론적 방식을 함축한다. 존재론적 방식이란 인간이 직관적 감응을 통해 모든 존재와 그 변화를 체득하는 원리인데, 이를 수(數)의 논리적 기제[28]로 설명해놓았다는 것이다. 수의 기제를 이서는 '교역'과 '변역'

---

27) 李漵, 『筆訣』, 「雜論」: 天地之間, 生氣盈溢, 數無不備, 只是交易變易而已. 變易者, 一氣流行 而變化也. 交易者, 兩氣待對而推蕩也.

28) 수(數)에 관한 이서의 논법은 소옹(邵雍)의 상수학적(象數學的) 입장에 기초한다. 소옹은 『주역』 의 괘사(卦象)에서 수학(數學)의 연역적 방식을 추론하고 이에 입각하여 팔괘와 64괘가 표상하는 시공간적 우주생성론을 제시했다. 특히 그는 수(數)의 변화가 있어야 비로소 상(象)과 기(器)가

의 용어로 설명한다. 이 용어는 주희가 주돈이의 『태극도설(太極圖說)』에 있는 '양의(兩儀)'의 뜻29)을 해석하는 데에 등장한다. 주희는 "역에는 두 가지 뜻이 있다. 하나는 변역인데, 바로 유행하는 것이다. 하나는 교역인데, 바로 대대하는 것이다"30)라고 말한다. 그는 우주의 존재론적 구조 속에 음과 양의 기(氣)가 한데 어우러져 변화하는 원칙이 있다고 보고, 이것을 '변역'과 '교역'의 관계로 설명한다. '역(易)'의 통합적 지평에서 볼 때, '변역'은 음과 양의 전일적(全一的) 흐름을 가리키는 반면에, '교역'은 음과 양의 상관적(相關的) 과정을 가리킨다. 이서가 보건대, 이 관계에는 우주의 시공간적 원리를 관통하는 규율성 즉 수(數)의 논리적 원칙이 있다. 즉 하나의 기는 두 가지 기로 나누어지지만, 하나의 기 자체는 두 가지 기를 포함하지 않는다. 이 논리적 원칙에 관해 그는 계속해서 다음과 같이 서술한다.

> 변역하면 교역이 그 속에 있고 교역하면 변역이 그 속에 있다. 그 교역 역시 바로 변역이고, 그 변역 역시 바로 교역이다.31)

'변역'과 '교역'의 관계는 내용상 서로 보완하고 서로 이룬다(相補相成)는 견해와 '사물 혹은 사태는 그 끝에 이르면 반드시 되돌아 온다(物極必反)'는 견해와 같은 변증적 방식을 지닌다. 이 변증적 방식이 바로 음과

있다고 생각하여 "수가 상을 낳는다(數生象)"고 주장했다. 이러한 특징의 학문을 역학의 역사에서 상수역학(象數易學)이라고 불린다.

29) 주돈이는 다음과 같이 말한다. "한번 움직이면 한번 고요하여 서로 그 뿌리가 되며, 음으로 나뉘고 양으로 나뉘어 양의가 세워진다. 양이 변하고 음이 합하여 수(水), 화(火), 목(木), 금(金), 토(土)를 낳는다. 다섯 가지 기(氣)가 순서대로 분포되고 네 계절이 운행된다.(『太極圖說』: 一動一靜, 互爲其根, 分陰分陽, 兩儀立焉. 陽變陰合, 而生水火木金土. 五氣順布, 四時行焉.)" 여기에서 '양의'는 움직임(動)과 고요함(靜)의 양상을 지닌 음과 양을 가리킨다.

30) 『朱子語類』卷65: 易有兩義. 一是變易, 便是流行底; 一是交易, 便是對待底.

31) 李澈, 『筆訣』, 「雜論」: 變易則交易在其中矣. 交易則變易在其中矣. 其交易也便是變易也. 其變易也便是交易也.

양이 서로 유기적으로 관계를 맺는 '변통(變通)'의 전일론적(全一論的) 방식이다. 이서는 '변통'의 방식 특히 '교역'의 상관적 과정을 역도학(易圖學)[32]의 맥락에서 설명한다. 그는 우주의 본원, 생성 및 그 변화에 관한 도식이 「하도」와 「낙서」의 원리에 따른 것이라고 생각한다. 그는 다음과 같이 말한다.

> 사람들은 단지 교역이 교역됨을 알뿐이지, 교역이 유(有)와 무(無)와 통하는 것을 알지 못한다. 그러나 교역은 그 고유한 바에서 나온 것이지 외부에 기대어 있지 않다. 「하도」가 「낙서」이며 「하도」의 수(數)가 서로 교역하여 64괘를 이루는 것을 보는 데에서 알 수 있다.[33]

우주생성론에는 생명성의 원리로서 유(有)와 무(無)의 관계가 존재한다. 이 관계는 직관적 상상력을 통해야만 가능한 상징적 성격을 지닌다. 이러한 관계를 표상한 것이 「하도」와 「낙서」의 원리이다. 「하도」는 팔괘의 방위로 설정된 내용을 지니고, 「낙서」는 팔괘의 형상으로 설정된 내용을 지닌다. 특히 '교역'은 삼라만상에 대한 직관적 체험을 숫자의 방식에 따라 팔괘와 이를 논리적으로 연역한 64괘로 표상된다. 이러한 점에서 「하도」의 수(數)[34]는 필연적으로 모든 만사만물의 존재론적 원리를 지닌다. 여기

---

32) 이른바 역도학(易圖學)은 역학의 역사에서 상수학(象數學)의 계열에 속한다. 그것은 『주역』의 이치(易理), 특히 상(象)과 수(數)를 근거로 하여 그림으로써 우주관(宇宙觀)을 재현한 것이다. 이는 한대(漢代)의 상수학(象數學), 그 중에서 특히 천체의 변화와 기후절기를 설명한 괘기설(卦氣說)에서 시작되었다. 송대(宋代)에 이르러, 『역전』의 문장, "하수에서 「하도」가 나오고 낙수에서 「낙서」가 나오니, 성인이 그것을 법칙으로 삼았다(『周易』, 「繫辭傳」 상편: 河出圖, 洛出書, 聖人則之.)"는 구절을 근거로 하여 「하도」와 「낙서」에 관해 각종의 해석들이 쏟아졌다. 이 내용에 점차 신비주의적 색채가 가미되면서 이를 응용하여 그린 흑점과 백점으로 된 그림들이 많이 등장했다. 이 그림들은 「계사전」에 있는 '대연의 수(大衍之數)'와 '천지의 수(天地之數)'를 기본적 내용으로 하여 특히 천문이나 기상의 규준(1년 12개월, 4계절, 24절기 등) 등과 연관되었다. 당시의 학자들은 『주역』의 내용을 도상(圖象)으로 그려내고 해석하면서 그 속에서 자신의 이론적 사유를 창출하고 세계관 즉 우주에 대한 인식 및 그 함의를 총괄적으로 담아내었다.

33) 李漵, 『筆訣』, 「雜論」: 人但知交易之爲交易, 而不知交易之爲通有無也. 然其交易也, 因其所固有, 非有待於外也. 觀於河圖之爲洛書, 及河圖數之互相交易而成六十四卦者, 可見矣.

34) 이른바 하도(河圖)의 수(數)에 따르면, 1, 2, 3, 4, 5는 생수(生數)이고, 6, 7, 8, 9, 10은 성수(成數)이

에 수(數)의 논리적 추론이 존재한다. 이를 가리켜 그는 "교역은 그 고유한 바에서 나온 것이지 외부에 기대어 있지 않다"라고 말한다. 존재론적 원리는 음양의 변통적(變通的) 방식을 근간으로 하는 숫자의 원칙으로 귀결되며 이 원칙의 표상적 산물이 바로 64괘라는 것이다. 그에게 우주의 시공간에 담긴 원리는 직관적 상상력을 통해 수(數)의 논리로 환원한 산물이다.

따라서 이서의 역학관(易學觀), 특히 역(易)의 논리적 추론과 직관적 상상력의 통합적 지평을 수용하는 관점은 당시의 성리학적 세계관에서 논의된 상수학적(象數學的) 전통과 그 역도학(易圖學)을 기반으로 한다. 그의 서예미학에 대한 우리의 논단은 바로 이러한 맥락에서 이해되고 논의되어야 한다.

2) 서법(書法)의 운용과 역상(易象)의 방식

우선, 이서는 서법의 강령을 제시하는 데에 역학의 해석적 장치와 그 의의를 논한다. 그는 다음과 같이 말한다.

> 글씨는 역에 근본한다. 역에는 음과 양이 있으며 삼정(三停)이 있으며 사정(四正)이 있으며 사우(四隅)가 있다.[35]

역(易)의 이치란 음과 양이라는 생명성의 양상을 바탕으로 하는데, 괘상(卦象)에서는 '삼정' 및 팔방 즉 '사정'과 '사우'의 방위적 관계로 표출된다. '삼정'은 하늘과 땅 및 인간(天地人)이라는 세 가지 위치로서, 음과 양의 생명성을 구현한 것이다. '사정'은 네 개의 정방위, 즉 정북, 정동, 정남, 정서의 방향을 나타낸다. '사우'는 정방위들의 사이, 즉 서북, 서남,

---

다. 생수에서 1, 3, 5는 양의 수로서 세 가지이며 2, 4는 음의 수로서 두 가지이므로 "하늘을 셋으로 하고 땅을 둘로 한다"고 말한 것이다.

35) 李漵, 『筆訣』, 「與人規矩上」: 書本於易, 易有陰陽, 有三停, 有四正, 有四隅.

동북, 동남의 방향을 가리킨다. 이서가 보건대, 서법(書法)의 원리는 우주의 시공간적 구조에 대한 통합적 통찰에서 나온 것이다. 그것은 역상(易象)의 원리, 즉 「하도」의 방위와 「낙서」의 형상에 근본한 것이다. 이를 그는 다음과 같이 설명한다.

> 글씨는 「하도」와 「낙서」에 근본한다. 글씨의 형태가 네모난 것은 팔괘와 구주를 본뜬 것이다. 글씨에는 방위가 있는데, 방위가 원만한가 이지러졌는가에 따라 길과 흉이 생겨난다. 글씨의 구부리고 펴짐은 귀신을 체현하며 변하여 통함은 네 계절을 체현한다.[36]

이는 글씨가 「하도」와 「낙서」의 수(數)를 근간으로 한다고 보고 글씨의 구성 원칙을 밝힌 것이다. 그는 글씨의 윤곽이 우주만물의 원리, 즉 팔괘의 위치와 구주[37]의 법칙에 맞아야 한다고 생각한다. 또한 획의 운용에서는 사정과 사우, 즉 8방위의 구성에 맞게 했는지가 관건이 된다는 것이다. 획에서 사정은 가로획과 세로획의 위치로 활용되는 반면에, 사우는 기울어진 획의 위치로 활용된다. 이처럼 획이 8방위에 맞게 그어졌는지에 따라 예술작품으로서의 평가, 즉 좋은(길) 글씨체와 나쁜(흉) 글씨체가 판단된다. 이러한 의미에서 그는 "방위가 원만한가 이지러졌는가에 따라 길과 흉이 생겨난다"고 말한다. 특히 주목할 만한 것은 그가 서법(書法)의 형식적 원리를 바로 글자의 공간과 위치를 재현한 것, 즉 하는 상상력과 추론의 통합적 구성에서 찾는다는 점이다. 그는 다음과 같이 설명한다.

　　장 또한 법이 있다. 한 장의 법은 큰 행과 작은 행이 서로 사이에

---

36) 같은 책, 「與人規矩下」: 書本河洛, 字形方象八卦與九疇也. 書有方位, 方位之圓與缺, 吉凶生焉. 屈伸者, 體鬼神也. 變通者, 體四時也.

37) 『상서尙書』의 「홍범(洪範)」 편에 있는 구주라는 말은 기자(箕子)가 주나라의 무왕(武王)의 물음에 답했던 천하를 다스리는 9가지 크나큰 법칙을 말한다. 이것은 오행(五行), 오사(五事), 팔정(八政), 오기(五紀), 황극(皇極), 삼덕(三德), 계의(稽疑), 서징(庶徵), 오복(五福)과 육극(六極)이다. 성리학자들은 이것이 우주를 충만케 하며 하늘과 땅의 위치를 정하며 만물을 화육하는 원리로 보았다.

끼고 사정과 사우가 중앙과 호응해야 비로소 국면을 이룬다.[38]

서법의 형식적 원리는 사정과 사우의 위치에 따른 행간의 운용 및 그에 따른 구성의 운용에 있다. 즉 좋은 혹은 원만한 글씨체에는 귀신과 같은 신축성과 네 계절과 같은 '변통'의 방식이 운용된다는 것이다. 그는 다음과 같이 말한다.

> 글씨를 쓰는 법에는 조화(造化)가 무궁하다. 한 글씨가 만 가지로 변하며, 여러 획이 하나의 기에 있으며, 충만한 기가 서로 화(化)하는 오묘함을 알 수 있어야 비로소 글씨를 아는 것이다.[39]

글씨체는 획들의 살아있는 선들로 구성된다. 이 선들은 마치 변화무쌍한 조화(造化)의 구현체라고 할 수 있다. 여기에는 우주의 생명관(生命觀)이 반영되어 있다. 즉 하늘과 땅으로 대표되는 우주에는 '기(氣)'의 변화가 존속한다. '기'의 변화란 바로 생명력이 발휘되는 방식으로서, 글씨체의 살아있는 선들에도 그대로 적용될 수 있다. 여기에서 괘상(卦象)의 원리와 서법(書法)의 형식을 통합하는 지평이 가능한 것이다. 이와 관련하여 중국 학자인 주량지는 좋은 시사점을 던져주고 있다.

> 역괘(易卦)는 유한하고 상대적으로 안정적 부호로써 하늘과 땅 및 만물을 반영한 것이지만, 서법(書法)은 무한하고 다양한 형식으로써 생명의 무한한 변화를 반영한다. 역괘가 만물을 반영한 것은 부호 내부의 복잡한 관계를 거쳐 완성되지만 부호 자체는 변화를 발생하지 않는다. 서법은 선 내부의 복잡한 조합에 주목할 뿐만 아니라 동시에 선 자체도 때와 사람에 따라 변한다. 역의 형성과 조합은 주로 공간적 관계 속에서 구체화되지만 글자의 조합은 시간적 관계 속에서 구체화된다. 역은 괘

---

38) 李漵, 『筆訣』, 「要旨上」: 章亦有法, 一章之法, 大行小行相間, 四正四偶與中相應, 方是成局.
39) 같은 책, 「泛論書法」: 作字之法, 造化無窮, 能知一字萬變, 衆畫一氣, 沖氣相化之妙, 方是知書.

와 효의 변화를 거쳐 생명을 '모사'하는 것인 반면에, 글씨는 형체의
변역을 거쳐 생명을 '현현'한 것이다.40)

그는 괘상(卦象)과 서법(書法)의 특징을 각각 고정된 격식과 역동적인
변화, 공간과 시간 등으로 구분하여 그 양자를 명확히 차별화한다. 그럼에
도 불구하고 그는 괘상과 서법의 본령을 생명성의 변화의 원리에 있다고
본다. 이러한 점에서 그의 논단은 서법의 원리 속에 반영되어야 할 생명성
의 본령을 잘 보여준다. 괘상은 이 변화의 원리를 '모사'한 것인 반해,
서법은 그것을 '현현'한 것이다. 여기에서 '모사'와 '현현'은 생명성의 변
화의 원리를 근간으로 하고, 형상의 측면에서 재현의 간접성과 직접성의
차이만 있을 뿐이다. 이것이 이서가 서법의 원리에 활용한 상상력과 추론
의 통합적 지평의 발상인 것이다.

따라서 이서에게 생명성의 원리에 관한 역학적 원리나 방식은 서법(書
法)의 강령을 위한 해석적 장치가 된다. 그는 역학의 해석적 장치를 활용
하여 서법에서 생명성을 표현하는 논리적 방법과 그것을 체현하는 직관
적 방식의 틀을 제시함으로써 글씨의 형식을 위한 이론적 토대를 마련했
던 것이다.

3) 경권(經權)의 원리와 글씨체의 형식

이서는 음양의 생명성의 원리를 바탕으로 하는 역학의 논법으로서
경권설(經權說)41)에 주목한다. 그는 경권설을 서법의 해석적 장치로 활
용하여 글씨의 골격과 그 운용의 합당한 방식을 설명한다. 그는 다음과
같이 말한다.

---

40) 朱良志, 『中國藝術的生命精神』(安徽: 安徽敎育出版社, 1998), p.225
41) 경권설에 관해서는 박재주의 「유가윤리에서의 도덕적 딜레마 해결방식으로서의 경(經) → 권(權)＝선
   (善)」, 『윤리연구』 제64호(2007), pp.175-177.

> 글씨의 법에는 경(經)이 있고 권(權)이 있다. 항상성을 지키는 것이
> 경이고 때의 세력을 따르는 것이 권이다.[42]

글씨를 쓰는 방법에는 일정한 형식, 즉 일정한 원칙과 그 운용이 있다. 그는 이를 경의 도(經道)와 권의 도(權道) 사이에 존재하는 관계적 원리라고 본다. 그는 구체적으로 다음과 같이 말한다.

> 글씨의 왼쪽이 양이고, 오른쪽이 음이다. 양은 상승하고 음은 하강하
> 며, 양은 가볍고 음은 무겁다. 글씨는 음을 본떠서 오른쪽은 반드시
> 왼쪽보다 무겁고 낮아야 한다. 오른쪽이 무겁고 낮아야 한다는 것이
> 경(經)이다. 때로는 변하여 통하는데(變通) 때에 맞게 가득 차도록 하기
> 도 하고 줄어들게도 하니 오묘함이 그 속에 있다.[43]

글씨를 구성하는 이치는 양의 획으로 시작하여 음의 획으로 마무리된다. 즉 획의 출발은 양의 속성처럼 가볍게 올라가듯이 긋고 획의 끝은 음의 속성처럼 무겁게 내려가듯이 맺는다. 이것이 글씨의 형태를 구성하는 근본적인 규준 즉 경의 도(經道)이다. 이러한 의미에서 그는 "오른쪽이 무겁고 낮아야 한다는 것이 경(經)이다"라고 말한다. 다른 한편, 그 속에는 시공간적인 운용의 '오묘함', 즉 '변통(變通)'의 방식이 있다. 즉 "때에 맞게 가득 차도록 하기도 하고 줄어들게도 한다." 이것이 권의 도(權道)이다. 경의 도(經道)가 글씨의 형태 및 글자들을 통일시키는 원칙을 말한다면, 권의 도는 그것을 운용하는 원칙을 말한다. 특히 그는 글씨의 운용에서 권의 도의 중요성을 인식하고 이를 다음과 같이 설명한다.

> 글씨를 쓰는 법은 중심을 위주로 하는 것뿐이다. 그 다름과 같음이
> 있다는 것은 덜고 더하는 것이며, 덜고 더하는 것은 변통(變通)이며,

---

42) 李漵, 『筆訣』, 「與人規矩下」: 字法有經有權, 守常者經也. 趨時者權也.

43) 같은 책, 같은 편: 左陽右陰, 陽升陰降, 陽輕陰重, 字象陰, 右必重低於左, 右重低經也. 有時乎變
   通, 隨時盈縮, 妙在其中矣.

> 변통이란 때를 따른 것이며, 때를 따른다는 것은 권의 도(權道)이다.
> 그 변통은 자연스레 그렇게 된 것이지 작위가 있는 것이 아니다.44)

글씨의 형태 및 글자들 사이의 연관성, 즉 '변통(變通)'의 방식은 덜면 (損) 더하는(益) 운용에 있다. 글자나 문장의 형태나 형상적 흐름을 표출하는 데에는 글씨의 '중심', 즉 생동력이 중요하다. 이 '중심'의 묘미는 근본적으로 균형과 조화의 법칙에 있다. 그는 다음과 같이 말한다.

> 한 글씨로 두 글씨의 자리에 넣어도 커 보이지 않으며, 하나의 자리에
> 부족하여도 작은 것이 큰 것을 대적할 수 있다. 권의 도(權道)에 따라
> 마땅함에 화합하여 오묘함이 변통에 있다.45)

여기에서는 서예가 혹은 예술가가 글씨의 재현적 대상(객체)을 운용하면서 자신의 의식이나 의향을 표현할 수 있는 여지가 있음을 논한 것이다. 글씨를 쓰는 사람은 자신의 직관력을 통해 글자나 문장의 형태나 형상적 흐름 속에 주체의식을 표출할 수 있어야 한다. 이러한 의미에서 그는 "붓을 사용하여 글씨를 구성하는 방법에는 돌보고 감싸야 한다. 주된 획은 뜻에 맞게 변통하는 데에 오묘함이 그 속에 있다"46)고 말한다. 그는 주체의식을 표출하는 재현과 표현의 방식이 권의 도라는 원리에 입각해야 한다고 보았다.

그렇다면 권의 도의 본령은 무엇인가? 그는 글자나 문장의 형태나 형상을 재현하거나 그 속에 주체의 의식이나 의향을 표현하는 과정에는 '변통 (變通)'의 정합적 원칙이 존재해야 한다고 생각했다. 이것이 바로 중도(中

---

44) 같은 책, 「要旨下」: 凡書法主中心而已. 其有異同者損益也. 損益者變通. 變通者趨時也. 趨時者權也. 其變通自然而然也, 非有作爲也.
45) 같은 책, 「與人規矩上」: 有一字兼兩字之位而不爲大者, 歉於一位而小能敵大者, 權而合宜, 妙在通變.
46) 같은 책, 「筆法」: 凡用筆構字之法, 必須眷戀, 主畫隨意通變, 妙在其中.

道)47)이다. 그는 다음과 같이 말한다.

> 또한 한 가지 뜻으로 되는 것이 있다. 두 글자가 서로 비춰 서로 돌아보고 감싸고 전체가 응어리지어 한 가지 뜻이 되는 것도 있고, 세 글자나 네 글자가 한 줄 전체에 이르기까지 전체가 응어리지어 한 가지 뜻이 되는 것도 있다. 그 요점은 권의 도(權道)에 있으니, 그것은 위로 하고 아래로 하고 나아가고 물러나며 가볍게 하기도 하고 무겁게도 하고, 느슨하게 하거나 굳게 하며 덜기도 하고 더하기도 하여 중도(中道)로 귀결된다.48)

글씨의 기법은 글자들 사이에 혹은 획 사이에 일련의 상관성에 있는데, 이것이 바로 '경권(經權)의 도(道)'의 묘미, 즉 중도(中道)이다. 그는 다음과 같이 말한다.

> 일정한 법도가 경의 도(經道)이고 변통하는 것이 권의 도(權道)이다. 경의 도가 있지만 권의 도가 없으면 굳고 막힌다. 권의 도가 있지만 경의 도에 어긋나면 속이고 망령된다. 권의 도가 있고 경의 도와 합치되어야 비로소 중도(中道)를 얻는다. 경에 합치되는 것이 성현의 권의 도이다. 경의 도에 위반하는 것은 사기꾼의 권의 도이다. 무엇을 성현의 권의 도라고 말하는가? 적절하여 시중(時中)인 것이다.49)

이 단락에서는 '경의 도'와 '권의 도'의 합치라는 중도(中道)의 방식에

---

47) 이 말은 본래 "인심은 위태롭고 도심은 은미하다. 오로지 정교해야 하고 오로지 전일해야 진실로 그 가운데를 잡는다(『書經』, 「大禹謨」: 人心惟危, 道心惟微, 惟精惟一, 允執厥中.)"는 말에서 나온 것이다. '인심'은 사욕으로 흐를 가능성이 많기 때문에 위태로운 반면에, '도심'은 쉽게 성취하기 어렵기 때문에 은미한 것이다. 이처럼 마음의 작용이 미묘하기 때문에, 인간은 끊임없는 노력을 통해 '도심'과 '인심'이 통일 혹은 합치될 수 있는 마음의 중도(中道) 혹은 중용(中庸)의 원칙을 터득해야 한다는 것이다. 이러한 원칙은 공맹학(孔孟學)의 처세관(處世觀)이 되었으며 이후에 성리학의 중요한 논제가 되었다.

48) 李溆, 『筆訣』, 「筆訣論要」: 又有一義, 有兩字相照而互相顧戀, 凝爲一意者. 有三字四字, 以至全行. 凝爲一意. 其要在於權. 其上下進退輕重緩緊而損益之, 歸於中而已.

49) 같은 책, 「論經權」: 常例者經也. 變通者權也. 經而無權則固滯也. 權而背經則詭妄也. 權而合經方是得中. 合經聖賢之權也. 反經詐術家之權也. 何謂聖賢之權, 宜而時中也.

중점을 두고 있는데, 이는 서법의 원리가 무엇인지를 잘 말해준다. 즉 글씨를 쓰는 법에서 '경권의 도(經權之道)'라는 규격에 따른 적절한 운용의 묘미가 중요하다. 그러므로 그는 "행에는 곧은 것과 굽은 것이 있으며 때에 따라서 장소가 변해야 서로 구제할 수 있다"50)고 말한다. 그 본령이 바로 시중(時中) 혹은 중정(中正)을 내용으로한 중용 혹은 중도의 원칙이 있다. 이러한 의미에서 그는 "대개 장과 줄의 법이 한시(漢詩)의 율법의 평측과 같아서 정법도 있고 변법도 있으므로 변하여 중용을 얻어야 비로소 권의 도(權道)와 합치된다"51)라고 말한다. 따라서 이서가 제시한 서법의 이론은 바로 '경권의 도'라는 역학적 기제에 입각하여 논리력과 상상력을(발휘한 결과라고 할 수 있다. 그는 변통적 원리와 그 중도관(中道觀)에 입각하여 서법(書法)이라는 '미적 원리'로서의 대원칙을 마련했던 것이다.

4. 서예(書藝)의 기교와 미적 대상

1) 획의 조화와 상수학적(象數學的) 방식

서법의 미적 원리가 글씨의 운용방식에 있다고 한다면, 서예의 기교는 구체적으로 어떻게 설명될 수 있는가? 그것은 획의 표상성에 있다. 이서는 획을 운영하는 방식, 즉 운필법(運筆法)에 주목하고 그 내적인 속성이 필치의 힘(筆力)에 있다고 보았다. 그렇다면 필력의 핵심은 무엇인가? 관건은 획을 구성하는 구조의 합일성 혹은 일체성에 있다. 여기에는 획의 본원성 혹은 원초성이 중요하며, 그 방식으로서 '삼정(三停)'과 '삼과(三過)'의 원리가 있다. 이것 역시 통찰력의 본질, 즉 추론과 상상력의 통합적

---

50) 같은 책, 「與人規矩上」: 行有直者有屈者, 隨時處變, 方能相濟.
51) 같은 책, 「要旨上」: 蓋章行之法, 如律法之平仄, 有正法焉, 亦有變法焉, 變而得中, 方是合權.

지평을 보여주고 있다.

먼저, 이서는 역학적 장치를 토대로 하여 획의 본원성과 그로부터 파생되는 획의 변화를 제시한다.

> 획은 측에서 시작하는데, 측이란 점이다. 점은 하나이다. 점이란 음과 양으로 나누어지나 아직 나누어지지 않는 형상이다.[52]

획이 변하는 시초 혹은 시작으로서의 점은 음과 양의 방식으로 신축성 있게 움직이는 획, 그이전의 '하나'라는 본원성 혹은 원초성을 지닌다. '하나'라는 개념은 상수역학의 사유방식에 기초한다.[53] 소옹의 견해[54]에 따르면, 태극과 음양의 관계에서 태극을 하나로 음양을 둘로 간주한다. 이른바 "하나가 둘로 나뉜다(一分爲二)"는 그의 추론적 논법은 하나가 둘을 낳는다는 것인데, 하나 자체에는 결코 둘을 포함하지 않는 것, 즉 대립하는 면을 포함하지 않는 내용을 함축한다. 그러므로 획의 점은 태극의 뜻이 담겨있다. 그렇다고 한다면, 획의 점은 단순히 고정적인 결정된 점이 아니라 끊임없이 다양한 선으로 바뀔 수 있는 본원적 점이어야 한다. 이와 같이 점의 본원성 혹은 원초성이라는 의미에서 이서는 "그 시초를 따지면 하나에서 나오는 것뿐이다. 하나는 측이다"[55]라고 말한다. 여기에서 '하나'란 모든 변화의 근원, 즉 태극을 함축하며, 이 근원에서 파생되는 전일적(全一的) 과정이 획의 방식으로 표상된다. 어떤 본원과 그 파생의

---

52) 같은 책, 「與人規矩中」: 畫始於側, 側者, 點. 點者, 一也. 點者, 陰陽欲分未分之象.

53) 이러한 내용에 관해 조민환은 주희가 「계사전」을 해석하면서 언급한 시초(蓍草)의 분화과정, 즉 태극, 음양, 사상, 팔괘의 전개과정이라고 본다.(조민환, 「玉洞 李漵 『筆訣』의 易理的 理解」, 『한국철학논집』 제14집(2004), 112쪽) 이러한 관점은 역학의 일반적 해설에 따른 것이다. 이를 보다 직접적으로 보다 심층적으로 들여다보면, 소옹(邵雍)의 수학적 논법과 관련하여 논의되어야 한다.

54) 소옹의 형이상학적 우주론에 관해서는 주백곤의 『역학철학사』 제2권(북경: 곤륜출판사, 2005), pp.174-185을 참조할 것.

55) 李漵, 『筆訣』, 「與人規矩中」: 原其始, 起於而已. 一側也.

맥락56)에서 보자면, 하나의 점은 고정된 정지 상태의 형상이 아니라 변화의 가능성을 함유한 형상이라고 할 수 있다.

이서는 운필법(運筆法)에서 글씨의 구성을 획의 원초성과 연속성으로 특징화하며 이 기법에서 구성의 합일성 혹은 일체성을 강조한다. 그는 획의 원초성은 '삼정(三停)'의 원리로, 획의 연속성은 '삼과(三過)'의 원리로 설명한다. 이는 획 속에 '변역'과 '교역'의 관계에 따른 수(數)의 법칙성이 존재하며, 이것이 바로 획의 생명력을 불어넣는 근간이 된다고 생각한다. 우선, 그는 획을 찍는 방식을 설명하는 데에 '삼정' 개념을 제시한다. 그는 다음과 같이 말한다.

> 음과 양은 어떠한가? 두 획이 서로 상대하면 음이 되고 세 획이 서로 이어지면 양이 된다. 획은 양을 본떴으므로 반드시 세 번 멈춤이 있어야 한다. 세 번 멈춤은 서로 연결된다는 뜻이 아니겠는가? 세 번 멈추는 중에 또한 스스로 멈춤이 있다. 그 삼을 세 번 하는 것이 아홉이다.57)

그는 음과 양의 상관성, 즉 '교역'에서 발휘되는 역의 수(易數), 즉 2와 3에 주목한다. 그 역의 수의 원류는 「설괘전」에 있는 "하늘을 셋으로 하고 땅을 둘로 하여 수에 의존한다"58)는 구절에서 시작되었다. 이를 전거로 하여 이른바 「하도(河圖)」의 수(數)가 등장했다. 그것은 하늘과 땅의 구조를 양의 생수(生數)와 음의 성수(成數)의 관계로 설정한 것이다. 즉 음과

---

56) 『주역』에서 유추의 사유방식은 괘상의 논리적 구조와 시초를 조합하여 괘를 구하는 과정에 표출되어 있다. 『주역』에서 괘를 구하는 방법은 수학의 연역법칙 즉 배열과 조합의 법칙으로 결정된 것이다. 「계사전」에서는 이것을 해석하여 "팔괘가 되어 작은 이룸이 되고 그것을 확장하여 부류와 접촉하여 커져서 세상의 모든 일이 완결된다(『周易』, 「繫辭傳」: 八卦而小成, 引而伸之, 觸類而長之, 天下之能事畢矣.)"라고 한다. 그 의미는 8개의 단일괘 혹은 경괘(經卦)의 괘상에서 64괘의 중첩괘(重卦) 혹은 별괘(別卦)의 형상을 구성한다는 것이다. 여기에서는 확장함을 '부류와 접촉하여 커지는' 것으로 간주하는데, 이것 역시 확장하는 연관이 유추의 사유방식임을 말하는 것이다.

57) 李漵, 『筆訣』, 「與人規矩上」: 陰陽如何? 兩畫相對, 爲陰, 三畫相連, 爲陽. 畫象陽, 故必有三停, 三停非相連之義乎? 三停之中, 亦自有停, 三其三九也.

58) 『周易』, 「說卦傳」: 參天兩地而倚數.

양의 수가 서로 배합되어야 비로소 하늘과 땅의 기가 만물을 생성하고 변화시킬 수 있다. 이서는 획에 담긴 기(氣)의 한 점을 양의 논리적 속성, 즉 생수(生數) 3으로 표상한다. 이것이 "획은 양을 본떴으므로 반드시 세 번 멈춤이 있어야 한다"는 말이다. 양효의 움직임처럼 획을 찍는 동작에서 '삼정'의 원초성이 유지되어야 하며, 여기에 획의 움직임 혹은 흐름의 단초가 마련될 수 있다. 이러한 의미에서 그는 "세 번 멈추는 중에 또한 스스로 멈춤이 있다"라고 말한다.

다른 한편, 이서는 획을 긋는 방식을 설명하는 데에 '삼과' 개념을 제시한다. '삼과' 개념은 획의 연속성을 가리키는데 이것 역시 획의 움직임 혹은 흐름을 보여준다. 그는 다음과 같이 말한다.

> 붓을 움직여 나아갈 때 세 번 지남이 있는데, 어째서 반드시 세 번을 지나야 하는가? 붓이 세 번을 지나면 붓끝이 획 속에 진행하여 처음, 중간 및 끝이 연속하여 조응한다.[59]

획의 내면적 속성을 표현하는 데에 '삼과'의 연속적 과정이 있다. 그 과정은 일반적으로 붓으로써 획을 긋는 순서, 즉 먼저 붓을 들이고(入筆), 그 다음에 붓을 그으며(送筆), 끝으로 붓을 마무리한다(收筆)고 말한다. 그는 붓의 움직임에는 연속적 동작에서 표출되는 생명성, 즉 기의 세력(氣勢)이라는 흐름이 있다고 본다. 이러한 의미에서 그는 "붓끝이 획 속에 진행하여 처음, 중간 및 끝이 연속하여 조응한다"라고 말한다.

이서가 보건대, 획의 내면적 움직임에는 생명성을 발휘하는 원초성과 연속성의 합일적 혹은 일체적 과정을 지닌, 즉 '삼정'과 '삼과'의 과정이 있어야 한다. 이 과정은 서로 나누어 작동되는 것이 아니라 동시적으로

---

59) 李漵, 『筆訣』, 「與人規矩上」: 運筆有三過, 何以必三過之也. 三過之則筆鋒由畫中行, 始中與終相連續而相照應.

혹은 합일적으로 진행된다는 점에서 획의 역동적 흐름을 보여준다. 그는 이를 포괄적으로 다음과 같이 서술한다.

> 획에서는 처음과 끝마침을 삼가야 한다. 획은 반드시 처음을 삼가고 끝마침을 염려해야 한다. 처음을 삼가지 않고 끝마침을 잘 하는 것은 없다. 끝마침을 염려하지 않고 해내는 것 역시 이루어낼 수도 없다. 처음을 생각하고 끝마침을 생각하는 데에 중간이 그 속에 있다.60)

이것은 획을 찍거나 긋는 방식에서 꿈틀되는 흐름이 얼마나 중요한지를 보여준다. 이 역동적 흐름이 이른바 필치의 힘(筆力)에 좌우된다. 필치의 힘은 억제되지 않는 충동에 의한 것이 아니라 상당히 절제된 그러면서도 전심전력하는 집중력을 통해 발휘되는 것이다. 이러한 의미에서 그는 "획은 반드시 처음을 삼가고 끝마침을 염려해야 한다"고 말한다.

그렇다면 획의 표상방식 즉 '삼정'과 '삼과'의 역동적 과정에는 어떠한 내용이 담겨있어야 하는가? 관건은 생명력에 있다. 그는 이를 다음과 같이 구체적으로 설명한다.

> 이른바 세 번 지나 붓을 꺾는다고 말하는 것은 무엇인가? 붓을 세 번 멈추는 것을 말한다. 멈추는 곳에서는 반드시 응결되고 융합하며, 지나는 곳에서는 반드시 긴장되고 굳건해야 한다. 굳건하게 함은 평온할 수 있으며 융합하게 함은 정밀할 수 있다.61)

필치의 힘에서 '삼정'의 과정은 간결함이 있어야 하고 '삼과'의 과정은 긴밀함이 있어야 한다. 이처럼 간결함과 긴밀함이 통합되는 것이 서예의

---

60) 같은 책, 「要旨上」: 畫謹始終. 畫必謹始而慮終. 未有不謹始而善終也. 亦未有不慮終而能成也. 慮始慮終, 中在其中矣.
61) 같은 책, 「筆法」: 所謂三過折筆云者何也. 三停筆之謂也. 停處必須凝融, 過處必須緊健, 健使能平穩, 融使能精緊.

생명력인 것이다. '삼과'의 역동적 과정이 서예의 기교 속에 반영되어야 한다. 그는 이 운영의 미묘한 흐름을 원(元)에서 정(貞)에 이르는 하늘의 도(天道)의 역량62)에 빗대어 설명한다. 즉

> 멈춤에는 나아감의 뜻을 포함하고 있고 나아감에는 멈춤의 뜻을 포함한다. 이것이 멈추면서 나아가고 나아가면서도 멈춘다고 말한다. 멈추면서 나아간다는 것은 정(貞) 속에 원(元)을 포함하는 것이며, 나아가면서도 멈춘다는 것은 원(元) 속에 정(貞)을 지니는 것이다.63)

붓의 필치는 멈추기도 하고 나아가기도 하는 획을 긋는 과정을 지니는데, 이는 '원형이정'의 정합성(整合性)을 발휘해야 한다. 『주역』에서 '원형이정'의 역량은 우주 속에 반영된 전일적(全一的) 생명성을 특징화한 것이다. 이서는 이를 서예에 조화와 통합의 생동감이 있어야 한다는 의미로 풀이한다. 이는 붓의 세(筆勢)를 하늘의 도(天道)의 역량과 같은 생명력에 비견한 것이다.64) 이러한 의미에서 그는 "획은 생동하고자 하지 죽고자 하지 않는다. 획마다 신묘함이 있도록 하며 그냥 긋도록 해서는 안 된다"65)고 역설한다. 그 생동감의 내용은 원(元)과 정(貞), 혹은 음과 양의 관계처럼 생명력을 지닌다. 이는 서예의 기법이 기(氣)의 생명력을 내용으로 한 생동감의 표상, 즉 '삼정(三停)'과 '삼과(三過)'의 통합적 원리에 두고 있음을 말한 것이다.

---

62) 64괘의 근본인 건괘와 곤괘는 나머지 62괘의 근원이면서도 만사만물의 존재방식도 표상한다. 건괘는 하늘의 성질에 입각하여 '굳건함(健)'으로 해석되는 반면에, 곤괘는 땅의 성질에 입각하여 '암말(牝馬)'의 '유순함(順)'으로 해석된다. 건괘와 곤괘의 역량은 모두 원(元), 형(亨), 이(利), 정(貞)의 네 가지 덕으로 나타내는데, 만사만물의 시초와 그에 따른 생성의 과정을 나타낸다. 이 우주관(宇宙觀)은 생명성의 역량일 뿐만 아니라 통일적이고도 완결적인 과정을 나타낸다.

63) 李漵, 『筆訣』, 「畵法」: 停含行意, 行含停意. 是曰, 停而行, 行而停, 停而行, 貞中含元也. 行而停, 元中帶貞也.

64) 문정자, 「玉洞 李漵의 書論攷-『筆訣』을 중심으로」, 『한문학논집』 제14집(1996), pp.532-533.

65) 李漵, 『筆訣』, 「畵法」: 畵欲其生而不欲其死. 畵畵留神, 毋得放過.

2) 필체의 운용과 그 역동적 표상성

이서는 팔괘가 64괘로 확장되는 유추방식에 입각하여 획의 확장을 설명하고 이로부터 획의 종류가 파생된다고 생각한다. 그는 다음과 같이 말한다.

> 측의 변화에는 세 가지가 있어 세로 획, 가로 획, 기울어진 획에 불과하다. 이것을 끌어들여 확장하고 같은 부류에 적용하면 각각에 그 변화가 있게 된다.[66]

측의 점은 음과 양의 성질 혹은 고요함(靜)과 움직임(動)의 양상을 표상하는데, 이 점으로부터 모든 획의 변화과정이 생겨난다. 이 과정은 음양과 그로부터 사상(四象)[67]의 생성적 논리방식에 입각한다. 즉

> 획에는 음양이 있는데, 늑(勒)획이 왼쪽으로부터 나아가는 것이 노양(老陽)이고. 노(努)획이 위로부터 내려가는 것이 노음(老陰)이다. 책(策)획과 적(趯)획 등은 소양(少陽)이며, 탁(琢)획, 별(撇)획, 책(磔)획 등은 소음(少陰)이다.[68]

> 획에는 사상(四象)이 있다. ― 늑(勒)이란 나아가는 획이므로 노양이고, l 노(努)란 물러나는 획이므로 노음이다. 책(策)획과 두 가지 적(趯)등의 획은 소양이다. 탁(琢), 별(撇), 책(磔) 등의 획은 소음이다.[69]

늑획과 노획은 각각 노양과 노음을 속성으로 하고 그 밖의 기울어진

---

66) 같은 책, 「與人規矩中」: 側之變有三, 縱橫斜而已. 引伸觸類, 則各有其變.

67) ―음과 --양의 형상이 두 번 중첩되면 사상이 된다. 즉 ═ 태양(太陽), ═ 소양(少陽), ═ 태음(太陰), ═ 소음(少陰)이다. 이 중첩에는 음과 양의 형상과 수의 모든 경우를 표상한 것이다.

68) 李漵, 『筆訣』, 「與人規矩中」: 畫有陰陽, 勒自左而進老陽也. 努自上而降老陰也. 策趯之屬少陽也. 撇琢磔之屬少陰也.

69) 같은 책, 「與人規矩上」: 畫有四象. 一勒者進畫, 老陽也. l努者退畫, 老陰. 策與兩趯等畫, 少陽. 琢撇磔等畫, 少陰.

획들은 소양과 소음을 속성으로 한다. 그는 획의 종류와 그 형상이 음양과 사상과 같은 표상성에 따른다고 본다. 이는 오행의 원리를 통해 구체적인 생동력을 지닌다. 그는 다음과 같이 말한다.

> 획에는 상, 중, 하 및 좌, 우가 있다. 획에는 팔방이 있으며 오행이 갖추어져 있다. 상생(相生)과 상극(相克)이 서로 옮겨가면서 길과 흉이 생긴다.[70]

글씨에서 획들의 구체적인 골격은 각각의 위치에 적합한 긴밀한 관계가 성립한다. 그것은 8방위의 논법 속에서 오행의 상관성, 즉 상생과 상극의 방법[71]을 통해 신축적이고도 변통적인 필체를 운용해야 한다. 그는 이러한 역학적 기제가 잘 작동하는가 하는지의 여부에 따라 필체가 좋고 나쁨을 결정한다고 주장한 것이다. 이것이 바로 직관적 상상력의 산물인 것이다.

또한 이서는 필체를 운용하는 데에 획을 긋는 방식과 그 종류를 논하면서 획의 운용을 천문학적 방위나 괘상의 추론적 방식에 입각하여 설명한다. 그는 획의 중심과 그에 따른 방위는 기본적으로 「설괘전」[72]의 내용이 전거가 되는데, 소옹의 선천방위도[73]의 맥락에서 이해될 수 있다.

---

70) 같은 책, 같은 편: 畵有上中下左右. 畵有八方, 五行具焉. 生克推焉, 吉凶生焉.

71) 오행(火, 水, 木, 金, 土)의 관계는 주돈이의 『태극도설(太極圖說)』에 잘 나타나 있다. 그것은 상생과 상극이 서로 교차하는 반복적인 순환의 과정이 있다. 즉 상생의 순환과정에서는 목이 화를 낳고(木生火), 화가 토를 낳고(火生土), 토가 금을 낳고(土生金), 금이 수를 낳고(金生水), 수가 금을 낳는다(水生金). 반면에 상극의 순환과정에서 목이 토를 이기고(木克土), 토가 수를 이기고 (土克水), 수가 화를 이기고(水克火), 화가 금을 이기고(火克金), 금이 목을 이긴다(金克木).

72) 「설괘전」에서는 다음과 같이 말한다. "하늘과 땅이 위치를 정하고, 산과 연못이 기운을 통하며, 우레와 바람이 서로 부딪히고, 물과 불이 서로 쏘지 않는다. 그러므로 팔괘가 서로 섞인다. 가는 것을 셈하면 정순서이고, 오는 것을 알면 역순서이다. 그런 까닭에 『역경』에서는 역순서로 셈한다. (『周易』, 「說卦傳」: 天地定位, 山澤通氣, 雷風相薄, 水火不相射. 八卦相錯. 數往者順, 知來者 逆, 是故易逆數也.)"

73) 소옹의 역학은 선천학(先天學)이라고도 불린다. 그는 「육십사괘방원합일도(六十四卦方圓合一 圖)」를 골간으로 하여 건(乾), 곤(坤), 감(坎), 리(離)를 4개의 정방위 괘(正卦)로 삼아 하나의 도식 을 연역해내었다. 그는 이 도식이 복희(伏羲)가 그린, 문자가 없는 괘로서 자연스레 존재하는 것이

가로획은 왼쪽으로부터 오른쪽으로 나아가는데 하늘의 운행을 본뜬 것이다. 세로획은 위로부터 아래로 내려오니 땅의 도를 본뜬 것이다. 기울어진 획은 올라가거나 내려가서 물과 불을 본뜬 것이다.[74]

여기에서는 가로획과 세로획을 건괘와 곤괘의 방위에 입각하고 기울어진 획은 물과 불, 즉 감괘와 리괘의 방위에 입각하여 서술한다. 이는 「설괘전」의 내용을 해석한 소옹의 선천방위도의 내용, 즉 건(乾), 곤(坤), 감(坎), 리(離)의 4정괘를 규준으로 삼아 획의 위치를 설정했다. 이를 근거로 하여 그는 획의 위치에 관한 논리를 다음과 같이 설명한다.

획에는 사정과 사우가 있다. 노(努)[75]획은 날줄이 되어 왼쪽과 오른쪽 및 중앙을 담당한다. 늑(勒)[76]획은 씨줄이 되어 남쪽과 북쪽 및 중앙으로 나뉜다. 책(磔)[77], 별(撇)[78], 책(策)[79], 적(趯)[80]의 부류는 각각 나뉘어 사우에 해당한다. 오로지 측(側)만이 오행의 토(土)와 같아서 동, 서, 남, 북 및 사우에서 없는 곳이 없다.(자신의 주: 남과 북이 날줄이 되고 동과 서가 씨줄이 된다.)[81]

지만, 그러나 그 속에는 음과 양의 끝없는 변화와 천지만물의 이치가 구비되어 있다고 생각했다. 그는 이것이 『주역』의 기본원리이자 『주역』보다 앞서 존재한다고 보고 이것을 선천도(先天圖)라고 불렀는데, 따라서 그것에 관한 학문이 선천역학(先天易學)이 되었다. 다른 한편, 한대 역학에서 감(坎), 리(離), 진(震), 태(兌)를 4개의 정방위 괘(正卦)로 삼는 도식은 문왕(文王)의 역(易)이라고 부르고, 이것은 복희의 역에서 연역해 내어 자연에서 나온 것은 아니라고 보고 이것을 후천도(後天圖)라고 불렀다. 소옹은 선천학과 후천학의 도식을 모두 해설했지만 그러나 전자를 더욱 중시했다.

74) 李漵, 『筆訣』, 「與人規矩」: 橫畫, 從左而進於右, 象天行也. 竪畫, 自上而降於下, 象地道也. 斜畫, 或升或降, 象水火也.

75) 노획의 방식은 획을 내려 긋는 데에 강한 활시위를 당기는 것처럼 획의 양끝이 모두 거스르는 형세를 취하는 효과를 거둔다.

76) 늑획의 방식은 획을 가로로 긋는 데에 말의 안장을 누르는 것처럼 마지막 순간에 붓을 거두어 긴밀하게 되는 효과를 거둔다.

77) 책획의 방식은 오른쪽 삐침을 말한다. 늑획처럼 오른쪽으로 획을 긋는 데에 붓을 평평하게 펴면서 힘을 다해 흩어버리는 듯이 갑자기 펼쳐야 하는 것이다.

78) 별획의 방식은 왼쪽 삐침을 말한다. 이 동작은 책획과 같다.

79) 책획의 방식은 획을 위로 삐치는 동작을 말하는데, 획을 올리는 데에 채찍으로 말을 때리는 형상을 취한 것이다.

80) 적획의 방식은 사람이 순간적으로 펄쩍 뛰는 동작처럼 반드시 붓끝을 누른 다음에 획을 거두어들이는 형세로 나아가야 함을 말한다.

81) 李漵, 『筆訣』, 「與人規矩中」: 畫有四正四隅. 努爲經當左右與中. 勒爲緯分南北與中. 磔撇策

특히 그는 오행과 그 토(土)의 중심과 같이 측의 점을 중심으로 한 사정과 사우의 위치를 획의 논리적 원리로 생각한다. 삼정과 삼과라는 획의 흐름 속에서 세로획과 가로획인 노획과 늑획은 동서남북 정방위를 지녀야 하며 기울어진 획들, 즉 척획, 별획, 책획, 적획 등은 각각 네 가지 정방위 사이에 위치해야 한다는 것이다. 이 위치의 규격을 그는 허와 실로 대변되는 구성적 관계82)로 설정한다. 즉

> 획이 팔방에 있다고 데에는 허가 있고 실이 있다. 4정(동서남북)은 항상 실하여 허하지 않으며, 서남과 동북은 실이 많으며, 서북은 실도 있고 허도 있으며, 동남은 전적으로 허할 뿐이다.83)

여기에서는 글씨를 구성하는 기교적 짜임새, 즉 동서남북을 규준으로 하여 획의 공간을 음과 양의 관계처럼 '허'와 '실'의 관계라는 긴밀성으로 서술한다. 가로획과 세로획은 모두 실제로 획의 강령이 되어 '실'의 공간을 차지하며, 기울어진 획들 중에는 서남과 동북의 방향에서는 '실'의 공간을 많이 차지하며, 서북의 방향은 '실'과 '허'의 공간을 차지하며, 동남의 방향은 '허'의 공간, 즉 실제로 삐치는 획은 거의 없다.84) 팔괘의 선천방위라는

趯之類分當四隅. 唯側如五行之土, 東西南北四隅, 無處.無之.(玉洞註: 南北爲經, 東西爲緯)

82) 이 범주에 관해 증조음은 허실론(虛實論)의 역사적 형성과 발전을 설명하고. 허와 실이라는 곤간의 변증적인 관계를 '화실위허(化實爲虛)', '화허위실(化虛爲實)' 및 '허실상생(虛實相生)'의 명제로 정리하고, 이것이 예술적 공간의 美를 구성하는 중요한 관건이라고 생각한다. '화실위허(化實爲虛)'는 차있는 공간을 빈 공간으로 바꾼다는 뜻이다. '화허위실(化虛爲實)'는 빈 공간을 차있는 공간으로 바꾼다는 뜻이다. '허실상생(虛實相生)'은 빈 공간과 차있는 공간이 서로 화합하여 서로를 생겨난다는 뜻이다. 그는 특히 서법(書法)과 관련하여 이 범주의 중요성을 다음과 같이 서술한다. "중국의 한자는 점의 획으로부터 연계되어 구성되었다. 한자의 구조는 … 그러나 모두 허실상생(虛實相生)을 요구하며, 모두 공간의 분포와 조직을 고려한다. 한자의 공백은 글자가 구성되는 한 부분이며 그것은 유형의 필묵과 동등한 중요한 지위를 지닌다."(曾祖蔭, 『中國古代美學範疇』(臺北: 丹靑圖書, 民國 76), p.197)

83) 李溆, 『筆訣』, 「與人規矩中」: 畵之在八方, 有虛有實, 四正常實不虛, 西南東北多實, 西北有實有虛, 東北專虛.

84) 소옹의 「육십사괘방도(六十四卦方圖)」에서는 음과 양의 원리에 따라 건괘는 서북쪽에, 곤괘는 동남쪽에 배치해야 한다고 추론한다. 이서는 이를 활용하여 획의 구성을 허와 실의 관계로

논법에 따르면 다음과 설명할 수 있다. 서남(西南)은 손괘(巽卦)의 방위로서 소양(少阳)의 양이 된다. 동남(东南)은 태괘(兑卦)의 방위로서 태양(太阳)의 음이 된다. 손괘와 태괘는 똑같이 양괘가 낳은 것이므로 서남과 동남에는 실이 많다고 할 수 있다. 서북(西北)은 간괘(艮卦)의 방위로서 태음(太阴)의 양이 된다. 동북은 진괘(震卦)의 방위로서 소음(少陰)의 음이 된다. 간괘와 진괘는 똑같이 음괘가 낳은 것이다. 그러나 태음의 양은 허할 수도 있고 실할 수도 있으며, 소음의 음은 전적으로 허한 것이다. 이와 같이 글씨는 획의 논리적 방위에 따른 공간적 구성의 긴밀성을 갖추어야 한다. 이러한 긴밀성의 원리는 역학의 해석적 장치 중의 하나인 '경권(經權)의 도(道)'에 기본한다고 말할 수 있다.

이서는 이러한 획의 기교가 글씨의 구성에 반영되어야 한다고 역설한다.

> 이 팔 획은 많은 글씨들의 기강이다. 세 번 꺾는 뜻이 항상 획 속에 감추어져 나타나지 않는다. … 우군이 "붓끝을 숨겨서 해야 한다"고 말하는데, 이를 두고 말한 것이 아닌가?[85]

여덟 방위에 입각한 획은 글씨를 구성하는 골격이 된다. 이 속에는 '붓끝을 숨겨서 해야 한다'는 왕희지[86]의 말처럼 획의 역동적 흐름이 반영되어야 한다. 이러한 의미를 그는 '역(易)' 개념으로 비유하여 다음과 같이 말한다.

해석했다고 보아야 한다. 주백곤, 『역학철학사』 제2권(북경: 곤륜출판사, 2005), pp.148-151을 참조할 것.

85) 李漵, 『筆訣』, 「與人規矩中」: 此八畫衆字之綱紀. 三折之意, 常隱於畫中而不見. … 右軍曰, 隱鋒而爲之, 其此之謂歟?

86) 왕희지는 중국 동진(東晋)시대에 서예가이다. 자는 일소(逸少)이고 벼슬은 우군장군(右軍將軍)과 회계내사(會稽內史)를 지냈다. 그는 난정서(蘭亭序)와 난정시(蘭亭詩)와 같은 훌륭한 작품들을 남겼다. 훗날 당나라 태종이 '서성(書聖)'이라고 부를 정도로 중국 역대 서예가들 중에 가장 뛰어난 사람들 중의 하나로 평가된다. 그는 서예의 본질이 인간 마음의 뜻(意氣)을 표출했는가에 달려있다고 보았다. 이승연, 「왕희지의 도교관과 서예」, 『도교문화연구』 제23집(2005), pp.330-332

『역전』에서 "한번 음이 되면 한번 양이 되는 것을 일러 도라고 하고, 한번 음이 되면 한번 양이 된 것이 신묘하고, 신묘함은 일정함도 없고 변역에는 몸체도 없다"고 말한 것은 이를 이르는 것이 아니겠는가?[87]

음과 양의 변화의 원리, 즉 하늘의 도(天道), 그 변화무쌍한 신묘함 및 그 생명성의 역량이 서예의 기교 속에 반영된 특징으로 본다. 그는 이를 다음과 같이 정리하고 있다. 이러한 의미에서 그는 "옛날에 영자팔법이 있었는데, 이를 넘어서지 않는다"[88]라고 말한다. 이는 '역(易)'의 통찰에 기반한 직관적 상상력이 서예의 기교에서 발휘되고 있음을 보여준다. 그러므로 그는 다음과 같이 말한다.

획에는 하나로 관통한다는 뜻이 있는데, 이는 무엇을 말하는가? 측을 본원으로 하여 늑획과 노획에서 이루어지며, 이를 끌어당기고 펴는 것을 접촉하는 부류에 따라 확장해가면, 서예가의 기교는 모두 마치게 된다.[89]

측의 점, 늑획과 노획의 기본적 획 및 그 밖의 기울어진 획들은 『역전』에서 말한 본원과 생성의 방식을 활용하여 일정한 짜임새를 구성한 것이다. 이러한 의미에서 그는 "획에는 하나로 관통한다는 뜻이 있다"고 말한다. 그는 다음과 같이 결론을 내린다.

이 필법은 조화(造化)의 지극함이며 형체 밖에서 나온 것이다. 신묘함에 통한 사람이 아니면 할 수 없다. 비록 재주와 지혜로움이 있을지라도 좋은 스승에게 배우고 공을 쌓지 않으면 도달할 수 없다. 만약 이

---

87) 李漵, 『筆訣』, 「雜論」: 易曰, 一陰一陽之謂道, 一陰一陽之謂神, 神無方而易無體, 非此之謂歟.
88) 같은 책, 「與人規矩中」: 古有永字八法, 不越乎此.
89) 같은 책, 「與人規矩上」: 畵有一貫之義, 何謂也. 原於側, 成於勒努, 引而伸之, 觸類而長之, 書家之能事畢矣.

경지에 이르고자 한다면, 필법에 따라 정밀하게 익혀야 한다.[90)]
글씨체에서 조화(造化)의 생성방식은 권의 도(權道)의 원리처럼 글씨체의 신묘한 운용이 되며 따라서 서법의 원리와 마찬가지로 서예 기법에서도 관건이 된다. 그는 이를 다음과 같이 구체적으로 설명한다.

> 글씨를 쓰는 사람은 획을 보충하는 것과 획을 합하는 법을 지닌다. 반드시 그 글자의 형세에 따라 만들어서 생기가 모이게 하고 계속되게 하며 응결되어 유통할 수 있게 한다. 이는 금(金)을 단련하는 데에서 볼 수 있고, 목(木)을 접하는 데에서 볼 수 있으며, 수(水)를 모아놓는 것에서도 볼 수 있음을 알 수 있다.[91)]

권의 도(權道)가 지닌 운용의 묘미는 상생(相生)과 상극(相剋)과 같은 순환적 과정을 활용해야 한다. 이는 서예의 기교가 천체의 형상이나 방위와 같은 상(象)과 수(數)의 추론적 장치에 입각해야 획의 형식적 골격을 마련할 수 있으며, 또한 이렇게 해야 비로소 서예에서 상상력이 발휘된 '미적 대상'이 성립된다고 보는 것이다.

5. 서도(書道)의 심법(心法)과 미적 경지

1) 서도(書道)와 인도(人道)의 합일적 지평

서법과 서예가 주체가 '미적 원리'나 '미적 대상'을 확보하는 통찰의 방식이라고 한다면, 서도(書道)는 이처럼 확보된 방식을 통해 인간이 얻는 예술적 고양의 직관적 단계, 즉 '미적 경지'를 말한다.[92)] 여기에는 인간의

---

90) 같은 책, 「筆訣論要」: 此筆法造化之極, 出乎形器之外. 非通於神者不能. 雖有才智, 非有師授與積功, 不能到也. 若欲求此境, 依法精習.
91) 같은 책, 「雜論」: 書家有補畫合畫之法, 必順其勢而爲之, 使生氣有聚有續, 能凝結而流通, 觀於鍊金, 觀於接木, 觀於聚水可見矣.

도(人道)의 성격을 규정하는 것이 중요하다. 이서는 무엇보다도 우주론적 구조 속에서 이 문제를 보고 있다.

> 『역전』에서 "하늘보다 앞서도(先天) 하늘이 어기지 않고 하늘보다 뒤에 있어도(後天) 하늘의 때를 받든다"고 말한다. 하늘은 무심(無心)으로 만물을 화육시켜 유심(有心)하고 성인은 유심으로 만 가지 일을 감응하여 무심하다고 함은 이를 이르는 것이 아니겠는가?[93]

여기에서 『역전』에서 말한 선천과 후천 및 그 관계를 '무심'과 '유심'의 관계로 설명한다. '무심'은 조작이나 인위가 없는 우주에서 최고의 선(至善)의 단계를 말하는 반면에, '유심'은 만물과 접촉하는 순수한 감응의 단계를 말한다. '무심'의 객관적 운행을 통해 만물의 화육(化育)과 같은 '유심'의 내용을 지니는 것이 하늘의 도(天道)라고 한다면, 성인이 인간의 일을 감응하는 '유심'의 능력을 발휘하여 스스로 고양하는 '무심'의 단계를 성취하는 것이 인간의 도(人道)인 것이다. '무심'과 '유심'의 존재론적 관계는 '선천'과 '후천'의 상관성에 따른 것이다. 이러한 내용은 바로 『역전』의 '천인의 도(天人之道)'[94]와 소옹의 '마음의 법(心法)'에서 찾아볼

---

92) 프리초프 카프라는 동양사상의 직관적 통찰에 주목하면서 이에 관한 예술적 의의를 다음과 같이 서술한다. "동양의 예술 양식들 역시 명상의 양식이다. 그것들은 예술가의 이념을 나타내기 위한 수단이라기보다는 의식의 직관적 형태를 발전시킴으로써 얻어지는 자기실현의 방도인 것이다. … 중국의 서도(書道)는 억제되지 않은 삼매경(三昧境)의 손놀림을 요구하고 있다. 동양에서 행해지는 이러한 모든 기예는 의식의 명상적 형태를 발전시키기 위하여 쓰이고 있다." 그는 예술이 직접적이고도 비개념적인 실재에 대한 깨달음, 즉 득도(得道)를 위한 목적에 있음을 말한다. 예술성은 어떻게 보면 간접적일 수 있는 추론적 사고를 억제하고 보다 직접적인 직관적 의식을 표현하는 데에 있다고 본 것이다. 프리초프 카프라, 『현대 물리학과 동양사상』(이성범/김용정 역, 범양사, 1995), p.51.

93) 李漵, 『筆訣』, 「雜論」: 易日, 先天而天不違, 後天而奉天時. 天以無心化萬物而有心, 聖人以有心應萬事而無心, 非此之謂耶?

94) 『역전』에서는 "하늘과 땅이 감응하여 만물이 생성된다. 성인이 인간의 마음을 감응하여 세상이 평화롭다. 그 감응한 바를 관찰하여 하늘과 땅 및 만물의 실정이 드러날 수 있다.(『周易』, 「彖傳」, 咸卦: 天地感而萬物化生, 聖人感人心而天下和平. 觀其所感, 而天地萬物之情可見矣.)"라고 말한다. 여기에서 '감응'은 인간이 우주와 교감하는 방식이다. 특히 성인은 이 '감응'의 지각을 통해 인간은 물론이고 하늘과 땅 및 만물의 구조 즉 '실정'을 통찰하여 우주 속에서 생성과 변화를 스스로 인식할 수 있다.

수 있다. 『역전』에서는 인간이 '감응'의 체험을 통해 천체의 도(道) 혹은 하늘과 땅의 도를 터득하고 진정한 인격체로서의 삶을 영위할 줄 알아야 한다. 소옹 역시 도가 음과 양이 변화하는 법칙으로서, 개별사물들의 생성과 소멸을 통솔하며 성인의 마음에 본래 존재한다고 생각한다.95) 이러한 맥락에서 이서는 서도(書道)의 강령을 다음과 같이 언급한다.

> 무릇 글씨는 특히 하늘과 땅을 체득하는 것만이 아니라 인간의 도(人道)를 체득하는 것도 있다.96)

글씨에는 하늘과 땅으로 대변되는 우주의 존재론적 질서, 즉 음양의 생명성, 방위의 시공간적 구조는 물론이고, 인간이 실현해야 할 인간의 도, 즉 인륜의 도덕적 원칙도 담겨있어야 한다는 것이다. 이서는 인간의 도가 글씨에 반영되고 그 속에서 인간의 진면모 즉 인격체가 발휘되어야 한다고 생각한다. 그는 다음과 같이 말한다.

> 무릇 글씨가 형기(形氣)에 구애되고 외적 유혹에 속박되어 습속에 빠지고 나태함과 욕심이 겹쳐 사사로운 의념이 가로질러 흘러간다면, 어찌 하늘과 땅 및 성인과 서로 유사하여 하나의 법도가 될 수 있겠는가? 이처럼 진정으로 쌓고 힘을 오랫동안 들여 외형적 국면을 잊어버리고 얽매여 계집착한 바가 없는 사람이 아니라면 누가 여기에 참여할 수 있겠는가?97)

---

95) 그의 선천학(先天學)의 핵심은 '마음의 법(心法)'에 있다. "선천학은 마음의 법이다. 그러므로 「선천도」는 모두 중앙에서 나와 만 가지 변화와 만 가지 일이 마음에서 나온다.(邵雍, 『皇極經世』, 「觀物外篇」: 先天之學, 心法也. 故圖皆自中起, 萬化萬事生于心也.)" 그는 중앙에 위치한 태극이 사람의 본래의 마음이며, 중앙에서 나온다는 말이 바로 마음에서 생겨난 것이라고 생각했다. '선천(先天)'은 사상(四象)을 원칙으로 한 우주생성의 과정을 가리키는 반면에, '후천(後天)'은 오행(五行: 火, 水, 木, 金, 土)을 위치로 삼는 우주변화의 과정을 가리킨다. 우주가 생성하는 본체, 즉 음양의 원리는 '선천'인 반면에, 우주가 변화하는 방식, 즉 만물의 생성은 '후천'이라 할 수 있다. 소옹은 '선천'과 '후천'의 관계를 통해 우주의 이법(理法)을 설명해내었다.

96) 李漵, 『筆訣』, 「與人規矩下」: 凡書非特體天地也, 亦有體人道者.

97) 같은 책, 「雜論」: 凡書拘於形氣, 累於外誘, 泥於習俗, 怠慾交乘, 私意橫流, 何能與天地聖人相

　글씨를 쓰는 사람은 물질적 혹은 외형적 유혹에 사로잡혀 사사로운 욕심이 생긴 상태에서 글씨를 제대로 쓸 수 없다. 스스로 노력하는 일련의 과정을 통해 글자의 정수(精髓)를 터득한 사람이야말로 서예의 경지 즉 서도(書道)를 구현할 수 있다. 서도의 정수는 '무신(無心)'과 '유심(有心)'이 합치하는 궁극적 단계, 즉 '천인의 도(道)'의 보편적 이념과 상통하는 경지이다. 이는 서예가가 인격적 혹은 도덕적 자질을 갖추지 않고서는 도저히 서도를 터득할 수도 구현할 수도 없다고 생각한 것이다. 그러므로 그는 다음과 같이 역설한다.

　　글씨를 쓰는 사람은 한 편이 단지 한 글자일 뿐이라고 말한다. 글씨를 아는 사람이 아니면 그 누가 여기에 참여할 수 있겠는가? 이를 미루어 가면, 문장이 통할 수 있고 많은 예술에도 밝을 수 있다. 오호라! 도덕에 뛰어난 사람이 아니고서는 그 누가 할 수 있겠는가?[98]

　여기에서 명필가는 바로 도덕적으로 성숙한 사람에 해당한다. 서도의 경지는 참된 인격체에서 나오는 것이며, 역으로 인간이 진정한 인격을 지니지 않으면 이러한 경지에 도달할 수 없다는 것이다. 그는 서도의 경지를 설명하는 단적인 예로 다음과 같이 말한다.

　　글씨를 쓰는 사람 중에는 하늘의 도를 얻은 자가 있고, 땅의 도를 얻은 사람도 있다. 많은 형상들이 많이 벌어지고 총체적으로 하나로 통괄되며 밝고 원만하며 무르녹고 넓고 큰 것은 하늘의 도이다. 기이하고 장엄하며 모나고 엄격하면서 조밀하고 빽빽이 뻗어나가는 것은 땅의 도이다. 우군(왕희지)은 하늘의 도를 얻은 사람일 것이다.[99]

　　似而一揆也哉? 此非眞積力久, 忘其形局, 而無所係着者, 孰能與於此?

98) 같은 책, 「筆訣論要」: 書家日, 一編只是一字而已, 非知書者, 其孰能與於此? 推此以往, 文章可通也, 衆藝可明也. 嗚呼! 非優於道德者, 其孰能之?

99) 같은 책, 「與人規矩上」: 書家有得天之道者, 有得地之道者. 衆象森森, 總統一昭明圓凝渾融廣大者, 天之道也. 奇壯方嚴密塞蔓延者, 地之道也. 右軍其得天之道者歟.

글씨는 하늘과 땅의 마음 즉 도(道)를 표현해야 한다. 하늘의 도(道)는 글씨에서 조화와 균형과 같은 전체적인 구도를 잘 드러난 것인 반면에, 땅의 도(道)는 글씨에서 필세, 즉 획의 긴밀도와 그에 따른 생기가 잘 발휘된 구성을 말한다. 특히 하늘의 도(道)를 잘 표현한 대표적인 인물로 왕희지를 들고 있다. 그러므로 서도(書道)는 인간이 성취하고자 하는 궁극적 경지, 즉 '천인의 도(天人之道)'에 해당한다. 이 경지란 전인적(全人的) 존재 즉 성인(聖人)에게서나 가능하다는 점에서 바로 인간의 도(人道)와 '예도(藝道)'가 동일선상의 단계 혹은 합일적 지평에 이른 것이다. 이서는 역시 직관적 상상력의 발상을 통해 서도의 '미적 경지'를 잘 보여주고 있다.

2) 藝道와 心法의 심미의식

인간의 도와 '예도(藝道)'가 동일선상에 있다는 의미에서 서도(書道)를 '미적 경지'라고 한다면, 관건은 무엇인가? 이는 글씨를 쓰는 사람의 내면적 세계에 달려있다. 이서는 다음과 같이 말한다.

> 글씨로써 마음의 획을 드러낸다. 강함과 약함, 느슨함과 급박함으로써 기질을 알 수 있다. 통하고 막힘과 얻고 잃음으로써 그 재능과 학식을 알 수 있다. 기울어지고 올바름과 치우치고 중도(中道)를 이루는 것은 그 의지와 의도를 알 수 있다. 정교하고 조잡함과 원만하고 이지러짐은 그 길흉을 알 수 있다.[100]

여기에서는 글씨와 그 속에서 획의 운용은 글씨를 쓰는 사람의 총체적인 인간됨과 밀접한 관계가 있다. 인간의 마음은 획의 본령으로, 그 기질은

---

100) 같은 책,「雜論」: 古人曰, 書以見心畫, 强弱緩急, 可以知氣質也. 通塞得失, 可以知其才識也. 邪正偏中, 可以知其志意也. 精粗圓缺, 可以知其吉凶也.

획의 변화로, 그 재능과 학식은 획의 흐름으로, 그 의지와 의도는 획의 균형으로, 그 행위의 길흉은 글씨의 윤곽으로 표상된다는 것이다. 이는 글씨에 인간의 인품 및 그 평가의 결과까지도 고스란히 반영되어 있다고 본다. 이러한 의미에서 그는 "획에 처음과 끝이 있으며, 글씨의 행과 장의 편에도 모두가 처음과 끝이 있으니, 지식이 드러날 수 있고 길흉이 분별될 수 있다"101)라고 말한다. 여기에서 '처음과 끝'은 글자를 표상하는 법칙이나 원칙을 말한다. 이서가 보건대, 이 법칙이나 원칙에 입각해야 비로소 인간됨의 진수가 발휘할 수 있는 서도(書道)의 직관적 경지를 표현할 수 있는 것이다.

그렇다면 인간됨의 본령은 어디에 있는가? 관건은 정신성에 있다. 이서는 '마음의 법(心法)'의 맥락에서 서도(書道) 속에 담겨진 진정한 의의를 피력한다. 즉

> 옛날 말에 최상의 것은 신(神)을 전수하는 것이고 그 다음은 뜻을 전수하는 것이며, 그 다음은 형태를 전수하는 것이라고 말한다. 형태를 전수하는 것은 양식에 의존하는 것이 아니겠는가?102)

서예 작품에서 드러나야 할 중요한 점은 세 가지가 있다. 즉 작품의 정신성, 그 취지 및 그 방식이다. 작품의 정신성은 미적 경지를, 그 취지는 정서적 표현을, 그 방식은 구성상의 재현을 말한다. 그 중에서 '신을 전수한다(傳神)'103)는 말은 작품의 창작과 감상에서 서도(書道)의 경지가 무

---

101) 같은 책, 「與人規矩上」: 畵有始終, 字行與章編, 亦皆有始終, 知識可見, 吉凶可辨.
102) 같은 책, 「論作字法」: 古語曰, 太上傳神, 其次傳意, 其次傳形. 傳形非依樣乎?
103) 중국의 예술이론에서는 예술정신의 문제와 관련하여 '전신(傳神)'의 문제를 중시했다. 曾祖蔭, 『中國古代美學範疇』(臺北: 丹青圖書, 民國 76), pp.134-140쪽. 이 문제는 수많은 예술가들이 언급했는데, 예를 들어, 비교적 초창기의 회화 방면에서 고개지(顧愷之)는 작품성의 기준으로서 '전신사조(傳神寫照)' 혹은 '이형사신(以形寫神)'을 주장함으로써 예술의 모사 혹은 모방에 정신적 내용이 담겨있어야 함을 강조했다. 종병(宗炳)은 '창신(暢神)'을 주장하여 예술작품의 감상에서 정신적 경지의 중요성을 설파했다.

엇인지를 제시한다. 이는 정서적인 순화(純化)의 차원을 어떻게 표현하고 재현해야 하는가 하는 문제에 달려있다. 이것이 서예의 궁극적 목표라고 할 수 있다. 이는 결국에 서예의 작품성에는 '마음의 법(心法)'이 중요하다는 것이다.

그렇다면 '마음의 법'은 어떤 내용을 담고 있는가? 관건은 글씨체의 재현 속에 드러나는 표현의 문제에 있다. 우선, 이서는 글자의 획은 정신적 토대 위에서 구성된다고 본다.

> 익히는 데에 게으르지 않는 것이 성실함이고, 마음을 전념하여 어긋나지 않는 것이 경건함이다. 성실함과 경건함이 지극하여 글씨의 획에 정신이 있을 수 있으며, 정신이 있으면 조화스럽고 고르게 된다. 조화스럽고 고르게 되면 길하다.104)

성실함의 노력과 경건함의 마음은 글씨의 중요한 원천이 된다. 글씨를 재현하는 데에 이 노력과 마음이 일체가 되어야 좋은 글씨체, 즉 고도의 정신성이 표현된 합치의 단계가 될 수 있다. 이러한 의미에서 그는 "정신이 있으면 조화스럽고 고르게 된다"고 말한다. 이와 같이 필체의 재현 속에 정신의 표현이 담겨있어야 한다는 것이다.

다른 한편으로 이서는 정신과 마음의 일체를 어떻게 이루어내는지를 설명한다.

> 경건함과 의로움이 확립되어야 할 수 없음이나 할 수 없음이 없는 것도 가능하다. 경건함은 전일함을 위주로 하여 가는 것이 없다. 이는 전일함을 위주로 하면 하나 하나가 모두 정신이 있을 수 있다. 의로움은 만 가지 변화를 감응하여 때를 따르는 것이다. 이는 권의 도(權道)로써

---

104) 李漵, 『筆訣』, 「與人規矩下」: 習而不怠者, 誠也. 專心不差者, 敬也. 誠與敬至, 字畵能有精神, 有精神, 斯能和均, 和均則吉.

> 중(中)을 얻고 (『논어』에서 말한) 마음을 따르더라도 법도를 어기지 않
> 는다.105)

　여기에서는 경건함은 전일적 정신의 능력을 바탕으로 하고, 의로움은
평정한 마음의 능력을 바탕으로 한다. 이 양자의 능력이 합일 혹은 일체가
되어야 인격체로서의 인간성을 발휘할 수 있다. 이는 「문언전」의 내용에
근거한 것이다. 즉

> 군자는 경건함으로써 내면을 곧바르게 하고 의로움으로써 외면을
> 반듯하게 하므로 경건함과 의로움을 확립하여 그 덕이 홀로 있지 않게
> 된다.106)

　인격체로서의 인간은 내적 함양과 그것의 외적 표출이 있어야 한다.
이는 인격이 '곧바름'과 '반듯함', '정당함'과 '의로움', '경건함'과 '의로
움'의 조화에 있음을 강조한 것이다. 특히 "경건함과 의로움을 확립하여
그 덕이 홀로 있지 않게 된다"는 말에는 '인간의 도'의 실현이 담겨있다.
즉 인간은 안과 밖, 내면과 외면이 일체가 되는 완전한 인격체임을 피력한
것이다. 『주역』의 도덕관(道德觀)이 이서가 역설하는 서도(書道)의 윤리
학적 전거가 되는 셈이다. 그러므로 그는 서법이나 서예가 서도로 나아가
는 통로나 과정이라고 보고 궁극적으로 서도의 경지에 더 비중을 두고
있다.

> 글씨를 쓰는 데에 잘되고 못되는 것은 전적으로 마음의 공경함과
> 게으름, 기운의 폄과 움츠림에 매여 있으며, 또한 붓과 먹과 종이의

---

105) 같은 책, 「雜論」: 敬義立而能無可無不可, 敬主一無適, 主一則一一能有精神, 義應萬變而趨
　　 時也. 權而得中, 從心而不踰矩矣.
106) 『周易』, 「文言傳」, 坤卦: 君子敬以直內, 義以方外, 敬義立而德不孤.

좋고 나쁨에도 매여 있다.[107]

그는 글씨의 훌륭함을 세 가지, 즉 마음, 필치의 힘 및 물질적 재료에 좌우된다고 보고, 그 중에서 무엇보다도 마음의 문제를 최우선으로 한 것이다. 즉

> 반드시 마음의 법을 찾고 절대로 글씨의 획이나 모방하지 말라. 화려한 글씨가 될까 염려스럽고 죽은 획이 될까 염려스러우며 글씨의 노예가 될까 염려스럽다.[108]

서예의 창작과 감상에서 단순히 그 기법만을 모방해서는 안 되고, 그 속에 함축된 '마음의 법(心法)'을 터득해야 한다. '마음의 법'이란 바로 글씨 속에 표현된 내면적 세계의 본질이며 이것을 체득해야 진정한 서도(書道)의 직관적 경지 즉 '예도(藝道)'를 성취할 수 있다고 생각한 것이다.

따라서 이서는 '마음의 법(心法)'을 중시하고 이를 '미적 경지'의 근간으로 파악한다. 이러한 논법에도 우주의 질서와 그 생명성의 화합이라는 전일론적(全一論的) 사유를 전제로 하며 따라서 상상력의 발상이 중요한 단초가 되고 있다.

6. 결론

이서는 자신의 서예이론에서 논리적 추론과 직관적 상상력의 통합적 지평을 통해 '美'의 범주, 즉 '미적 원리', '미적 대상' 및 '미적 경지'를

---

107) 李溆, 『筆訣』, 「泛論書法」: 作字之善不善, 專繫於心之敬怠氣之伸縮, 亦繫於筆墨紙之好否.
108) 같은 책, 「雜論」: 須繹其心法, 切勿依樣字畵, 恐爲美字, 恐爲死畵, 恐爲書奴.

확보하고자 했다. 그 구체적인 내용은 어떻게 역학적(易學的) 사유방식을 서법(書法)의 원칙으로 삼고, 이를 서예의 기교로 응용함으로써 서도(書道)의 경지로 고양시켰는지에 있다. 그는 천도(天道)와 인도(人道) 및 '예도(藝道)'를 동일선상에 놓고, 인도(人道)는 천도(天道)를 본받으며 '예도'는 인도의 표상이라고 본다. 그리고 그는 이 세 가지 도(道)가 삼위일체가 되는 구조 속에서 '예도'가 '천인합일(天人合一)'의 보편적 이념을 목표로 한 인간의 궁극적인 경지를 표상할 수 있다고 생각했다. 이는 동아시아의 문화권뿐만 아니라 한국 서예의 특징인 '동국진체'의 원류를 밝히는 중요한 단서가 된다.

이서의 서예이론에는 주체(인간 혹은 예술가)와 객체(예술적 대상 혹은 예술작품)의 관계를 표상하는 데에 역학적 통찰력이 자리잡고 있다. 그것은 역리적(易理的) 논법, 즉 역(易), 태극(太極), 음양(陰陽), 상수(象數), 경권(經權), 심법(心法) 등에 기반한다. 여기에서 '미(美)' 관념 속에 반영된 특수한 관계가 도출될 수 있다. 즉 작품의 예술성의 심미적 규준, 즉 작품의 제작과 감상이나 비평을 위해 상(象)과 수(數)의 매개, 즉 추론적 기제와 그로부터 유발되는 상상력이 통합되는 것이다. 이러한 통합적 지평이 주체가 객체를 대상화하는 일련의 예술창조의 과정이자 주체가 객체의 인위적 대상을 통해 정신적 자유를 얻는 일련의 예술감상의 과정이라고 말할 수 있다.

결론적으로 말해, 서예미학에서는 주체의 추론과 상상력을 통해 획의 시공간적 구조 속에 획의 원리 및 그 역동성을 재현하고 이를 통해 작가와 감상자의 내면적 세계를 표현한다. 이는 예술성의 문제에서 창작과 체험의 통일성에 두고 있기 때문에 가능한 것이다. 여기에서 예술가와 감상자가 작품을 매개로 갖는 추론과 상상력의 통합적 지평이라는 공동의 체험이 중요하며, 더 나아가 그 속에서 터득되는 정신적 경지가 강조되는 것이다. 따라서 예술적 생명정신, 즉 '예도(藝道)'는 동양의 예술이론의 최고의 강령이 되며 그 경지는 미적 체험의 가장 큰 특징이 된다. 동양미학의 논제, 즉 미와 예술의 문제를 논하는 예술철학적 성격이 바로 여기에 있는 것이다.

참고문헌

『周易』, 十三經注疏本.
『書經』, 十三經注疏本.
周敦頤, 『太極圖說』, 『周濂溪集』, 上海: 商務印書館, 1936.
　　　　, 『通書』, 상동.
邵雍, 『皇極經世』, 四部備要本.
黎靖德 편, 『朱子語類』, 湖南: 岳麓書社, 1997.
王振復, 『周易的美學智慧』, 湖南: 湖南出版社, 1991.
李漵, 『筆訣』, 『弘道遺稿』 제12권.
朱伯崑, 『易學哲學史』 제2권, 北京: 昆侖出版社, 2005.
朱伯崑 편, 『易學基礎敎程』, 北京: 九州出版社, 2001.
曾祖蔭, 『中國古代美學範疇』, 臺北: 丹靑圖書, 民國 76.
朱良志, 『中國藝術的生命精神』, 安徽: 安徽敎育出版社, 1998.
金演宰, 『宋明理學和心學派的易學與道德形上學』, 北京: 中國文史出版社, 2005
프리초프 카프라, 『현대 물리학과 동양사상』, 이성범·김용정 역, 범양사, 1995.
김연재, 「周易의 예술적 생명정신—陰·陽의 美學적 범주 및 그 美적 범주화」, 『유
　　　　교사상연구』 제25집, 2006.
　　　　, 「全一論的 思惟에서 본 『易傳』의 세계관과 人間學的 地形圖」, 『인문연구』
　　　　제53호, 2007.
김응학, 「역의 괘상과 서예의 생명정신에 관한 연구」, 『유교사상연구』 제23집,
　　　　2005.
　　　　, 「李漵『筆訣』에 나타난 서예의 易理的 이해」, 『동양예술논총』 제9집 2005,
문정자, 「玉洞 李漵의 書論攷—『筆訣』을 중심으로」, 『한문학논집』 제14집, 1996.
　　　　, 「圓嶠 李匡師의 『書訣』 硏究—前篇을 중심으로」, 『한문학논집』 제16집,
　　　　1997
　　　　, 「白下 尹淳과 圓嶠 李匡師의 審美理想과 書藝術」, 『동양학』 제43집, 2008
박은순, 「恭齋 尹斗緒의 生涯와 書畵」, 『온지논총』 제21집, 2009
박재주, 「유가윤리에서의 도덕적 딜레마 해결방식으로서의 경(經)→권(權)=선

(善)」,『윤리연구』 제64호, 2007.

이승연,「왕희지의 도교관과 서예」,『도교문화연구』 제23집, 2005.

조민환,「玉洞 李漵『筆訣』의 易理的 理解」,『한국철학논집』 제14집, 2004.

조선중기 한시에서의 당시풍 전형의상의 계승과 미감의 확충*

임준철

 목 차

---

* 이 글은 본래 다음의 제목으로 학술지에 게재되었던 것을 재수록한 것이다. 「朝鮮中期 漢詩에서의 典型 意象의 繼承과 美感의 擴充(Ⅰ)」, 『韓國漢文學硏究』 제35집, 韓國漢文學會, 2005.06.30, 215-250면, 「조선중기 漢詩에서의 典型 意象의 계승과 美感의 확충(Ⅱ)」, 『語文硏究』 제127호, 韓國語文敎育硏究會, 2005.09.30, 345-371면.

1. 서론

본고는 조선중기 한시를 대상으로 특정 의상군(意象群)[1]의 계승·반복·전개·변이의 양상을 탐구함으로써, 일련의 시풍의 흐름 속에 놓인 시들 사이에서 사용된 전형의상을 살피고, 이것이 갖는 문학사적 의의를 조망하기 위해 기획된 것이다. 이는 한편으로 개별 시인 작품에 국한된 접근이 갖는 미시적 한계에 거시적 조망의 시야를 제공하는 동시에, 다른 한편으론 이 시기 시사의 특징적 흐름을 별도의 시각에서 점검하는 계기가 될 것이다.[2]

이수광(李睟光)은 『지봉유설(芝峯類說)』에서 "시인에게는 대개 즐겨 쓰는 글자가 있다."라고 지적하고, 그런 글자를 통해 그 사람됨을 알 수 있다고 하였다.[3] 이수광의 이런 언급은 의상이 갖는 동력, 곧 시인 내면의 감추어진 것, 숨겨진 것을 밖으로 표출될 수밖에 없도록 하는 힘을 잘 보여준다. 하지만, 한편으로 의상은 시인의 내면을 그대로 드러내는 것이 아니라 그저 암시하고 넌지시 드러내 보일 뿐이기에, 실제 시세계에서 의상의 현현(顯現)은 시인 내면의 숨겨진 것의 드러냄과 그것의 감춤이라는 상반된 힘이 엇갈리는 지점이라 할 수 있다.

이런 의상이 때로는 한 세대 혹은 한 시대의 시인 대다수에게 큰 영향을 미쳐 일정 기간 시 속에서 매우 높은 빈도로 모습을 드러내는 경우가 있다.

---

1) 意象은 동아시아 문예이론의 고유용어로 서구의 이미지(image)와 유사한 의미를 가지고 있다. 중국의 경우, 이미지의 대역어로 의상이란 용어를 사용하기도 한다. 하지만, 의상은 이미지를 뛰어넘는 사고의 폭과 문예인식의 깊이를 담고 있다는 점에서 별개의 용어로 보아야 할 것이다. 이에 관해서는 졸고, 「漢詩 意象論과 朝鮮中期 漢詩 意象 硏究」, 고려대학교대학원 국어국문학과 박사학위논문, 2004, pp.13~62를 참조할 것.

2) 근래 들어 다시 학계의 관심을 끌고 있는 주제학적 연구도 필자의 연구 의도와 궤를 같이 한다. 김흥규는 「한국 고전시가 연구와 주제사적 탐구」라는 글에서, 시적 이미지, 상징, 모티프 등의 반복, 변주, 확장, 전이 등에 관한 폭넓은 성찰 속에서 개별 작품/작가의 이해를 심화할 수 있다고 주장한다. 김흥규, 「한국 고전시가 연구와 주제사적 탐구」, 『한국시가연구』 15, 한국시가학회, 2004, p.8.

3) 李睟光, 『芝峯類說』 卷九, 「文章部」 二 詩法, 경인문화사, 1970, p.160, "詩人例有喜用文字, ……, 白樂天詩二千八百首, 其使酒字者九百首, 亦見其爲人樂易也."

유몽인(柳夢寅)이 조선중기 시단의 풍조를 두고 산수(山水)·화조(花鳥)·
운연(雲烟)·선승(仙僧)·매죽(梅竹)·풍월(風月)의 어구만을 당조(唐調)
로 여긴다고 하여[4] 섬약(纖弱)·염려(艶麗)한 편향성을 지적한 것처럼,
의상의 자력에 의해 시들이 구성되고 상상력이 펼쳐지는 것은 시사에서
결코 드문 현상이 아니다. 물론, 특정 의상들이 지나치게 반복되고 남발되
어 획일화·도식화라는 진부함의 영역으로 떨어질 위험성은 상존한다. 유
몽인의 언급은 시대적 의상군의 존재를 암시하는 동시에 그 위험성을 지적
하는 것이기도 하다. 관습적인 유행과 의상의 창조적 견인력은 분명히
다른 것이며 의상의 진정한 가치란 일체의 상투형을 거부하는 데서 나오는
것이기 때문이다.

　그러나 실제 시작품 문면에서 의상의 가치를 명징하게 구분하기란 결코
용이한 일이 아니다. 시대적 특성을 띤 전형의상의 경우는 더욱 그러하다.
중국학자 우잔레이(吳戰壘)의 표현을 빌리자면, 이는 전형화가 개성화를
개괄하여 보편성을 확보하게 하는 의상의 본질적 특징 때문이라고 할 수
있다.[5] 의상은 이를 통해 같은 유형의 유사한 경험을 환기시켜 정서적
공명을 불러일으키기도 하지만, 한편으로 관습과 창조 혹은 보편과 특수
를 구별하기 어렵게 하기도 한다. 의상 자체가 구축해 온 전통적 의미맥락
과 그 의상을 자신의 작품 안에 배타적으로 선택한 시인 자신의 의식세계
가 혼재해 있기 때문이다.[6] 따라서, 이런 의상들의 경우 개별 시인의 연구
라는 방법만으로는 분명하게 규명되어지기 어려운 것이 사실이다. 본고가
전형의상(典型意象)의 측면에 주안점을 두고 조선중기 시단의 한 국면을
탐구하고자 하는 이유가 여기에 있다.

---

4) 柳夢寅, 『於于集』 卷六, 「題汪道昆副墨」, p.442, "近觀爲詩者, 號稱學唐, 其措諸句語, 不越山水
　花鳥雲烟仙僧梅竹風月若而字, 以爲唐調."
5) 吳戰壘, 『중국시학의 이해』, 유병례 역, 태학사, 2003, pp.48~49.
6) 졸고, 앞의 논문, p.6.

여기서 말하는 전형의상이란 전대의 시인들에 의해 상당한 빈도로 사용되어 시작품 안에서 특정 주제·제재의 전형적 의미와 미감을 유발하는 의상을 가리킨다. 시사를 종관해 볼 때, 전형의상의 의미구조는 대체로 구심적이 아니라 원심적인 방향으로 축적된다. 여러 시대 혹은 국가를 가로질러 다양한 시인들의 반복적인 운용과 가공을 통해서 여러 층위의 내포적 의미를 응집시켜 풍부한 연상과 정서적 공명을 불러일으키게 하는 것이다. 우리는 이에 관한 종합적 검토를 통해 그 가치와 예술적 특징을 도출해내고, 이것이 도달한 심미적 특성과 의의를 문학사적으로 규정할 수 있을 것이다. 또한 이들 전형의상의 검토를 기반으로 개별시인의 시세계에서 이것이 어떠한 방식으로 변주되는가를 구명할 수 있을 것이다.

본격적 논의에 앞서 본고에서 대상으로 삼은 변새풍(邊塞風)·유협풍(游俠風) 의상의 의미를 간략히 전제해 두기로 한다. 여기에서 변새시(邊塞詩) 혹은 유협시(游俠詩)의 의상이라고 하지 않고 변새풍·유협풍 의상이라고 한 이유는 본고가 검토하려는 특정 의상군의 분포가 단순히 변새제재나 유협제재에만 국한되지 않기 때문이다. 따라서 변새풍·유협풍 의상이란 이하에서 해당 제재 혹은 주제의 분위기를 띤 의상이란 의미로 사용될 것이다.

2. 조선중기 한시에서의 전형의상의 계승

1) 변새풍 의상의 계승

(1) 시사적 배경

조선중기 한시에서 변새풍 의상의 등장은 학당풍(學唐風) 및 악부시(樂府詩) 의작(擬作)과 밀접한 관련을 갖는다. 주지하다시피 송시에 대한 당시의 변별적 우월성에 대한 인식을 기반으로 하는 학당풍은 목릉시단 (穆陵詩壇)에 이르러 이미 대세를 이루었다. 그 중에서도 특히 악부시는 당시풍의 중요한 특징으로 인식되었다. 허균(許筠)에 따르면, 삼당파(三 唐派) 시인의 한 사람인 이달(李達)이 송시풍으로부터 당시풍으로 전향하 게 된 계기는 이백(李白)의 『태백악부가음(太白樂府歌吟)』과 양사홍(楊 士弘)의 「당음(唐音)」과 같이 악부시가 대거 뽑혀져 있는 당시 선집의 독서였으며,7) 차천로(車天輅)는 『악부신성(樂府新聲)』의 발(跋)에서 당 인(唐人)들이 많이 모방한 고악부제(古樂府題) 작품에 대한 선호를 분명 히 하고 이런 작품들은 제목만 보고도 당시임을 안다고 하였다.8) 이 시기 학당풍의 주요 수입경로라 할 명대 전후칠자(前後七子)의 경우도 신흠(申 欽)이 왕세정(王世貞)의 시를 극구 칭송하면서 악부의 영향을 든 데서 알 수 있듯이,9) 이런 악부 존숭의 풍조와 밀접하게 관련되어 있다. 그런 점에서 삼당파 시인과 임제(林悌)·이수광 등의 의작 악부시 모음집인『악 부신성』은 그 결과물로서 시사하는 바가 크다. 비록 성현(成俔)의 『허백 당풍아록(虛白唐風雅錄)』이나 유희령(柳希齡)의 『대동시림(大東詩林)』 권 삼십일에서 삼십오까지에 수록된 악부제 의작시들의 예에서 보듯10) 전대에도 이런 시의 창작이 없었던 것은 아니지만, 조선중기의 경우 그것 이 개인적 차원을 넘어서 보다 집단적이고 의식적으로 이루어졌기 때문 이다.11)

조선중기 한시에서 발견되는 전형의상의 계승에는 이런 악부시 의상·

---

7) 許筠, 『惺所覆瓿藁』 卷八, 「蓀谷山人傳」, pp.204~205.

8) 車天輅 校選, 金玄成 批閱, 『樂府新聲』, 『교남한문학』 5 부록. 교남한문학회, 1993, p.72.

9) 申欽, 『象村稿』 卷五十一, 「晴窓軟談」 中, p.338, "弇州之詩甚大, 其可詠者不可盡記,……, 皆是 樂府遺響, 自令人不可及."

10) 황위주, 「朝鮮前期 樂府詩 研究」, 고려대학교대학원 국어국문학과 박사학위논문, 1990, pp.81~95.

11) 이에 관해서는 선행연구에서 자세히 규명된 바 있다. 정민, 「16, 17세기 學唐風에서 낭만성의 문제」, 『목릉문단과 석주 권필』, 태학사, 1999, pp.63~100.

의경의 수용이 큰 부분을 차지한다. 특히, 「출새(出塞)」·「입새(入塞)」·「새상곡(塞上曲)」·「새하곡(塞下曲)」·「종군행(從軍行)」·「관산월(關山月)」·「정인원(征人怨)」·「농두수(隴頭水)」·「전성남(戰城南)」·「백마편(白馬篇)」·「출자계북문행(出自薊北門行)」 등의 변새제재 악부시의 의상이 보여주는 관습적 전통은 다른 제재에 비해 상대적으로 더욱 강고하여 뚜렷한 특성을 띠게 한다. 그 중에서도 이 시기 시인들이 즐겨 썼던 변새시는 「새상곡」·「새하곡」 등 당대 이후 새롭게 만들어진 신악부제였는데, 의상에 있어서도 대체로 당시의 그것을 따르고 있다.12) 당대의 변새시는 한대의 변새 개척의 역사와 관련된 일체의 의상들을 계승하고 있다는 점을 표현상의 특징으로 하는데, 이 시기의 의작 악부시에서도 역시 이런 의상들이 빈출하고 있음을 발견할 수 있다.

전형의상의 계승은 자연 시의 짧은 편폭 안에서 당대의 악부제 변새시와 유사한 정조와 미감을 구현하는 결과를 가져오게 한다. 허균이 『국조시산(國朝詩刪)』에서 변새풍의 전형의상으로 점철된 이달의 시 "오랑캐 진영에서 좌현왕이 나왔다는 소식 전하니, 구름처럼 많은 변새의 말 살기에 천지는 누런 기운. 이미 거연산 아래 가까이 와 사냥하는지, 사막 서쪽에 봉화불은 하늘을 비추어 밝구나 虜中傳出左賢王, 塞馬如雲殺氣黃. 已近居延山下獵, 磧西烟火照天光."(「出塞曲」)를 두고, 왕창령(王昌齡)과 상건(常建)의 맑은 풍치(淸韻)를 느낄 수 있다13)고 비(批)를 단 데서도 이 점은 잘 드러난다. 조선중기 특히 16세기 후반과 17세기 전반의 시인들이 변새풍 의상에 매력을 느꼈던 것은 일차적으로 이런 이유에서였을 것이

---

12) 흥미로운 것은 당시의 경우 역시 그 의상은 주로 전대 南朝의 변새시를 계승한 것이란 점이다. 변새시사에서 남조의 변새시는 변새 전쟁의 체험과 무관하게 지어진 것으로, 그 의상은 대체로 전대인 漢代의 변새 개척의 역사와 관련되어 있다. 이런 측면에서 당시의 변새풍 의상 역시 기본적으로 허구적인 성격을 띤다. 胡大浚, 「邊塞詩之涵義與唐代邊塞詩的繁榮」, 『唐代邊塞詩研究論文選粹』. 甘肅敎育出版社, 1988, pp.49~50.

13) 許筠, 『國朝詩刪』 卷三, 아세아문화사, 1980, p.347. "王少伯常徵君淸韻."

다. 당대의 악부제 변새시들에서 주로 사용되었던 전형의상들의 계승이란 바로 자신들이 심미이상으로 설정한 당시의 풍정(風情)을 확보하는 첩경이었기 때문이다. 그런 측면에서 이런 양상은 일정한 관습성을 띠게 되는데, 이런 관습성은 학당(學唐)의 과정에서 의작하였던 일련의 악부시들, 특히 변새시 못지않은 양을 차지하는 궁사(宮詞) 등 염정풍 시는 물론, 유선시(遊仙詩)·민가풍시(民歌風詩)·유협시(游俠詩)의 경우도 마찬가지이리라 보인다. 때문에 이런 전형의상들이 한 시대 시인 다수에게 큰 영향을 끼쳐 일정 기간 시 속에서 매우 높은 빈도로 그 모습을 나타내고, 심지어는 일정한 범위 내에서 시적 상상력마저 통어하여 유사한 시상의 작품을 낳게 한다.

이런 의상들은 비단 악부제 변새시에만 국한되지 않고 기타 시에서도 활용되어 변새풍을 형성한다. 이달의 "노룡새는 좌현왕의 땅에 가깝고, 관새 가 사막의 느릅나무는 잎새 다 누렇네 盧龍塞近左賢王, 關上沙榆葉盡黃."(『蓀谷詩集』卷四, 「九日送伯宗朝天」, p.21), "어디서 호가 소리 달빛 아래 들려오나, 북풍이 소선우의 피리소리 불어보내는 것이리 何處胡笳鳴月裏, 北風吹送小單于."(卷六, 「送別柳摠戎」, p.34), 최경창(崔慶昌)의 "한의 장수 외로이 신산의 능력 가져, 변방 성곽에는 전사자의 뼈만 덮였구나 漢將孤神算, 邊城戰骨荒."(『孤竹遺稿』, 「乙卯亂後」, p.5), 이안눌(李安訥)의 "허리춤엔 백우전 빗겨 차고 팔뚝엔 조화로운 각궁(角弓) 걸친 채, 오랑캐 깃발 쫓다 한 해가 벌써 다 갔구나 要橫白羽臂 駏弓, 行逐戎旃歲已窮."(『東岳集』卷一, 「新春書感」, 14면), 정두경(鄭斗卿)의 "담비갖옷에 모래자갈 가득하니, 이광 장군을 시름겹게 하네 貂裘帶沙礫, 愁殺李將軍."(『東溟集』卷三, 「大風」, p.421) 등의 구절은 의상·의경의 층위에서 모두 변새풍에 다름 아니다.

(2) 공통적 예술특징

전형의상의 계승 과정에서 변새풍 의상들은 다음과 같은 공통된 특징을 노출한다.

첫째, 특정한 시대·특정한 지명과 관련된 전형의상의 계승을 통해 고색(古色)·고향(古香)의 미감을 추구한다. 당시를 논할 때, 통상적으로 변새시는 성당시기를 최고로 평가하지만, 사실상 그것은 시의 제재 상 가장 보수적인 것 중의 하나로 유구한 전통을 가지고 있다. 당대의 시인들은 흉노와의 치열한 공방전이 벌어졌던 한대의 정경의 단편들을 병렬시키는 관례를 지속시켜 왔다. 한 혹은 진이라는 특정 시기와 결합된 일체의 경물들, 한월(漢月)·한가(漢家)·한병(漢兵)·한관(漢關)·한졸(漢卒)·진관(秦關)·진월(秦月) 등의 빈출이 그 단적인 예다. 왕창령의 「출새(出塞)」(二首 중 其一)의 기구(起句) "진나라 때도 한나라 때도 있던 밝은 달과 관문, 만 리 길 원정간 이는 아직 돌아오지 않았네 秦時明月漢時關, 萬里長征人未還." 같은 경우가 그 대표적인 예다. 여기에서 '진(秦)'과 '한(漢)'은 서로 다른 역사적 시간개념이며, '월(月)'과 '관(關)'은 서로 다른 공간개념이다. 하지만, 시인의 시구에서 그것들은 서로 동등한 가치의 시간·공간의상이 된다. 이렇게 시인은 현실에서 비교적 익숙한 경물을 시공간의 확장과 동일시를 통해 고색창연한 미감을 형성한다. 최경창의 "한의 변새 누런 구름 아득한 사막까지 이었고, 진의 서울 푸른 나무 멀리 아득하네 漢塞黃雲連絶漠, 秦京綠樹遠依微."(『孤竹遺稿』, 「旅懷」二首 중 其二, p.22) 정두경의 "바야흐로 한의 부절을 가지고 임무를 띠고 가니, 어찌 진나라 누대를 향하여 이별에 가슴 아파하리오? 方持漢節有行役, 肯向秦樓愁別離."(『東溟集』 卷八, 「送永安尉洪柱元」, p.466)는 이런 방식의 의상 구성을 통해 비슷한 효과를 거두고 있다.

특정한 지명 의상의 경우도 비단 변새시 혹은 변새풍에만 국한된 문제
는 아니지만 유사한 특성을 보인다. 기존의 연구에 따르면, 지명 의상의
활용은 당시의 한 특징이라고 한다.14) 『지봉유설』에서도 잠삼(岑參)의
변새시 "안새는 염택에 통하고, 노룡퇴는 초구에 닿아 있네 鴈塞通鹽澤,
龍堆按醋溝."(「北庭作」)가 모두 지명으로 이루어져 있음을 지적하고 있
다.15) 이런 특징은 후일 명대 전후칠자에 의해 적극적으로 계승되는데,
이들 중 어떤 작가들의 경우는 거의 매 작품마다 지명 의상을 사용하였다
고 한다. 이들이 사용한 지명 의상은 구체적인 지리와 무관한 것들로서
당시 모의의 풍조 안에서 지명 의상이 활용되었음을 알 수 있다.16) 명대
전후칠자들이 조선중기 시인들에게 미친 영향력을 감안하면, 이 시기 시
인들의 중국의 지명, 그 중에서도 당대(當代)가 아니라 한대·당대 등 이전
시기의 지명 의상을 주로 활용하게 된 한 이유를 짐작할 수 있다.17) 물론,
지명 의상의 사용은 이 시기에 국한될 문제는 아니지만, 상대적으로 조선
중기의 시인들에 의해서 적극적으로 활용되었고 그 대표적 예가 변새풍
지명 의상이라고 할 수 있다. 이들 지명 의상은 일정부분 시의 기세를
돋우고 음송 시 유려하고 전아한 미감을 형성하는데 큰 역할을 하며, 제한
된 시구 안에서 별다른 설명 없이 지명 의상이 주는 인상을 통해 독자가
아득한 옛날을 상상하고 그윽한 정취를 저작하게 하는 효과가 있다. 임제
의 "북방이라 눈 쌓인 용황의 길, 음산한 바람 부는 발해의 바닷가 朔雪龍
荒道, 陰風渤海涯."(『林白湖集』 卷一, 「送李評事」, p.265), 차천로의

---

14) 錢鍾書, 「七律杜樣」·「詩中用人地名」, 『談藝錄』 補訂本. 中華書局, 1986, pp.171~175,
  pp.291~302.
15) 李睟光, 『芝峯類說』 卷十一, 「文章部」四 唐詩, p.200.
16) 명대 전후칠자는 두보의 雄闊한 체를 모방하려 하였는데, 주로 인명과 지명을 적극적으로 시어에
  활용하는 방법으로 이를 구현하였다. 이중 특히 李東陽·何景明·邊貢·李攀龍·謝榛 등의 오언·칠
  언 율시는 거의 매 편마다 인명·지명이 있는데, 적으면 두셋이고 많으면 대여섯에 이를 정도였다.
  錢鍾書, 앞의 책, pp.171~175, pp.291~302.
17) 이종묵, 「조선 중기 詩風의 변화 양상」, 『한국 한시의 전통과 문예미』, 태학사, 2002, pp.481~482.

"바람결에 발해의 성난 파도소리 들려오고, 눈 속에 묻힌 음산의 을씨년스러운 풍경이 보이네 風外怒聲聞渤海, 雪中愁色見陰山."(「明川詩」) 같은 경우는 거리가 멀리 떨어진 지명을 함께 제시함으로써 독자로 하여금 가없는 공간적 상상력을 불러일으키고 변새의 황막한 정경을 바로 눈앞에 보는 것처럼 제시하여 그 효과를 극대화하고 있다. 음송 시에도 거칠고 강한 기세를 불러일으켜 거듭해 읽을수록 깊은 정취를 느끼게 한다.

하지만, 당시의 지명의상의 경우는 어느 정도 용의(用意)한 바가 있었고 단지 겉치레로 장식한 것이 아니었던 반면, 이를 의도적으로 계승한 명대 전후칠자나 조선중기의 일군의 작가의 경우는 실경(實景)이 아니라 허경(虛景)이었기 때문에 시의 격조는 높을지 모르지만 정경이 참되지 못한 병폐를 낳게 하였다.

둘째, 특수한 호칭이나 인물형상, 그리고 변새와 관련된 물상의 활용을 통해 변새적 풍정을 추구한다. 특수한 호칭이나 인물형상 역시 주로 한대의 서북 변새 개척의 역사와 관련이 깊다. 그 중에서도 흉노와의 공방전에 관련된 것들이 대종을 이룬다. 좌현왕(左賢王)·우현왕(右賢王)·천교자(天驕子)·선우(單于)·혼야왕(渾邪王)·가한(可汗) 등 흉노(匈奴)·대완(大宛) 등 서북지역의 이민족과 관련된 특수 명칭들이 즐겨 사용되는 것은 이 때문이다. 이안눌의 "용성의 시월 혼야왕이 연회를 베푸니, 팔부의 명왕을 호아 장군이 옹위하네 龍城十月宴渾邪, 八部名王擁虎牙."(『東岳集』卷一, 「觀宴藩胡」, p.9), 정두경의 "활을 당겨 오랑캐를 쏘아 죽이니, 과연 수리를 맞출만한 흉노의 명사수더라 彎弓殺胡兒, 果是射鵰者."(『東溟集』卷一, 「塞下曲」, p.395) 등은 모두 흉노와 관련된 것으로, 그 중에는 정두경의 경우와 같이 『사기』「흉노열전」에 실려 있는 특정한 역사기록 자체를 시화하는 경우도 있다.

인물형상의 경우도 마찬가지다. 흉노와의 쟁투에서 활약한 한대의 명장들인 이광(李廣: 輕車將軍), 곽거병(霍去病: 嫖姚將軍), 위청(衛靑: 長平侯), 두헌(竇憲: 車騎將軍)이나 문인이면서 투필종군(投筆從軍)한 반초(班超: 定遠侯), 또 흉노와의 전쟁 과정에서 외교임무를 담당했던 장건(張騫: 博望侯), 소무(蘇武: 典屬國) 등이 자주 등장하는 것도 이 때문이다. 이런 특정한 인물형상 외에도 범칭의 인물형상으로 장군(將軍)·장사(壯士)·유병아(幽幷兒)·장부(丈夫)·남아(男兒)·협객(俠客) 등이 빈출하는데, 이 중에서 다소 이채로운 존재가 유병아와 협객 등의 유협형 인물형상이다. 본래 유협은 「소녀행(少年行)」·「협객행(俠客行)」·「결객소년장행(結客少年場行)」 등의 악부제 유협시에서 주로 읊어지던 것으로, 변새시와는 별도의 주제사적 전통을 가지고 있었다. 그러던 것이 건안(建安)시기 조식(曹植)이 「백마편(白馬篇)」을 통해 유협과 변새의 내용을 결합시켜 국가를 위해 희생하는 유협의 형상을 창조한 이래, 변새시에 수용되어 일정하게 유형화되었다. 이수광의 "손에는 황금 채찍 팔에는 조궁(雕弓) 차고, 날듯이 말 달려가는 젊은 협객의 무리 手中金鞭臂雕弧, 走馬翩翩俠少徒."(『芝峯集』 卷十六, 「塞下曲」 六首 中 其三, p.147), 장유의 "삼하의 악소년, 유주와 병주의 유협아 三河惡少年, 幽幷遊俠兒."(『谿谷集』 卷二十五, 「塞下曲」三首 中 其三, p.404) 등은 이를 잘 보여준다.

물상으론 대막(大漠)의 황사(黃沙)·천산(天山)의 비설(飛雪)·삭풍(朔風)에 날리는 고봉(枯蓬)·시든 백초(白草)와 같은 자연환경으로부터 흑초구(黑貂裘)·백양의(白羊衣) 등의 의복, 호가(胡笳)·비파(琵琶)·화각(畵角)·비고(鼙鼓)·강적(羌笛)등의 악기, 포도주 등의 음식물, 청총마(靑驄馬)·대완마(大宛馬) 등의 말, 홍안(鴻雁)·조(雕)·호응(胡鷹) 등의 새, 금과(金戈)·백우전(白羽箭)·검(劍) 등의 병장기, 금갑(金甲)·황금륵(黃金勒)의 기물에 이르기까지 변새 지역의 문화·환경·역사를 연상시키는 변새의 전형적 물상들이 활용된다. 우리 한시에서 이들 의상은 대체로 현실과 무관하게 변새풍정을 구축해내는 전형의상으로서 사용된다. 이런 모의는 물론 당시와 관련이 깊다. 임제의 "장군은 마음 속으로 공신될 것 자축하며, 웃으며 포도주 한 잔 따라 마시는 구나 將軍暗賀凌煙畵, 笑取葡萄飮一杯."(『林白湖集』, 卷二, 「塞下曲」, p.277)와 정두경의 "천산의 세 길 눈 속에서 흉노 사냥을 하고, 돌아와 장막 속에서 푸른 포도주를 마신다 大獵天山三丈雪, 帳中歸飮碧葡萄."(『東溟集』卷二, 「塞上曲」, p.399) 등의 포도주는 대완 등 서역의 특산물로서 왕한(王翰)의 「양주사(凉州詞)」의 "잘 익은 포도주 밤에도 빛나는 술잔 葡萄美酒夜光杯" 같은 변새풍정을 계승한 것이다. 또, 허초희(許楚姬)의 "조화로운 각궁 백우전 검은 담비갖옷 騂弓白羽黑貂裘"(『蘭雪軒詩集』, 「入塞曲」五首 중 其四, 11면)이나 이수광의 "검은 여우가죽 모자 흰 양가죽 옷 黑狐皮帽白羊衣"(『芝峯集』卷十六, 「塞下曲」五首 중 其一, p.146)와 같은 표현은 왕유(王維)의 "옥파검 각궁 구슬 재갈물린 준마 玉靶角弓珠勒馬"(「出塞作」), 왕계우(王季友)의 "붉은 말 황금 재갈, 꽃문양 아로새긴 활 백우전 騂馬黃金勒, 雕弓白羽箭."(「古塞曲」)과 같이 전형의상들의 병렬만으로 변새 용장의 당당한 위용을 떠올리게 하여 변새풍정을 효과적으로 구현한 것이다.

셋째, 작품 안에서 일정한 주제와 분위기로 구조화되고, 특정한 미감을 형성한다. 종군의 고단함, 아내·고향에 대한 그리움, 변새의 혹독한 환경, 호아(胡兒)·호희(胡姬) 등 변새 이민족의 생활모습, 종군하여 공훈을 세우고자 하는 장지(壯志) 등이 주제 방면의 대표적 예라면, 황·흑·백·홍을 주로 하는 색감, 한(寒)으로 대표되는 촉감, 비린내[腥膻氣]로 대표되는 후감 등은 황량하고 창망한 분위기를 구축해내는 대표적 예다. 또, 그것은 한 작품 혹은 한 구절의 의경에서 비장(悲壯)·강개(慷慨)하고 호방(豪放)한 미감을 형성한다.

일정한 주제로의 구조화는 대체로 당대 변새시의 주제를 계승한 것으로서 변새시의 강고한 주제 전통을 잘 보여준다. 하지만, 의상의 측면에선 변새풍 의상의 강한 자력에 의해 시인의 상상력이 특정한 방향으로 제약된다고도 볼 수 있다. 이런 의상들이 변새제재 시에만 국한되지 않고 기타 제재의 시에서도 유사한 주제의 표출을 이끌어내기 때문이다. 변새풍 의상이 조성하는 일정한 분위기들도 마찬가지다. 변새의 황량하고 창망한 분위기를 조성하는 의상중의 하나인 대막(大漠)의 황운(黃雲)을 예로 들어보자. 본래 황운은 모래바람이 많이 일어 모래가 구름 속으로 말려들어가는 중국 서북 사막지역의 특수한 환경에서나 가능한 일이지 우리 산하의 모습과는 거리가 멀다. 하지만, 이안눌의 "사막의 모래 구름에 변경의 장막은 어둠침침하고, 농두의 눈바람에 수자리 피리소리 슬프네 磧裏雲沙幡帳暗, 隴頭風雪戍笳悲."(『東岳集』 卷一, 「奉陪李節度使北巡邊城, 而作近體」九首 중 其五, p.10), 정두경의 "백마산을 천부가 옹위하고, 황운은 육진에 가득하다 白馬千夫擁, 黃雲六鎭陰."(『東溟集』 卷三, 「寄金節度」二首 중 其一, p.425)의 예에서 보듯, 실제 변새체험을 바탕으로 한 경우에서조차 이런 정경이 빈출하고, 그 시적 완성도에 대한 평가도 매우 긍정적이었음을 발견하게 된다. 인용된 정두경의 시는 병인(丙寅)년 청나라의 사신이 왔을 때 포의로 따라가 지은 작품인데, 남용익(南龍翼)이 이 구절을 두고 함께 북행한 제공을 압도할 만하다고 평가한 것을 보면,[18] 이런 의상들이 구성해내는 과장되고 허구적인 정조·황량하고 창망한 분위기가 가진 매력이 시인은 물론 감상자마저도 잡아끌고 있음을 알 수 있다. 한편으로 이는 현실과 무관하거나 위배되는 표현들이 관습적으로 등장하게 되는 결과를 초래하기도 한다. 『지봉유설』에서도 거론한 바 있는 이하(李賀)의 변새시 「안문태수행(雁門太守行)」의 첫 두 구 "먹구름이 성을 짓누르니 성이 무너질 듯하고, 갑옷은 햇빛에 금빛 비늘처럼 반짝이네

---

18) 南龍翼, 『壺谷詩話(謾筆)』, 『洪萬宗全集』, 태학사, 1980, p.738.

黑雲壓城城欲摧, 甲光向日金鱗開.”는 그런 예 중의 하나다. “갑광향일금린개(甲光向日金鱗開)”에 대해서는 역대로 논란이 끊이지 않았는데, 앞 구절에서 “흑운압성(黑雲壓城)”이라고 했는데 어떻게 햇빛에 갑옷이 금빛 비늘처럼 반짝거릴 수가 있느냐는 것이다. 이런 의구심은 후일 ‘향일(向日)’을 ‘향월(向月)’로 바꾸어 보아야 한다는 주장까지 나오게 했다. 유사한 예를 이안눌의 「출새곡(出塞曲)」시에서 찾을 수 있다. “병거가 새벽에 출발하니 수레 소린 삐걱 삐걱, 철기가 차고 밟으며 지나니 언 강이 갈라지네. 용기(龍旗)는 불타오르는 듯 허공에서 붉고, 금갑(金甲)의 차가운 빛은 옥 같은 눈에 비친다 兵車曉出聲轔轔, 鐵騎蹴踏氷河裂. 龍旗焰焰半空赤, 金甲寒光照玉雪.”에서 새벽이란 시간대와 용기(龍旗)와 금갑(金甲)의 분명한 색채감의 모순은 이하의 「안문태수행」과 같이 일정한 분위기를 구축해 내는 과정에서 빚어진 현실과의 괴리라고 할 수 있다. 하지만, 사실 작자의 표현 의도에서 볼 때, 이런 괴리는 중요한 부분이 아닐 뿐 아니라 의도적일 수조차 있다.

변새풍 의상이 형성하는 특정한 미감으론 최경창의 “진의 병사 변새 옆에서 엿보고, 오랑캐 기마대는 강 건너에 주둔하네. 선우의 머리를 아직 베지 못했으니, 다만 상장의 혼 생각함에 슬프구나 秦兵傍塞覘, 虜騎隔河屯. 未斬單于首, 徒悲上將魂.” (『孤竹遺稿』, 「哀楊摠兵」, p.18), 김득신의 “내일 아침 또 교하의 북쪽으로 나아가리니, 말가죽으로 응당 전사자의 시체를 싸서 돌아오리 明朝又赴交河北, 馬革應包戰死身”(『柏谷集』詩集 冊二, 「塞下曲」六首 中 其四, p.35)와 같은 悲哀·悲壯美, 이안눌의 “질지선우 베지도 못했는데 머리만 하얘졌으니, 청평검을 잡고 기둥 치기만 자주 하네 郅支未斬頭全白, 手握靑萍擊柱頻.”(『東岳集』卷十八, 「用前韻, 奉謝谿谷張判書辱和見寄之作,兼柬畸庵鄭舍人·雙溪李承旨·白洲李衆議三學士」, p.334), “선우를 베어 천자께 바치고자 하나, 썩은 선비라 간장검을 빌릴 방법이 없구나 欲斬單于獻天子, 腐儒無路借干將."(卷二十, 「鹿島舟中」, p.370)와 같은 慷慨美, 이달의 "언제나 천산(天山)의 나무 위에 검을 걸어놓고, 오랑캐 술 천 종을 월지왕의 두개골 잔에 마실까? 何時掛劍天山木, 虜酒千鍾飮月支." (『蓀谷詩集』 卷六, 「磨天嶺, 題院壁」, p.38), 이안눌의 "허리춤에 찬 보검이 번개처럼 빛나니, 누란을 베어 나라의 은혜에 보답하리라 맹세하네 腰間寶劍光如電, 誓斬樓蘭光如電."(『東岳集』 卷一, 「奉陪李節度使北巡邊城, 而作近體」九首 중 其四, p.10)와 같은 호방미를 그 대표적 양태로 들 수 있다. 이런 특정한 미감의 형성 역시 전형의상의 자력이 큰 부분을 차지한다. 이항복(李恒福)의 제화시 "음산에서의 사냥 끝내니 달빛은 창창한데, 철마 탄 일천의 무리 밤에 서리 밟고 지나네. 장막 안에 호가 소리 두 서너 박자, 술동이 앞에 좌현왕은 취하여 비틀비틀 陰山獵罷月蒼蒼, 鐵馬千羣夜踏霜. 帳裏胡笳三兩拍, 尊前醉舞左賢王."(『白沙集』 卷一, 「單于夜宴圖」, p.168)에 대해 홍만종(洪萬宗)은 "시어가 자못 호방하다 語頗豪放."(「詩評補遺」, 『洪萬宗全集』, p.249)라고 평하고 있다. 이 시의 호방한 미감은 시를 구성하고 있는 호방한 의상과 표현들에 의해서 구현된 것으로, 변새풍 의상 자체의 미감이 시 전체의 총체적 미감의 형성에 큰 부분을 차지하고 있음을 짐작할 수 있다.

2) 유협풍 의상의 계승

(1) 시사적 배경

한시사에서 유협시·유협풍 의상의 등장은 '유협' 관념의 변천과 밀접한 관련을 갖는다. '협(俠)'('유협')이란 개념은 『한비자(韓非子)』 「오두(五蠹)」편에서 처음 보인다. 한비(韓非)의 "협자는 무로써 금령(禁令)을 범한다 俠以武犯禁"라는 정의는 후세의 유협 관념에 큰 영향을 주게 된다. 이렇게 나라를 좀먹는 '폭호지도(暴豪之徒)' 정도로 치부되던 유협이 일정한 존재의의를 평가받게 된 것은 『사기』에 이르러서다. 한시사에서 유협을 소재 혹은 제재로 한 시가 출현하기 시작한 것 역시 한(漢)·위(魏) 시대부터인데, 여기에는 사마천의 「유협열전」·「자객열전」 등의 영향이 컸다고 볼 수 있다. 유협은 『사기』에 입전된 이후 시가에 들어와 한·위 악부시의 전형적 주제의 하나가 된 것이다. 한·위 이후에도 이런 악부고제(樂府古題)를 따라 쓴 작품들이 있었지만 당대에 이르러 극성하게 되는데, 특히 성당의 시에서 유협에 대한 찬미는 하나의 시대적 풍기를 형성하였다.[19]

　조선중기 한시에서 발견되는 악부제 비악부제 유협시들 역시 대체로 당대의 그것을 수용한 것이다. 변새시만큼의 비중은 아니지만 유협시 역시 이 시기 시인들에게 당시의 특징적 국면의 하나로 인식되었다. 특히, 이백의 영향이 컸던 것으로 보이는데, 이수광이 『지봉유설』에서 이백은 유협시 쓰기를 좋아했다고 지적한 것이나, 차천로가 『오산설림초고(五山說林草藁)』에서 이백의 대표적 유협시 「협객행(俠客行)」의 시구를 거론한 것, 또 정두경의 유협제재 악부시가 대부분 이백 시의 의작인 것 등에서 이를 짐작할 수 있다.[20] 물론, 김세렴(金世濂)의 경우처럼 한·위 고시의 학습을 통해 수용된 경우도 있지만,[21] 의상 방면에 있어서 양자의 차이는 발견되지 않는다. 당시의 유협풍 의상 역시 한·위 악부의 의상을 계승한 것이기 때문이다. 특히, 「결객소년장행(結客少年場行)」·「소년행(少年

---

19) 鍾元凱, 앞의 논문, p.55.

20) 李晬光, 『芝峯類說』 卷九, 「文章部」二 詩法, p.160, "李白喜作游俠詩" 車天輅, 『五山說林草藁』, "縱使俠骨香, 不愧世上英. 使當作死. 王維詩縱死猶聞俠骨香, 曾見一本, 亦如此."

21) 金世濂은 許封의 외손으로서 허적에게 시를 배웠다. 허적의 「次金道源韻以爲寄」시 自註에 따르면, 秦漢의 시문을 읽는 것을 즐겨 「俠客行」을 지어 자신에게 보여줬다는 기록이 보인다. 이 시는 김세렴의 문집인 『東溟集』에는 「烈士篇, 奉呈水色」이란 제목으로 실려 있다.
　許嫡, 『水色集』 卷四, 「次金道源韻以爲寄」 自註, p.57, "讀秦漢詩文以自娛, 作俠客行以視余."
　金世濂, 『東溟集』 卷一, 「烈士篇, 奉呈水色」, p.125.

行)」·「장안소년행(長安少年行)」·「한단소년행(邯鄲少年行)」·「공자행(公子行)」·「경박편(輕薄篇)」·「백비왜(白鼻䯄)」·「결말자(結襪子)」·「유협편(遊俠篇)」·「장사편(壯士篇)」·「협객행(俠客行)」 등 유협제재 악부시의 의상이 보여주는 관습적 전통은 유협적 정신경계와 미감의 측면에서 뚜렷한 특성을 띠게 하였다.

이런 유협풍 전형의상들은 비단 악부제 유협시에 국한되지 않고 그 범위를 넘어서서 영사(詠史)는 물론 증답(贈答)·송별에 이르기까지 전혀 다른 성격의 시들에까지 확산되었다. 구용(具容)의 "협객은 횡행함을 중시하니, 은빛 안장 녹이말에 올렸구나. 천금을 탕진하고, 저잣거리의 미천한 이들과 벗하네. 아침엔 투계장에서 흥청망청하고, 저녁엔 장간리에 묵는다 俠客重橫行, 銀鞍被駼駬. 散盡千黃金, 結客屠沽市. 朝遊鬪鷄場, 暮宿長干里."(『竹窓遺稿』卷之上, 「俠客行, 送彥仰之務安」), 신흠(申欽)의 "백비왜가 끄는 유벽거 타고, 장대 거리의 투계장을 지나가네 油碧車前白鼻䯄, 章臺陌上鬪鷄過."(『象村稿』卷十八, 「久在元戎幕下, 諸妓執牋求詩, 書以贈之」九首 중 其九, p.476), 정두경의 "오릉의 유협이 다투어 돌아보니, 옛 길 지나가는 이 간장이 끊어지려 하네 五陵游俠爭回首, 古道行人欲斷魂."(『東溟集』卷七, 「詠史」七首 중 其五, p.453) 등은 유협풍 의상의 확산을 짐작케 한다.

(2) 공통적 예술특징

유협풍 전형의상의 계승 과정에서 우리는 다음과 같은 공통된 특징을 발견하게 된다.

첫째, 유협과 관련된 지명·악부제·물상의 활용을 통해 유협적 정조를 구현한다. 지명으로는 '연(燕)'·'조(趙)', '유(幽)'·'병(幷)', '한단(邯鄲)', '낙양(洛陽)', '장안(長安)', '함양(咸陽)'·'위성(渭城)' 등이 주로 등장한다. 이중 '연'·'조', '유'·'병', '한단'은 유협 인물들을 많이 배출한 곳들로 서 '유병아(幽幷兒)', '한단소년(邯鄲少年)'의 예와 같이 유협형상의 하나 로서 제시되기도 한다. 반면, '낙양(洛陽)', '장안(長安)', '함양(咸陽)' 등 은 중국 역대의 수도 혹은 번화한 대도시로서, 방탕한 부귀공자형 유협의 유락처나 결사(結社)를 이루어 살인을 일삼던 무뢰배형 유협의 횡행 공간 으로 등장하곤 한다.

유협과 관련된 물상으로는 백마(白馬)·백비왜(白鼻騧)·류(柳)·청루(靑 樓)·주(酒)·투계(鬪鷄)·검(劍)·적환(赤丸)·흑환(黑丸) 등이 많이 활용된 다. 동물류 중에선 특히 말이 많이 등장하는데, 말은 유협과 불가분의 존재 이기도 하다. 이에 따라 말과 관련된 물상들 륵(勒)·편(鞭)·안(鞍) 등도 즐겨 사용된다. 유협시에서 즐겨 묘사되는 준마들이 분치(奔馳)하는 호쾌 한 장면이 어디에도 속박되지 않는 유협의 성격을 상징한다면, 호사스런 마구들은 유협의 사치스러운 생활을 반영한다고 볼 수 있다. 말 중에서도 특히 백마와 백비왜가 많이 등장하는데, 여기에는 「백마편(白馬篇)」·「백 비왜」라는 대표적 유협 악부제의 영향 또한 크다. 백마와 백비왜라는 의상 을 사용하는 것만으로도 악부제를 떠올리게 하고, 이는 자연스레 시 전반 에 유협풍의 정조를 띠게 할 수 있기 때문이다. 식물류론 유독 류(柳)가 많이 등장한다. 버들은 주로 청루(靑樓)·창루(娼樓)·기녀(妓女) 등과 함 께 등장하는데, 천금을 하루에 탕진하는 유협의 방탕한 면모와 관련된다. 이런 방탕한 면모는 투계와 같은 도박의 형태로 나타나기도 한다. 이 밖에 적환·흑환, 각종의 검 등의 물상은 사소한 의분으로 살인을 일삼는 유협의 잔혹한 면모와 연관된다. 적환·흑환 등은 대표적 악부제 유협시인 「결객소 년장행」의 창작배경과 관련되어 있다. 검 역시 『한비자』 「오두」편에서 유 협을 '사검지속(私劍之屬)'이라고 일컫는 데서도 알 수 있듯이 유협과 떼려야 뗄 수 없는 의상이다.

　　이런 특징은 이미 변새풍 전형의상의 검토에서도 발견된 점이기도 하다. 하지만, 그 활용 방식이나 구조화 방식에서 양자 사이에는 일정한 차이 또한 존재한다. 변새라는 공간을 중추로 하는 변새풍 의상과는 달리 유협풍 의상은 철저히 유협이란 인물형을 중심으로 구조화된다. 변새풍 의상의 경우에도 특정한 인물 형상을 중심으로 구심화한 예가 없는 것은 아니지만, 유협풍 의상의 경우는 그 집중도가 더욱 크다고 할 수 있다. 이는 한편으로 유협시에서 시적 자아가 유협화하는 경향과 밀접하게 관련된다. 시적 자아 자신이 곧 유협인 이런 시들은 유협풍 의상 나아가 유협시 전반의 하나의 특징이라고 할 수 있다.

　　임전(任錪)의 "백옥 같은 얼굴의 소년 백비왜 타고, 우쭐거리며 위성의 꽃구경하네. 손엔 삼척의 부용검 비껴 쥐고, 웃으며 평원군의 집으로 들어간다 白玉少年白鼻騧, 翩翩驕踏渭城花. 手橫三尺芙蓉劍, 笑入平原公子家."(『鳴皐集』卷二,「十三歲作」, p.54), 신흠의 "세상 나서 공과 후가 그 무슨 상관인가, 천금으로 멋지게 꾸민 말 새로 사서 타고서는. 가슴 속에 불평도 있을 까닭 뭐 있겠나, 백주에도 거리에서 원수라면 다 갚는데 生世何關公與侯, 千金新買五花驑. 胸中那有不平事, 白晝報仇東陌頭.』(『象村稿』卷十九,「少年行」二首 중 其二, p.488), 정두경의 "장안의 협객이 관서로 떠나니, 버들 빛은 푸르고 꾀꼬리는 지저귀네. 통쾌하게 금포 벗어 술집에 맡겨두었으니, 그대들로 하여금 진탕 취하게 할 수 있으리 長安俠客出關西, 柳色靑靑黃鳥啼. 笑脫錦袍留酒肆, 能令公等醉如泥."(『東溟集』卷二,「醉別子文·休休」, p.405) 등은 시적 자아가 유협화하는 경향을 잘 보여준다. 그중 임전과 정두경의 시는 관련된 일화를 남기고 있는데, 이들의 유협숭모가 시적 자아의 유협화라는 문학적 감정이입을 넘어서서 실제 삶에서까지 구현되고 있음을 보여준다.22) 시적 자아의 유협화 경향

---

22) 任錪, 『鳴皐集』,「行狀」, 인물연구소, 2000, p.252, "十三, 挾册往師家, 有駿馬繫門, 而牽者睡,

은 다음에 들 특정한 인물형상의 활용문제와도 연관된다.

둘째, 인물형상의 선택에 일정한 시대적·사회적 풍기가 반영되고, 특정한 인물형상에 시인의 내밀한 의식이 기탁되기도 한다. 유협의 범칭으로는 소년(少年)·악소년(惡少年)·협소(俠小)·협객(俠客)·유협(游俠)·장사(壯士) 등이 주로 사용된다. 이들은 그 자체가 유협 악부제를 연상시키기도 하는데, 그 중에서도 소년은 가장 많이 사용된 유협의 범칭이었다. 특정한 인물형상으로는 『사기』「자객열전」에 입전된 형가(荊軻)·예양(豫讓)·전저(專諸)·조말(曹沫)·섭정(聶政), 「유협열전」에 입전된 주가(朱家)·전중(田仲)·극맹(劇孟)·곽해(郭解), 『한서』「유협전」에서 유협의 으뜸으로 꼽은 신릉(信陵)·평원(平原)·맹상(孟嘗)·춘신군(春申君), 신릉군의 식객이었던 주해(朱亥), 평원군의 식객이었던 모수(毛遂), 유협 악부제「결말자(結襪子)」의 고사와 관련된 정정위(張廷尉: 張釋之), 「진녀휴행(秦女休行)」의 여성 유협이 주로 등장한다.

유협시에 등장하는 인물유형은 크게 사소한 의분으로 살인을 일삼는 무뢰배형의 인물과 호화로운 복식으로 창루에서 기녀와 어울리며 천금을 탕진하는 부귀공자형의 인물, 그리고 국가에 멸사봉공하는 영웅호걸형의 인물로 나누어 볼 수 있다. 유협형상이라고 하지만 첫 번째 유형과 두 번째 유형 사이에는 커다란 간극이 존재한다. 사마천이 유협을 '포의지협(布衣之俠)'과 '여항지협(閭巷之俠)'·'경상지협(卿相之俠)'으로 구분하기도 하였지만, 이 부귀공자형 유협은 유협 일반의 '말을 하면 반드시 신의가 있고 행동을 하면 반드시 결과가 있으며(言信行果)', '제물을 받고

公乃超騎, 馳騁馬, 逸入尹尙書自新宅, 尙書公愛公容貌異凡, 呼韻試之, 公應口對曰, '白玉少年白鼻騧, 翩翩驕踏渭城花. 手橫三尺芙蓉劍, 笑入平原公子家.', 尙書公笑而裁書以與公曰, '爾可傳尊大人.', 公袖以歸獻, 乃通婚書也." 朴亮漢, 『梅翁聞錄』, 趙鍾業 編, 韓國詩話叢編 9, p.697, "鄭東溟少時以白衣從事接待天使, 臨發, 往見元相斗杓, 不遇, 莊中有藍大緞一疋, 持歸作袍, 着而馳出都門, 給從者典而沽酒, 題曰, 長安俠少出關西, 楊柳靑靑黃鳥號(啼). 笑脫錦袍留酒肆, 能令公等醉如泥."

원수를 대신 갚아주며(受財報仇)’, ‘자신의 목숨을 아끼지 않는(不吝其生)’ 풍모와는 상당한 거리를 보여준다. 인물형상중 부귀공자형의 유협은 다소 이질적인 존재라고 할 수 있다. 마지막 유형은 본래 유협시가에선 찾아 볼 수 없는 인물형이었는데, 앞서 언급한 것처럼 조식이 「백마편」에서 유협과 변새의 내용을 결합시켜 국가를 위해 희생하는 유협의 형상을 창조한 이래 일정하게 유형화 된 것이다.

역사적으로 볼 때 유협의 반사회적 행동들은 유자들로부터 환영받지 못했다. 사마천이 유협을 옹호한 예가 있기는 하지만, 반고(班固)가 이를 두고 “처사를 폄하하고 간웅을 추켜세웠다 退處士而進奸雄”고 강력하게 비판하였던 것이나 『사기』·『한서』이후로 정통 사서(史書)에 유협이 입전된 예가 없다는 사실은 이를 잘 보여준다. 예법에 구애되지 않거나 심지어는 서슴없이 사회규율을 위반하기까지 하는 유협의 속성은 유자의 보편적 행동양식과는 동떨어진 것이었다. 하지만, 유자와의 이런 차별성이 도리어 하나의 일탈로서 시인을 매혹시키기도 하였고, 한편으론 이에 기대어 시대에 대한 불만이나 자신의 내밀한 의식을 토로하는 계기가 되기도 하였다. 흥미로운 것은 이들 유협형상의 선택에 작용하는 시대성과 유협형상에 기탁된 시인의 내밀한 의식의 징후들이다. 예컨대, 조선중기 안에서도 양차의 전란을 거치면서 부귀공자형 유협보다 형가를 중심으로 한 자객유협이나 영웅호걸형 유협을 읊는 경우가 점증함을 발견하게 된다.

전란 이후라고 해서 부귀공자형 유협을 읊은 시가 없는 것은 아니지만, 상대적으로 이런 종류의 시가 점증함은 유협형상의 선택에 시대적 함수가 개재함을 유추하게 한다. 반면, 정두경 같은 시인은 그중에서도 유독 형가 형상에 집중하여 다양한 전용 양상을 보여주는데, 다음 장에서 본격적으로 검토하겠지만 그가 형가에 집중한 데에는 호란전후의 당대사회에 대한 비판의 의식이 담겨있다.

셋째, 유자적 사고·정신에 기반한 주제의식이나 보편적 미감과는 변별되는 특징을 보여준다. 극단적인 상무경유(尙武輕儒)의 의식·언신행과(言信行果)의 정신·은의(恩義)에 대한 보답·의기(意氣)의 중시·강렬한 복수의지 등은 주제의식 방면의 대표적인 예들이다. 이는 모두 사마천이 「유협열전」에서 말한 유협의 입신행사(立身行事)의 절조로서의 '협객지의(俠客之義)'에 속하는 것으로, 유협적 정신세계의 특수성을 유감없이 보여준다.

이런 특수성은 유협풍 의상이 형성하는 미감에 있어서도 자연 독특한 면모를 낳게 한다. 이명한(李明漢)의 "장대 거리를 달리는 말 밤 깊어 돌아오는데, 성기게 내리는 눈이 취한 얼굴을 때리네 章臺走馬夜深還, 微雪疏疏撲醉顏."(『白洲集』 卷二, 「擬古少年行」 三首 중 其二, p.237), 이경석(李景奭)의 "장안 큰길가의 실같이 늘어진 버들, 쌍쌍의 백마 거만스레 달려가네 長安陌上柳如絲, 白馬雙雙驕且馳."(『白軒集』 卷十三, 「少年行」, p.554) 등이 보여주는 유협의 활달한 기상과 관련된 호상미(豪爽美), 허초희의 "황금 채찍의 유협 창루에서 묵으며, 며칠이나 즐겁게 놀지를 다툰다 金鞭宿倡家, 行樂爭留連."(『蘭雪軒詩集』, 「少年行」, p.5), 신흠의 "저잣거리 술집 찾아 다시금 조용히 가보니, 주루 안의 가인들은 갖은 보화로 단장하고 있다네 從容更向市樓去, 樓上佳人百寶粧."(『象村稿』 卷十九, 「少年行」 二首 중 其一, p.488) 등이 보여주는 낭만적 퇴폐미, 성로(成輅)의 "저자 거리에서 사람을 죽이곤, 날 저물자 창루로 찾아드네 殺人都市中, 日暮娼樓宿."(『石田先生遺稿』 上, 「俠客行」 二首 중 其一), 정두경의 "다섯 걸음 떼는 사이에 유혈이 낭자함을 보니, 천추토록 그녀의 협풍에 놀라리라 五步見流血, 千秋驚俠風."(『東溟集』 卷九, 「東海有勇婦」 二首 중 其二, p.476) 등이 보여주는 잔인하고 섬뜩한 미감이 그 대표적인 예다.

유협풍 의상 계승에서 발견되는 이런 주제의식과 미감이 시인 자신의 주체적 의식과 미적취향과 연계된 것인지, 아니면 전형의상 자체의 성향에 매몰된 것인지를 구별하기란 어려운 일이다. 하지만, 이 시기 유협풍 의상 및 유협 제재 시의 점증과 더불어 일정하게 유협숭상의 기풍이 발견됨은 흥미롭다. 조찬한(趙纘韓)의 「한양협소행, 주증나수양(漢陽俠少行, 走贈羅守讓)」 시가 그 한 예다. 이 시에 따르면 한양 삼문(三門) 밖에 협굴(俠窟)이라 일컬어지는 곳이 있었고, 당시의 협객중엔 세 명의 정씨[三鄭]과 다섯 명의 나씨[五羅]가 최고로 꼽혔다고 한다.[23) 여기에서 다섯 명의 나씨는 나수양(羅守讓)의 오형제를 가리키는데 당시 사회에 일정하게 유협풍조가 성행하였음을 짐작하게 한다. 이 시기 주요시인들 중에서도 임제·권필·임전·정두경과 같이 젊은 시절 유협을 숭상한 경우들이 있다.[24) 이들의 유협 앙모가 개인적 기질의 문제인지 아니면 일정하게 시대적 풍기와 연관이 있는 문제인지는 분명하게 말하기 어렵지만, 조선후기 유협전의 창작과 같은 산문적 유협정신의 표출과는 별도로 시적 유협정신의 표출이 있었음을 확인할 수 있다.

3) 전형의상 계승의 시적 성패(成敗)

이상에서 검토한 전형의상이 구축하는 일정한 경향성은 처음 한 두 수의 시를 읽을 때는 생경함으로 인해 신선미가 있겠지만, 여러 수를 읽으면

---

23) 趙纘韓, 『玄洲集』 卷二, p.241, "三門之外稱俠窟, 三鄭五羅唯其最."
24) 李恒福, 「白湖集序」, 『林白湖集』, p.251, "少嘗軒輊其才, 慨然慕燕代之風, 時於香奩酒肆, 漫浪以自適, 或悲歌慷慨, 人莫測其端." 林悌, 『林白湖集』 卷四, 「意馬(賦)」, p.314, "其一則幽燕健兒, 秦壟壯士, 奇韜龍虎, 按陳天地, 飲鐵馬於渤海, 駐大旆於王庭, 歸明光兮謁天子, 煥麟閣之丹靑…(후략)…." 權韠, 『石洲集』 別集 卷一, 「答宋弘甫書」, p.251. "僕受性疏誕, 與俗寡諧, 每遇朱門甲第, 則必唾而過之, 而見陋巷蓬室, 則必徘徊眷顧, 以想見曲肱飲水而不改其樂者, 每遇紆靑拖紫, 擧世以爲賢者, 則鄙之如奴虜, 而見任俠屠狗, 爲鄕里所賤者, 則必欣然願從之遊日, 庶幾得見悲歌慷慨者乎, 此僕之所以見怪於流俗, 而僕亦不能自知其何心也." 임전과 정두경은 각주 23)을 참조할 것.

천편일률적인 느낌을 지울 수 없게 한다. 특히 변새풍·유협풍과 같은 강고한 주제전통 하의 전형의상의 경우, 관습적 재현이 거듭됨에 따라 시인의 상상력은 고갈되고, 시공간이 몰각된 상상의 공간에서 그저 관습적 정서와 미감을 복제하는 데 그치는 경우마저 나오게 된다. 전형의상의 계승이 단순한 모의로 떨어져 버릴 위험성이 상존하는 것은 이 때문이다. 실제로 이 시기 변새풍·유협풍 의상을 계승한 많은 시에서 우리는 익숙한 의경과 상투적 상상력을 발견하게 된다. 그러나, 이런 전형의상 계승이 반드시 문학적 답습이나 실패로만 귀결되지는 않고 때로는 뛰어난 문학작품의 창조를 가능케 한다는 점에서 보다 섬세한 변별력이 요구된다.

전형의상들을 계승한 시의 성공여부는 대체로 의상의 병렬을 통한 선명한 대조와 장면들의 생생한 극화에 달려있다. 당대의 변새시 혹은 유협시가 그러했듯이 전형의상이 구성하는 단편적 장면들로부터 독자들은 강한 인상을 받고, 시공간이 몰각된 상상의 세계에서 시인이 부려놓은 의상들을 연결하여 완정한 장면을 만들고 서사구조를 완성시킨다. 신흠이 "읽으면 마음이 훌쩍 고양된다 讀之令人飄然遐擧."(『象村稿』 卷五十一, p.338)라고 했던 이백의 변새시 "오월에도 천산에는 눈이 내려, 꽃은 볼 수 없고 단지 차가운 기운뿐이네. 젓대곡 「절양류」만 들려올 뿐, 봄빛은 아직 볼 수 없구나. 새벽에는 징과 북소리 따라 진군하고 퇴각하며, 밤에는 옥안장을 품고 잠이 드네. 바라건대 허리에 찬 보검을 뽑아들고, 바로 누란의 머리를 베고져 五月天山雪, 無花祗有寒. 笛中聞折柳, 春色未曾看. 曉戰隨金鼓, 宵眠抱玉鞍. 願將腰下劍, 直爲斬樓蘭."(「塞下曲」六首 中 其一)는 그 대표적 예의 하나일 것이다. 임제의 다음 시는 당대의 변새시들이 거둔 이런 방면의 성공을 효과적으로 이어받고 있는 경우라고 할 수 있다.

> 열사는 태어나 무슨 일을 해야 하나
> 당연히 정원후로 봉해져야 하리
> 금창 들고 한나라의 달을 떠나
> 철마로 변방을 향해 가네
> 살기는 차가운 모래벌에 떠있고
> 음풍은 수루를 뒤흔드네
> 허리에 찬 백우전으로
> 우현왕의 머리를 쏘아 떨구고져
> 　　　　　　　　「출새행(出塞行)」25)

　인용된 임제의 시는 모두 변새풍의 전형의상들을 교직하고 그로 인해 형성된 장면들을 연결하여 매우 선명한 인상의 구현에 성공하고 있다. 열사(烈士)·정원후(定遠侯)·금과(金戈)·한월(漢月)·철마(鐵馬)·변주(邊州)·살기(殺氣)·한적(寒磧)·음풍(陰風)·수루(戍樓)·백우전(白羽箭)·좌현두(右賢頭) 등의 의상들은 처음에 강력한 제시로 시작되어 일정한 리듬감으로 고조되다가 마지막엔 강력한 기세로 독자의 호흡을 휘몰아간다. 의상은 시행의 선조적 전개에 따라 비장하고 황량한 변새의 분위기를 조성해가지만, 이는 단순히 축적되는데 그치지 않고 돌발적으로 튀어나오고 비약함으로써 절정에 도달한다. 각각의 의상들이 구성하는 단편적인 장면들의 연결은 "허리에 찬 백우전으로, 우현왕의 머리를 쏘아 떨구고져"로 마무리됨으로써 시 전반의 극적인 효과를 높이고 호방한 미감을 형성한다. 시 전반을 감싸는 영웅적인 기상과 선명한 형상성은 이들 전형의상이 구축하는 일정한 미감과 상승작용을 일으켜 독자에게 매력적으로 다가가게 된다. 이식(李植)의 "그대여 공이 지은 출새곡을 한번 보게나, 무지개 가로 비껴 현란한 빛 뿌리리니 君看出塞曲, 耿耿吐晴虹"(『澤堂集』續集 卷一, 「五評事詠」, p.199)라는 찬탄은 이를 잘 대변해 준다.

---

25) 『林白湖集』卷一, p.256, "烈士生何事, 當封定遠侯. 金戈辭漢月, 鐵馬向邊州. 殺氣浮寒磧, 陰風動戍樓. 腰間白羽箭, 射取右賢頭."

임제의 작품이 선명한 형상성의 측면에서 높은 성취를 보여준다면, 정두경의 다음 시는 개성적 상상력과 극적인 서사구조란 측면에서 주목되는 작품이다.

> 유주의 말 탄 오랑캐 협객
> 번쩍이는 비수는 물보다 푸르구나
> 형가가 서쪽으로 함양에 들어가던 날
> 기다리던 사람이 바로 이 사람이었다네
> 애석하구나! 함께 가지 못하고
> 개백정의 집에 이름을 숨기고 말았구나
> 그 후론 부질없이 연산의 가을달 바라보며
> 가끔 피리 들고 「낙매화」곡 불었다네
> 　　　　「협객편(俠客篇)」(二首 中 其二)26)

일반적으로 형가의 일을 소재로 한 시편들이 형가의 진시황 암살 시도 자체에 집중하고 있는데 비하여, 이 시는 『사기』 「자객열전」에 나오는 짧은 문장을 단서 삼아 전혀 다른 각도에서 시인 자신의 상상력을 펼쳐 보이고 있다. 사마천의 기록에 따르면, 형가는 연(燕) 태자 단(丹)의 치욕을 씻어주기 위해 진왕 암살을 결행하기로 결심하고 모든 준비를 마친 뒤에도 얼마간 결행을 미룬 바 있다. 그에겐 이 일을 함께 결행하기 위해 기다리는 사람이 있었기 때문이었다.27) 첫 구절 "유주의 호마객(胡馬客)"이란 의상은 이백의 악부시 「유주호마객가(幽州胡馬客歌)」의 첫 구절 "유주호마객(幽州胡馬客)"에서 온 것이다. 이 구절은 명사성 의상만으로 돌출적으로 제시되어 독자에게 강렬한 인상을 남기고 있다. 이는 서슬 푸른 비수의 형상으로 이어져 비장한 자객의 면모를 연상하게 하는데,

---

26) 『東溟集』卷十, p.486, "幽州胡馬客, 匕首碧於水. 西入咸陽時, 待之何人此子是. 惜哉不與俱, 藏名屠狗家. 對燕山秋月色, 時時吹笛落梅花."

27) 『史記』, 卷八十六, 「刺客列傳」, "荊軻有所待, 欲與俱, 其人居遠未來, 而爲治行, 頃之未發. 太子遲之, 疑其改懷."

한편으로 유주의 호마객의 정체에 대한 궁금증을 유발시킴으로서 다음 두 구절의 시상과의 연계를 강화시킨다. 특히, 유주의 호마객이 형가가 기다렸던 사람임을 표현하는 구절은 "하인대지(何人待之?)"와 "시차자(是此子)"를 각각 도치시킨 독특한 구법으로 이루어져 있는데, 이를 통해 유주의 호마객에 대한 의문이 해소됨과 동시에 구법의 생경함으로 인해 시상의 극적 전개가 더욱 돋보이는 효과를 가져 온다. 당시 형가는 태자 단의 재촉에 못 이겨 기다리던 사람 없이 다시는 돌아올 수 없는 길을 떠나게 되는데, 후반부는 형가와 함께 동행하지 못하고, 개백정의 집에 이름을 숨긴 유주의 호마객의 모습으로 옮겨간다. 그는 연산의 가을 달을 바라보며 쓸쓸히 「낙매화」곡을 불고 있는 것으로 그려진다. 악부시 「낙매화」의 내용 중엔 젊은 부인이 원정간 남편을 그리워하는 마음을 담은 경우가 있는데,28) 여기에서는 형가를 그리워하는 유주호마객의 절절한 마음을 나타내는 것으로 전용되어 시상을 매듭짓는 동시에 비탄감이란 정서적 여운을 남긴다. 이 시의 처음과 끝은 「유주호마객」과 「낙매화」라는 악부제를 의상으로 전용하고 있는데, 이것이 시 전반의 분위기를 더욱 허구적이고 낭만적이게 하며 서사적 구조에 있어서도 상투성을 벗어나 극적인 효과를 배가시킨다. 당시에서도 보기 힘들다는 평을 들은 이 시의 문학적 가치는 이렇게 전형의상의 계승 과정에 보여준 시인의 참신한 상상력과 극적인 서사구조에 있다.29)

전형의상의 계승에서 또 한 가지 눈여겨볼 점은 이것이 시대적 혹은 개인적인 맥락을 지니는 경우이다. 신익성(申翊聖)의 "사막엔 먹구름 어

---

28) 「落梅花」는 본래 笛曲의 이름으로, 「梅花落」이라고도 한다. 『樂府詩集』엔 漢橫吹曲으로 분류되어 있다. 郭茂晴 輯, 『樂府詩集』, 卷二十四, 「橫吹曲辭四·漢橫吹曲」, 中華書局, 1989, pp.349~352.

29) 金得臣, 『終南叢志』, 洪萬宗 編, 『洪萬宗全集』下, p.706, "近世東溟鄭君平, 傑出一代, 掃盡浮靡之習, 其所著歌行, 雄健俊逸, 可方於盛唐諸子. 如俠客篇曰, ……. 此等作, 求諸唐詩, 亦罕."

두워 개이지 않는데, 장군은 갑옷 벗고 오랑캐에게 절하네. 가련하구나 제 한 목숨 살자고 하던 곳에서, 삼만의 정예병사가 모두 참살 당하였으니 磧裏陰雲慘不舒, 將軍解甲拜穹廬. 可憐一介謀身地, 三萬精兵盡化魚."(『樂全堂集』卷四, 「塞下曲」, p.209), 정두경의 "연남의 협객 검광이 싸늘하니, 취한 뒤 만남에 그 의기를 보네. 준마의 죽은 뼈마저도 아끼니, 전송하는 사람들은 항상 상복을 입으리라 燕南俠客劍光寒, 醉後相逢意氣看. 買駿猶憐死馬骨, 別人常着白衣冠."(『東溟集』卷二, 「楊經理北征歌」 十首 중 其四, p.402) 같은 경우가 대표적인 예다. 이 시에 등장하는 변새풍 혹은 유협풍 전형의상들은 모두 후금(청)과의 전쟁이라는 당시의 시대상과 연결된다. 전자가 강홍립(姜弘立)의 항복에 따른 수많은 군사의 죽음을 말하고 있다면, 후자는 시인자신의 복수설치(復讐雪恥) 의식과 대응된다. 모두에 언급한 것처럼 전형의상의 계승에는 관습과 창조 혹은 보편과 특수를 구별하기 어려운 측면이 있다. 의상 자체가 구축해 온 전통적 의미맥락과 그 의상을 자신의 작품 안에 배타적으로 선택한 시인 자신의 의식세계가 혼재해 있기 때문이다. 전형의상의 역할과 가치를 온당하게 평가하기 위해서 의상 자체의 전통이라는 통시적 잣대와 개별 시인이 사용한 의상의 양태라는 공시적 잣대의 상호참조가 요청되는 것은 이 때문이다.

이하에서는 임제와 정두경의 시를 예로 전형의상이 개별 시인의 시세계에서 어떤 방식으로 변주되고 있는지 구명해보기로 한다.

3. 조선중기 한시에서의 당시풍 전형의상의 변주

1) 임제(林悌) 시의 경우

(1) 변새풍 전형의상의 변주

앞서 언급한 것처럼 조선중기 한시에서 변새풍 의상의 등장은 학당풍 하의 악부시 의작과 밀접한 관련을 갖는다. 임제 시의 경우도 이 시기 악부시 모의 풍조와 관계가 깊다. 차천로가 편찬한 이 시기 선구적인 학당(學唐) 시인들의 악부시 선집인『악부신성』에 수록된 임제의「새하곡(塞下曲)」과「출새행(出塞行)」을 보면 이런 점이 잘 드러난다.[30]

그렇지만 임제의 경우 변새풍 전형의상들은 악부제 변새시에만 국한되지 않고 기타 시에서도 활용되어 일정하게 변새풍을 형성하고 있다는 점이 특기할 만하다. 임제의 시에 그려진 변새정경이 정치한 듯하지만 사실 모호하고, 사실적인 것 같지만 실제론 허구적인 이유가 여기에 있다.

이런 양상은『악부신성』에 수록된 작가들은 물론 그보다 후배격인 이안눌·신흠·김득신·정두경 등에게서도 발견된다. 하지만, 삼당파 시인과 이수광·허초희 등 초기 학당 시인들이 전형의상의 활용을 통해 변새시의 주제와 시적 정조를 답습하는 데 그친 반면, 임제의 경우는 확실히 이를 뛰어넘는 바가 있다.

임제의 시에서 특히 두드러지게 사용된 변새풍 의상으론 변새 지명인 음산(陰山)·청해(淸海)·금하(金河), 변새와 관련된 물상인 백우전(白羽箭)·호총마(胡驄馬)·검(劍), 그리고 인물형상인 장사(壯士)·열사(烈士)·장군(將軍) 등을 들 수 있다. 임제 시의 변새풍 전형의상 계승과정에서

---

30)『樂府新聲』, p.21, "半夜轅門探馬迴, 單于朝過白龍堆. 將軍暗賀凌煙畵, 笑取葡萄飲一杯." p.28, "烈士生何事, 當封定遠侯. 金戈辭漢月, 鐵馬向邊州. 殺氣浮寒磧, 陰風動戍樓. 腰間白羽箭, 射取右賢頭."

무엇보다 우리의 주의를 끄는 것은 의상 활용 방식의 독특성에 있다. 변새 제재가 아닌 시들에 변새풍 전형의상들이 활용되고 있다는 것이 그 한 예다. "황금재갈 물린 호총마에 백우전을 차고, 나그네는 멀리 금릉성을 가리키네 胡驄金勒白羽箭, 旅人遙指金陵城."(『林白湖集』卷三,「與舍弟子中並轡, 暝到栗里子忱家, 因向金陵, 將渡耽羅」, p.288), "승방에서 잠시 포단을 빌려 잠이 들었는데, 꿈에 금하를 건너 오랑캐를 쏘아 죽이네 僧房暫借蒲團睡, 夢度金河射虜營."(卷二,「題僧軸」, p.287)와 같은 시들은 모두 변새와는 거리가 먼 제재와 내용으로 이루어져 있다. 첫 번째 시의 경우는 고향의 동생 집을 들러 제주도로 부친을 뵈러 가는 길에 지어진 작품이란 점에서,[31) 두 번째 시의 경우는 속세와 격절된 공간인 절을 공간적 배경으로 중의 시축에 써준 작품이란 점에서 그러하다. 그럼에도 시인은 황금 재갈 물린 호총마에 백우전을 찬 위풍당당한 장사의 모습으로 자신의 모습을 형상화하고, 금하를 건너 오랑캐 진영을 쑥대밭으로 만드는 용맹무쌍한 장군을 꿈꾼다. 인용 시구는 각각 호총마, 황금재갈[金勒], 백우전이라는 익숙한 변새풍 의상을 병렬하거나, 금하라는 변새 지명의상을 활용하여 변새시의 전형적 분위기 혹은 주제의식을 구현하는 듯하다. 하지만, 임제 시세계 내에서 이들 의상은 일회적 표현에 그치지 않고, 반복적으로 활용됨으로써 시인의 내밀한 의식세계를 암시해 내고 있다.

임제에게 백우전은 앞서 언급한 당대 왕계우(王季友)의 "붉은 말 황금 재갈, 꽃문양 아로새긴 활 백우전 騂馬黃金勒, 雕弓白羽箭."(「古塞曲」)과 같이 전형의상들의 병렬만으로 변새 용장(勇將)의 당당한 위용을 떠올리게 하는 장식적인 수사에 그치지 않는다. "백우전 한 가지를 내 지녔어라, 어복에다 묻어둔 지 이제껏 10년, 이걸 뽑아서 떠나는 그대에게 드리노

---

31) 『譯註 白湖全集』,「白湖續集」제2권,「南冥小乘」, 신호열·임형택 공역, 창작과비평사, 1997, p.796.

니, 음산의 호랑이를 쏘아 잡게나 我有一隻白羽箭, 魚服塵埋今十年. 相逢脫手贈君去, 射殺猛虎陰山前.”(卷二,「白羽箭, 送尹景老戍朱乙溫」, p.277)와 같이 시인 자신의 역량과 진의를 담은 상징물로서의 의미를 갖기 때문이다. 호총마 역시 당대 왕창령(王昌齡)의 “다만 이광(李廣) 장군이 있었다면, 호마가 음산을 넘어오게 하지 않았으리 但使龍城飛將在, 不敎胡馬度陰山”(「出塞」二首 중 其一)나 유장경(劉長卿)의 “호마가 울부짖는 한 소리에, 한나라 병사의 두 눈에선 눈물이 떨어지네 胡馬嘶一聲, 漢兵雙淚落.”(「從軍行」)와 같이 오랑캐의 군대나 오랑캐 지역에서 난 말을 지칭하는 데 머물지 않고, “추풍이란 천리마를 내 가졌으니, 옥처럼 낯이 하얀 한필 호마. 사방 국경에 전쟁 먼지일지 않으니, 천금의 값어치를 뉘 알아주리까 我有追風騎, 胡驄玉面馬. 塵沙靜四關, 誰識千金價.”(卷一,「發龍泉, 冒雨投宿宣川郡, 途中吟策馬雨中去, 逢人關外稀之句, 乃分韻成五言絕句十首」 중 其二, p.254)처럼 알아주는 이 없는 자신의 가치를 암시하고 있다.

금하(金河)라는 지금의 내몽고 지역을 흐르는 강 이름 역시 마찬가지다. 임제 시에서 금하는 왕유의 “호가(胡笳) 소리 울림에 말울음 소리 어지럽고, 앞 다투어 금하를 건너가네 笳鳴馬嘶亂, 爭渡金河水.”(「從軍行」)처럼 고색창연한 한 폭의 상상화를 펼치는 데 그치지 않는다. 금하 자체를 시제로 삼은 작품에서 시인이 “나 스스로 웃노라 영웅심이 팔황(八荒)을 덮어, 일찍이 글짓기 칼쓰기로 종군하려 하였거든. 서녁 바람 불어 온 산에 비 지나가니, 만 장의 청사검으로 저문 구름 끊은 것인가 自笑雄心蓋八垠, 早將書劍學從軍. 西風吹過千山雨, 萬丈晴蛇截暮雲.”(卷二,「金河, 詠秋虹」, p.278)라고 자신이 처한 현실적 상황에 대한 답답함을 토로하고 있는 것처럼, 임제 시에서 금하는 시인이 처한 역사적 현실을 초월하고자 하는 자아의 운동궤적과 관련되어 있기 때문이다.

앞서 인용한 "胡騶金勒白羽箭, 旅人遙指金陵城."과 "僧房暫借蒲團睡, 夢度金河射虜營"이 갖는 독특한 의경(意境)은 임제의 시세계에서 이들 전형의상이 구축하는 개성적 의식세계의 참조를 통해 비로소 그 진면목에 다가설 수 있다. 물론, 전형의상의 계승이 매 번 작가의 은밀한 의식세계와 관련되는 것은 아니지만, 전형 자체의 관습적 의미를 벗어나고자 하는 의상의 원심적인 운동성은 주목을 요하는 부분이다. 특히, 시인이 주어진 현실에 대해 불만을 토로하며 자신의 내밀한 의식을 드러내고자 할 때, 이 점은 더욱 분명하게 드러난다.

> 세상에 어리석고,
> 천하에 졸렬한 자.
> 신장은 칠 척에도 미달이요,
> 활 솜씨 미늘 한 장 못 뚫는데.
> 마음 마냥 호쾌하여 천병만마(千兵萬馬)를 압도하고,
> 청해 머리 달밤에 허허 웃고 노래한다오.
> 　　　　　　「원문수파우성(轅門睡罷偶成)」[32]

> 백우전엔 뽀얗게 먼지 꼈는데,
> 꿈에는 황룡부로 건너간다오.
> 역정의 한 벼슬에 몸을 부쳐,
> 쪼그려 앉아 양보음(梁甫吟)을 노래하노라.
> 　「궁년안마, 골육이소, 이여침일몽, 상재용황지외, 감이유작(窮年鞍
> 馬, 髀肉已消, 而旅枕一夢, 尙在龍荒之外, 感而有作)」(二首 中 其二)[33]

첫 번째 시에서 청해(淸海)라는 변새 지명은 현실에서 어리석고 졸렬한 시적 자아의 역설적 내면이 자리하는 상상의 공간이다. 앞서 금하에서

---

32) 『林白湖集』, 卷一, p.270, "世間癡, 天下拙. 身不滿七尺, 射不穿一札. 壯心直壓千熊羆, 大笑高歌靑海月."
33) 『林白湖集』, 卷一, p.254, "塵生白羽箭, 夢渡黃龍府. 郵亭寄一官, 抱膝吟梁甫."

읊은 시(「金河, 詠秋虹」)가 시인자신의 욕망과 현실사이의 간격을 보여준 것과 마찬가지의 역할을 하고 있다. 두 번째 시의 경우는 양자사이의 관계가 보다 명징하게 드러난 예다. 뽀얗게 먼지 낀 백우전이 자신의 진정한 가치를 인정받지 못하는 시인의 현실을 암시한다면, 황룡부(黃龍府)로 건너가는 꿈은 앞서 승방에서 금하를 건너 오랑캐를 쳐부수는 꿈을 꾼다는 시구처럼 시인이 처한 현실과 내면의 욕망과의 격차를 잘 보여주고 있다.

시인의 가장 활성화된 정신세계를 암시하는 검 의상은 주로 이런 국면에서 사용된다. 임제 자신이 평소에 항상 칼을 차고 다녔던 것을 염두에 두지 않더라도, '깨진 갑 속의 외로운 검 破匣餘孤劍'(卷三, 「鏡城長句, 用朱村韻」, p.296)이나 '먼지에 파묻힌 옥검 玉劍塵埋沒'(卷三, 「送別」, p.293)으로 표현되는 시인의 자아형상과 아무도 알아주지 않아(卷三, 「丁丑新正初二日出山, ……」, p.311, "劍三尺心一寸, 烈丈夫懷誰得諳.") "혼자 속으로 울고 마 (匣裡龍刀)暗自鳴" (卷二, 「宿淸原村店, 曉起聞鷄」, p.274)는 시인의 현실적 처지가 서로 어우러져 현실에서 좌절한 시인의 비극적 처지를 웅변한다. 이런 현실 부정과 시대와의 불화를 기조로 하는 대립/대조의 양상이 심화될 때 시인은 "서북쪽으로 얽혀진 산이 눈앞을 가로막으니, 허리에 찬 칼을 뽑아 툭 트이도록 하였으면 西北亂山遮望眼, 欲將腰劍剗無遺."(卷二, 「登安城驛樓」, p.282), "서녘 바람 불어 온 산에 비 지나가니 만 장의 청사검으로 저문 구름 끊은 것인가 西風吹過千山雨, 萬丈晴蛇截暮雲."(「金河, 詠秋虹」)처럼 이를 해소하고자 하는 간절한 바람을 표출하게 된다.

다른 한편에서 볼 때, 이런 의상들은 단순히 작가의 실제 체험을 변새시의 전형적 표현방식을 빌려 표현한 것처럼 보이기도 한다. 고산도(高山道) 찰방(察訪)과 병마평사(兵馬評事)로 우리의 북쪽과 서쪽 변새를 실제 체험한 시인의 행적을 고려할 때, 이런 추측도 가능한 것이 사실이다. 하지만,

기록 내지 보고적 성격을 띤 변새시 내지 단순히 변새 지역에서 지은 시들에선 전형의상들이 거의 활용되지 않고 있다는 점에 유의해야만 한다. 요컨대, "서릿발은 칼날에 엉겨 붙는데, 불을 불어 새벽밥을 준비하누나 飛霜澁寶劍, 吹火備晨餐."(卷一, 「黃草嶺宵征, 領轉粟軍也」, p.265)나 "돌 모서리 창끝처럼 바람은 칼날인 양, 험한 땅에 더구나 겨울철 만나다니. 가다 보면 눈길에 붉은 점이 찍혔으니, 이는 모두 지친 병사 말굽의 피로구려 石稜如戟風如刀, 冒險還逢愁苦節. 行看雪路點朱殷, 盡是疲兵馬蹄血."(卷二, 「紀行」六首 중 其六, pp.276~277), "삼 년을 변방에서 말 등에만 앉아있자니, 객지의 심사 어찌 쉽사리 풀려지리오. 귀농은 기약 없고 封侯는 늦어지니, 바닷가 역의 석양 무렵 난간에 기대 지쳐 있소 三載龍荒據玉鞍, 客情那得易爲寬. 歸田未決封侯晩, 海驛斜陽倦倚闌."(卷二, 「次臨溟驛韻」, p.278)와 같은 엄혹한 실제 상황과는 또 다른 세계인 것이다.

도리어 변새풍 전형의상은 "원수대 앞바다는 하늘과 맞닿는데, 나도 일찍 글과 칼로 융단 위에 취했었네. 음산에선 팔월에도 눈이 항상 날려서, 때로는 바람 쫓아 춤추는 마당에 떨어지던 걸 元帥臺前海接天, 曾將書劍醉戎氈. 陰山八月恒飛雪, 時逐長風落舞筵."(卷三, 「送黃景潤爲鏡城判官」, p.288)이나 "먼지에 파묻힌 옥검이 가엾어, 변경의 서리 바람 꿈에 자주 날아간다오 唯憐玉劍塵埋沒, 關塞風霜夢屢飛."(卷三, 「送別」, p.293) 같은 시에서 보듯 다분히 낭만적으로 윤색된 가상공간으로서의 변새와 관련되어 있다고 할 수 있다.

의상의 구성 방식이나 표현 방식에 있어서도 양자의 차이는 뚜렷하다. 위 인용 시구를 통해 짐작할 수 있듯이, 대조/대립과 과장의 방식을 위주로 한 전형의상이 시원스럽고 호탕한 느낌을 주는 반면, 시인이 체험한 변새 현실과 관련된 의상의 구성과 표현은 사실적이되 침울하다. 시인의 임종

시라고도 하는 「송황경윤위경성판관(送黃景潤爲鏡城判官)」 시의 전형 의상 활용 방식은 이를 잘 보여준다. 이 시에 등장하는 팔월 염천(炎天)에도 눈이 날리는 음산(陰山)이란 기실 함경도 경성(鏡城)과는 실질적인 유비 관계가 없는 과장된 표현이다. 기본적으로 이 구절은 이백(李白)의 "오월에도 천산에는 눈이 내려 五月天山雪"(「塞下曲」)나 잠삼(岑參)의 "오랑캐 땅의 하늘은 팔월에도 눈이 날린다 胡天八月卽飛雪."(「白雪歌, 送武判官歸京」)가 보여주는 과장된 정조의 계승이다. 그런데, 이백과 잠삼의 저명한 작품들에서 서로 다툼이라도 하듯 펼쳐낸 과장된 변새의 상상화가 임제에 이르러선 강화되고 변이되어 나타난다는 점에 주목하여야 한다. 단순히 과장법의 활용에 그치지 않고 혹독한 환경을 무희의 춤사위에 맞추어 떨어지는 눈이란 낭만적 정취로 윤색해낸 것이다.

이렇게 임제가 계승한 변새풍 의상들은 상이한 제재와 이질적인 공간에 놓임으로써 새로운 색깔과 울림을 획득한다. 또, 전형의상을 계승하면서도 그 전형 의미에 함몰되지 않으려는 원심적 운동성을 십분 활용하여 시인의 내밀한 의식세계를 효과적으로 표현해 낸다는 데 의의가 있다. 당대의 악부제 변새시에서 사용된 이래 그저 변새를 지칭하는 관습적 어휘나 변새의 풍정을 상기시키는 상투적 시어로 사용되던 이들 의상이 변주된 하나의 실례(實例)라고 할 수 있다. 임제는 특히 독특한 상상력을 통해 이를 풀어냄으로써 자신만의 개성을 확보할 수 있었다. 그런 측면에서 임제는 초기 학당 시인들 중 변새풍 전형의상을 가장 능수능란하게 활용한 인물이라고 평가할 수 있다.

(2) 호협(豪俠)한 미감의 확충

전형의상의 계승은 자연 미감의 형성에도 큰 영향을 끼치게 된다. 앞서 검토한 것처럼 변새풍 전형의상의 계승이 형성하는 특정 미감으론 비애미

(悲哀美), 비장미(悲壯美), 강개미(慷慨美), 그리고 호방미(豪放美)가 있다. 임제의 경우 주로 주체의 자신에 찬 내재역량 및 그 분출과 관련된 호방 관련 미감들이 두드러지는데, 이는 대체로 시인 자신의 호기(豪氣)·협기(俠氣)와 밀접한 관계를 갖는다.34) 임제 자신이 토로나 주변의 증언을 통해 알 수 있는 것처럼, 그는 유협(游俠)을 숭상하던 자유분방한 기질을 가지고 있었으며, 사회규범을 뛰어넘는 호탕함이 문제가 되어 당시의 사류(士類)로부터 경원(敬遠)되기도 하였다.

그의 이런 기질은 비애 혹은 비장미에 그치기 쉬운 변새로 떠나는 이에 대한 송별시에서조차 상대적으로 호방한 미감을 보여주게 한다.

> 북방이라 눈 쌓인 용황의 길,
> 음산한 바람 부는 발해의 바닷가.
> 군막의 서기를 맡은 이는,
> 일대의 미남아로다.
> 칼집 속엔 별을 찌르는 칼이 들었고,
> 주머니 안엔 귀신도 울릴 시가 있네.
> 변방의 모래 황금빛 갑옷에 자욱하고,
> 관산의 달은 붉은 깃발을 비추네.
> 옥문관 밖 변새로 다닐 터이니,
> 공신각에 화상 걸 날 멀지 않으리라.
> 바라보니 머리카락 곤두세운 채,
> 먼 길 떠나는 슬픈 표정 짓지 않는구나.
> 「송이평사(送李評事)」35)

북평사(北評事)로 부임하러 가는 이영(李瑩)을 전송한 위 시는 용황도

---

34) 李恒福, 「白湖集序」, 『林白湖集』, p.251, "因遍遊名山, 以佐其奔放豪逸, 而洩之以詩." 申欽, 『象村稿』 卷五十二, 「晴窓軟談」 下, 韓國文集叢刊 72, p.345, "有豪氣能詩" 『譯註 白湖全集』, p.949, "대체로 天機에서 나와 聲韻과 色澤이 자연 豪邁流麗하다." 許筠, 『惺所覆瓿藁』 卷二十五, 「惺叟詩話」, 韓國文集叢刊 74, p.367, "翩翩俠氣"

35) 『林白湖集』, 卷一, p.265, "朔雪龍荒道, 陰風渤海涯. 元戎掌書記, 一代美男兒. 匣有干星劍, 囊留泣鬼詩. 邊沙暗金甲, 關月照紅旗. 玉塞行應遍, 雲臺畫未遲. 相看竪壯髮, 不作遠遊悲."

(龍荒道), 삭설(朔雪), 음풍(陰風), 검, 변사(邊沙), 금갑(金甲), 관월(關月), 홍기(紅旗), 옥새(玉塞) 등 변새풍 전형의상의 교직을 통해, 떠나는 이에 대한 시인의 권면의 마음을 표현하고 있다. 이런 종류의 시는 흔히 종군의 괴로움에 대한 한탄이나 낯선 타향으로 떠나는 이에 대한 애상적 정조로 귀결되곤 하지만, 이 시에선 도리어 "바라보니 머리카락 곤두세운 채, 먼 길 떠나는 슬픈 표정 짓지 않는구나 相看竪壯髮, 不作遠遊悲"라는 굳센 기상으로 마감되고 있다. 허균이 이 시를 두고 당대 양형(楊炯)과 흡사하다고 한 것36)은 호방한 미감의 변새시에 장기를 보였던 양형의 시적 특성을 염두에 둔 평어라고 할 수 있다.

임제의 시에서 이런 미감의 형성에는 특히 장사란 의상이 특출한 위치를 차지한다. 임제의 대표작중의 하나로 언급되는 「역루(驛樓)」 시를 살펴보자.

> 오랑캐들 20주 넘본 것이 어느 때더뇨?
> 공훈을 취하고자 호총마에 올랐더라.
> 오늘날 변방에는 전쟁의 자취 잠잠하니,
> 장사는 할 일 없이 옛 역루에 낮잠 자네.37)

시인이 고산도 찰방으로 있을 때 지어진 위 시는 시인의 호기를 보여주는 상징적인 작품으로 평가된다.38) 일반적으로 변새시의 주제는 종군의 고단함, 아내·고향에 대한 그리움, 호아(胡兒)·호희(胡姬)등 변새 이민족의 생활모습 묘사, 종군하여 공훈을 세우고자 하는 장지(壯志) 등으로 범주 지을 수 있다. 이 시의 전반부는 고려시대 윤관(尹瓘)이 여진을 몰아

---

36) 許筠, 『국역 성소부부고』 III 부록, 『鶴山樵談』, 민족문화추진회, 1989, p.243.
37) 『林白湖集』, 卷二, p.276, "胡虜曾窺二十州, 當時躍馬取封侯. 如今絶塞煙塵靜, 壯士閑眠古驛樓."
38) 許筠, 『國朝詩刪』 卷三, 亞細亞文化社, 1980, p.355, "批: 豪氣."

내고 구성(九城)을 쌓았던 일에서 취재한 것으로 종군하여 공훈을 세우고 자 하는 장지(壯志)라는 변새시의 익숙한 주제를 떠올리게 한다. 하지만, 『오산설림(五山說林)』의 기록에 따르면 승구(承句)의 '당시(當時)'는 본래 '장군(將軍)'으로 되어있던 것을 최경창(崔慶昌)의 조언을 받아들여 고친 것이라 한다. 따라서 시인의 원래 의도대로라면 종군하여 공훈을 세우고자하는 장군과 옛 역루에서 한가로이 자는 장사는 별도의 시적 존재로서 제시된 것이다. 후반부도 전진(戰塵)이 잦아든 한가로운 정경이란 측면에서 오랑캐 정벌 후 변경의 안정을 읊은 변새시를 연상시키지만, 「잠령민정(蠶嶺閔亭)」(卷一, p.270)이나 「독두릉시사, 화제장(讀杜陵詩史, 和諸將)」(卷三, p.307)과 같이 비슷한 시기 국경의 정황을 담고 있는 시를 참조한다면 실제와는 무관한 표현임을 알 수 있다. 이 시가 가지고 있는 특별한 호기란 이렇게 주제의식과 정조의 측면에서 착상과 포착의 지점이 남다르다는 데서 기인한 것이다. 그것은 무엇보다도 마지막 구의 '낮잠 자는 장사'의 형상이 주는 신선함과 독특함에서 비롯한다.

　이런 방식의 전용은 변새시 전통에서의 장사 형상과는 상당한 격차가 있다. 변새시에서의 장사 형상은 크게 두 가지 유형으로 나누어 볼 수 있다. 첫째, 형가(荊軻) 「역수가(易水歌)」의 "장사 한 번 가면 다시 오지 못하리 壯士一去兮不復還"에서 유래한 유협적 장사가 있다. 둘째, 종군한 군인을 지칭하는 장사가 있다. 이는 조식(曹植)이 「백마편(白馬篇)」에서 유협과 변새의 내용을 결합시켜 국가를 위해 희생하는 유협의 형상을 창조한 뒤 변새시에 수용되어 일정하게 유형화된 것이기도 하다. 후자의 경우가 변새시에서 가장 빈번하게 보이는 유형이다. 변새시에서 이런 장사 형상은 때론 당대 왕한(王翰)의 "장사가 창을 휘두르자 지는 해도 거꾸로 돌고, 선우가 흘리는 피는 수레를 물들이네 壯士揮戈回白日, 單于濺血染朱輪."(「飲馬長城窟行」), 이백의 "장사들의 부르짖는 소리 천지사방을 진동시키네 壯士呼聲動九垓."(「司馬將軍歌」)처럼 승전의 강력한 기세와 연결되기도 하고, 때론 당대 관휴(貫休)의 "북풍이여 북풍이여, 직분이 얼마나 엄하고 독한가? 장사의 마음을 꺾고, 태양 속 금오의 다리를 오그라들게 하네 北風北風, 職何嚴毒. 摧壯士心, 縮金烏足."(「苦寒行」), 두보(杜甫)의 "구슬프게 호가(胡笳) 두어 소리 울리니, 장사는 슬퍼 교만한 기운이 사라지네 悲笳數聲動, 壯士慘不驕."(「後出塞」)처럼 전장의 곤고(困苦)함과 향수에 지친 절망감으로 연결되기도 한다. 하지만, 「역루」시의 장사는 양쪽 어디에도 속하지 않는다. 당시 중에서 시견오(施肩吾) 시의 장사(「壯士篇」, "當今四海無烟塵, 胸襟被壓不得伸.")가 그나마 유사한 의경을 보여주지만, 그 역시 세상이 평화로워 재주를 펼칠 수 없음에 시름에 젖은 모습일 따름이다.

이런 독특한 표현의 의미에 대한 해결의 실마리는 「역루」시와 함께 시인의 호기를 대표하는 시로 거론되는 다음의 작품에서 찾을 수 있다.39)

> 남쪽 변방의 한 장사 칼에선 먼지가 나는데,
> 음부경을 읽으며 30년 세월 보내더라.
> 부들자리에 누워 자다가 깨어나면 술 찾으니,
> 중은 다만 평범한 사람이라 말하리.
> 「견흥(遣興)」(二首 中 其一)40)

임제 시에서 장사는 시인 자신을 표지하는 자아형상으로 등장하곤 한다.41) 이 시에서도 남쪽 변방의 장사란 바로 시인 자신에 다름 아니다.

---

39) 李晬光, 『芝峰類說』 卷十三, 「文章部」 六 東詩, 경인문화사, 1970, p.247, "林悌詩曰, '南邊壯士劍生塵, …….', 又 '胡虜曾窺二十州, …….' 可見其氣豪矣. 當時本作將軍."

40) 『林白湖集』 卷二, p.271, "南邊壯士劍生塵, 手閱陰符三十春. 臥睡蒲團起索酒, 野僧只道尋常人."

41) 『林白湖集』 卷一, p.259, 「贈別金爾玉」, "淸歌對美酒, 壯士慘無懽." 『林白湖集』 卷一, p.260, 「送正菴先生還朝三首」 其三, "壯士拂玉劍, 悲歌朔風飄" 『林白湖集』 卷一, p.268, 「仰巖舟中, 醉贈金光運彦久」, "蘭舟載美酒, 壯士開歡顔"

이 시에서의 장사 역시 낮잠을 잔다. 잠은 시인의 꿈으로 연결될 수 있고 자연스레 현실과 대립된다. 낮잠을 자는 장사가 의미하는 바란 자신을 용납하지 않는 시대현실에서의 도피로부터 그런 현실에 대한 의도적 외면에 이르기까지 다양한 설명이 가능할 것이다. 하지만, 한 가지 분명한 것은 이런 꿈/현실의 이원적 대립은 바로 변새와 비변새풍 의상의 대조/대립이라는 임제 시의 의상 구성 방식과 무관하지 않다는 것이다. 허구적 자아와 현실의 공간, 승방과 변새의 전장, "문과 무 어느 하나도 못 이룬 書劍悠悠兩不成" 현실의 자아와 금하를 건너 오랑캐를 쏘아 죽이는 꿈속의 자아가 대립/대조되는 앞서의 인용 시(「題僧軸」)처럼 이것은 결국 시인과 현실의 불화와 밀접한 관계를 갖게 되기 때문이다.

보편적으로 시인의 현실과의 불화는 현실에 대한 부정이나 반면으로의 투사 등 직접적 경로로 표출되기 마련이다. 하지만, 위 시의 장사는 현실에 대한 단순한 부정·위반을 넘어서 주체의 역량을 확장해 나아가 구획되어진 삶의 틀을 거부하려는 자존적·초월적 면모를 보인다. "장사가 허리에 백우전을 차고 보니, 거센 바람 일으켜 검은 구름 날려버리네 壯士腰橫白羽箭, 雄風吹截黑龍雲."(卷二, 「送金子猷戌吾村堡」, p.277)와 같은 주체의 강력한 역량을 기반으로 하면서도, 주변의 인정여부에 무심한 이유가 여기에 있다. 시인의 입장에서 그것은 자신을 알아준다 한들 어쩔 수 없거나(卷三, 「長歌行」, p.312, "憑君休道莫我知, 縱日知爾何爲哉"), 어떠한 방법으로도 정당하게 평가받을 수 없는(卷一, 「留別成而顯」, p.253, "出言世謂狂, 緘口世言癡") 자아의 처지로부터 연유한다. 임제 시의 호기어린 미감이란 이렇게 현실에 대한 자아의 자존적·초월적 의식과 연계되어 있다.

하지만, 임제 시의 변새풍 의상들이 보여주는 미감은 단순히 호기만으로 설명되기엔 충분치 않다. 여기에는 당대에 기기(奇氣)로 별다르게 취급된 시인의 또 다른 특성이 담겨 있다. 이미 장사 의상을 설명하는 과정에서 그 내면적 자질 내지 미감에 유협 형상의 전통이 담겨 있음을 지적하기도 하였지만,42) 그런 특질은 다른 의상들의 경우에서도 발견된다. 검 의상도 그런 예 중의 하나다. 젊은 시절에 쓰여 진 "바람에 눈 몰아치는 고당 가는 길, 칼 한 자루 거문고 하나 천리 유랑하는 나그네 大風大雪高唐路, 一劍一琴千里人."(卷三, 「高唐道中」, p.295)라는 시구는 임제 시의 거대한 자아상과 양양(洋洋)한 기개를 잘 보여주는 예다. 여기에서 '일검(一劍)'이라 표현된 자아는 상당부분 시인의 '행협(行俠)'하고자 하는 기풍과 연관되어 있다. 물론, 검 의상 자체는 일반적으로 많이 읊어지는 것으로 반드시 '행협'으로 연결되는 것은 아니다. 하지만, 임제의 경우는 스스로 젊은 시절의 유협에 대한 숭모를 고백하고도 있거니와(卷四, 「意馬」, p.314), "만 호 장안 푸른 저녁연기, 온 수풀 붉은 가을 단풍. 황금 재갈 물려 철총마 타고, 밝은 달에 주루로 향하네 萬戶碧烟夕, 千林紅葉秋. 金羈鐵驄馬, 明月向樊樓."(『譯註 白湖全集』, 「戲俠小」, p.711)와 같은 시에서 우회적으로 유협적 풍기를 드러내고 있기도 하다. 「고당도중(高唐道中)」에서도 '대(大)'와 '일(一)'의 대비를 통해 강력하게 제시된 시인의 자아상(劍과 琴)이 다시 '천리 유랑하는 나그네 千里人'라는 당시 사류사회와의 거리감과 결합되어 어디에도 구속받지 않으려는 유협의 자유분방한 기상을 암시해내고 있다.

자의(字意) 상 호(豪)가 주체의 자신에 찬 내재역량의 표출과 관계된다면, 협(俠)은 정상적인 규범세계로부터의 일탈과 연계된다. 호기와 협기를 말할 때의 호(豪)와 협(俠), 나아가 시세계 전반의 총체적 미감의 규정으로서의 호매(豪邁)·호방(豪放)의 풍격은 모두 임제 시의 이런 특정 국면의

---

42) 앞서 인용한 「驛樓」시를 두고 許筠이 "翩翩俠氣"라고 평한 것도 豪氣 못지않게 俠氣가 강조되고 있음을 보여준다. 許筠, 『惺所覆瓿藁』 卷二十五, 「惺叟詩話」, 韓國文集叢刊 74, p.367.

미감과 직간접으로 연계되어 있는 것이다. 이상에서 언급한 장사 의상은 물론 임제 시에서 특별하게 활용된 변새풍 전형의상들 백우전(白羽箭)·호총마(胡驄馬)·검·금하(金河)·청해(靑海) 등이 어우러져 형성하는 미감이 바로 그것이다. 백우전·호총마 의상을 통해 시인 자신의 거대 역량을 뽐내는 동시에 자신의 진정한 가치를 인정받지 못하는 현실을 폭로하였다면, 금하와 청해 의상은 시인이 처한 역사적 현실을 초월하고자 하는 자아의 운동궤적을 잘 보여준다. 또, 검은 자아의 시인의 가장 활성화된 정신세계인 유협적 성향을 암시하는 동시에 시인이 처한 현실과 내면적 욕망의 간격을 해소하는 시적 도구가 된다. 장사 의상이 그러하였듯이 이런 의상들의 공통적 속성은 주체의 자신에 찬 내재역량을 기반으로 끊임없이 주어진 현실적·문학적 규범으로부터 일탈하고 있다는 데 있다. 임종 시 오대(五代)나 육조(六朝) 시대에 태어났다면 돌림 천자라도 했을 것이라 했던 시인의 그 유명한 해학(諧謔)은 바로 이런 시적 국면의 특징과 닮아 있다.43) 봉건제 사회에서 일개 선비가 천자를 운운하는 있을 수 없는 파격이란 구획되어진 통념의 틀을 과감히 벗어날 수 있는 주체의 강력한 내재역량이 있음으로서 가능한 일이기 때문이다.

그런 점에서 임제 시가 도달한 국면을 우리는 굳이 구별하여 호협(豪俠)한 미감이라고 정의 할 수 있을 것이다. 우리 한시사에서 이런 종류의 미감이 없었던 것은 아니지만, 임제가 전형의상의 변주를 통해 도달한 호협한 미감의 깊이는 유례를 찾기 어려운 것이라고 할 수 있다. 시인의 전형의상 계승이 정채로운 까닭은 변새풍 의상의 자기화와 변이·확장의 과정을 통해 의식적·미적 국면에서 모두 뚜렷한 자기 개성을 확보하고 있기 때문이다.

---

43) 李瀷, 『星湖僿說』 卷九, 「人事門」, 『국역 성호사설』, 민족문화추진회, 1976, pp.22~23, 「善戲謔」, "林白湖悌, 氣豪不拘檢, 病將死, 諸子悲. 林曰, '四海諸國, 未有不稱帝者, 獨我邦終古不能, 生於若此陋邦, 其死何足惜,' 命勿哭. 又常戲言, '若使吾値五代六朝, 亦當爲輪遞天子.' 一世傳笑."

2) 정두경(鄭斗卿) 시의 경우

(1) 유협풍 전형의상의 변주

조선중기 한시에서 유협풍 의상의 등장은 앞서 검토한 것처럼 한·위의 악부고제 유협시 및 이를 적극 계승한 당시와 관련이 깊다. 정두경은 악부시 중에서도 특히 유협제재의 작품을 많이 모의하였다. 앞선 시기 학당 시인들의 악부시 모음집인『악부신성』에 이런 류의 시가 한 수도 실려 있지 않는 것을 감안한다면, 이런 경향은 확실히 정두경 시의 특징이라고 할 만하다.

정두경 시 전반에서 활용된 유협풍 의상 역시 이들 악부제 유협시로부터 유래된 전형의상들이다. "백마를 탄 소년이 와, 호희(胡姬)가 따르는 술을 마시네 白馬少年子, 來飮胡姬酒."(『東溟先生集』중간본 卷一,「白馬篇」p.69)의 백마 탄 소년과 술 파는 이민족 여인[胡姬], "옥 말고삐 뉘 집 자제런가, 청루에 한 장부 있구나. 칼 하나 옆에 차고 횡행하면서, 백금을 탕진하여 한 푼도 남기지 않네 玉勒誰家子, 靑樓自有夫. 橫行一劍在, 散盡百金無."(『東溟集』卷六,「長安三十韻」, p.450)의 옥륵(玉勒)·청루(靑樓), 횡행일검(橫行一劍)·산진백금(散盡百金) 등이 부귀공자형 유협을 읊은 악부제 유협시의 전통을 이은 것이라면, "축을 치며 부르는 슬픈 노래 역수 가에서 들려오고 擊筑悲歌易水濱"(卷二,「俠客行」七首 중 其一, p.400)의 격축비가(擊筑悲歌)와 역수(易水), "다섯 걸음 걷는 사이에 유혈이 낭자하니, 오래도록 협풍에 놀라네 五步見流血, 千秋驚俠風."(卷九,「東海有勇婦」, p.476)의 유혈(流血)·협풍(俠風) 등은 자객형 유협을 읊은 악부제 유협시의 전통을 계승한 것이라고 할 수 있다.

앞서 언급한 것처럼 이들 의상 중 일부는 무(武)와 관련된 것이란 점에서 그 성격상 변새풍 전형의상과도 유사하지만, 그 활용방식이나 구조화 방식에서 일정한 차이를 갖는다. 변새라는 공간을 중추로 하는 변새풍 의상과 달리 유협풍 의상은 철저히 유협이란 인물형을 중심으로 구조화되기 때문이다. 따라서 유협풍 의상 활용의 특성 변별엔 시인이 형상화한 유협의 성격 규명이 중요한 열쇠가 된다.

한시사에서 볼 때, 시인이 읊은 유협은 반드시 진정한 유협도 아닐뿐더러 이것이 꼭 유협에 대한 숭모로 이어지는 것도 아니다. 어떤 경우에 그것은 그저 단순한 호기의 표출로서 유자 본연의 삶에 대한 일회적인 일탈에 그치거나, 심지어는 문학적 관습에 기댄 습작에 머물기도 한다. 하지만, 정두경에게 있어 유협은 의상들 중에서 특출한 위치를 차지하는 데 그치지 않고, 그의 삶 자체에서 모의되기도 하였다. 그 자신이 바로 호협한 인물이고자 했던 것이다.

> 장안의 협객이 관서로 떠나니,
> 버들 빛은 푸르고 꾀꼬리는 지저귀네.
> 통쾌하게 금포(錦袍) 벗어 술집에 맡겨두었으니,
> 그대들로 하여금 진탕 취하게 할 수 있으리
> 「취별자문·휴휴(醉別子文·休休)」[44]

시인은 장안의 협객이라 자처하고 있다. 파릇파릇한 버들 빛과 꾀꼴꾀꼴 지저귀는 꾀꼬리는 세사에 무심한 유협의 낭만적 풍모를 효과적으로 부각시킨다. 특히, 버들[柳]은 앞서 검토한 것처럼, 유협시에서 가장 빈번하게 사용되는 식물 의상이기도 하다. 류(柳)가 송별의 뜻을 나타내는 의상이라는 것은 잘 알려진 사실이지만, 유협시에서 버들은 이런 뜻보다 왕유의 "높은 누각 버들 늘어진 곳에 말을 메고 繫馬高樓垂柳邊"(「少年

---

44) 『東溟集』 卷二, 「醉別子文·休休」, p.405, "長安俠客出關西, 柳色靑靑黃鳥啼. 笑脫錦袍留酒肆, 能令公等醉如泥."

行」)의 예처럼, 주루(酒樓)·청루(靑樓)·기녀(妓女)와 같이 등장하여 유협의 방탕한 삶을 나타내는데 주로 사용되어 왔다. 이 시에선 비단도포[錦袍]를 맡겨 술을 실컷 마시게 해주겠다고 한 호언과 어우러져 유협의 자유분방하고 호쾌한 기개를 윤색하는 데 활용되고 있다. 금포(錦袍)는 유협의 호사스런 복식과 관련된 전형의상의 하나이기도 한데, 시인의 다른 시에서도 유사한 정조로 반복되어 나타난다.45) 그러나 정작 이 시가 주목되는 이유는 실화를 바탕으로 하고 있다는 점에 있다.

정두경은 1626년(인조4) 김류(金瑬)의 천거로 원접사(遠接使) 일행에 포의로 참여한 바 있는데, 위 시는 그 때 지어진 작품이라고 한다. 박량한(朴亮漢)의 『매옹문록(梅翁聞錄)』에 따르면, 정두경은 반정공신 중의 한 사람이었던 원두표(元斗杓)의 집을 찾아가 멋대로 비단을 꺼내 술값으로 탕진하곤 이 시를 지었다고 한다.46) 그의 방약무인한 행동은 재물을 경시하고 천금을 하룻밤에 탕진하는 유협의 면모와 닮아 있다. 시인의 유협에 대한 숭모가 문학의 범위를 넘어 일정 정도 실제 삶과 연계되었음을 알 수 있는 부분이다.

그런 측면에서 볼 때, 그가 모의한 악부시 중 유독 유협시의 비중이 높은 것도 시인의 유협 흠모와 무관하지 않음을 알 수 있다. 유협시에 등장하는 인물유형으론 크게 부귀공자형의 유협·자객형의 유협과 사소한 의분으로 살인을 일삼는 무뢰배형의 유협, 그리고 국가에 멸사봉공하는 영웅호걸형의 유협이 있다. 이 중 정두경이 특히 공 들여 묘사했던 유협

---

45) 當代의 名將이었던 鄭忠臣과 李澥를 雄俠으로 추켜올린 「錦袍歌」(卷十, p.491)란 시가 그것이다. 이 시에서 鄭斗卿은 이들과 이별하며 받은 금포를 두고 "차라리 금포를 벗어 다른 이에게 주어, 신풍에서 봄 술값으로 잡혀두는 것이 나으리 不如脫袍贈他人, 留却新豊典春酒."라고 游俠的인 호탕한 정취를 표출한 바 있다.

46) 朴亮漢, 『梅翁聞錄』, 趙鍾業 編, 韓國詩話叢編 9, 東西文化院, 1989, p.697, "鄭東溟少時以白衣從事接待天使, 臨發, 往見元相斗杓, 不遇, 莊中有藍大緞一疋, 持歸作袍, 着而馳出都門, 給從者典而沽酒, 題曰, '長安俠少出關西, 楊柳靑靑黃鳥嗁(啼). 笑脫錦袍留酒肆, 能令公等醉如泥.'"

형상은 자객형 유협이다. 「협객편이수(俠客篇二首)」(卷十, p.486)를 위시로 하여, 「결말자(結襪子)」(卷二, p.399), 「자객가(刺客歌)」(卷十, p.486) 등에서 그가 열정적으로 읊은 것이 바로 사마천이 입전했던 자객들이었다.

하지만, 정두경이 읊은 자객들은 자객의 극적인 삶을 읊는 시적 전통이나 시인의 개인적 기질·취향의 문제에만 국한되지 않는다. 다음 시는 시인이 처한 시대적 상황과 상상력의 향방에서 유협 형상이 획득하는 새로운 의미를 잘 보여준다.

> 관산에 달뜨고 바다 구름 깊은데,
> 전장의 한나라 장군은 임금의 은혜에 보답하고자 하네.
> 계북(薊北)의 가을에 장사를 모으니,
> 연왕(燕王)은 대 위에서 황금을 아낌없이 나눠주네.
> 「양경리북정가(楊經理北征歌)」(十首 중 其三)[47]

시제로 볼 때 이 작품은 명·청의 교체를 사실상 결정지었던 사르후(薩爾滸) 전투에 참전한 명의 장수 양호(楊鎬)를 칭송하는 작품으로 보이지만, 그 내용은 철저히 전투의 실제 상황과 무관한 작가의 상상력의 소산물이다. 관산월(關山月)·한장(漢將)·계북(薊北)의 장사 등은 변새적 의경을 구축하는 지극히 전형적인 의상이고, 연왕의 황금대(黃金臺)도 현사(賢士)를 초치하기 위해 황금도 아끼지 않은 연(燕) 소왕(昭王)의 고사를 가져온 흔한 용사에 불과하다. 하지만, 이 시의 가치는 그런 의상들이 구축하는 역동적인 기세와 이를 통해 표출된 유협적 의식세계에 있다.

먼저, 관산의 달은 단순히 변새에서 고향을 그리는 전형의상으로 쓰인 것이 아니라 바다의 짙은 운무 사이로 힘차게 솟아오르는 수직적 운동성을 지니고 있다. 수직적 운동성은 임금을 위해 이 한 몸 바치고자 하는 장군의

---

47) 『東溟集』 卷二, p.402, “關山月出海雲深, 漢將橫戈報主心. 薊北高秋收壯士, 燕王臺上散黃金.”

의기의 표현이기도 하다. 기·승구에서 형상화된 의기는 전·결구에서 연 소왕처럼 현사를 모아 전쟁을 승리로 이끌고자 하는 염원으로 귀결된다. 시인이 이런 고사를 사용한 데에는 황금대가 제나라의 침략으로 치욕을 겪었던 연 소왕의 복수설치의 의식이 담겨 있는 곳이기 때문이다. 북벌을 꿈꿨던 효종이 벽에 붙여 놓고 보았다던 이 시의 가치는 바로 여기에 있다. 인용 시의 장사는 "연남의 협객 검광이 싸늘하니, 취한 뒤 만남에 그 의기를 보네 燕南俠客劒光寒, 醉後相逢意氣看."(卷二, 「楊經理北征歌」十首 중 其四, p.402)와 연결지워 볼 때 자객의 또 다른 형상에 다름 아니다. 다음 시는 그 구체적 예라고 할 수 있다.

> 축 소리에 맞춰 부르는 역수가(易水歌)가 사람 애간장을 녹이는데,
> 바닷가 구름 낀 산 계북(薊北)의 문에서 왕자는 돌아오지 못하네.
> 찬바람 속 장사 전송함은 보지 못하고,
> 부질없이 봄풀만 푸릇푸릇하여 왕손을 생각나게 하는구나.
> 「의왕자사귀곡(擬王子思歸曲)」(五首 중 其四)[48]

이 시는 초(楚)의 왕자가 진(秦)에 인질로 가서 돌아가고 싶은 생각에 지었다는 시를 의작하여,[49] 병자호란 후 심양(瀋陽)에 인질로 끌려간 봉림대군(鳳林大君) 시절의 효종에 대한 안타까운 마음을 읊고 있다.[50] 여기에서 찬바람을 맞으며 떠나가는 장사의 형상은 「역수가(易水歌)」의 "바람은 쓸쓸하고 역수는 차가와라, 장사 한 번 가면 다시 오지 못하리 風蕭蕭兮易水寒, 壯士一去兮不復還!"에 담긴 비장한 형가의 풍모와 오버랩 됨

---

48) 『東溟集』 卷二, p.408, "燕歌和筑正消魂, 海上雲山薊北門. 不見寒風送壯士, 空敎春草憶王孫."
49) 杜甫의 「送李卿曄」 시에도 "王子思歸日, 長安已亂兵."라고 한 구절이 있는데, 仇兆鰲의 注에 『古今樂錄』의 관련 기사가 인용되어 있다. 楚의 왕자가 秦에 인질로 가서 돌아가고 싶은 생각에, "洞庭兮木秋, 潯陽兮草衰. 去千乘之家國, 作咸陽之布衣"라는 시를 지었다는 것이다. 仇兆鰲 注, 『杜詩詳註』 卷十二, 中華書局, 1979, pp.1068~1069.
50) 『東溟集』 卷三, 「擬王子思歸曲四首」, p.429의 注에 "孝廟嘗於瀋中, 有感懷詩數篇, 先生聞而悲憤, 作此詩."라고 하였다.

과 동시에, 시인이 처한 현실과 관련하여 일정한 비판의 의식을 노정하게 한다.51) 정두경은 자객 중에서도 특히 형가를 읊는 것을 좋아하였다. 역대의 유협시 중 가장 많이 읊어진 유협인물 중의 하나가 형가임을 고려할 때, 정두경의 기호가 유별난 것은 아니다. 하지만, 그가 "도잠에게 시집이 있으니, 좋은 작품이 많지 않다네. 평생 내가 취하는 것이라곤, 단지 「영형가」 시에 있다네 陶潛有詩集, 好作也無多. 平生吾所取, 只在詠荊軻." (卷一, 「閑居卽事」十五首 중 其十二, p.396)라고 한 것이나, "의기로는 유독 「역수가」를 사랑한다네 意氣偏憐易水歌"(卷七, 「西塞懷古」三首 중 其三, p.456)라고 한 데서 그의 기호가 단순히 시적 관습이나 일시적 유행에 따른 것이 아님을 확인할 수 있다. 도잠(陶潛)의 「영형가(詠荊軻)」 시가 역대의 평자들에게 형가의 형상을 통해 당시 사회를 비판한 작품으로 이해되어왔음을 감안할 때 더욱 그러하다. 정두경 역시 이런 전통을 계승하여 자기 시대에 대한 일정한 비판적 성찰을 시도했던 것으로 보인다. 이와 관련된 정두경 삶의 단편들을 살펴보면 다음과 같다.

정두경은 「완급론(緩急論)」·「병자소(丙子疏)」 등 일련의 상소를 올려, 청에 대비하기 위한 무비(武備)의 중요성을 강조하였고, 특히, 「완급론」 (重刊本 卷十一, pp.150~156)에서는 정묘호란 같은 비극의 재발을 막기 위해선 지금 당장은 예론(禮論) 보다 무비(武備)에 치중해야 한다는 완급의 논리를 펼친 바 있다. 이 완급이란 말은 공교롭게도 사마천이 유협이란 인간형을 옹호하기 위해 끌어왔던 논리라는 점에서 시사적이다.52) 예로 상징되는 유자적 가치와 무로 상징되는 유협적 가치를 완급의 관점에서

---

51) 鄭斗卿은 대체로 斥和論的 입장을 견지하고 있는데, 호란 후 斥和論을 주장하다 主和論者들에게 쫓겨 난 杞平君 俞伯曾을 위로하는 많은 시를 남기고 있다. 이런 위로에도 平原君 같은 游俠公子가 등장하곤 한다. 『東溟集』 卷九, 「寄俞杞平君伯曾七首」 중 其二, pp.478~479.

52) 『史記』 卷124, 「游俠列傳」, "今游俠, 其行雖不軌於正義, 然其言必信, 其行必果, 已諾必誠, 不愛其軀, 赴士之阨困, 旣已存亡死生矣, 而不矜其能, 羞伐其德, 蓋亦有足多者焉. 且緩急, 人之所時有也."

논한 것으로 볼 수 있기 때문이다. 이런 점에서 일련의 상소를 올렸던 병자년 즈음의 이른바 '선성모독(先聖冒瀆)' 사건은 주목할 만하다. 1635년 직강(直講)으로 있던 정두경은 붕괴 위험에 처한 향교를 중건하는 자리에 나가 술김에 유생들에게, "집이 무너지면 산 사람도 압사를 면키 어려운데, 위판(位版)이야 깔린들 무슨 상관이랴"라고 말하여 큰 물의를 일으키고, 결국 사헌부로부터 탄핵을 받게 된다.53) 예학의 시대라 할 17세기에 정두경의 이러한 행동은 사회통념상 있을 수 없는 일이었기에, 유자적 가치관과 양립하기 어려운 유협적 가치관의 확인 내지 강조는 의미심장할 수 있다.

이상의 전기적 사항을 통해 우리는 시인이 처한 시대현실에서 유협, 그 중에서도 자객 형상이 가질 수 있는 의미를 추론할 수 있다. 앞서 언급한 것처럼 유협풍 의상의 특성이 인물형상을 중심으로 구조화된다는 점을 감안한다면, 그가 활용한 유협풍 의상 역시 그저 심상(尋常)한 것이 아님을 알 수 있다. 다음 시는 시인이 이들 전형의상을 통해 전달하고자 하는 의식의 국면을 명징하게 보여주는 예다.

> 흰 말 타고 장안을 떠나니,
> 옥안장 위에 앉아 황금 채찍 휘두르네.
> 풍진 세상에서 보검을 차고 있으니,
> 비단 옷에서 그 의기를 보노라.
> 강은 넓은데 층층의 얼음 꽁꽁 얼었고,
> 성 그늘진 곳엔 쌓인 눈이 차갑네.
> 남아는 마땅히 무를 배워야 할지니,
> 유관(儒冠)이야 오줌이나 갈기는 게 마땅하지.
> 「송양첨사(送梁僉使)」54)

---

53) 『仁祖實錄』, 十三年 二月 戊申條, 『朝鮮王朝實錄』 34, 國史編纂委員會, 1971, p.586.
54) 『東溟集』 卷三, 「送梁僉使」, p.421, "白馬出長安, 金鞭拂玉鞍. 風塵寶劍在, 意氣錦衣看. 江闊層氷峻, 城陰積雪寒. 男兒當學武, 溲溺合儒冠."

　수련과 함련에 사용된 어휘 중 백마(白馬)·장안(長安)·금편(金鞭)·옥안(玉鞍)·보검(寶劍)·금의(錦衣) 등은 모두 양첨사의 본래 모습과 무관해 보이는 전형적인 유협풍 의상들이다. 시인이 써내려 한 것은 양첨사의 실제 모습이 아니라, 시인이 상상하는 유협의 헌걸찬 풍모였기 때문이다. 양첨사가 부임해 갈 지역의 거친 풍경을 묘사한 경련마저도 과장되게 느껴지는 것은 시 전반의 전형적 분위기 때문이다. 하지만, 이상의 정경은 미련의 발언의 효과를 극대화시키기 위한 일종의 준비일 뿐이다. 호사스런 유협의 형상으로부터 시작하여 의기의 칭송, 그리고 변새의 황막한 경관의 묘사로 이어진 이 시의 시상은 "남아는 마땅히 무를 배워야 할지니, 유관이야 오줌이나 갈기는 게 마땅하지"라는 지독한 상무경유(尙武輕儒) 의식으로 발산된다. 전송의 대상이 무인임을 고려하더라도 미련에서 보여주는 '경유(輕儒)'를 넘어 '멸유(蔑儒)'에 가까운 표현은 매우 극단적인 예다. 이백의 「조노유(嘲魯儒)」시와 "유생이 유협에 미치지 못하니, 머리 세도록 집에 들어앉아 글만 읽은들 다시 무슨 이로움이 있으랴 儒生不及游俠人, 白首下帷復何益."(「行行且遊獵篇」) 등으로 대표되는 유협시의 조유(嘲儒)의식이나, 양형의 "차라리 하급 군관이라도 되는 것이, 일개 서생보다는 나으리 寧爲百夫長, 勝作一書生."(「從軍行」), 왕유의 "어찌 서생 무리 따위를 배워, 창 밑에서 책이나 읽다 늙으랴 豈學書生輩, 窓間老一經."(「送趙都督赴代州得靑字」) 등의 유협 형상과 연계된 변새시 특유의 상무의식과 비교해 보더라도 그러하다.

　정두경은 시에서 유자들을 모욕한 유방(劉邦)의 고사를 즐겨 사용하였는데,55) 이런 극단적인 의식의 이면에는 당시 사회의 문약한 풍조에 대한 시인의 격렬한 비판이 담겨 있다. 이러한 의식은 유(儒)를 경멸하고 은의

---

55) 『史記』, 卷97, 「酈生·陸賈列傳」, "沛公不好儒, 諸客冠儒冠來者, 沛公輒解其冠, 溲溺其中.", 『東溟集』 卷七, 「登凌漢飮酒」 三首 중 其二, pp.455~456, "鯨鯢寂寞風濤穩, 朱雀門開醉酒徒." 등.

를 중시하며, 은의에 대한 보답을 위해 목숨조차 아끼지 않는 유협적 정신 세계와 맥을 같이 한다. 자객 예양(豫讓)이 "사(士)는 자기를 알아주는 자를 위해 죽고, 여자는 자기를 기쁘게 해주는 자를 위해 얼굴을 꾸민다 士爲知己者死, 女爲說己者容"고 했던 것처럼, 자기에게 은의를 베푼 사람에 대해서 죽음으로써 보답한다는 '언신행과(言信行果)'의 정신이 그것이다. 실제, 그는 병자호란이후 세상에 뜻을 두지 않아 수차례 벼슬을 사양한 바도 있고, 심양에 인질로 잡혀가는 이에게 준 시(卷十一, 「幽州歌」, p.504)에서 "임금이 욕을 당하면 신하가 죽는 것이 신하의 직분 主辱臣死 是臣職"이라 하며, 어찌하면 장사를 얻어 그들을 쓸어버릴까를 비탄에 잠겨 외친 바도 있다.

그의 시에서 유협풍 의상의 활용에는 이렇게 자객 형상과 자객 정신이란 함수가 함께 한다. 따라서 시인이 남기고 있는 수많은 유협풍 작품들이 그려내고 있는 허구적 장면과 인물 형상은 문약한 현실에 대한 비판적 성찰과 관련하여 이해될 수 있을 것이다. 앞서 임제의 변새풍 의상이 전형을 탈피하는 방식으로 시인의 개성을 드러내고 있다면, 정두경의 경우는 전형의 특정한 패턴을 선택하여 극단화시키는 방식으로 자신만의 개성을 완성시키고 있는 것이다.

2) 잔혹(殘酷)한 미감의 확충

앞서 검토한 것처럼 유협풍 의상이 형성하는 대표적인 미감으론 유협의 활달한 기상과 관련된 호상미(豪爽美), 유흥과 관련된 낭만적 퇴폐미, 그리고 유협의 보구(報仇)행위와 관련된 잔인하고 섬뜩한 잔혹미(殘酷美) 등이 있다.

정두경 시에서의 유협풍 의상 역시 이상의 미감들을 보여주고 있는데,

그중 가장 특징적인 것은 단연 잔혹미라고 할 수 있다. 이는 일단 그의 유협풍 의상 활용의 중심축이 되는 자객형 유협의 영향이라고 볼 수 있다. "검을 빼어 옷을 치니 옷에선 피가 솟구치고, 지사들은 얼굴을 가리고 울며 장렬한 죽음을 슬퍼하였네 拔劒擊衣衣出血, 志士掩泣悲壯烈."(卷十, 「刺客歌」, p.486), "허리춤에서 비수를 뽑아 찌르니, 흘린 피가 비단옷을 적시네 腰間拔匕首, 血濺沾羅衣."(卷九, 「東海有勇婦」二首 중 其一, p.476), "백주에 사람을 죽여도 사람들이 막지를 못하고, 원수를 피해 연의 저자 거리에 이름을 숨기는구나 白晝殺人人莫當, 避仇藏名燕市傍."(卷十, 「俠客篇」二首 중 其一, pp.486~487) 같은 표현이 그 대표적 예이다.

'혈(血)'이란 의상이나 '살(殺)'이란 표현은 본래 시에서 잘 쓰지 않는다. 이와 같은 자극적 표현은 작시 상 금기시할 뿐 아니라 시를 읽는 사람에게도 좋은 느낌을 주지 못하기 때문이다. 조선후기 이익(李瀷)이 음험괴삽(陰險怪澀)한 표현을 써서는 안됨을 지적하면서 그 예로 '혈(血)', '골(骨: 白骨)'이 들어간 시구를 든 것에서도 이를 짐작할 수 있다.[56] 하지만, 정두경은 수많은 시에서 낭자한 유혈을 읊고, '살인殺人'·'참두斬頭' 같은 표현을 서슴없이 구사하곤 하였다. 이는 유협시에서 그려지는 포악한 소년이나 자객 유협의 형상과 관련이 깊다. 유협시의 수사적 전통에서 '살(殺)'자는 이백 「백마편(白馬篇)」의 "사람 죽이기를 풀 베듯이 하네 殺人如剪草"를 전후로 왕건(王建)의 「우림행(羽林行)」, 최호(崔顥)의 「유협편(游俠篇)」, 왕유의 「소년행(少年行)」 등에서 쓰여, 거친 젊음에 대한 동경을 담은 표현으로 전형화된 측면이 있다. 이런 의상 내지 표현은 유협이란 인간형이 가진 범금성(犯禁性: 『韓非子』, 「五蠹」, "俠以武犯禁")을 시의 수사적인 측면에서 구현하고 있는 것으로 평가할 수 있다.

---

56) 李瀷, 『星湖僿說』 卷二十八, 「詩文門」, 『국역 성호사설』 IX, 민족문화추진회, 1976, pp.11~12.

정두경의 경우 유협시의 이런 특성을 시 전반에서 적극적으로 활용하고 있음이 눈에 띈다.

> 선우의 목이 떨어지니 사막이 조용하고,
> 상자 속에 봉하여 장안궁에 보내어지는구나.
> 붉은 피가 뚝뚝 떨어져 두개골을 적시니,
> 지난번 위청(衛靑)과 곽거병(霍去兵)은 한 일 없이 후(侯)에 봉해졌구나.
>
> 「전억석가(前憶昔歌)」(七首 중 其六)[57]

> 서생이 부질없이 늙어간다 말하지 말게나,
> 장한 마음 월지국 왕의 머리를 잔 삼아 술 마시길 기약하리니.
>
> 「행영즉사(行營卽事)」[58]

첫 번째 시는 두보의 「억석가(憶昔歌)」를 계승한 작품으로, 한대 진탕(陳湯)이 임금의 명을 거짓으로 꾸며 출병하여, 질지선우(郅支單于)를 베었던 일을 읊은 것이다. 이 시에 등장하는 진탕은 어린 시절부터 책읽기를 좋아하고 글을 잘 지었던 전형적인 문사로서, 질지선우를 제거하는데 큰 공을 세운다. 여기에서 주목해야 할 점은 이런 역사적 사실을 형상화하는 데 개입된 시인의 상상력이다. 일개 모사(謀士)에 불과한 진탕을 일전에 선우의 목을 잘라 말에 꿰어 찰만한 무용을 지닌 늠름한 장군으로 형용한 것이나, 상자에 담긴 붉은 피가 뚝뚝 떨어지는 두개골에 대한 섬뜩한 묘사 등은 시인의 상상력의 소산으로 시 전반에 잔혹한 분위기를 조성하고 있다.

두 번째 시의 경우도 마찬가지다. 흉노가 월지국을 멸하고 그 왕의 머리

---

57) 『東溟集』 卷十一, p.503, "單于斷頭沙漠空, 函封傳詣長安宮. 赤血淋漓灑髑髏, 向者衛霍虛封侯."
58) 『東溟集』 卷七, p.457, "莫道書生空老去, 壯心期飮月支頭."

를 음기(飮器)로 사용했다는 일화가 『사기』「흉노열전」으로부터 온 것이
란 점을 감안하더라도, 시인이 변새 체재 시의 즉흥적인 감흥을 담은 것이
라고 하기엔 그 표현이 잔혹하기 그지없다.

　정두경이 창작 시 잔혹한 미감을 즐긴 것은 이상의 예에서도 드러나듯
이 반드시 유협풍 의상의 활용에만 국한될 문제는 아니다. 하지만, 시인이
유협시의 창작과 유협풍 의상의 활용을 통해 유협의 정신세계와 행동양식
에 매료되었던 것이 큰 이유가 됐을 것으로 보인다.

　　　일찍이 북평사(北評事)를 지낼 때에 밤에 시를 짓다가 퇴고로 고심하
　　는데, 닭 울음소리가 들려왔다. 이에 하인을 시켜 닭을 잡아오게 하여
　　꾸짖기를, "내 시가 다 마무리되지 않았는데 네가 감히 먼저 울다니"라
　　고 하고는 즉시 베어 죽였다.59)

　위의 일화는 다소의 허세가 가미 된 우스갯소리로 치부할 수도 있겠지
만, 사소한 의분으로 닭을 죽이는 행위에선 상당부분 유협의 정신세계와
행동양식을 연상시키는 측면이 있다. 복수를 위해 "죽음쯤은 집으로 돌아
가는 것처럼 여기는 視死猶視歸"(卷九, 「東海有勇婦」二首 중 其一,
p.476면) 유협적 정신세계나 "다섯 걸음 떼는 사이에 유혈이 낭자해지는
五步見流血"(같은 시, 其二, p.476) 유협적 행동양식이 피나 잘려진 머리
와 같은 섬뜩한 의상들과 불가분의 관계를 이루고 있기 때문이다. 요컨대,
정두경 시에서 보이는 이런 잔혹미는 유협의 반사회적 정신과 행위로부터
비롯된 잔혹성이 시적으로 활용된 결과인 것이다.

　정두경 시의 총체적인 미적 특징은 대체로 '건(健)'과 '기(奇)'의 측면에
서 평가되어 왔다. 그 중에서도 '기'의 측면은 일정 정도 그의 문학이 갖는

---

59) 柳光翼, 『楓巖輯話』, 趙鍾業 編, 韓國詩話叢編 10, 東西文化院, 1989, p.119, "鄭東溟斗卿,
　　字君平, 溫陽人, 之升之孫, 順朋四世孫也. 嘗爲北評事, 夜賦詩, 敲椎[推]未定, 聞鷄鳴, 命下人
　　捉鷄數之曰, 吾詩未定, 爾敢先鳴, 卽斬之.(『夢芸雜錄』)" 이 일화는 『記聞叢話』에도 실려 있다.

부정적 요소로서 받아들여 진 바 있다. 정두경은 뛰어난 문한(文翰) 능력에도 불구하고 끝내 문형(文衡)이 되지 못해서 당대에 논란이 일었는데, 그 이유 중의 하나가 그의 문장이 '기고(奇古)'함을 숭상하여 관각의 쓰임에는 알맞지 않다는 세평이었다.[60] 비평 용어로서의 '기'는 전통적으로 '정(正)' 혹은 '평범'과 상대되는 의미로 사용되어 왔는데,[61] 이런 비판에는 당시 문학의 이상형('正')과는 별개의 신기하고 기궤(奇詭)한 측면에 대한 지적이 담겨있다고 하겠다. 시인은 스스로 '기'한 측면을 좋아한다고 밝힌 바 있고, 그가 자객 유협을 읊은 시 역시 '기'하다고 평가되곤 하였다.[62] 그의 시가 보여주는 잔혹미 역시 그런 부정적 '기'의 한 국면이라고 할 수 있다. 이익은 『성호사설』에서 유협이란 인간형을 말세의 폐단이란 관점에서 비판하고,[63] 앞서 언급한 것처럼 피나 해골과 같은 음험괴삽(陰險怪澁)한 표현들의 사용이 시인의 좋지 못한 기상을 상징하는 것임을 지적한 바 있다. 조선중기에도 이런 통념이 보편적으로 존재했으리라 볼 때, 정두경 시의 유협풍 의상에 수반된 잔혹한 미감은 현실과 문예의 통념에 대한 위반으로서의 성격도 동시에 지니게 된다. 이는 정두경 시의 특출한 개성인 동시에 전형의상의 변주를 통해 도달한 독특한 예술적 성취의 하나라고 할 수 있다.

---

60) 『顯宗實錄』 卷十六, 十年 五月 甲午, 『朝鮮王朝實錄』 36, p.628.
61) 王運熙, 「鍾嶸詩品論奇」, 曹旭 選評, 『中日韓『詩品』論文選評』, 上海古籍出版社, 2003, pp.393~396.
62) 『東溟集』 卷十, 「別壺亭鄭斗源遊中興洞」, pp.490~491, "病夫平生好奇壯.", 姜栢年, 「挽章」, 『東溟先生集』 중간본 附錄 下, p.613, "奇壯想刺客"
63) 李瀷, 『星湖僿說』 卷十三, 「人事門」, 『국역 성호사설』 Ⅴ, 민족문화추진회, 1976, p.53.

4. 남는 문제: 결론을 대신하여

17세기 후반 18세기 전반의 일군의 비평가들에게 조선중기 시단의 의고적 시풍은 주요한 비판의 대상이었다. 김창협(金昌協)이 목릉시단을 두고 "가는 길이 한결 같고 음조가 비슷하며 軌轍如一, 音調相似", "그 사람을 볼 수 없다 其人不可見"고 한 비판은 이러한 인식을 분명하게 보여준다.64) 이들의 주장은 당시의 언어나 고사의 모의에 치중한 조선중기 시인들의 시에 작가의 진정이 담겨 있지 않다는 것이다. 이런 시각은 김창협의 문인인 신방(申昉)에게 이르러 더욱 예각화되어 나타난다. 그는 이 시기 학당풍의 총결자라 할 정두경 시의 허경(虛景)을 실경(實景)의 결여로 비판하고, 악부시 모의를 고인의 악부시 창작과 달리 진정성이 결여되어 있다고 꼬집었다.65)

본고에서 검토한 전형의상의 계승이란 기실 후대의 비평가들이 비판한 의고풍에 다름 아니다. 시적 취향 내지 시풍의 변화를 암시하는 이들의 상이한 입장은 앞서 전형의상의 계승이 보여주는 말폐를 감안할 때 일리가 있는 지적이기도 하다.66) 하지만, 이들의 시각을 통한 조선중기 시단에 대한 이해는 조선중기 한시의 특성을 지나치게 부정 일변도로 몰아갈 위험성이 있다.

신방은 악부시의 진정한 가치를 악부고사(樂府古辭)처럼 "진짜로 그런 일이 있고, 무엇을 뚜렷이 목적하여 창작한 眞有其事, 有爲而發." 데서 찾았지만, 당시의 경우에도 수많은 의작 악부시가 남아 있는 것이 사실이

---

64) 金昌協, 『農巖集』 卷三十四, 「雜識」, pp.377~378.

65) 申昉, 『屯菴先生文集』 卷八, 「詩話」, p.21, "夫所貴乎詩者, 爲陶寫性情寄託興會, 卽事卽物以自舒娛也, 古人之爲樂府, 眞有其事, 有爲而發, 後之作者, 皆擬之也, 略有所述, 以備其體, 存古意, 可矣, 而胡兒白馬, 非常有之事, 日出東南隅, 靑靑河畔草, 字數有限, 是豈可以作家計終身者, 古有眞古, 在內不在外, 在意境不在題目, 須能用今人家常語, 而使不落卑近, 方見其古, 不然重瞳濶步, 豈皆舜禹, 功甫八珍, 揖遜盛而適口少, 亦文人之病也."

66) 안대회, 『조선후기시화사』, 소명출판, 2000, pp.124~154.

다. 그 중에서도 중국시사에서 특출한 개성으로 타의 추종을 불허하는 이백의 경우 전체 시의 1/6에 해당하는 150여수의 의작 악부시가 있다. 신방이 말한 기준에 의해 제단 된다면, 이백의 악부시 역시 무의미한 모방에 그칠 뿐이다. 하지만, 문학사에서 이백의 의작 악부시를 단순한 모의로 평가하지는 않는다. 명대 호진형(胡震亨)이 말한 것처럼 이백 악부시의 가치는 그것이 시인의 독창적 작품이라서가 아니라 고악부와 시어를 적절하게 변화시켜 계승하였다는 데서 찾아질 수 있기 때문이다.67)

그런 점에서 신방이 비판했던 호아(胡兒)니 백마(白馬)니 하는 전형의상의 빈번한 등장의 문제도 재고가 필요한 부분이다. 청대 유희재(劉熙載)가 이백 시의 주요한 의상인 협(俠)·선(仙)·녀(女)·주(酒)는 모두 악부의 형체를 빌린 것으로서 이것이 진실이냐 아니냐를 따지는 것은 피상적인 인식태도라고 적절하게 지적한 것처럼,68) 악부풍 전형의상의 근원적인 속성은 허황[虛]한 데 있기 때문이다. 따라서 전형의상의 계승이 노정하는 일정한 말폐에도 불구하고, 그것이 단지 모의한 바가 있다는 것만으로, 또 그것이 실경(實景)이 아니라는 이유만으로 그 가치를 폄하하는 시각은 과도한 측면이 있다. 도리어 그것의 가치는 부재하는 의상에 담긴 시인의 상상력의 향방에 있으며, 전형의 계승 방식에 담긴 시인의 개성에서 찾아야 할 것이다.

이상에서 검토한 것처럼 임제와 정두경 시에서 활용된 변새풍·유협풍 전형의상은 단순한 모의에 그친 것이 아니라 일정하게 변주되고 자기화하였다는 측면에서 개성적이다. 임제 시가 보여주는 자기화와 변주, 또 정두경 시가 보여주는 특정 의식세계에의 몰입은 전형의상이 단순히 계승·반

---

67) 『李太白全集』 卷八, 「江夏行」의 注, 447~448면, "凡太白樂府, 皆非泛然獨造, 必參觀本曲之辭與所借用之曲之詞, 始知其源流之自點化奪換之妙, 不獨此二篇爲然, 聊發凡資讀者觸解云."
68) 劉熙載, 『詩槪』, 郭紹虞 編選, 『淸詩話續編』, 上海古籍出版社, 1983, p.2425, "太白詩言俠·言仙·言女·言酒, 特借用樂府形體耳, 讀者或認作眞身, 豈非皮相."

복되는 데 그치지 않고 일정 부분 전개·변이되었음을 잘 보여준다. 이는 동시에 조선중기 한시가 모의를 통해 획일화·도식화된 것만이 아니라, 특정 시인의 경우 창조적 견인력에 의해 새로운 문학적 개성을 확보하는 데 이르렀음을 시사한다.

본고에서는 지면의 제한으로 변새풍·유협풍 의상으로 범위를 좁혀 조선중기 한시에서의 전형의상 계승을 고찰하였지만, 이 문제는 이후로도 보다 다양하고 면밀한 검토가 요청된다. 의상의 계승·반복·전개·변이 등에 관한 폭넓은 성찰 속에서 개별 작품/작가의 이해를 심화할 수 있기 때문이다. 이는 한편으로 중국 고전문학의 일방적 수용을 확인하는 데 그친 저간의 연구시야를 극복하고, 자문학의 가치를 온전하게 평가할 수 있는 비교문학적 잣대를 마련하는 데에도 일정 부분 기여할 수 있을 것이다. 앞으로 염정풍(艶情風)·유선풍(遊仙風)·민가풍(民歌風) 등 일정한 유형성·계열성을 이루는 의상에 대한 검토는 물론, 전형성을 강하게 띠는 단일 의상들에 대한 검토가 필요하리라 여겨지는 이유도 여기에 있다.

전형의상의 검토가 갖는 의의는 단지 문학적 관습의 규명이라는 일 국면에 그치지 않는다. 그것은 역설적으로 광대한 문학의 전통과 유산에서의 선택과 변형이란 측면에서 시인의 창조력을 보여주며, 시대적 특성을 띠고 있다는 점에서 특정 시대의 사상과 미감 변화의 징후라는 거시적 상징성을 갖는다. 그런 측면에서 전형의상의 검토는 그 자체로 완결되는 것이 아니라 이를 기반으로 새로이 시작되어야만 하는 진행형의 연구라고 할 수 있다. 우리는 이를 통해 지금까지 문학사의 통념과는 다른 시인 혹은 시작품의 예기치 않았던 차원을 드러낼 수 있을 것이며, 이런 시도가 우리 한시사 전반으로 확대될 때 시인이나 시적 경향성을 중심으로 한 한시사가 아니라 의상을 중심으로 한 한시사를 작성할 수 있을 것이다.

참고문헌

1. 원전·역주 자료

具容. 『竹窓遺稿』. 국립중앙도서관 소장본.

『譯註 白湖全集』. 신호열·임형택 공역. 창작과비평사, 1997.

成輅. 『石田先生遺稿』. 국립중앙도서관 소장본.

申昉. 『屯菴先生文集』. 韓國歷代文集叢書 668. 경인문화사, 1993.

『樂府詩集』. 郭茂倩 輯. 中華書局, 1989.

『樂府新聲』. 車天輅 校選. 金玄成 批閱. 『교남한문학』 5 부록. 교남한문학회, 1993.

柳夢寅, 『於于集』, 韓國文集叢刊 63. 민족문화추진회, 1991.

李睟光. 『芝峯類說』. 경인문화사, 1970.

『李太白全集』. 王琦 注. 中華書局, 1977.

任錪. 『鳴臯集』. 인물연구소, 2000.

林悌. 『林白湖集』. 韓國文集叢刊 58. 민족문화추진회, 1990.

鄭斗卿. 『東溟集』 初刊本. 韓國文集叢刊 100. 민족문화추진회, 1992.

鄭斗卿. 『東溟先生集』 重刊本. 日本 大阪省立圖書館 所藏本. 태학사, 1999.

『淸詩話續編』. 郭紹虞 編選. 上海古籍出版社, 1983.

『韓國詩話叢編』 9. 趙鍾業 編. 東西文化院. 1989.

許筠. 『國朝詩刪』. 韓國漢詩選集 I. 아세아문화사. 1980.

洪萬宗. 『洪萬宗全集』. 태학사. 1980.

* 별도로 언급하지 않은 한국 문집자료는 모두 민족문화추진회(현 한국고전번역원)에서 간행된 『한국문집총간』을 참조한 것임.

2. 연구 논저

김흥규. 「한국 고전시가 연구와 주제사적 탐구」. 『한국시가연구』 15. 한국시가학회, 2004. pp.3~12.

남은경. 「鄭斗卿 俠客詩의 內容과 意味」. 『한국한문학연구』 15. 한국한문학연구회, 1992. pp.283~309.

吳戰壘. 『중국시학의 이해』. 유병례 역. 태학사, 2003.

안대회.『조선후기시화사』. 소명출판, 2000.
안병학.「林悌의 詩世界와 否定意識」.『민족문화연구』16. 고대민족문화연구소, 1980. pp. 165~189.
이종묵.『한국 한시의 전통과 문예미』. 태학사, 2002.
임준철.「漢詩 意象論과 朝鮮中期 漢詩 意象 研究」. 고려대학교대학원 국어국문학과 박사학위 논문, 2004.
錢鍾書.『談藝錄』補訂本. 中華書局, 1986.
정민.『목릉문단과 석주 권필』. 태학사, 1999.
정학성.「林白湖 文學 研究」. 서울대학교대학원 국어국문학과 박사학위논문, 1985.
鍾元凱.「唐詩的任俠精神」.『北京大學學報』1984年 第4期. pp.55~65.
胡大浚.「邊塞詩之涵義與唐代邊塞詩的繁榮」.『唐代邊塞詩研究論文選粹』. 甘肅教育出版社, 1988. pp.36~50.
황위주.「朝鮮前期 樂府詩 研究」. 고려대학교대학원 국어국문학과 박사학위논문, 1990.

이안중의 「안제본기」의 연구

—『춘추』와 『사기』의 영향을 중심으로—

김승호

1 머리말

이안중(李安中, 1752-1774)은 불우낙척하게 살다간 18세기 문인으로 그에 대한 논의는 시에 국한되어 있었을 뿐이었다.[1] 그러나 최근 「향랑전 (香娘傳)」, 「이장군전(李將軍傳)」[2] 이외 「안제본기(雁帝本紀)」와 『야술 (野述)』이 존재한다는 사실이 밝혀지면서 그의 산문 작가적 면모에 관심

---

[1] 李安中의 생애와 시적세계의 특징에 대해서는 朴峻遠.「玄同 李安中 研究」, (『대동문화연구』제25 집, 성균관대, 1990)와 朴英敏,「18세기 한시에 나타난 女性情感의 미적 특질」, (『한국한문학연구』, 제19집, 한국한문학회, 1996)에서 연구된 바가 있다. 이에 반해 李安中의 산문에 대해서는 그 실체만 확인된 정도였다. (김영진,『조선후기의 명청소품 수용과 소품문의 전개양상』, 고려대 박사논문, 2004, p. 84)

[2] 『海叢』傳記類 (奎章閣所藏).

이 모아지고 있다. 특히 「안제본기」는 동물 가전의 테두리를 넘어 한문 장편소설에 진입한 작품으로서3) 당대 소설들과의 변별성은 물론 의인담론으로서의 특성을 규명할 필요가 절실해졌다.

얼른 보더라도 「안제본기」는 당대 여타 작품들과 차이점이 인정된다하겠는데 그중에서도 고대 중국 사서에 대한 관심과 수용은 유별나다고 할 만하다. 따라서 본고에서는 서지 및 줄거리를 소개한 연후에 주로『춘추』, 『사기』와의 상호 비교를 통해 사서수용의 특징을 밝히고 이같은 창작 방식을 통해 작가가 추구하고자 한 점이 무엇인지를 가늠해보기로 한다. 최근 발굴된 작품인 만큼 총체적 면모를 드러내기 어렵다는 점에서 창작의 바탕이 된 텍스트, 창작 동기 등에 논의의 초점을 맞추기로 했음을 밝힌다.

2 서지 및 서사구성

「안제본기」는 한국은행본, 태동고전연구소본 2종이 전해진다. 한은본 「안제본기」는 필사본으로 임제의 「화사」, 「수성지」, 그리고 「五禽言」,『野述』 등과 함께 『雜錄』에 실려 있다. 형태를 보면 90면, 21.7×15.8㎝, 무계,10行, 20字,32面, 총 4851字에 달한다. 태동본은 여러 작품과 함께 『郊睡漫錄』에 수록되어 있는데 단아한 해서체로 판각되어 있다. 이의 형태를 보면 7장, 22행, 22자의 분량에 총 3652자로 이루어져 있다. 같은 작품임에도 불구하고 한은본이 1289자나 분량이 까닭은 한은본에만 후미에 앞의 서사내용을 운문으로 요약하여 사육병려문으로 詔를 첨부해 놓았기 때문이다. 이런 점으로 미루어 주변인들이 초고에서 어휘, 문맥을 바로잡고

---

3) 鳥類의인으로는 꾀꼬리를 의인화한 金三樂(1610-1666)와 黃玹(1855-1910)의 「金衣公子傳」이 있다고 한다. (김창룡,『한국의 가전문학』, 태학사, 1997. pp. 209-216.). 그러나 짧은 서사량에다 주인공에 대한 본질을 추상적으로 나열하는데 머물 뿐이어서 소설의 테두리에 넣기에는 부적절하다.

詔 부분을 삭제하여 『郯睡漫録』에 수록한 태동본 「안제본기」라는 추론이 가능해진다.

작가를 밝힐 수 없을 뻔한 상황에서 「안제본기」의 작가를 규명할 수 있었던 것은 俞晚柱가 『欽英』에 이안중과 「안제본기」의 기사를 삽입해 놓았기 때문이었다. 『흠영』기록 가운데서도 제22책 병오년 9월조4)에 관련기록이 집중되어 있음을 알 수 있다.

㉮안평이 「안제본기」와 『야술』 제권들을 점검하는데 이르러 다시 그것을 열람하고 의론하였다. 나는 다시 읽어보지는 못했는데, 예전에 들으니 각본이 사본에 미치지 못한다고 한다. 문장은 대저 모두 드러나는 것인데 유독 이 문장들만은 그러하지 못했다. 안평이 『야술』을 읽었는데 생략하여 기록한다.5)

㉯안평이 趙龜命의 「花王本紀」를 읽고 "나의 「안제본기」만 못하다"고 말했다. 6)

㉰ 고금의 문학을 의론하건대 우언을 빼놓는다면 세상의 책은 더욱 줄어들 것이다. 내가 보건대 이로써 장자는 가장 큰 죄인이 된다.『野述』의 바탕을 말한다면 명나라 사람들에서 벗어나지 못하고 있다.7)

㉱ 안평이 琉璃廠記를 읊어 전해주었는데 潘南 朴(박지원)이 천하의 누구인지 아느냐고 묻는 것은 조금 기괴하게 여겨진다. 이 사람(박지원)의 문장은 문득 의외의 말이 훌륭한데 글과 제목이 서로 맞지 않는다고 해도 또한 변화가 불측한 제도와 법도에는 해가 없다.8)

---

4) 李安中의 號가 玄同, 丹丘, 無太古이며 字가 平子인데도 欽英에서는 安平, 혹은 無太古로만 불린다. 安平이란 俞晚柱가 安中이란 이름과 平子란 號에서 각각 한 字씩 취하여 만든 호칭이다.

5) 俞晚柱, 『欽英』, 第22冊 丙午年 9月條. "安平至抽其雁帝本記及野述諸卷 更閲之議 再閲未及 吾聞刻本不及寫本 凡文章大抵皆稱 不獨是文然也 安平讀野述略錄之"

6) 俞晚柱, 상게서. "安平讀趙錫汝花王本紀 稱不如我之雁也"

7) 俞晚柱, 상게서. "議古今文字 除却寓言 則當天下之書籍更少矣 余謂莊周 於此罪之魁也 質其野述 謂不脱明人者"

8) 俞晚柱, 상게서. "安平誦傳祗製琉璃廠記 潘南之朴天下誰知云者 儘怪奇語 此人文章輒以意外語爲佳可 見製見題了 不相叶 亦果無害於變化橫行之度法"

㉣ 안평이 「안제본기」를 지어 쐐기를 박음으로써 화왕본기로서 조석여의 문장이 쐐기를 박아 내 문장을 물리쳤다고는 것은 맞지 않음이 진실로 이와 같다. 9)

㉯는 「안제본기」가 이안중의 작품임을, ㉮는 이안중이 「안제본기」와 『야술』을 창작한 뒤 유만주를 비롯해 주위 문사들에게 두루 열람케 했음을 밝혀준다. 아울러 이안중이 「안제본기」에 큰 자부심을 지니고 있었으며 특히 문사들 사이에 화제가 되었던 조구명(趙龜命1693-1737)의 『화왕본기(花王本紀)』10)에 비해 오히려 자신의 작품이 낫다는 우월감을 비치고 있다. 그러나 이안중과 막역했던 친구이자 지근거리의 독자로서 유만주는 이안중의 기대만큼 호의적으로 보고 있지 않아 대조가 된다. 이는 유만주가 『흠영』에 『야술』을 약술하면서 서사량을 대폭 줄이는 것은 물론 문장의 상당부분을 자의적으로 수정하고 있는 것에서 분명해진다. 그러나 이안중이 왜 자신의 작품에 우월감을 갖고 있었으며 유만주는 왜 친구의 작품에 부정적 시각을 지니고 있었는지 그 까닭을 상세히 밝혀놓고 있지 않아 의문이 증폭된다. 이제 이후의 논의를 위해 한은본 「안제본기」를 중심으로 줄거리 및 형태적 틀을 점검하기로 한다.

1 雁帝 洪信은 호가 伯陽이며 雁門 雲中 출신으로 선조는 자세히 할 수 없으나 씨족이 사방에 흩어져 번창했다.
2 梁나라에 사는 후손은 梁惠王의 총애를 받았으며 秦나라에는 그 후손으로 陳勝이 있었는데 신분에 어울리지 않는 야망을 드러내 사람들의 조롱거리가 되었다.

---

9) 俞晩柱, 상게서. "因安平雁製而楔 出花王本紀 因花王本紀趙錫汝之文而楔 出我製也不的 洵如是矣"

10) 趙龜命(1693-1737)은 이안중보다 한 세대 앞선 인물로 書經의 문체를 답습하여 「花王本紀」를 지어 이른바 화훼 假傳의 유행을 촉발시켰다. (이홍식, 「東溪 趙龜命의 花王本紀 연구」, 『한국언어문화』, 한국언문화학회, 2004.) 「花王本紀」와 달리 「안제본기」가 서사량의 확대, 의인대상의 변화를 통해 소설성을 갖춘 점은 인정된다. 하지만 두 작품 모두 上古의 古文을 창작적 기반으로 삼았다는 점에서는 동일하다.

3 秦始皇의 압제를 피해 상산에 숨었던 4명의 현자들이 한 고조의
　덕화를 보고는 상경하여 태자를 돕게 되었으며 이를 본 한고조가
　홍곡지가를 지었다.

4 洪信은 어릴 때 군사놀이를 즐겼으니 억새가지를 물어다 장막을
　쌓는 등 전술연마에 힘쓰는 바람에 그 능력을 인정받고 여러 벼슬
　을 거치게 된다.

5 홍신이 왕으로 천거되었으나 구추에게 양보하고 물러났다가 조왕
　이 죽자 천거되어 원봉 말년에 단혈에서 왕위에 오른다.

6 洪信은 국호를 羽民으로, 元日을 鴻嘉, 수도를 雁塞로 정한다.

7 鴻嘉 원년 8월 갑자기 3척의 눈이 내려 참새들이 동사하고 일부가
　놀라 사방으로 흩어지는 등 나라가 큰 소용돌이에 빠진다.

8 황제가 여러 군신을 모아놓고 갑작스럽게 닥친 추위와 그 혼란상을
　설명하고 위기를 벗어나기 위한 방도를 묻는다.

9 羽士가 남쪽으로의 천도를 제안하면서 구체적으로는 巴蜀 땅으로
　가는 것이 이상적임을 밝힌다.

10 居巢翁도 강남으로 천도하길 권하되 彭蠡야말로 모든 기러기들이
　추위에 떠는 일 없이 안락하게 살아갈 수 있는 터전이 될 수 있다
　고 설명한다.

11 羽林이 천도에 대해 우려를 표하기도 했으나 거소옹이 나서 다시
　천도의 장점을 열거함으로써 천도는 결의되고 곧 홍도객의 점괘
　를 좇아 그날로 즉시 남쪽으로 이동한다.

12 皇帝詔-1:현 수도인 안새는 추위에 취약한 곳이어서 환란을 피하
　기 어렵다. 위기를 벗어나기 위해서는 불가피하게 남쪽으로 터전
　을 옮길 수 밖에 없다.

13 皇帝詔 -2: 당장은 추위 때문에 고향을 떠나지만 영원히 옛 터전을
　버리는 것이 아니다. 언젠가는 돌아올 것이며 특히 양의 기운을
　순환시켜 북쪽으로 되돌려 놓는 것은 물론 북경에서는 陰을 누르
　고 陽을 불러일으키고자 한다.

14 鴻臚가 남행 길에 오른 기러기 무리를 인도해 나가는데 참새들이
　그에게 와 황제의 명에 순종하겠음을 전하고 북쪽 땅에 머물 수
　없는 이유를 상세히 밝혀 천도에 명분을 실어준다.

15 황제가 여러 깃발을 앞세우고 하늘로 치솟아 남쪽으로 날아갈
　것, 낮게 날아 뭇 새들의 비웃음이 되지 말 것, 이리저리 방황하지
　말고 황제의 깃발만을 따르라고 당부한다.

16 황제가 앞장서 하늘에 솟구쳐 올랐으나 선봉이 흩어지고 오나라

에 들어간 지 3일 만에 병졸의 반이 죽게 된다. 아울러 안개에 길을 잃고 방황하다가 흰 꿩을 만나 잘못 들어선 길에서 간신히 벗어난다.

17 落雁에 머물려 했으나 황제가 낙안을 상서롭지 못한 이름이라며 거부하는 하는 바람에 다시 이동하여 안착한 곳이 彭打의 안압지였다.

18 아침까지 안군이 침입한 사실을 모르던 초혼이 뒤늦게 알고 놀라서 견제에게 난새를 보내 자신을 구해준다면 보물을 내리고 상으로 보답할 것이라며 구원을 청한다.

19 견제가 초혼의 구병요청을 받아들여 彭蠡湖로 나갔으나 기러기 무리가 호수를 완전히 장악한 것을 보고는 業工課가 철군하는 게 옳다고 말한다. 하지만 견제는 이에 개의치 않고 육리에 진을 친다.

20 雁帝가 견제의 출병과 관련 대책을 논의하는 중에 여러 장수가 나서 견제의 무리는 적수가 되지 못하며 승리를 자신할 수 있음을 당당하게 아뢴다.

21 우림이 상군을, 우위가 하군을, 분격장군이 중군을 지휘하여 견제, 초혼의 합동군과 치열하게 전투를 벌인다.

22 양군이 격돌하는 중에 형촉군이 견제를 지원하기위해 왔으나 한 마리의 기러기도 잡지 못한 채 퇴각하고 만다.

23 화가 치민 奮擊장군이 楚魂과 鵑帝를 향해 항복을 독촉하자 이들이 달아나는데 당황한 나머지 날개조차 제대로 펼치지 못하다가 대숲에서 붙잡히고 만다.

24 궁지에 몰린 끝에 망제가 스스로 목숨을 끊고 초혼이 메추리에게 의지했던 과거를 들어 황제가 그를 공산관에 가두려 하는데 거소옹이 회왕의 죽임을 들어 반대한다.

25 雁帝가 居巢翁의 말에 따라 땅을 나누어 홍구의 동쪽은 초에게 주고 홍구의 서쪽은 기러기의 땅으로 삼기로 한다.

26 屈原이 멱라강 속에서 초혼이 패했음을 듣고 복수하려고 남해의 광리왕을 찾아가 견제가 살해되고 초혼이 사로잡혔음을 전하고 雁帝가 땅을 넓히는 욕심은 끝이 없을 것이니 서둘러 그 무리를 격퇴해야 한다고 말한다.

27 廣利王이 水軍의 군사를 동원하여 동정호에 머물고 있는 雁帝의 군사를 토벌하기로 하고 먼저 자라 재상을 雁帝에게 보내 남해까지 침범하려하는데 대해 부당함을 따진다.

28 雁帝도 鴻臚卿을 통해 전에는 날개가 약했는데 이제 날개가 완성
   되어 세상 어디든 날아다닐 수 있게 되었으며 廣利王은 물에
   살고 자신은 땅에 머물러 사는 것이니 상관할 바가 아니라고 말한
   다.
29 11월에 모래 벌에서 군사 훈련하던 중 趙高와 王剪이 물빛이 금색
   으로 반짝이는 것을 보고는 금추지환이 있을 것이라 간하지만
   雁帝는 이를 귀담아 듣지 않다가 그물에 걸려 다쳤다가 곧 회복한
   다.
30 2 년 뒤 봄 북경으로 서울을 옮겨가는 중에 누군가가 쏜 화살이
   황제를 맞추고는 낙안지봉에 떨어진다.
31 황제는 병이 깊어지자 편편공자를 불러 수성하기 위한 여러 지침
   을 상세하게 전하는데 공자는 부왕의 은혜를 감당할 수 없으며
   능력이 모자람을 실토한다.
32 황제가 죽자 시호를 隨陽이라 했으며 落雁之峰에 장사를 지냈다.
33 評決(태사공왈)-雁帝는 기러기이나 인간의 황제의 행적과 다를
   바 없으며 나라를 위기에서 구하고 우애가 두터웠다. 초혼과 견제
   는 한 때의 분을 참지 못하고 싸움 끝에 패했으니 命을 모르는
   자들이었다.
34 雁帝徙都江南詔--雁帝가 신하와 백성을 이끌고 천도하는 과정의
   회고 및 태조로서 남기는 유훈

　　34개로 단락화한 결과, 「안제본기」의 전체적 윤곽이 어느 정도 드러난
다. 도입부 (1-3) 전개부(4-32) 평결부(33)의 3단 구성을 갖춘 것으로 보아
가전의 형식적 틀을 수용했다고 볼 수 있다. 하지만 형식만 그럴 뿐 기러기
의 본질을 해명하기보다 서한(西漢) 역사의 한 부분을 포착하여 난세의
영웅상과 치국의 문제를 반추해 보인다는 점에서 가전의 영역은 이미 벗어
나 소설에 진입해 있다고 해야겠다. 중국의 역사인물, 일화를 끌어들여
안제의 선대를 미화 신성화시키는데 관심을 쏟는 곳이 도입부라면 전개부
에서는 안제의 일생을 고스란히 반영하고 있으며 논평부에서는 사마천의
입장에서 안제의 위대함과 함께 망제(望帝)와 초혼(楚魂)의 경거망동함을
대비시켜 안제의 위업을 되새기는 데 치중한다. 이외에 조(詔)[11]를 적극적

으로 활용하고 있는 것이 주목된다. 줄거리 12, 13, 34가 바로 그 부분들로 비교적 긴 분량의 이들을 통해 안제는 신하와 백성, 혹은 태자에게 명령, 훈시, 유훈을 내리고 있을뿐더러 다시 말미에 장편의 조를 첨언하고 있어 조(詔) 양식에 보인 작가의 관심이 퍽 각별했음을 알 수 있는 것이다. 「안제본기」에서 조삽입은 형식적 파격이자 작가의 서사적 의도가 어디에 있는지를 극명히 표출하고 있는 독특한 부분이 아닐 수 없다.

3 『춘추』의 사상적 수용

이안중에게 있어 『사기』가 문장수업의 핵심적 교재가 되었다는 사실은 김이양(金履陽)의 증언[12]으로 분명해지는데 『춘추』의 영향도 그에 못지 않았다. 연대를 '춘왕정월'식으로 표기한다거나 조를 빈번히 삽입시키는 것은 물론 특정대목을 무단히 끌어들이는 경우도 있다.[13] 과연 『흠영』에는 " 이것(野述)은 『춘추』 내전과 전국시대 책들의 문장을 전심하여 공부한 결과이지만 고금의 글이 구별되는 것을 피할 수는 없다."[14]라는 대목이 발견되는 것을 본다. 『야술』에 대한 평이기는 하지만 이는 그대로 「안제본

---

11) 徐師曾, 『文體明辯』, 卷17. 詔란 劉勰의 文心雕龍을 살피면 옛적 黃帝, 堯, 舜시대에서는 詔勅을 다 같이 命이라 하였다. 夏,殷,周 삼대에서는 이 命은 誥와 誓를 겸하여 稱하였다. (按劉勰云 古者王言 若軒轅唐虞 同稱爲命 至三代 始兼誥誓而稱之)

12) 金履陽, 「丹山李公墓誌銘」, 『風月集』月. "어느 날 홀연 마음 속으로 깨닫고는 분발해 문장수업을 했는데 곧 태사공의 사기를 구해 이를 암송하느라 하루가 가고 밤이 되었다. 그 문기가 분방한가하면 꺾임이 있어 손으로 춤추고 발을 구르는 몸짓을 알아채지 못하고 때때로 울부짖기도 하고 울분을 터뜨리기도 하였다. (忽一朝心靈自悟 奮發爲文章 直取太史公書 誦貫倍文 窮日夜至 其文氣奔放頓挫 自不覺舞手動足以形象之 往往爲呼號吒吒聲)"

13) 「雁帝本紀」의 "君處北海 寡人處南海 猶風馬牛之不相及 不虞君之涉吾地 何故耶……君則處水 朕則遵陸 政爾所謂風馬牛之相不及也" 는 『春秋左傳』 魯僖公 上에 보이는 "君處北海 寡人處南海 唯是風馬牛不相及也 不虞君之涉吾地也 何故"를 그대로 차용한 것이다.

14) 俞晩柱, 상게서. "是專學春秋內傳及 戰國策士之文 然古今之分 不可逃也"
대목에 앞서 欽英에서는 野述에 들어있는 丐者婦,李義婦, 淸孝女 등 세 여인의 이야기를 축약 소개한 다음 결국 『野述』이 春秋左傳이나 전국시대 策士들의 글을 다독한 결과임을 지적하고자 했다.

기」에 직결시켜보더라도 어색하지 않다고 본다. 그런데 이안중은 『춘추』
에 용해된 주제 사상에 더욱 주목하고 있었다. 다시 말해『춘추』를 관통하
는 유교윤리적 사고, 음양사상이야말로 이안중에게 있어 소설 속에 충분
히 용해시켜 야만 하는 주제로 포착되었다는 것이다. 이후 유교사상과
음양사상으로 나누어『춘추』사상의 수용정도를 보다 구체적으로 살펴보
기로 하겠다.

1) 유교사상

「안제본기」는 특히 춘추삼전 가운데도『곡량전(穀梁傳)』과 관련이 깊
다. 15) 안제의 이름을 신(信)이라 정한 것만 보더라도 이미 신의를 강조하
는『곡량전』의 흔적이 드러나거니와『춘추』3전에 실린 사건이나 인물들
이 공자의 예절과 명분을 중시하는 정치이상의 입장에서 비판되고 혹은
상과 벌을 받는 것처럼 이안중은『곡량전』의 가르침에 순응하여 주제를
설정하기로 한 것이다. 가령 「안제본기」의 문면에서 발췌한 몇 대목은
「안제본기」의 주제적 지향점이『춘추』를 향하고 있다는 명확한 징표로
삼을 수 있다.

> * 信은 날 때부터 양덕을 지니고 있었으며『춘추』에 밝았으며 신의
>   를 중히 여겨 신의가 없는 데는 서지 않았다.(信生有陽德 明於春
>   秋 重然信 無信不立)
> * 홍휴는 우리의 왕으로 홍업을 일으켰으며 양을 덕으로 삼았으며
>   신의가 없는 곳에는 서지 않았다.(鴻休我后 肇剙鴻業 以陽爲德 無
>   信不立)

---

15) 胡安國,『春秋胡氏傳』. "史實은 左氏傳보다 더 자세히 갖추어진 것이 없고 書例는 公羊傳보다
더 명백한 것이 없고 의리를 穀梁傳보다 더 정밀한 것이 없다.(事實備於左氏 例莫明於公羊 義莫
精於穀梁)"는 말에 비추어보면 「雁帝本紀」는 『春秋』의 三傳중에서도 穀梁傳의 내용을 전폭
수용하여 雁帝의 의리를 강조했다고 하겠다.

* 폐하는 다시 오판해서는 안되며 또한 그 국가를 빼앗고 또한 뒤쫓아 그를 죽이는 것은 의리가 아닙니다. 땅을 나누어 봉국으로 주어 번한의 나라로 만드는 것만 같지 못합니다.(陛下不可再誤 且旣奪其國 又從戮之非義也 不如於割地而封之 以爲藩翰之國)
* 일을 함에 갈대를 물어오고 머묾에 알을 품고 새들끼리 화목하고 형제사이에 분란이 없도록하며 솟는 해를 공경히 따라 우리 집안의 수양지업을 잃지 말라 (行則含芦 居則宜栖 親睦羽族 無亂兄弟之序 寅賓旭日 無失我家隨陽之業)
* 이후에 다시 그 아우와 더불어 야인의 집에서 자랄 때는 능히 형제간 우애가 돈독했으며 그 차례를 잃지 않았다. (已復與其弟養於野人之家 能篤於兄弟 不失其序)

이같이 거의 직설적으로 신의, 우애, 서열 등을 누누이 강조하고 있는 것으로 보아 창작의 지향점이 서사적 흥미에 쏠려 있다고 하기는 어려우며 오히려 『춘추』의 사상을 주입시키는 데 무엇보다 치중한 것으로 드러난다. 그리고 안제는 그런 덕목을 실현하는 완벽한 상으로 지목된다. 안제가 일견 특정 역사인물을 우의한 것으로 볼 수도 있으나 그것은 개연성이 없는 것 같다. 무엇보다 현실 속에서 안제와 같이 춘추사상을 완벽하게 실천으로 옮길 인물은 없었다. 안제는 작가가 생각해낸 이상적 인물을 통해 춘추사상을 전파하고자 했던 것이다.

작자가 「안제본기」에서 드러내고자 한 또 다른 핵심은 이상적인 왕도의 제시이다. 안제는 위정의 능력을 발휘하기 전에 들에서 전략에 능란한 장군의 모습을 각인시켰다. 여기에 무리를 영도하고 조화시키는 덕성의 소유자로 부각되는 것을 보면 유교적인 이념으로 나라를 건국하고 이 이념에 근거하여 정치를 추구하고자 하는 조선조 사대부들의 의식16)이 바탕에 깔려 있다고 할 것이다. 이안중이 「안제본기」를 지은 동기는 공자가 세도가 쇠미하여 사설폭행이 생겨나 신하로서 그 임금을 죽이고 자식으로서 그

---

16) 鄭太鉉, 『譯註, 春秋左傳』, 전통문화연구소, 2001, p.23.

부모를 죽이는 혼란상을 두려워한 끝에 『춘추』를 지은 것17)과 방불하다 하겠는데 차이가 있다면 이안중의 경우 가상의 역사를 설정하고 이상적인 주인공을 앞세운다는 점이다. 안제가 황제에 선위된 과정을 보자. "홍휴는 우리의 왕후로서 홍업을 열었으며 양으로서 덕을 삼았으니 홍신이 없었다면 일어설 수 없었다. 조정에서는 화락했으며 군대 안에서는 엄숙했다. 홍덕이 높이 오른다는 말이 전해지자 이에 왕위에 오르라는 명이 있었다. 이듬해 봄 정월 해가 떠오르는 아침에 홍지의 양지에서 황제의 자리에 올랐다."18) 황제가 된 후 혹한의 위기를 맞아 그는 천도를 단행하겠노라 공포하기에 이른다. 그러나 이에 대해 어떤 이의를 제기하지도 않았으며 오히려 흔쾌히 천도란 대사에 협조한다. 그들은 황제가 백성을 얼마나 가엾게 여기는 지 너무 잘 알기 때문에 그럴 수 있었다.19) 한편 안제는 대사를 앞에 두고 측근들의 견해를 타진하는가 하면20) 백성들의 여론을 청취이후의 분란을 차단하고자 하였다. 또한 위압적 자세로 자신의 주장을 관철시키려 하지 않았을 뿐더러 당초의 결정이 있다고 여기면 이를 포기하는 것도 주저하지 않았다. 가령 초혼이 순왕(鶉王)에게 구속되던 옛일을 빌미로 초혼을 홍산관에 가둔 데 대해 거소옹(居巢翁)이 순왕이 은밀히 회왕을 죽이자 천하 사람들이 모두 이를 원통하게 여겼다는 사례를

---

17) 『孟子』, 滕文公 下. "世衰道微 邪說暴行 有作 臣弒其君者有之 子弒其父者有之 孔子懼 作春秋 天子之事也 其故 孔子曰 知我者 其惟春秋 罪我者 其惟春秋乎"

18) 「雁帝本紀」, "鴻休我后 肇刱鴻業 以陽爲德 無信不立 雁雁在朝 肅肅在旅 鴻德升聞 乃命以位 明年春王正月 日之朝 卽皇帝位於鴻池之陽"

19) 다음 부분에서 雁帝의 애민정신을 잘 읽을 수 있다. 「雁帝本紀」 "뜻밖에 북쪽 땅에 일찍 추위가 닥쳐 어제는 서리가 내리고 오늘은 눈이 내리고 폭풍이 거듭되고 얼음 어는 일이 되풀이되니 비록 짐이야 갖옷과 털옷으로 풍족하게 감싼다고 해도 낮은 벼슬아치들은 살이 거북등처럼 트는 것을 막을 수 없는데 하물며 저 황지가운데 헐벗은 우사들은 발이 언자가 열에 두 셋이니 어찌 하루에 세 번씩 잘못되는 것을 막을 수 있겠는가. (不意北陸早寒 昨日霜 今日雪重之 以風颷申之 以氷凍 雖朕之體裘毛 失繫尺書者 尙不禁其龜編 況彼潢池中赤子 羽士之凍墮趾者 十二三 安得不一日而三失行哉 念嗷嗷之聲 不啻哀痛爾)"

20) 「雁帝本紀」, "새들이 슬피 우는 소리를 생각하면 애통함을 그칠 수 없다. 너희 조관은 유능하니 기이한 생각을 내어 추위에 떠는 자들을 구해라. 나 또한 훌륭한 손님과 더불어 둥지를 나눌 것이다. (念嗷嗷之聲 不啻哀痛爾 鳥官有能出奇訴救寒者 吾且尊賓與之分巢)"

들어 반대하자 그 말에 수긍하고는 초혼을 해금시키게 된다. 21) 안제의 이 같은 행동은 "하고자 하는 바와 하고자하지 않는 바는 사람이 안으로 스스로 살펴 마땅히 마음에 징계를 두고 밖으로는 그 일을 관찰하여 마땅히 국가에 증험이 있게 해야 하는 것이 이상적인 왕의 길"22)이라는『춘추번로(春秋繁露)』의 가르침을 그대로 따르는 것이다.

가전과 같이 「안제본기」의 서두는 갖가지 고사, 일화를 발췌하여 가전처럼 기러기의 속성을 전하는데 몰두하고 있다. 23) 그러나 그의 시선은 점차 군자가 갖추어야 할 신의의 면모를 드러낸 후 점차 제왕이란 어떤 길을 추구해야 하는지를 문제 삼는다. 이안중이 왜 『춘추』정신에 이처럼 집착했을까. 그 스스로 불우한 삶을 떨쳐내고자 발분했으나 원을 이루지 못한 지식인24)으로서 명리만을 탐하는 세상, 전통적 질서가 와해되는 현실일수록 『춘추』정신의 환기는 더욱 절실하다고 본 것은 아닐까 싶다.

2) 음양사상

「안제본기」는 안제의 생을 계기적으로 따라가며 이상적인 군주를 등장시켜 왕도의 이치와 국가의 흥망성쇠를 제시하는데 초점을 두고 있다.

---

21) 「雁帝本紀」, "帝將以楚魂依鶉王故事 復拘於鴻山之關 居巢翁日 不可 鶉王幽殺懷王 天下皆寃之 日 亡秦者必楚後 竟亡於楚 陛下不可再誤 且旣奪其國 又從戮之非義也 不如於割地而封之 以爲藩翰之國 帝乃從其言 舍之中 分其地 割鴻溝以東者爲楚 以西者爲鴈"

22) 董仲舒,『春秋繁露』第 8卷. "有不欲也 所欲所不欲者 人內以自省 宜有懲於心 外以觀其事 宜有驗於國 故見天意者之於災 異也 畏之而不惡也 以爲天欲振吾過 救吾失"

23) 雁帝의 家系를 전하는 부분은 다음과 같이 假傳的 속성이 아직 강하다.「雁帝本紀」"鴈帝洪信 字伯陽 雁門雲中郡人也 其先不知其所 自或日 帝鴻氏之後 或日 有巢氏之後 或日 炎帝之後 然其族極繁 散處諸國 或在梁 或在秦 在梁者 爲梁惠王所愛 處之沼上 時時顧謂日 賢者而後樂此 遂以梁爲姓 梁鵠梁鴻皆其裔也 在秦者日 陳勝 有大志 居隴上輟耕而歎 傭者笑 勝日 燕雀安知 又有四皓者 見秦無道 眞於商山 至漢高祖 時覽德而下化 而爲鳳羽儀上京 翼太子帝嘉之 目送日 羽翼已成 遂作鴻鵠之歌 卽信之遠祖也" 이에 나열된 기러기의 고사, 일화는 서사적 진행과는 무관하며 기러기 예화의 수집 이상의 의미를 찾기 어렵다.

24) 金履陽,「丹山李公墓誌銘」,『風月集』月. "연로한 부모와 집안의 가난을 돌아보고 힘써 공부를 하여 여러 번 과거를 쳤으나 끝내 이름을 이룰 수 없었다. (顧親老家甚寠 黽勉就功令學 屢發解 終未成名)"

이상적인 군주란 안제로서 그는 『춘추번로』25)에서 내세우는 대로 음양의 이치를 터득하고 있는 기러기이다. 기러기야말로 양과 음 사이에서 시기에 따라 절묘하게 제 머물 곳을 찾아가는 존재26)로 여겨져 왔던 만큼 음양이치에 따라 정치를 수행하는 인물로서는 이만한 대입이 없을 것이다. 안국은 변방의 소국에 불과했으나 양기가 넘치는 안제가 등극하면서 천도를 결정하면서 국운이 흥한다. 그런데 천도가 자연스럽게 이루어진 것은 아니었다. 음기로 가득 찬 북방을 서둘러 벗어나 양기가 성한 곳으로 이동해야 한다는 자연의 법칙27)을 꿰뚫고 음양을 변리할 줄 알며 사시를 순조하는 능력을 갖춘 안제가 있었기에 가능한 일이었다. 수선의 비는 안제를 이렇게 칭양했다. "홍휴는 우리의 왕후로서 홍업을 열었으며 양으로서 덕을 삼았으니 홍신이 없었다면 일어설 수 없었다. 조정에서는 화락했으며 군대 안에서는 엄숙했다. 홍덕이 높이 오른다는 말이 전해지자 이에 왕위에 오르라는 명이 있었다."28) 안제는 천도에 앞서 장차 해나갈 과업을 알렸는데 " 짐은 변방을 탕목할 도읍으로 삼고 또한 양의 기운을 순환시켜 끝내는 북쪽으로 돌리도록 하겠다."29)거나 "남경은 곧 추관이 관장하고 북경은 춘관이 관장한다. 해가 남쪽에 이르면 짐 역시 남쪽에 이르고 남경

25) 董仲舒, 『春秋繁露』제11권 王道通三. "하늘 땅 사람의 중앙을 취하여 꿰뚫어서 셋이 통하게 했는데 왕자가 아니면 누가 능히 이를 당하겠는가. 이런 까닭에 왕자란 오직 하늘이 베푸는 것이며 그 시기에 베풀어서 성취시키고 명을 받아 사람들이 따르게 하였으며 수를 본 받아서 사업을 일으키고 도로 다스려서 법으로 나아가고 뜻을 다스려서 인으로 돌아가게 했다.(取天地與人之中以爲貫而參通之 非王者孰能當是 故王者唯天之施 施其時而成之 法其命而循之諸人 法其數而以起事 治其道而以出法 治其志而歸之於仁)"
26) 『事文類聚後集』 卷 46, 羽蟲部, 管子. "기러기는 봄에는 북쪽에 머물다가 가을에는 남쪽에 머무니 그 때를 잃지 않는다.(鴻雁春北而秋南不失其時)"
27) 董仲舒, 『春秋繁露』권12, 陰陽終始. "자연의 법칙은 끝나면서 다시 시작한다. ……음양의 많고 적은 양은 서로 적당한 조화를 이루어 늘 서로 순조롭게 하므로 많아도 넘치지 않고 적어도 단절되지 않는다. 봄과 여름은 양이 많고 음이 적으며 가을과 겨울은 양이 적고 음이 많다. (天之道終而復始……出入之處 常相反也 多少調和之適 常相順也 有多而無溢 有少而無絕春夏陽多而陰少 秋冬陽少而陰多)"
28) 「雁帝本紀」, "鴻休我后 肇刱鴻業 以陽爲德 無信不立 雁雁在朝 肅肅在旅 鴻德升聞 乃命以位"
29) 「雁帝本紀」, "其以塞爲朕湯沐邑 且陽運循還極 則乃反北運 雖盡於66秋 安知之不復復乎 南運雖旺於秋 安知春之不復"

에서 해가 북경에 이르면 짐 역시 북쪽에 이를 것이니 북경에서 왕으로서 음을 누르고 양을 부추기는 것이 도리이다."[30]라는 말로 음양의 이치로 우족(羽族)의 우려를 씻어주었다. 결국 적대세력인 견제와 초혼은 합세하여 저항하지만 정예화된 안제군에게 팽려호를 빼앗기고 멸망의 길에 든다. 승리의 원인에 대해 분격장군이 "아군은 양이고 적은 음이니 음은 양을 이길 수 없다"고 말하는 것도 『춘추』적 논리[31]를 그대로 적용시킨 진단임은 물론이다. 안제의 무리가 주변 소국을 차례로 병탄하고 남해의 해신 광리왕과 맞설 정도가 된 것에 대해서도 안제가 어떤 사안이든 음과 양의 기운을 적절히 안배하여 국정을 추구한 결과였다. 주인공의 평결에 이르러 다시금 "음이 성하고 양이 쇠미한 날에 능히 음을 누르고 양을 북돋우고 따랐다. 현명하지 않았다면 능히 이를 수 있겠는가."[32]라며 음양조화의 원리를 따라 부국강병을 실현시킨 안제를 거듭 치켜세우는 것을 보면 작자가 얼마나 음양사상을 중시하고 있었는지 거듭 확인된다.

4. 『사기』소재 등장인물의 수용

「안제본기」가 유교사상적 주제에 큰 비중을 두었다는 점은 서사적 흥미라는 측면에서는 큰 장애 요소가 될 수 있다. 그러나 작자는 나름으로 이런 우려를 불식시키기 위해 방도를 찾지 않았나 생각된다. 즉 이안중은 가전이나 교술담론 등의 일방적 교시나 서사의 결핍에서 오는 흥미의 반감

---

30) 「雁帝本紀」 "南京則秋官掌之 北京則春官掌之 日南至 朕亦南至于南京 日北京 朕亦北至于北京 以爲王者 抑陰扶陽之道"
31) 신정근 옮김, 『春秋-역사해석학』, 태학사, 2006, p.564. "바야흐로 양기가 왕성해지면 만물도 바야흐로 왕성하게 자란다. 양기가 쇠퇴하기 시작하면 만물로 쇠퇴하기 시작한다. 만물은 양기의 변화에 따라 태어나기도 하고 죽어서 돌아가기도 하며 숫자는 양을 기준으로 끝나기도 하고 시작하기도 한다."
32) 「雁帝本紀」, "當陰盛陽微之日 能抑陰而扶陽 隨陽而 都 不賢而能若是乎"

을 피하기 위해 당시 문사들 사이에서 어떤 책보다 널리 읽혔던 『사기』를 적극 활용하고 있다는 것이다. 『사기』가 소설 이상으로 흥미롭게 읽힌 까닭은 사실담이면서도 허구담 못지않게 개성적인 인물들이 무리를 지어 나타나는데다 기상천외한 사건과 상황이 얽혀있어 독자들에게 서사적 즐거움을 충분히 만끽시키고 있다는 점에 있다. 「안제본기」에서 『사기』의 답습 흔적은 형식은 물론, 묘사, 설명, 대화 등 형상화 방식에 이르기까지 다양하게 나타나지만 무엇보다 『사기』 내 인물이 그대로 수용되고 있어 흥미롭다. 여기서는 이점을 주목하면서 편의상 역사인물과 허구인물로 나누어 『사기』의 수용양상에 주목하기로 한다.

1) 역사인물

안제본기에서 맨 먼저 거론되는 『사기』소재 인물은 진승(陳勝)이다. 그는 보잘 것 없는 일꾼에서 왕에까지 등극한 풍운아로 백성을 무자비하게 억누르는 진의 폭압 정치가 탄생시킨 인물이었다. 진시황이 210년 병사한 뒤 작은 아들 호해(胡亥)가 제위를 이었으나 우매하고 폭압적 정치로 일관하면서 원성이 날로 높아져 갔다. 이때 진승이 나타나 가렴주구에 시달리던 농민을 선동, 결집하여 장초(張楚) 정권을 수립하고 왕으로 추대되기에 이르는 데 소설에는 그가 고용살이하던 때 일화를 삽입했다.33) 미천한 출신으로 남의 밭을 일구어 사는 처지에서 "부귀영화는 진실로 바라는 바가 아니라"는 말을 내뱉자 당장 일꾼들의 조롱 섞인 핀잔이 돌아올 수밖에 없다. 그러나 진승은 그들과 맞대응하는 대신 "제비나 참새가 어찌 큰 기러기의 뜻을 알겠는가."라며 장탄식을 터뜨린다.34) 그는 상대는 제비

---

33) 「雁帝本紀」, "在秦者曰 陳勝 有大志 居隴上輟耕而歎 傭者笑 勝曰 燕雀安知 又有四皓者 見秦 無道 眞於商山 至漢高祖 時覽德而下化 而爲鳳羽儀上京 翼太子帝嘉之目送曰 羽翼已成 遂作 鴻鵠之歌"

34) 『史記』 卷48, 陳涉世家 第18., "陳涉少時 嘗與人傭耕 輟耕之壟上 悵恨久之 曰 苟富貴 無相忘

나 참새와 같은 부류에 속하고 자신은 웅지를 품은 큰 기러기로 자위하고 있었던 것이다. 조류 가운데 기러기에 자신을 투영시킨 것은 조류 가운데 그것을 길조이나 비범한 인물로 상념해왔던 문화 익숙한 사람에게 참새나 제비는 소인배로 치부되는 것은 결코 어색하지 않다. 진승은 대의를 알아채지 못하는 주변사람들을 뭇새로 비유하며 오히려 딱하게 여기는 반응을 보인다.

상산사호(商山四皓)는 상산에 숨어 지내던 현자 4명과 관련된 고사에서 연유한다. 사건 배경은 유방이 천하를 통일 뒤로 잡혀있다. 항우와 더불어 끈질기게 패권을 다투다가 최후의 승자가 되어 한나라의 태조에 오르는 유방은 오래잖아 통일된 천하를 어떻게 부지해 갈 것인가 하는 수성(守成)의 문제에 직면하게 된다. 본부인 여후(呂后)와의 사이에 태어난 큰 아들 영(盈)을 태자로 책봉했으나 총애하던 첩실 척부인이 아들 여의(如意)를 태자로 삼자고 부추기는 바람에 한고조의 마음이 흔들리게 된다. 이에 위기의식을 느낀 여태후는 상산에 숨어있는 네 현자를 초빙하여 태자를 보필하도록 하는 것만이 해법이라는 장량의 말을 따라 일을 꾸민다. 여후와 장량의 뜻대로 사호를 초빙하려했다가 뜻을 이루지 못한 유방은 결국 사호들이 영을 보필하는 것을 보고는 그를 태자로 공식화하게 된다. 소설에는 고사의 일부를 짤막하게 제시하고 있을 뿐35)인데 이는 지식인이라면 누구나 알고 있는 이야기라는 판단에서 일 것이다. 진승, 상산사호 등을 대략 살폈지만 이야기의 공통점은 홍곡(鴻鵠)이 등장한다는 점이다. 전고나 고사에 익숙한 문사들의 취향에 충족시키면서 그에 등장하는 기러

傭者笑而應日 若爲傭耕 何富貴也 陳涉太息日 嗟乎 燕雀安知鴻鵠之志哉 ”

35) 「雁帝本紀」 또 한 머리 흰 네 현자가 있었는데 진나라가 무도한 것을 보고는 상산에 숨어 지냈다. 한고조 때 마침 덕이 아래까지 미치는 것을 보고는 鳳羽儀가 되어 서울로 올라와 태자를 보필하였으니 황제가 가상히 여겼으며 이별하면서 날개가 이미 갖추어졌다 고 했다. 마침내 홍곡가를 지었으니 홍곡은 신의 먼 조상이다.(又有四皓者 見秦無道 具於商山 至漢高祖 時覽德而下化 而爲鳳羽儀 上京翼太子 帝嘉之目送日 羽翼已成 遂作鴻鵠之歌 卽信之遠祖也)

기들이 바로 안제의 선조가 된다는 가상의 역사에 어느 정도의 개연성을 부여해준다. 지나치게 홍곡의 고사를 동원함으로써 유기적 맥락이 저하시킨다는 점을 몰랐을 리 없으나 가전의 서사체계를 익히 알고 있는 수용층에게는 얼마든지 이해가 가능한 고사, 성어의 주입이라고 해야 할 것이다.

이외에 홍곡(鴻鵠)과 직접 대응되지 않는 인물로 적지 않게 거론된다. 우선 굴원(屈原)을 보자. 이야기의 말미에 투입된 그는 안제에게 반기를 드는 유일한 인물이다. 그는 초나라의 왕 초혼이 안제의 군사에게 생포당하고 나라가 멸망된 이후에 등장하는 데 조국을 사랑하고 충성을 다하는 현실에서의 행적과 마찬가지로 소설 속에서도 애국지사의 면모를 유지한다. 초에 대한 그의 사랑은 거의 맹목적인 듯 조국이 왜 멸망하게 되었는지에 대해서는 외면한 채 고토를 복원시키기 위해 고군분투한다. 하지만 초의 멸망은 오히려 당연한 일로 초혼(楚魂)이 무능력한데다 주변국에 대한 경계가 전혀 없었기 때문이었다. 북쪽의 기러기 떼가 국경으로 내습하고 있던 그 시간에 그는 잠에 취해 있었던 것은 단적이 예이다. 이는 안제가 백성의 추위와 배고픔에 시달리는 백성을 위해 선두에 서서 팽려 근방으로 이동을 독려하고 있는 것과 극명하게 대조된다. 안제의 무리가 무서운 기세로 초군을 궤멸시키는 중에 우왕좌왕하다가 이후 초혼은 생포되고 구원군을 이끌고 온 견제는 자진을 택한다.

회왕(懷王)이 간신배의 모략을 듣고 자신을 내치자 결국 멱라수에 몸을 던져 생을 마친 굴원36)은 수중에서 호국신으로 재생한 터였다. 조국 멸망의 소식을 접한 뒤 그는 울분을 토하다가 남해신인 광리왕(廣利王)을 찾게 된다. 그리고 병탄(併呑)의 야욕을 숨기지 않은 채 끊임없이 주변나라를 빼앗고 있는 안제의 위세를 보고만 있을 거냐며 따지고 든다. 자존심을 무너뜨리는 지적37) 앞에 광리왕도 군사를 동원하여 안제군을 응징하지

---

36) 『史記』 卷84, 「屈原賈生列傳」 第 24.

않을 수 없는 입장에 처하게 된다. 결과적으로 광리왕이 군사를 동원하여 안제를 징벌하는 단계로까지 발전하지는 않는다. 하지만 앞에서 이상적인 군주로서의 면모에 열광하던 독자들도 굴원의 논리적인 정황진단을 들으면 안제도 약소국을 억압하고 영토 확장에 혈안이 된 팽창주의자에 불과하다는 것을 알게 된다. 이런 점에서 「안제본기」에서 굴원은 새로운 인물형으로 형상화되었다고 할 만하다. 그는 천하를 정벌하려는 안제의 야망을 속속들이 헤집고 있는 유일한 인물이다. 다만 역사 인물인 굴원과 설화 속 인물 광리왕을 한 공간에 대면시키는 것이 억지스럽게 보인다하겠으나 민간에서 굴원을 호국신으로 섬겼던 만큼38) 광리왕과 더불어 신격안에서 선별된 인물배치라고 보면 그리 어색한 것도 아니다.

왕전(王剪)과 조고(趙高)는 금추지환의 우려를 안제에게 동시에 전하는 것으로 그려진다. 39) 역사인물인 왕전부터 보자면, 그는 진시황이 천하를 통일하는데 있어 누구보다 혁혁한 공을 세웠던 인물이다. 하지만 이미 노쇠한 나이에 이르러 형의 토벌을 앞두로 이신(李信)과 더불어 진시황으로부터 낙점을 받아야 하는 입장에 서게 되었다. 두 사람은 각각의 의견을 시황제에게 전했는데 진시황이 수용한 것은 적은 군사로 승리를 장담하는 이신의 견해였다. 하지만 20만의 병사만 있으면 형(荊)을 온전히 징벌한다

---

37) 「雁帝本紀」, 屈平在汨羅江中 聞楚魂之敗 欲爲之報仇 乃之南海 見廣利王說曰 王聞鴈帝之移都江南乎 曰然 曰聞其殺鵑帝禽楚魂乎 曰然 曰聞其盡有江南洞庭蕭湘三江五湖 并爲地乎 曰然 曰王以爲其志足於已 有不復求乎 曰不知也 曰臣見旣有北海 猶以爲不足 又并澎蠡有其澎蠡猶以爲不足 又并洞庭瀟湘三江五湖 旣有洞庭瀟湘三江五湖 猶以爲不足 又殺鵑帝 垃三蜀禽楚魂 而並六里 此其志非盡 有南海不厭也 若復水擊三千里 奪王之鴻寶 王將安歸 且海者百谷之王也 王旣王南海 凡江南之水 洞庭瀟湘三江五湖者 孰非王之所王乎 今皆失地 王不知恥之 臣窃爲王恥之

38) 세상을 떠난 屈原을 애국애민의 전형으로 삼는다거나 神格으로까지 격상시키는 일은 夢遊傳奇小說에서도 어렵잖게 확인된다. 한 예로 「伽倻津龍王堂奇遇錄」에서 屈原은 張騫,李白,賀知章 등과 더불어 水神으로 천상에 전할 기우 상소문을 초안하는 역을 맡고 있다. (김승호, 『「敬一의 삶과 문학세계의 이해」, 역락, 2006, p.108)

39) 「雁帝本紀」, "十一月帝將習陣於平沙之中 中車府令趙高將軍王剪諫曰 臣見近沙之水 浮光耀金想 有金椎之患 不聽罹於魚網之設 得戚施之疾 翼日乃瘳"

고 장담하던 이신이 생각과 달리 패퇴당하는 처지에 몰리면서 시황제는 어쩔 수 없이 왕전에게 의지할 수밖에 없게 된다. 왕전은 출병을 받아들이는 조건으로 왕전은 60만명의 병사를 요구해 관철시키더니 이때부터 군사들과 동고동락하면서 사기를 진작시키는 일에 골몰한다. 그리고 충천한 군사들의 기세를 몰아 荊나라 군사를 처절하게 궤멸시키게 된다.[40]

왕전의 행적에 비한다면 조고는 간악한 권신의 전형으로 남아 있을 뿐이다. 그는 진시황이 여행 중에 숨지자 이를 비밀에 부치고 이사(李斯)와 시황제가 직전에 남긴 유조를 위조하여 시황이 제위를 물려주고자 했던 부소에게 자결토록 하고 대신 시황제의 막내아들 호해가 제위를 잇도록 한 음모의 주동자이기 때문이다. 황제를 농단하며 권세를 유지할 길만 찾는데 혈안이 되었던 조고는 호해를 황제로 앉힌 뒤 갈수록 방자함이 도를 넘는다. 하지만 그도 자신이 황제로 앉혔던 호해(胡亥)의 아들 자영(子嬰)에게 죽임을 맞는 처지로 바뀐다.[41] 이같은 역사적 사실과 별개로 「안제본기」에서 조고는 충언을 올리는 인물로 성격이 바뀌어 있다. 그가 올린 금추지환의 기미를 제대로 인식하고 대비했다면 안제는 그물에 상처를 입는다거나 항우가 쏜 화살에 중상을 입지도 않았을 것임을 보여주고 있는 것이다.

「안제본기」에 나타난 역사인물의 수용태는 두 가지 특색을 보여준다. 우선 홍곡(鴻鵠) 관련 고사 및 전고가 폭넓게 수습되어 의역사의 재료로 전용된다는 점이다. 그런데 이는 서사적으로 부작용을 감수해야만 했다. 즉 양혜왕, 진승, 상산사호, 양홍, 양곡 등이 안제의 선대를 추적하는 과정에서 개입됨으로써 일화들간의 유기적 응결보다는 파편화가 두드러지게 나타난다. 이는 가전적 글쓰기 전통을 그대로 수용한 결과일 터인데 서사

---

40) 『史記』 卷73, 白起王剪列傳 第13.
41) 『史記』 卷87, 李斯列傳 第27.

적 흐름에 편승한 허구적 전정도 중요하지만 아직까지는 역사 소양, 지식의 환기의 담론으로서 가전적 전통을 온전히 버릴수 없다는 작가의 입장을 어느 정도는 이해해 주어야 할 듯 싶다. 또 하나 소설내적 인물기능을 별도로 마련하고 있다는 점이다. 곧 굴원이나 조고 등에서 보면 소설 내 그들의 기능은 생전에 구축해놓은 상과 완전히 달라지고 있는 것을 보게 된다. 사소한 부분일지 모르나 이는 흔들림없이 구축된 역사적 상에 대한 작가의 회의적 시각을 반영한다고 본다. 하지만 그것이 전폭적으로 반영되지는 않았다. 뚜렷한 상으로 고정된 역사인물에 대해 해석의 전도를 감행하기는 아무래도 주저스러움이 남아있었다고 보겠는데 몇 사람의 경우를 제외하고는 작중 역사인물들의 기능이란 기존 사서에서의 형상과 크게 달라지지 않는 것을 보게 된다. 작자의 주제의식을 쉽사리 구현하는 데는 역사인물보다 허구인물이 더 적절하다는 점을 상기시키는 대목이다.

2) 허구인물

「안제본기」에서 역시 큰 의문을 불러일으키는 존재는 다름 아닌 안제이다. 기러기를 의인화시켰다는 점을 제외한다면 역사 속 황제처럼 일생이 정치하게 기록되어 있어 어느 제왕을 표본으로 삼고 있다는 생각마저 든다. 그는 어떤 고난에도 흔들리지 않았으며 자신보다는 국가, 인민을 위한 자세로 치세에 임했다. 그것은 이상적인 군주의 상과 그대로 부합되었다. 그가 추진한 첫 대사는 추위를 피해 온화한 지역으로 도읍을 옮기는 것이었다. 갖가지 고초를 겪으며 추진한 천도로 말미암아 그의 백성들은 단번에 추위와 굶주림에서 벗어날 수가 있었다. 이후에도 그는 강한 군사력을 바탕으로 주변국을 병점해 나갈 뿐만 아니라 남해왕과 자웅을 다툴 정도로 국력을 신장시켜 놓는다. 그러나 백성을 지극하게 살피고 말년까지 부국

강병을 골몰하던 그도 운명의 덫을 피해가지는 못한다. 군사훈련을 지휘하다가 불의의 습격을 받은 것이 중병으로 번졌으며 고향으로 귀환하던 길에 숨을 거두게 되었던 것이다.

전쟁에서의 활약상, 소국에서 출발하여 주변국을 끊임없이 병탄했으며 왕전, 조고등을 신하로 대동하고 있다는 점 등으로 볼 때 항우가 주인공이 아닐까 하는 추론이 그리 어색하지 않다. 하지만 한고조 유방을 우회적으로 형상화한 했다는 생각도 얼마든지 가능하다. 가령 자신의 견해를 앞세워 즉흥적으로 일을 추진하는 대신 보좌진의 견해에 경청하거나 다중의 의견 수렴에 적극성을 보이는 면모는 유방의 모습에 더 가깝다. 여기에 유방이 항우의 공격으로 중상을 입고 병약해졌다거나 회왕을 무자비하게 죽였던 항우의 전철을 밟지 말라는 신하들의 말을 수렴하여 초혼을 죽이는 대신 봉후로 삼아 땅을 하사하는 전개는 안제를 유방과 동일시할 수 있는 정황들이다.

한편 진시황과의 관련성도 거론할 수 있는 바 조고, 왕전, 居巢翁(范增) 등 진시황을 보필한 역사인물들이 소설 속에서 그대로 안제의 측근들로 등장하고 있기 때문이다. 거기다 대단위 부분에 부연된 조는 여행 중 사구에서 숨지기 전에 진시황이 후황제로 扶蘇를 지목하면서 내렸던 유조를 연상하게 만들기도 한다.

그러나 안제가 진시황, 한고조, 항우와 부분적으로 흡사한 행적을 드러내기는 하나 세 사람 중 누구와도 완전하게 일치하지는 않는다. 따라서 안제는 진한의 역사를 추동해간 세 사람을 중심으로 하고 그에 연관된 역사적 사건을 부분적으로 발췌, 조합하여 탄생시킨 인물이라고 보는 것이 적절할 것이다. 위대한 인물들의 면모를 배합하고 있다고 해서 안제가 이른바 이상적인 군주로서의 상을 마련한 것으로 보아서는 곤란하다. 안제의 일대기를 볼 때 그는 범인의 능력을 크게 넘어서고 있는 것은 분명하다. 작가는 그를 불세출의 인간이나 신격에 다가간 인물로까지 형상화하지는 않는다. 그는 비범함과 함께 약점도 상당부분 지닌 것으로 묘사되고 있음을 주목해야 한다. 가령 그가 양명 전에 뭇 기러기들과 알곡을 두고 다투다가 좌천을 당한 것, 근거없는 선입견이나 점괘에 경사되는 것, 천도 결행을 앞두고 홍도객에게 점을 치게 하며 낙안에 머물려다가 그 이름이 상서롭지 못하다고 기착지를 바꾼 것, 조고와 왕전이 金椎의 변을 조심하라는 조언을 흘려듣다가 상처를 입는 것 등 단견의 소유자로 볼 만한 행태가 적지 않다. 그러나 더 큰 결정적인 단점이라면 인간적 야욕을 다스리지 못하는 것이 아닐까 싶다. 굴원에 의해 안제의 대국 지향적 야욕이 발설되지만 그는 온화한 땅을 찾아 남으로 내려온 것에 자족하지 못하고 계속 영토를 확장함으로써 주변의 소국들을 공포에 빠져들게 했던 것이다. 「안제본기」에서 홍신이 기러기의 제왕으로서 이상적 인물의 전형으로 표상된 데 비해 메추리, 참새, 제비, 두견 등은 소인이나 반동인물에서 벗어나지 못하는 것으로 형상화되는데 안제에게 저항하거나 혹은 자기 주관없이 맹종하는 사람들을 그런 날짐승으로 대유하고 있는 것이다.

5 역사지향 담론의 소설적 한계와 창작의도

「안제본기」가 고대 사서에 그토록 의존성이 강했다는 점은 무엇을 말해주는가. 당시 박지원 등이 새로운 문체를 무기로 현실을 조응하는데 열성을 보였던 반면에 이안중은 거꾸로 과거 이야기에 집착한 면이 없지 않다. 그런데 이안중이 사서에 함몰된 까닭은 역사란 단순한 이야기가 아니라 사상, 철학을 갈무리하고 있는 담론이 될 수 있다는 믿음에 기울어진 결과이다. 아울러 그는 역사가 단순히 사실적 문적을 넘어 문학으로서의 기능을 충분히 발휘할 수 있다고 보았던 것이다. 그리하여 「안제본기」에서 역사와 허구 서사의 두 가지 속성을 두루 포괄시켜 소설창작에 임했다. 실제 소설 창작에 있어서 무엇보다 『춘추』와 『사기』에 의존한 것으로 나타나는 바, 전자가 주제, 사상을 정하는데 지표구실을 했다면 후자는 서사성을 부각시키는 전거로 채택된 것으로 여겨진다.

18세기란 허구를 기반으로 하는 소설이 폭넓게 창작, 수용된 시기였던 만큼 대중적 호기심에 편승하여 허구를 지어내기보다 상고 사서에 의존하는 이안중의 태도는 고문에 대한 맹종이거나 작금의 소설적 추이를 외면한 행동으로 비쳐질 공산이 컸다. 그 자신 평생 불우한 처지에서 벗어나지 못했던 만큼 당대 사회현실과의 불화를 드러내는 것이 오히려 어울릴 법했음에도 상고역사를 반복하거나 기존질서를 유지하고픈 위정자들의 입장을 대변하는 듯한 어조로 일관한 것은 아쉬운 점이다. 수법상 최초로 기러기를 의인화했다는 참신성에도 불구하고 서사적 흥미에 있어서나 주제의 현시에 있어서나 이 작품에 소설적 성취도를 높게 났다고 평하기는 어려운 것이 사실이다.

하지만 이안중 자신이 자부심을 가졌던 것처럼 「안제본기」 나름의 의의도 아울러 밝히는 것이 마땅하다고 본다. 「안제본기」은 문사일치를 지향하는 작가의 의도가 여실히 드러나는 작품이라 할 수 있다. 「안제본기」에서 서사성은 이차적인 문제이다. 우선은 고래의 사실을 환기시키는 것이며 궁극적으로는 역사 원리란 무엇인가를 터득시켜주는 것이 시급하다고 여겼다. 따라서 서사적 통일성, 핍진한 형상화 등을 기대하기 어려우며 지식인이 아니고는 이야기에 함의된 역사적 교훈도 쉽게 암시받기 힘든 결과로 이어졌던 것이다.

위정 혹은 왕도의 이치와 원리를 상세히 제시한 점도 높이 살 만하다하겠다. 이안중이 보기에 일국의 행불행은 왕자에 달려 있으며 그것은 역사의 어느 갈피에서든 목도된다. 더구나 중세적 이념과 체제가 점차 이완되는 현실 속에서 작자는 과거 사례를 조합하여 독자들에게 무엇인가를 전해줄 사명감이 있다고 보았다. 건국 초부터 유교사상은 핵심적 이념을 제공하며 위력을 발휘해 왔으나 어느새 전과 같지 않은 상황이 되어버린 18세기 공간에서 작자는 다시금 환기해야할 텍스트로『춘추』『사기』를 꼽은 것이다. 사회의 이완, 무질서의 횡행, 규범의 상실 등을 치유하는데 왕도회복만큼 절실한 것은 없다고 보았기에 이상적 군주인 안제를 내세워 왕이 갖춰야 할 모든 덕목과 철학을 부여했던 것이다.

마지막으로 인도는 물론이고 역사의 흐름에서 중시해야 할 것이 천도임을 적시했다는 것이다. 안제가 완벽한 왕자로 나라와 백성을 구원하지만 그도 욕망과 야욕의 포로가 되어 끝내 성왕의 면모를 잃어가는 것으로 대단원을 맺는 것은 의미심장한 전환이다. 인간은 잠시 각성의 상태를 유지할지 모르나 늘 깨어있기는 어려운 존재이다. 변하지 않는 것은 천도뿐이다. 인간 스스로 정해놓은 길을 정도라 고집하는 등 우매함 때문에 엉뚱한 길에 들어설 때 천도는 이를 용납하지 않는다. 안제가 근신의 우려를 묵살하고 경거망동하다가 상처를 입거나 혹은 난데없이 날아온 화살을 맞은 것이 빌미가 되어 죽음에 이르는 것은 천도를 도외시한 자의 자승자박이었다.

요약컨대, 이안중의「안제본기」는 역사와 인간의 본질을 문제 삼는 거대담론에 속한다. 기러기 등 조류를 의인화한 것은 독자적 흡인력을 유지하기 위한 수법에 불과할 뿐 본령은 인도, 치도의 표본을 제시하는 데 맞추어져 있다. 배경은 아득한 과거로 소원되지만 이 역사 우의는 18세기 당대에 대한 감계적 효용성에 두고 있었음이 분명하다.

6 맺음말

조선시대 사대부들에게 경서와 사서에 대한 소양은 필수적이었는데 이는 역사담론으로서 가전, 소설을 창작케 한 원동력으로 작용하였다. 이안중의 경우 가전의 테두리에 만족하지 않고 장편의 한문소설로까지 확장시키고 있다는 점에서 주목되거니와 그는 기러기를 사람으로 삼아 역사를 우의화하는 방식으로 글을 지었다. 『사기』와 『춘추』를 탐닉했으며 이를 통해 문장을 수업했다는 주변인들의 증언이 아니라도 실제 문맥에는 이 두 사서의 의 의존성이 두드러지게 나타나고 있다. 즉 『춘추』에서는 그에 함장된 사상에 주목했으며 『사기』에서는 서사 미학적 요소들에 속하는 형식, 인물, 배경, 구조 등에 각별히 유의하면서 「안제본기」의 서사적 설계를 마련했던 것이다. 당대 신진 문사들이 문체마저 새롭게 다듬어 당대 현실에 즉한 소설이나 小品 생산에 발분한 것과 비교할 때 그의 태도는 퇴영적으로 비칠 여지가 없지 않다. 하지만 소설일지라도 역사가 지닌 감계나 반추의 기능을 수행하는 것도 의미있는 일임을 그는 굳세게 믿었으며 이를 양보하지 않았다. 불우한 처지에서도 李安中이 역사적 대의명분에 매달린 것은 일신보다는 지식인적 사명감을 보다 중시한 결과일 터이다.

참고문헌

1. 자료

「雁帝本紀」, 『雜錄』(韓國銀行所藏本).

「雁帝本紀」, 『刻睡漫錄』(泰東古典硏究所所藏本).

李安中, 玄同集(韓中硏藏書閣所藏本).

『海叢』, 傳記類 (奎章閣所藏).

『孟子』, 滕文公 下.

司馬遷, 『史記』 卷48·73·84·87.

事文類聚後集 卷46, 羽蟲部, 管子.

俞晩柱, 『欽英』(奎章閣 影印本) .

金履陽, 丹山李公墓誌銘, 風月集 月.

鄭太鉉, 『譯註, 春秋左傳』, 전통문화연구소, 2001, p.23

胡安國, 『春秋胡氏傳』.

董仲舒, 『春秋繁露』 第 8卷.

2. 연구논저

박준원. 「현동 이안중 연구」, 『대동문화연구』제25집, 성균관대, 1990.

박영민, 「18세기 한시에 나타난 여성정감의 미적 특질」, 『한국한문학연구』, 제19
집,한국한문학회, 1996.

김창룡, 『한국의 가전문학』, 태학사,1997.

김영진, 『조선후기의 명청소품 수용과 소품문의 전개양상』, 고려대 박사논문,
2004, p.84

신정근 옮김, 『춘추-역사해석학』, 태학사, 2006.

이홍식, 「동계 조귀명의 화왕본기 연구」, 『한국언어문화』, 한국언문화학회, 2004.

김승호, 『경일의 삶과 문학세계의 이해』, 역락, 2006.

17~18세기 노론계 문인의 소옹의 시문 수용 양상*

이효숙

목 차

---

1. 서론

소옹의 저작은 세종 원년(1418년) 12월, 북경으로 파견했던 사신들에 의해 전래되었다. 명나라 황제가 이들에게 『어제서신수성리대전(御製序新修性理大全)』을 주었는데 이 책 가운데, 소옹의 『황극경세서』가 수록되어 있었다. 이후 소옹에 대한 관심은 시대를 막론하고 계속되어 왔다. 그러나 조선 전기의 경우는 소옹과 관련된 시를 짓거나 소옹의 삶을 동경하거나 또는 상수학을 추승하는 행위가 시대적인 조류를 이루거나 하나의

---

* 본고는 졸고, 「17~18세기 노론계 문인의 소옹의 시문 수용 양상」, 『우리문학연구』 25, 우리문학회, 2008.를 수정·보완한 것이다.

학맥을 이루기보다는 개인적인 취향에서 머무르는 정도였다. 그러다 17~18세기에 접어들면서 소옹에 대한 관심을 보인 문인들이 급증하였는데, 대체로 서인 노론계 문인들이 주를 이루었다. 학맥을 같이 한 문인들이 공통적으로 한 인물에 대하여 언급했기 때문에 이것은 개인적 취향의 범주를 너머 당시 시대적 조류로 인식해야 한다.

소옹과 조선 후기 문인과의 영향관계에 대한 연구는 역사적·사상적 측면을 중심으로 진행되었다. 그 대표적인 연구로는 조성산, 구만옥, 박권수의 연구를 들 수 있다. 조성산은 조선후기 서인 계열 학자들이 소옹의 상수학을 적극적으로 받아들인 정황을 밝혔다.[1] 구만옥은 영남 남인계 학자인 권구(權榘, 1672-1749)의 상수학 수용 양상을 연구하였다.[2] 박권수는 역학계몽에 대한 논의를 중심으로 조선후기 상수학의 발전 양상을 개괄적으로 연구하였다.[3] 그런데 소옹이 이루어 놓은 바가 시와 문이라는 문학적인 장르를 통해 표출되었으므로, 문학적인 접근 또한 반드시 필요한 실정이다. 이와 같은 필요성으로 인하여 최근 들어 문학 부문에서도 소옹의 상수학적인 세계관이 조선 후기 문학에 끼친 영향에 대한 연구가 이루어지고 있다.[4] 그런데, 이러한 영향 관계에 대한 연구가 더욱 의미를 갖기 위해서는 주변 인물과의 연관성을 고려하여 살피는 과정이 함께 이루어져야 한다고 본다.

---

1) 조성산, 「17세기 후반 경기지역 서인 상수학풍의 형성과 의미」, 『한국사연구』 115, 한국사연구회, 2001. ; 조성산, 「17세기 서울·경기지역 서인의 심학 연구 경향과 그 성격」, 『동방학지』 128, 연세대 국학연구원, 2004.
2) 구만옥, 「병곡 권구(權榘)의 자연학과 이법천관-18세기 전반 영남 남인계 자연학의 일단」, 『한국과학사학회지』 25-2, 한국과학사학회, 2003.
3) 박권수, 「조선 후기 상수역학의 발전과 변동」, 『한국사상사학』 22집, 한국사상사학회, 2004.
4) 이 방면에 선행 연구업적으로 김남기와 이승수의 논문과 최근에 발표된 정민의 논문이 있다. 김남기, 「수미음」의 수용과 잡영류 연작시의 창작 양상」, 『한국문화』 29, 서울대 한국문화연구소, 2002. 이승수, 「17세기 후반 지식인의 邵雍·陸九淵·陳亮 수용 양상 연구」, 『어문연구』 120, 한국어문교육연구회, 2003.12. ; 정민, 「우암(尤庵) 선생(先生) <수미음(首尾吟)> 134수 관규(管窺)」, 『한국사상과 문화』 42, 한국사상문화학회, 2008.

본고는 다음 의문점에서 출발한다. 왜 17~18세기 노론계 문인들이 소옹에 대한 관심을 표명하며 적극적으로 언급했는가? 그 양상은 어떻게 나타나고 있는가? 그들이 소옹의 사상과 문학을 수용함으로써 궁극적으로 지향하고자 하는 바는 무엇인가?

이 문제를 풀어내기 위하여 2장에서는 우선 소옹의 학문과 생애를 개관하고, 17~18세기 조선의 사상계의 흐름을 살펴볼 것이다. 이를 토대로 3장에서는 17~18세기 노론계 문인을 호서 문인 그룹과 서울·경기지역 문인 그룹으로 나누어, 소옹에 대한 관심이 시와 문에서 어떻게 표출되고 있는지를 살펴볼 것이다. 두 그룹은 18세기에 접어들어 호락논쟁(湖洛論爭)을 거쳐 호론(湖論)과 낙론(洛論)으로 나뉘는데, 소옹에 대한 관심에 있어서도 차이를 보이는지 살펴보고자 하기 때문이다. 따라서 호론과 낙론의 인물 중 소옹의 시문을 수용하거나 소옹과 깊은 연관성을 보인 인물을 뽑아 그 양상을 비교할 것이다. 그렇게 해서 택한 인물이 호론에서는 송시열·권상하·윤봉구, 낙론에서는 김수증·김창협·김창흡이다. 이들의 문집에서 소옹 관련 시문을 찾아내, 소옹의 「이천격양집」에 수록된 시문과의 비교를 꾀할 것이다. 이 과정을 통해 17~18세기 조선의 문인들은 소옹의 학문을 통해 무엇을 지향하고자 하였는지를 밝혀보고자 한다. 이러한 작업은 17~18세기 노론계 문인의 사상적·문학적 지향점을 파악하는 데에 토대가 되리라고 본다.

2. 소옹 수용의 배경

소옹(邵雍, 1011-1077)은 젊어서 오(吳), 초(楚), 제(齊), 노(魯), 양(梁), 진(晉) 등지를 돌아다닌 후 30세에 하남 낙양에 거처를 정하였다. 송나라

인종 때 황제가 조서를 내려 숨은 선비를 찾자 낙양 유수 왕공진(王拱辰)은 소옹을 조정에 천거하였다. 이에 황제가 그를 감주부(監主簿)로 삼는 조서를 내렸고, 다시 일사(逸士)로 천거되었다. 그 후로 벼슬을 받았으나 병을 핑계로 나아가지 않고 강학을 하였다.

또 그는 낙양에서 직접 농사를 짓고, 자신의 거처를 '안락와(安樂窩)'라 이름 짓고 아울러 '안락선생'이라고 자호하였다. 아침에 일어나 향을 피우고 좌선하고 황혼에는 술 서너 사발을 마시되 취하지 않을 정도였고, 흥이 나면 시를 읊조리며 즐기는 은사생활을 하였다고 한다.

소옹은 진단(陳搏)이 전수한 선천도(先天圖)의 기초 위에 선천상수학(先天象數學) 이론을 세웠다. 태극이 양의를 낳고 양의가 사상을 낳고 사상이 팔괘를 낳고 이에 따라 유추하여 우주만물이 탄생하였으므로 일체 사물의 운명이 선천적으로 미리 결정된다는 주장이다. 『황극경세서』에서 '신(辰) → 일(日) → 월(月) → 년(年) → 세(世) → 운(運) → 회(會) → 원(元)'의 과정을 거치는 것을 '경세(經世)'라 하였다. 즉, 12신이 모이면 1일이 되고, 30일이 모이면 1월, 12월이 모이면 1년, 30년이 모이면 1세, 12세가 모이면 1운, 30운이 모이면 1회, 12회가 모이면 비로소 1원이 되는 것이다. 이를 환산하면 1원은 129,600년이 된다. 그래서 황극 곧 천지 만물은 수리의 운행을 원리로 순환한다고 본 것이다.[5]

소옹의 상수학에서는 '체사용삼(體四用三)'을 중요한 개념으로 설명하고 있다.

하늘의 수가 5이고, 땅의 수도 5인데 합하여 10이 되니 수의 전부이다. 하늘이 1로써 변하여 4이고, 땅도 1로써 변하여 4가 되니, 4는 체가

---

5) 이 부분은 송용준, 「소옹의 시론과 시」, 『중국문학』 32, 한국중국어문학회, 1999. ; 미우라 쿠니오, 「隱과 詩와 樂 - 邵康節이라는 삶(生)」, 『한국의 은사문화와 곡운구곡』(국제학술대회 논문집), 2005, pp.107-115. 참조.

있는 것이요, 그 1은 체가 없는 것이다. 이것을 이르러 유무의 지극함이라 이른다. 하늘은 체수(體數)가 4인데 쓰이는 것은 3이요, 쓰이지 않는 것이 1이다. 땅도 체수가 4인데 쓰이는 것은 3이요, 쓰이지 않는 것이 1이다. 이러한 까닭으로 체가 없는[無體] 하나는 자연에 비유하고 쓰이지 않는[不用] 하나는 도로써 설명한다. 쓰이는 것 3개는 천·지·인으로써 설명한다.6)

이를 도식화하면 다음과 같다.

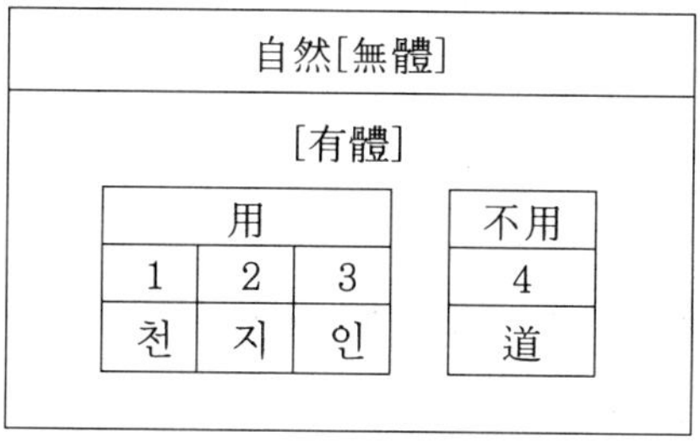

<table>
<tr><td colspan="4">自然[無體]</td></tr>
<tr><td colspan="4">[有體]</td></tr>
<tr><td colspan="3">用</td><td>不用</td></tr>
<tr><td>1</td><td>2</td><td>3</td><td>4</td></tr>
<tr><td>천</td><td>지</td><td>인</td><td>道</td></tr>
</table>

이창일은 체사용삼의 원리를 진괘와 손괘에 적용시켜 풀이한 바 있다. 그는 "진괘와 손괘를 연결하면 '꼬인' 구조를 갖는 원형의 순환 체계가 형성된다. 이 꼬인 구조를 뫼비우스의 띠에 비유하면, 진괘와 손괘를 통해 연결된 이 꼬인 구조는 유한한 체계 속에서 무한한 순환을 하게 된다."라 하여 유한과 무한의 역설적 결합을 의미한다고 보았다.7)

한편, 소옹은 「논시음(論詩吟)」에서 "무엇 때문에 그것을 시라고 하는가? 시가 뜻을 말하는 것이어서라네."8)라고 하여 시는 시인의 뜻(志)을 표현하는 것임을 강조하였다. 또 정(情)에 빠지는 것을 반대하고 본성을 시에 담을 것을 주장하였다. 소옹은 정에 빠지지 않으려면 감정을 잘 제어

---

6) 소옹, 「관물외편」, 『황극경세서』, "天數五 地數五 合而爲十 數之全也 天以一而變四 地以一而變四 四者有體也 而其一者無體也 是謂有無之極也 天之體數四而用者三 不用者一也 地之體數四而用者三 不用者一也 是故無體之一 以況自然也 不用之一 以況道也 用之者三以況天地人也."
7) 이창일, 『소강절의 철학』, 심산, 2007, pp.467-9.
8) 소옹, 『이천격양집』, 권11, 「論詩吟」, 84면, "何故謂之詩 詩者言其志"

해야 하겠지만 감정을 완벽하게 제어하는 것이 불가능하므로, 도로 도를 살피고, 성으로 성을 살피고, 마음으로 마음을 살피고, 몸으로 몸을 살피고, 사물로 사물을 살필 것을 주장하였다.9)

한편 「序」를 통해 작시의 목적이 스스로의 즐거움과 때와 만물의 자득을 즐거워하기 위한 것에 있음을 밝히고 있다.10) 실제 시를 짓는 데에 있어 보편적인 평측법을 일부러 어기기도 하며, 일상생활의 다양한 국면을 시의 제재로 선택하며, 연작시를 주로 창작한 점이 소옹 시의 특징으로 평가받고 있다.

조선 후기 사상계 속에서 17세기는 매우 특별한 위치를 점하고 있다. 임진왜란과 병자호란 이후 전후 극복 과정에서 당파들은 각기 다른 사상적 대안을 모색하고자 했고, 이 과정에서 불가피한 충돌이 발생하였다. 이러한 사상적 대립은 인조반정 이후 정권을 담당하던 서인 당파 안에서도 존재하였다. 서인은 한당과 산당으로, 노론과 소론으로 분열·대립하는 양상을 보였다. 그리고 노론은 다시 호론과 낙론으로 분화하였다. 이러한 서인의 분화과정에는 정치적인 요인이 크게 작용하고 있었지만, 그 배후에는 지역적인 학풍의 차이 또한 중요하게 작용했을 것이다.

지역적 학풍의 차이는 서인들이 주로 거주했던 서울·경기지역과 호서지역의 사상적 차이로 설명할 수 있다. 서울·경기지역은 지역적 특성상 이이의 학풍에 개성과 김포지역을 중심으로 형성된 화담학파와 임진왜란 과정에서 명나라 장수들에 의해 전래된 양명학에 적지 않은 영향을 받고 있었다. 그럼으로써 다양한 사상의 양태들이 나타날 수 있었다. 반면에 호서지역은 김장생에 의해 계승된 이이의 유풍을 비교적 온전히 전수하고

---

9) 위의 책, 「서」, 2면, "以道觀道 以性觀性 以心觀心 以身觀身 以物觀物 則雖欲相傷 其可得乎"
10) 같은 곳, "擊壤集 伊川翁自樂之詩也 非唯自樂 又能樂時與萬物之自得也"

있었다. 이러한 지역적 학풍의 차이는 17세기부터 이미 학문적 전통에서 차이를 가지고 있었다.[11]

본고에서는 송시열(宋時烈, 1607~1689)을 필두로 한 그룹과 김수증(金壽增, 1624~1701)을 필두로 한 그룹으로 나누어 살펴보고자 한다. 호락논쟁에서 호론을 지지한 권상하(權尙夏, 1641~1721)는 송시열의 적통이 되며, 윤봉구(尹鳳九, 1681~1767)는 권상하의 강문팔학사(江門八學士)에 속하는 인물로 역시 호론을 지지하였으므로 송시열과 권상하, 윤봉구를 하나의 그룹으로 설정하였다. 한편, 김창협(金昌協, 1651~1708)과 김창흡(金昌翕, 1653~1722) 형제는 낙론을 지지하였으며, 그들의 백부인 김수증은 창협·창흡 형제와 문학적 교류가 잦았으므로 하나의 그룹으로 설정하였다.

3. 17~18세기 노론의 계열별 소옹 시문 수용 양상

1) 호론계 문인의 경우

송시열은 소옹과 관련된 저작을 많이 남긴 인물 중 하나다. 그가 소옹과 관련하여 쓴 시로는 「示兒孫」(권1), 「詠水仙花. 寄示畏齋李季周」, 「用堯夫先生意. 次朴受汝韻」, 「次文谷韻」, 「次贈李泰卿兼謝任大仲」, 「土亭李先生之後孫必晉. 來訪於蓬海上. 求余贈甚懇. 終不敢副. 略因凝成一律. 示疇孫使和」, 「觀擊壤集」, 「觀擊壤集偶吟」, 「寄詩別同甫樂甫」, 望見意」(이상 권2), 「康節有落便宜處得便宜之語. 喜其有會於余心. 因「用康節先生韻. 詠晦菴夫子」, 「用康節語聯句」, 「自警吟」, 「丁巳八月日詠懷」, 「次康節先生新春韻. 示康錫使和」, 「次康節首尾吟韻」, 「次疇

---

11) 조성산, 앞의 논문, 2004, pp. 112-122.

孫所用康節韻」,「淸城 挽」(이상 권4) 등이 있다.

그 중 가장 대표적인 시가 「次康節首尾吟韻」이다. 「首尾吟」은 소옹의 대표적인 연작시다. 소옹은 말년에 안락와에 머물면서 134수의 「수미음」을 지은 바 있다. 시 제목에서 말한 '수미음'이라는 것은 시의 첫 구절이 마지막 구절과 동일한 시형을 말한다. 소옹은 '堯夫非是愛吟詩'라는 구절을 첫 구절과 마지막 구절에 반복하였다. 소옹은 이 시에서 자신의 일상생활은 물론, 관물·독서·궁리·처세·역사 등 다양한 제재를 시화하였다. 송시열은 소옹의 「수미음」을 차운하여 134수에 이르는 연작시를 지었다. 다음 인용한 시는 「次康節首尾吟韻」의 첫 수다.

> 우옹은 시 읊기를 좋아하지 않지만
> 시짓기는 우옹이 옛날을 사모할 때라네.
> 요·순 복희씨 헌원씨 비록 멀 지라도
> 우·탕 문왕 무왕 도리어 계승했네.
> 시서예악은 가르침 아님이 없고
> 성신과 인현이 모두 글로 나타나네.
> 오랜 세월에도 사람은 모두 하나이거니
> 우옹이 시 읊기를 좋아해서는 아니라네.12)

송시열은 134수의 방대한 연작시의 첫 수인 이 작품에서 이 시 짓는 행위의 주된 관심사를 밝히고 있다. 그것은 수련에서 말한 '모고(慕古)'이다. 즉 시 짓는 행위를 좋아하지 않지만 옛날의 제도 문물을 사모하는 마음 때문에 시작(詩作)에 임하게 되었음을 밝히고 있다. 함련과 경련에서는 요순 시대부터 시작된 이상적인 왕도 정치와, 시서 예악의 가르침이 지금까지 내려오고 있음을 말하였다. 왕도 정치의 이상이나, 옛 성현의

---

12) 송시열, 『宋子大全』 권4, 「次康節首尾吟韻」. "尤翁非是愛吟詩 詩是尤翁慕古時 堯舜羲軒雖邈矣 禹湯文武却承之 詩書禮樂無非敎 聖神仁賢儘著題 千萬年人都一箇 尤翁非是愛吟詩"

가르침이 전해지고 있기 때문에 '모고'할 수 있는 것이다.

이와 같이 '모고' 의식이 이 시를 짓게 된 동인이기 때문에, 송시열은 「次康節首尾吟韻」 전편에서 자신의 일상사보다는 역대 왕조의 흥망성쇠나, 옛 성현들의 업적, 성현들의 저작물을 주로 다루고 있다.

한편, 위에서 말한 소옹 관련 시들은 특정 시기에 주로 창작되었다는 점에서 주목할 만하다. 송시열은 서인이 갑인예송(1674년)에서 패하자 덕원, 장기, 거제 등지로 유배를 갔다가 경신년(1680년)에 다시 서인이 정권을 잡으면서 정계로 복귀한다. 송시열은 소옹 관련 시를 대부분 이 유배 시절[1675년(숙종 1년)~1679년(숙종 5년)]에 창작하였다. 그 중에서도 특히 거제도로 이배되었던 1679년에 집중적으로 창작하였다. 앞서 인용한 「次康節首尾吟韻」 역시 이 해 8월에 지어진 시이며, 다음의 인용할 시 「次擊壤竹庭睡起韻」 역시 같은 해 지어진 것이다.

> 먼 지방에 오히려 눈 여겨 볼만한 것 있으니
> 날마다 뜰의 대나무 하나하나 자라나는 모습을 보네.
> 그윽한 꿈 깨고 나니 곡식이 반이나 익었고
> 장마가 걷힌 뒤에는 보리 이삭 완연히 노랗구나.
> 귀양살이 모습이 초췌하다 말하지 마소
> 효종의 명에 응대하던 일 길이 기억하노라
> 옛 역사 한가하게 바라보면 마음에 얻음 있으니
> 성현들은 원래 간사함을 용서치 않았네.13)

이 시는 소옹의 「竹庭睡起」14)를 차운하였다. 수련과 함련에서는 유배객의 시로 보이지 않을 만큼 담담하게 시간의 흐름을 이야기하고 있다.

---

13) 위의 책, 「次擊壤竹庭睡起韻」. "遐方猶有眼開處 日見庭筠箇箇長 幽夢罷來梁半熟 小霖收後麥全黃 休言楚澤形憔悴 長憶寧陵命對揚 舊史閒看心有會 聖賢元不恕姦强."

14) 소옹, 『이천격양집』, 권2, 「竹庭睡起」, p.12 "竹庭睡起閑隱几 悠悠夏日光景長 鶯方引雛教嫩舌 杏正垂實裝輕黃 雨滴幽夢時斷續 風飜遠思還飛揚 小渠弄水綠陰密 迴首又且數日强."

수련에서는 대나무가 가지마다 날마다 조금씩 자라나는 모습을 신기한 듯 바라보는 자신을 그렸다. 함련에서는 꿈을 꾸거나 장마가 지나가는 등의 비교적 짧은 시간의 흐름에도 곡식들을 시서(時序)에 따라 변화하는 모습으로 형상화하였다. 이를 통해 날마다 조금씩 사물의 변화가 서서히 진행되는 양태를 말한 것이다.

경련에서 자신이 유배객의 입장임을 환기시킴으로써 시상이 전환된다. 자신은 지금 귀양살이를 하는 처지이며, 20여 년 전에 이미 승하한 효종과의 일을 대비시켜 제시한다. 송시열은 봉림대군(효종)의 사부를 역임한 바 있다. 또, 「연보」에 따르면 1657년(효종 8년)에 효종이 송시열에게 『朱子語類』와 『擊壤集』을 하사하였다는 기록이 있다.15) 그 후에도 연보에는 효종이 송시열을 불러 정사를 물으며 각별히 대했음을 확인할 수 있는 기록이 여러 차례 보인다. 시간의 흐름에 따라 대나무도 조금씩 자라고, 곡식도 차츰 익어가는 것과 마찬가지로 자신의 처지 또한 20여 년이라는 세월 동안 전혀 생각지 못한 국면으로 바뀌어 있음을 자각한 것이다.

그러나 그에 대해 깊이 좌절하거나 마음에 상처를 입는 것은 아니다. 미련에서 말한 바와 같이, 옛 역사를 통해 살펴보니 성현들은 간사함을 용납지 않고 사필귀정할 것이라는 확신이 들기 때문에 마음에 얻음이 있다고 서술하고 있다. 즉, 소옹이 주장하는 음양의 순환적 질서에 따라 만물이 생장소멸의 변화과정을 겪는 것과 같이 정국이나 그로 인한 개개인의 처지 또한 변화의 과정을 겪는 것이므로 일희일비하지 않겠다는 것이다. 여기서 또한 주목할 것은 송시열은 이 시를 통해 음양의 순환적 질서를 인정하면서도 결국은 의로움이 간사함을 이길 것이라는 의리지향적 측면을 강조한다는 사실이다.

---

15) 송시열, 앞의 책, 附錄, 권2, 「年譜[一]」, "[崇禎三十年丁酉] 先生五十一歲 …… 七月 壬寅 戊辰 祇受內賜朱子語類 擊壤集二書."

송시열의 적통임을 주장하는 권상하 역시 소옹에 대한 이해가 깊었음을 알 수 있다. 주지하다시피 권상하는 시작(詩作)보다는 도학적인 측면에 치중하여 문집에서 시가 차지하는 비중이 적은 편이다.16) 따라서 구체적인 시를 찾기에는 어려움이 있다. 그러나 문인들과 주고 받은 글에서 소옹에 대해 깊은 이해가 있었음을 찾아볼 수 있다.

다음은 이기홍(李箕洪, 1641-1708)에게 준 편지이다.

> 음이 왕성한 것은 달보다 더한 것이 없는데 한 개의 음이 구괘(姤卦)에서 생기므로 구괘를 '달의 굴[月窟]'이라 하고, 양이 왕성한 것은 하늘보다 더한 것이 없는데 한 개의 양이 복괘(復卦)에서 생기므로 복괘를 '하늘의 뿌리[天根]'라 하는 것입니다. 선천원도(先天圓圖)로 말한다면 구괘는 위에 위치하여 손으로 만질 것 같기 때문에 '손으로 더듬는다[手探]' 하였고, 복괘는 아래에 위치하여 발로 밟을 것 같기 때문에 '발로 밟는다[足躡]' 하였습니다. …(중략)… '모두가 봄[都是春]'은 일원(一元)의 기운이 64괘의 속에 두루 유행하는 것을 말합니다. 바뀌는 괘에 대해서는 따로 도식을 만들어 참고에 도움이 되도록 하였습니다.17)

이기홍이 소옹의 「觀物詩」18)의 내용을 물어 오자 이해를 도와주기 위해 답한 것이다. 권상하는 소옹의 시에서 제시된 '월굴', '천근' 등의 용어를 선천도를 토대로 하여 설명하고 있다. 한편 '모두가 다 봄'이라는 구절을 설명하기 위해 '일원'이라는 개념을 도입하고 있다. 아울러 이해를 돕기 위해 따로 도식을 만들어 보내는 적극성을 보이기도 한다. 이것은 곧 권상하가 소옹의 시 뿐만 아니라 소옹의 상수학에도 정통하고 있음을 증명하는 예가 된다.

---

16) 실제로 『寒水齋先生文集』는 총 34권으로 구성되어 있고 이 중 시는 권1에 실려 있다. 권1에는 총 258제의 시가 저작 연도순으로 실려 있는데 이 중 58제가 만시(挽詩)다.
17) 권상하, 『국역 한수재집』 권5, 「이여구에게 답함」 병술 2월. p.264.
18) 소옹, 『이천격양집』, 권16, 「觀物吟」 115면, "耳目聰明男子身 洪鈞賦與不爲貧 因探月窟方知物 未躡天根豈識人 乾遇巽時觀月窟 地逢雷處看天根 天根月窟閒來往 三十六宮都是春 淳厚之人少秀慧 秀慧之人少審諦 安得淳厚又秀慧 與之共話人間事."

　　권상하의 문하에서 소옹과 관련된 시를 지은 인물로 윤봉구를 들 수 있다. 윤봉구는 한원진과 더불어 인물성동이논쟁에서 이론(異論)을 주장한 호론의 문인이다. 윤봉구는 「屛溪述懷」라는 191수의 연작시를 지은 바 있다. 이 시는 윤봉구 자신이 작품의 서문에서 밝힌 바와 같이 송시열이 소옹의 수미체에 따라 100여 편의 시를 쓴 것(「次康節首尾吟韻」)을 보고 1747년에 지은 것이다.[19] 이 연작시는 철학적 개념, 역사, 역대의 서책, 인물, 제도 등을 두루 가져와 시의 제재로 삼고 있다.

　　다음의 시는 「屛溪述懷」의 제84수와 제 183수이다.

> 제 84 수 :『격양집』을 읽다.
> 풍화설월을 읊은 것은
> 천기가 유동하는 것이기 때문이라
> 하늘과 땅에 드나들며 희롱하며
> 천근과 월굴에 한가로이 오고 가네.
> 저는 적이 한스러운 것이 있으니
> 程顥, 程頤 두 정 선생과 어찌하여 함께하지 못하였는지.[20]

　　시의 내용을 살피기에 앞서 송시열의 소옹 관련 시와 형식상 다른 점을 발견할 수 있다. 송시열의 경우와 달리 '○○非是愛吟詩' 등의 어구를 사용하지 않고 있으며 더욱이 첫 구와 마지막 구가 동일하게 반복되는 수미음의 형식을 지키지 않고 있다. 시의 형식 또한 7언 율시의 예를 따르지 않고 5언 고시의 형태를 취하고 있다. 또 시를 쓰기에 앞서 소제목을 붙여 이야기하고자 하는 제재를 밝히고 있다.

---

19) 이 시 앞에 다음과 같은 서문을 부쳤다. "삼가 우옹 선생이 주자의 감흥시에 뜻을 써서, 소강절의 수미체를 의방한 근체시 백여 편이 있는 것을 보았는데 이 예를 좋고 그 설을 자못 넓혀 이 시를 짓는다.(竊見尤菴先生用朱子感興詩之意. 依康節首尾體. 有近體詩百餘篇. 謹遵此例. 稍廣其說. 爲此詩.)"

20) 尹鳳九, 『屛溪先生集』卷3, 「屛溪述懷」. 其八十四 讀擊壤集. "風花雪月詠 天機流動處 乾坤入玩弄 根窟開來去 小子竊有恨 兩程胡不與."

제 84수는 제목에 있는 것처럼 『격양집』을 읽고 난 후의 감흥을 다룬 시다. 1구에 나오는 '풍화설월'은 소옹의 「수미음」 첫 수에 출전을 두고 있다. 소옹은 이 시에서 "皇王과 帝覇는 포폄을 겪었지만 / 눈, 달, 바람, 꽃은 아직 품평하지 못했네. / 어찌 고인들이 빠뜨린 것 없다 하리오. / 堯夫가 시 읊기를 좋아하는 것은 아니라네."[21]라 하였다. 즉, 역대의 왕이나 패자는 포폄을 받아왔지만 '눈, 달, 바람, 꽃'은 아직까지 품평을 받지 못하였으므로 자신이 시를 통해 다루어보겠다는 것이다. '풍화설월'은 표면적인 의미로는 주변의 사소한 경물을 의미하지만 그 이면에는 일체의 자연 현상을 지칭한다고 할 수 있다.[22] 즉, 자연 현상을 관찰함으로써 사시(四時)의 운행을 보고 더불어 그 속에 담긴 천리 운행의 묘오한 이치를 파악하겠다는 뜻이다.

윤봉구는 소옹의 『격양집』의 요체가 바로 주변 경물의 관찰을 통한 천기(天機)의 흐름을 파악하는 데에 있다고 본 것이다. 3·4구에서는 '풍화설월'을 읊고 있는 소옹의 시를 통해 2구에서 말한 바, 천기의 유동하는 모습을 몸소 체험하고 있는 모습을 형용하였다. 이 정서는 자신이 직접 선현을 만나지 못한 데에서 오는 아쉬움으로 이어진다. 이 정서는 앞서 인용한 송시열의 '모고' 의식과 관련성을 맺고 있다.

> 제 183수 : 궁하면 변한다는 말.
> 궁하면 반드시 변하여 통하게 되니
> 이러한 이치는 고금이 따로 없다네.
> 금슬이 서로 조화롭지 않은 것 같아도
> 다시금 펼치면 이에 연주할 만하니
> 오늘의 법이 변하지 않는다면

---

21) 소옹, 『이천격양집』 권20, 「首尾吟」, p.146, "皇王帝伯經褒貶 雪月風花未品題 豈謂古人無闕典 堯夫非是愛吟詩"
22) 이에 대하여 김남기는 앞의 논문에서 김창흡의 『三淵集』 卷33, 「日錄」의 기록을 근거로 이를 뒷받침한 바 있다. 김남기, 앞의 논문, pp.76-84.

至治는 무엇으로써 베풀겠는가.[23]

위의 시는 1·2구에서 소옹의 음양소식관(陰陽消息觀)의 순환적 질서 의식을 강하게 드러내고 있다. 소옹의 음양소식관은 음과 양이 서로 반대편의 자리에서 서로 맞물려 끊임없이 생장·소멸하여 조화를 이룬다는 사고이다. 즉 양이 극에 다다르면 음이 자라나고, 음이 극에 다다를수록 양이 점점 자라나 끊임없이 순환·반복되며 이것이 불변하는 하나의 이치요, 조화라 믿는 것이다. 그러므로 '궁'하면 반드시 '변'하여 '통'하게 되고, 다시 궁해지면 또다시 변통하게 된다고 본 것이다. 3·4구에서는 '琴'과 '瑟'이 서로 다른 음색을 내어 조화롭지 못할 것처럼 보여도 각기 그 천기에 따라 소리를 내어 서로 조화를 이룬다고 하였다. 5·6구에서는 오늘날의 법이 변해야만 '至治' 즉 조화로운 다스림을 꾀할 수 있다고 하였다. 즉, 이 시에서는 궁하면 반드시 변화를 꾀해야만 조화로운 경지를 이룰 수 있음을 강조하였다.

이상에서 살펴본 바와 같이 송시열, 권상하, 윤봉구로 내려오는 호론 계열의 문인의 시문에서도 소옹에 대해 깊이 이해하고 있었음을 확인할 수 있었다. 특히 권상하는 소옹의 상수학에 조예가 깊었음을 알 수 있었다. 송시열의 경우는 주로 예송논쟁에 패해 거제도 등지에 유배되었던 시기에 소옹과 관련된 시를 다수 창작하였던 것으로 보아 자신이 처한 상황을 순환적 질서 속에서 파악하여 심성을 수양하는 한 방편으로 여긴 것으로 파악된다. 송시열의 위와 같은 인식은 같은 계열의 윤봉구에게도 영향을 미쳤다. 이들은 우주 만물에 순환적 질서가 내재해 있다는 믿음과 그 질서에 따라 현재의 상황을 더 올바른 방향으로 변화시켜야 한다는 의리지향적

---

23) 尹鳳九, 앞의 책, 卷3, 「屛溪述懷」. 其百八十三 窮則變 "窮必變而通 此理無今古 如琴瑟不調 更張乃可鼓 不變今日法 至治何以措."

사고가 있었던 점이 공통적으로 발견된다.

2) 낙론계 문인의 경우

김수증은 조선 후기의 성리학자로, 김상헌(金尙憲)의 손자이고, 김수흥(金壽興)·김수항(金壽恒)의 형이자, 김창협과 김창흡의 큰아버지이다. 벌열가문 집안의 맏이로 태어났으나, 혼란한 정치 상황을 피하여 현재의 강원도 화천군 사내면 영당동 일대에서 은거했던 인물이다. 그는 골짜기에 '곡운(谷雲)'이라는 이름을 붙이고 구곡을 경영하며 그 주변에 농수정(籠水亭)·삼일정(三一亭)·무명와(無名窩) 등의 여러 정자와 당을 마련하였다. 이곳을 중심으로 하여 조카인 김창협·김창흡을 비롯한 여러 아들·조카들과 혈연적으로나 정신적으로 깊은 유대를 맺고 이들에게 일정한 영향을 끼쳤다. 특히 김창흡은 김수증이 죽은 뒤 그를 떠올리며 이곳에서 얼마간 머물러 살았다. 이러한 상황으로 보았을 때 김수증과 그의 조카인 창협·창흡 형제는 문학적으로 깊은 상관관계가 있었음을 추단할 수 있다.

다음은 김수증이 곡운구곡을 경영한 구체적인 기록에 해당하는 「華陰洞志」의 일부분이다.

(가) 총계봉(叢桂峯) 아래 물가에 바위가 있는데 요엄류정(聊淹留亭)과 서로 마주하니 작은 정자를 세울 만하였다. 그런데 바위의 앞은 넓고 뒤가 좁아서 네 기둥은 안 되겠기에 마침내 기둥 셋을 두고 가운데에 짧은 들보를 맞추어 다니, 들보의 세 면에 세 개의 서까래를 꽂아 세 마룻대가 만나는 데 얹었다. 들보 뿌리에는 태극도를 그리고 옆에는 8괘를 늘어 놓았다. 서까래 셋에는 음양(陰陽), 강유(剛柔), 인의(仁義)라는 글자를 나누어 적었다. 글자는 팔분체(八分體)로 하였다. 세 마룻대에는 통하여 64괘를 그렸다. 세 기둥은 각각 여덟 면을 만들었는데 무릇 24면이니, 24절기를 두고 또 12벽괘를 배치하였으며, 다시 12율과 12지를 적고 마침내 이름하여 '삼일정'이라 하였다. 이 것이 상이 되어

만든 것인가? 아니면 만들었는데 이 상이 있은 것인가?24)

(나) 또 커다란 바위가 있는데 높이 몇 장(丈)는으로 냇가에 우뚝 섰다. 그 꼭대기에 기대어 긴 다리를 지어 놓으니, 시냇가 골짜기에 가로 걸려 길이는 수십 척 남짓이요 높이는 몇 장이 더 된다. 마침내 소옹의 말을 취해 이름하여 '한래왕교(閒往來橋)'라 하고, 그 바위는 '월굴'이라 했다. 다리 건너 북쪽으로 또 큼직한 바위가 있어 '천근석(天根石)'이란 이름 붙였다. 천근석으로부터 인문석(人文石)을 밟아 수십 걸음이면 삼일정에 이르고, 다시 삼일정으로부터 다시 몇 장 사이에 방 세 간을 두어 명명하여 '무명와'25)라 하였으며, 동쪽 한 간에는 단사(丹砂)를 더해 제갈무후의 화상을 베풀고 또 매월당의 진상을 두어 편액하여 '유지당(有知堂)'이라 하였다.26)

김수증은 화음동을 경영하며 화음동 주변의 곳곳마다 이름을 붙이고 그 이유를 설명해 놓았다. (가)에서는 '삼일정'을 세우게 된 연유와 삼일정의 구성에 대하여 설명하였다. (나)에서는 삼일정 - 무명와 - 유지당의 세 건축물과 천근석 - 월굴암 - 한래왕교의 주변 경물을 소개하였다.

(가)에서는 바위의 천연적인 생김새가 기둥을 세 개밖에 놓을 수 없는 형상임을 전제하여 기둥을 세 개만 둔 것이 특별한 의도에 의한 것이 아님을 나타냈다. 이렇게 놓이게 된 세 서까래에 '음양', '강유', '인의' 세 단어를 나누어 적었다고 한다. 주렴계의 「태극도설」에 따르면, 하늘의 도를 세운 것이 음과 양이요, 땅의 도를 세운 것이 강과 유요, 사람의 도를 세운 것이 인과 의라 하였다. 따라서 세 개의 기둥은 각각 하늘·땅·사람, 즉

---

24) 김수증, 『곡운집』 권3, 「華陰洞志」 "峯下水邊有巖, 與聊淹留亭相對, 可作小亭. 而巖面前廣後狹, 不容四柱, 遂排三柱, 中懸短梁, 梁之三面, 揷三衝椽, 加於三棟之交. 梁根畫太極圖, 旁列八卦. 三衝椽, 分書陰陽剛柔仁義字, 字作八分. 三棟通畫六十四卦. 三柱各作八面, 凡二十四面, 排作二十四節氣, 又排十二辟卦, 又書十二律十二支, 遂名之曰三一亭."

25) 무명와의 '무명(無名)'이라는 명칭은 소옹이 안락와에 지내면서 「無名公傳」을 지은 데에서 연유한 것으로 파악된다.

26) 김수증, 앞의 책, 「華陰洞志」 "又有大巖, 高可數丈, 突立溪邊, 據其頂作長橋, 橫過溪壑, 長可數十餘尺, 高過數丈. 遂取百原翁語, 名曰閒往來橋, 名其巖曰月窟. 渡橋而北, 亦有巨石, 名之曰天根. 自天根石, 踏人文石數十步, 至三一亭, 又自三一亭, 稍上尋丈之間, 置屋三間, 命之曰無名窩, 東偏一間, 加丹艧, 設諸葛武侯畫像, 又置梅月堂眞簇, 扁曰有知堂."

삼재(三才)를 하나의 이치[一理]의 도로 세운 것을 의미한다. 그래서 이름을 '삼일'이라 명하게 된 것이다.

그런데, 이 3·1의 수는 소옹의 체사용삼의 이치와 같은 맥락으로 이해할 수 있다. 3과 1이라는 수는 하늘과 땅의 수 5에서 분파되어 나온 체가 있는 사상(四象)에 해당한다. 이 중 3은 쓰임새가 있는 천·지·인의 삼재를, 1은 체가 없는 자연을 담고 있으며 쓰이지 않는 도(道)를 의미한다.27)

(나)에서는 소옹과의 관련성이 구체적으로 제시된다. 김수증은 소옹의 「관물음」에 제7구 "天根月窟閒來往"을 따와 삼일정 주변의 큰 바위에는 '천근'·'월굴'이라는 이름을, 월굴암에 이르는 작은 다리에는 '한래왕교'라는 이름을 붙였다. 소옹의 천근월굴설에 따르면, 천근은 양의 기운이 생겨나는 곳이고, 월굴은 음의 기운이 생겨나는 곳이다. 소옹의 이 설은 1년 24절기의 변화와 음양 두 기운의 소멸과 생장 관계를 설명하는 것으로, 천근과 월굴은 각각 동지와 하지 무렵을 나타내기도 한다. 결국 소강절의 '천근월굴'은 음양이 한데 어우러짐을 의미한다. 소옹의 음양소식관에 경도되어 있던 김수증 또한 계곡 앞 양쪽 바위를 각각 '천근석', '월굴암'이라 이름 하여 자신의 거처에 음양 조화의 바람을 덧붙였다.

김수증이 구곡을 경영하며 은거생활을 했던 것에는 주자의 무이정사 경영에 연원을 두고 있을 뿐만 아니라, 소옹의 음양소식관에 깊은 영향을 받았다.28) 흥미로운 사실은 시를 통해서는 주자에 대한 직접적인 언급을 하고 있으나 소옹에 대한 언급은 찾아보기 힘들다는 점이다. 그럼에도 불구하고 김수증이 소옹과 밀접한 연관성을 보인다고 판단한 첫 번째 이유

---

27) '삼일'의 의미에 대하여 대종교의 『삼일신고』에서도 출전을 찾아본 바 있으나, 김수증의 삼일은 '체사용삼'의 의미로 보아야 할 것이다. 그 이유는 (1) 김수증이 소옹의 사상에 심취했다는 점과 (2) 세 기둥을 통해 천·지·인의 삼재 일리의 이치를 추구했다는 김창협의 해석이 있기 때문이다.

28) 유준영, 「김수증의 은둔사상과 곡운구곡」, 『동아세아 은자들의 미의식과 곡운구곡』, 한일미학연구회 국제심포지엄, 1999. ; 졸고, 「조선 후기 문학 작품에 형상화된 '북한강'」, 『한겨레어문연구』 3집, 한겨레어문연구회, 2006, pp.822-3.

는 삼일정을 비롯하여 그 주변 경물을 命名하는 과정에서 소옹의 사상이 드러나기 때문에요, 그 두 번째 이유는 김수증이 만년에 곡운구곡에서 은거했던 삶은 소옹의 안락와에서 은거했던 삶과 유사하기 때문이다.[29)

김수증이 삼일정을 건립했던 일에 대하여 그의 조카인 김창협도 「삼일정기」를 지어 그 뜻을 기렸다. 다음의 인용문은 김창협의 「삼일정기」이다.

> (다) 삼일정은 곡운의 화음동(華陰洞)에 있는데, 나의 백부께서 설치한 것이다. 왜 삼일정이라 이름 지었는가 하면, 세 기둥[三柱]에 한 대마루[一極]로 되어 있기 때문이다. 세 기둥과 한 대마루에서 무슨 뜻을 취한 것인가? 그것은 삼재와 일리의 상을 취한 것이다.
>
> 그렇다면 삼재와 일리의 상을 나타내기 위하여 그렇게 지은 것인가, 아니면 지어 놓고 보니 그러한 상이 있는 것인가?[30)
>
> (라) 처음에 백부께서 시내 상류에 이르렀는데, 거기에 있는 돌이 거북이 물가에 나와 볕을 쪼이는 모양과 같아서, 그 등에 정자를 세울 만하였다. 그런데 앞은 넓고 뒤는 좁아서, 겨우 세 기둥밖에 세울 수가 없었다. 그대로 완성해 놓고 보니 그런 상이 되었고, 이름을 붙이고 보니 그러한 뜻이 나타나게 되었으니, 이 또한 자연적으로 그렇게 되었을 따름이다.[31)
>
> (마) 무릇 천지간의 사물은 그 수가 지극히 고르지 못한 것이기는 하나, 그 어느 것이나 자연의 상을 갖지 않은 것은 하나도 없다. 도를 아는 자가 가만히 보면 그 수는 어느 것이나 다 제대로 들어맞기 마련이지만, 오직 몽매한 자는 그것을 살피지 못할 따름이다. 하도(河圖)·낙서(洛書)라 하여 사람들은 오직 그 수가 10이나 9인 것을 알뿐이지만, 복희(伏羲)나 하우(夏禹)와 같이 터득하고 보면 천지 생성의 차례와 음양 기우의 수가 일목요연하게 되는 것이다. 그리하여 8괘가 지어지고 구주(九疇)의 법이 만들어졌으며, 후세의 군자가 토끼만 보고서도 가히 괘를 그릴 수 있다는 말이 나오게 된 것이다. 대개 사물을 잘 보는 사람들은 사물을 사물로서 보는 것이 아니라 상으로서 보며, 상으로서 상을

---

29) 졸고, 「17~18세기 장동 김문의 산수문학 연구」, 강원대 박사, 2008, p.69.

30) 김창협, 『農巖集』 卷24, 「三一亭記」, "亭在谷雲之華陰洞. 吾伯父所置也. 何以名三一. 三柱而一極也. 何取於三柱一極. 以爲有三才一理之象焉爾. 曰是象之而爲也歟. 亦爲之而有是象也."

31) 위의 책, "始伯父杖屨於溪上. 有石焉如龜鼉之曝于涯. 其背可以亭也. 而前贏後殺. 劣容三柱. 因以成之而象具焉. 成而名之而義見焉. 是亦自然而已矣."

보는 것이 아니라 이치로서 상을 본다. 상으로 사물을 보면 어느 것이나 지극한 상이 아닌 것이 없고, 이치로 상을 보게 되면 어느 상이나 지극한 이치 아님이 없다. 비유하건대 포정의 눈에 완전한 소가 없다는 것이다.32)

(바) 이제 이 정자가 세 기둥, 한 대마루로 된 것이야 산중의 목동이나 나무꾼들이 모두 가리키며 말하는 바이지만, 그 이치와 상의 오묘함은 선생만이 말 없는 가운데 이해하고 있을 뿐이다. 조석으로 거기에서 굽어보고 우러러보며 좋아하고 즐거워할 뿐, 하도나 낙서를 앞에 펴 볼 필요를 느끼지 않는다. 그러니 이 정자를 짓고 거기에 선생이 이름을 붙이고 한 것은 굳이 어떤 의미를 취해서가 아니고, 서로 만나게 된 것을 기뻐한 것일 뿐이다. 그러니 어찌 구구히 상을 말할 필요가 있겠는가? …(중략)… 뒷날 이 정자에 오르는 자가 그 법상을 살펴보고, 대체로 삼재일리(三才一理)의 상을 취했다 해도 되겠지만, 만약에 꼭 그러한 상에 맞추어서 지었다고 말한다면 이 정자를 지은 실상은 아니다.33)

(다)에서는 '삼일정'에 대한 간략한 소개가 이루어지고 있다. '삼일정'이라 이름을 붙인 이유는 보통의 건축물과 달리 기둥이 3개이기 때문이다. 전술한 바와 같이 삼일정의 3개의 기둥은 각각 천·지·인을 뜻한다고 본 것이다. 그 후 이것이 삼재일리(三才一理)의 상(象)을 나타내기 위해 일부러 3개의 기둥을 세운 것인지, 짓고 나서 보니 그러한 의미를 부여할 수 있게 된 것인지에 대해 물었다. 질문 형식을 취하여 독자의 의식을 환기시켰다.

(라)에서 기둥을 세 개만 세울 수밖에 없었던 까닭이 드러난다. 정자를 세울 곳에 있는 바위의 모습이 반듯하지 못했기 때문이다. 즉, 이름을

---

32) 위의 책, "凡物於天地間者 其爲數至不齊也 而莫不皆有自然之象焉 知道者 黙而觀之 無往而不相値焉 顧昧者不察耳 河之圖也 洛之書也 人但見其十與九而已矣 而伏羲夏禹得之 則天地生成之序 陰陽奇耦之數 一擧目而森如也 故八卦作焉 九疇叙焉 至後之君子 乃謂觀於賣兎者 亦可以 畫卦 盖善觀物者 不以觀物觀而以象觀物 不以象觀象而以理觀象 以象觀物 則無物而非至象也 以理觀象 則無象而非至理也 譬之 庖丁眼中 無復有全牛焉."

33) 위의 책, "今是亭也. 其爲三與一者. 山之牧兒蕘叟. 皆可指而言之. 而其理象之妙. 則先生獨默契焉. 盖朝夕俯仰其間. 有足玩以樂之. 而無俟乎圖書之陳於前矣. 然則是亭之作. 而先生之名之也. 惟無意於取義. 而邂逅相値. 爲可喜耳. 豈區區象之云乎. …(중략)… 後有登是亭者. 觀於其法象. 苟亦曰盖取乎則可也. 如必曰象之而後爲. 則非是亭之實也."

붙이고(철학적인 의미 부여) 난 뒤에 건축물을 짓게 된 것이 아니고, 바위의 생김새(자연의 모습)에 따라 지은 것이 마침 이치에 맞아 떨어졌다는 것이다.

(마)에서는 위에서 설명한 상황을 논리적으로 설명하고 있다. 우선 천지간의 모든 사물은 수로 나타낼 수 있으며, 이는 다시 상으로 표현될 수 있다는 상수학의 세계관을 전제하고 있다. 이렇게 자기에게 품부된 수는 사물마다 조금씩 달라 일관성이 없이 들쭉날쭉한 것 같아 보이나, 실상은 그 수들이 서로 조화를 이루어 상생토록 되어있음을 말하고 있다. 따라서 사물은 그 속에 내재된 이치를 통해 파악해야 됨을 역설하고 있다. 사물에서 상을 찾고 다시 여기서 이치를 찾는 과정을 포정이 소를 잘 잡게 된 단계에 빗대어 설명하고 있다.[34]

(바)에서는 앞 단락에서 논한 이치를 '삼일정'에 대입시켜 설명하고 있다. 사물의 깊은 이치를 보지 못하는 일반 사람들은 삼일정의 외형상 특이함만을 지목하고 있다. 이는 삼일정의 외형만을 보고 판단한 것이다. 그러나 김수증은 삼일정의 세 개의 기둥과 하나의 대마루로 이루어진 것을 통해 상을 보았으며, 이것이 다시 삼재 일리의 이치로 설명될 수 있음을 알았다. 때문에 아침 저녁으로 그 속에 있으며 이치의 묘함에 즐거움을

---

[34] 이 과정을 도식화하면 다음과 같다. (졸고, 앞의 학위논문, p.104에서 재인용)

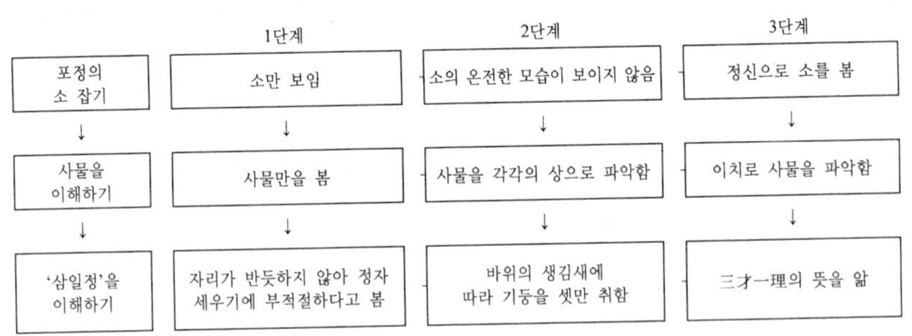

느낄 수 있었다. 한편, 이것이 인위적으로 맞춘 것이 아니라 자연과의 조화 속에서 절로 얻어진 이치이기 때문에 더욱 의미를 갖는다고 보았다.

김창협은 「삼일정기」를 통해, 삼일정이 그 특이한 모습으로 세워진 경위를 밝힌 것에 머물지 않고, 그 속에 담긴 상수학적 원리를 밝혀냈다. 이를 통해 김수증의 구곡 경영이 소옹의 음양소식관의 영향 하에 있음을 밝히고 있다.

김창협의 동생 김창흡은 김수증과 더욱 밀접한 연관성을 보이고 있다.35) 김창흡 역시 관직에 나아가지 않고 은거 생활을 즐겼으며 백부인 김수증의 자취를 좇으려 하였다. 다음에 인용한 시는 「百淵雜詠. 和東郊諸絶」 중 12번째 시다.

삼연이 시를 매우 좋아하는 것은 아니지만
굴 같은 집 창가에서 시로써 즐기네.
曹植·劉楨과 李白·杜甫는 모두 『시경』을 산삭한 뒤인데
늘그막에 이르러 생각이 『격양집』의 기이함을 추구하네.36)

이 시의 1구는 소옹의 「수미음」의 첫 구 '堯夫非是愛吟詩'를 연상케 한다. 3구에서 말한 조식, 유정, 이백, 두보가 모두 『시경』을 산삭한 뒤에 태어난 인물이라는 말은 이들의 시가 『시경』에서 제시한 시의 모범적인 틀을 잘 지키고 있다는 것을 의미한다. 그런데 4구에서 늘그막에 이르러 『격양집』의 기이함을 더 추구하게 된다고 하였다. 그 이유는 다음에 인용하는 시에서 단초를 얻을 수 있다.

---

35) 이에 대하여서는 김창흡에 관한 논문에서 쉽게 찾아볼 수 있다. 안대회, 「삼연 김창흡의 <갈역잡영> 연구」, 『한국한시연구』 1, 1993. ; 이승수, 『삼연 김창흡 연구』, 안동김씨삼연공파종중, 1998. ; 김남기, 「삼연 김창흡의 시문학연구」, 서울대 박사학위논문, 2001.

36) 김창흡, 『三淵集』, 卷10, 「百淵雜詠. 和東郊諸絶」 其十二, "不是三淵苦愛詩 丸窩甕牖以詩嬉 曹劉李杜皆刪後 到老思追擊壤奇."

> 시학을 연구한 지 사십 년
> '바람, 꽃, 눈, 달'에 끝내 망연해졌네.
> 남아의 사업이 이 같은 곳에 머무르니
> 예악 병형의 온갖 이치가 온전해지네.37)

시학을 연구한 지 40년이 지난 어느 날, 소옹의 '풍화설월을 읊겠다'는 구절을 읽고 나서 그동안의 자신의 시작(詩作)과 시학 연구에 반성과 허무를 느낀 나머지 망연해졌다고 하였다. 전술한 바와 같이 '풍화설월'이란 단순히 자연 경물에 그치는 것이 아니다. 자연 경물을 통해 자연의 이치를 파악하게 하는 하나의 매개체를 의미한다. 따라서 '풍화설월'과 같이 자연계에 존재하는 물상을 읊어야 예악과 병형 등에 내재된 의미를 파악할 수 있다고 보았다.

김창흡은 소옹이 '풍화설월'을 소재로 지은 시를 만년에 읽고 그 속에 담긴 소옹의 사상에 깊이 감화하였다. 그래서 김수증이 만년에 소옹의 자취를 좇아 곡운구곡에서 은거하며 시를 지었던 것과 같이 김수증의 자취를 닮고자 했던 김창흡 역시 소옹의 은거 생활을 몸소 좇았던 것이다.

김창흡은 시작 활동에 있어서는 구체적으로 소옹의 시체를 모방하기보다는 다수의 연작시를 주로 짓고 주변 경물과 자연현상으로 소재를 다양화시키는 등의 방식을 사용하여 간접적으로 소옹의 시 정신을 따랐다고 평가받고 있다.38)

이상에서 살펴본 바와 같이 김수증을 필두로 한 김창협, 김창흡의 글에서는 소옹에 대한 직접적인 언급보다는 소옹이 추구한 상수학적 질서를 깊이 이해하며, 이것을 실제 삶의 공간에서 체현(體現)함으로써 소옹에 대한 관심을 실천적으로 표명하였음을 알 수 있었다. 김수증은 예송논쟁

---

37) 위의 책, 卷14, 「葛驛雜詠」 其三十六. "詩學硏窮四十年 風花雪月竟茫然 男兒事業如斯止 禮樂
　　兵刑萬理全."
38) 김남기, 앞의 논문, 2002, pp.76-84.

의 화로 자기의 가문에 닥친 위기를 극복하기 위해 은거의 길에 접어들었다. 기사환국으로 아버지 김수항이 사사되는 것을 본 김창협·김창흡 형제에게 김수증의 은거는 큰 영향을 미치게 된다. 이들은 은거를 통해 소옹을 접할 수 있게 되었다. 김수증 계열 문인의 이러한 실천적 경향은, 소옹의 시 구절을 본뜨거나 차운하여 '모고' 의식을 드러낸 의리지향의 시를 쓰고자 했던 송시열 계열 문인들의 경향과 차이를 드러낸다.

은거의 의미가 단순히 소옹의 삶을 본받는 데에 그친 것은 아니다. 소옹의 저서가 조선에 전래된 이래로 많은 인물들이 소옹의 시체를 본떠 시를 짓거나, 혹은 그의 은일한 삶을 본받고자 하였을 뿐만 아니라 상수학에 대한 깊은 이해도 갖추었다. 그러나 김수증을 비롯한 낙론계 문인 일파는 소옹의 추상적인 상수학과 음양소식관을 보다 구체화시키고 자신의 것으로 체화하려고 노력하였다. 낙론계 일파가 소옹의 학풍을 중시한 것에 주목해야 할 이유는 이들이 보인 실천적 경향에 있다. 후대 낙론계 인사들은 물론 당파를 달리했던 정약용과 같은 인물이 곡운구곡에 대한 깊은 이해와 관심을 표명하며 누차 방문하였던 이유도 여기에 있다.

4. 결론

본고는 조선 후기 17~18세기에 노론계 문인들이 북송의 성리학자인 소옹에 대해 공통적인 관심을 보이고 있는 현상에 주목하였다. 이 시기 노론계 문인들이 소옹에 대한 관심을 표명한 이유는 무엇이며 소옹을 어떻게 인식하며 수용하고 있는지를 밝혀 소옹을 통해 궁극적으로 지향하고자 하는 바가 무엇인지를 파악하고자 하였다.

17세기에는 두 차례의 예송논쟁이 진행되면서 정치적 부침이 잦았다.

순환적 질서를 추구한 소옹의 상수학과, 은거하면서 궁경(窮經)했던 소옹의 삶, 그러면서 주변의 여러 경물을 시화(詩化)했던 소옹의 시는 정치적으로 불안한 처지에 놓여 유배를 당하거나 은거를 택할 수밖에 없었던 이들에게 자연스럽게 영향을 미치게 되었다.

이 시기에 서울·경기지역은 지역적 특성 상 이이의 학풍 이외에도 화담학파와 양명학에 두루 영향을 받으며 다양한 사상의 양태가 드러나기 시작했다. 반면에 호서지역은 김장생에 의해 계승된 이이의 학풍을 비교적 온전히 지키고 있었다. 따라서 18세기 이전에 이미 호론과 낙론의 기질적 특성이 드러나게 된 것이다. 같은 시기에 소옹에 대하여 주목하였다는 점에서는 공통적이지만 소옹을 수용하는 양상에 있어서 두 계열은 차이를 보였다. 호론 계열은 송시열이 인식한 틀 안에서 소옹을 인식하였고, 낙론 계열은 김수증의 방식을 따랐다.

송시열은 유배시절에 소옹과 관련된 시를 많이 지었는데, 주로 시의 형식을 본뜨거나 차운하는 등의 방식으로 소옹에 대한 관심을 직접 표방하였다. 이를 통해 순환적 질서에 주목하며 모고의식을 드러낸 의리지향적 시를 창작하였다. 그런데 이것은 소옹의 시 정신을 온전히 수용했다기보다 소옹을 문면에 제시함으로써 소옹이 내세웠던 순환적 질서를 지지하겠다는 의지를 표방한 것에 해당한다고 볼 수 있다. 반면 김수증은 곡운구곡에서 은거하며 소옹의 窮經하며 은거하는 삶을 실천적으로 따랐다. 이는 구곡경영에도 구체적으로 드러난 바이다. 시에 있어서는 구체적으로 소옹의 시체를 모방하기 보다는 연작시를 짓고, 다양한 주변 경물에 관심을 표명하는 등의 방식을 사용하여 내면적으로 소옹의 시 정신을 따랐다. 이를 통해 소옹의 추상적인 상수학을 보다 구체화하여 체화하였다. 즉 김수증 계열은 소옹의 시 정신을 모방하는 데에 그치지 않고 자기화하는 데에 성공하였다고 할 수 있다.

참고문헌

1. 자료

권상하, 『한수재집』, 한국문집총간 150·151, 민족문화추진회.

______, 『국역 한수재집』, 고전국역총서, 민족문화추진회, 1991.

김수증, 『곡운집』, 한국문집총간 125, 민족문화추진회

김창협, 『농암집』, 한국문집총간 161·162, 민족문화추진회.

______, 『국역 농암집』, 송기채 역, 민족문화추진회, 2002

김창흡, 『삼연집』, 한국문집총간 165·166·167, 민족문화추진회.

소 옹, 『이천격양집』, 四部叢刊正編 43, 法仁文化社, 1989.

송시열, 『송자대전』, 한국문집총간 108, 민족문화추진회.

______, 『국역 송자대전』, 고전국역총서, 민족문화추진회, 1988.

______, 『완역 우암송선생시집』, 조종업 역주, 景仁文化社, 2004.

윤봉구, 『병계집』, 한국문집총간 203·204, 민족문화추진회.

2. 저서 및 논문

김남기, 「「수미음」의 수용과 잡영류 연작시의 창작 양상」, 『한국문화』 29, 서울대
       한국문화연구소, 2002.

박권수, 「조선 후기 상수역학의 발전과 변동」, 『한국사상사학』 22, 한국사상사학
       회, 2004.

송용준, 「소옹의 시론과 시」, 『중국문학』 32, 한국중국어문학회, 1999.

유준영, 「김수증의 은둔사상과 곡운구곡」, 『동아세아 은자들의 미의식과 곡운구곡』,
       한일미학연구회 국제심포지엄, 1999.8.13.

이승수, 「17세기 후반 지식인의 邵雍·陸九淵·陳亮 수용 양상 연구」, 『어문연구』
       120, 한국어문교육연구회, 2003.

이창일, 『소강절의 철학』, 심산, 2007.

이효숙, 「17~18세기 장동 김문의 산수문학 연구」, 강원대 박사, 2008.

정 민, 「尤庵 先生 <首尾吟> 134수 管窺」, 『한국사상과 문화』 42, 한국사상문화학
       회, 2008.

조성산, 「17세기 후반 경기지역 서인 상수학풍의 형성과 의미」, 『한국사연구』 115, 2001.

______, 「17세기 서울·경기지역 서인의 심학 연구 경향과 그 성격」, 『동방학지』 128, 연세대 국학연구원, 2004.

미우라 쿠니오, 「隱과 詩와 樂 - 邵康節이라는 삶(生)」, 『한국의 은사문화와 곡운구곡』 국제학술대회 논문집, 2005.

만청시기 문학풍조와 조선 문단의 시학 경향

이춘희

목 차

---

1. 머리말

19세기에 들어 조선과 청나라 문인들의 교류는 전례 없이 활발한 양상을 보였다. 북학파문인들의 끊임없는 노력은 문인들의 청나라 문화내지 학술에 지대한 관심을 유발했으며, 청조 문인들과 만남과 교류에 대한 열망을 심어 놓았기 때문이다. 조선의 문인들과 청조 문인들의 만남은 연행(燕行)을 매개로 했으며, 연경의 선무문(宣武門) 남쪽이라는 특수한 인문지역에서 이루어졌다. '선남'은 청나라 초기에 "만족과 한족이 도성을 나눠서 거주한다"는 정책 하에 형성된 한인(漢人) 집거지역이다. 시간이 흐름에 따라 이 지역에 유리창을 비롯한 법원사, 송균암, 도연정 등 명승지들이 늘어났으며, 더욱이 중국 전역의 문인들이 지역과 학파에 구애되지 않고 교유하는 분위기를 형성해 놓았다. 그렇기에 '선남'은 조선의 문인들도 이곳에서 다양한 학파의 문인들과 자유롭게 만날 수 있었으며 서로 모여서 시서화의 문예에 노닐게 되었다. 수없이 많은 연행 문인 가운데서, 역관출신 이상적(李尙迪)[39]은 당시 청나라 문인들과 가장 폭넓고 밀접한 교유관계를 맺었던 문인이다. 그는 조정에서 파견하는 사행의 수역(首譯)으로 청나라를 내왕하면서 그곳의 문인들과 직접적인 교류를 통하여 '해동의 시인(海東詩人)'으로 명성을 날렸던 인물이기도 하다.

1845년(淸 道光 24年) 정월 13일, 일곱 번째로 입연(入燕)한 이상적은 선남에 위치하고 있는 유명한 고택(古宅) 장원(蔣園)에 찾아갔다. 장원은 당시 청 조정에서 호부시랑을 지내던 오찬(吳贊)의 저택이었다. 오찬은 자신의 서재 '유객납량지관(留客納凉之館)'에서 조선의 벗 이상적을 위해 성대한 아회(雅會)를 마련했던 것이다. 주객이 합쳐 19인 모인 자리에서 이상적은 스승 추사(秋史)가 제주도에서 보내준 [세한도]를 내놓고 함께 흔상하였다.[40] 추사의 시·서·화에 관한 이론이 온축되어 있는 [세한도]는 좌석에 있는 학자문인들의 공감을 얻었으며, 이를 계기로 문예적인 담론을 벌였다. 동석했던 청의 화가 오준(吳儁)은 이 모임을 기리기 위해 '바다 손님, 거문고와 술잔(海客琴樽)'이라는 주제의 그림을 그려 놓았고, 또 다른 문인 조무견(曹楙堅)은 특별히 이 모임의 과정을 고시(古詩)에 옮겨서 이상적을 전별하기도 했다.

---

39) 李尙迪(1803-1865)의 자 惠吉, 호 藕船이다. 秋史 金正喜의 제자이면서 또한 中人 詩人으로 "譯官四家"의 한 사람이다. 그는 사절단의 역관으로 道光-咸豊 연간에 걸쳐 12차 연행하면서 백여 명의 청조문인과 교유했다. 그가 교유했던 사람들은 대체로 청나라의 정계와 문단에서 실권을 잡고 있던 鉅卿, 名流들이다.

40) 이번 모임에 참석한 사람들은 章岳鎭, 趙振祚, 潘遵祁, 潘希甫, 潘曾瑋, 馮桂芬, 汪藻, 曹楙堅, 陳慶鏞, 姚福增, 吳淳韶, 周翼堉, 莊受祺, 張穆, 張曜孫, 黃稚林, 吳儁, 秦湘業, 그리고 주인 吳贊과 조선의 李尙迪이다.

조무견의 고시[41]는 대체로 시회(詩會)의 양상, 인물들의 특징, 그리고 문학적인 담론의 화제 등이 그 내용이다. 그 중 스스로 시구의 행간 주석에 "우선(藕船)과 함께 본조(本朝)의 시풍, 유파를 논했다"라고 설명한 것처럼, 모임의 문학적인 담론의 화제는 당시 양국 문단의 풍조와 경향에 대한 토론이었다. 관련 부분만 인용하면 다음과 같다.

> ……
> 本朝詩人邁唐宋　본조의 시인들 힘써 당·송의 시를 따르고,
> 新城秀水相伯仲　왕사정과 주이존은 서로 어깨를 겨룬다네.
> 隨園一生弄狡獪　원매는 일생 교활한 술수 부리더니,
> 流傳價亦鷄林重　이름이 조선에까지 전해져 그 이름 높였구나.
> 兩當傑出眞奇才　황경인은 걸출한 시인이요 참된 기재이지만,
> 可惜壯歲埋蒿萊　장년에 쑥대밭에 묻혔으니 애석하구나!
> ……

인용문은 세 가지 면에서 당시 문단에 유행되었던 시풍 유파를 평가했다. 첫째, '신성(王士禎)'과 '수수(朱彝尊)'를 나란히 평가했고, 둘째, '수원(袁枚)'에 대해 부정적인 시각을 보냈으며, 셋째, 건륭시인 '양당(黃景仁)'에 대하여 찬탄해마지 않았다. 이 세 가지 면은 모임에 참석했던 양국 문인들이 만청시기 시풍에 대한 평가이면서 또한 조선이 시학의 경향에 대한 간접적인 평가이기도 하다. 뿐 아니라 우리가 19세기 중반 조선과 청나라 양국 문단의 문학적 풍조 내지 학시(學詩) 경향의 한 단면을 엿볼 수 있게 하는 중요한 실마리가 된다. 따라서 본고는 이 실마리에 대한 해석하는 것으로 논지를 전개할 것이다.

---

41) 曺楙堅,「正月十三日, 偉卿前輩仲遠明府招同李藕船宴集邸齋. 爲賦長歌一篇, 以記其事卽送藕船歸朝鮮」(『曇雲閣詩集』卷6, 中國國家圖書館 所藏; 『海鄰書屋所藏中州詩』, 규장각 소장)

2. 만청(晩淸)시기의 다원적(多元的) 문학풍조

1) 신운설(神韻說)의 학문적 조절 및 순정고아(醇正古雅)

이상적과 만청의 문인들의 모임에서 높이 받들고 있는 '신성'은 당시(唐詩)에 기반을 둔 신운파의 대표 왕사정을 말하고, '수수'는 송의 황정견을 추종했던 것으로 유명한 수수파(秀水派)의 창시인 주이존을 가리킨다. '당송에 힘쓴다(邁唐宋)'고 한 것은 건륭시기에 성행했던 이들 시풍유파가 선후하여 서로 계승과 발전의 관계를 가지고 있음을 지적한 것인데, 이 지적은 바로 만청 문단에서도 왕사정, 주이존 등을 이어서 그들이 주장하는 시적 경향을 계승하고 있다는 뜻으로 받아들일 수 있다.

산동 신성(新城)의 명문 출신 왕사정은 24세, 젊은 시절에 신운의 풍격을 갖춘 「추류시(秋柳詩)」 4수를 지어서 전국적인 '수창'을 받으며 명성을 얻었은 바 있다. 이를 계기로 그는 순탄한 환로를 달리며 폭 넓은 교유 관계망을 구축했다. 특히 강남의 명나라 유로(遺老)와 포의(布衣)들에게 인정을 받으면서 차츰 신운설을 형성했고[42] 주류문단의 문형으로 부상했다. 한편, 이 시기 강남의 문단에서는 오지진(吳之振), 여류량(呂留良)이 『송시초(宋詩鈔)』를 출간하여 송시를 추종하는 유파를 형성했었다. 이들을 '절파(浙派)' 혹은 '송파(宋派)'라고 부르기도 했는데, 왕사정은 송파에 대하여 포용하며 긍정하는 자세를 취했다. 심지어 초기 송파의 대표시인 사신행(査愼行)의 시집에 서문을 지어주며 그를 '소문사학사(蘇門四學士)' 반열에 올려놓기도 했다. 왕사정의 이러한 경향은 그 뒤 옹방강(翁方綱)에 의해 계승되었다.[43]

---

42) "順治丁酉秋,子客濟南,時正秋賦,諸名士雲集明湖,會飮水面亭. 亭下楊柳十餘株,披拂水際,綽約近人,葉始微黃,乍染秋色若有搖落之態,子愴然有感,賦詩四首,一時和者數十人. 又三年,子之廣陵,則四詩流轉已久,大江南北,和者益衆. 於是,「秋柳詩」爲藝苑口實矣."(王士禎,「萊根堂詩集序」『漁洋山人精華錄』)

　옹방강은 건가(乾嘉) 연간에 조정의 요직에 있으면서 문단을 주도했던 인물이다. 그는 당시 시단에서 유행되고 있던 시풍 유파들인 격조설, 신운설, 성령설 등에 의해 만연되던 모의와 표절, 공소(空疎), 비리(鄙俚) 등의 폐단에 대해 비판을 가했다. 아울러 이런 시풍의 병폐를 시정하고자 고증학의 분위기가 짙은 학문을 통한 의리(義理)의 구현을 제창하는 기리설(肌理說)을 내세웠다.44) 그러면서 시와 문장이 비록 나뉘어졌더라도 경훈(經訓)을 고증하는 일과 시(詩)는 근원이 같으며, 학문을 함에 있어서는 '고증'을 기준으로 삼고 시를 지을 때는 '기리'를 기준으로 삼아야 한다고 주장했다.45) 또한 시에는 '학인의 시(學人之詩)'와 '재인의 시(才人之詩)'가 있는데, 학자라면 '학인의 시'를 자신의 책임으로 삼아야한다고 역설했다.46) 그렇지만, 그는 『석주시화(石州詩話)』권4에서 시에서 신운(神韻)은 '갖추지 않은 곳이 없다'고 강조했으며, "당시의 묘한 점은 빈 곳(虛處)에 있고, 송시의 묘한 경지는 알찬 곳(實處)에 있다"고 하는 '허실론'을 들어 당시, 송시의 장단점을 찍어 말했고 신운설의 '공소'한 문제점을 송시의 실리(實理)로 보완해야 한다고 했다. 결국 옹방강은 신운설을 추종하고 있으며47), 신운설의 폐단에 대하여 학문적인 차원에서 조절하고자 했던 것이다. 옹방강의 시론은 비록 '시의 서정적 본질을 외곡했다'는 비난을 받기도 하지만 만청시기에 성행했던 송시풍의 형성에 있어서 커다란 양향을 주었음은 부인할 수 없다. 실제로 이상적이 교유망을 살펴보더라도 그와 교유했던 만청의 학자문인들은 대체로 옹방강, 완원과 학연(學

---

43) 실제로 옹방강은 젊은 시절에 왕사정의 문인이었던 黃叔琳에게 배운 바 있으며, 왕사정의 詩韻에 관한 저술「古詩平仄韻」에 注評해 놓았으며, 다시 이를 토대로「五言七言詩平仄擧隅」와「七言詩三昧擧隅」(『小石帆亭著錄』)를 찬술해 詩法의 체계화했다.
44) 劉世南,「肌理詩派」,『淸詩流派史』, 人民文學出版社, 2004 참조
45) "爲學必以考證爲準, 詩必以肌理爲準"(翁方綱,『志言集』序)
46) "有學人之詩,有才人之詩.…惟我國朝考訂之學, 博洽則追東漢,精硏則兼南宋.際此通經稽古之會,則其爲詩也, 必以學人之詩爲職志,乃克有以自立耳." (翁方綱,『蘇齋筆記』권9)
47) 嚴迪昌,『淸詩史』下, 浙江古籍出版社, 2003 p.714

緣) 을 맺고 있었던 주류문인들이었기에, 그들이 왕사정을 높이는 것은 타당하다.

절강(浙江) 수수(秀水)의 주이존은 위에서 박학(博學)으로 시를 창작하는 '학인의 시'의 전범을 이루어 놓은 인물이다. 그는 "시는 뜻을 말할(詩言志)" 뿐 아니라 "시는 본성에 기인한다(詩緣情)"고 주장하면서 양자를 하나로 통일시켜야만 그 바름(正)에 도달하며 사악함에 빠지지 않는다(無邪)고 했다. 또한 그는 시의 "순정하고 고아함(醇正古雅)"을 얻기 위해서는 반드시 널리 배워야 함을 강조했다.[48] 주이존의 시론의 핵심은 곧 '온유돈후'의 시교인데, 이는 유가적 전통에 대한 재해석으로 정통적인 시론에로의 귀화라고 볼 수 있다. 주이존의 시론은 그 뒤에 수수파의 종장으로 활약한 전재(錢載)에 의해 계승과 발전을 가져왔다.

전재는 건륭 연간에 예부시랑을 역임하면서 옹방강과 절친한 사이를 유지해왔고, 가경(嘉慶) 문단의 우이를 잡고 있었던 완원(阮元)의 스승이기도 했다. 서예와 그림에 깊은 조예를 가지고 있는 그는 시와 그림의 보완성을 강조하였으며, 시학 이론에서 전통적인 효제충신(孝悌忠信)의 도(道)에 시학근원을 두고 성정을 발산해 '성정의 지극함과 의리의 지극함(至情至信)'을 지켜야 한다고 주장했다.[49] 이 밖에 그는 시 창작 가운데서 개성과 학식, 시세와 제우(際遇) 등 피할 수 없는 주객관의 갈등을 조화시켜 정심(精深), 창박(蒼樸)한 풍격을 이루었다. 말하자면 전재는 '학인의 시'와 '시인의 시'를 융합시켜 새로운 학시의 길을 개척해 놓음으로서 특히 만청시기 문단에서 크게 추대되었다.[50]

만청 시론가 진연(陳衍)은 『석유실시화(石遺室詩話)』, 『근대시초(近代

---

48) 朱彝尊, 「高舍人詩序」, 「鶴華山人詩序」(『曝書亭集』卷37, 卷39)
49) "蘀翁篤於根本, 孝悌忠信, 至情至信, 發而爲詩". (吳應和,『浙西六家詩抄』)
50) "有淸一代, 詩宗杜韓者, 嘉道以前推一錢擇石侍郎.", "合學人詩人之詩二而一之"(陳衍,『近代詩抄』, 서울대학교 중앙도서관 고서실 소장)

詩鈔)』등을 찬술해서, 전 시기 문단의 시풍에 대하여 총결해 놓은 바 있다. 권위적인 저서로 꼽히는 이 시화의 첫 머리에서 그는 만청의 도광, 함풍 연간의 문인들이 송시를 '즐겨 논했던' 사실을 거론하면서 그 대표적인 인물들이 정은택(程恩澤), 하소기(何紹基), 기준조(祁寯藻), 위원(魏源), 증국번(曾國藩), 구양로(歐陽輅), 정진(鄭珍), 막지우(莫友芝) 등이라 했다.51) 진연은 이들 가운데서 하소기, 정진, 막우지는 모두 정은택의 문하생이었음을 특별히 강조해 놓았다. 그런데 증은택은 또 凌廷堪의 제자로 옹방강의 再傳弟子라고 할 때, 이들의 학연 관계는 확연해지며, 이들이 옹방강을 이어서 송시풍를 추종하는 문예사조를 이룩해 놓았던 것은 어렵지 않게 유추할 수 있다.

2) 성령(性靈)에 대한 부정과 긍정

절강 전당(錢塘) 출신의 원매는 '건륭삼대가(乾隆三大家)'의 한 사람으로 33세에 관직을 버리고 강녕(江寧)으로 내려와 '수원(隨園)'을 짓고 50여년을 한거(閑居)했다. 그는 격조설을 주창한 심덕잠(沈德潛)과 향시, 회시 동년일 뿐 아니라 '홍박지시(鴻博之試)'의 동년으로 상당한 친분을 맺고 있다. 그러나 두 사람의 시학주장은 극명하게 다르다. 한마디로 말해, 심덕잠은 시의 교화 기능을 강화했고, 원매는 시의 심미(審美) 기능을 강조했다.52) 당, 송을 나누는 것 초자 반대했던 원매는 격조설의 폐단을 극복하기 위해 성령설을 제기했다.53) 원매가 말하는 '성령(性靈)'은 성정

---

51) "道·咸以來,何(子貞)紹基·祁(春圃)寯藻·魏(墨深)源·曾(滌生)國藩·歐陽(硼東)輅·鄭(子尹)珍·莫(子偲)友芝諸老,始喜言宋詩.何·鄭·莫皆出程(春海)侍郞恩澤門下.…尙張船山·黃仲則之風,伯寅(朱琦)李純客諸公稍爲翁覃溪,吾鄕林(歐齋)布政壽圖亦不復爲張(亨甫)際亮而學山谷嗣後(黃仲則).樊榭·定盦浙波中又分兩道矣."(陳衍,『石遺室詩話』卷1)
52) 沈德潛,"詩必原本性情關乎人倫日用及古今成敗興壞之故者." (『淸詩別裁集, 凡例』);袁枚,"性情以外本無詩","詩者,心之聲也,性情所流露者也." (「寄懷錢璵沙方伯子告歸里」『詩集』卷 28;「答何水部」,『尺牘』卷7)

과 영감(才氣)을 말하는데, 성정은 격조설에서 말하는 유가적 수련을 거친 성정과 다른 선천적인 것이고, 영감은 후천적인 것이다. 원매는 선천적인 성정은 진솔한 것이며 가식이 없으므로 성정에 따라 시를 쓴다고 했다. "식(食)과 색(色)이 성이니라(性也)"고 하여 본능을 중시하고 이러한 본능에 부합되는 자기의 감정을 시에 담아야 '진(眞)'과 '신(新)'을 구비한 개성적인 시가 된다고 주장했다. 원매가 주장하는 성령설은 '학문으로 시를 짓고(以學爲詩)', '문장으로 시를 짓는다(以文爲詩)'는 시론과 다른 것으로 중국 고전시학에서는 이를 '원매현상(袁枚現象)'이라고 말한다. 통속소설의 이념을 띠고 있는 '원매현상'은 전통적 가치에 대한 부정으로 시민 계층의 심미적 지향을 표출했다고 지적하는 이도 있다.[54] 그것은 그가 강조하고 있는 '참된 성정(眞性情)', 즉 본능적 성정의 발로는 결국 성정 앞에서 사람마다 평등하다는 평등의식을 대변하기 때문이다. 원매의 주장은 그 당시에 벌써 시를 공부하는 후진들에게 열렬한 호응을 받음과 동시에 전통을 고수하는 장학성(張學誠) 등 역대의 '위도사(衛道士)'들에게 격렬한 비판을 받았다.[55] 이제 앞에서 든 [세한도] 모임의 문인들이 원매를 평가하는 부정적인 태도를 상기하면, 이들은 분명 원매와 서로 다른 학연을 계승하고 있다는 점을 알 수 있다. 다음 절에서 상술하겠지만, 이 점은 모임의 문인들과 깊은 교류관계를 맺고 있었던 조선 문인들의 태도를 짐작케 한다. 또한 모임의 문인들이 대체로 중앙에 관직을 두고 있는 연경

---

53) 원매는 『隨園詩話』 卷5에서 이들 시파들의 요해처를 찌르며 신랄하게 비판했다. "抱杜韓以凌人, 而粗脚笨手者, 謂之'權門托足'. 倣王孟以矜高, 而半呑半吐者, 謂之'貧賤嬌人'. 開口言盛唐及好用古人韻者, 謂之'木偶演戲'. 故意走宋人冷徑者, 謂之'乞人搬家'. 好疊韻, 次韻, 刺刺不休者, 謂之'村婆絮談'. 一字一句, 自註來歷者, 謂之'骨董開店'."

54) 유세남은 明淸시기의 통속소설이 추구했던 심미적 특징을 新奇한 趣向의 내용, 통속적이고 생동한 글쓰기 등으로 요약할 수 있다면, 이는 원매의 '성령'시가 보여주는 특징이기도 했다고 지적했다.(전게서, p.314)

55) "袁卽以淫女狡童之性靈爲宗, 專法香山誠齋之病, 誤以鄙俚淺滑爲自然, 尖酸佻巧爲聰明, 諸諧游戲爲風趣, 粗惡頹放爲雄豪, 輕浮卑靡爲天眞, 淫秽浪蕩爲艶情, 倡魔道妖言, 以潰詩敎之防."(朱庭珍, 『悠園詩話』 卷2)

의 명류들임을 고려할 때, 일찌감치 환로를 떠나 그들과 다른 삶을 살고 있는 원매의 생활양식과 의식 양태에 동감할 수 없었으며, 중요한 것은 만청시기에 들어 원매의 성령설이 신운, 격조설이나 마찬가지로 말류적인 폐단이 노출되었기에 더욱 그러했다고 보아진다.

한편, 모임의 문인들은 비록 원매의 '성령'에 대하여는 부정적 태도를 보이지만, 일괄적인 것은 아니다. 그것은 역시 '성령파'의 일원으로 평가되기도 하는 건륭연간의 시인 황경인(黃景仁)에 대하여 "진기재(眞奇才)"라고 찬탄하는 데서 알 수 있다. 강소(江蘇) 상주(常州) 출신의 황경인은 홍양길(洪良吉), 손성연(孫星衍) 등과 함께 그 지역의 대표 시인이다. 황경인은 재능, 학식, 성정을 두루 갖추었음에도 불구하고 6차 향시, 2차 경조시(京兆試)에 모두 낙방하고 결국 34세의 젊은 나이에 비극적 인생을 마쳤다. 그는 인생의 불우함과 가난과 고통 등 비극을 심미적 대상으로 삼아 예술적으로 형상화해 놓았다. 따라서 시 세계는 강렬한 서민의식을 담고 있었으며, '애상'과 '울분'으로 윤색되어 있어 "으스레한 달빛에 들려오는 원숭이의 울음소리"와 같았다. 이러한 개성적인 성향은 원매의 성령설이 지향하는 전통의 테두리를 벗어나려는 성격과 비슷한 면이 없지 않다. 하지만 유가적 시교를 염두에 두고 바라보면, 황경인의 성령 표출은 원매의 그것보다 인본적인 측면에 치우쳐 있어 다르다. 황경인은 또 당시 흔히 쓰이지 않던 직서(直敍), 백묘(白描)와 같은 수사기교를 동원해서 '슬픈 노래(悲歌)'의 이미지를 세웠다. 결국 황경인은 시는 '기괴(奇怪), 첨신(尖新)'의 미학범주에 속하는 시풍을 띠는 '시인의 시'56)로 평가되었다.

황경인은 스스로 '어지러운 세상에서 매몰되는 두보(杜甫)', '참담한

---

56) 清 張維屏은 '시인의 시'를 이렇게 해석한 바 있다. "亦用書卷,而不欲炫博貧多,如賈人之陳貨物; 亦學古人,而不欲句摹字似,如嬰兒之學語言."(「聽松廬文鈔」,『國朝詩人徵略』)

강산에 묻히는 굴원'으로 비겨 읊기도 했는데, 이러한 특징은 그의 시(詩)가 시대를 가리지 않고 불우한 지식인들의 마음을 대변하는 것으로 환원될 수 있는 연결고리를 마련한 것이다. 끊임없는 내우외란(內憂外亂)의 소용돌이 속에서 살고 있는 만청시기 문인들은 두보, 굴원의 비감을 한 몸에 안고 있었기 때문이다. 이 밖에도 이번 모임에 참석한 가운데 풍계분(馮桂芬), 조진조(趙振祚), 조무견(曹楙堅), 장수기(莊受祺), 반씨(潘氏) 형제 등 상주지역 문인이었던 점으로 미루어 지연성을 띠지 않았다고 하기 어렵다.

총체적으로 만청시기 연경 문단의 시풍 유파를 논할 때 세 부류로 나누어 말하는데, 그것은 곧 한학자를 중심으로 이루어진 송시파, 춘추공양학에 학적 기반을 둔 인물들로 구성된 경세치용파(經世派), 문장과 의리를 주장하는 동성시파(桐城詩派) 등이다.[57] 그런데, 이 세 부류는 세부적인 시학대상에 있어서 약간의 편차를 보이지만, 대체로 학문과 실리를 중시하는 송시풍을 추종한다는 데서는 서로 다를 바 없었다. 그리고 원매에 대한 평, 황경인에 대한 존숭에서 알 수 있듯이 그들은 송시를 추종한다 하더라도 일변도의 국한성은 벗어나있으며, 전통적인 명교(名敎)의 가치 기준을 초월한 '시인의 시'를 추구하는 시학 경향도 보이고 있었다. 이러한 다원적(多元的)인 시학 경향은 그들과 밀접한 관계에 있었던 이상적을 비롯한 추사일파 문인들과 연관되어 있으며, 실제로 원매는 "조선에서 명성을 크게 날렸다"고 한 것처럼, 만청 문단과 다른 조선적인 계승과 발전을 가져오고 있음은 주목할 필요가 있다.

---

57) 賀國强, 「"學問"與"性情"的詩學同构」(中國:蘇州大學學報 第3期, 2006,5)

3. 조선 문단의 경향적(傾向的) 시학주장

1) 추사의 "불실기정(不失其正)"의 시론과 성령

원매의 성령설은 왕사정의 신운설 및 옹방강의 고증학적 시와 함께 북학파 '사가(四家)'에 의해 처음으로 조선에 전파되었다.[58] 그 가운데서 '사가'는 왕사정의 신운설을 가장 중시했고, 조선의 문단에 소개함과 더불어 직접 '묘어(妙語)' '미외미(味外味)'를 추구하는 신운풍의 시를 창작하면서 적극적인 수용의지를 보였다. 엄우(嚴羽)의 시선론(詩禪論)을 중심으로 이해되었던 왕사정의 신운설은 19세기 문단의 찬반을 야기하면서 오래도록 영향을 주었다. 원매의 성령설은 박제가, 유득공이 1801년 북경에 들어가 장문도(張問陶), 나빙(羅騁) 등 성령파 시인들과 시·서·화에 걸쳐 교류하면서부터 시작되었다. 특히 진한 역사의식을 담고 있는 회고시, 회인시라는 측면에서 조선의 문인들에게 널리 수용되었다. 그렇기 때문에 사가는 원매의 성령 이론보다는 거기서 일정한 수정을 거친 장문도 등의 "홀로 성령을 토로한다(獨抒性靈)"는 시문을 많이 소개하고 배웠던 것이다.

옹방강의 고증학적 시론은 추사 김정희 시대에 와서 고증학에 대한 심취[59]와 함께 본격적으로 수용되었다고 보는 것이 타당하다. 특히 옹방강과 학연을 맺고 있는 추사일파가 신운, 격조, 성령설의 장단점을 놓고 비판적으로 받아들이거나 수용, 변용시킬 수 있었다는 데서, 전대 북학의 '소개'차원을 넘어서 청 문단과의 거리를 단축시켰다. 이러한 점은 북학이 한 단계 진전되었음을 의미한다. 19세기에 들어 북학의 초점이 발달한

---

58) 이와 관련하여 李庚秀,『漢詩四家의 淸代 詩 受容 硏究』(태학사, 1995)에 자세히 소개되어 있다.

59) 고증학의 수용과 관련하여 일본의 학자 藤塚鄰의 저서『淸朝文化東漸の硏究』(日本:國書刊行會, 昭和19年)에 자세히 소개되어 있다.

학술에로 전향(轉向)되었으며, 북학의 주인공들이 재야 학인들에게서 문단을 주도하는 관료문인들에게 전이되기에 북학의 '진전'이 가능하였다. 따라서 만청의 주류문인과의 접촉이 잦아지고 시적 경향에 관심도 그쪽으로 쏠리게 되었으며, 재야의 성격이 짙은 성령파와 소원하게 되고 보는 시각도 달라지게 것은 자연스러운 일일지도 모른다.

원매의 성령설에 대한 추사의 견해는 찬반이 석여있었다. 그는 '성령을 시의 출발점으로 삼는 동시에, 시의 미학은 그 다음의 문제에 속하는 것'으로 보았으며, "성령과 격조가 함께 갖춰져야 시도(詩道)가 옳게 되는 것이며", "격조로써 성령을 조절(調整)하여 그 바름을 잃지 않게 한다(不失其正)"고 주장했다.60) 결국, 추사는 시의 미학 근거를 '불실기정'에서 찾았으므로, 원매의 성령에 관한 의미에서 말하면 '선천적인 성정'은 인정하나 '후천적인 영감'에 대하여 동조하지 않았다던 것이다. 사실상, 추사의 이러한 관점은 추사일파의 사대부 문인들인 신위(申緯)나 조두순(趙斗淳) 등의 시론에서 "시인은 배움을 귀하게 여긴다(詩人貴知學)"고 한 것처럼 독서를 통한 박학다식의 측면을 강조했다. 추사의 수제자로 일컫던 이상적은 중인층 출신이지만 시적 경향에 있어서 '학문을 통한 자득(自得)'을 중시하며 육경을 시학의 토대로 하고 있었다.61) 따라서 이러한 경향은 추사일파의 보편적인 경향이라고 볼 수 있다. 추사의 이러한 경향은 옹방강의 시에 대한 긍정과, 그의 시론을 수용하고 있는데서 선명하게 나타난다.

覃溪(翁方綱)의 시집은 과연 읽기 어렵다네. 經藝,文章,金石,書藝가

---

60) "凡詩道,亦廣大,無不具備, … 各從其性靈之所近,不可得以拘泥於一段."(「答李梧堂問」)"性靈格調具備然後,詩道乃工.…以詩道言之,必以格調裁整性靈,以免乎淫放鬼怪,而後詩道乃工,亦不失其正也."(「題彝齋東南二詩」『阮堂先生全集』卷6)

61) 申緯,『申紫霞詩集』(金澤榮 編); 趙斗淳,「風謠三選序」,『心庵遺稿』; 李尙迪,「論詩絕句」,『恩誦堂集』卷4.

무르녹아서 한 덩어리를 이루고 있으니, 천박한 사람은 쉽게 이해할
수 없네. 그러니 세심하게 읽다보면 선로와 맥락이 찬연하게 모두 드러
나게 되거늘 단지 세상 사람들은 마음을 쓰지 않고 겉으로만 핥아서
맛을 모르며, 가람나무 열매가 달게 되는 것이 단수수가 단 것보다 도리
어 더 좋은 것을 모를 뿐이네. 내가 보고 들은 것으로는, 건륭 이래
명가들이 끊임없이 나타났지만 籜石(錢載)이나 담계 같은 분은 없다네.
鉛山(蔣士銓)은 서로 짝을 할 수 있지만, 隨園(袁枚)과 같은 무리는 비길
바가 못 되지. 하물며 그 아래에 있는 자들이겠는가.62)

인용문에서 살필 수 있는 바, 추사는 건륭 연간에 이름난 사람가운데서
전재와 옹방강을 높이고, 원매의 무리는 비길 바 못 된다고 평가했다. 특히
옹방강의 시에 대하여 '경예, 문장, 금석, 서예'가 한데 어울려져 '맥락이
찬연하게 드러나' 있지만, 학문이 모자라는 '천박한 사람은 이해할 수 없
다'고 했다. 자연의 성령보다는 학문적인 온축을 중시하는 경향의 발언이
었다. 흥미로운 것은, 학문을 중시하고 '학인의 시'를 표방하는 전재나
옹방강에게 경도되어 있는 점, 원매에 대하여 낮추어 평가하는 추사의
태도 등은 위에서 언급한 만청문인들의 관점과 일치한 모습을 보여준다는
것이다. 물론 시대적 환경의 변화에 따라 시학의 심미 구조에서는 일부
편차를 보이고 있지만, 이러한 일치성은 추사와 청 가경문단의 문형으로
서 영향력을 행사했던 옹방강 및 그의 제자 문인들과 학연적 관계를 무시
할 수 없다.

2) 중인(中人) 문인의 성령에 대한 주장

원매의 성령설은 또한 추사를 통하여 중인(中人) 문인들에서 큰 반향을

---

62) "覃集果難讀.經藝文章金石書畫打成一團,非淺人所得易解.然細心讀過,線路脈絡燦然如具見,
特世人不以用心,外舐沒味,不知諫果之回橄,蔗境之轉佳耳.以鄙見聞,乾隆以來諸名家項背相
連未有如錢籜石與覃溪者,張鉛山可得相將,而如袁隨園輩不足比擬矣,況以下此者乎?"(「與申
威堂觀浩其二」,『阮堂先生全集』卷2)

일으켰다. 이 점은 이미 선학의 연구에 의해 잘 알려진 사실이다.[63] 요컨대 직간접적으로 추사와 학연을 맺고 있었던 중인 문인들인 최성환(崔瑆煥), 정지윤(鄭芝潤), 조희룡(趙熙龍), 장지완(張之琬) 등을 중심으로 하나의 이론체계를 갖춘 성령론(性靈論)으로 발전되었다는 것이다.

장지완은 그의 문집 「침우당집서(枕雨堂集序)」에서 직접 "시는 성령을 토로하는 것이다(詩者, 陶寫性靈)"고 밝혀 놓았고, 최성환은 방대한 분량의 중국 시선집인 『성령집(性靈集)』을 편찬하여 진실하고 자연스러운 감정, 심령을 시 평가의 가장 중요한 척도로 삼았다.[64] 고(古) 금(今)을 동일시하고 옛 것을 존중하고 오늘의 것도 중히 여긴다(博古厚今)는 원칙하에 작품을 선별하고 나의 성령(性)에 부합되는 것만을 채했으며 자기의 성정을 표출하는 '유아(有我)'의 경향을 선명하게 드러냈다. 실제로 성령의 시를 많이 지었던 정지윤은 "가장 영롱한 곳에 성령이 있다"고 지적했으며 '성령이 있'는 묘한 경지를 얻으려면, '大家의 울타리에 기대'는 것이 아니라 홀로 개성적인 길을 걸어야 가능하다고 주장했다.[65] 특히 서화에서 추사의 골수를 얻었다고 평가받고 있는 조희룡은 시·서·화를 하나같이 예술로 보고 "스스로 기저(솜씨)에 나와 홀로 성령을 표방하는 자 몇 사람 되던가?"라고 반문하며, 참된 예술을 창조함에 있어서 솜씨(手藝), 즉 예술적 재능을 중요시했다.[66] 이 점은 추사의 한시 경향에서 보이는 학문의 온축, 인품의 성숙을 전제로 하는 미학 구조와 다른 것이며, 또한 성령설의

---

63) 이와 관련하여 이우성, 「秋史 金正喜와 中人層의 性靈說」(한국한문학연구 제5집, 1881), 정옥자, 『조선후기 중인문화연구』 일지사, 2003), 윤재민, 「조선후기 중인층의 한문학 연구」, 고려대 대학원 박사논문, 1990, 정우봉, 「19세기 詩論 硏究」(고려대 대학원 박사논문, 1992, pp) 참조

64) "是集也, 專主性靈以後格調捨氣魄, 是固我之性所以相近者也, 是固爲我之詩集也. 覽是集者, 以各體之未備爲責則非是集之制度也, 以語意之多創爲言則非是詩之本旨也."(崔瑆煥, 「性靈集序」, 『性靈集』 卷1)

65) "玲瓏處性靈存, 不下深功不易言. 入妙應經探虎穴, 出奇何減鑿龍門. 金塘融日花無質, 玉殿淸宵月有魂. 幽徑只堪時獨往, 勸君莫寄大家藩."(鄭芝潤, 「作詩有感」, 『夏園詩鈔』)

66) "自出機杼, 獨標性靈者凡幾人?"; "天地以淸淑之氣特與之者. 人之賦才有三:一曰天才, 二曰仙才, 三曰鬼才. 古之大作家者, 各得此一才然後可成. 是豈易言哉."(趙熙龍, 『石友忘年錄』)

요체를 비판적으로 계승한 것이다.[67] 원매의 성령설은 일본에서도 큰 호응을 받아서 "시류(詩流)들이 자재(子才, 원매의 호)를 좋아하고 완정(阮亭, 왕사정의 호)을 꾸짖었다"고 한다.[68] 이렇게 볼 때 [세한도] 모임에서 원매가 "조선에서 성가를 크게 얻었다(價以鷄林重)"고 한 평은 일본도 포함해서 이해하는 편이 옳을 것이다.

총적으로 원매의 성령설은 중인신분의 문인들의 자아의식을 팽창시켜 주었으며, 이를 토대로 '개성' 있는 문학을 영위하는데 이론적인 토대가 되었다. 또한 '개성을 통하여 재도적인 문학관 및 형식의 제약에서 벗어나 '자율적인 자유'를 추구했다.[69] 가령 초기 중인문학이 천기론을 주장하며 독자적인 문학세계를 모색해 갔다면, 19세기 중인문학은 성령론을 내세우며 진보적인 문학영역을 개척해갔다고 한 이우성 선생의 지적은 타당성을 띠고 있다.

중인 문인의 성령론이 하나의 이론으로 가능했던 것은, 이 시기 중인층의 활발한 시사활동과 갈라놓을 수 없다. 이 시기 조선이나 청조를 막론하고 문단의 특징이 곧 시회(詩會)와 시사(詩社)활동이 빈번했던 점이다. 실제로 당시 사대부출신의 문인들 사이에도 시·서·화에서 금석, 골동까지를 아우르는 시회가 자주 열렸으며, 이러한 활동을 통하여 '문화권력'을 형성하기도 했었다. 또한 이들 개개인의 시론에 있어서는 선명한 문경론(門徑論)을 보이기도 했으나, 공통으로 갈래를 잡을 수 있는 시학 이론은 제기되지 못했던 것도 사실이다. 혹은 아직까지 19세기 문풍에 대한 천착이 부족한 때문이기도 하다.

---

67) "爲人, 不可以有'我', 有'我'則自持很用之病多, 孔子所以'無固', '無我'也. 作詩, 不可以'無我', '無我', 則所襲敷衍之弊大, 韓昌黎所以'有古於詞必己出'也. 北魏祖瑩云: '文章當自出己杼, 成一家風骨, 不可奇人籬下'."(袁枚, 『隨園詩話』卷6)

68) "王阮亭, 袁子才論詩, 各有得失. 近日(日本)詩流喜子才者嗎阮亭, 學阮亭者排子才."(豫長野確, 「松陰快談」, 日本: 『昭代叢書』 癸集彙編)

69) 이우성, 전게논문, p.138

이에 비할 때, 중인 문인들의 성령론은 원매의 성령설을 수용해서 자기들의 이론적 체계를 만들어 문단에서 하나의 갈래를 형성했다고 볼 수 있다. 이들은 빈번한 시사활동을 통하여 성령설의 확고한 토대를 마련함과 동시에 그 심미영역을 서화로 확대시켰다. 이는 사대부의 추액(推掖)으로 형성되었던 초기 중인문학과 성격을 달리하며, 특히 신분의 질서가 허물어지면서 근대적인 서민의식이 자생하고 있던 '역동적인 19세기'를 배경으로 할 때, 그 성격을 반드시 '사대부의 아류'로만 지정할 수 없을 것이다. 특히 지금에 와서 한말(韓末) '삼대(三大)시인'을 사대부 출신이 아닌 강휘(姜瑋), 김택영(金澤榮), 황현(黃玄)으로 꼽는 것이 상식화되었음을 상기할 때, 소단의 주도권은 이미 사대부의 손을 떠났던 것이다.[70] 물론 중인층의 성령론도 절대적인 것이 아니라 일부 편차를 보이지만, 결과적으로 볼 때 쇠퇴기 한시는 성령론에 입각한 중인층의 시문학으로 장식되었다고 본다.

종합해서 말하면, 추사일파의 문인들은 만청 문단과 보다 밀착된 관계를 가지면서 건륭연간에 성행했고 후대에 큰 영향을 미쳤던 신운, 격조, 성령 등 설에 대한 계승과 발전이라는 과제를 안고 문학 활동을 전개했다. 이 가운데서 추사의 논지 전개는 옹방강과의 학연적 성격을 다분히 띠는 가운데, 왕사정의 신운설과 연원을 두고, 거기서 학문을 중시하고 바름을 잃지 않는다는 '불실기정'을 강조했다. 이러한 경향은 신위, 조두순, 이상적 등의 시학 경향에 영향을 주었으며, 결국, "유소입두(由蘇入杜)"라는 송시를 배우는 경향을 형성하였다. 이에 반해 추사와 직간접적으로 관계를 맺고 있던 중인층의 문인들은 오히려 원매의 성령설에 집착하면서 자신의 처지에 입각해 개성과 시적 재능(詩才)를 강조하는 성령론을 형성하였다. 추사와 중인층의 분기는 학문을 중시하냐, 시재를 중시하냐 하는 것으

---

70) 정옥자, 전게서, p.128

로 미학관의 차이에 있다고 볼 수 있다. 물론 이러한 개념들은 다시 세분해서 논해야 하는 전제를 두고 있지만, 중인층이 추구하는 성령론은 그것이 보다 자유분방한 표출을 지향하는 데서 진보적인 성향을 띠고 있었다. 그리고 중인층의 활발한 시회, 시사활동을 배경으로 하나의 문학 갈래를 형성할 수 있었다.

4. 맺음말

문학적인 취향(取向) 내지 경향은 시대적 배경을 비롯하여 문인들의 교류관계, 학연 내지 지연(地緣)에 밀접한 연관성을 가지고 있다. 이 글은 만청시기 연경의 한인 집거지역인 '선남'에서 있었던 한 차례 문인들의 모임에서 양국 문인들이 나눴던 담론내용을 토대로 당대 양국 문단의 문학적 경향의 단면을 고찰해 본 것이다. 지금까지의 논지를 정리하면 다음과 같다. 첫째, 19세기 조선과 청조 양국의 문인들이 공동으로 안고 있는 과제는 곧 신운, 격조, 성령 등 건륭 연간의 문예적 사조(思潮)를 어떤 방식으로 계승 혹은 수용할 것인가 하는 문제였다. 당시냐 송시냐 하는 것이었다. 만청 문단에서 송시파가 성행했던 것처럼, 조선의 문단에서도 송시에 대한 추종인 '유소입두'가 보편적인 경향이었다. 둘째, 원매의 성령설은 만청 문인들에게서 부정적으로 평가되는 데 반해, 조선의 중인층에게서 광범한 호응을 받으면서 이론적인 계승과 발전을 보이고 있었다. 이는 중인층의 천부적인 재능과 재예(才藝)를 중시하는 심미관과 관련이 있으며 진보적인 성향을 띠고 있었다. 셋째, 학시에 있어서 송시에 근본을 두느냐(宗宋) 당시에 근본을 두느냐(宗唐) 하는 문제인데, 결국 학문과 성정, 상고(尙古)와 신변(新變)이라는 한시의 근본적인 문제에 대한 태도로 집약된다. '학문의 중시' '개성의 중시' '시교의 중시' 등 시론들은 송시의 이성적 심미관을 계승한 것으로 그 장단점을 내포하고 있다. 한편으로 19세기에 들어 송시를 따르는 시파나, 당시를 따르는 시파를 막론하고 공동으로 추구하는 면이 있는데 이는 바로 시학에서의 최상의 목표를 두보(杜甫, 唐詩)에 두고 있다는 것이다. 이는 시는 마음(情感)의 표출이며, 예술로서의 시의 본질 혹은 정체성과 관련되는 문제이기도 하다. 이러한 시각에서 볼 때, 황경인의 개성적인 감정의 표출시와 중인층의 시적 경향은 전통적인 공리주의 심미관의 테두리에서 벗어나 예술의 자립성을 추구하고자 했다.

주지하다시피, 19세기 문단은 여느 때보다 다기한 모습을 띠고 있었다. 정약용(丁若鏞)과 같이 경세치용을 주장하는 실학파의 시학이 있었으며, 홍석주(洪奭周)와 같이 시교(詩敎)를 중시하는 공리적인 시학이 존재했으며, 고증학을 토대로 하는 추사일파의 시학과 성령을 중시하는 중인문인들의 시학이 공존하고 있었다. 그 가운데 뚜렷한 현상이 곧 소단과 가단에서 중인 문인들의 활약상일 것이다. 상기의 논술을 통하여 우리는 만청의 문학풍조에 대한 인식을 토대로 해서 조선 문단의 한 갈래 경향을 파악할 수 있었다. 특히 조선 중인 문인들이 자신이 처하고 있는 시대적 환경과 특수한 신분에 입각하여 성령론을 주장하면서 개성적인 문학을 영위했다는 점을 확인할 수 있었다. 중인문인들이 보이고 있는 인본적(人本的)인 문학경향은 근대성을 내포하고 있으며, 향후 문학의 발전 방향을 예시해 준다.

<참고문헌>

1. 자료

翁方綱, 『石州詩話』; 蘇齋筆記』

王士禎, 『漁洋山人精華錄』

萬黍惟, 『味餘樓剩稿序』

金正喜, 『阮堂先生全集』

申　緯, 『申紫霞詩集』

袁　枚, 『隨園詩話』

張維屛, 『國朝詩人徵略』

陳　衍, 『石遺室詩話』

李尙迪, 『恩誦堂集』

趙熙龍, 『石友忘年錄』

崔瑆煥, 『性靈集』

張之琬, 『枕雨堂集』

鄭芝潤, 『夏園詩鈔』

2. 연구서

정옥자, 『조선후기 중인문화연구, 한국: 일지사, 2003

이경수, 『漢詩四家의 淸代 詩 受容 硏究, 한국: 태학사, 1995

이우성, 「秋史 金正喜와 中人層의 性靈論」, 『한국한문학연구』 제5집, 1881

윤재민. 「조선후기 중인층의 한문학 연구」, 고려대 대학원 박사논문, 1990

정우봉, 「19世紀 詩論 硏究」, 고려대 대학원 박사논문, 1992

藤塚鄰, 『淸朝文化東漸の硏究』, 日本: 國書刊行會, 1975

嚴迪昌, 『淸詩史 下』, 杭州: 浙江古籍出版社, 2002

劉世南, 淸詩流派史』, 北京: 人民文學出版社,2004

박지원의 도가철학과 예술론의 일면*

김월성

목 차

1. 머리말

연암(燕巖) 박지원 (朴趾源1737-1805)은 북학파(北學派)의 거성(巨星)이었으며 근대 민주주의사상의 선구자였다. 연암의 예술론과 작품세계에 대한 연구에서는 많은 업적들이 축적되었다. 당시의 부패한 현실을 날카롭게 폭로, 풍자한 그의 한문소설들에 대한 깊이 있는 논의가 있었고 미의식에 대한 연구도 넓은 범위에서 진행되었다고 할 수 있다.1)

---

* 한국어문교육연구회 제166회 전국학술대회에서 발표했던 논문을 보충, 수개한 것임.
1) 이 방면의 대표적인 저서와 논문들로 다음과 같은 것들이 있다.
  李家源, 『燕巖小說研究』, 乙酉文化社, 1965
  趙東一, 「朴趾源」『韓國文學思想思史試論』, 지식산업사, 1978
  姜東燁, 「『熱河日記』의 文學的 研究」, 건국대 박사논문, 1982
  李東歡, 「朴趾源의 洪德保墓地銘에 對하여」, 송재소, 김명호, 정대림 외, 『李朝後期 漢文學의 再照明』, 창작과 비평사, 1983

그러나 일부 논의들은 그것의 저변을 이루고 있는 철학사상에 대한 연구가 상대적으로 부족했던 원인으로 말미암아 연암의 예술론과 작품세계의 본질에 접근하지 못했다는 점에서 아쉬움을 남기고 있다. 각주에 열거된 논문제목들에서도 볼 수 있듯이 김명호는 연암을 비롯한 실학파의 문학론과 근대 리얼리즘을 연계시키고 있다. 연암은 동방 고전미학사상에 입각하여 의경(意境)을 주장했던 문인이다. 그러한 연암의 문학사상을 서구의 박래품인 반영론(反映論)에 의한 리얼리즘과 연계시키려는 시도는 논리적으로 통할 수가 없다. 그런가 하면 임형택은 연암의 인식론과 미의식을 연계시키고 있다. 물론 인간의 인식과 미의식을 전혀 무관한 것으로 볼 수는 없다. 그러나 인간의 미의식은 인식이 아니며 미학은 인식론이 아니다. 그러므로 그러한 작법 역시 논리적으로 통하기가 어려운 것이다.

한 문인의 예술론과 그것에 바탕한 작품세계에 대한 연구에서는 무엇보다도 그의 철학사상을 구체화하는 작업을 선행시키는 것이 마땅한 순서라고 생각된다. 철학사상에 대한 올바른 파악이 없이는 그의 예술론을 체계적으로 정리하기가 어려우며 작품세계의 본질에 접근하기가 어렵기 때문이다.

주지하듯이 연암에게서 가장 주요한 것은 당대 사회에 대한 비판적 내지 반역적인 자세였다. 자기가 직면하고 있는 현실 사회에 대한 연암의 그러한 자세를 윤리도덕을 바탕으로 한 유가철학만으로는 해석할 수 없다. 『열하일기(熱河日記)』를 비롯한 그의 문집 여러 곳에서 볼 수 듯이 연암은 인간이 평등한 새로운 사회에로의 초월을 갈구했던 문인이다. 북학파의 모든 문인들이 그러했듯이 연암의 그러한 초월의식은 도가적 성향에 의한 현실사회에 대한 부정적 자세에서 비롯된 것이었다.

金明昊, 「실학파의 문학론과 근대 리얼리즘」, 한국한문학회 엮음 『한국한문학과 미학』, 태학사. 2003
임형택, 「박지원의 認識論과 美意識」, 위의 책.

본고는 우선 연암의 철학사상과 노자, 장자의 철학사상과의 연관성을 고찰하고자 한다. 연암의 도가적 성향은 그의 사회관에서 뿐만 아니라 예술관과 작품세계에서도 분명하게 나타나고 있다. 동시에 선행연구의 일부 문제점들을 검토하면서 연암의 예술론과 작품세계의 일단을 고찰할 것이다.

본고가 연암의 문학사상연구에 일조하기를 기대해 본다.

2. 연암의 도가적 성향

연암의 도가적 성향은 우선 장자에 대한 긍정적 자세에서 확인할 수 있다. 연암은 「열하일기서(熱河日記序)」에서 장자와 그의 저서를 다음과 같이 찬양했다.

> 우언(寓言)으로 되었기 때문에 미묘함과 드러냄이 번갈아 변해서 사람들로 하여금 그 단서를 헤아릴 수 없게 한다. 그래서 사람들은 괴이하다고 말한다. 그러면서도 그 학설(學說)을 끝내 포기할 수 없었던 것은 이치를 잘 담론했기 때문이었으니 (장자를) 과연 저서가의 웅자(雄者)라고 할 만 하다.[2]

인용문에서 볼 수 있듯이 저서에서 이치를 잘 담론했다는 이유에서 연암은 장자를 저서가(著書家)의 웅자(雄者)라고 높이 평가했다.

연암은 도에 대한 립장에서도 도가적 성향을 분명하게 보여주고 있다. 도는 동방 고전철학에서 여러 학파들이 활용했던 범주이다. 특히 이학가(理學家)들이 도에 대한 많은 논술을 남기고 있다. 그래서 이학을 도학이

---

2) 以爲寓言也, 卽微顯輒變, 而莫測其端倪, 號謂弔詭, 而其說終不可廢者, 善於談理故也. 可謂著書家之雄也.(「熱河日記序」『熱河日記』)

라고도 부른다. 하지만 이학가들이 말하는 도는 어디까지나 윤리학적 층위에 속하는 개념이었다. 그러나 노자, 장자를 비롯한 도가학파는 도를 우주 만물의 근원으로 간주했고 도에서 생성된 우주 만물의 평등성(平等性)을 강조했다. 노자는 다음과 같이 말했다.

> 하늘은 도를 얻어서 청명해졌고 땅은 도를 얻어서 안녕해졌으며 귀신은 도를 얻어서 영험해졌고 곡식은 도를 얻어서 넘쳐나며 만물은 도를 얻어서 건실하게 자라고 제왕들은 도를 얻어서 천하의 기준으로 삼는다.3)

노자는 하늘, 땅, 귀신, 곡식, 만물, 제왕 모두가 도에 의거하고 있음을 역설하고 있다. 도를 떠나서는 세상 만물이 존재할 수가 없다. 도는 고귀한 것은 아니지만 모든 고귀한 것들은 도를 근본으로 삼고 토대로 삼는다. 또한 도는 아무런 이기심도 없이 세상 만물에 생성, 생존할 수 있는 근거를 일시동인(一視同仁)적으로 부여해 주었다. 도는 또한 세상 만물을 평등하게 대한다. 그것이 바로 세상 만물이 생장, 발육할 수 있는 내재적 원동력인 것이다. 장자는 노자의 이 같은 사상을 더욱 구체화하면서 다음과 같이 생동감 있게 설명했다.

> 동곽자가 장자에게 물었다. "도는 어디에 있는 것입니까?" 장자가 대답했다. "없는 데가 없습니다. 어디에나 있습니다." 동곽자가 말했다. "예를 들어 설명해 주십시오." 장자가 말했다. "개미의 몸뚱이에 있습니다." 동곽자(東廓子)가 말했다. "그렇게 천한 곳에 있단 말입니까?" 장자가 말했다. "돌피에 있습니다." 동곽자가 말했다. "어찌 더 천한 곳에 있다고 하십니까?" 장자가 말했다. "벽돌이나 기와조각에 있습니다." 동곽자가 말했다. "어찌하여 갈수록 더 천한 곳에 있다고

---

3) 天得一以淸, 地得一以寧, 神得一以靈, 谷得一以盈, 萬物得一以生, 侯王得一以正.(『老子. 三十九章』) (※여기에서의 "一"은 "道"의 別名이다.- 筆者).

하시는 겁니까?” 장자가 말했다. “똥이나 오줌에 있습니다.”4)

상기의 논의를 도가철학의 범도론(泛道論)으로 개괄할 수 있다. 동곽자(東廓子)는 도란 너무도 고묘한 것이어서 이해할 수가 없는 것이라고 생각했던 것이다. 그래서 장자에게 물었다. 그런데 장자는 갈수록 더 천한 것에 도가 있다고 대답한다. 처음에는 인간보다 못한 동물, 그 다음에는 동물보다 못한 식물, 또 그 다음에는 생명이 없는 벽돌이나 기와조각, 나중에는 누구나 제일 더러운 것으로 간주하는 똥이나 오줌에도 도가 있다고 한다. 도의 거처에 대한 장자의 이 같은 논술은 어디에나 존재하는 도의 보편성을 강조한 동시에 도가 세상 만물에 부여해 준 일체성, 평등성을 강조한 데에 그 의의가 있다고 할 수 있다. 그렇다면 도에 대한 연암의 논술을 보기로 하자.

> 도는 극히 미세한 데에까지 분포되어 있는 것이다. 도라고 이를만한 것이면 어찌 기와조각인들 버릴 수가 있으랴.5)

짧은 말이지만 도에 대한 연암의 입장을 분명히 보여주고 있다. 연암은 도학자들처럼 도를 윤리학적 범주로 간주한 것이 아니라 노자나 장자와 마찬가지로 철학적 차원에서 도를 우주 만물의 근원으로 간주했던 것이다. 『열하일기』의 「일순수필서(馹純隨筆序)」에서 연암은 다음과 같이 쓰고 있다.

중국 여행을 끝마친 많은 사람들은 중국의 명승고적이나 산천경개 혹은 번창한 시장을 장관으로 꼽았다. 그러나 연암인 경우에는 “기와조각”이나

---

4) 東廓子問莊子: “所謂道惡乎在?” 莊子曰: “無所不在.” 東廓子曰: “期而後可” 莊子曰: “在螻蟻.” 曰: “何其下邪?” 曰: “在稊稗.” 曰: “何其愈下邪?” 曰: “在瓦甓” 曰: “何其愈甚邪?” 曰: “在屎溺.”(『莊子』. 「知北游」)

5) 道分毫釐, 所可道也, 瓦礫何棄.(「孔雀館文藁自序 『燕巖集』 卷三)

"똥"을 장관으로 꼽는다. 연암의 그러한 논술을 김명호는 다음과 같이 분석하고 있다.

> 중국인들은 기와조각으로 담과 뜰을 아름답게 꾸미고 똥을 남김없이 수거하여 알뜰히 비축하니 중국의 진정한 장관은 이처럼 하찮은 것이라도 철저히 활용하는 이용후생의 정신에 있다고 본 것이다.[6]

임형택도 그러한 관점에 동조하면서 다음과 같이 말하고 있다.

> 기와조각은 버리는 물건이요 똥은 가장 더러운 것이지만 그것을 이용해서 담장을 아름답게 쌓고 곡식을 무성하게 가꾸는 정경을 천하의 장관으로 인식한 것이다. 기와조각의 개념에서 연암의 실학적 미의식을 엿볼 수 있다.[7]

두 분 모두가 공리적 시각으로 기와조각이나 똥의 효용성에 초점을 맞추면서 연암의 논술을 분석하고 있다. 물론 그러한 의미가 전혀 없다고는 할 수 없을 것이다. 하지만 그것은 어디까지나 극히 표층적인 의미에 불과한 것이다. 우리는 우선 기와조각이나 똥에 대한 이야기가 "미묘한 이치를 드러내 보이기 위한(由微而之顯.「熱河日記序」)" 寓言임을 認定해야 한다. 연암은 그러한 우언(寓言)으로 세상 만물의 평등함을 강조하고 있다. 말하자면 명승고적, 산천경개나 번성한 시장과 마찬가지로 기와조각이나 똥도 도의 생성물임을 강조하면서 세상만물을 일시 동인하는 자신의 입장을 밝힌 것이다. 연암에 의하면 세상 만물을 일시 동인하는 시각이야말로 십방세계(十方世界)를 바라보는 "석가여래의 혜안(慧眼)"이며 "평등안(平等眼)", "광명안(光明眼)"이며 "진정한 식견(眞正見)"인 것이다. 道家

---

6) 김명호, 「실학파의 문학론과 근대 리얼리즘」, 한국한문학회 엮음, 『한국한문학과 미의식』, 태학사, 2003 p.429.
7) 임형택, 「박지원의 인식론과 미의식」, 위의 책. p.457.

哲學의 泛道論에 의한 연암의 이 같은 평등사상은 그의 다음과 같은 우언에서 더욱 분명하게 나타나고 있다.

"여의주를 가지고 있는 용이지만 쇠똥구리가 굴려서 만든 쇠똥덩이를 비웃지 않는다." (「螂丸集序」『燕巖集』卷七) 쇠똥덩이도 여의주와 마찬가지로 도의 생성물이기 때문이다. "사나운 범도 즉사시킬 수 있는 천하무적의 코를 가지고 있는 코끼리이지만 생쥐 앞에서는 코를 하늘로 쳐들고 어찌할 바를 모른다." (「象記」『熱河日記』) 작디작은 생쥐이지만 역시 도의 생성물이기 때문에 집채 같은 코끼리와 平等한 생존 권리를 가지고 있다는 것이다. 도의 시점에서 볼 때 세상 만물 모두가 평등한 것이다.

그밖에 기와조각의 실용성과 연암의 미의식을 연계시키는 임형택의 논술은 이론적으로 통할 수가 없다. 왜냐하면 심미활동의 소산으로서의 미 혹은 미의식은 무엇보다도 초공리적이고 초실리적인 것이기 때문이다.

범도론에 입각하여 만물의 평등함을 주장하는 도가철학은 비판정신 내지 반역정신과 직접적으로 연계된다. 장자가 그러했고 연암 역시 그러했다. 장자는 공자의 인의도덕(仁義道德)을 비판하면서 "인의(仁義)를 행(行)하면 허위적인 것만을 조장시킬 뿐이다. 또한 그것은 명예를 탐내는 자들의 선전공구로 된다."[8]고 말했다. 연암 역시 봉건지배층에서 떠들어대는 이른바 효성, 의리, 충성은 잔꾀를 부려서 남의 눈을 속이는 요술이나 기만술에 불과한 것이라고 여지없이 비난했다.[9] 백이, 숙제는 절조를 지킨 본보기로 공자 이래 역대의 제왕들이 추앙한 이상화된 인물이다. 그러나 연암은 『열하일기』의 「사호석기(射虎石記)」에서 백이, 숙제를 여지없이 비하하고 있다. 장자는 또한 명성을 위해 죽은 백이와 재물을 위해 죽은 강도 두목 도척(盜跖)을 같은 부류의 인물들이라고 평가하기도 했다.[10]

---

8) 夫仁義之行, 唯且無誠, 且假夫禽貪者器.(『莊子』「徐無鬼」)
9) 『熱河日記』의 「歡戲記後識」를 참조.

　역사인물에 대한 평가에서도 연암은 장자의 사상과 궤를 같이하고 있음을 알 수 있다. 물론 오늘 우리는 상대주의적 진리관에 입각한 고인들의 이상과 같은 관점을 그대로 받아들일 수는 없다. 그러나 도가철학의 범도론에 입각하여 세상 만물의 평등함을 주장하면서 인간의 본성을 억압하는 유가의 인의도덕에 대한 연암의 비판정신만은 인정하지 않을 수 없다.

　도가적 성향에 의한 연암의 평등사상은 유교의 민본의식을 초월했다는 점에서 획기적인 의의가 있다고 할 수 있다. 유교의 민본사상은 존비귀천의 정치적 등급과 명분질서를 전제로 한 것이다. 공자나 맹자도 백성들의 생존권리를 보장할 것을 주장했다. 그러나 백성들에게도 지배층과 동등한 인격과 권리가 있어야 한다고는 주장하지 않았다. 그들은 사람마다 요(堯), 순(舜)으로 될 수 있다고 하면서도 군자(君子)와 소인(小人) 간의 구별을 주장했던 것이다. 그러나 연암은 도가철학의 범도론에 입각하여 인간을 망라한 천하 만물의 평등성을 주장하면서 비천한 역부인 엄행수를 "위대한 은자(隱者)"라고 칭송했고 비렁뱅이 출신인 광문을 "신의(信義)의 화신(化身)"으로 부각하기까지 했다. 연암은 기실 도가철학의 범도론에 입각하여 인간의 권리, 인권평등을 주장했던 것이다. 도가적 성향에 입각한 연암의 이 같은 평등사상을 유가의 철학으로는 해석이 어렵다. 또한 봉건사회의 후기라는 특정된 사회 환경에서 고찰할 때 연암이 주장한 이 같은 평등사상을 반봉건적인 근대민주주의사상과 연계시키지 않을 수 없다. 연암을 반봉건적인 근대민주주의사상의 선구자로 인정하는 이유가 바로 여기에 있다.

---

10) 『莊子』「騈拇」를 참조.

3. 연암의 예술창작론

연암의 道家的 성향은 그의 예술론에도 그대로 반영되어 있다고 할 수 있다. "허정(虛靜)"에 의한 "물화(物化)"의 창작론이 바로 그것이다. 연암은 자기의 그러한 창작론을 선행연구에서 여러 논자들이 화제에 올렸던 『열하일기』의 「일야구도하기(一夜九渡河記)」에서 전면적으로 전개하고 있다. 연암은 하룻밤에 아홉 번이나 강을 건넌 경과를 이야기하면서 다음과 같이 쓰고 있다.

> 나는 오늘에야 道를 터득했다. 전심전력으로 몰두하는 사람은 耳目에 얽매이지 않지만 耳目을 믿는 사람은 보고 들은 것들을 분석하느라고 더욱 폐해를 입게 된다. (중략) 강물에 떨어지면 물을 땅으로 삼고 물을 옷으로 삼으며 물을 몸으로 삼고 물을 성정으로 삼으리라. 마음속으로 물에 떨어질 것까지 판단하니 내 귀에는 물소리가 들리지 않았다. 무려 아홉 번이나 강을 건넜지만 아무런 근심도 없이 앉았다 누웠다 하면서 침상에 기거하는 것만 같았다. (중략) 소리와 색깔은 외물이다. 외물은 언제나 耳目에 누를 끼쳐서 사람들로 하여금 보고 듣는 데에서 올바름을 잃게 한다. 강물을 건너는 것도 이러하니 하물며 人生이 겪어야 하는 世上事는 그 험함과 위태로움이 강물보다 더 심하지 않은가. 보고 듣는 것은 언제나 폐해로 된다.11)

인용문에서 볼 수 있듯이 연암은 "도를 터득"함에 있어서 "귀와 눈(耳目)"으로 "듣고 보는 것"을 "폐해"로 간주한다. 연암의 이 같은 논술 역시 도가철학의 특징에 근거한 것이다. 老子는 "도는 말해도 담박하고 무미한 것이다. 보려고 해도 볼 수가 없고 들으려고 해도 들을 수 없는 것"12)이며

---

11) 吾乃今知夫道也. 冥心者耳目不爲累. 信耳目者視聽彌審而彌爲之病焉.(中略) 一墮卽河也, 以河爲地, 以河爲衣, 以河爲身, 以河爲性情. 於是心判一墮, 吾耳中遂無河聲, 凡九渡無　　虞, 如坐臥几席之上.(中略) 聲如色外物也, 外物常爲累於耳目令人失其視聽之正如此.而況　　人生涉世, 其險且危有甚於河, 而視與聽輒爲之病乎.(『熱河日記』「一夜九渡河記」)
12) 道之出口, 淡乎無味. 視之不足見, 聽之不足聞.(『老子』三十五章)

"앞에서 보아도 머리를 볼 수 없고 뒤에서 보아도 꼬리를 볼 수 없는 것"13)이라고 말했다. 그러므로 그것은 이목(耳目)과 같은 감각기관으로는 파악할 수 없는 것이다. 연암은 그 점을 말하고 있다.

그렇다면 "도"를 어떻게 파악할 것인가? 연암은 주체와 객체간의 관계에서 주체는 반드시 "허정(虛靜)"의 상태 즉 마음을 비우고(虛心) 조용히 관조하는(靜觀) 상태에 이르면서 주체와 객체가 일체로 합일되는 "물화(物化)"의 상태에 이르러야 한다는 "미묘한 이치"를 말하고 있다. "물을 땅으로 삼고 물을 옷으로 삼으며 물을 몸으로 삼고 물을 성정으로 삼는다"는 것이 바로 그것이다. 그러한 상태가 바로 장자가 말한 "상하가 천지와 함께 흐른다(上下與天地同流)"는 천인합일의 자유로운 경지인 것이다. 연암의 이러한 관점 역시 도가철학을 떠나서는 해석하기가 어려운 것이다.

장자는 "허정"을 "도"를 인식하는 방법론으로 간주했을 뿐만 아니라 천연미가 구현된 진정한 예술작품을 창작할 수 있는 관건적 일환(物化)으로 간주했다. 장자에 의하면 "허정"의 상태에 도달할 수 있는 방법은 "심재(心齋)"와 "좌망(坐忘)"이다. 장자는 심재를 다음과 같이 해석한다.

> 심지를 전일하게 해야 한다. 귀로 듣지 말고 마음으로 받아들어야 한다. 마음으로 받아들이지 말고 기(氣)로 감을 일으켜야 한다. 마음은 오직 영합될 뿐이다. 기는 청허하고 무욕적인 것이며 만물을 용납할 수 있는 것이다. 오직 도만이 청허한 것을 응집시킬 수 있는 것이다. 청허한 것이 심재이다.14)

감각기관에 의한 외물(外物)의 자극을 철저히 배제하고 아무런 사려도

---

13) 迎之不見其首, 隨之不見其后.(『老子』 十四章)
14) 若一志, 無聽之以耳, 而聽之以心, 無聽之以心, 而聽之以氣. 聽止於耳, 心止於符. 氣也者, 虛以待物者也, 唯道集虛. 虛者, 心齋也.(中略) 夫徇耳目內通外于心知, 鬼神將來舍, 而況人乎.(『莊子』「人間世」)

없는 청정한 심리상태에 이르러야 함을 강조하고 있다. 장자는 좌망을 다음과 같이 해석하고 있다.

> 사지를 폐기하고 보고 들은 것을 제거하며 형체를 포기하고 지혜를 버리면서 자아와 만물이 뒤섞여 일체를 이루는 것을 좌망이라고 한다.15)

장자는 "심재"와 "좌망"을 거쳐야만 정신세계가 시공간을 초월하여 천지와 공존, 共生하면서 세상 만물과 조화로운 통일을 이룰 수 있고 도와 합일되는 경지에 이를 수 있음을 말하고 있다. 장자가 여러 곳에서 제기하고 있는 "망(忘)"은 특별한 의미를 지니고 있다. 그중 가장 미학적 의미를 지니고 있는 것이 바로 "좌망"이다. 좌망이란 예악을 잊고(忘禮樂), 인의를 잊은(忘仁義) 다음의 더욱 높은 차원에서의 "망(忘)"인 것이다. 예악을 잊고 인의를 잊은 상태를 초공리적인 정신상태로 개괄할 수 있다. 그러나 초공리적인 정신상태는 정신적 초월의 전제일 뿐 정신적 초월의 최고의 경지는 아닌 것이다. "형체를 떠나서 모든 사려가 제거된" 좌망의 경지만이 최고의 경지인 것이다. 또한 형체도 잊고 모든 사려(思慮)가 제거된 그러한 경지가 바로 연암이 말한 "물을 몸으로 삼고 물을 성정으로 삼는" 물아양망(物我兩忘)의 경지인 것이다. 장자는 물아양망의 경지가 바로 "대명(大明)"의 경지이며 심미의 극치(極致)라고 했다. 장자는 또한 허정에 의해 이루어진 그러한 심미의 극치를 "물화"로 개괄했다.

장자의 상기의 논술을 염두에 두면서 다시 돌아가 연암의 「일야구도하기」를 살펴보기로 하자.

이 글에서 연암은 먼저 형용하기 어려운 물소리에 대해 쓰고 있다. 다음

---

15) 墮肢體, 黜聰明, 離形去知, 同于大通, 此謂坐忘. (『莊子』「大宗師」)

물소리를 듣는 각자의 서로 다른 느낌을 소개하고 있다. 같은 물소리인데 왜 각자의 느낌은 서로 다를까? 장자가 말한 것처럼 "귀로 들으면 소리만 들을 수 있을 뿐" 道의 본질에 접근할 수 없기 때문이다. 그래서 연암은 "이목을 믿는 자"는 "폐해를 입게 된다"고 했을 것이며 장님이 눈을 뜨자 자기 집을 찾지 못했다는 이야기를 거듭했을 것이다. 감각기관에 의한 구체적이고도 국부적이며 주관적인 인식을 철저히 포기해야 한다는 얘기다. 어떻게 해야만 그것을 철저히 포기할 수 있을까? 연암은 "전심전력으로 몰두해야 한다(冥心)"고 했고 장자는 "마음과 뜻을 전일(專一)하게 해야 한다(若一志)"고 했다. 장자는 또한 "시각과 청각으로 하여금 마음만을 주시하게 해야 한다"고 구체적으로 해석하기도 했으며 연암은 「소완정기」(『燕巖集』卷三)에서 "무릇 뜻을 밝게 하는 도리는 진실로 비워서 사물을 받아들일 수 있게 하며 맑게 해서 사욕이 없게 하는 것"이라고 해석하기도 했다. 그렇게 해야만 "사지와 몸을 잊고 듣고 보는 것을 잊는" 물아양망(物我兩忘)의 경지에 몰입할 수 있다. "나(我)"와 객관 사물이 하나로 合一된 그러한 경지를 연암은 "물을 땅으로 삼고 물을 옷으로 삼으며 물을 몸으로 삼고 물을 성정으로 삼는다"고 형상적으로 비유하고 있다. 연암의 이러한 형상적 비유는 감각기관에 의한 자극이 깨끗이 배제된 허정(虛靜)의 상태에서만이 주체의 자연과 객체의 자연이 合一된(以天合天) 물아양망의 경지에 이를 수 있다는 장자의 사상을 구체적으로 발휘한 것이라고 할 수 있다. 그러한 경지에 이르니 연암의 귀에는 사나운 물소리가 들리지 않았다. 뿐만 아니라 자기 집 침상 위에서 누웠다, 앉았다 하듯이 하면서 하룻밤에 아홉 번이나 자유롭게 강을 건넜다고 한다. 연암이 말하고 있는 그러한 물아양망(物我兩忘)의 경지가 바로 장자가 말한 심미주체의 절대적인 자유를 의미하는 "物化"의 경지인 것이다. 장자는 나(我)와 객체(物)를 구분하기 어려운 물화의 경지에서만이 예술진품이 창작될 수 있음을 강조했다. 물화의 경지가 바로 도가학파의 예술 창작론의 요점인 것이다.

그러한 창작론의 영향으로 말미암아 동방의 전통미학은 주체의 정신적 수양을 특별히 강조할 뿐 어떻게 현실을 모방하고 재현할 것인가에 대해서는 별로 강조하지 않았다. 또한 주체의 창조적 기능을 충분히 발휘할 문제에 관한 논의가 많았을 뿐 객체를 어떻게 관찰하고 이해할 것인가에 대한 논의는 별로 없었다. 그러나 주체의 창조를 전적으로 주관적인 것으로 간주한 것은 아니었다. 예술창작을 객관사물의 상태와 창작주체의 내재적 정감간의 원만한 합일로 간주했던 것이다. 말하자면 주체로부터 시작된 객체와의 합일을 강조하는 것이 동방의 전통적인 창작이론의 중요한 특징이라고 할 수 있다.

4. 연암의 경계론(境界論)

연암은 「종북소선자서(鍾北小選自序)」에서 다음과 같이 말했다.

> 어떤 것을 정(情)이라고 하는가? 새들이 우짖고 꽃이 만발하며 물이 맑고 산이 푸른 것을 말한다. 어떤 것을 경(境)이라고 하는가? 먼 곳에 있는 물에는 파도가 없고 먼 곳에 있는 산에는 나무가 없으며 먼 곳에 있는 사람에게는 눈이 없는 것을 말한다. 가리키는 것이 말하는 것이고 공수하는 것이 듣는 것이다.(중략) 인간에게 이별이 없고 그림에 고원한 의취가 없다면 文章의 情과 境을 논할 수가 없다.(중략) 형체가 있는 구체적 사물을 숨겨 두지 않고 그것을 象으로 활용할 줄 아는 사람은 한 글자도 몰라도 이치에 맞게 올바르게 그릴 수 있다.[16]

연암은 고전미학의 핵심 범주인 상(象)과 경(境)을 해석하면서 자신의

---

16) 何如是情? 曰: 鳥啼花開, 水綠山靑. 何如是境? 曰: 遠水無波, 遠山無木, 遠人無目. 其謂在指, 其拱在聽.(中略) 人無別離, 畵無遠意, 不可與論乎文章之情境矣.(中略) 不昧乎器, 用之象者, 雖謂之不識一字, 可也.(「鍾北小選自序」 『燕巖集』 卷七)

미학사상을 고도로 개괄하고 있다. 여기에서 청대의 시론가(詩論家) 왕사정(王士禎)의 논술을 차용해서 경(境)을 해석한 것이 주목된다. 주지하듯이 심미활동의 일반적 내용을 정(情, 情感), 상상(想像), 초월(超越)로 개괄할 수 있다. 그것에 상응하여 심미활동에서 생성되는 미는 의상(意象), 경계(境界, 境) 등 형태로 존재하게 된다. 심미활동의 가장 기본적인 원동력은 정감이다. 그래서 연암은 인간에게 이별이 없고 그림에 고원한 의취가 없다면 "정(情)"과 "경(境)"을 논할 수가 없다고 했을 것이다.

먼저 연암이 말하고 있는 象에 對해 살펴보기로 하자. 인용문의 마지막 부분에서 볼 수 있듯이 연암은 "구체적 사물"을 "象으로 활용할 줄 아는 사람"을 극찬하고 있다. 장자는 "말로 담론할 수 있는 것은 事物의 거친 部分일 뿐이며 內心으로 느낄 수만 있는 부분이 事物의 정미한 부분"[17]이라고 말했다. 이른바 거친 부분이란 사물 외부의 대체적인 형상을 가리키는 것이며 이른바 정미한 부분이란 사물의 저변에 깔려져 있는 내재적 본질 즉 道를 가리키는 것이다. 그렇다면 사물의 내재적 본질 즉 道는 영원히 현시될 수 없는 것인가? 그런 것도 아니다. 道는 언어 이외의 다른 공구에 의해 얼마든지 현시될 수 있는 것이다. 언어 이외의 그것이 바로 연암이 말하는 "象"인 것이다. 뜻을 표현함에 있어서 상은 언어보다 월등한 기능을 가지고 있다. 『周易』에서는 "글로는 말을 다 전달할 수 없고 말로는 뜻(意)을 다 표현할 수 없다." 성인들은 "만물의 형상을 본따서 뜻을 다 전달한다"[18]고 말했다. 이러한 논술에서 볼 수 있듯이 象은 주체와 객체의 통일물인 것이며 주체와 객체가 서로간에 작용한 결과물인 것이다. 또한 象은 객관 물상을 닮은 것이지만 객관 物象 그 자체가 아닌 것이다. 그것은 意(뜻)를 표현하는 象인 까닭에 意象인 것이다. 象으로 意를

---

17) 可以言論者, 物之粗也: 可以意致者, 物之精也.(『莊子』「秋水」)
18) "書不盡言, 言不盡意." "立象以盡意"(『周易』「繫辭上」)

표현하자면 반드시 道를 체험하고 깨달아야 한다. 그러므로 意象은 언어를 대신해서 意를 표현하는 象이자 道를 전달하는 象인 것이다. 언(言), 상(象), 의(意) 삼자의 관계에 대해서는 중국 육조시대의 현학자 王弼이 비교적 완벽한 논술을 남기고 있다.

> 象이라는 것은 뜻을 産出하는 것이고 言語라는 것은 象을 說明하는 것이다. 뜻을 表現하는 데에는 象보다 나은 것이 없고 象을 說明하는 데에는 言語보다 더 나은 것이 없다. 言語는 象을 생성하는 것인 까닭에 언어를 찾아서 象을 관조할 수 있고 象은 뜻을 생성하는 것인 까닭에 象을 찾아서 뜻을 관조할 수 있다.[19]

왕필은 언어는 상(象)을 설명하고 제시하는 기능만을 가지고 있는 것임을 분명하게 지적하고 있다. 말하자면 상(象)은 언어보다 도의 본질과 더 가까운 차원에 있는 것이다. 그래서 도의 본질은 언어에 의해서가 아니라 상(象)에 의해 현시되고 전달될 수 있다는 것이다. 그러므로 동방전통미학에는 언어로부터 상(象), 상으로부터 의(意)에 이르는 계열화가 구축되어 있다. 연암은 전통미학의 이 같은 체계에 입각하여 구체적 경물을 "상(象)으로 활용할 줄 아는 사람은 한 글자도 몰라도 시비에 맞게 올바르게 그릴 수 있다(雖謂不識一字, 可也.)"고 극찬했을 것이다. 말하자면 의(意)를 표현, 전달함에 있어서의 상(象)의 중요한 역할을 강조한 것이다. 연암이 그랬듯이 고전시론에서는 시화일률(詩畵一律)을 주장한다. 왜 시화(詩畵)가 일률(一律)인가? 시(詩), 화(畵) 모두가 상(象)을 그려서 뜻을 전달하기 때문이다. 시에서는 언어로 상(象)을 그리고 회화에서는 선과 색깔로 상(象)을 그린다. 그래서 시화(詩畵)가 일률(一律)인 것이다.

다음 연암이 말한 경(境)에 대해 살펴보기로 하자. 전통미학에서는 경

---

19) 夫象者, 出意者也. 言者, 明象者也. 盡意莫若象, 盡象莫若言. 言生于象, 故可尋言以觀象, 象生于意, 故可尋象以觀意. (王弼 『周易略例』 明象)

(境), 의경(意境), 경계(境界)를 같은 개념으로 썼다. 중국 당대(唐代)의 사공도(司空圖)는 그것을 "상외지상(象外之象)"이라고 했고 송대(宋代)의 엄우(嚴羽)는 흥취(興趣, 정취)라고 했으며 이학가들은 기상(氣象)이라고 했고 신운론(神韻論)을 집대성한 중국 청대(淸代)의 시론가 왕사정(王士禎)은 신운(神韻)이라고 했다. 경(境)은 미의 최고의 존재형식인 동시에 전통철학의 중요한 범주이다. 불교에서는 경계(境界)를 최고의 차원으로 간주한다. 중국 청대의 왕국유(王國維)가 경계(境界)를 사(詞)의 최고의 차원으로 삼고 그것을 미학적 범주로 전환시켰다. 같은 개념이지만 경계는 의경이나 신운보다 미의 최고의 형태에 더 적합한 개념이라고 할 수 있다. 왜냐하면 신운이나 의경은 예술창작이나 감상에만 적용되는 개념이지만 경계는 인생수양에까지 활용되는 개념이기에 인간의 심미활동의 최고의 차원에 더욱 부합되기 때문이다. 인용문에서 볼 수 있듯이 연암은 신운에 대한 청대의 시론가 왕사정의 해석을 차용해서 자기의 경계론을 해석하고 있다.[20] 왕사정은 다음과 같이 말했다.

> 나는 山水를 논하는 형호의 말을 듣고서야 비로소 詩歌 三昧를 깨달았다. 그는 "먼 곳에 있는 사람에게는 눈이 없고 먼 곳에 있는 물에는 파도가 없으며 먼 곳에 있는 산에는 주름이 없다."고 말했다. 시문의 이치는 모두가 그러하다.[21]

연암도 왕사정과 마찬가지로 상(象)과 의(意)간의 간접적인 관계에 의한 생성성을 강조하고 있다. 왕필이 말했듯이 의상(意象)은 의와 상의 융합체인 것이다. 의란 언어가 아니라 상에 의해 산출되는 뜻이다. 그러나

---

20) 李德懋를 비롯한 北學派의 詩人들과 마찬가지로 연암도 王士禎의 神韻論에 심취되었던 것으로 보인다. 그는 자기의 예술론의 가장 핵심 범주인 境(境界)을 王士禎의 논술을 借用해서 解釋했을 뿐만 아니라 『熱河日記』의 곳곳에서 王士禎과 그의 著書를 거론하고 있다.

21) 子嘗聞荊浩論山水 而悟詩歌三昧矣. 其言曰: "遠人無目, 遠水無波, 遠山無皴."(中略) 詩文之道, 大抵皆然.(王士禎, 『蠶尾續文』)

상(象)은 의(意)의 직접적인 표상물이 아니기 때문에 의를 직설적으로 표현하거나 전달하는 것이 아니다. 이른바 간접적인 관계란 상(象)과 의(意) 간의 관계에 존재하는 불확정성 내지 모호성을 뜻한다. 인용문에서 볼 수 있듯이 연암은 그러한 불확정성과 모호성을 "가리키는 것이 말하는 것이고 공수하는 것이 듣는 것"이라고 비유했다. 불확정성과 모호성으로 인해 상(象)과 의(意) 사이에는 심미적 거리가 구축된다. 또한 그러한 심미적 거리에 의해 연상과 상상의 공간이 이루어진다. 그래서 왕사정은 상(象)과 의(意)의 관계를 논하면서 불교에서 주장하는 "가까이 하지도 않고 멀리하지도 않는 관계(不卽不離)", "들어붙지도 않고 떨어지지도 않는 관계(不粘不脫)"를 재삼 강조했던 것이다. 우리는 실생활 가운데서 이러한 현상을 흔히 체험하게 된다. 이를테면 햇빛 밝은 창문턱 화분에 피어 있는 장미보다 자욱한 안개 속에 피어 있는 장미에서 더욱 감흥을 받게 된다. 자욱한 안개에 의해 심미적 거리가 구축되었기 때문이다. 그러한 심미적 거리에 의해 상(象)은 생성성을 띠면서 연상과 상상 속에서 작자의 뜻(意)이 구현되어 있는 새로운 세계를 펼치도록 독자들을 이끌어 준다.

독자들의 머리 속에 펼쳐지는 그 세계가 바로 사공도(司空圖)가 말한 "상외지상(象外之象)"이며 엄우(嚴羽)가 말한 "물에 비낀 달(水中之月)"이며 왕사정이 말한 신운이며 연암이 말한 경(境)인 것이다. 그러한 경지의 가장 큰 특징은 심각한 이성적 함의가 있지만 이성적 형태를 취하지 않고 또 이론적, 언어적 형태로서가 아니라 청정한 감성적 형태로 표현되는 것이다. 때문에 느낄 수만 있을 뿐 말로는 표현이 불가능한 것이다.

연암의 경계론의 다른 하나의 특징을 무한성으로 개괄할 수 있다. 연암도 왕사정처럼 "파도가 없는 물(無波)", "나무가 없는 산(無木)", "눈이 없는 사람(無目)"을 거론하면서 "無"의 상태를 주장한다. 여기에서의 "무(無)"는 "없다"는 뜻인 것이 아니라 무한성을 의미한다고 할 수 있다. 노자에 의하면 우주의 본체인 도는 무(無)와 유(有)로 이루어진 것이다. 무(無)는 우주의 근본이고 유(有)는 만물의 모체이다. 전자는 텅 비어 있는 것이고 정미한 것이며 무한성을 띤 것이다. 후자는 구체적이고 실제적인 것이며 유한성을 띤 것이다. 양자 모두가 도에서 기원된 것으로서 만물의 오묘함을 명찰할 수 있는 비결인 것이다. 경(境) 혹은 경계(境界)는 노자의 이 같은 관점을 바탕으로 한 것이다. 경계론(境界論)의 핵심은 무(無)와 유(有), 허(虛)와 실(實)의 관계에 있다고 할 수 있다. 경계에는 내(內), 외(外) 두 개 층위가 있는데 상내(象內)라고 할 때에는 의상(意象)에 의해 이미 표현된 상(象)과 의(意)를 가리키며 상외(象外)라고 할 때에는 의상(意象)에 의해 표현되지 않은 상(象)과 의(意)를 뜻한다. 전자는 유(有)이고 실(實)이며 후자는 무(無)이고 허(虛)이다. 양자의 관계에서 전자는 후자와 통하고 후자는 전자에 의탁하며 전자는 후자를 규정하고 후자는 전자를 초월한다. 생기(生氣)가 넘치는 예술작품의 정신세계는 유(有)와 무(無), 실(實)과 허(虛)의 서로간의 작용에 의해 생성되는 것이다. 만일 인물을 그릴 경우 오관을 제대로 다 그려놓고 입으로는 무슨 말을 하고 있고 귀로는 무슨 말을 듣고 있다는 것까지 다 표시해 놓으면 음미할 아무런 여지도 없게 된다. 그러한 상(象)은 아무런 감흥도 불러일으키지 못하는 무의미한 것이다. 예술의 신묘함은 무한한 연상과 상상 속에서 무궁한 의취를 느낄 수 있는 데에 있다고 할 수 있다. 그러므로 예술창작에서는 모든 것을 죄다 쓰고 죄다 그리는 것을 최대의 금기로 간주한다. 그러한 작품은 감상자들에게 상상의 여지를 남겨주지 못하기 때문이다. 이런 의미에서 무(無)와 허(虛)가 없으면 예술이 없다고 말할 수 있다. 그래서 왕사정이나 연암은 "먼 곳에 있는" "눈이 없는 사람", "파도 없는 물", "주름 없는 산"을 강조했을 것이다. "무(無)"와 "허(虛)"의 경지를 강조한 것이다.

성대한 음악은 소리가 없고 성대한 상(象)은 형체가 없으며 잠재해 있는 도(道)는 명성이 없다.”22)는 노자의 논술은 미학상에서 중요한 계시를 주고 있다. 우선 “도”와 상통되는 경지인 그러한 최상의 미는 오직 심령에서 직접적으로 깨달을 수 있을 뿐 감각기관으로 파악할 수 없는 것임을 제시한다. 그것은 무한히 광명한 것이지만 그 광명함을 볼 수 없고(소리가 없기 때문에) 무한히 위대한 것이지만 그 형상을 볼 수 없으며(형체가 없기 때문에) 무한히 아름다운 것이지만 그 소리를 들을 수 없다. 그래서 연암은 “이목(耳目)”에 의한 “폐해”를 거듭 언급했을 것이다.

노자의 그러한 논술은 동방고전미학의 핵심범주인 “의상론”, “의경론”의 철학적 토대를 제공해 주었다. “의상”, “의경” 리론의 정수는 유한한 것으로 무한한 의미를 제시하는 것이다. 그래서 사공도는 “상외지상(象外之象)”을 제기했고 엄우는 “말은 끝났지만 뜻이 무한한(言有盡而意無窮)” 경지를 주장했을 것이다. 그러한 “황홀(惟恍惟惚)”한 분위기는 예술적 형상과 상통되는 것이다. 예술형상은 허상(虛像)이어야 하며 일정한 모호성이 있어야 한다. 그것은 생활을 그린 작품속의 형상일 뿐 생활의 실체가 아니기 때문에 모호성, 불확실성을 지니지 않을 수 없다. 뿐만 아니라 그러한 모호성, 불확실성이 있어야만 접수자들에게 재창조의 여지를 제공해 줄 수 있기 때문이다.

“무(無)”와 “유(有)”, “허(虛)”와 “실(實)”이 통일된 그러한 예술적 경지에 대해 중국 송대의 시론가 엄우는 다음과 같이 말했다.

> 영양이 나뭇가지에 뿔을 걸고 자니 땅바닥에서는 그 흔적을 찾아볼 수 없다. 그러므로 신묘한 곳은 투철하고 영롱하여 한 곳에 모을 수 없다. 공중에서 울리는 소리, 달의 색깔, 물에 비낀 달, 거울에 비낀 그림 같아서 말은 끝났지만 뜻이 무한하다.23)

---

22) 大音希聲, 大象無形, 道隱無名. (『老子』四十一章)

"공중에서 울리는 소리", "물에 비낀 달", "거울에 비낀 그림" 모두가 "허상(虛象)" 혹은 "허(虛)"의 세계인 것이다. 연암의 경계론은 바로 그러한 세계를 추구한다.

연암이 주장한 경(境, 境界)은 심미적 초월의 결과물인 것이다. 심미적 초월에서의 가장 기본적인 것은 공리에 대한 초월이다. 공리에 대한 초월은 정감에 대한 정화를 거쳐 진행된다. 그래서 연암은 "사욕(私慾)이 없어야 함"을 거듭 강조했을 것이며 나비를 잡는 어린애의 천진하고 전일(專一)한 마음을 제창했을 것이다. 심미적 정감은 공리와 각종 잡념이 제거된 순수한 정감을 뜻하기 때문이다. 연암은 순수한 정감에 초점을 맞추면서 이목(耳目)에 의한 외부사물의 자극을 단호히 배척했고 그 어떤 편견도 없는 석가여래의 혜안, 소경안, 광명안(光明眼), 진정견(眞正見)을 주장했다. 공리적인 시각으로 연암의 범도론을 해석한 김명호나 임형택의 논술이 성립될 수 없다고 하는 주요한 이유가 바로 여기에 있다.

심미적 초월은 또한 주체와 객체의 구별을 초월해야 한다. 주체와 객체의 구별을 초월한 경지가 바로 심미의 극치라고 할 수 있는 물아양망(物我兩忘)의 경지로서 장자의 꿈에서 장자가 나비로 되었는지 아니면 나비가 장자로 되었는지를 분간하기 어려운 물화의 경지인 것이다. 그러한 경지에서만이 창작주체는 절대적인 자유를 느끼면서 상상의 세계를 펼칠 수 있다. 연암은 「일야구도하기」에서 그러한 경지를 흥미진진하게 논술했다. 도가적 성향에서 비롯된 미의 극치로서의 경(境)은 주체와 객체의 통일일 뿐만 아니라 현실과 이상의 통일인 것이다.

---

23) 羚羊挂角, 無迹可求. 故其妙處透徹玲瓏, 不可湊泊, 如空中之音, 相中之色, 水中之月, 鏡中之象, 言有盡而意無窮. (嚴羽, 『滄浪詩話』, 「詩辨」)

5. 연암의 산수전원시(山水田園詩)

산수전원시(山水田園詩)는 중국 육조시대(六朝時期)에 나타난 장르라고 한다. 객관경물(산수와 전원)을 정감표현의 부호로 간주하는 기법을 산수전원시의 가장 기본적인 특징이라고 할 수 있다. 그러한 창작기법은 미술에서 온 것이다.

미술은 인물화로부터 서정적인 산수화로 발전했다. 옛 사람들은 산수를 유람하면서 산수가 구현하고 있는 정신(道)을 터득하고자 했다. 그러한 상황에서 산수화는 사실성을 우선시하지 않을 수 없었다. 산수나 전원의 형체를 핍진하게 그림으로써 감상자들로 하여금 집에 앉아서도 산수나 전원을 유람하게 할 수 있도록 하고자 했던 것이다. 하지만 산수화의 발전과 함께 화가들은 점차 정신에 초점을 맞추게 되었다. 그런데 인물화에서의 정신과 산수화에서의 정신은 서로 다른 점이 있었다. 인물화에서의 정신은 대상 자체가 지니고 있는 것이지만 산수화에서의 정신은 화가의 주관적 정신을 이입시킨 것일 수밖에 없었다. 산수나 전원은 정신을 지니지 않고 있기 때문이다. 그래서 산수화는 점차 사실(寫實)로부터 서정적인 방향으로 전환되기 시작했다. 거기에 따라 "형체로 정신을 그린다(以形寫神)"는 주장이 제기되었다. 그러한 경향은 중국 송대에 이르러 절정을 이루었다고 한다. 이로부터 산수화가 지니고 있던 사실적 기능은 약화되던 나머지 나중에는 서정적 기능만을 지니게 되었다. 따라서 사실적 기능을 잃은 산수화에서의 산수, 전원은 정감표현의 일종 부호로 전락되고 말았다.

역대의 시인, 시론가들은 산수화의 이러한 이치를 창작과 시론에 적극 수용했다. 그래서 중국 육조시기에 산수전원시가 등장하게 되었다고 한다. 산수화, 산수전원시의 이 같은 발전맥락에 의해 동방의 문인들은 예로부터 인생론적 추구(精神 혹은 道)가 배제된 음풍농월에 그친 작품들을 여지없이 배격했다. 대표적인 인물로 송대의 저명한 시인, 시론가인 소동파를 들 수 있다. 그는 "형체의 비슷함으로 그림을 논하는 이들은 그 식견이 어린애와 같고 써놓은 시가 반드시 그 시와 같다고 하는 이들은 틀림없이 시를 모르는 사람이다.(論畵以形似, 見與兒童隣, 賦詩必其詩, 定非知詩人)"라고 하면서 음풍농월, 무병신음에 그친 작품들을 질타했다.

산수전원시의 이러한 발전맥락에 근거하여 연암의 산수전원시 몇 수를 살펴보기로 하자.

1) 一鷺踏柳根,   백로 한 마리는 버들 뿌리를 밟고 섰고
   一鷺立水中.   또 한 마리는 물 가운데 서 있네.
   山腹深靑天黑色,   산허리는 짙푸르고 날은 어두워지는데
   無數白鷺飛翻空.   무수한 백로들이 하늘에서 날고 있네.
   頑童騎牛亂溪水,   소를 타고 시내를 건너가는 머슴애
   隔溪飛上美人虹.   시내 건너편에는 고운 무지개가 비껴 오르네.

2) 一鵲孤宿蜀黍柄,   까치 한 마리 수숫대 위에서 외롭게 잠들었는데
   月明露白田水鳴.   밝은 달, 맑은 물, 시냇물은 졸졸 흘러가네.
   樹下小屋圓如石,   나무아래 바위처럼 둥근 작은 집
   屋頂匏花明如星.   지붕 위에 박꽃은 별처럼 반짝이네.

인용 시 1)은 「일로(一鷺)」라는 제목으로 읊은 시다. 연암은 백로, 머슴애, 무지개를 등장시키면서 갑자기 비가 멎은 산촌의 모습을 한 폭의 그림으로 그려 보이고 있다. 모두가 그 어떤 인위적 간섭도 받지 않고 자기의 본성 그대로 자유롭게 살아가는 경물들이다. 같은 백로들이지만 땅이나 물 가운데 서 있고 싶으면 서 있고 하늘을 날고 싶으면 난다. 머슴애는 자기의 취미에 따라 소를 타고 물을 건너간다. 강 건너편에는 자연의 법칙에 따라 고운 무지개가 비껴 오른다. 모두가 자기의 천연적인 본성 그대로

생존하는 도의 구현물들로 한 폭의 풍경화를 이루고 있다.

인용 시 2)의 경우도 마찬가지이다. 잠자는 까치, 밝은 달, 맑은 이슬, 흘러가는 시냇물, 작은 집, 호박꽃 모두가 천연적인 본성 그대로 존재하고 있는 경물들이다.

연암은 아무런 인위적인 간섭도 없는 자신이 희구하는 그러한 세계를 그려 보이고 있다. 노자는 "사람은 땅을 본받고 땅은 하늘을 본받으며 하늘은 도를 본받고 도는 자연을 본받는다.24)"고 말했다. 노자는 자연을 최고의 차원으로 간주했던 것이다.

그렇다면 노자가 말하는 "자연"이란 무엇인가? "자(自)"는 "자기" 혹은 "스스로"라는 뜻이다. "연(然)"은 "그렇다(是)", "알맞다(宜)", "이루다(成)"의 뜻이다. 그렇다면 "자연(自然)"은 "스스로 그러한 모양", "자기에게 알맞는 상태" 혹은 "스스로 이룬다"는 의미로 풀이된다. 여기에서 "자(自)"의 역할이 매우 중요하다. 그것은 "그 어떤 외부의 영향도 받지 않음"을 강조한다. 그래서 중국의 학자들은 일반적으로 도가철학에서 주장하는 "자연"을 "스스로 그러한" 상태로 해석하며25) 일부 학자들은 "도법자연(道法自然)"을 "도는 자신을 본받는다(道效法自身)"고 해석하기도 한다.26)

"스스로 그러한" 상태가 바로 사물의 본성 혹은 본래의 면모인 것이다. 노자에 따르면 세상 만물 모두가 자체의 본성을 지니고 있으며 자체의 본성에 부합되는 존재방식을 지니고 있다. 이를테면 새들은 본성에 의해 하늘을 날아다니고 물고기들은 본성에 의해 물속에서 마음대로 헤엄친다. 본성에 부합되는 그러한 존재방식이 바로 "도(道)"에 부합되는 존재방식

---

24) 人法地, 地法天, 天法道, 道法自然.(『老子』「二十五章」)
25) 王中江, 『道家形而上學』, 上海文化出版社, 1997. pp.193-194. 참조.
26) 馬恒君, 『老子正宗』, 華夏出版社, 2007. p.83. 참조.

인 것이다. 미학적 차원에서 말할 때 본성대로 살아가는 그러한 존재방식이 바로 미인 것이다. 노자는 기실 미는 자연스러운 본래의 면모(본성)에 있음을 말하고 있다.

상기의 인용 시들에서 볼 수 있듯이 연암은 자연스러운 본성대로 살아갈 수 있는 그러한 세계를 미로 간주하면서 노래하고 있다. 무엇 때문에? 자신이 직면하고 있는 현실은 인위적인 예의도덕으로 얼룩진 세계였기 때문일 것이다.

「산행(山行)」이란 제목으로 읊은 다음 시를 보자.

> 3) 叱牛聲出白雲邊, 이랴 쯧쯧 소를 모는 소리 하늘가에서 울리고
> 危嶂鱗脧翠挿天. 밭이랑이 비늘처럼 뻗은 푸른 산이 하늘에 솟았
> 네.
> 牛女何須烏鵲渡, 견우, 직녀는 어찌하여 반드시 오작교만 건너야
> 하나?
> 銀河西畔月如船. 은하수 서쪽에 배 같은 달이 걸려 있네.

연암은 이 시에서 두 개의 의상(意象)을 그리고 있다. 첫 두 구절에서는 그 어떤 인위적인 조작도 없이 천연적인 본성 그대로인 전원의 모습을 하나의 의상(意象)으로 그렸다. 다음 두 구절에서는 일 년 동안 칠석날에 오작교에서 단 한 번밖에 만날 수 없는 견우와 직녀의 처량한 모습을 다른 하나의 의상(意象)으로 그리고 있다. 은하수 서쪽에는 달이 배처럼 걸려 있다. 그 달을 건너서 만난다면 그들은 한 달에도 몇 번씩 자유롭게 만날 수 있을 것이다. 하지만 그들은 외부적 속박으로 인해 반드시 오작교에서만 만나야 한다. 연암은 천연적인 본성을 해치는 외부적 속박에 항변하고 있다. 천연적인 본성 그대로인 전원의 모습과 상봉을 고대하는 견우, 직녀의 애절한 모습이 대조를 이루고 있다. 연암은 대조적인 두 개의 의상(意

象)을 그려만 보일 뿐 그것에 대한 자신의 판단이나 평가는 한 마디도 내비치지 않음으로써 독자들의 연상과 상상을 불러일으키고 있다. 그것이 바로 연암이 주장한 경계론(의경론)에 의해 창조된 예술적 경지인 것이다.

다음은 「전가(田家)」라는 제목으로 읊은 시다.

> 4) 老翁守雀坐南陂,　새를 쫓는 노옹은 남쪽 산비탈에 앉아 있고
>   粟拖狗尾黃雀垂.　노란 참새는 개꼬리 같은 조 이삭에 매달려 있네.
>   長男中男皆出田,　장남, 중남 모두가 밭으로 나갔으니
>   田家盡日盡掩扉.　농가의 사립문은 온 종일 닫겨 있네
>   鳶蹴鷄兒攫不得,　솔개가 병아리를 채려다 못 채니
>   群鷄亂啼匏花籬.　박꽃이 핀 울타리 아래에서 뭇 닭들이 마구 울
>   부짖네.
>   小婦戴捲疑渡溪,　젊은 아낙이 함지를 이고 시내를 건너가는데
>   赤子黃犬相追隨.　어린 아이, 누렁이가 그 뒤를 따라가네.

새를 쫓는 노옹은 남쪽 둔덕에 앉아 있지만 참새는 제 본성대로 이삭에 매달려 낟알을 쪼아 먹고 있다는 첫 두 행의 묘사가 매우 흥미롭다. 병아리를 채려는 솔개, 놀라서 울부짖는 뭇 닭들, 시내를 건너가는 젊은 아낙, 그 뒤를 따라 가는 어린이와 누렁이, 연암은 인용 시 1), 2)에서와 마찬가지로 자기의 본성대로 살아가는 도의 상징물들로 농가의 의상(意象)을 그리고 있다. 이상 네 수의 시에서 연암이 그린 의상(意象)들의 특징을 천연미(혹은 자연미)가 구현된 자연스러운 품격으로 개괄할 수 있다. 그렇다면 그러한 의상들이 전달하고 있는 뜻(意)은 무엇일까?

먼저 연암의 논술을 살펴보기로 하자.

> 아침에 일어나니 푸른 나무의 그늘이 짙은 정원에서 새들이 지저귀고 있었다. 나는 부채를 들고 책상을 치면서 "날아갔다 날아왔다 하는 저 것이 바로 나의 글자이고 서로 지저귀면서 화답하는 저 것이 바로

나의 글월이다.”라고 소리쳤다.[27]

　주지하듯이 유가철학은 인의도덕(仁義道德)을 인간의 본성으로 간주한 반면 도가철학은 자유로운 삶에 대한 추구를 인간의 본성으로 간주한다. 연암은 도가적 성향에 입각하여 자신의 본래의 면모대로 존재하는 의상들을 통해 자유로운 삶을 희구하고 있는 자신의 정감을 토로하고 있다. 연암이 그린 세계는 그 어떤 인위적인 조작도 없이 자기의 본성대로 살아가는 자유롭고 자연스러운 세계이며 만물이 평등한 세계이다. 연암은 그러한 세계를 희구하면서 그러한 세계로의 초월을 시도했던 문인이다. 연암의 그러한 초월의식은 형암(炯庵) 이덕무가 “오묘한 경지에 이르렀다”고 극찬한 다음의 시구들에서 더욱 분명하게 나타나고 있다.

水碧沙明島嶼孤. 물 맑고 모래 반짝이는 외로운 섬이니
鷄鷁身世一塵無. 푸른 백로의 몸에는 세속의 먼지 한 점 묻지 않았
　　　　　　　　네.[28]

　이것이 바로 연암이 추구한 이상세계였다. 그러한 이상세계의 특징은 “세속의 먼지”가 “한 점”도 묻지 않은 것이었다. 연암은 그만큼 세속을 철저히 등지려고 했던 문인이었다. 인의도덕과 거짓으로 얼룩진 세속은 자유롭고 자연스러운 평등세계와는 너무도 대립되는 세계였기 때문이었다.

　상기의 시들에서 연암이 그린 의상들을 통해 표현되는 그러한 이상세계가 바로 사공도가 제기한 “상외지상(象外之象)”, 왕사정이 집대성한 “신운(信韻)”이며, 연암이 주장한 “경(境)”인 것이다.

---

27) 朝起綠樹蔭庭是鳥鳴嚶, 擧扇拍案胡叫曰: 是吾飛去飛來之字, 相鳴相和之書, (「答京之二」『燕
　　巖集』 卷五)
28) 李德懋, 『淸脾錄』三, 「燕巖」.

이상에서 연암의 산수전원시의 일단을 살펴보았다. 연암은 자기의 본성대로 살아갈 수 있는 자유로운 세계로의 초월을 갈구했다. 연암의 그러한 초월의식은 도가철학에 입각한 것으로서 자신이 직면하고 있는 유가의 명분사회(名分社會)에 대한 부정에서 비롯된 것이었다. 연암의 산수전원시의 문학사적 의의는 이런 차원에서 논의되어야 마땅하다고 생각된다.

그러나 송재소는 연암의 상기의 시들을 분석하면서 인용 시 1)에 대해 "눈앞에 보이는 풍경을 놀랄 만큼 사실적으로 그려내고 있다." "산촌 풍경이 아름답게 묘사되어 있다."는 평가를 내리고 있으며 인용 시 2)에 대해서는 "새벽 풍경을 성공적으로 묘사했다."는 평가만을 내리고 있다. 역시 "놀랄 만큼 사실적으로 그려냈다."고 평가한 것으로 짐작된다. 그런가 하면 인용 시 3)에 대해서는 "독자적인 창조를 감행한 시"라고만 했을 뿐 무엇을 어떻게 독자적으로 창조했는지에 대해서는 언급하지 않고 있다. 그리고 인용 시 4)에 대해서는 "농촌의 풍경을 그림 보듯 실감 나게 그린 시"라고 하면서 이 시에 등장하는 인물들은 "당시 농촌의 전형적인 인물들로 살아 움직이고 있다."29)는 평가를 내리고 있다.

연암의 산수전원시에 대한 송재소의 이상과 같은 분석과 평가는 언어에 의해 표달된 극히 표층적인 의미에만 머물러 있을 뿐 시의 본질에 접근하지 못하고 있는 아쉬움을 남기고 있다. 작품에 그려진 상내(象內)에서 전달된 상(象)과 의(意)만을 언급했을 뿐 경계론에서 추구하는 상외(象外)에 대해서는 언급하지 못했다는 얘기다.

또한 송재소는 경계론에 입각하여 의상기법(意象技法)으로 읊은 연암의 시를 서구의 사실주의이론으로 분석하려고 시도했다. 인용 시 1)을 분석하면서 "놀랄 만큼 사실적으로 그려내고 있다."는 평가가 바로 그것이

---

29) 송재소, 「연암의 시에 대하여」, 송재소, 김명호, 정대림 외, 『李朝後期 漢文學의 再照明』, 창작과 비평사, 1983.

다. 연암의 시는 "눈앞에 펼쳐진 풍경을 보이는 그대로 그린 시"가 아니다. 또한 동방의 옛 시인들의 목적은 그 어떤 풍경을 "성공적으로 묘사"하기 위한 것이 아니였다. 연암의 시들을 결코 음풍농월이나 무병신음에 그친 시로 볼 수 없다. 연암은 경물로 자신의 그 어떤 정감을 표현하기 위해 (以形寫神) 시를 읊었다고 보아야 할것이다.

연암의 시에 대한 송재소의 분석과 평가에서는 논리적 모순들도 노출되고 있다. 이를테면 인용 시 1)에 대한 평가에서 "산촌의 풍경이 아름답게 묘사되었다."는 것과 같은 논술이다. 연암은 가난으로 인해 몰락되어 가는 현실을 통탄하던 나머지 북학의 기치를 높이 들었던 북학파의 거성이었다. 그러했던 그가 과연 당시의 현실에서 산촌의 풍경을 "아름답게 묘사"하려고 했을까? 역사주의시각으로 볼 때 봉건사회후기 자본주의요소의 생성, 발전에 의한 첫 번째의 피해자는 농촌과 농민계층일 수밖에 없다. 농촌과 농민계층의 파산과 몰락은 일종 필연성을 띤 역사적 현상인 것이다.

송재소에 따르면 연암은 그러한 농촌과 농민들을 "놀랄 만큼 사실적으로 그려내고" 또 "아름답게 묘사"했다. 이러한 평가는 연암과 북학파 문인들의 역사적 위치 내지 문학사적 위치에 직결되는 심각한 문제인 것이다. 사실이 그러했다면 연암이나 북학파 문인들은 민족사나 문학사에서 차지할 위치가 없게 된다. 왜냐하면 그들은 적어도 역사의 진실을 왜곡했다는 질책을 면할 수 없기 때문이다. 연암을 비롯한 북학파의 문인들은 근대 민주주의사상의 선구자들이었다. 그러나 잘못된 인식에 의한 불공평한 평가로 인해 그들은 아직도 마땅히 차지해야 할 역사적 위치를 차지하지 못하고 있는 실정이다. 조선후기의 실학파 대표인물을 언급할 때마다 흔히 다산 정약용만 제기될 뿐 연암을 비롯한 북학파 문인들이 소외되고 있는 사실이 이 점을 증언하고 있다. 이러한 현실을 안타깝게 생각하지 않을 수 없다.

다음 송재소는 인용 시 4)에 등장하는 인물들을 "당시 농촌의 전형적 인물"들로 그렸다고 한다. 이런 평가 역시 이 시들의 실제나 문학사의 실제와는 거리가 먼 것이다. 주지하듯이 전형설은 서구의 박래품이다. 전형설은 어디까지나 개별성을 통해 사물의 보편성을 제시하는 것으로 특징적이다. 개별성으로 보편성을 반영하는 구체적 형상이 전형인물인 것이다. 여기에서의 보편성은 그 어떤 동류의 본질적 속성을 뜻한다. 그렇다면 연암은 그러한 인물들을 통해 몰락되어 가는 농촌의 평화로운 모습 혹은 아름다운 모습을 반영하려고 했다는 말인가? 앞에서 살펴보았듯이 이러한 주장은 사실에 부합되지 않는 논리적 비약이 아닐 수 없다.

그밖에 창작기법상에서 볼 때 본질적 속성을 반영하기 위해 전형화기법에서는 될수록 형상의 풍만성, 명확성, 완전성을 추구한다. 전형설의 그러한 추구는 함축성에 의한 언외지의(言外之意)를 추구하는 동방의 의상론 혹은 경계론과는 성질이 판이한 것이다.

연암의 그 어떤 동류의 본질적 속성을 반영하기 위해 시를 읊은 것이 아니라 자신의 정감을 표현하기 위해 읊었다. 연암의 시를 전형설로 분석하려는 작법은 방법론상에서의 실수 내지 착각이었다고 하지 않을 수 없다.

이 문제에서 혹자는 자기가 추구하는 이상세계를 "아름답게 묘사했다"고 했는데 무엇이 잘못되었느냐는 반론을 제기할 수도 있다. 문제는 "눈앞에 보이는 사실을 놀랄 만큼 사실적으로 그려냈다."는 데에 있다. "사실적으로 그려냈다"는 것은 객관생활을 본래의 면모대로 진실하게 반영하는 것을 원칙으로 삼는 사실주의기법을 말한다. 당시 산촌의 실정이 어떠했는지를 우리는 잘 알고 있다. 파산에 직면하고 있는 당시의 농촌을 본래의 면모대로 진실하게 반영했는데 그것이 "아름답게 묘사"되었다고 하는 것은 현실을 강도 높게 부정했던 연암에 대해 말할 때 어불성설이 아닐 수 없다.

연암은 경계론을 주장했던 문인이다. 예술과 현실간의 관계에서 경계론도 물론 진실성을 중요시한다. 그러나 경계론에서의 진실은 기실 작자가 이해하고 있는 道에 대한 진실인 것이다. 말하자면 외부적 물상의 진실인 것이 아니라 내재적 본질의 진실인 것이다. 그러므로 연암이 산수전원시들에서 자연스러움의 상징물로 그린 의상(意象)들을 "눈앞에 보이는" 실존하는 경물들이라고 단언할 수 없다.

6. 맺음말

이상에서 연암의 도가적 성향과 예술론의 일단을 살펴보았다.

연암의 도가적 성향은 그의 사회관에서 뿐만 아니라 예술창작론을 비롯한 미학사상에서도 표현된다. 경계론의 주요한 특징의 하나가 "언외지의(言外之意)"에 대한 추구이다. 세상 만물의 근본인 도는 무형적인 것이며 언어로는 표현이 불가능하다는 것이 노자, 장자의 주장이었다. 그러나 언어는 뜻(意)을 상징하는 기능을 가지고 있는 것이기 때문에 언어를 통해 언외지의를 얻을 수 있다. 도가철학의 이 같은 사상이 고상한 예술정신으로 승화된 것이 바로 경계론이다. 경계론(境界論)에서 주로 탐구한 문제는 의(意)와 상(象)간의 관계문제였다. 서구 미학에서 미를 핵심 범주로 간주했다면 우리의 전통미학에서는 의상(意象)을 핵심 범주로 간주했다. 앞에서도 언급했지만 의상(意象)은 의(意)와 상(象)의 통일체이다. 의(意)는 의상(意象)의 영혼이며 상(象)은 의상(意象)의 본체이다. 상(象)은 의(意)의 캐리어(載體)일 뿐만 아니라 의(意)의 상징 혹은 의(意) 자체인 것이다. 연암이 말한 경(境) 혹은 경계(境界)는 상(象)에서 파생된 것이다. 그래서 상외(象外)라고도 부른다. 우리의 전통미학사를 의상(意象)과 경(境 혹은 境界)의 생성에 대한 탐구사였다고 해도 과언이 아닐 것이다. 전통한시 특히 산수전원시(山水田園詩)인 경우 시인이 그려놓은 의상(意象)에 대한 깊이 있는 분석을 떠나 언어가 전달하는 표상적인 의미에만 집착해서는 작품의 본질에 접근하기가 어렵다. 그래서 왕필은 "상(象)을 찾아서 뜻을 관조(尋象觀意)"하라고 했을 것이다. 특히 서구의 리얼리즘이나 전형설로 우리의 한시를 분석, 평가하려는 작법은 그 착상부터가 재고되어야 할 바이다.

연암의 예술론 연구에는 반드시 그의 한문소설에 대한 깊이 있는 연구가 망라되어야 할 것이다. 그러나 필자의 지식 부족, 자료 부족 등으로 말미암아 후일을 기약한다.

참 고 문 헌

1. 자료

『燕巖集』

『老子』

『莊子』

2. 論著

李家源, 『燕巖小說硏究』, 乙酉文化社, 1965.

趙東一, 「朴趾源」, 『韓國文學思想史試論』, 지식산업사, 1978.

姜東燁, 「『熱河日記』의 文學的 硏究」, 건국대박사논문, 1982.

李東歡, 「朴趾源의 洪德保墓地銘에 對하여」, 『李朝後期漢文學의 再照明』, 송재소, 김명호, 정대림 외. 창작과 비평사, 1983.

金 泳, 「朴趾源의 士意識과 讀書論」, 『朝鮮後期 漢文學의 社會的意味』, 집문당, 1993.

한국한문학회 엮음, 『한국한문학과 미학』, 태학사, 2003.

제2부

바다를 넘어
- 고립과 협주

일본속의 신라신사와 신라신들*

하정용

1. 머리말

오랫동안 한국고대사를 연구함에 있어서 지명을 비롯한 고유명사 즉 이름에 대한 논의는 필자에게 있어 이해하기 매우 어려운 숙제처럼 다가왔다. 신라시대 갈문왕에 대해서 석사논문을 준비할 때도[1], 삼국유사에 대해서 박사논문을 집필할 때도[2] 역시 그러했다. 알 수 없게 말은 변화하고 또 변화를 거듭한 결과, 결국 어원 등을 찾아보다보면 발음 등이 약간만

---

* 본고는 다음의 논문(하정용, 2009.6, 「일본속의 신라신과 신라신사에 대하여」, 『한민족연구』7, 한민족학회.)을 수정보완한 것이다.
1) 河廷龍, 『신라시대갈문왕연구』, 고려대학교 문학석사청구논문, 1994. 12 ; 『民族文化研究』27, 高麗大 民族文化研究所, 1994. 8.
2) 河廷龍, 『삼국유사의 편찬과 간행에 대한 연구』, 고려대학교 문학박사청구논문, 2005. 8 ; 『三國遺事史料批判』, 民族社, 2002. 8.

비슷하면 가져다 붙이고 대면 다 그 비슷한 말이 될 수 있는 것이 아닐까 싶을 정도로 오해한 적도 없지 않다. 즉 연구자가 자신의 주장을 보강하기 위해서 언어학적인 방증을 찾는 그런 것이 아닌가라고도 이해한 적이 있다. 하지만, 사료가 부족한 고대사연구에 있어서 언어학적인 접근 역시 부족한 사료의 한계를 메꿀 수 있는 정당한 방법론의 하나로 인정할 수 밖에 없다는 생각을 요즘은 갖게 되었다.

본고에서 필자가 제기할 수 있는 문제제기는 언어학적인 것은 아니지만 전혀 무관한 것은 아니다. 적어도 조금은 관련이 있을 듯하다. 다름이 아니라, 현재 일본의 지명을 비롯한 각종 고유명사에 고구려(또는 고려)·백제· 신라 등의 이름이 왜 사용되고 있는가라는 점이다. 소박하면서도 좀 모자란 문제제기이지만, 고구려(또는 고려)·백제·신라라는 이름은 기원전부터 존재했고 빠르면 7세기에는 늦어도 10세기에는 소멸했던 고대국가의 이름이다. 그것도 현재의 일본에서 보면 일본 자국도 아닌 다른 나라 즉 바다 건너 당시로서는 아주 먼 타국의 그것도 이미 오래전에 멸망한 나라의 이름일 뿐이다. 새로운 밀레니엄을 맞는 일본의 2009년 현재에도 사라지지 않고 남아 있는 이들 고유명사는 필자에게는 아직도 명확하게 풀리지 않는 하나의 수수께끼이다.

고고학적으로 이미 밝혀졌고 일본에서도 분명하게 인정하는 바와 같이, 일본에서는 지금으로부터 약 2500년전 즉 야요이[弥生]시대로부터 벼농사와 직물제도 등의 기술을 포함한 청동기문화를 가진 도래인의 본격적인 일본상륙이 시작되었다.3) 일본이나 일본인을 경험한 분들은 다 아는 얘기겠지만, 일본 역사를 이야기할 때 일본인은 극도로 한국의 존재를 부정 또는 무시하고 있다. 과거 인정한 것 조차도 최근에는 중국의 영향이었다

---

3) 大阪府立弥生文化博物館, 『도래인등장 -弥生文化を開いた人々-』, 大阪府立弥生文化博物館, 1999.4, p.6.

라든가 또는 도래인의 영향을 받은 일본인의 작품이라든가 등등 종래의
입장을 계속해서 바꾸고 있다. 타당한 근거가 있어서 그런 것이라면 동의
나 긍정이 가능하겠다. 하지만, 실제로 그러한 근거를 찾아보면 누구나도
납득해서 쉽게 동의할 수 있는 그런 것들이 아니다. 문제는 그런 움직임들
이 역사계 및 고고학계 그리고 미술사학계 등의 다방면에서 동시다발적으
로 이뤄지고 있다는데 있는 듯하다. 일본역사에서의 이른바 조선의4) 제거
가 마치 20세기 후반의 일본 역사학 관련학계의 패러다임이나 아젠다는
아닐까 의심스러울 정도이다.5) 한민족사라는 측면에서 한국역사학계의
대응 역시 절실하게 필요한 부분이 아닐까 싶다.

　그러나 이러한 기류속에서도 일본인들도 부정할 수 없는 역사적 사실
가운데 하나가 바로 야요이 시대이래의 도래인이라는 존재적 가치와 그들
의 영향이라는 부분이다. 혼자만의 착각인지 모르겠지만, 근래 일본에서
는 도래인이 진나라나 한나라의 후예라는 설이 메이저가 되어가고 있는
듯하다. 그런 연장선상에서 볼 때, 야요이문화의 성립에 대해서조차도 수
전농업 즉 논농사라는 대변혁과 같은 신문화의 수용을 가능하게 할 정도로
성숙한 사회를 성립시킨 죠몬[繩文]인을 대변혁의 주체로 선정하려고 하
는 일본인들의 모습은 충분히 이해 가능할 정도이다. 그러나 이러한 견해
는 일본인의 의식구조에서 파생된 단념일 뿐 과학적 근거가 없는 이데올로
기의 산물일 뿐이다. 물론 일본인들은 야요이시대 당시에 도래인들이 제
아무리 대변혁을 일으킬 만한 논농사 문화를 비롯한 일대 변혁을 가져온다

---

4) 일본인들이 말하는 조선이란 삼국이래의 고려 조선을 모두 통칭하는 한반도를 가리키는 경향이
　 있으며, 어감상 반드시 그리 좋은 것만은 아닌 듯하다. 특히 우리 나라의 조선시대를 말할 때는
　 이씨조선이라고 구별하는 것으로 보아도 충분히 이해될 듯하다. 또한 서지학적으로도 우리나라의
　 판본을 조선본이라고 부르고 있는 것도 이와 비슷한 용례로 여겨진다.
5) 이러한 움직임을 지명이나 고유명사의 변화에서도 쉽게 읽혀진다. 예를 들어 韓國神社(카라쿠니진
　 쟈)가 발음이 같은 辛國神社(카라쿠니진쟈)나 漢國神社(카라쿠니진쟈)로 그 표기가 바꿨다. 또한
　 도래계를 뜻하는 韓(카라)이란 글자도 중국을 가리키는 唐(카라)으로 대부분 바뀌고 있다. 이와 같이
　 韓神이 唐神으로 변화해 간 것이다.

고 해도 그것을 수용할 만한 사회적 여건의 성장이 없다면 어려운 것이 아닌가 주장한다. 하지만, 당시의 문화의 전파는 기술만의 전파가 아닌 이주전파이다. 그리고 한반도 남부로부터 바다를 건너온 도래인의 이주는 한두사람이 아닌 집단으로, 소규모 또는 대규모의 집단적 이주를 말한다. 물론 크고 작은 세력권의 차이는 있을 것이지만, 기술자집단이니 하는 특정집단 일부가 아닌 정치적 집단 전체의 이주를 말하며 이것이 본고에서 다루고자 하는 디아스포라가 아닌가 싶다.6) 그리고 그러한 도래인 집단에 의해서 繩文人들에 대한 지배가 이뤄진 것이라고 본다. 후진적인 사냥과 어로를 했던 죠몬인들이 주체적인 입장에서 과연 농경문화와 청동문화를 가진 도래인들과 그들의 문화를 수용할 수 있었을까?라는 질문 자체가 일본인들의 의견에 대한 적절한 반어가 될 듯 싶다. 그럼에도 불구하고 왜 일본인들을 수려한 말로 애써 죠몬인의 주체성을 강조할까? 여느 국가

---

6) 고대 유대인과 그리스의 역사에서 비롯된 디아스포라의 개념은 민족 분산 또는 민족이산으로 번역된다. 역사적으로는 군사적 수단을 사용한 팽창과 식민지화, 결고 식민지로의 이주는 그리스 디아스포라의 두드러진 특징이다. 따라서 팽창 이후 정복지에 정주하는 것이 디아스포라의 본래적 개념이라고 할 수 있다.(임채완·전형권, 『재외한인과 글로벌 네트워크』, 한울아카데미, 2006, pp.25~26.) 그렇다면 유사이래 한반도에서 일본으로 건너간 소위 도래인들의 집단이주의 역사 역시 그와 같은 측면에서 이해할 수 있다. 지배층의 대부분이 그 도래인이었다면 충분히 일본에 대한 우리나라 고대인들의 식민지화 개념도 도입할 수 있다. 나아가, 정복지에 정주하는 도래인들의 모습이 우리나라 최초의 디아스포라가 아닐까 싶다. 이러한 측면에서 디아스포라의 역사는 이주사 또는 유이민사로 한민족사의 일부분이라고 할 수 있다.(정영훈, 「지구촌의 한민족-디아스포라의 역사와 한민족공동체운동」『한민족연구』4, 한민족학회, 2007, p.4.) 그러나 지금까지 발표된 논저를 보면, 역사학계의 유민 등의 개념정의를 시도한 좋은 견해가 많지만(박성주, 「고려말 한중간의 유민」『경주사학』20, 경주사학회, 2001, pp.194.) 일본으로의 도래인에 대한 개념을 바로 적용할 수 있는 그러한 개념적 정의는 없는 듯하다. 이는 일본열도에 진출한 정치집단들에 대한 태도가 매우 상반되는 데에서도 찾을 수 있다. 종속과 협력의 관계 그리고 경쟁과 독립의 관계가 양존하고 있었기 때문이다. 이주 및 개척의 상태였던 일본열도로의 디아스포라는 시공간적으로 복합성을 띄고 있었으며, 자연조건, 항해술, 진출한 집단의 성격 등에 따라 다양한 형태를 존재한 것으로 보여진다.(윤명철, 『동아지중해와 고대일본』, 청노루, 1996, pp.189~194.) 필자는 본국과의 관계에 있어서 대립(유랑)과 협력(파견) 그리고 승인 비승인의 관점에서 분류할 수 있을 것으로 보이나 이에 대한 구체적인 검토는 차후의 연구과제로 삼고자 한다. 한편, 일본으로의 디아스포라를 고려할 때 일제 식민지시기의 강제징용, 재일교포문제, 새로운 신한국인의 존재 등을 고려해 본다면 단지 고중세에 한정하지 말고 현재 나아가 미래에도 계속 일어날 진행형으로서의 관점, 즉 미래적 관점에서의 조망도 필요할 듯하다. 그리고 이러한 미래적 관점에는 식민지 지배나 유민 등의 과거의 부정적인 관점뿐만이 아니라 세계로 뻗어나가는 우리 한민족 공동체의 자랑스런 긍정적인 관점도 함께 강조되어야 할 것으로 여겨진다. 그러므로 이에 대해 역사학계의 새로운 접근이 요구된다고 하겠다.

가 그렇듯이 과학적 근거가 부족할 때 주체성이라는 이데올로기를 강조하는 것은 아닐까?라는 소박한 질문을 스스로 던져본다. 결국 일본인들은 도래인들의 의해 야요이문화가 시작되고 그러한 문화시대의 신분상 지배층으로서 성장한 도래인들의 존재의 가치나 영향을 최소한으로 줄이기를 원하는 것이 아닐까 한다. 이러한 의도의 연장선상에서 볼 때 실제로 일본 고대사에 있어서 이후의 도래인들의 존재는 점점 역사속에서 그 명맥을 상실해가고 있다. 그리고 얼마안가서 그나마 몇 안남은 고구려·백제·신라라는 고유명사는 일본 역사나 지도속에서 영원히 사라질지도 모르겠다.

그렇지만 이름이 사라진다고 해도, 중국과는 전혀 다른 나아가 일본의 죠몬시대와도 전혀 다른 한반도 남부의 매장형식과 부장품을 그대로 간직한채 현재도 계속해서 발굴되고 있는 일본의 수많은 야요이시대의 분묘 등의 유적과 유물의 존재만은 완전히 부정할 수 없을 것이다. 현재 시점에서 보면 식민지시기로부터 시간이 많이 흘러 식민지시대의 역사왜곡과는 다른 양상을 보일지 모르지만, 일본사에서의 조선의 영향 아니 그 존재 자체마저 제거 또는 말살하려는 의도 자체가 다분히 이데올로기적이라고 필자는 주장하고 싶다. 극우세력에 의해서 우익화하는 일본의 모습은 한 세기 앞선 시대의 그 모습과 별반 다르지 않다. 이러한 시기에 한민족의 디아스포라의 역사를 조명해 보는 것은 매우 시의적절한 기회가 아닌가 싶다.

이러한 측면에서 필자는 일본에 남아 있는 고구려·백제·신라 가운데 신라에 주목하고자 한다. 필자는 이미 한국신을 모시는 일본의 신사에 대해서7) 나아가 백제신을 모신 신사에 대해서는 간략하게 언급한 바 있다8). 본인이 집필한 부분에 대해서는 수정보완이 아닌 아예 새롭게 써야할

---

7) 신종원·오길환·하정용·하라다 가즈요시,『한국 신을 모시는 일본의 신사』, 한국학중앙연구원, 2005.
8) 김은숙·연민수·정상기·하정룡·정병준·김창겸·신호철,『백제유민들의 활동 - 백제문화사대계 연구

정도로 미흡한 내용이지만 실제로 그러한 수정이나 집필의 능력이 필자에
겐 불행하게도 없다. 그나마 본고에서는 신라사에 대해서는 백제사와 비
교해서 상대적으로 조금 더 알기에 신라를 선택한 것이라고 하는 것이
그 변명이라고 할 수 있다.[9]

　　신라의 신사를 선택한 이유가 또 하나 더 있다. 전근대사회 특히 고대사
회에 있어서 종교나 신앙의 역할은 매우 컸다. 제정일치를 말할 수 있을
정도로 종교와 신앙은 지배층의 이데올로기로서 피지배층을 포함한 고대
사회전반에 지대한 영향을 끼쳤음은 부정할 수 없을 것이다. 그리고 그러
한 사회의 종교와 신앙의 중심지는 정치의 중심지라고 할 수 있을 것이다.
삼한시대의 소도가 그러했고 왕도에 남아 있는 신궁이나 시조묘 등의 위상
이 그것을 반증해 준다.[10] 그러한 측면에서 천년을 넘게 일본속에서 살아
남은 신라라는 이름을 가진 신사는 연구대상으로서 충분한 가치가 있다.
분명히 신라와의 관계를 가진 사람들 즉 신라에서 직접 건너온 사람들과
그 후예는 그들의 신과 조상을 기렸을 것이다. 그들이 제사를 모신 신,
즉 신라의 신들을 모신 신앙적 장소로서 신사는 바로 그들의 정치적 종교

총서7』, 충청남도 역사문화연구원, 2007. 6.

9) 일본에 현존하는 신사나 신궁 나아가 사찰 등을 연구할 때 출신국명을 알 수 있는 구체적인 인명이
나온 몇몇 예를 제외하고서는 사실 고구려·백제·신라라는 삼국의 구분은 그다지 필요가 없을 듯하
다. 그 이유 가운데 하나가 통일신라의 존재이다. 처음에는 고구려 또는 백제를 관한 신들이 나라가
멸망하고 일본에서는 임신의 난(672년 신라계인 大海人왕자가 왕위계승전에서 난을 일으켜 天武天
皇으로 즉위하여 수도를 아스카로 옮긴 사건)을 기점으로 친신라계가 천황을 승계하면서 어느 순간
인가 자연스럽게 남아 있는 나라로서 신라의 신으로 변화한 것이 아닌가 싶다. 또한 실제로 삼국시대
에서 조차도 사찰 하나를 건립할 때에도 삼국의 장인들이 총출동하였다. 대표적인 예를 들면, 동대사
의 대불전은 行基화상(668~749)이 대승정으로 역사를 책임졌으나, 대불전 자체는 신라계 도래인
인 猪名部百世(이나베노모모요)의 손으로 건립되었으며, 대불의 주조에는 백제왕의 후손인 경복왕
이 많은 금을 기진하였다. 나아가 행기보살의 입적뒤에는 고구려 출신의 良弁(료벤)스님이 그 역할을
대신하였다. 이처럼 삼국의 출신들이 동시대에 함께 한 절에 계셨으며, 주석하던 스님 조차도 삼국
가운데 단지 한 나라의 스님만이 계셨던 것이 아니라 동시대의 다른 나라의 승려들이 함께 거주했던
것이다. 본국은 전쟁을 통해서 대치중이었더라도 이국 일본에서는 같은 도래인으로서의 동질감도
없진 않았을 것으로 여겨진다. 마지막으로 재지신라인들을 살펴볼 때 그 집단 및 세력에 대한 분석이
필요할 듯하다.

10) 河廷龍, 「新羅時代龍信仰の性格と神宮」, 『朝鮮古代研究』2, 朝鮮古代研究月刊行会, 2000.
　　12.

적인 중심지로서 나아가 민속적으로는 축제의 장소이기도 했을 것이다. 그리고 그러한 이름이 천년이나 변하지 않은 것은 그들 스스로 자신들의 정체성을 지키고자 했던 암묵적인 집단적 행동의 반영이었을지도 모르겠다. 실제적으로 지역적으로 닭의 알에서 태어났다는 신라신화의 내용을 믿고 자신들이 닭의 후손이므로 현재까지도 닭을 먹지 않는 습관을 가진 지역이 일본내에서는 현존하고 있다고 한다.11) 이러한 예로 보면 의식적으로 신라라는 이름을 지키려고 했던 노력이나 모습도 그려질 수 있다고 여겨진다.12)

2. 신라의 일본식 표기와 신라계 신들

머리말에서도 잠시 언급한 바와 같이, 신라신사는 신라에서 직접 집단적으로 건너온 신라인들이 그들이 정착한 거주지에 세운 신사이다. 신사란 고대 신앙의 변천이 그러했듯이 원시적인 자연숭배의 면도 간직하고 있지만, 역사시대 이후에는 그들의 시조를 비롯한 선조들을 모신 사상의 성격이 점점 강해진다고 할 수 있다. 결국 신라인들이 그들의 조상을 모신 사당이 바로 신라신사인 것이다. 그런데 이러한 주장이 맞는 것이라면

---

11) 일본 쓰루가 지역의 白木(시로기)신사가 있는 시라기마을에는 신라 도래인의 후손들이 살고 있는데, 시조신의 탄생내력을 기려 닭도 기르지 않고 달걀도 먹지 않는다고 한다. 이는 신라에서 온 후예들이 자신들의 조상이 알에서 태어났다는 신화를 믿고 지키고 있는 것이다. 가장 신라인다운 풍습을 이국에서 발견한 듯해서 신기하기까지 했다.(이경재, 『일본속의 한국문화재』, 미래M&B, 2000, pp.155-156.)

12) 본론에 들어가기 앞서 재차 밝혀 둘 것이 있다. 필자는 오랫동안 일본에 체재하면서 일본인 일본역사 일본문화에 대해서 접할 기회를 가지고 있었다. 매우 부끄러운 것은 그런 좋은 기회를 접했으면서도 제대로 공부를 하지 못했다. 이 분야 특히 일본고대사 전공자도 아니므로 전혀 알지도 못하는 부분을 숨길려고 하지도 않겠지만 만약 숨길려고 해도 주머니속의 송곳처럼 확연이 들어날 수 밖에 없을 것임을 안다. 그러하기에 솔직하게 그러한 그간의 사정을 고백하면서, 앞으로 같이 공부하자는 수준에서 필자가 가진 몇가지 단상과 조사 결과를 나열하는 수준에서 담론을 정리하고자 함을 밝혀두고자 한다. 재차 본고의 수준이 낮을 수 밖에 없음을 강조하면서 나아가 본고를 접하는 여러 연구자들의 넓고 깊은 이해와 많은 질정을 바라며 본론에 들어가고자 한다.

거꾸로의 역추적은 한민족의 디아스포라를 연구하는데 커다란 단초를 제공해 줄 것으로 믿어진다. 다시말해서 신라신사의 존재를 찾아내면 신라인들의 거주지의 자취를 찾아낼 수 있다는 논리가 그것이다.

다만, 이러한 논리가 필요충분조건을 갖추기 위해서는 몇가지 전제되어야 할 부분이 있다. 예를 들어 단순히 신라와는 무관하지만 신라라는 권위등을 빌어서 그 이름에 반영한 경우도 있을 것이다. 또한 신라의 후손과는 무관하지만 신라라는 이름을 가진 성씨도 존재할 수도 있을 것이며 실제로 일본에서는 존재한 바 있다. 이러한 예를 볼 때, 신라신사의 존재를 찾기에 앞서 신라신사에서 모신 신이 어떤 신인지에 대해 먼저 살펴볼 필요가 있다.

본격적으로 그러한 신들의 정체에 접근하기에 앞서 한가지 더 염두에 두고 살펴봐야할 문제제기가 있다. 바로 신라신사라는 이름이 아니더라도 신라신을 모신 신사나 신궁도 존재할 수 있다는 점이다. 실제로 신라라는 이름과 전혀 무관한 즉 다른 이름의 신사에서 어떠한 신들을 모시고 있는지에 대해서는 현재로서는 살펴볼 수가 없을 듯하다. 필자는 일본에 체재하면서 이세신궁(伊勢神宮)·황학관대학(皇学館大学), 신사본청(神社本庁)에 가서 조사할 기회가 있었다. 담당자에게 물어본 결과, 수만개를 넘는 신사들에 대한 정리는 차차 이뤄지고 있으며, 특히 이름이 알려지고 규모가 큰 대개의 신사들은 조사가 끝났다고 하였다. 그러고는 수만개 이상의 신사들의 리스트목록을 가진 『신사명감』(神社名鑑)등을 보여주는데, 이미 이름만 남은 몇몇 동네의 신사들이외에는 정리가 끝난 듯하다. 하지만 현대 일본인의 관점에서 정리된 탓인지 신라라는 이름으로도 색인이 안되어 있었으며, 나아가 모신 신들로 검색이나 구분되지도 않았다. 차차로 인터넷에서 검색할 수 있게 될 것이라는 말을 들은게 불과 몇년전의 일인 듯하다. 최근에 일본 신사본청의 홈페이지를[13) 찾아봐도 별다른 데이터베이스의 제공은 하고 있지 않았다. 그러나, 일본의 각 지방인 도도부현(都道府県)의 신사청들을 살펴보면, 예를 들어, 오사카부신사청[大阪府神社廳]은 홈페이지를[14] 통해서 관할지내의 신사들의 목록정보를 제공해 주고 있다. 그러나 개별 신사들에 대한 소개에서는 몇몇 대규모의 신사를 제외하고는 모시는 신들에 대해서 간략한 정보조차 아직 제공되지 못하고 있다. 따라서 신의 이름을 가지고서 일본의 신사에 접근하는 것은 현재로서는 매우 어려운 작업임에 틀림이 없다.

그림 1 신라선신당 본전

그림 2 신라선신당 전경

---

13) 신사본청 홈페이지 http://www.jinjahoncho.or.jp/ (2009년 5월 10일 재확인)
14) 오사카 신사청 홈페이지 http://www.jinjacho-osaka.net/ (2009년 5월 10일 재확인)

이런 이유로 신라라는 이름을 가지고 일본의 신사에 접근하고자 한다. 여기서 한가지 더 머리말에서도 언급한 바와 같이, 신라라는 이름에 대한 언어학적인 변화를 염두에 두고 살펴볼 필요가 있다. 우리나라말로는 신라이지만, 일본에서는 이를 시라기라고도 부르고 있으며 이런 신라나 시라기라는 일본식 발음을 신라(新羅)라는 한자가 아닌 다른 한자들로 표기하고 있기에 더욱 그러하다. 이와 같은 예로는, '시라기[白城]', '시라기[白木]', '시라기[白鬼]', '시로기[信露貴]', '시기[志木]', '시라이[白井]', '시라이시[白石]', '시라히게[白髮]'[15], '시라코[白子]', '시라하마[白濱]', '시라이소[白磯]' 등을 들 수 있다.[16] 여기에 그러한 이름이 어느 순간에 지역이름 즉 지명의 변화에 따른 영향 그리고 제신(祭神)의 변화 등으로 인하여 신라라는 이름과는 전혀 다른 이름으로 변환된 예도 있다. 대표적으로 '게다[氣多]', '게히[氣比]', '이즈시[出石]' 등의 신사가 바로 그것이다.[17] 따라서 본고에서는 앞에서 열거한 '시로기[白城]' 등의 이름을 가진

---

15) 전국에 약 150여개나 존재하는 白髮神社의 제신은 比良明神으로 사루타히코노미꼬토(猿田彦命)라고도 한다. 여기서 比良은 히라로 시라(斯羅) 즉 新羅를 말한다. 따라서 신라명신으로 백발명신으로도 불리는데, 어느 때인가 이가 日本神話에 登場하는 神으로 猿田毘古神·猿田毘古大神·猿田毘古之男神라고도 불리는 猿田彦命으로 표기된 것으로 보인다. 이런 측면에서보면 신라명신과 猿田彦命은 쉽게 부합될 수 없는 다른 신격으로 보인다. 그러나 사루타란 한국말로 쌀과 관련되어 쌀밭 즉 논농사과 관련된 신으로 이후 농경문화의 수입이 도래인의 이주로 인한 것이다. 따라서 이렇게 보면 농경의 신인 猿田彦命이 신라명신으로 변한 것은 일본농경문화의 중층성을 상징하는 것이 아닌가 싶다.(金達壽,『日本の中の朝鮮文化』3 近江·大和, 講談社, 1972, pp.40~47.)
16) 한편 다른 삼국 고구려의 경우는 高麗·巨摩·狗·高來라고도 표기되었으며 백제의 경우 역시 久多來 등으로 다른 표기가 존재하고 있다.
17) "지명 변천의 일례로서 福井県今庄町가 있다.『福井県南条郡誌』에 의하면 이 지역은 원래 신라계 사람들이 거주해서 지명도 新羅라고 칭하였지만, 新羅->白城->今城->今庄으로 변해왔다고 한다. 또 이 마을을 흘러가는「日野川」도 옛날에는「新羅川」「信露貴川」혹은「叔羅(시라기)川」이라고 불렸다. 이후로는「白鬼女川」「白姫(시라기)川」등으로 표기가 변해왔다고 한다. 埼玉県和光市와 新座市에도 같은 양상이 보여진다. 武蔵国에「新羅郡」이 설치된 것은 天平寶子2年(758)이지만, 그 후 平安時代에는「新座郡」으로 개명된 후「爾比久良(니이쿠라)郡」「新座郷」「新倉郷」「志木郷」「白子郷」등으로 변화해 왔다. 현재의 和光市에 있는 白子川도 예전에는 新羅川이었다. 이들의 지명의 변화는 당연히 신사의 이름에도 반영되었다."(出羽弘明,『新羅の神々と古代日本-新羅神社の語る世界-』, 同成社, 2004, pp.6~7.) 이와 같은 변화를 조사한 논저는 더러 있지만, 한결같이 그 변화의 원인에 대한 규명은 부족한 듯하다. 물론 사료적 한계 등으로 인해 구체적으로 살피기에는 어려운 점도 없진 않겠지만, 일본내 신라신사의 사명의 변화에 대해서도 그 변화의 원인 즉 왜 변했을까?를 항상 염두에 두어야 할 것이다.

신사들을 본고의 대상으로 삼아 그러한 신사들의 주신이 누군지 먼저 살펴
보고자 한다.

그림 3 선신당 경내 내부의 담

그림 4 신라명신의 좌상

이미 연구된 바에 의하면, 이들 신라신사의 제신은 크게 두가지로 분류
할 수 있다. 첫째, 소위 도래계(渡來系)와는 약간 개념이 다르지만 신라에
서 이주해 온 사람들이나 그들의 선조를 비롯하여 삼국시대 및 통일신라시
대의 '신라' 직접관련된 신이 그 하나이다. 도래계를 신라에서 이주해온
사람들의 시조신으로만 한정하고 있는 견해도 있지만, 신라대명신(新羅大
明神)과 같이 신라에서 이주한 사람들과는 그다지 관련이 없는 존재도
있다. 또한 천일창(天日槍)처럼 직접 건너왔다고 여겨지는 사람도 있으므
로 신라와 직접 관련이 있는가 없는가가 중요한 구분의 기준이 될 것으로
여겨진다.[18] 이러한 까닭에 필자는 도래계가 아닌 신라계와 비신라계로

---

18) 出羽弘明, 앞의 책, p.4. (본고에서는 필자가 비록 몇가지 비판적인 입장을 견지하면서 이견을
　　제시하고는 있지만, 필자는 이 책을 읽으면서 본고의 집필에 상당히 많은 아이디어와 영향을 받았음

신라신사에 모셔진 제신들을 구분하는 것이 유효하다고 여겨진다.

한편 필자가 비신라계로 개념정리한 부분이 소위 「원씨계(源氏系)」이다. 이 「원씨계」란 미이데라[三井寺]의 신라신사 또는 신라선신당의 신전(神前)에서 원복(元服)하고[19] 「신라사부로[新羅三郎]」이란 이름을 칭한 원씨의 무장 미나모토요시미쯔[源義光]말한다. 그러나 이 역시 학술적으로 밝혀진 것은 아니지만 신라와 전혀 무관한 것만은 아니다. 미약하지만 그 근거로서 '신라사부로' [新를 모신 신사에서는 신라대명신을 비롯하여 신라계 신들을 함께 모신 신사가 적지 않기 때문이다. 하지만 본고에서는 미이데라와 신라선신(新羅善神) 등과의 관련을 볼때, 신라사부로를 신라계와 직접 연관시키는데에는 무리가 있다고 여겨진다. 따라서 당연한 이야기가 되겠지만, 신라와 관련있는 신라명신과 신라와 직접적으로는 무관한 신라삼랑은 구분해서 정리할 필요가 있다. 이와 같이 잠정적으로 신라신사에 모셔진 신은 신라계와 비신라계로 나눌 수 있으며 본고에서는 신라계에 한정해서 살펴보고자 한다.

3. 신라선신당의 신라대명신(新羅大明神)과 적산신(赤山神)

신라선신당은 온죠지[園城寺] 또는 미이데라로 불리우는 천태종 연력

을 밝히는 바이다. 아울러, 이 책 저자 出羽弘明氏의 노고에 지면을 통해서나마 깊은 감사의 뜻을 전하는 바이다. 이 책의 저자는 현재도 계속해서 이 책에 적히지 않은 신라신사를 탐방하면서 그 기록을 인터넷에 제공하고 있다. (新羅神社考-「新羅神社」への旅 http://www.shiga-miidera.or.jp/serialization/shinra/index.htm 2009년 5월 10일 재확인))

19) 원복이란 예전에 중국과 우리나라에서, 남자가 20세, 곧 성년에 달하여 비로소 어른의 의관을 착용하던 의식(네이버 한자사전 http://hanja.naver.com/word?query=%E5%85%83%E6%9C%8D ; 2009년 5월 10일 확인)으로 일본에서도 같은 성인식이 있었던 듯하다. 현재에도 우리나라에서는 그 의미가 많이 퇴색되어져 성인식이 그다지 이뤄지지 않고 있지만, 일본의 경우는 성인식이 여전히 중요한 통과의례로 하나로서 사회적 국가적으로 그 의식이 都道府県이라는 지방자치체 및 그 하부조직에서 동시에 거행되고 있다.

사의 말사 가운데 하나인 사찰에 부속된 암자와 같은 곳이다. 현재 시가켄[滋賀縣] 오오츠시[大津市] 온죠지쵸[園城寺町] 246에 위치하고 있다. 이곳은 신라계 도래인씨족으로 알려진 오오토모씨[大友氏]의 거주지로도 알려진 곳이기도 하다.

그림 5 신라명신의 그림

원성사는 국보인 금당뿐만아니라 수많은 국보와 중요문화재는 차치하고서라도[20] 고려판 일체경(一切經) 즉 고려대장경 백여점이 있는 곳으로 유명하기도 하다. 그러나 이 곳은 실제로는 사찰인 까닭에 엄밀한 의미에서는 신사라고 할 수는 없다. 그러나 불보살을 모신 것이 아닌 신라 선신을 모신 곳이기 때문에, 일본의 신불습합의 일면을 볼 수 있으므로 사찰이라고만 할 수도 없다. 따라서 원성사의 경내신사라고 할 수 있는 것이다. 그러나 원성사의 규모도 매

---

20) 貞觀 2 年（806年）에 만들어졌다고 하는 新羅明神坐像(그림 4)은 國宝이다. 그림 4(사진은 개인 (사진은 개인 블로그에서 인용한 것이다. : http://blog.naver.com/ cybersun6666?Redirect=Log& logNo=40027959651 : 2009년 5월 10일 재확인, 아울러 출전을 별도로 표시하지 않은 것은 모두 필자가 직접 가서 찍은 사진임을 밝혀둔다.)는 国宝이지만 秘佛로서 공개하지 않고 있다. 다만 三井寺의 홈페이를 찾아보면 平安時代 11세기의 木造彩色 작품으로 높이가 78cm라고 소개되어 있다.(http://www.shiga-miidera.or.jp/treasure/abinusttp/02.htm : 2009년 5월 10일 재확인) 한편, 新羅善神堂 建物은 貞和年間（1345-50）에 足利尊氏가 寄進한 것으로 三間流造의 檜皮葺으로 이 역시 國宝이다. 그림5의 신라명신상은 중요문화재로서 鎌倉時代인 13세기에 그려진 것이다. 絹本著色으로 크기는 縱86.7cm×橫39.4cm이다. 唐服에 턱수염을 가진 수척한 모습의 노인을 명신으로 표현하고 있다. 그 아래에는 띠를 맨 차림의 火御子, 笏을 들고 있는 般若菩薩과 상자를 받들고 있는 宿王菩薩을 배치하고 있다. 明神의 頭上에 있는 円相 안에는 本地仏인 文殊菩薩을 그리고 있는 垂迹曼茶羅의 形式을 취하고 있다. (사진은 三井寺의 홈페이지 http://www.shiga-miidera.or.jp/treasure/picture/01.htm : 2009년 5월 10일 재확인)

우 큰지라 신라선신당은 지금은 원성사와는 별다른 관련이 없이 자체적으로 운영되고 있다고 한다.[21]

역사적으로는 홍문천황(弘文天皇) 즉 오오코모황자[大友皇子]는 천지천황(天智天皇)의 아들로 숙부인 천무천황(天武天皇)과의 싸움 즉 임신(壬申)의 난에서 진 천황이다. 그리고 여기 등장한 세 명의 천황의 칙령에 의해서 세워진 시가군 일대의 귀화씨족인 오오토모씨의 씨사(氏社)가 바로 엔죠지이다.[22]

그림 6 지증대사 원진(연력사)

이 사찰을 후에 천태별원으로 바꾼 지증대사(智證大師) 엔찐[圓珍]이 天安2년인 858년에 중국에서 유학을 마치고 돌아올 때에 배에서 신라명신을 만나고 돌아와 신라명신당을 지었다고 한다. 1062년에 편찬된 『원성사용화회연기(園城寺龍花會緣起)』에 의하면, 엔친이 당에서 귀국하는 배 안에 한 노옹이 나타나 "나는 신라국의 명신이다. 엔친을 위해 불법을 지킬 것을 약속한다"고 하였다. 입경 후 가져온 경적류를 태정관에 바칠때에 다시 출현하여 그 노옹(신라명신)의 인도로 오미[近江]국 시

---

21) 사철인 京阪전철의 石山坂本線의 別所驛에서 내려 서쪽으로 5분정도 걸어가면 시청이 나오고 이 시청 뒤편에 弘文天皇陵이 있다. 천황릉에서 50m도 떨어져 있지 않는 곳에 이 선신당이 있어 찾아가기란 그리 어렵지 않은 실정이다. 평소 관람은 불가능하나, 경내신사의 궁사 겸 스님이 정한 100엥의 참배료를 내면 담밖이 아닌 경내에서 건물만 볼 수 있다. 본전내는 자물쇠로 굳건히 잠겨 있고, 그 내부의 신라명신상은 국보로서 공개되지 않았다고 하지만, 여러 책과 홈페이지에 그 신상의 모습이 실려 있어 참고가 된다.

22) 宮地直一, 「平安朝に於ける新羅明神」『比叡川と天台仏教の硏究』(村山修一 編), 名著出版, 1975.

가[滋賀]군 온쿄지에 이르렀으며, 그 때까지 온쿄지를 지켜온 162세의 교지로부터 이 절을 인도받아 재흥했다고 한다.23) 이러한 측면에서 신라명신은 구법을 위한 항해가호의 신24)이다. 한편 신라대명신이 엔친의 귀국과 함께 건너온 것이 아니라 고려시대에 건너온 상인들에 의해 전래된 신이라는 견해도 제시된 바 있다.25)

한편 제신은 신라명신으로 스사나오노미코토[素盞嗚命]라고도26) 하지만, 더러는 이즈모신사[出雲神社]의 스사나오노미코토와 함께 제신의 하나인 이소타게루노미꼬토[五十猛神]이라고도 한다. 그러나, 스사노오노미코토가 신라명신으로도 불리며, 스사노오노미코토의 아들이 이소타게루노미꼬토[五十猛神]이므로 실제로 제신은 신라명신으로 그의 부자가 함께 제신으로 모셔져 있다고 신사측은 간편하게 이해하려고 하는 듯하다27).

---

23) 이병로, 「일본에서의 신라신과 장보고-적산명신과 신라명신을 중심으로-」『도서문화』27, 목포대학교 도서문화연구소, 2006, p.198. 재인용.

24) 鏡山猛, 「日唐交通と新羅神の信仰」『九州考古学論攷』, 吉川弘文館, 1978.

25) 山本ひろ子, 『異神-中世日本の秘教的世界-』, 平凡社, 1998.

26) 武塔天神, 天道神, 武大神, 新羅國明神, 白國明神, 白國大明神, 兵主神, 牛頭王의 異名을 가지고 藥師如來의 轉神이라고도 하는 스사노오노미코토, 줄여서 스사노오는 日本神話에 登場하는 一柱의 神이다. 『日本書紀』에서는 素戔男尊, 素戔嗚尊等으로 등장하고, 『古事記』에서는 建速須佐之男命 (다케하야스사노오노미코토), 須佐乃袁尊로 등장하며, 『出雲国風土記』에서는 神須佐能袁命 (카무스사노오노미코토) 또는 須佐能乎命 등으로 표기되어 나타난다. 보통 牛頭天王과 동일시되기도 한다. 이러한 신라신 스사나오노미코토를 祭神으로 받드는 대표적 신사가 쿄우토의 八坂神社(야사카신사)다. 야사카신사는 해마다 7월17일부터 24일까지 '기온마쓰리'를 거행해 소잔오존의 '神靈'을 위령한다. 주지하는 바와 같이 기온마쓰리 즉 祇園祭는 大阪의 天神祭·東京의 神田祭와 함께 일본 3대 마쓰리이다. 八坂神社를 総本社로 하여, 일본 전국에는 素戔嗚尊 (スサノオ)을 祭神으로 한 神社가 2300社가 있다고 한다.(http://ja.wikipedia.org/wiki/에서 素戔嗚尊을 검색 : 2009년 5월 10일 재확인)

27) 『신찬성씨록』右京神別下와 右京諸蕃下 및 山城國諸蕃 편 등을 살펴보면 학문의 신으로 일컬어지는 天満宮의 제신인 스가와라노 미치자네[菅原道真] 역시 天孫 하지숙니의 후손으로, 즉 신라계 신인 스사노오에 의해서 태어난 天穂日命(아마노호히노미코토)의 후손이 된다는 것이다. 이후 홍인천황 원년(781년)에 왕이 土師(하지)씨를 菅原(스가와라)로 바꾸도록 했다. 그렇다면, 수많은 천만궁이 신라계의 신을 모신 신사가 된다는 주장이다.(홍윤기, 『일본속의 한국문화유적을 찾아서』, 서문당, 2002.) 그러나, 아마노호히노미코토가 신라명신인 스사노오노미코토에 의해서 태어난 것과 스사노오의 후손이라는 것은 확대해석으로 보여질 수 있다. 素戔嗚尊이 자기가 가진 장신구 五百筒御統瓊 또는 出現시킨 神들이지만 이들이 곧 신라계의 후손으로 보는 것은 좀 더 고려해 봐야 하지 않을까 싶다. 오히려 앞서 설명한 신라명신으로 出雲神社의 素盞嗚命와 素盞嗚命의 아들인

　　이후 앞서 잠깐 언급한 바와 같이, 미나모토노요리요시[源賴義](988~1082)가 신라명신에게 기도하고나서 미나모토씨와 온죠지의 깊은 관계가 생기게 되었다. 요리요시가 동북의 아베노요리토키[安倍賴時]를 공격할 즈음에 신라명신에게 참배하여 전승을 기원했다고 하는 기록도 있다. 그리고 그의 아들 요시미쯔[義光]도 신라명신에게 참배하고는 이 신라명신당 앞에서 원복(元服) 즉 성년식을 거행하고는 자신의 이름을 「신라사부로요시미쯔[新羅三郎義光]」라고 고치기도 하였다. 신라사부로요시미쯔는 후에 관동으로 가서 카이미나모토씨[甲斐源氏]의 시조가 되었으며, 이가 다케다케[武田家]로 이어지게 된다. 신화에서는 이소타게루노미꼬토가 동북을 정벌할 때, 사카노우에노타무라마로[坂上田村麻呂]가 제사 지냈다. 요리요시도 이를 따랐던 것이다. 그러나 신불도회(神仏図繪)에는 「스사노오노미코토의 황자(皇子)이며 어머니는 타시나다히메노미꼬토[稻田姬尊]인 이소타게루노미꼬토의 기주명초(紀州名草)의 야시로[社]로 오오미국 신라대명신이 계신 곳이다」라고 기록하고 있다.

그림 7 적산선원

五十猛神이 모두 신라명신으로 불리우니 이러한 측면에서 신라명신의 개념을 이해해 볼 수도 있을 것이다. 이에 대해서는 후고를 기약하는 바이다.

한편, 신라명신은 적산법화원에서 신라인이 섬기고 있던 신지(神祇)[28]로서 엔닌 제자들의 산문 즉 엔랴쿠지[延曆寺]가 모시는 적산명신(赤山明神)에 대항하는 차원에서 엔친 제자들의 사문 즉 온죠지에서 섬긴 신[29]이라고 한다. 백제계 이주민의 후예인 최징, 엔닌[30]에 이어 천태종의 책임을 지내겐 엔친, 이들은 모두 직간접적으로 적산법화원을 경험한 이들이다. 따라서 적산명신이든 신라명신이든 재당 신라인들이 섬기는 이들 신의 뒤에는 장보고라는 존재[31]를 무시할 수 없을 것이다.[32]

현재 적산신의 경우는 태산부군(泰山府君)으로 도교에 있어서 명부(冥府)의 신으로 중국의 오악신(五岳神)의 하나인 동악대제(東岳大帝) 또는 태일신(太一神)인 북극성 (北極星) 과도 동일시하고 있기도 하다.[33] 그

---

28) 景山春樹,「摩多羅神信仰とその異宝」『比叡川と天台仏教の研究』(村山修一 編), 名著出版, 1975.

29) 辻善之助,「新羅明神考」『史壇』25-1, 1915, pp.25~26.

30) 權又根, 『古代日本文化と朝鮮渡來人』, 雄山閣, 1988, pp.29~30.

31) 이병로,「일본에서의 신라신과 장보고-적산명신과 신라명신을 중심으로-」『도서문화』27, 목포대학교 도서문화연구소, 2006.

32) 구법승을 바라 볼때는 그들에 한정하지 않고 그들을 승선시키고 도와줬던 해상세력, 상인, 사절단, 교민 등의 존재를 고려한 해양불교의 측면에서 살펴봐야 할 것이다.(조영록, 『장보고선단과 해양불교』, 재단법인 장보고기념사업회, 2004.) 나아가 구법승들간의 관계 특히 한국스님과 일본스님들의 교류에 대해서도 커다란 관심을 가져야 할 것이다.

33) 入唐求法僧인 円仁 등의 唐이라고 하는 異文化社会에서의 仏教와 가혹한 生活 등 다양한 異文化 体験과 見聞 그리고 唐人·新羅人과의 接触 및 異文化 摂取, 長安에서의 仏教排斥, 특히 세 번이나 체재하면서 원조를 받으며 친밀해진 在唐 新羅人들의 赤山村, 法華院에서의 宗教生活과 環境에 대한 해명은 한일 고대사 및 불교사 연구자들에게는 매우 커다란 연구과제이다. 나아가 원인이 山岳神·赤山信仰을 알게 된 계기, 在唐中의 辛酸, 在唐最終段階에서의 法難, 몇 번에 걸친 海難의 危険과 航海神뿐만이 아닌 内外의 神들에 대한 祈願, 이 것이 赤山神을 護法神으로 모신 赤山 法華院 周辺의 信仰을 원형으로 삼게 했다. 그리고 그러한 배경이 帰国後, 가지고 와서 再現하게 만들게 한 동기가 되었을 것이다. 그리고 比叡山과 園城寺에서 円珍 以後 山門·寺門의 対抗 가운데 赤山明神, 新羅明神의 두 明神을 창출시킨 것이다. 新羅明神에 대해서도 円珍에 의한 嵩嶽将来説이 있지만 혹은 그 유래가 赤山明神과는 다른 新羅 관련의 大友村主氏 등의 信仰 (蕃神) 에 있다고 보면, 그 형성은 赤山信仰에 대항하는 형태로 단지 異国·異神을 초월한 列島内部를 향한 새로운 神祇의 進展 (동시에 현저하게 国際性을 결핍한 変貌의 面도) 으로 어떻게 해서 왜 도달한 것일까? 뿐만아니라 왜 道教的인 泰山府君信仰까지 附加시킨 것일까? 渡来人의 固有信仰이 神仏混淆을 받으면서, 神像과 비슷하게 仏像과 같은 異形의 像容으로서 비쥬얼하게 顕現시킨 明神으로의 昇華하는 과정, 혹은 본디부터 中国의 土着山神이었던 外来神을 土着시켜 地主神과 다른 役割을 담당시켜 새로운 神格을 부여하여 日本化하는 과정이야말로, 日本의 宗教文化를 생각하는데 있어서 看過할 수 없는 事実일 것이다. 異文化社会 가운데

러나, 적산신은 중국의 도교신이 아니고, 적산신라원의 불법을 수호하는
적산신 즉 신라산신에서 유래되었다는 견해가 제시되었다.[34] 즉 적산신은
적산법화원에서 신라인이 예배하고 있던 토속적 신기[35]인데, 이에 대해서
는 신라인이 예배한 신이 아닌 엔닌이 적산에서 그 자신이 신앙으로 감득
한 독자의 신[36]이라는 견해도 제시된 바 있어 보다 자세한 고찰이 요구된
다. 여하튼 엔닌의 사후 24년, 그 제자들에 의해 히에잔의 서쪽 사카모토
[坂本]에 적산선원이 건립된 것은 주지의 사실이다. 그리고 거기에 모셔진
신이 바로 적산명신이었다. 적산명신은 이렇게 엔닌의 중국적산의 땅에서
의 신앙, 기서(祈誓)에 근거하여 일본에 권청된 외래신으로[37] 봐도 큰
문제는 없을 듯하다. 왜냐하면 적산선원에 대한 신사측의 소개문 등을
읽어보면, 적산신을 태산부군으로 보지만, 이가 곧 신라명신으로도 불리
는 스사노오노미코토·미와묘진[三輪明神]·고즈텐노(牛頭天王)·후쿠로
쿠쥬[福禄寿] 등과도 동일시되고 있기 때문이다. 만약 이와 같다면 적산신
과 신라명신을 구별하는 것도 그다지 커다란 의미는 없을 듯하다. 오히려
거의 동일한 신라계 신들을 후대의 천태종이 분열하면서 다른 신격을 부여
한 것이 아닌가 싶다. 이러한 측면에서 일본의 천태종 승려인 최징·원인·
원진이 숭배한 신라신은 오래전부터 일본에 정착해 있던 신라인 이주민

渡来人에 한하지 않고 밖에서 들어온 神에 대한 信仰과 그 신앙에 대한 着目과 分析은 이후로도
지속된 日本을 포함한 類似한 神 (精靈) 觀念·意識과 그 信仰의 構造에도 새로운 해석의 폭을
넓히게 할 수 있을 것으로 기대된다는 연구결과가 근래 발표된 바 있다. (塩沢裕仁의 「赤山神の信
仰」과 菊地照夫의 「赤山明神と新羅明神－外来神の受容と変容」의 두 논문이 『古代東アジア
の国家と異文化間交流國學院大學 21世紀ＣＯＥプログラム 東アジア異文化間交流史研
究会 第1回国際研究会議 資料집』(2003.3.11～12.)에 실려 있다. 인터넷 상에서도 그 개요가 확
인되어 이를 인용하였다. http://21coe.kokugakuin.ac.jp/modules/wfsection/article.php?articleid=33#
2009년 5월 20일 재확인)

34) 이영아, 「『입당구법순례행기』고-재당신라인들과의 교류를 중심으로-」『일어일문학연구』36, 한국
   일어일문학회, 2000.
35) 김문경, 「당·일문화교류와 신라신신앙-일본천태승 최징·원인·원진을 중심으로」『동방학지』54·
   55·56 합집, 연세대학교 국학연구원, 1987.
36) 萩野三七彦, 「赤山の神と新羅明神」『慈覺大師研究』(福井康順 編), 天台學會, 1964.
37) 이병로, 전게논문, 2006.

사회의 존재를 전제로 해야 바르게 이해할 수 있다는 견해는[38] 존중되어야 할 것이다. 하지만, 이에 대한 보다 정밀한 학술적인 재조명이 요구된다.

4. 박제상과 천일창

신라에서는 연오랑세오녀[39], 김제상 또는 박제상[40] 등이 왜로 건너갔으며, 왜에서도 호공(瓠公) 등이 들어와 재상이 되는 기사가[41] 보인다. 동해문화권을 설정해 볼 때, 동해 남부횡단항로를 통해서 서로 왕래한 것으로 보인다. 이와 같이 동해를 지중해로 가운데 두고 신라와 왜는 서로 교류해왔음을 알 수 있다.[42] 그 대표적인 예가 바로 앞에서 예를 든 천일창과 박제상일 것이다.

그림 8 신라국사박제상공순국지비

『일본서기』에는 다음과 같은 기사가 전한다. "5년 봄 3월 (AD205.3.7)에 신라왕이 우레시호쯔[汗禮斯伐]·모마리시쯔[毛麻利叱智]·호라모찌[富羅母智] 등을 보내 조공했다. 이에 앞선 인질 미시꼬찌호쯔칸[微叱許智伐旱]을 돌려보내고자 하였다. 이에 미시꼬찌호쯔칸은 「사자인 우레시호쯔·모

38) 김문경, 전게논문. 1987.
39) 『삼국유사』 기이권제일 및 기이제이
40) 『삼국유사』 기이권제일
41) 『삼국사기』 권제일 「신라본기」 권제일
42) 윤명철, 「동해 문화권의 설정 가능성 검토 - 고대 동아지중해문명의 이해를 위한 한 접근-」『동아시아 역사성과 우리문화의 형성 - 고대를 중심으로-」, 한국학중앙연구원, 2005.

그림 9 出石神社의 社殿

마리시쯔 등이 신에게 말하기를 『우리 왕은 신이 오래도록 돌아가지 않자 처자를 종으로 삼았다.』라고 하니, 바라건대 잠시 저를 본토로 돌려보내시어 허실을 알게 하소서」라고 하였다. 황태후가 듣고는 카쯔라기노소쯔비꼬[葛城襲津彦]을 함께 보냈다. 함께 츠시마[對馬]에 도착하고는 사히노우미[金且海]의 수문에서 숙박했다. 이때에 신라의 사자인 모마리시쯔 등이 몰래 배를 대고 미시칸시[微叱旱岐]를 태우고는 신라로 도망했다.[43]......" 이 전승은 신라 왕자 미사흔의 구출담인데, 내용상의 윤색도 없진 않겠으나, 사실에 기초한 내용으로 사료적 신뢰성이 높다고 보여지고 있다.[44] 그런데 이 전승에 주인공으로 등장하는 박제상에 대해서는 다양한 평가가 있을 수도 있으나, 충신의 모습으로서 왜왕의 인정을 받은 것으로 알려져 왔다. 그럼에도 불구하고 박제상을 모신 신사는 일본에서 찾아지지 않는다. 이는 3세기초의 한일관계의 일면을 보여주는 것이 아닌가 싶다. 당시는 왜가 백제와의 밀월관계를 유지하고 있던 시기이며, 전승에서 보이는 바와 같이 신라와의 적대적이고 대립적인 관계를 보이고 있다. 당시 일본내의 도래인의 주류는 백제인이었을 것으로 보이며, 그러한 상태에서 박제상에 대한 신봉은 어려웠던 것이 아닌가 싶다.

---

43) 『日本書紀』 神功紀 5年 春3月條
44) 연민수, 「고대 일본의 동아시아 교류와 정보」 『동아시아 역사성과 우리문화의 형성 - 고대를 중심으로-』, 한국학중앙연구원, 2005, p.179.

한편 일본고대사에 등장하는 가장 유명한 신라인은 역시 천일창일 것이다. 수인천황 3년 봄 3월, 신라 왕자 천일창이 귀화하였다.[45] 가지고 온 물건은 일경(日鏡) 1개, 웅신리(熊神籬) 1개 등 7가지였는데 단마국에 보관하여 신물로 삼았다. 즉 효고켄[兵庫縣]에 위치한 타지마고쿠[但馬國]를 건국한 신라의 천일창은 타지마국의 시조가 된다. 일본의 고대국가의 건국신화의 주인공의 한사람인 천일창은 그의 궁을 타지마국의 이즈시신사에 둔다. 이외 『하리마후토키[播馬風土記]』'에도 보면 신대(神代)에 「아메노히보코노미코노[天日槍命]이 한국으로부터 건너왔다」라고 하고 있다. 이와 같이 고대일본에는 신라에서 건너온 천일창과 그 후손들을 섬기는 신화가 전해지고 있다.[46] 그리고 천일창 이외에도 수많은 한반도에서 건너간 신들의 이야기 즉 우리나라에서는 전승되지 않는 한국 고대신화의 원형을 찾아 볼 수 있다. 이는 중국적인 신을 섬기는 문화와는 달리 우리나라 한국의 신을 섬기는 문화가 당시 일본에는 존재하고 있었음을 증명하고 있다. 그리고 결과적으로 이러한 신화의 존재 자체가 고대 동북아시아에 중국적인 신화권외에 전혀 독자적인 한국적인 신화권이 존재했음을 알 수 있다. 그리고 이것을 동해를 중심으로 한 한반도의 삼국과 동일한 신화의 문화권을 설정할 수 있으리라 여겨진다.

특히 『고사기(古事記)』와 『일본서기(日本書紀)』를 찾아보면, 신공황후는 이 신라왕자 천일창의 5세손녀라는 설이 전한다. 즉 아메노히보코의

---

45) 『日本書紀』 卷第六 垂仁天皇 3年 春3月条
천일창 신화의 내용을 살펴보면, 『삼국사기』에 등장하는 신라 아달라이사금대의 일식, 『삼국유사』에 나오는 연오랑과 세오녀에 얽힌 설화, 그리고 까마귀와 三足烏, 해와 달에 관련된 日月神話, 斤烏支縣과 迎日縣의 명칭, 블랙스미드와 烏의 관계, 남성적 제철기술과 여성적 직조기술, 그리고 『고사기』에 등장하는 天之日矛와 赤玉에서 화한 여인 등과 얽힌 부부관계 등 수많은 모티브를 통해서 당시 고대 한국에서 넘어간 사람들즉 도래인의 신화가 설명되고 있다. 이에 대한 다양한 접근과 종합적인 분석을 통해서 천일창과 연오랑의 연관관계 뿐만아니라 중국적인 신화와는 다른 특색 등이 검토되어야 할 것이다.

46) 노성환, 「內鮮一體에 이용된 韓日神話」『日語日文學』 40, 대한일어일문학회, 2008.11.

증손이 과자의 신인 다지마모리[多遲摩毛理]이며, 다음대인 다지마히다카[多遲摩比多詞]의 딸이 오키나가타라시히메노미코토[息長帶比売命] 즉 진구코고[神功皇后]의 어머니인 카쯔라기노타까누히메노미코토[葛城高額比売命]라는 것이다.

그림 10 키타노텐만구[北野天満宮]

　여기서 한가지 고려해 봐야할 것이 있다. 일본속의 신라계 신과 신라신사의 양태를 조사하기 위해서는 물론 일본 전국각지의 신라신사를 표시할 필요가 있을 것이다. 그러나 그게 과연 전부 신라계의 것일까는 검토의 여지가 있다. 서론에서 언급한 바와 같이, 도래인이 아니더라도 신라신을 함께 또는 모르고 맹목적으로 신앙했을 가능성도 충분히 가능하다. 각종 기록에 그들이 신라의 신들로 등장하지만, 그러한 신들을 신라와 항상 연결선상에 두고 신앙했으리라고는 생각되지 않는다. 나아가 도래인과 무관한 순수 왜인이 얼마나 있을지는 모르지만 별로 상관이 없는 왜인역시 신라계 신들을 제신으로 모신 지역의 큰 신앙의 중심지인 신라신사에 다녔을 수 있다. 아니 당시의 사회경제적인 상황을 볼 때 지역 사회의 정치경제의 중심지로서 도래인들이 중심이 되어 건립하고 유지 운영했던 신사에 반드시 와서 동참했을 것이다. 그리고 그러한 신사들을 여러 가지 이유에 의해 권청되어 섭사로서 일본 각지의 신사에 퍼져나갔을 것이다. 따라서 초기의 신라신사는 반드시 신라계 도래인들의 거점이 되었기에 디아스포라와 연관이 쉽게 될 것이다. 그러나 후대로 갈수록 그 연관의 매개고리를 희미해졌을 것으로 보인다. 그리고 그러한 구분을 하기 위해서는 신라신사 각각의 창건연대와 창건을 했던 세력집단에 대한 정밀한 고증이 요구된다고 할 수 있다.47)

5. 맺음말

신라신사는 신라에서 직접 집단적으로 건너온 신라인들이 그들이 정착한 거주지에 세운 신사이다. 신사란 고대 신앙의 변천이 그러했듯이 원시적인 자연숭배의 면도 간직하고 있지만, 역사시대 이후에는 그들의 시조를 비롯한 선조들을 모신 사상의 성격이 점점 강해진다고 할 수 있다. 결국 신라인들이 그들의 조상을 모신 사당이 바로 신라신사인 것이다. 그렇다면 신라신사를 찾으면 신라인들의 거주지가 밝혀 질 수 있는 것이다. 그것이 바로 신라의 왜로의 디아스포라의 역사를 찾는 단초가 될 것이다. 현존하는 신라신사는 '시라기[白城]', '시라기[白木]', '시라기[白鬼]', '시로기[信露貴]', '시기[志木]', '시라이[白井]', '시라이시[白石]', '시라히게[白髮]', '시라코[白子]', '시라하마[白濱]', '시라이소[白磯]' 등의 이름으로 불리우고 있으며, 모셔진 제신들은 신라계와 비신라계로 신라신사

---

47) 이밖에도 쿄도의 도까노오에 소재한 高山寺에 전래되는 선묘설화와 관련된 善妙尼寺와 善妙神社(김지견, 「의상대사」『한국불교인물사상사』, 민족사, 1999.)와 함께, 김알지의 鷄鳴전설과 관련된 신라계 出雲(이즈모)大社의 다른 이름인 杵築(키츠키)신사가 일본내에 7군데나 존재하고 있다고 소개되고 있다. 그러나, 이에 대한 보다 구체적인 검토는 후고를 기약하는 바이다.

에 모셔진 제신들을 구분할 수 있다. 여기서 신라계는 신라에서 이주해 온 사람들이나 그들의 선조를 비롯하여 삼국시대 및 통일신라시대의 '신라' 직접관련된 신을 말한다.

일본 원성사에 소재한 신라선신당의 제신은 신라명신으로 이즈모신사의 스사나오노미코토라고도 하지만, 더러는 스사노오노미코토의 아들인 이소타게루노미꼬토이라고도 한다. 한편 엔랴쿠지에 모셔진 적산신은 태산부군으로 도교에 있어서 명부의 신으로 중국의 오악신의 하나인 동악대제 또는 태일신 (북극성) 과도 동일시하고 있기도 하다. 그러나 이는 천태종내의 권력투쟁과 후대의 관념적 변형일 뿐으로, 적산신은 역시 적산신라원의 불법을 수호하는 적산신으로 봐야 할 것이다. 이 적산신 역시 신라명신으로 혼동되고 있으며 이 두 신격의 배후에는 적산법화원과 장보고라는 존재가 있으므로 어쩌면 같은 신이 후대에 다른 신격이나 관념이 부여된 것이 아닌가 싶다. 그러나 이에 대해서는 다방면에서의 다각적인 접근이 요구된다고 하겠다.

이외에도 신라에서는 연오랑세오녀, 김제상 또는 박제상 등이 왜로 건너갔다. 동해문화권을 설정해 볼 때, 천일창과 박제상을 비롯한 신라와 왜의 교류의 면면들을 살펴볼 수 있을 것이다. 당시의 관계 때문인지 박제상을 섬기는 신사는 일본에서는 현존하지 않으며 역사상 기록도 잘 찾을 수 없다. 그러나 천일창의 경우는 수많은 신사에서 제신으로 받들고 있는 대조적인 모습을 보이고 있다. 이와 같이 일본내에 현존하는 신라계 신사들과 거기에 모셔진 신라계 제신들의 존재는 고대 신라인들의 일본으로의 디아스포라를 연구하는데 중요한 자료를 제시해 준다고 할 수 있다. 그러나 신라신사가 있다고 해서 모두 신라인 거주지로 보는 것은 재고의 여지가 있다. 이미 지배층으로 성장한 신라인들이 모신 신들을 왜인들이 신앙으로서 수용했을 가능성도 있기 때문이다.

마지막으로 몇가지 언급을 하고자 한다. 이와 같이, 일본에서의 신라에 대한 표기를 개략적으로 살펴보면서, 신라신사의 존재를 추적해 보았다. 신라선신, 신라명신, 적산신을 비롯하여 신라계 도래인의 신 또는 조상신들은 지금도 일본의 신사에 모셔지고 있다. 민족적으로 또는 역사적으로 현재의 의미는 많이 퇴색했지만, 그것은 현대의 이데올로기의 반영일 뿐, 그러한 신앙형태의 명맥마저 끊어진 것은 아니다. 아직도 분명히 신라라는 그 이름을 당당하게 전하고 있을 뿐만아니라 매우 적은 예이지만 신라적으로도 볼 수 있는 몇몇 풍속까지도 전해지고 있다. 이러한 측면에서 볼 때 동해문화권이라는 설정하에 21세기를 한일관계의 새로운 미래의 개막으로 이끌기 위해서 보다 많은 학술적인 교류가 요구된다고 할 수 있다. 그리고 그 첫단추가 바로 전시대에 걸친 디아스포라에 대한 연구라고 할 수 있을 것이다.

본고에서는 매우 한정적으로 일본내 현존하는 신라계 신사와 그 신들에 대해서 살펴보았지만, 불교 즉 사찰을 중심으로 한 고대 일본으로의 디아스포라에 대한 접근도 요구된다고 할 수 있다. 신라계 도래인인 하타노카와카쯔[秦河勝]의 주도로 622년 신라 진평왕이 보낸 불상은 진사인 광융사로 기타 물품들은 같은 신라계 도래인인 나니와노키시[難波吉士]가 세운 사천왕사에 안치된 바 있다.[48] 백제불교의 영향이 큰 아스카시대에 신라불교가 전래되어 온 것은 왜왕권의 외교의 다국화를 보여주는 것이라고 한다.[49] 당과 신라 중심으로 개편되어 가는 동아시아의 변화하는 국제정세에 대응한 왜왕권의 일단면이라고 생각된다. 그리고 이러한 대응에 힘입어 백봉시대의 일본 불교계는 '신라 학문승의 시대'로 규정될 정도로[50] 신라 불교계의 영향을 크게 입게 된다. 일본에 의한 신라문화의 수용

---

48) 『日本書紀』 推古紀 31年 秋7月條
49) 연민수, 전게논문, 2005, p.184.

이라는 측면에서 디아스포라와는 무관한 듯하지만, 신라불교의 수용 역시 일본내에 이미 황족과 귀족으로 성장한 재일신라인을 비롯한 도래인의 존재를 상정하지 않을 수 없다. 당시의 문화교류는 사람에 의한 직접적인 이주전파이며, 사람들을 제외한 문물만의 전파는 고려하기 어렵다. 따라서 신사 뿐만아니라 사찰을 거점으로 하는 당시 재일 신라인들의 존재에 대한 접근이 요구된다고 하겠다. 그리고 이러한 연구는 다음의 연구과제로 삼고자 하면서 본고를 맺고자 한다.

---

50) 田村圓澄, 1980,『古代朝鮮佛敎と日本佛敎』, 吉川弘文館, pp.168〜172.

참고문헌

鏡山猛,「日唐交通と新羅神の信仰」『九州考古学論攷』, 吉川弘文館 1978.

景山春樹,「摩多羅神信仰とその異宝」『比叡川と天台仏教の研究』(村山修一 編), 名著出版 1975.

菊地照夫,「赤山明神と新羅明神－外来神の受容と変容」『第１回国際研究会議 자료집』古代東アジアの国家と異文化間交流國學院大學　２１世紀ＣＯＥプログラム　東アジア異文化間交流史研究会 2003.3.

宮地直一,「平安朝に於ける新羅明神」『比叡川と天台仏教の研究』(村山修一 編), 名著出版 1975.

權又根, 『古代日本文化と朝鮮渡來人』, 雄山閣 1988.

金達壽, 『日本の中の朝鮮文化』3 近江・大和, 講談社 1972.

김문경,「당・일문화교류와 신라신신앙-일본천태승 최징・원인・원진을 중심으로」『동방학지』54・55・56 합집, 연세대학교 국학연구원. 1987.

김은숙・연민수・정상기・하정룡・정병준・김창겸・신호철,『백제유민들의 활동 - 백제문화사대계 연구총서7』, 충청남도 역사문화연구원 2007. 6.

김지견,「의상대사」『한국불교인물사상사』, 민족사 1999.

노성환,「內鮮一體에 이용된 韓日神話」『日語日文學』 40, 대한일어일문학회. 2008.11.

大阪府立弥生文化博物館,『도래인등장 -弥生文化を開いた人々-』, 大阪府立弥生文化博物館 1999.4.

박성주,「고려말 한중간의 유민」『경주사학』20, 경주사학회 2001.

山本ひろ子,『異神-中世日本の秘教的世界-』, 平凡社 1998.

신종원・오길환・하정용・하라다 가즈요시,『한국 신을 모시는 일본의 신사』, 한국학중앙연구원 2005.

辻善之助,「新羅明神考」『史壇』25-1 1915.

연민수,「고대 일본의 동아시아 교류와 정보」『동아시아 역사성과 우리문화의 형성 - 고대를 중심으로-』, 한국학중앙연구원 2005.

塩沢裕仁,「赤山神の信仰」『第１回国際研究会議 자료집』古代東アジアの国家と異

文化間交流國學院大學 ２１世紀ＣＯＥプログラム 東アジア異文化間交流史研究会 2003.3.

윤명철, 『동아지중해와 고대일본』, 청노루 1996.

윤명철, 「동해 문화권의 설정 가능성 검토 - 고대 동아지중해문명의 이해를 위한 한 접근-」『동아시아 역사성과 우리문화의 형성 - 고대를 중심으로-』, 한국학중앙연구원 2005.

이경재, 『일본속의 한국문화재』, 미래M&B 2000.

이병로, 「일본에서의 신라신과 장보고-적산명신과 신라명신을 중심으로-」『도서문화』27, 목포대학교 도서문화연구소 2006.

이영아, 「『입당구법순례행기』고-재당신라인들과의 교류를 중심으로-」『일어일문학연구』36, 한국일어일문학회 2000.

임채완·전형권, 『재외한인과 글로벌 네트워크』, 한울아카데미 2006.

田村圓澄, 『古代朝鮮佛敎と日本佛敎』, 吉川弘文館 1980.

정영훈, 「지구촌의 한민족-디아스포라의 역사와 한민족공동체운동」『한민족연구』4, 한민족학회 2007.

조영록, 『장보고선단과 해양불교』, 재단법인 장보고기념사업회 2004.

萩野三七彦, 「赤山の神と新羅明神」『慈覺大師硏究』(福井康順 編), 天台學會. 1964.

出羽弘明, 『新羅の神々と古代日本-新羅神社の語る世界-』, 同成社 2004.

河廷龍, 「新羅時代龍信仰の性格と神宮」, 『朝鮮古代硏究』2, 朝鮮古代硏究月刊行会 2000. 12.

河廷龍, 『신라시대갈문왕연구』, 고려대학교 문학석사청구논문, ː, 1994. 12, 『民族文化硏究』27, 高麗大学民族文化硏究所. 1994. 8.

河廷龍, 『삼국유사의 편찬과 간행에 대한 연구』, 고려대학교 문학박사청구논문 2002. 8. 『三國遺事史料批判』, 民族社. 2005. 8.

河廷龍, 「日本의 關帝廟와 關羽信仰의 展開에 대하여」, 『民俗學硏究』13, 国立民俗博物館. 2003. 12.

河廷龍, 「『三国遺事』所載 山神 關係記事와 그 性格에 대한 一考察」, 『宗敎와 文化』9, 서울大学宗敎問題硏究所. 2003. 9.

河廷龍, 「新羅時代龍信仰の性格と神宮」, 『朝鮮古代硏究』2, 朝鮮古代硏究月刊行会 (日本). 2000. 12.

홍윤기, 『일본속의 한국문화유적을 찾아서』, 서문당 2002.

『만요슈』의 야나기카즈라와 중국의 '절양류', 유권

장철준

1. 야나기카즈라(柳蘰)와 중국의 '절양류(折楊柳)'

『만요슈』는 다양한 식물을 노래하며 그 종류는 150~160 정도에 달해, 3분의 1이나 되는 노래들이 식물과 관련되어 있다. 버드나무도 중요한 식물로 등장하며, 이를 노래하는 와카(和歌)가 39수나 있어,『만요슈』의 식물 가운데 9번째의 위치를 점한다. 야나기카즈라(柳蘰)의 와카(和歌)는 9수이며, 이는 버드나무 노래의 대략 4분의 1에 해당한다.『만요슈』에 관한 기존연구들은 이미 방대하게 축적되었으나, 버드나무 노래(柳歌)에 관한 연구는 아직 충분하지 못한 형국이다. 2, 3편의 연구논문에 불가하며, 그 이외 연구서가 있기는 하나, 야나기카즈라(柳蘰)에 관한 언급은 극히 간략하다. 사쿠라이 미쓰루(桜井 満)의 저작집에 버드나무 노래(柳歌)에 관한 연구가 수록되어 있으며 그 중 일부는 야나기카즈라(柳蘰)에 관한 내용이 포함되어 있다. 그렇지만 야나기카즈라(柳蘰)의 노래 그 자체를 주요 연구대상으로 삼은 논문이 없다는 점은 상당히 의아한 일이다.

『만요슈』수록된 야나기카즈라(柳蘰)의 노래들을 제시해 보면 다음과 같다.

매화가 피는 정원의 푸른 버드나무는 머리장식으로 쓸 수 있을 정도로 자라고 있지 않은가?
梅の花咲きたる園の青柳は 蘰にすべく成りにけらずや

(小貳粟田大夫´ N８１７)

매화가 피는 정원의 푸른 버드나무를 머리장식으로 삼아, 놀며 지내자구나
梅の花咲きたる園の青柳を 蘰にしつつ遊び暮さな

(小監土氏百村´ N８２５)

봄버들 머리장식(蘰)으로 하려고 손으로 꺾은 매화를, 누군가가 띄웠었구나, 술잔 위에…
春柳蘰に折りし梅の花 誰か浮べし酒坏の上に

(壹岐目村氏彼方´ N８４０)

「버드나무를 읊는다.」
서리로 시든 겨울 버드나무는 보는 사람의 가즈라(머리장식)가 될 정도로 싹이 트고 있습니다.
「柳を詠む」
霜枯れの冬の柳は見る人の 蘰にすべく萌えにけるかも

(N１８４６)

높은 벼슬아치가 가즈라(머리장식)로 삼고 있는 수양버들은 보아도 싫증나는 일이 없습니다.
ももしきの大宮人の蘰ける 垂柳は見れど飽かぬかも

(N１８５２)

「가즈라(蘰)를 선사한다.」
대장부가 아파 누운 것을 한탄하며 만든 수양버들 가즈라(머리장식)를 쓴 그대여.
「蘰を贈る」
大夫が伏し居嘆きて造りたる しだり柳の蘰せ吾妹

(N１９２４)

엣주(越中)의 나라 여러분들과 이렇게 버드나무 가즈라(蘰)로 머리를

장식하며 마음껏 즐기도록 합시다.

　しなざかる越の君らと　かくしこそ楊蘰き樂しく遊ばめ

　오른쪽은 군사(郡司) 이하 자제(子弟) 이상의 많은 분들께서 이 모임에 모이셨다. 그리하여 오토모노 야카모치가(大伴 家持)가 이 노래를 지었다.

　右´ 郡司已下子弟已上諸人多集此會˚因守大伴宿禰家持作此歌也˚

　（右は´ 郡司已下子弟已上の諸人多く此の會に集ふ˚因りて守大伴宿禰家持此の歌を作れり˚）

（大伴家持´　Ｎ４０７１）

　「2월 19일, 좌대신(左大臣) 다치바나(橘) 댁에서 열린 연회에서, 잡아 꺾은 버드나무 가지를 보는 노래 한 수.」

　갓 새싹이 튼 푸른 버드나무의 가지를 잡아서 가즈라(蘰)로 하는 것은 우리 주군의 가문에 천년의 번영이 있으시기를 기원하기 때문입니다.

　「二月十九日´ 左大臣橘の家の宴にして´ 攀ぢ折れる柳の条を見る歌一首」

　青柳の上枝攀ぢ取り蘰くは　君が屋戸にし千年壽くとそ

（大伴家持´　Ｎ４２８９）

야나기카즈라의 노래는 결코 적지 않은데, 이들 노래에 등장하고 있는 야나기카즈라는 과연 어떠한 것이었을까? 우선 검토해야 할 문제는 이것이다. 사쿠라이 미쓰루도 동일한 문제의식 하에, '절양류(折楊柳)'로 부터 유래되었다고 하는 학설을 주장하였다.

　「유환(柳環)과 야나기카즈라(柳蘰)를」

　중국에는 여행을 떠날 사람에게 버드나무 가지로 고리를 만들어, 무사히 돌아올 것을 기원하며 선사하는 민속이 예로부터 있었다. 일찍이 한대(漢代) 이래, 악부제(樂府題)에 '절양류(折楊柳)'가 있어, 이별의 피리(笛)곡이 되어 있었다. 당(唐)나라 시대의 왕지환(王之渙: 688~742)은 '송별(送別)'이라는 제목을 달아, "버드나무는 휘늘어져 춘풍에 나부끼고 / 푸르디푸르게 실개천을 덮는다 / 요 근래는 손으로 잡아당겨 꺾는 것이 힘들어졌다 / 이별이 잦기 때문이다(楊柳東風樹 青青夾御河 近來攀折苦 因為別離多) (中略)

그는 글자의 나라인 중국에서는 '버드나무 유(柳)'와 '머무를 유(留)'의 음이 서로 통하므로 여행에 떠날 사람을 붙잡아 두고 싶은 마음을 나타낸다든지, '고리 환(環)'이 '돌아올 환(還)'과 그 음이 상통하므로 빨리 돌아오기를 바라는 뜻으로 해석하고 있다.[1]

이상이 사쿠라이 미쓰루의 주된 논점이다. 그는 『만요슈』관련 연구 저작집을 10권이나 출판했으며, 민속학의 견지에서 만요(萬葉)의 식물에 관한 연구를 지속적으로 수행해 온 연구자이다. 그러나 그의 관점을 그대로 믿을 수 있는가 하면, 역시 수긍하기 어려운 측면들이 존재한다. 우선 그가 근거로서 제시한 왕지환(王之渙, 688~742)의 「송별(送別)」이라는 시(詩)에는 유환(柳環)의 이미지는 전혀 제시되지 않으며, 유환(柳環)이라는 말조차 등장하지 않는다. 나아가 왕지환(王之渙)의 시는 성당(盛唐) 시기의 작품이다. 성당 이전의 작품에 나타나는 '절양류(折楊柳)'도 있지만, 당(唐)나라 초기까지의 '절양류'를 자료로 제시하지 않는 것이 신기하다. 즉 이 시는 유환을 설명하는 근거가 되지 않는다는 점을 말할 수 있다. 사실, 위에 기술한 인용문과 같은 관점은, 사쿠라이 미쓰루 뿐만 아니라, 다른 곳에도 볼 수 있는 것이다. 예컨대 식물대사전의 견해를 펼쳐보면 다음과 같다.

---

1) 桜井満、『花の民俗学』、「桜井満著作集」第九巻、おうふう、平成12年、67－68頁。동일한 견해가 야나기시타 데이치(柳下貞一)의 저술에서도 보인다. 「우타이쇼(謡抄)」에, "관(綰)이란 버드나무 가지를 꺾어, 고리(環)로 만드는 것을 말한다. 버들은 다른 나무와 달리 실이 길어, 이 실로 멀리 떨어진 사람을 묶어 둔다는 뜻이다. 고리(環)에 버드나무를 쓰면 고리 환(環)은 돌아올 환(還)과 소리가 가까워, 머지않아 돌아오라는 뜻이 된다."고 나온다. '고리 환(環)'과 '돌아올 환(還)', '가지가 돌아간다(휜다: 返)(Kaeru)'와 '돌아간다(Kaeru)'의 가케코토바이며, 그리고 '묶음(結び)'은 산령(産靈)으로 '만물을 낳는 영력(靈力)', 또 다시 돌아오도록 꼭 묶어 둔다는, 그러한 주력의 힘을 빌자는 것으로 생각된다.(『柳の文化誌』、淡交社平成七年、187頁)

청명절((淸明節)에는 버드나무 가지를 사용해 새로운 불을 지펴, 가지를 문이나 처마에 꽂고, 또한 가지를 머리에 꽂기도 했다. 흡사한 풍습에 '절양류(折楊柳)'가 있다. 친한 사람이 여행을 떠날 때, 물가의 버드나무 가지를 꺾어, 고리 모양으로 묶어서 선사한다는 것이다. '고리 환(環: huán)'의 소리가 '돌아올 환(還: huán)'의 소리와 통해, 버드나무의 영력(靈力)에 의해 나그네가 보호되어, 무사히 돌아올 것을 기원한다. 또한 나그네가 여행에 지쳐 혼(魂)을 잃지 않도록 묶어 두는 의미도 있다고 한다.2)

야나기카즈라에 관한 논문이 한 편도 없으나, 이러한 견해가 있는 정도로는 알려져 있는 것이 아닌가? 사쿠라이 미쓰루에게 있어서 중국 '절양류'의 유환을 연구하는 목적은, 단순히 중국 '절양류'에 관한 연구 그 자체가 아니라, 일본의 야나기카즈라에 대한 기원연구에 놓여있다는 사실은 비교적 분명하다.

중국에는 여행을 떠나는 사람의 평안을 기원해 버드나무 가지를 고리(環)로 만들어 선사하는 풍습이 있었던 것이다. '버드나무 유(柳)'는 본디의 소리가 '머무를 유(留)'와 통하며, '고리 환(環)'은 '돌아올 환(還)'과 통하는 것이지만, 원형(輪)으로 해서 원상태로 되돌아오는 뜻을 나타냈다고 한다. 『만요슈』에 있어서의, "대장부가 아파 누운 것을 한탄하며 만든 수양버들 가즈라(머리장식)를 쓴 그대여……"(ますらをが伏し居嘆きて造りたる しだり柳の蘰せ吾妹)는 그러한 중국의 '이별의 나무'의 영향을 받고 있다고 보아야 마땅할 것이다. 야나기카즈라(柳蘰)는 버드나무 고리(柳環)의 일본화로 생각된다.3)

사쿠라이 미쓰루는 그의 저작집에서, 이와 동일한 견해를 몇 번이나 반복해 논하고 있는데, 이 견해는 상당히 흥미로운 해석이라 할 수 있다. 그의 연구는 중국문화의 특징을 기초로 하여 송별(送別)의 풍습에도 부합

---

2) 植物文化研究会編, 『図説花と樹の大事典』, 東京: 柏書房1996.2、458頁
3) 桜井満、『万葉の花』、「桜井満著作集」第七卷、258頁

될 뿐만 아니라, 중국 글자의 특징에도 잘 맞는 것이다. 중국의 '절양류'가 일본으로 전해져, 일본의 야나기카즈라가 되었다고 주장한다면, 역시 '절양류'에 관하여 연구해야만 한다. '절양류'가 일본으로 전래된 것은, 틀림없는 사실일 것이다. 『옥대신영(玉臺新詠)』 등의 시집이 일본으로 전해져 있는 이상, '절양류'의 일본으로 전래 여부는 사실 문제가 되지 않는다.

'절양류'는 중국고대의 악부가제(樂府歌題)의 하나이지만, 본래는 서북(西北) 소수민족의 노래이다. 곽무천(郭茂倩)의 『악부시집(樂府詩集)』에 따르면, 진(晉) 시대에 '절양류'는 있었으나, 그 내용은 전쟁의 고난을 주로 노래하는 것이었다.[4] 사쿠라이 미쓰루는 '절양류'를 한대(漢代)의 악부(樂府)라고 지적하고 있으나, 실제로는 서진(西晉)의 악부(樂府)가 아닌가하는 생각이 든다. '절양류'와 일본 야나기카즈라의 관계를 고찰하려고 한다면, 우선 '절양류'에는 유환(柳環)이 있는지 어떤지를 검토해야만 할 것이다. 육조(六朝)시대로부터 당(唐) 초기까지의 '절양류'에 관한 작품수는 많지는 않으나, 그들의 시가에는 유환을 묘사한 것은 하나도 없다. 사쿠라이 미쓰루가 증거로서 제시한 왕지환(王之渙)의 '절양류(折楊柳)'라는 시에도, 유환의 모습이 전혀 보이지 않는다. 사실, 중국의 역사를 통관(通觀)하더라도, 사쿠라이 미쓰루가 지적한 '유환(柳環)' 같은 것에 관해서는 필자가 과문(寡聞)한 탓으로 알지 못한다.

물론 유환이라는 말이 없었다는 의미는 아니다. 송나라 주응합(周応合)의 저술에 따르면, '유환'은 주작대가(朱雀大街)의 가로수를 뜻하지만, 대략적인 거리는 3㎞이며, 버드나무가 연이어져 거대한 고리(環)가 된다고 한다.[5] 즉, 여기서 말하는 유환은 결코 작은 고리(環)를 의미하는 것이

---

4) 宋·郭茂倩、『樂府詩集』卷二十二（第二册）、中华書局1979年、328頁。"<u>此歌辞元出北戎，即鼓角横吹曲折楊柳是也</u>。『宋書·五行志』曰：晉太康末、京洛為折楊柳之歌、其曲有兵革苦辛之辭。按古樂府又有小折楊柳相和、大曲有折楊柳行清商四曲。有月節折楊柳歌十三曲、與此不同"

아니다. 하나의 용례를 더 들어보면, 명(明)나라 때의 도안(陶安)이 쓴 「과평강(過平江)」을 들 수 있다.[6] 여기서 말하는 유환은 새로운 성벽을 둘러싸 버릴 정도의 크기를 지닌 것이다. 한 도시를 한 바퀴 도는 거리는 적어도 10리(약 39.3㎞)라든지 20리(약 78.5㎞) 이상이 되는 것이 통례이다. 여기서 유환 역시 커다란 고리(環)이며, 야나기카즈라처럼 머리에 장식할 수 있는 것이 아님은 명백하다. 즉 유환(柳環)과 야나기카즈라(柳蘰)는 완전히 다른 것으로, 양자 사이에 어떠한 영향관계가 있었음은 사실 생각하기 어렵다.

중국의 유환은 사쿠리아 미쓰루가 지적한 바와 같은 것이 아니다. 당대(唐代) 초기까지, '절양류(折楊柳)'라는 관습 중에 야나기카즈라와 같은 것은 나타나 있지 않았다. 그렇다면 사람들은 무엇을 선사하고 있었던 것일까? 버드나무 가지를 선사하는 것은 틀림없으나, 버드나무 가지를 그대로 주는지, 아니면 버드나무 가지로 고리(環)를 만들어 주는지. 사쿠라이 미쓰루의 견해를 따를 수 없다고 하는 이상, 역시 중국 육조(六朝)시대의 '절양류' 풍습을 재고(再考)해 보아야 할 것이다.

우선 시가 가운데 송별의 상황을 묘사한 것으로, 「절양류가사(折楊柳歌辭)」라는 작품이 있다.[7] 이 작품은 연인끼리의 이별을 묘사한 것으로, 남자가 말을 타고 애인인 여성으로부터 떠나려 할 때의 장면이 묘사된 것이다. 그리고 남자는 말을 탄 후, 보통이라면 채찍을 집지만 여기서 그는 채찍을 집지 않고 버드나무를 손에 들었다. 게다가 그는 그 버드나무를

---

5) 宋·周応合、『景定建康志·疆域志二·镇市』卷十六 四庫全書本第489册、24頁 ""『輿地志』云：朱雀門北對宣陽門、相去六里、名為御道、夾開御溝、植栁環渠"

6) 明·陶安、『陶學士』集卷五、四庫全書本第1225册　748頁 "錫山回望望亭孤、百里風煙遠入吳。虎阜雲開晴見塔、楓橋月落夜聞烏。**依依楊柳環新郭**、渺渺波濤接太湖。可惜捧心人去杳、大夫遺庙鎮姑蘇。

7) 宋·郭茂倩輯、『樂府詩集·橫吹曲辞·梁鼓角橫吹曲』卷二十五（第二册）、中华書局1979年、370頁。"**上馬不捉鞭、反折楊柳枝。**蹀坐吹長笛、愁殺行客兒。**腹中愁不樂、願作郎馬鞭。**出入擐郎臂、蹀坐郎膝邊。"

채찍으로 삼아, 말을 달리게 하며 떠났다. 버드나무를 채찍으로 삼았기 때문에, 그것은 고리(環)처럼 묶인 것은 아니다. 여성은 자신이 그 버드나무 가지의 채찍이 되어, 언제까지나 애인과 함께 있을 것을 기원하고 있다. 그 외에 버드나무의 영력(靈力)에 의해 애인에게 장생(長生)과 건강을 가져다준다는 의미, 그리고 애인을 따라가고 싶다는 의미가 포함되어 있는데, 이러한 의미들도 시인(詩人)이 버드나무 가지를 시(詩) 속에 등장시킨 이유라고 볼 수 있다.

버드나무 가지를 나그네에게 선사한다는 북융(北戎)의 풍습이 한족(漢族)에게 전해진 것은 육조(六朝)시대지만, 그 후 청(淸) 시대까지도 계속 정착되어 있었다. 당시(唐詩) 중에도, 버드나무 가지를 채찍으로 삼는다는 내용의 시구(詩句)를 볼 수 있다. 예컨대 최국보(崔國輔: 687?~755년?(708년~?))의 「장락소년행(長樂少年行)」을 보면,

> 산호 채찍 잃어버린 뒤
> 흰 말이 뻗대며 나가려 하지 않네.
> 장대의 버드나무 가지를 꺾나니
> 봄 거리의 애틋한 풍경이여
> 遺却珊瑚鞭　白馬嬌不行　章台折楊柳　春日路旁情　8)

라고 되어 있다. 채찍을 놓고 와서 집지 않았기 때문에, 말은 걷기 싫어하는 듯하다, 장대(章臺)에서 버드나무를 꺾어, 그 버드나무 가지를 채찍으로 삼는다는 의미도 내포될 것이다. 어떠한 사람이 시인에게 버드나무 가지를 선사했는지에 관해서는, 시 속에 명언(明言)되어 있지 않으나, 아마 한 사람의 기녀(妓女)일 것이다. 왜냐하면 장대(章臺)라는 장소는 장안(長安)의 청루(靑樓)가 모이는 곳이므로, 시인(詩人)이 읊은 것은 기녀(妓

---

8)『全唐詩·雜曲歌辭』卷二十四（第二册）、中华书局、327頁

女)와의 이별로 생각되기 때문이다.

최국보(崔國輔)「장락소년행(長樂少年行))」의 삽화

(『당시선화본(唐詩選畫本)』에서 발췌9))

　이것은 에도시대(간세(寬政) 5년, 1793년) 일본에서 간행된『당시선화본(唐詩選畫本)』의 그림이다. 그려져 있는 것은『장락소년행(長樂少年行)』의 그림이지만, 말을 타고 있는 남자가 손에 든 것은 버드나무 가지이다. 즉 버드나무 가지를 채찍으로 삼고 있는 장면이다. 에도시대의 화가는 버드나무 가지를 채찍으로 삼는다는 것을 알고 있었음이 분명하다. 또한 흥미로운 사실은 송별의 습관에 의하면 버드나무 가지를 선사하지만,10) 소년의 손에 쥐어진 버드나무 가지는 4자루이다. 청루(靑樓)의 유녀(遊女)가 4명이므로 한 사람이 한 자루씩 주었을 것이다.

---

9)　小林高英　高井蘭山選注；北尾重政　葛飾北斎ほか絵、『唐詩選画本』、北京：綫裝書局1996. 2、680－681頁(이는 에도시대 간세5년, 즉 1793년 제1판에 의해 복사한 서적.)

10)　張祜、「折楊柳」：“凝碧池邊斂翠眉、景陽樓下綰青絲。那勝妃子朝元閣、玉手和煙弄一枝。”(『全唐詩·張祜』卷五百十一（第十五册）、5841頁。）楊巨源「和練秀才楊柳」：“水邊楊柳曲塵丝，立馬煩君折一枝。惟有春風最相惜，慇勤更向手中吹。”(『全唐詩·楊巨源』卷三百三十三） 송별 때, 버드나무가지를 1자루 보내는 고대 중국 시구(詩句)는 많이 있다.

다음으로 명(明)의 석보(石珤, 1464~1528)가 쓴 「양류지사(楊柳枝詞)」라는 것이 있다.11) 작품을 보면, 봄바람 속에, 장안(長安)의 패릉천(霸陵川)이라는 장소에서 나그네를 보낸다. 그 냇가에는 버드나무가 많이 심어져 있어, 송별의 명소(名所)가 된다. 무수한 기다란 버드나무 가지는 말의 채찍과 흡사하다고 쓰여 있으나, 실은 버드나무 가지는 진짜 채찍이 아니다. 그래서 말의 채찍과 흡사하다고 얘기된다. "이별(離別)이 지나치게 많다는 것을 강조하기 위해, 무수한 버드나무 가지가 채찍이 되었다"고 시인(詩人)은 말한 것이다. 이 시 속에서는 버드나무 가지를 '장조(長條)'라는 말로 표현하고 있다. 일반적으로 가늘고 긴 것을 '장조'라고 하지만, 고리 모양의 물체(환상물(環狀物))을 '장조'라고는 지칭하지는 않는다. 명(明) 시대의 우겸(于謙 1398~1457년) 역시 「절양류(折楊柳)」라는 송별장면을 묘사한 시(詩)를 남기고 있다.12)

이 시에서는 장조라는 말을 사용하지 않고, '유조(柔條)'라는 말을 사용하여 버드나무 가지를 표현한다. 하지만 장조이든 유조이든 가늘고 긴 것을 가리키는 표현이며, 고리 모양(환상(環狀))의 물체를 지칭하는 것은 아니다. 장조가 상사(相思)의 감정을 표현하는 경우도 있다. 송(宋)의 문동(文同 1018~1079년)이 쓴 「절양류(折楊柳)」 시(詩)에서도 '장조(長條)'라는 말로 버드나무 가지를 표현하고 있다.13) 이들의 시는 송별 장면을 묘사한 것이 아니라, 떠나간 사람을 상사(相思)한다. 버드나무의 '장조(長條)'도 상사(相思)의 감정을 나타내는 것으로 생각된다.

---

11) 明·石珤、『熊峯集』卷四　四庫全書本第1259册、548頁。" 春風惜別霸陵川、多少長条似馬鞭。誰道無情是花栁、賺人來去自年年。"

12) 明·曹学佺編、『石仓歷代詩选·明詩次集二』卷三百六十八、四庫全書本第1392册 24頁。"折楊柳、**折得柔条持在手**。殷勤贈與遠行人、人去書來莫厭頻。明年柳發黃金芽、卻望歸轅早到家。春來春去須臾事、莫待漫天飛雪花。折楊柳、愁思多。短長亭畔崎嶇路、送盡行人奈爾何。"

13) 宋·文同、『丹渊集』卷十九、四庫全書本第1069册、671頁。" 垂楊百尺臨池水、風定煙濃盤不起。**欲折長条寄遠行**、想到君边已憔悴。"

하나 더, 연구해야만 하는 문제가 남아 있다. 즉 송별할 때, 통상적으로 버드나무 가지가 몇 자루가 선사되느냐, 라는 문제이다. 이것도 채찍과 관련되어 있는 것으로, 필자의 사견(私見)으로는 육조(六朝)시대로부터 청조(淸朝)까지 계속 버드나무 가지를 1자루 주는 것이 통례였던 것 같다.

그런데 중국 문화사에 있어, 일본의 야나기카즈라와 같은 것이 전혀 없었느냐 하면, 결코 그렇지는 않다. 중국어로 야나기카즈라와 같은 것을 유환(柳環)이라고 하지 말고, '유권(柳圈)'이라고 한다. 원(元) 시대에 왕운(王惲 1228~1304년) 「유권사(柳圈辭)」라는 시에서 유권(柳圈)이란 즉 버드나무 가지로 고리(環)를 만드는 것을 지칭한다.14) 왕운은 의도적으로 유권을 주제의 일부로 선정하여, 오로지 유권을 노래했다. 다만, 이 유권은 송별시에 선사하는 것이 아니라, 친구와 모여서 연회를 할 때 머리에 장식하는 것이다. '유권(柔圈)', '벽옥권(碧玉圈)', '일환(一還)' 등은 모두 '유권(柳圈)'에 대한 것을 가리킨다. 시인(詩人)은 유권을 묘사하기 위해, 되도록 '유권'이라는 말을 직접 사용하지 않도록 하고 있다. 물론 이는 중복을 피하기 위한 문학적 수법이다.

사실 왕운(王惲)의 시가에 유권(柳圈)이라는 말을 직접 사용하는 사례는 자주 있다. 예를 들어 「화운삼수(和韻三首)」란 시를 보면, 유권(柳圈)을 머리에 장식하고 놀며, 유권이 강의 파도처럼 바람 속에서 흔들리고 있다.15) 이 시(詩)는 강변에서 문인들이 개최한 연회의 풍경을 묘사한 것이다. 그러나 중국 고대의 문인은 대부분 시가 속에 '유권'이라는 말을

---

14) 元·王惲、『秋澗集』卷七十七、四庫全書本第1201册、142－143頁。"暖煙飄、緑楊橋、**旋結柔圈折細条**。都把發春閑懊惱、碧波深處一時拋。野溪邊、麗人天、**金縷歌聲碧玉圈**。解祓不祥隨水去、盡回春色到樽前。問春工、二分空、流水桃花揚曉風。欲送春愁何處去、**一環清影到湘東**。步春泂、喜追陪、相與臨流酌一杯。（下略）"
15) 元·王惲、『秋澗集』卷十八、四庫全書本第1200册、224頁。" 朋盍華簪擁佩羅、秉蘭聽我醉時歌。**柳圈泛灩風漪去、樂事迢隨獻歲和**。坐近緑陰花氣重、步移紅袖野吟多。杯行到手須沉醉、六客樽前我最皤。 "

사용하고 싶어 하지 않았다. 왕운 이외에, 또한 시에 유권이라는 말을 사용한 시인(詩人)이 거의 없다고 말할 수는 없지만, 그 수는 사실 지극히 적다. 이처럼 유권이라는 말이 기피 대상이 된 이유는, 그 자체에 저속한 이미지가 강하며 우아한 시가에 어울리지 않는다는 점을 들 수 있을 것이다. 원(元)의 문학은 풍아(雅)와 저속(俗)의 미(美)를 하나의 작품에 함께 나타내는 것이 특징이다. 일반적으로는 시인(詩人)은 유권(柳圈)을 시가(詩歌)의 표현으로 삼지 않는다.

일례로 사마광(司馬光 1019~86년)은 당대(唐代)의 황제가 유권(柳圈)을 대신(大臣)에게 하사하는 것을 적었지만, 유권(柳圈)이라는 말을 사용하지 않고, 버드나무를 꺾어 둥글게 한다는 표현을 사용했다.[16] 이 용례와 왕운의 용례를 비교해 보면, 시인은 되도록 유권이라는 말의 사용을 피하고 있었음을 알 수 있을 것이다. 왕운도 시가 속에서는 유권이라는 말을 한 번밖에 사용하지 않았다. 물론 왕운 이외에는 아무도 유권이라는 말을 사용하지 않았다고는 할 수 없으나, 그 용례는 지극히 적은 셈이다.

2, 야나기카즈라(柳蘰)와 중국의 유권(柳圈)

필자의 결론부터 말한다면, 『만요슈』의 야나기카즈라는 중국의 '절양류'로부터 전래된 것이 아니라, 삼짇날(상사(上巳))의 유권에서 온 것이다. 이와 관련하여 삼짇날의 유권이 일본으로 전해진 것을 증명하기 위해서는 다음과 같은 물음에 답해야만 한다.

유권은 중국에 있어 언제쯤 발생한 것인가? 또한 만약 유권이 3월 3일의

---

16) 宋·司馬光、『傳家集·律詩二』卷七 、 四庫全書本第1094冊、77頁。 **"君王遊豫賞靑春、折栁爲弩賜侍臣。** 莫怪長条低拂地)、只緣供掃屬車塵。 "

연회에 머리에 장식하는 것이라면, 『만요슈』의 야나기카즈라도 3월에 장식하는 것일까? 그리고 유권이 전해진 것은 언제쯤인가? 더욱이 『만요슈』에서는 야나기카즈라는 연회 때만 장식하는 것이 아니라, 여행을 떠날 사람에게도 선사한다. 그렇다면 중국에서도 송별할 때에 선사하는 것일까? 이러한 문제들을 해결하지 않는 이상, 중국의 유권이야말로 『만요슈』의 야나기카즈라(柳蘰)의 기원이라는 나의 주장은 합당할 수 없는 것이다.

중국의 유권(柳圈)이 언제쯤부터 등장했는가라는 문제에 관하여, 사쿠라이 미쓰루는 다음과 같이 말했다.

> 에도시대에는 3월 3일에 야나기카즈라를 쓰는 습관이 있었지만, 이는 중국에서 전래된 것일지도 모른다. 청조(淸朝) 말의 『연경세시기(燕京歲時記: 1906.)』에 의하면 청명절(淸明節)에 아이들이 머리에 버드나무를 머리에 얹는 것은, 당(唐)의 고종(高宗(재위 649~683))이 3월 3일에 위수(渭水) 북쪽에서, 불계(祓禊)를 하고, 군신(群臣)에게 버드나무 고리(環)를 하사하였으며, 이를 머리에 얹었다면 전갈의 독을 면할 수 있다고 한 것에서 비롯된다고 전하고 있다.17)

사쿠라이 미쓰루는 『연경세시기』에 의거하여 중국의 유권이 당(唐) 고종(高宗)으로부터 시작되었다고 주장한다. 하지만 『연경세시기』는 청조의 문헌이므로, 어느 정도 신뢰할 수 있는 것일까? 실은 이 문헌 이외에, 다른 기록도 존재한다.

이 기록은 청(淸) 시대의 『월령집요(月令輯要)』에서 볼 수 있는 기재이지만, 당(唐)의 중종(中宗 재위기간 683~684, 705~710) 4년 삼짇날(상사(上巳)), 위수(渭水)의 물가에서 불계(祓禊)를 했다고 되어 있다.18) 어느

---

17) 桜井満『花の民俗学』、68頁。
18) 『月令輯要・月令』卷七三、四庫全書本第467冊、288頁 "細柳圈：原『景龍文館記』：唐制上巳祓禊、賜侍臣細柳圈、云帶之免蠆毒瘟疫。**中宗四年上巳祓禊於渭濱**、賦七言詩、賜細柳圈。"

쪽 문헌이 보다 사실에 가까운 것일까?『월령집요』는『경룡문관기(景龍文館記)』에 따라 기술된 것이다. 경룡(景龍)은 당(唐) 중종의 연호이며, 이 책은 당대(唐代)의 서적으로,『신당서(新唐書)』권58의「예문지(藝文志)」에도 기록되어 있어, 현재까지 전해져 내려왔다. 당 중종 4년이란 경룡(景龍) 4년을 뜻하는 것이며, 이는 서기 710년에 해당되지만 이때에 유권을 머리에 얹은 것은 사실일 것이다. 이것이 중종(中宗) 무렵부터 당(唐)의 궁정행사가 된 것이다. 이는 당대 단성식(段成式)의『유양잡조(酉陽雜俎)』에도 기재되어 있다.[19] 이는 당대(唐代)의 기재이므로, 신뢰할 수 있는 자료라고 말할 수 있다. 또한 이는 유권(柳圈)이라는 말을 사용하는 당대의 용례이다.

『구당서(舊唐書)』의 기록을 보면, 여기에는 중종(中宗)이 3월 3일에 곡수연(曲水宴)을 벌여, 유권(柳圈)을 하사했다고 기록되어 있다.[20] 이 이후 유권(柳圈)을 하사받는 것이 제도화된 것이다.『신당서(新唐書)』를 보면, 비록 당(唐)황제의 1년 행사를 기술한 문장이지만, 그들의 행사 중 하나에, 봄 무렵에 모든 황제는 위수(渭水) 부근에 갈 때, 재상(宰相)과 학사(學士)를 수행토록 하며, 그곳에서 유권(柳圈)을 달게 한다고 하는 것이 있다.[21]

유권(柳圈)을 다는 목적은, 처음에는 그저 전갈의 독으로부터 몸을 보호한다는 단순한 의미밖에 없었으나, 시대가 지남에 따라 점점 그 의미와 범위가 넓어져 모든 일을 축복하고 또한 모든 불상(不祥)을 씻어됨을 뜻하

---

19) 唐·段成式、『酉陽雜俎·忠志』卷一、四庫全書本第1047册、639頁。"三月三日、賜侍臣細柳圈、言帶之免蠆毒。"

20)『旧唐書·本紀第七·中宗』卷七、中華書局 1997年、57頁。"三月三日、賜侍臣細柳圈、言帶之免蠆毒。"

21)『新唐書·列傳第一百二十七·文藝中』卷二百二、中华書局1997年、1468頁。"凡天子饗會游豫、唯宰相及學士得從。**春幸梨園、並渭水、祓除則賜細柳圈**、辟癘。夏宴蒲萄園、賜朱櫻。秋登慈恩、浮圖獻菊花酒、稱壽。"

게 되었다. 본디 삼짇날(상사(上巳))에 하는 목욕의 목적은 모든 예구(穢垢)를 씻고 몸의 건강을 기도하는 것이었으나, 유권(柳圈)을 다는 것이 삼짇날 활동의 일부가 된 후로부터 삼짇날에 내포되어 있는 모든 의미가 부여되어 가는 것은 자연스러운 흐름일 것이다. 유권은 당 중종부터 시작되었으나, 삼짇날 행사는 선진(先秦)시대부터 이미 존재했다. 그리고 진(晉) 시대부터 매년 3월 3일로 정해져, 유명한 곡수연(曲水宴)과 함께 이 날의 행사가 된다. 유권(柳圈)을 머리에 장식하는 것이 당(唐) 시대로부터 비롯된 풍습이라고 단정한 것은, 유권(柳圈)에 관한 기록이 그 이전 시대에 쓰인 문헌에서 발견되지 않았기 때문이다.

이상의 자료와 분석에서 알 수 있듯이, 당대(唐代) 초기에는 3월 3일에 유권(柳圈)을 장식하는 것이 이미 궁정행사로서 제도화되어 정착되어 있었다. 그렇다면 이와 대비하여, 『만요슈』의 야나기카즈라(柳蘰)의 경우는 어떠했을까? 이 점에 관해서 일본의 연구자는 다음과 같이 논하고 있다.

> 버드나무 가즈라키(柳かづらき)-가즈라쿠(カヅラク)는 버드나무 가지나 덩굴성 식물의 덩굴을 머리장식으로 한다는 의미의 동사. 버드나무를 가즈라쿠하는 것은 1, 2월의 봄노래에 한정되어 있다. ……혹은 4516번의 제사(題詞)에서 볼 수 있는 듯한 새해의 연회를 열었을지도 모른다. 22)

이는 고지마 노리유키(小島 憲之)등이 편저한 『만요슈』가, 앞서 인용한 4071번의 와카(和歌)에 대하여 해석한 일부이다. 야나기카즈라를 노래하는 와카 가운데, 창작시기가 명확히 기재되어 있는 것이 있다. 그 작성시기를 보면, 모두 1월이거나, 아니면 2월이다. 4071번의 와카는 오토모노 야카모치(大伴 家持 718~785)의 작품으로, 자택에서 베푼 연회에서 야나

---

22) 小島憲之ほか、『万葉集』第四册、小学館昭和五十年、252頁

기카즈라를 장식하면서 논다는 장면이 묘사되어 있다. 종래의 견해에 따르면, 야나기카즈라는 '절양류'의 영향을 받아 형성된 것으로 되어 있으나, 만약 그렇지 않고, 당(唐)의 유권(柳圈)을 전한 것이라고 한다면, 『만요슈』의 야나기카즈라도 3월에 얹어야 하는 것이 아닌가 생각되지만, 역으로 야나기카즈라는 1월과 2월만으로 한정되어 있다. 이러한 시기의 문제에 국한하여 생각해 본다면, 야나기카즈라는 사실 당의 유권과 관계가 없는 듯하다.

내가 여기서 지적하고자 하는 점은, 삼짇날이 일본에서도 중용한 절구(節句)였다는 점이다. 게다가 이 날에 야나기카즈라(柳蘰)를 장식하는 기재도 남아 있다. 사쿠라이 미쓰루가 지적한 바와 같이, 에도시대에는 야나기카즈라를 장식하는(가즈라쿠(カズラク)풍습이 있었다. 물론 중국의 유권이 일본으로 전해진 것은 이 시기가 아니라, 더욱 더 이른 시대이다.

> (전략)3월3일에, 도노벤(頭(の)弁: とうのべん. 일본의 관제(官制)에 있어, 변관(弁官)을 겸대(兼帶)한 구로도노 토(蔵人頭 : くろうどのとう)에 대한 호칭임. 여기서는 후지와라노 유키나리(藤原行成 : ふじわらの ゆきなり/こうぜい. 972~1028년.)를 뜻함.)이 버드나무 머리장식을 하도록 하고, 복숭아꽃을 비녀로서 꽂게 하며, 벚나무(벚꽃)를 허리에 차는 등 하여 걷게 하셨을 때, 이러한 일을 당하시리라고는 생각치도 않았을 것입니다.」라며 안쓰러워한다.
> (전략)三月三日´ 頭の辨の柳かづらせさせ´ 桃の花をかざしにささせ´ 櫻腰にさしなどしてありかせ給ひしをり´ かかる目見んとは思はざりけむ」などあはれがる° 23)

이것은 『마쿠라노소시(枕草子)』의 기재이다. 3월 3일에 야나기카즈라(柳蘰)를 장식하고, 복숭아꽃을 비녀 대신 머리에 꽂는다는 풍습은 헤이안

---

23) 池田亀鑑ほか、『枕草子・四月、祭の頃いとをかし。上達部・殿上人も、うへのきぬの」、岩波書店日本古典文学大系、昭和三十三年、53頁

(平安)기의 기록에서도 이미 확인된 것이다. 그렇다면 3월에 야나기카즈라를 장식하는 가즈라쿠(カズラク)에 관한 기재는 어느 무렵까지 거슬러 올라갈 수 있는 것일까? 『만요슈』에는 정말로 3월에 야나기카즈라(柳蘰)를 머리에 얹는 와카(和歌)가 없는 것일까? 『만요슈』 와카(和歌)의 본문 중에는 없는 듯하지만, 실은 더욱 꼼꼼하게 읽어보면, 3월에 야나기카즈라(柳蘰)를 장식한다(가즈라쿠(カズラク))는 내용의 와카를 찾아내는 것은 역시 불가능한 일이 아니다.

「2월2일 카미(守)의 저택에 모여 연회를 벌이며 지은 노래 한 수.」
그대의 여행이 길어진다면 나는 누구와 함께 매화나 버들을 머리에 장식하면 되는가.
「二月二日゛会集於守館宴作歌一首」
君が行 もし久にあらば 梅柳 誰とともにか わが蘰かむ

오른 쪽은 조 구메노 아소미히로나와(掾久米朝臣広縄)가 정세장(正税帳)을 가지고 상경하게 되었다. 그러므로 오토모노 스쿠네노 야카모치가 이 노래를 지은 것이다. 단 엣주(越中)의 지역적 특색으로서, 매화나 버드나무 솜털은 3월이 되어야 겨우 피는 것이다.
右゛判官久米朝臣廣繩以正税帳入京師゛仍守大伴宿禰家持作此歌゜但越中風土゛梅花柳絮三月初咲耳゜

(大伴家持 N4238)

이 와카도 연회에서 만들어진 것이지만, 제작시간은 2월 2일로 되어 있다. 주의해야 할 것은 이 와카가 3월에 관한 것을 읊고 있다는 점이다. 구메노 아소미히로나와(久米 朝臣広縄)는 상경하여, 만약 3월 초를 지나서도 엣주에 돌아가지 못한다면, 3월 초에 오토모노 야차모치(大伴家持)는 누구와 함께 야나기카즈라를 장식하며 놀 것인가 노래한다. 엣주(越中)는 현재의 도야마현(富山縣)이다. 이곳은 3월 초에 매화와 버들가지(柳

絮)가 피기 때문에 그 무렵에 야나기카즈라를 장식할 것이다. 일본은 남북으로 긴 지형에 따라 각지의 기후가 다르므로, 엣주는 3월에 야나기카즈라를 머리에 써야 하는 곳이다. 만약 엣주에서는 3월에 야나기카즈라를 장식한다면, 4071번의 와카도 3월에 관한 내용을 썼을 것이다.

고지마 노리유키(小島 憲之)를 비롯한 많은 일본의 만요슈 연구자들은 이 와카가 새해를 읊은 것이라고 주장하고 있다. 하지만 엣주는 새해 무렵에 버드나무의 초록이 우거진다는 경우가 없어, 이 작품이 새해에 지어졌을 가능성은 극히 적을 것이다. 역시 3월에 만든 것으로 해석해야 마땅하다.

4071번의 와카에 관하여, 이토 히로시(伊藤 博)는 일찍이 다음과 같이 주장한 적이 있다.

> 엣주에서 버드나무가 싹트는 것은 3월이라는 점, 19·4238번의 왼쪽 주석에 기록이 있다. 덴표쇼호(天平勝宝 749~757) 2(750)년 3월 2일의 노래(19·4142번)에도 "봄날에 싹튼 버들을 손에 들고(春の日に萌れる柳をとり持ちて)"라고 되어 있다. 「이렇게 버드나무 가즈라(蘰)로(かくしこそ柳かづらき)」라고 노래하는 이 한 수는, 3월 10일 무렵의 노래로 보며, 대체로 오차는 없을 것으로 생각된다.[24]

"3월 10일 무렵"이라는 명확한 표현이 되어 있으나, 그 해설 문장에는 4238번의 왼쪽 주석을 근거로 하면, 거기에 "3월 초"라고 되어 있으므로, 3월 1일부터 10일까지의 시간이다. 이토 히로시(伊藤 博)가 3월 10일 전후로 한 것에는, 이유가 달리 있는 것으로 보인다. 가능성으로서, 3월 2일 4142번의 노래가 근거가 된 것이 아닌가 생각된다. 만약 3월 2일을 기준으로 생각하면, 이토는 아마도 매화의 개화요소까지도 포함하여 생각한 것

---

24) 伊藤博、『万葉集全注』卷第十八、有斐閣平成四年、89頁

이 아닌가 싶다. 왜냐하면 4328번의 노래에는, 매실에 관해서도 쓰여 있기 때문이다. 만약 매화의 개화시기가 10일 무렵으로 끝난다면, 하나의 이유가 되지 않을까란 생각이 든다. 그럼, 매화의 개화 상황을 보도록 한다.

ハクバイの開花季表

地 名	開花日	統計年数	満開日	統計年数	地 名	開花日	統計年数	満開日	統計年数
盛 岡	4.17	12	4.26	12	岐 阜	2. 7	12	2.25	11
宮 古	4.14	12	4.19	12	高 山	4.15	12	4.22	12
石 巻	3.26	11			浜 松	1.21	12	2.13	11
山 形	4. 9	11	4.19	10	名 古 屋	2. 3	12	3. 2	18
水 戸	1.30	12	3.11	2	亀 山	2.16	11	3. 7	8
宇 都 宮	3. 4	11	3.18	10	津	1.27	10	2.21	9
秩 父	2.13	7	3.23	6	彦 根	2. 2	13	3. 9	12
熊 谷	3.14	13	3.20	5	京 都	2.24	13	3.12	12
飯 山	1.19	9			宮 津	2.12	12	3. 9	11
八 丈 島	2. 6	8			和 歌 山	2. 2	13	2.18	12
新 潟	4. 1	13	4.10	11	境	2. 4	11	3. 3	9
高 田	3.14	13	3.27	12	広 島	1.23	12	2.18	12
伏 木	3.26	7	3.28	5	福 岡	1.19	13		
輪 島	3.12	11	3.28	10	佐 賀	1.20	13	2.20	1
金 沢	2.27	13	3.18	8	長 崎	1.18	7	2. 2	6
福 井	2.12	13	3.16	8	厳 原	1.30	13	2.28	12
甲 府	2.17	13	3. 3	13	松 山	1.24	13	2.18	13
長 野	3.23	12	4.10	12	高 知	1.13	13		
松 本	3.12	9	4.11	4	熊 本	2.15	13	3.11	11
飯 田	3.11	13	3.27	11	宮 崎	1.10	12	2. 7	11

위의 표는 다이고 요시야스(大後 美保) 박사가 1930~1942년에 걸쳐서 실시한 조사에 의거하여 작성된 것이다.[25] 백매(白梅)와 홍매(紅梅)는 다소 시간의 차이가 있으나, 큰 차이는 없다. 매화의 개화기간은 십 수 일로부터 1개월 정도로, 이토 히로시(伊藤 博)가 주장하는 바의 근거가 되지 않는 듯하다. 도야마현(富山縣)은 조사 대상이 되지는 않았으나, 나가노현(長野縣)은 도야마에 근접하기때문에 어느 정도 참고가 될 것이다. 물론

---

25) 上原敬二、『樹木大図説』第二冊、有明書房昭和36年、114頁

나라시대의 기후와 쇼와의 기후는 다르지만, 화기(花期)에 관해서 말하자면 그 정도에 있어서 큰 차이는 없을 것이다. 나가노현은 적어도 20 며칠 동안의 개화기가 있으므로, 어떠한 자료와 이유로 3월 10일 무렵이라고 단언하는지가 분명하지 않다.

실은, 이 와카의 구체적인 시간은 3월 3일부터 5일까지의 가능성이 높다고 생각된다. 이토 히로시(伊藤 博)가 3월 10일이라고 판단한 것은 4142번의 노래가 하나의 근거로 되어 있는 듯하다. "봄날에 싹튼 버들을 손에 들고 보면 도읍의 대로가 생각하는구나.(春の日に萌れる柳を取り持ちて見れば都の大路思ほゆ)" 하지만 이 노래는 시인이 버드나무를 보면서 도읍을 떠올리는 것을 읊은 것이다. 버드나무는 사념의 감정이 항상 상징되는 식물이므로, 버드나무로 자연스레 도읍을 떠올릴 것이다. 한편 작자인 오토모노 야카모치(大伴 家持)가 도읍을 떠올린 것은, 실은 또 하나의 이유가 더 있다. 그것은 시간이다. 그 날은 덴표쇼호(天平勝宝) 2(750)년 3월 2일, 특별한 날이었다. 그 다음날은 즉 3월 3일로, 이 날에 도읍에서 개최되는 곡수연(曲水宴)이 얼마나 번화할지에 대해, 시인은 생각했을 것이다. 4328번 노래의 내용은 시인이 상상한 야나기카즈라를 장식하고 노는 것으로, 연회의 모습일 것으로 생각된다. 그런데 오토모노 야카모치가 4328번의 노래에 부른 연회는 언제의 연회이냐 하면, 그것은 아마 3월 초에 개최하는, 그 유명한 곡수연이 아닌가 싶다. 사실 이에모치(家持)의 경우는 곡수연에 관해 지은 한시문은 3개가 남겨져 있다. 따라서 그의 작품에 야나기카즈라의 묘사가 있었는지 어땠는지에 관해, 유의해야만 한다고 나는 생각한다. 예컨대 그가 지은 한시(漢詩) 중에 「칠언(七言)、만춘삼일유람일수병서(晚春三日遊覽一首並序)」가 있다.[26]

---

26) 『万葉集』第四册, 小学館日本古典文学全集, 196頁。三月三日、大伴家持、「七言、晚春三日遊覽一首並序」

이 작품은 『만요슈』에 수록되어 있으나, 야나기카즈라도 유권도 전혀 나와 있지 않다. 그러나 곡수연의 요소는 거의 포함되어 있다. "상사풍광족람유(上巳風光足覽遊)"란 "답청(踏靑)"(삼짇날에 교외로 놀러 나가는 일)을 뜻하며, "강하지반(江河之畔)"이란 강가에서 노는 것을 의미하는 것으로 보인다. 여기에는 "목욕(沐浴)"이나 "불계(祓禊)"와 같은 말은 직접적으로 나와 있지 않지만, 불계(祓禊)가 있었음에 틀림없다. 왜냐하면 그것은 곡수연(曲水宴)이 개최될 때의 가장 중요한 행사였기 때문이다. 이 시(詩)는 3월 3일에 쓴 작품이지만, 3월 5일에 쓴 다른 작품에는 목욕(沐浴)에 관해 다소 언급하고 있다.[27]

이 작품도 삼짇날의 놀이를 여러 가지 쓰고 있으나, 직접적으로 목욕(沐浴)에 관해 다소 언급하였다. '계음(禊飮)'이란 삼짇날의 부정을 씻고 술을 마시는 것을 말하지만, 계(禊)는 목욕(沐浴)을 말한다. "우작최인구곡류(羽爵催人九曲流)"란 잔을 흘려보내면서 시가를 짓는 곡수연을 뜻한다. 이들 이에모치(家持)의 한시에 삼짇날의 요소가 모두 포함되지만, 만약 쓰여 있지 않는 것이 있다면, 야나기카즈라에 관해서이다. 다만, 시의 서문과 본문에는 버드나무에 관해 언급하고 있다. "유색함태이경록(柳色含苔而競綠)"은 버드나무의 초록을 묘사하고 있는 것이며, "유맥림강욕현복(柳陌臨江縟袴服)"은 강과 가까운 길에 버드나무가 있지만, 서문의 묘사보다 사실적이다. 시인은 야나기카즈라를 직접적으로 적고 있지는 않지만, 야나기카즈라를 장식했을 것으로 생각된다. 오토모노 야차모치들 귀족들은 일부러 버드나무가 있는 곳으로 놀러갔음에도 야나기카즈라를

"上巳名辰、暮春麗景。桃花昭瞼以分紅、柳色含苔而競綠。（中略）。餘春媚日宜憐賞、上巳風光足覽遊。柳陌臨江縟袴服、桃源通海泛仙舟。雲罍酌桂三淸湛、羽爵催人九曲流。縱醉陶心忘彼我、酩酊無處不淹留。"

27) 『万葉集』第四冊，小学館日本古典文学全集，201頁。"昨暮來使、幸也以垂晚春遊覽之詩（中略）。聞君嘯侶新流曲、禊飮催爵泛河淸。"

장식하지 않았다면, 그야말로 이상한 일이 아닌가? 게다가 4238, 4071번의 노래에 3월 초에 야나기카즈라를 장식하는 것을 쓰고 있으므로, 3월 3일의 삼짇날 연회 때에, 야나기카즈라를 장식하지 않았다고는 생각할수 없다. 만약 오토모노 야차모치가 삼짇날과 곡수연에 관한 것을 모른다면, 그나마 이해할 수 있으나, 그는 삼짇날의 한시까지 지었으므로, 당대의삼짇날을 자세히 알고 있었을 것이다. 오토모노 야차모치 등의 문인은버드나무가 있는 곳으로 간 이유도, 야나기카즈라를 장식하기 위함이라고나는 생각한다. 삼짇날의 습관에 의하면, 그 시간은 3월 3일부터 3월 5일까지이므로, 4238번의 와카는 이 기간에 관한 것을 쓴 것으로 생각된다.

오토모노 야차모치가 삼짇날의 한시에 야나기카즈라를 쓰지 않았던 까닭은, 당대의 삼짇날의 시가와 비교해 보면 알 수 있듯이, 신기한 일이아니라, 당연한 일이라고 할 수 있다. 당대의 문인은 삼짇날의 곡수연에참여해도, 유권을 쓰지 않는 것이 통례이며, 유권에 관해 언급한 시도 거의없다. 당 이후도 마찬가지이지만, 이 점에 관해 이미 앞서 기술하였으므로,여기에서는 상론하지 않겠다. 『만요슈』의 야나기카즈라의 와카 중에, 3월의 연회를 쓴 것은 이것 하나밖에 없고, 가장 많이 쓰인 것은 1월 2월인데,이는 중국과 일본의 풍토가 다르기 때문이라고 추정된다.

『만요슈』에 기재되어 있는 야나기카즈라의 와카와 중국의 유권의 특징은 다른 부분도 있으나, 같은 특징도 선명하게 보인다. 첫째, 『만요슈』중에 연회를 노래하는 것이 가장 많고, 817·825·840·4071·4238·4289번은 모두 명확히 연회에 관한 것을 쓰고 있는데, 만약 4328번의 노래도 포함하면 6수가 되어, 이는 야나기카즈라 노래의 3분의 2이다. 앞서도기술한 바와 같이, 중국의 유권도 본디 연회 때 머리에 얹는 것이다.

둘째, 1846번과 1852번의 와카는 봄노래이지만, 봄의 희열을 노래하는 것은 당대 이래의 곡수연시(曲水宴詩)의 주된 내용이기도 하고, 앞서 기술한 오토모노 야카모치의 한시도 봄의 희열을 불렀다. 또한 연회 야나기카즈라의 와카도 봄의 노래로서 이해해도 무방할 것이다. 1924번도 봄노래이지만, 연애감정도 표현되어 있다.28)

셋째, 9가지의 야나기카즈라 와카 가운데, 송별의 노래는 하나도 없는 것이다. 만약 야나기카즈라가 중국의 '절양류'와 영향관계가 있었다면, 송별 시에 야나기카즈라를 선사하는 내용이 나타나야만 하는데, 이러한 내용이 전혀 없으므로, 야나기카즈라와 '절양류'의 관계가 없다는 것을 나타내고 있는 것이 아닌가란 생각이 든다. 중국에서는 당(唐) 중기가 되자, 송별시와 '절양류'에 유권을 선사하는 용례도 나타나게 되지만, 이는 연회의 유권을 송별에 전용한 것으로 보인다. 29)

그렇다면, 당의 유권은 어느 무렵에 일본으로 전래되어 온 것일까?『만요슈』에 야나기카즈라가 처음으로 나타나게 되는 것은 「매화연삼십이연(梅花宴三十二宴)」 중의 노래이다. 이들의 와카는 덴표2 (730)년에 만들어졌으나, 중국 쪽에서 최초로 유권(柳圈)을 장식한 것은 당 중종 4(710)년이다. 710년으로부터 730년까지, 제8회째의 견당사(遣唐使)는 요로 원년—요로 2(717~718)년 사이에 있었는데, 다지히 아가타모리(多治比県守 668~737),　아베노　나카마로(阿倍仲麻呂)、기비노　마키비(吉備真備

---

28) 중국 선진의 삼짇날에 하는 하나의 활동은 남녀의 구애이다. 주희(朱熹)는『시경집전・야유만초이장장륙구(詩經集傳・野有蔓草二章章六句)』 권3에 「정풍・진유(鄭風・溱洧)」를 다음과 같이 해석한다. "鄭國之俗, 三月上已之辰、采蘭水上以祓除不祥。女問於士曰, 盍往觀乎)。士曰, 吾既往矣。女復要之、曰、且往觀乎。蓋洧水之外、其地信寬大而可樂也。於是、士女相與戲謔、且以勺藥為贈、而結恩情之厚也。此詩、淫奔者自叙之辭。" 정(鄭)의 풍습에 의하면, 삼짇날에 남녀가 강변으로 가서, 작약(芍藥)을 주어 구애한다.

29) 劉禹錫 （772-842）、「楊柳枝词・其七」：“禦陌青門拂地垂、千條金縷萬條絲。如今綰作同心結、將贈行人知不知。”（『全唐詩・刘禹錫』卷三百六十五 （第十一册）、中華書局1992年10月、4113頁。） 장교(張喬)의 「기유양고인(寄惟揚故人)」도 유권(柳圈)에 관해 서술하였으며, 떠나간 애인을 그리워하고 있다. “離別河邊綰柳條、千山萬水玉人遙。月明記得相尋處、城鎖東風十五橋。”『全唐詩・张喬』卷六百三十九 （第十九册）、中華書局1992年10月、7329頁

695~775년.)、겐보(玄昉 ?~746년)、오토모노 야마모리(大伴山守. ?~?.)、
후지와라노 우마카이(藤原馬養. 694~737년.)、이노 마나리(井真成.
699~734) 등이 일행이었다. 제8회의 견당사(遣唐使)가 유권(柳圈)에 관
한 것을 가지고 돌아왔을 가능성이 없다고 할 수 없을 것이다.

참고문헌

『詩經集傳·野有蔓草二章章六句』卷三

『新唐書·列傳第一百二十七·文藝中』卷二百二́ 中華書局́ 1997

『月令輯要·月令』卷七三́ 四庫全書本第467册

『全唐詩·楊巨源』卷三百三十三

『全唐詩·雜曲歌辭』卷二十四 (第二册)́ 中華書局́ 1992

『全唐詩·張祜』卷五百十一 (第十五册)́ 中華書局́ 1992

『全唐詩·刘禹錫』卷三百六十五 (第十一册)́ 中華書局́ 1992

『全唐詩·张喬』卷六百三十九 (第十九册)́ 中華書局́ 1992

『旧唐書·本纪第七·中宗』卷七́ 中華書局́ 1997

郭茂倩『樂府詩集』卷二十二 (第二册)́ 中華書局́ 1979

郭茂倩輯 『樂府詩集·橫吹曲辞·梁鼓角橫吹曲』卷二十五 (第二册)́ 中華書局́
　　　1979

段成式『酉陽雜俎·忠志』卷一́ 四庫全書本第1047册

陶安『陶學士』集卷五́ 四庫全書本第1225册

文同『丹渊集』卷十九́ 四庫全書本第1069册

司馬光『傳家集·律詩二』卷七́ 四庫全書本第1094册

石珤『熊峯集』卷四　四庫全書本第1259册

王惲『秋澗集』卷十八́ 四庫全書本第1200册

王惲『秋澗集』卷七十七́ 四庫全書本第1201册

曹学佺編『石仓歷代詩选·明詩次集二』卷三百六十八́ 四庫全書本第1392册

周应合『景定建康志·疆域志二·镇市』卷十六　四庫全書本第489册

小島憲之ほか『万葉集』第四册́ 小学館昭和五十年

小林高英 高井蘭山選注；北尾重政 葛飾北斎ほか絵『唐詩選画本』́ 北京：綫裝書
　　　局́ 1996.2

伊藤博『万葉集全注』卷第十八́ 有斐閣平成四年

池田亀鑑ほか『枕草子·四月́ 祭の頃いとをかし゜上達部·殿上人も́ うへのきぬ
　　　の』́ 岩波書店日本古典文学大系́ 昭和三十三年

桜井満 『桜井満著作集』 おうふう 平成12年
植物文化研究会編 『図説花と樹の大事典』, 東京: 柏書房1996.2
柳下貞一, 『柳の文化誌』 淡交社平成七年

시조와 하이쿠의 미학에 대한 비교 연구*

-호석균의 시조와 마츠오 바쇼의 하이쿠를 중심으로-

이도흠

목 차

---

1. 머리말

21세기 '지금 여기에서' 시조와 하이쿠를 비교하는 작업은 어떤 의미를 갖는가. 양 시가(詩歌)는 한국과 일본에서 국민문학으로 군림하고 있다. 모두 중세를 대표하는 정형시가이면서 현재에도 즐겨 창작되고 애송되고 있다. 이런 생명력을 가질 수 있었던 비결은 무엇인가. 형식의 면에서는 그 나라 국민이 세계를 감각하거나 사유하여 표현하는 양식과 통하고 내용에서도 사람들이 일상에서 느끼고 경험하는 바를 드러내기에 알맞았을 뿐만 아니라 현재의 소재와 주제를 담는데도 적당하였기 때문일 것이다.[1]

---

* 이 글은 「時調와 俳句의 美學에 對한 比較硏究」, 『韓國詩歌硏究』, 第21輯, 韓國詩歌學會, 2006년 11월. pp.139-183]를 다시 게재한 것입니다.

이에 형식과 내용으로 나누어 분석하되 과거의 지평과 현재의 지평을 융합하면서 시조와 하이쿠의 미학을 비교해보면, 생명력의 비결이 구체적으로 밝혀질 것이고 이는 21세기의 맥락에서 동아시아 시가가 나아갈 길을 여는 데 미력하나마 도움이 될 것이다.

시조와 하이쿠의 미학을 제대로 비교하려면 다양한 작가의 수많은 작품을 대상으로 해야 한다. 여기선 호석균(扈錫均:?~?)의 시조와 마츠오 바쇼(松尾芭蕉:1644~1694)의 하이쿠 가운데 소재나 주제가 유사한 것을 서로 비교하면서 추론하고자 한다. 단지 16수의 시조가 전하는 호석균이 양에서만 보아도 바쇼의 상대가 되지 못한다. 시풍이나 시의 품격, 시대로 보면 윤선도(尹善道:1587~1671) 정도의 시인이 어울릴 것이다.[2] 그럼에도 호석균을 선정하였다. 얼핏 보아도 작품성이 뛰어남에도 불구하고 그의 시조 작품에 대한 연구가 전혀 이루어지지 않아 시조 연구사에 한 줄이라도 보태는 것이 도리일 듯싶었다. 시조와 하이쿠의 형식에 대해 제대로 비교하려면 100여수 정도는 대상으로 해야 하지만 지면 관계상 불가능하다. 대안은 각각 시조와 하이쿠의 형식적 특성을 잘 간직한 전형적인 작품을 비교하는 것인데, 호석균의 시조 가운데 이 논문을 통하여 거론하려는 시조 텍스트는 형식, 곧 음수와 음보, 율격과 구조에서 전형적인 시조의 특성을 잘 간직하고 있었다. '매미'와 '죽음' 등 주제 내지 소재가 일치하여 내용을 비교하는 데도 용이하였다. 작품을 분석하는 방법론은 화쟁기호학(和諍記號學)을 이용한다.[3]

---

1) 하이쿠의 경우 미국 초등학교 교과서에 실리고 New York Times 지에 독자 투고가 연재되는 등 전세계인의 사랑을 받고 있다. 이는 일본의 문화적이고 경제적인 위상 등 다른 요인도 작용하였지만, 하이쿠가 세계에서 가장 짧은 시형식이며 이미지의 시라는 점과 선의 세계를 내포하고 있다는 점 등에 의한 것으로 보인다. 즉 어떤 언어이든 사물이 내포하고 있는 진리를 순간적으로 포착하여 5/7/5라는 짧은 형식 안에 담아 선적으로, 혹은 이미지 중심으로 표현하는 묘미를 즐기려는 자에게 하이쿠는 상당히 매력적인 양식이다.

2) 이에 대해선 신은경, 「尹善道와 바쇼에 끼친 杜甫의 영향에 관한 연구-自然觀을 중심으로」, 『비교문학』 25권(한국비교문학회, 2000년)을 참고바람.

2. 형식의 미학

문학이란 특정한 문학 장치와 구성을 통해 실제적 언술을 시적 언어로 변형시킨 것이다.4) 형식은 단순히 의미와 내용을 표현하는 방식이 아니라 이것을 가장 집중적으로 응축하는 방식이다. 형식은 내용이나 의미를 일정한 틀로 추상화한 것이자 다양한 요소나 질료를 통일적으로 관련시켜 구조에 연결하는 것으로, 내용의 여러 요소를 조직하고 구성하며 표현하여 짜내는 구조적 통일체이다. 그러기에 문학을 문학답게 하는 것은 내용이 아니라 형식이며, 형식과 구조에 대하여 치밀한 분석을 할수록 내용과 의미 또한 풍부해진다. 형식에서 내용을 배제하면 형식은 무의미한 틀로 전락하며 내용에서 형식을 단절하면 내용은 질서 없는 의미 덩어리로 떨어진다. 이는 시조와 하이쿠의 미학을 밝히는 일이 형식에 대한 정치한 분석을 먼저 행해야 함을, 내용과 형식의 종합을 꾀해야 함을 뜻한다.

1) 시조의 형식미

天地間 無情키는 歲月박게 쏘잇는가
紅顔이 쉼일넌지 白髮은 어인일고
두어라 공화世界니 아니놀고 어이리

『가곡원류(歌曲源流)』 일석본(一石本)에 있는 호석균의 시조다.5) 외면 형식부터 보면, 3/4/4/4//3/4/3/4// 3/5/4/3의 율격을 지니고 있다. 기본적으

---

3) 화쟁기호학에 대해서는 지면관계상 생략한다. 졸저, 『화쟁기호학의 이론과 실제』(한양대출판부, 1999)를 참고하기 바란다.

4) Eihenbaum, 'The Making of Gogol's the Overcoat' in *Maguire*, (1974), Alan Swingewood, *Sociological Poetics and Aesthetic Theory*(London: Macmillan, 1986), p.12. recit.

5) 『歌曲源流』는 河合本, 國樂院本, 奎章閣本, 六堂本, 一石本 등 13종의 異本이 있다. 필자가 가지고 있는 것은 아세아 문화사의 영인본이며 이본들과 일일이 대조를 하지 못한 채 朴乙洙 編著, 『韓國時調大事典』, (아세아문화사,: 1992)를 참고하였다.

로 한 구 속에 3음절과 4음절을 교차 반복하고, 한 행 속에 이를 규칙적으로 두 번 반복시키며 4보격을 형성하고 있다. 4보격의 두드러진 특징은 중간휴지의 실현이다. 둘째 음보 뒤에는 반드시 중간휴지가 와야 하는 것이 4보격 형성의 필수 규칙이다. 4보격은 둘째 음보 뒤에서 실현되는 중간휴지를 경계로 하여, 안짝과 바깥짝이라는 두 개의 반행(半行, half-line)을 반드시 형성하게 된다.6) 3/4, 4/4, 3/4, 3/4, 3/5, 4/3으로 두 음절 매듭이 서로 짝을 이루면서 음향상 대응하고 있고, 이것이 다시 서로 묶여져 우리 말 호흡에 맞게 3/4, 4/4 // 3/4, 3/4 // 3/5/, 4/3으로 더 큰 쌍을 이루어 흐른다. 초장에서 "天地間"과 "無情키는", "歲月 박게"와 "쏘 잇는가"가 서로 짝을 이루며 대응하고 이것은 다시 서로 호응한다. 이는 중장과 종장에서도 마찬가지다. 이처럼 시조는 1행 2구의 네 음절군이 4보격을 형성하여 음운상 안짝과 바깥짝으로 호응을 이루면서 이 호흡에 익숙한 한국인에게 운율을 느끼게 한다. 시조의 4음 4보격은 안짝과 바깥짝이 대칭을 이루어 완전한 율격적 평형을 얻고 안정성을 확보하게 되어, 4보격 특유의 유장한 율동감을 가장 자연스럽게 조성할 수 있게 된다. 이에 따른 차분하고 정리된 생각이나 흐트러짐이 없는 안정된 정서, 혹은 분별력을 앞세우는 감정 상태나 교시적인 토운의 두드러짐이 4음4보격에서 전형적으로 나타난다.7)

3/4음절의 교차 반복은 음과 양의 조화를 이루고 있다. 3음절이 양이라면 4음절은 음이다. 3음절 - "天地間", "紅顔이", "白髮은"- 등이 율동적이고 동적인 성격을 가지고 있다면, 4음절 - "無情키는", "歲月 박게", "꿈일넌지" 등은 안전성을 부여하는 정적인 음절이다.8) 율동적이고 동적

---

6) 성기옥, 『한국시가율격의 이론』(새문사, 1986), p.203.
7) 위의 책, p.215.
8) 『조선국어고전시가사연구』(평양: 교육도서출판사, 1984), p.295 참조함.

인 것과 안정적이고 정적인 것이 서로 교차 반복하면서 시조는 운율 형성에서 비교적 일률적이면서도 운율에 굴곡과 파동을 준다. 이렇게 하여 시조는 정형성을 이루면서도 운율의 자유를 담보할 수 있게 되었다.

이제 위 시조의 의미를 해석하며 형식과 관계를 따져보기로 한다. 어느 날 시적 화자는 백발이 된 얼굴을 보며 새삼 세월의 무정함을 느낀 모양이다. 서정의 동인이 백발이라면, 세계는 이에서 세월의 무정함과 무상(無常)을 유추하는 것이다.9) 세상에서 가장 무정한 것은 세월이다. 초장에서 세월이란 세계와 만남을 말한다면 중장에서 이를 구체적으로 부연하고 있다. 누구도 그 흐름을 막을 수 없기에 그런 것이 아니다. 시간이 흐름에 따라 인간이 변화하지 않는다면 탓할 일이 아니다. 하지만 인간은 늙는다. 홍안은 꿈일 뿐, 어느새 백발이다. 이에는 늙음에 대한 한탄과 함께 무상한 것에 대한 슬픔이 배어 있다. 함께 늙어가는 사람들은 중장의 진술에 공감하며 한없는 무상감에 빠진다. 하지만 시조는 구조적으로 절제의 미학을 강요한다. 중장에서 격앙된 감정을 솔직하게 드러냈다면, 종장은 이를 절도 있게 다스리는 가운데 승화한다. "두어라"를 통해 늙음의 한탄과 무상에서 오는 슬픔을 최고로 고조시키는 가운데 이를 전환한다. 세상은 공화(空華), 곧 눈동자에 맺힌 꽃처럼 헛된 망상의 세계다. 시적 자아 밖의 모든 세계가 망상이다. 늙는 것도, 세월이 가는 것도, 홍안도, 백발도 인간의 마음이 빚은 허상들이다. 이를 깨달은 뒤에 오는 자아의 반응은 놀자는 것이다. 자칫하면 자아의 이런 대응을 허무주의의 행위로 해석할 수 있다. 그러나 놀자는 것이 일을 하지 않음이나 포기를 의미하지 않는다. 우리의 놀이란 일상에서 일탈하여 여럿이 함께 재미를 즐기는 것이자 일상에서 행해졌던 이분법의 대립, 곧 홍안과 백발, 젊음과 늙음, 삶과 죽음, 상(常)과 무상을 넘어서서 풍류(風流)의 흥(興)에 이르는 것이다.

---

9) 현상계가 백발이 된 현재의 모습이라면 원리계는 無常이다.

초장에서 서정의 동인, 곧 세월이란 대상과 나와의 미적 만남에 대하여 밝히고 있다. 중장에서는 이를 자아화하여 자신의 늙음을 한탄하고 이를 더욱 심화하여 무상한 것에 대한 슬픔을 표출하고 있다. 종장에서는 "두어라"를 통해 늙음의 한탄과 무상에서 오는 슬픔을 최고로 고조시키는 가운데 이를 전환한다. 홍안과 백발을 나누는 것 자체가 인간의 분별심이 야기한 허상임을 자각하고 삶과 죽음 사이에 놓여있던 이분법적 대립을 풍류의 흥으로 승화한다.

三/아우름: 종장/노는 것의 興

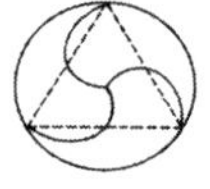

嗟辭/종장 제1음보: "두어라"

一/情: 초장/세월의 흐름　　　　　　二/恨: 중장/홍안과 백발의 대립

<정과 한의 아우름의 미적 구조>

위 시조에서 보듯, 시조는 향가와 속요에서 계승된 3분단법, 정과 한의 아우름 구조를 더욱 압축시켜 3장6구의 구조를 만들었다. 시조는 통사의 미론적 연결고리를 이루는 3개의 장(章)으로 하나의 시상을 완결한다. 각 장은 4개의 음보로 구성하되, 2음보를 하나의 구(句)로 하여 2개의 구가 병치, 호응하도록 함으로써 절제와 안정, 조화의 미감을 획득하도록 한다. 시상의 전환과 완결을 위해 종장의 첫 음보는 3음절로 고정시키고, 둘째 음보는 5음절 이상으로 늘여 변화를 준다.[10]

---

10) 김학성, 『한국시가의 담론과 美學』(보고사, 2004), p.163.

향가와 고려 가요를 거쳐 오면서도 세 토막이라는 기본 틀은 유지하면서 다양한 형태로 변화를 모색해오던 시가사(詩歌史)의 사적 흐름은 고려 말엽에 와서 시조라는 세 토막 양식을 낳음으로써 그 결실을 맺었다.[11] 시조의 형식구조상의 기본 원리는 초·중장 간의 병렬 관계와 표층구조상으로는 4음보로서 초·중장에 지속적으로 접속되면서도, 심층구조상으로는 5음보로서 변화를 내포하면서 전체를 종결시키는 종장의 초·중장에 대한 접속 종결 관계로 파악된다. 이를 범주화하면, 개별적 대상이나 원리를 초·중장에 병렬 배치하고 종장에서 이를 추상적 원리로 접속 종결시키거나(개별화와 일반화의 원리), 초·중장에 대조되는 본질적인 것과 비본질적인 것을 병렬 배치하고 종장에서 본질적인 것을 선택, 찬양함으로써 접속 종결시키는 것(대조와 선택의 원리), 갈등관계에 있는 것을 초·중장에 병렬 배치하고 종장에서 이를 해소하는 합일로 접속 종결시키는 것(갈등과 합일의 원리), 초·중장에 대상들이 병렬 배치되고 종장에서 그들 사이에 조화가 이루어지면서 접속 종결되는 것(병렬과 조화의 원리)이다.[12]

이를 심층적 미학으로 종합하여 정과 한의 아우름의 구조를 이룬다고 볼 수 있다.[13] 간단히 부연하면, 시조는 초·중장에서 개별 대상이나 그에 담긴 원리(현상계와 원리계) - 사물, 혹은 세계와 나와의 미적 만남과 이의 자아화, 세계에 담긴 추상적 의미의 표출과 심화 -를 병렬 배치하며,[14]

---

11) 양태순. 『한국고전시가의 종합적 고찰』(민속원, 2003). p.142.

12) 위의 책, 429-430면.

13) '아우름'은 不一不二와 順而不順의 화쟁 원리에 따라 정과 한, 주체와 객체, 자연이나 신과 인간, 聖과 俗, 삶과 죽음, 만남과 이별, 자아와 타자 등 대립되고 갈등하였던 것을 하나로 會通한 경지이다. 대립적이었던 대상과 자아가 하나가 되는 경지나 우월한 것과 열등한 것의 位相의 顚倒를 통해 생의 어두운 곳에서 밝은 측면으로 마음이 향했을 경우, 혹은 놀이와 춤, 공동체의 의례나 집단적 행위를 통해 신명에 이른 경우 興이 되고 이를 (風流, 도교, 불교, 성리학 등의 영향을 받아) 개인의 省察로 내면화하여 긍정과 부정, 선과 악, 희와 비의 二分法的 分別 작용을 넘어서는 초월과 해탈의 美感으로 나타나는 것이 無心이다. 지면 관계상 간략히 서술한다. 이에 대한 더욱 상세한 논증은 졸고, 「한국 예술의 심층구조로서 정과 한의 아우름」, 『미학·예술학연구』제17집(한국미학예술학회, 2003년 6월)을 참고 바란다.

14) 물론 표층적으로 보면, 초장과 중장이 단순하게 반복 병렬되는 경우도 많다. 이 경우 초장과 중장이

종장 제1음보를 통하여 초·중장의 규칙적인 흐름과 병렬 관계를 차단하고 극적 전환을 이루어 서정성을 최고로 고양시키는 가운데 반전시킨 다음 초·중장에 내포된 대립을 종합하고 있다.[15)]

이처럼 시조는 3장의 간결한 구조로서 서정적인 고양과 시상의 완결을 이루어야 하는 까닭에 간결, 담백하게 절제된 언어와 형식의 틀로서 정제되어야 하는 것이다.[16)] 시조는 초, 중, 종장의 삼장 구조를 통해 한시로서 해소하지 못하는 격앙된 감정을 절제 없이 무제한 방출하는 것이 아니라 주어진 정형의 틀을 엄격하게 고수하며, 분출되는 감정도 절도 있게 다스려 초, 중, 종장에 균형 있게 안배하는 것을 원칙으로 한다.[17)] 시조의 미학적 특성은 바로 순간의 솔직한 감정을 절제된 양식에 담아내는 것이다.[18)]

이런 미적 특성은 시조의 주요 향유층인 사대부들이 유가적 미학관을 지향하였기 때문이며 그 바탕에 향가로부터 전승된 삼재(三才)와 풍류도(風流道) 등의 고유 사상이 잠재되어 있기 때문이다. 유가에서 볼 때, 시가무(詩歌舞)를 행하는 목적은 덕(德)의 구현이다.

> 德이란 性이 드러난 바다. 樂은 德의 정화다. 쇠와 돌, 실과 죽은 樂을 표현하는 그릇이다. 詩는 마음이 가는 바를 말하고, 노래는 그 소리를 읊는 것이요, 춤은 마음이 가는 바의 모습을 움직임으로 나타낸다. 이렇게 詩歌舞가 마음의 根本을 이룬 연후에 樂器가 이를 따른다.[19)]

모두 抒情의 動因, 곧 事物과 나와의 美的 만남을 말하고 있다면 이를 自我化, 그에 담긴 추상적 의미를 深化, 發展하는 것은 독자의 심층적 독해 과정에서 이루어진다.

15) 金興圭. 「平時調 終章의 律格·統辭的 定型과 그 機能」, 『語文論集』 제 19·20 合集(고려대국어국문학 연구회, 1977). p.366 참조함: "終章 제1음보는 초·중장의 규칙적이고 평명한 흐름을 차단하고 우뚝 돌출하여, 이른바 극적 전환의 고양된 순간과 흡사한 서정적 전환이 가능하도록 구조상의 장치를 마련하는 것이다. 평시조가 3장의 구성 속에서 漢詩의 四段 구성-起承轉結에 못지않은 구조적 통일을 성취할 수 있는 것은 이 때문이다. 종장은 한시의 轉과 結에 해당하는 기능을 그 독특한 율격 통사적 구조로서 감당한다."

16) 김학성, 『한국 고시가의 거시적 탐구』(집문당, 1997), p.316.

17) 같은 책, p.317.

18) 같은 책, p.324.

19) 『樂記』: "德者性之端也 樂者德之華也 金石絲竹樂之器也 詩言其志也 歌詠其聲也 舞動其容也

덕(德)이 인간과 하늘의 본성이 드러난 것이라면, 시가무는 덕이 아름다운 예술로 구현된 것이다. 쇠와 돌과 실과 대나무를 이용해 편종, 편경, 가야금 등의 악기를 만든다. 시가 인간에 내재한 마음이 가는 바를 말로 드러내는 것이라면, 노래는 그 마음을 소리로 읊는 것이요, 춤은 이를 동작으로 표현한 것이다.

여기서 중요한 것이 예(禮)와 악(樂)의 조화다. 악(樂)이란 천지만물의 조화요, 예(禮)란 천지의 질서다. 조화인 까닭에 모든 사물이 어울리고 질서를 갖기에 만물이 제각기 다름을 갖는다.[20] 예가 양반과 상민 사이에 다름이 있어야 한다며 양반과 상민을 분리하고 양반에게 권력을 부여한다면, 악은 양자가 만나 서로 노래하고 춤을 추면서 어울리게 한다. 예가 시조의 정형의 틀이라면, 악은 그 안에서의 파격이다. 예가 절제된 양식이라면, 악은 순간의 감정의 솔직한 표출이다. 그러기에 "악은 같게 하는 것이며, 예는 서로 다르게 하는 것이다. 같아지면 서로 친하고 달라지면 서로 존경한다. 그러나 악이 지나치면 방탕하게 되고 예가 지나치면 서로 멀어진다. 마음을 서로 합하게 하고 서로 외모를 꾸미게 하는 것은 예악의 의무다."[21] 시조를 읊으며 자신의 진솔한 감정을 드러내는 것은 사람들을 서로 어울리게 한다. 반면에 시조의 정제된 틀은 그 감정을 절제할 것을 요구한다. 늙음에 대한 시름, 이별의 아픔 등과 같은 감정을 공유하면서 서로 친하게 된다면, 이를 절제하고 다시 현실의 우환 속으로 회귀한다면 서로를 분별하고 존경하게 한다. 하지만 악이 지나쳐 절제하지 못하면 시조의 아름다움은 사라지며, 형식의 억압이 지나치면 시조는 정형에 얽매인 교술적인 언술로 흐른다. 악이 춤을 추고 노래하면서 서로가 어울리

三者本於心然後樂器從也" 조남권, 『동양의 음악사상 樂記』(민속원, 2001)참고함.
20) 같은 책: "樂者天地之和也 禮者天地之序也 和故百物皆化 序故群物皆別"
21) 같은 책: "樂者爲同 禮者爲異 同卽相親 異卽相敬 樂勝卽流 禮勝卽離 合情飾貌者禮樂之事也

고 사회통합을 이루게 하는 것이라면, 예는 서로를 분별시키고 질서를 갖게 하여 서로가 서로를 배려하고 존경하게 한다.

이렇게 유가적 미학을 지향하여 예와 악의 조화를 꾀하면서도 그것을 삼단논법적인 구조로 추리하여 형상화하는 것, 곧 삼재와 화쟁의 원리대로 정과 한의 아우름의 구조를 갖는 3장의 구조적 틀로 시상을 전개하고 형상화하는 것이 시조의 미적 구조이다.[22]

2) 하이쿠의 형식미

이 가을날엔, 어찌 이리 늙는가 구름 가는 새

> 此秋は何で年よる雲に鳥
> konoakiha/nandetoshiyoru/kumonitori

위 하이쿠의 외면 형식은 5/7/5다. 이를 삼행으로 분절하여 적는 것은 하이쿠의 원칙을 어긴 것이다. 하이쿠는 원래 한 줄로 적어야 한다.[23] 렌꾸[連句]는 서너 내지 대여섯 사람이 둘러앉아 5/7/5와 7/7구를 교대로 읊어가는 양식이다. 렌꾸에서 첫째 발단이 되는 구를 홋꾸[發句]라 하였는데 이 홋꾸를 독립적인 시 양식으로 발전시킨 사람이 바로 바쇼이다.[24]

---

22) 북한 학계에서는 시조의 형태론적 특성에 대해 "탁물우의적 서정과 서경의 통일, 인간 감정의 풍유적 표현, 감정의 굴절을 용해하는 기승전결, 삼단론법적인 형상적 추리, 함축에서 오는 여운, 시적 언어 표현의 절약 등 재래의 민족 시가 전통의 보다 발전적인 이런 집약화는 시조의 중요한 형태론적 특성으로 된다."(『조선국어고전시가사연구』, 291면)라고 지적하고 있는데 이런 결론도 필자의 논지와 크게 다르지 않다.

23) 하이쿠를 읽을 때는 5/7/5로 끊어서 읽으므로, 발음을 적는 곳에서는 '/'로 표시하였다.

24) 중국 漢詩에 대응해 만요가나나 히라가나를 사용한 일본 고유의 노래가 와까[和歌]이다. 和歌에 여러 形態가 있었지만 5/7/5/7/7의 31자 중심으로 통합되고 렌가[連歌]로 발전한다. 카마꾸라 시대 (鎌倉: 1192~1333)와 무로마치 시대(室町: 1338~1573)시대에 와서 5/7/5와 7/7의 시행을 연달아 읊어 100구의 시를 완성하는 쪼오렌가[長連歌]가 발전하였다. 격조 높고 귀족적인 이 가요에 대응 하여 까다롭고 복잡한 규칙을 떠나 저절로 미소 짓게 하는 해학적인 가요인 하이까이렌가[俳諧之連 歌]가 형성되고 이는 에도시대(江戸: 1603~1867)에 유행한다. 이것이 메이지시대(明治:

하이쿠에서 형식과 내용 양 면에서 중요한 역할을 하는 것은 기레[切れ]와 키고[季語]다. 하이쿠는 切れ를 통해 휴지(休止)를 준다. 위 하이쿠에서 기레는 "此秋は"이다. "此秋は-(konoakiha-)"이라고 길게 휴지를 준다. 이 휴지는 함축적인 여백을 형성한다. 시 전체로는 산만하고 장황한 글을 생략하고 절제한다. 여운을 남기면서 짧은 시의 공간을 극대화한다. 이 여백을 채우는 것은 계어에 나타난 기호들의 환유와 은유의 조합, 현전(現前)텍스트와 부재(不在)텍스트 사이의 인다라망과 같은 무한한 관계들이다. 가을날이라는 계어는 우선 환유를 형성한다. 바쇼가 어느 가을날 타계하기 직전에 지은 하이쿠이기에 이것은 제일 먼저 그가 죽기 직전의 가을날을 연상하게 한다. 다음으로 가을날에 관련된 와까[和歌]의 수많은 시구를 떠오르게 하고, 그 다음으로는 가을에 독자가 직접 겪은 경험들을 떠오르게 한다. 이것이 은유를 형성할 경우 무상(無常), 쓸쓸함, 결실 등의 개념을 유추하게 한다.

위 하이쿠는 우선 의미에 앞서서 가을날, 구름, (홀로 날다 구름 속으로 들어간) 새 등의 무상하고 쓸쓸한 이미지를 형성하고 있다. 시가 이미지의 형식이란 점을 가장 잘 활용하여 시의 시다운 특성을 잘 드러내고 있다. 이미지는 감각이 대상을 포괄적으로 포착하여 이를 순간적으로 유사한 상으로 형상화한 것이다. 언어가 의식의 층위에서 논리적 순서에 따라 의미를 담고자 한다면, 이미지는 무의식 속에서 머물던 것을 의식의 표면으로 떠올린다. 이 이미지의 창출 속에서 의식을 넘어선 인간의 창조성이 움튼다. 가을날 구름 속의 새를 보며 시적 자아는 그 안에 내재한 죽음의 이미지를 읽는다. 가을날과 구름, 새의 이미지는 구체와 추상, 과거와 현재, 현전 텍스트와 부재 텍스트, 현실과 관념, 감각적인 것과 지적인 것을 매개

1868~1912)에 전국적으로 유행하고 이 이후로는 렌꾸[連句]로 정착하였다. 이상 尾形 仂, 『하이쿠と俳諧』(東京: 角川書店, 1981), pp. 12~18., 전이정, 『瞬間 속에 永遠을 담는다』(창작과비평사, 2004), pp.14~21 참고함.

한다.

그럼 앞의 시조의 경우처럼 의미를 해석하며 형식과 관계를 살펴보자. 바쇼가 죽기 전의 어느 가을날이다. 푸르던 잎이 낙엽이 되어 떨어지면 누구나가 무상감을 느낀다. 가을만 무상한 것이 아니다. 그를 바라보는 자아 또한 늙어버렸다. 이곳과 저곳을 정처 없이 방랑하던 바쇼가 더욱 쇠약해짐을 느끼는 가을날이다. 가을날이 계어로 작용하고 여기에 기레지[切字]를 붙이면서 적막감을 준다. 이 적막감 속에서 문득 하늘을 바라보니 구름 속으로 한 마리 새가 날아간다. 먼저 새를 은유로 읽으면 하늘과 땅을 여기저기 오고가기에 '하늘과 땅의 중개자', '사랑의 메신저', '샤먼', '나그네' 등을 뜻한다. 문맥상 의미가 통하는 것은 '나그네'다. 구름을 은유로 읽으면, 여기저기를 흘러 다니는 것은 '나그네'나 '자유'로, 쉽게 모양이 변하는 것은 '무상'이나 '변화'로, 해를 가리는 것은 '간신'으로, 비를 내리는 것은 '은혜'나 '용', 혹은 '부처'로, 날을 흐리게 하는 것은 '절망', '어려운 상황', 하늘에 성 모양으로 떠 있는 것은 '다른 세상' 등을 의미한다. 여기서 새의 의미가 나그네라면 이는 자아를 투영시킨 것이다. 이 시는 아무래도 바쇼의 다른 하이쿠인 "병든 기러기 추운 가을 내려앉아 잠드는 구나(病ム雁の夜寒に落ちて旅寝かな)"와 상호텍스트성의 관계에 있는데, 여기서도 '기러기'는 '방랑하는 바쇼 자신'이다. 그렇다면 구름의 의미는 무상이나 절망, 혹은 다른 세상이다. 죽음이 다가올 정도로 쇠약함을 느낀 어느 가을날이다. 머리를 들어 하늘을 보니 새가 구름을 향해 날아간다. 새가 한 점이 되더니 구름 속으로 들어가 보이지 않는다. 새는 원래 둥지를 향한다. 둥지가 이승의 집이라면 구름은 저승의 집이다. 가을이 되어 새는 저승의 집인 구름 속으로 사라진다. 그처럼 시적 자아도 이승의 삶을 마감하고 저승길을 준비할 때가 되었다.

이를 바쇼의 불역유행론(不易流行論)으로 읽으면, 세월이 흐르고 구름

도 흘러가며 새도 사라진다. 그리고 나도 곧 이승을 마감할 것이다. 대자연은 영겁의 시간 속에서 끊임없이 생멸한다. 이러한 변화 유전하는 모습을 깨닫는 것이 천지유행(天地流行)이다. 이는 곧 또 다른 깨달음으로 이어진다. 가을날이라는 시간의 변화, 잇달아 떠오르는 무상감, 늙음에 대한 처절한 인식, 그 뒤에 "구름 가는 새"라고 진술하고 있다. 이 진술은 그리 시간이 흐르고 늙고 새가 사라지는 것이 바로 우주 삼라만상의 실체임을 의미한다. 이렇게 무상이라는 것이 대자연 고유의 본질임을 깨닫는 것이 천지고유(天地固有)다.

계어는 우선 환유로 읽히면서 이 기호에 물질성과 구체성을 부여한다. 계어는 계절마다 만나게 되는 사물과 자연의 아름다움을 한 낱말로 압축한 것이다. 이들은 모두 시간이 지남에 따라 사라지는 것, 곧 무상의 대상들이다. 그러기에 계어엔 삶의 덧없음, 소멸하는 것의 슬픔이 담겨 있다 그러나 그들 모두는 사라지기에 더욱 아름답고 소중한 것들이다. 모두 사라지는 것이지만 사물이 담고 있는 진리와 아름다움은 영원하다. 바로 이런 의미와 미를 순간적으로 포착한 기호가 바로 계어이다. 계어는 더 나아가 이와 관련된 와까의 시구, 작자 및 독자의 계어와 관련된 경험, 읽은 텍스트를 부재텍스트로 가지게 된다. 현전텍스트는 계어이지만 계어의 가치와 의미는 이들 부재텍스트에 의해 비로소 드러나며 부재텍스트가 무엇이냐에 따라 계어는 천차만별의 의미와 이미지가 실리게 된다.

계어를 은유로 읽을 경우 사물이 담고 있는 진리를 드러낸다. 계어는 사물의 실체, 근원에 다가가는 형이상학으로 작용해, 동일성을 함축하는 정적인 구조로 작용하기는 하지만 계어로 사용된 사물이 함유하고 있는 진정한 실체와 숨겨진 의미를 드러낸다.

기레는 함축적인 여백을 형성한다. 산만하고 장황한 글을 생략하고 절제한다. 여운을 남기면서 짧은 시의 공간을 극대화한다. 이 여백을 채우는 것은 키고에 나타난 기호들의 환유와 은유의 조합, 현전텍스트와 부재텍스트 사이의 인다라망과 같은 무한한 관계들이다.

이처럼 하이쿠는 이미지의 형식, 은유와 환유의 교체, 부재텍스트와 현전 텍스트 간의 부단한 상호작용을 통해 5-7-5 짧은 형식 안에 인간의 우주와 자연과의 교감, 그 가운데 깨닫는 무한한 진리를 담을 수 있었다. 이러자니 고도의 생략과 절제의 표현을 한다.

시조가 유가적 미학을 지향하되 삼재와 풍류도를 바탕으로 깔고 있다면, (芭蕉風의) 하이쿠는 선(禪)의 미학(美學)을 지향하되 일본의 고유 종교인 신도(神道)를 내포하고 있다. 교(敎)가 언어적 구성물로 이루어져 있다면, 선(禪)은 언어도단(言語道斷)을 선언하고 이를 초월한 체험으로 진여 실체에 이르고자 한다. 교가 부처님 말씀이라면 선은 부처님의 마음이다. 부처님의 마음은 불가언설(不可言說)이고 이언절려(離言絶慮)이며 불가사의(不可思議)하다. 말로 할 수 있고 헤아릴 수 있다면 그것은 이미 부처님의 마음이 아니다. 그러기에 교가 이것과 저것, 알고 모름의 분별을 따져 이치를 헤아린다면, 선은 분별하는 마음을 떠나 곧바로 마음 자체를 가리킨다. 교가 경전을 읽고 설법을 하여 부처의 뜻을 헤아리고자 한다면, 선은 마음과 마음을 통해 깨달아 곧 바로 부처가 되고자 한다. 이렇듯 선은 가르침이 아니라 내 마음 속의 부처를 드러내는 일이요, 구속이 아니라 자유이다. 때문에 이론으로 따져들거나 논리로 입증하거나 답을 제시하는 것이 아니다. 오히려 "답을 제시하는 스승이 있다면 그대의 적"이라고 하는 것이 선이다."25) 그러나 불립문자(不立文字)를 말하는데 '不立' 양 글자 역시 문자이다."26)라고 지적한 사람은 『단경(壇經)』을 지은 혜능(惠

---

25) 이도흠, 「시가 선이 되고 선이 시가 되다」, 『유심』 14·15합집., (2003년 가을·겨울호), pp.32-33.
26) 惠能, 『六祖壇經』(興聖寺本), 「敎示十僧傳法門」: "旣云不用文字 人亦不合語言 只此語言 便是文字之相 又直道不立文字 卽此不立兩字 亦是文字"

能)이다. 바로 모순과 역설은 여기서 비롯된다. 석가모니를 비롯하여 동서양의 여러 성인과 현인들은, 궁극적 진리가 언어 저 너머(지붕, 언덕 저편, 물고기)에 있지만 언어(사다리, 뗏목, 통발)를 방편으로 이용할 것을, 대신 언어로 궁극적 진리를 지시한 다음에는 언어를 버리고 세계의 실체를 대할 것을 천명하였던 것이다.[27] 말로 하면 진리가 아니지만 말을 사용해야 진리가 전해질 수 있는 역설을 해결하는 방법은, 상투적인 예술은 진리를 왜곡하지만 뒤샹의 『샘』과 같은 작품은 우리에게 낯설고 새로운 진리를 알려주듯, 문어(文語)를 버리고 의어(義語)를 통해 진리를 드러내는 것이다. 화두나 선시, 하이쿠가 바로 이런 방편들이다.

하이쿠는 선을 따라 문어를 버리고 의어를 사용하면서 언어에서 가르침에 종속된 의미를 잘라낸다. 고도의 생략과 절제를 통해 시어를 잘라내어 의미가 사라진 시를 빚는다. 의미를 잘라냈지만 그것은 의어이기에 캐면 캘수록 의미를 드러낸다. 이것만이 아니다. 시가 선에 물들면 자신도 모르게 선의 패러다임을 담는다. 하이쿠는 주체 중심의 사유와 이분법의 패러다임을 벗어나 중도(中道)와 연기(緣起)의 사유로 세계를 바라보고 이를 형상화한다. 시가 선적 사유방식을 알고 나면 사물을 직시하여 머리가 아닌 가슴으로 대번에 사물이 담고 있는 진실을 깨우친다. 하이쿠는 사물에 대한 찰나적인 깨달음을 간결한 언어로 형상화한다. 시가 깨우치고 나면 중중무진의 세계를 담고자 한다. 시인이 선을 깨우치면 시 텍스트는 참의 의미에 다다른다. 선이 오직 마음을 가리켜[直指人心] 부처를 이루듯[見性成佛], 하이쿠는 마음을 가리켜 궁극적인 진실에 다다르게 한다.

---

27) 비트겐슈타인은 *Tractatus Logico-Philosophicus*에서 "지붕(世界의 實體)으로 올라간 뒤에는 사다리(言語)를 던져 버려야 한다."라 했으며, 莊子는 『莊子』「外物」 편에서 "물고기를 잡은 뒤에는 통발을 버려야 한다. 우리 인간의 말이라는 것은 뜻을 전달하기 위한 것이다. 그 뜻을 잡으면 말은 버려야 한다."라고 하였다. 『金剛經』「正信希有分」을 보면 "이런 뜻인 까닭으로 여래는 '너희 비구들아 나의 설법이 뗏목의 비유와 같음을 아는 자들은 법조차 마땅히 버려야 하거늘 어찌 하물며 법이 아닌 것조차 버리지 못하는가?'라고 늘 말씀하셨다.

하이쿠는 의미를 버렸지만 하이쿠를 분석하면 할수록 수많은 의미들이 드러나고 어느 순간 진실에 다다르게 된다. 이렇게 하이쿠가 선을 받아들이면서 고도의 생략과 압축의 미학, 이분법을 넘어선 선의 패러다임, 사물에 대한 찰나적인 깨달음, 중중무진의 진리를 시에 담을 수 있었다.

여기에 더해 신도(神道)가 잠재되어 있다. 일본인은 대자연의 모든 사물에 신이 두루 존재한다고 보고 그 신들을 하이쿠를 통해 불러내고자 한다.28) 지나는 바람과 구름, 길섶에 핀 이름 모를 꽃, 흐르는 냇물과 그에 맡겨 수행을 하는 자갈 등 모든 것에 신들이 깃들어 있으며, 그에 내재한 신을 순간적으로 발견하여 그 신의 모습을 언어로 형상화한 것이 바로 하이쿠다.

3. 내용의 미학

미는 대상 그 자체에 있는 것이 아니라 바라보는 주체와 종합을 이루면서 형성된다. 미학적 가치 또한 예술작품 내에 객관적으로 내재하는 것이 아니라 독서와 수용의 복합적인 사회적, 역사적 과정을 통해 생산된다. 연주되지 않는 악보가 음악이 아니라 단순한 노트에 지나지 않으며 관객들이 연주를 듣고서야 감동을 하고 미적 평가를 내리는 것처럼, 문학 텍스트는 읽기 과정을 통하여 미학적 가치를 지니며 사회적으로 존재한다. 문학 텍스트는 독서행위라는 독자의 실천행위를 거쳐 구체적으로 실현되는 것

---

28) 吉田兼俱(1435~1511)는 『唯一神道明法要集』에서 "우리 신도는 만물에 두루 존재하며 한 사물에 머물지 않는다. 이른바 바람과 물결, 구름과 안개, 움직임과 고요함, 나아감과 물러남, 밤과 낮, 숨겨진 것과 드러난 것, 차고 추움, 따뜻하고 뜨거움, 선악의 보답, 그릇된 것과 바른 것의 차, 모든 것이 우리 신명이 그렇게 만들지 않는 것이 없다, 그러므로 天地의 마음도 신이며, 모든 부처의 마음도 신이다. 귀신과 축생의 마음도 신이다. 초목의 마음도 신이다. 하물며 어찌 인륜에 있어서 그렇지 않겠는가."라고 하였다. 今井 淳・小澤富夫 編著, 『논쟁을 통해본 일본사상(日本思想論爭史)』(서울: 성균관대학교출판부, 2003), p. 76. 재인용.

이다. 그러기에 작품의 진정한 이해란, 작품이 놓인 지평과 역사적 의미들과 전제, 전통을 바탕으로 우리 스스로가 형성한 '기대의 지평'이 맞섰을 때 이 간극을 인식하고 대화에 참여하여 양 지평을 융합시켜 원래의 입장을 넘어서서 새로운 이해에 이를 때 일어난다. 독서란 "기대의 지평에 따른 평가와 편견에 동화되지 않도록 하여 결국 과거의 지평과 현재간의 명백한 구별을 통하여 시적 텍스트를 꾸준히 변모하는 것으로 보이게 하는 것이다."29) 시조와 하이쿠의 미학을 다루는 데 있어서도 過去의 지평과 현재의 지평의 융합, 곧 시조와 하이쿠가 형성된 맥락의 의미와 현재 21세기 사회 맥락의 의미를 종합하여 해석하기로 한다. 내용의 미학에서는 형식의 미학과 반대로 하이쿠부터 분석하기로 한다.

1) 하이쿠에서 내용의 미학

閑寂함이여 바위에 스며드는 매아미 소리

> 閑かさや岩にしみ入る蟬の聲
> shidzukasaya/iwanishimiiru/seminokoe

(1) 텍스트의 품

바쇼가 동북지방의 입석사(立石寺)에서 지었다는 하이쿠다. 계어는 '매미[蟬]'으로 매미 울음소리 들리는 한적한 산사가 배경 이미지를 형성한다. 기레는 "閑かさや"로, 시에 여백을 만드는 동시에 선정을 하는 수도승처럼 가만히 머물러 무념무상에 젖게 하거나, 빈 종이에 그림을 그리듯 많은 것들을 생각하게 한다. 한 여름 한적한 산사에서 매미 울음소리를

---

29) H. R. Jauss, *Toward an Aesthetic Reception*(Brighton: Harvester Press, 1982), p.146.

제외하고는 아무 소리도 들리지 않는다. 정적은 더욱 짙어져 매미 울음소리마저 바위에 스며든다.

바위의 정적이고 시각적인 이미지와 매미소리의 동적이고 청각적인 이미지를 잘 조화시켰다. 5/7/5 세 토막을 끊어 읽을 때, 음성적으로 [s]음이 첫 음으로 와 산뜻한 인상을 주는 가운데 둘째 토막에서 [i]발음이 와 변화를 준다.

  (2) 텍스트의 몸

키고는 1차적으로 환유로 읽힌다. 계어인 매미의 환유의 의미작용을 표로 요약하면 아래와 같다.

〈표1〉 화쟁 체계에 따른 매미의 환유적 인식과 의미작용

	體相用	인접성의 관계	내포적 의미
一心	相	부분-전체	날개, 울음-매미
		類概念-種概念	매미-굼벵이, 매미-곤충
		공간적	나무, 숲, 立石寺
		시간적	여름, 낮
	體1	형식-내용	-
	用	원인-결과	매미 울음-여름이 옴, 매미울음 -소란이나 정적
		도구-행위	매미-노래함
		경험적	매미-여름의 추억, 매미와 관련된 일화 및 문학작품
	體2	?	?

계어인 매미는 시간적 인접성을 갖는 여름과 한낮이라는 배경을 환기한다. 매미는 공간적으로 매미가 우는 나무나 숲과 환유관계를 이룬다. 텍스트에서 앞에 바위가 있으니 도시나 들이 아니라 바위가 있는 산이다. 바쇼가 입석사에서 지었다는 정보를 결합하면 매미는 산사, 입석사와 환유관

계를 이룬다. 곧 매미라는 계어로부터 1차적으로 떠오르는 환유는 여름과 입석사이다. 다음으로 작자의 입장에서 해석할 때, 매미는 가까이로는 파초의 매미와 관련된 모든 경험, 읽은 텍스트 가운데 매미와 관련된 작품을 연상하게 한다. 독자의 입장에서 읽을 때, 매미는 독자의 매미와 관련된 모든 경험, 읽은 텍스트 가운데 매미와 관련된 작품을 연상시킨다. 여기서 그치지 않는다. 매미의 울음은 그 소리가 매우 커서 소란함을 나타내며, 그 반대로 매미의 울음은 다른 모든 소리를 삼켜버리기에 여름날의 정적을 뜻하기도 한다. 왕적(王籍)의 「입약야계(入若耶溪)」의 "매미 울어 숲은 점점 더 고요해지고, 새가 지저귀니 산은 더 그윽해진다(蟬噪林愈靜 鳥鳴山更幽)"[30]와 상호텍스트성 관계에 놓인다. 이처럼 매미는 여름날 산사라는 구체적 시공간을 시적 맥락으로 부여하며, 이에 그치지 않고 독자들에게 바쇼와 자신의 삶 중 매미와 관련된 경험, 매미와 관련된 작품을 연상시켜 이와 상호텍스트성 관계에서 이 하이쿠를 읽도록 한다. 여기서 현전텍스트는 위 하이쿠이지만, 부재텍스트는 매미와 관련된 텍스트들이다. 그리하여 "나는 마츠오 바쇼[松尾芭蕉]를 좋아한다."라는 문장에서 마츠오 바쇼의 의미와 가치가 여기에 부재(不在)한 사람 - 與謝蕪村, 小林一茶, 正岡子規 等 -을 무엇으로 설정하느냐에 따라 다양하듯, 현전텍스트의 의미와 가치는 부재텍스트를 무엇으로 설정하느냐에 따라 천차만별로 달라진다.

독자가 이 하이쿠에서 더 깊은 의미를 찾고자 할 때, 독자는 매미의 의미를 환유에서 벗어나 은유로 바꾸어 읽는다.

---

30) 유옥희 譯, 앞의 책, p.76.

<표2> 화쟁 체계에 따른 매미의 은유적 인식과 의미작용

	體相用	類似性의 動因	내포적 의미
一心	相	매미의 형상	파리, 비행기
		매미의 날개	모시,蟬翼紙
	體1	나무진과 이슬을 먹고생존함	고결, 순결, 선비처럼 고결한 사람이나 직업
		빨리 죽음	無常
		3~5년을 땅속서 지내다 며칠을 노래하다 죽음	(勇猛)精進, 실존, 慈悲行, 수도승, 佛
	用	온 몸을 다해 求愛를 함	헌신적인 사랑(또는 그런 사람)
		운다, 노래한다	여름의 傳令, 가수
		탈바꿈한다	換骨奪胎, 蟬脫
	體2	울음 소리가 들린다	閑寂, 靜寂
		?	?

매미를 은유로 읽으면 대략 위와 같은 의미가 드러난다. 매미의 형상에서 그와 닮은 '파리, 비행기'가 연상된다. 매미의 가볍고 투명한 날개에서 '모시, 선익지(蟬翼紙)'가 떠오른다.

독자들은 이왕에 은유로 읽은 이상, 상(相) 너머의 체(體)를 들여다보고자 한다. 나무진과 이슬을 먹고 생존하는 것을 매미의 본질로 파악한 이들은 이에서 '고결, 순결' 등의 의미를 추출하며 '선비처럼 고결, 또는 순결한 직업이나 사람'으로 표상하기도 한다. 며칠 만에 죽는 것을 매미의 본질로 본 사람들은 매미에서 '무상(無常)'의 의미를 추출한다. 매미가 3~5년을 땅 속에서 굼벵이로 지내다가 겨우 5~7일을 목숨을 바쳐 노래하다가 사라지는 것을 이 생물의 본질로 본 사람들은 이에서 '정진(精進), 절정, 실존, 수도승' 등의 의미를 읽는다. 온 몸을 다해 구애의 노래를 하는 것을 보면 매미는 헌신적인 사랑의 전범이다. 매미야말로 3~5년의 길고도 고통스런 고행을 한 후 목숨을 던져 다른 이들에게 한여름의 소나타를 들려 준 후 사라지니, 이 과정은 정진과 자비행이며 이런 삶의 태도는 지극한 실존이다. 고행과 정진을 하여 타자들에게 자비를 베푸니 수도승이고, 결국 해탈을 이루니 부처이다.

인간의 입장에서 매미의 용(用)을 보면, 여름을 맞아 울고 노래하는 것이 매미의 가장 핵심적인 기능이다. 이는 '여름의 전령, 가수' 등의 의미로 확대된다. 매미는 탈바꿈을 하여 땅 속을 기어 다니는 굼벵이에서 벗어나 날개를 달고 하늘을 날고 노래를 하는 존재로 거듭난다. 이는 '환골탈태(換骨奪胎), 선탈(蟬脫)' 등의 의미로 전이한다. 소음이 강한 도시라면 모르되, 한 여름날 매미의 울음소리는 다른 소음을 덮어버린다. 이런 매미의 기능은 '한적, 정적' 등의 의미를 갖는다.

이처럼 매미는 다양한 의미를 갖는데, 여기서 의미를 확정하는 요인은 두 가지다. 하나는 텍스트 외적 맥락, 곧 매미를 환유로 읽을 때 설정한 시공간의 맥락이다. 다른 하나는 하이쿠 내에서 다른 기호들과 갖는 관계이다. 매미의 소리를 한정하는 것은 '岩にしみ入る'이다. 수많은 매미 소리 가운데 여기서 말하고자 하는 것은 바위에 스며드는 매미소리다. 바위와 매미소리는 시적 이미지가 대립되기에 이항대립관계를 형성한다.

<표3> 바위와 매미의 이항대립구조

바위	매개	매미
무거움	しみ入る	가벼움
정지	しみ入る	운동
하강	しみ入る	상승
정적	しみ入る	소란
차가움	しみ入る	따스함
강함	しみ入る	약함
단단함	しみ入る	부드러움
광물성	しみ入る	동물성

死	しみ入る	生
常	しみ入る	無常

　바위가 무겁다면 매미는 가볍다. 바위가 고요히 머물러 있다면 매미는 부단히 움직인다. 바위가 무거운 무게로 대지를 내리누르고 있다면 매미는 날개를 달고 하늘로 상승한다. 바위가 고요한 정적을 유지하고 있다면 매미는 소란스럽게 울어댄다. 바위가 차가운 이미지를 갖는다면 매미는 피가 흐르는 따스한 이미지를 형성한다. 바위가 강하다면 매미는 약하며, 바위가 단단하다면 매미는 부드럽다. 바위가 광물성의 이미지를 갖는다면 매미는 동물성의 이미지를 가지며, 바위가 결국 생명의 약동이 정지한 죽음을 의미한다면 매미는 삶의 활력으로 약동하는 생명(성)을 갖는다. 매미는 빨리 죽어버려 무상의 은유를 갖는다. 반면에 바위는 시간의 흐름에도 변하지 않아 상(常)의 은유를 형성한다.

　양자의 대립을 'しみ入る'가 이어주고 있다. 이 때문에 양자는 서로 불일이불이(不一而不二) 관계를 형성한다. 바위와 매미는 별개의 것이니 불일(不一)이다. 그러나 매미소리가 'しみ入る'를 통해 바위가 되니 둘도 아니다.[不二] 매미소리가 없으면 바위가 없고, 바위가 없으면 매미소리 또한 없다. 매미소리는 바위가 없이 존재하지 못하므로 空하고, 바위는 매미소리가 없으면 존재하지 못하니 공(空)하다. 그러나 매미소리가 자신을 소멸시키면 바위가 드러나고, 바위 또한 자신을 소멸시키면 매미소리가 드러난다. 공(空)이 생멸변화(生滅變化)의 전제가 되는 것이다.

　매미의 가벼움은 바위로 스며들어 바위와 하나가 된다. 바위의 무거움은 매미의 날개를 달고 가벼워지고 매미의 가벼움은 바위에 스며들어 무거움을 갖는다. 부단히 움직이는 매미는 고요히 머물러 있는 바위로 들어가 바위에 역동성을 부여하고 매미 스스로는 정지성을 갖는다. 날개를 단

바위는 상승하여 비상하며, 바위로 들어간 매미는 하강의 안정을 얻는다. 매미의 따스한 피와 살이 스며들자 차가운 바위는 피가 흐르는 생명성을 갖고 매미는 바위의 차가움을 더한다. 매미의 약하고 부드러움이 바위에 들어가자 바위는 약함과 부드러움을 갖추어 더욱 강해진 바위로 거듭난다. 반대로 매미는 바위의 강하고 단단함을 겸비하게 된다. 결국 바위의 광물성에 매미의 동물성이 더해지고 매미의 동물성에 바위의 광물성이 혼융된다. 매미의 울음소리는 시끄럽기에 이는 소란함을 의미한다. 그러나 매미소리는 다른 소리를 삼킨다. 매미소리가 들림은 다른 소음으로부터 벗어났음을 뜻한다. 소란함이 오히려 정적이다. 매미는 생명이고 바위는 생명이 없는 광물질이다. 그런데 매미가 바위에 스며들어가 생명을 불어넣는다. 생명력이 담긴 매미 소리는 바위로 들어가 바위가 된다. 시한부 삶을 선고받은 이가 1분 1초를 치열하게 의미로 반짝이는 삶을 살듯, 죽음으로 다가갈수록 삶은 더 풍요로워지니 죽음이 곧 삶이다. 삶은 죽음으로 가기 위해 신진대사를 하는 과정이니 삶이 바로 죽음이다. 그리하여 무상한 매미의 삶은 바위로 스며들어 영원성, 상(常)을 갖는다.

이런 관계를 갖는 앞에 기레, '閑かさや'가 온다. 이는 여백을 형성한다. 이 여백을 채우는 단어들은 '한적, 한가, 정적, 적멸' 등이다. 여백을 이런 낱말로 채우고 뒤 토막을 읽으면 이의 해석은 기레에 종속된다. 다시 말해, 앞에서 논한 바위와 매미의 대립관계가 형성하는 의미들은 '한적, 한가, 정적, 적멸'의 범위 안에서 해석된다.

(3) 텍스트의 참

여름날 산사(山寺)에 앉아 매미소리를 듣는다. 처음엔 그 소리가 시끄럽더니 더 앉아있으려니 그 소리가 주변의 모든 소리를 빨아들인다. 매미의 울음소리를 통해 오히려 정적을 느낀다. 바라보니 바위가 있다. 바위의 이미지는 매미소리와 대립적이다. 매미소리가 바위에 부딪힐 땐 깨달음과 깨닫지 못함, 진(眞)과 속(俗), 삶과 죽음, 이상과 현실이 대립한다. 그러나 이 대립은 곧 무너지고 매미소리가 바위를 뚫고 스며든다. 이 순간 매미소리가 바위가 되며 정적, 곧 적멸의 세계를 이룬다. 깨달음과 깨닫지 못함, 진과 속, 삶과 죽음 또한 하나가 된다. 그리하여 무상에서 오는 슬픔[悲]를 극복하고 상(常)을 이룬다.

이처럼 몸의 깨달음을 한 후 기레, "閑かさや"를 읽으면 자연스레 정적, 곧 적멸에 이른다. 적멸은 삶의 고통을 떠난 침묵의 세계이다. 무상의 굴레에서 벗어나 상(常)을 이룬 경지다. 모든 고통, 갈등과 대립을 초월한 세계이자 육신과 정신 모두에서 떠나 궁극적인 실체와 대면하는 경계이다. 생에서 일어나는 욕망과 번뇌를 초월한 세계이자 죽음의 공포와 불안으로부터도 초탈한 세계이다. 어떤 번뇌도, 대립도, 고통도 사라진 절대 침묵의 세계, 모든 것으로부터 해탈하여 더 이상 나지도 사라지지도 않는 세계, 궁극의 세계이다. 그러기에 그곳은 닿으려 해도 닿을 수 없고 헤아리려 해도 헤아릴 수 없는, 아득하고 또 아득하나 온갖 미묘한 것들이 나오는 문(玄之又玄 衆妙之門), 곧 코라(chora)이다.

이 하이쿠에서 "閑かさや"라고 하고 끊는 순간 여백이 생긴다. 비워둠이 있어야 채워지는 원리대로 이 틈이 여백을 형성하는 순간 이 여백에는 수많은 의미들이 그려진다. 선(禪)을 내재화하여 고도의 생략이 주는 절제미 또한 빼어나다. 그러나 위 하이쿠가 주는 최고의 美는 사비일 것이다. 사비는 작자의 내적 심경, 관조적 태도에서 나타나는 것이며 깊이 대상의 내적 생명에 접촉하여 그 미를 파악하려는 정신을 말한다.31) 바쇼는 바위와 매미, 두 사물, 더 나아가 두 사물이 서로 어울려 빚어내는 자연의 원리를 관조를 통해 통찰하고 정적 속의 깨달음의 미학을 잘 표현하고 있다.

---

31) 尾川正二, 『일본 고전에 나타난 미적 이념』, 김학현 옮김(도서출판 소화, 1999), p.138.

여기서 반영상(反映相)은 "蟬の聲"이며, 굴절상(屈折相)은 "閑かさや 岩にしみ入る"이다. 現象界는 여름 날 입석사에서 매미의 울음 소리를 듣는 그 순간이다. 원리계(原理界)는 매미의 울음소리를 들으며 여름날의 정적을 느끼는 경계이다. 진자계(振子界)는 이 정적 속에서 무거움과 가벼움, 정지와 운동, 하강과 상승, 고요함과 소란함, 차가움과 따스함, 강함과 연약함, 단단함과 부드러움, 광물성과 동물성, 죽음과 삶, 상(常)과 무상(無常) 사이를 오고 가는 경계이다. 승화계(昇華界)는 '스며듬'을 매개로 이 모든 대립을 넘어서서 매미 소리와 바위가 불일불이(不一不二)를 이루어 정적, 곧 적멸의 세계에 이른 경지다.

(4) 텍스트의 짓

이 하이쿠의 경우 지시적 가치를 추구해 사전적 의미만으로 문법적 읽기를 하기 어렵다. 일상의 차원에서 볼 때 매미 소리가 바위에 스며들 수 없기 때문이다. 독자들은 "岩にしみ入る"의 의미를 알기 위해 작자에 관련된 정보를 모아 맥락적 읽기를 하거나 텍스트에 담긴 은유와 상징 등의 내포적 의미를 읽고자 한다. 문맥적 가치를 추구하는 이들은 이를 바쇼의 삶의 맥락에서 읽고 "바쇼가 어느 여름날 입석사에서 매미소리를 들으면서 모든 소리와 움직임을 흡수하는 매미의 울음소리에 몰입해 정적에 이른 경지를 읊조린 시"로 해석한다. 표현적 가치를 추구하는 이들은 텍스트 자체에 주목하고 '스며듬'을 매개로 바위와 매미소리를 하나로 원융시켜 정경일체(情景一體)를 이리를시, 바위의 정적이고 시각적인 이미지와 매미소리의 동적이고 청각적 이미지를 잘 조화시킨 시"로 해석한다. 사회적 가치를 추구하는 이들은 노동 뒤의 휴식의 맥락에서 이를 "한여름날 땀 흘린 뒤의 노동 끝에 바위에 스며든다고 표현할 정도로 매미소리에 몰입해 맞은 한적함"으로 해석한다. 존재론적 가치를 추구하는 이들은 "스며듦을 통해 불일불이(不一不二), 곧 매미소리와 바위가 하나가 되고 따라서 인간의 모든 갈등과 대립, 진과 속, 삶과 죽음마저 하나를 이룬 적멸의 세계를 표상한 시"로 해석한다. 존재론적 가치를 추구하는 자들 중 불승(佛僧)의 입장에서 이 하이쿠를 읽으면, 매미는 3~5년을 땅속에서 굼벵이로 지내다가 며칠을 목숨을 바쳐 다른 생명체에게 한여름의 소나타를 들려주는 자비행(慈悲行)을 행하는 존재다. 이는 정진, 실존, 수도승 등의 은유를 형성한다. 그리 용맹정진하니 매미의 소리는 바위에 스며들어 적멸이 되고 무상의 굴레를 벗어나 상(常)을 갖는다. "閑かさや" 는 비록 찰나라 할지라도 적멸 속에서 깨달음에 이른 자의 영탄이다.[32]

2) 시조에서 내용의 미학

細柳淸風 비긴後에 우지마라 뎌미암아
꿈에나 님을보려 겨우든줌을 씌오ᄂᆞ냐
꿈씌야 겻헤업스면 病되실가 우노라.

(1) 텍스트의 품

위 시조는 "4/4/4/4//3/4/3/4//3/5/4/3//"로 시조의 전형적인 율격을 이루고 있다. 안짝과 바깥짝이 서로 호응하는 안정적인 4보격을 형성하고 있다. 독특한 것은 매미와 문답하는 구조를 취하고 있다는 점이다. 초장은 매미에게 명령하는 수사양식을, 중장은 질문, 혹은 힐난하는 양식을 취하고 있다면, 종장은 매미가 대답하는 양식이다. 초, 중장이 시적 자아, 혹은 인간의 시점이라면 종장은 매미의 시점이다. 종장이 초, 중장에서 있었던

---

32) 以上 바쇼의 하이쿠에 대한 解釋은 拙稿, 「松尾芭蕉のハイクに對する和諍記號學的研究」, 日韓比較文學シンポジウム, 『異發文化の同化と異化』, 發表論文集, 東京大學 比較文學比較文化研究室, 2005年 10月 14日에서 引用하였다. 이 發表에서 하이쿠 세 수를 分析 對象으로 하였는데 위의 하이쿠가 그 중 하나이다. 16수에 불과한 호석균의 시조와 소재나 주제가 유사한 것을 비교하다 보니 매미를 소재로 한 것을 비교할 수밖에 없었다. 하는 수 없이 일단 발표문의 것을 가져다 썼다. 대신 이 발표문을 학술지에 게재할 때 위의 하이쿠 대신 다른 하이쿠로 교체하여 자기표절을 면하고자 한다.

대립과 갈등을 조화하고 시상을 완결한다는 시조의 구조로 볼 때, 매미의 목소리로 종장을 형성하게 한 것은 인간의 시점이 아니라 매미의 시점에서 시적 자아가 안고 있는 문제를 해결하려는 것이다.

(2) 텍스트의 몸

시조는 우선 당대의 맥락에서 경험의 언어로 해석해야 한다. 고전 시에서 시의 언어는 곧 행동이자 경험이기 때문이다. 달, 청풍, 강산은 언어적 이미지로 제시되는 것이 아니라 행동의 언어로서 제시된다. 상상력으로 길어낸 정신적 그림으로서 제시되는 것이 아니라 경험될 상황으로 제시된다. 이런 까닭으로 고전 시인들은 시에 표현된 자연의 언어들이 길어 올리는 이미지의 형상적 아름다움을 기대하지 않는다. 그보다는 이들 달, 청풍, 강산이 환기하는 정취를 직접 경험하면서 맛볼 정서적 감흥을 기대한다.33)

성기옥의 지적대로 위 시조를 제대로 해석하고 미학을 맛보려면 당대의 맥락에서 경험의 언어로 재현해야 한다. 이러기 위해선 작자에 대해 먼저 알아야 하는데 작자인 호석균에 대해선 별도의 기록이 없다. 운애(雲崖) 박효관(朴孝寬)이나 주옹(周翁) 안민영(安玟英)보다 후대의 사람일 가능성이 크다. 왜냐하면 그의 작품 16수 가운데 3수만이 『가곡원류(歌曲源流)』 국악원본(國樂院本)에 수록되어 있고 나머지는 일석본(一石本) 권 4에 수록되어 있는데 일석본 권 4는 본편과는 관계없이 추가로 수록된 것이기 때문에 『가곡원류』와는 상관이 없다. 따라서 여기 수록된 작품은 상당히 후대에 지은 작품들이 아닌가 한다.34) 일석본에 작자에 대한 설명

---

33) 성기옥, 「한국시의 미학적 패러다임과 시학적 전통」, 성기옥·김수경·정끝별·엄경희·유정선, 『한국시의 미학적 패러다임과 시학적 전통』(소명출판, 2004), p.89.

34) 황충기, 『여항시조사연구』(국학자료원, 2003), pp.191~192. 黃忠基는 『歌曲源流에 관한 研究』(국학자료원, 1997)에서 『歌曲源流』가 高宗 13年에 朴孝寬과 安玟英에 의해 編纂되었다는 설에 이의를 제기한다.

에서 "전가덕첨사(前加德僉使)"라고 하였는데 이것이 맞는다면 첨사는 첨절제사(僉節制使)로 무관직이다. 가덕도는 임진란 때 원균이 참패한 곳이자 왜구가 침범하는 길목으로 조선의 안위에 중요한 곳이다. 중종(中宗)은 39년(1544년)에 가덕진(加德鎭)과 천성만호진(天城萬戶鎭)을 설치하였다. 첨사는 진관(鎭管)을 통할하는 임무를 수행하였다. 그렇다면 호석균은 수군으로서 품계가 종3품에 상당한 지위에 있었고 가덕도의 진(鎭)을 통할하던 무관이다.[35] 풍류를 즐긴 시조가 대부분이라 풍류를 즐긴 가객임을 알 수 있고, "늬나히 半百이라 風流豪華 다더지고/盛世에 발인 몸이 入山修道 ᄒᆞ온쯧즌/日後란 蓮花臺上에 놀라볼가 ᄒᆞ노라."라는 시조를 통해 유추하면, 그는 풍류를 즐기다가 나이 50 즈음에 절에 들어가 입산수도한 것으로 보인다.

어느 여름날이다. 비 오다가 개어 하늘은 맑고 멀리까지 아름다운 자연이 펼쳐졌다. 정적인 풍경에 동적인 파동이 인다. 버드나무 가는 가지가 한들거린다. 바람이 불기 때문이다. 비 개인 후인지라 시원하고 맑은 바람이다. 아름다운 정경을 보니 임과 함께 하지 못함이 안타깝다.[36] 작자는 임을 그리다가 꿈에서나 임을 보려 잠을 청한다. 아마 여름날의 더위도 한 몫 하였을 것이다. 그러나 이것은 곧 실패한다. 매미 울음소리에 시적 자아는 잠을 깼다. 그는 매미를 나무란다. 그러자 매미는 임을 만나는 꿈을 꾸었다가 깨어나 임이 곁에 없으면 상사병이 날까 그 전에 울어 깨웠노라

---

35) 황충기는 그의 시조 뒤에 周翁 이외의 작가가 雲崖에 대해서 또 雲崖山房에서 있었던 일을 노래한 것으로, 뒤의 것은 重複하여 수록되어 있는데 작가명 다음에 "字 號壽竹齋 三月時來遊雲翁道庄製", "字號 暮春會飮於雲臺山房作"이라 되어 있으니 그는 雲崖山房에 출입한 歌客이라고 추정하고 있어 첨사를 지낸 것은 신빙성이 없는 것으로 판단한다.

36) 입산수도할 경우 세속을 잊지 못하였다 하더라도 이런 언술을 토해내기 힘들며, 버드나무가 한들거리는 곳은 사람들이 모여 사는 마을 인근이다. 진중이라고 이런 망중한을 느끼지 못할 것은 없지만, 진중이라 보기엔 너무도 여유롭고 한가하며, 그런 여유를 느낀다 하더라도 조선조의 맥락에서 이를 공개적으로 표현하기 어려웠을 것이다. 작자가 입산수도하기 전 무관에서 퇴직하고 풍류를 즐기던 시절 어느 마을에서의 정경일 가능성이 크다.

고 답한다. 깨어나자마자 꿈에서도 임을 보지 못한 허전함과 실제 현실에서도 임이 부재한 데 대한 허망함과 외로움, 쓸쓸함이 자리한다.

하지만 허망함은 잠시뿐이다. 매미의 울음소리를 통해 감정을 다스리게 된다. 돌아보면, 매미 소리 때문에 잠을 깨고 꿈에서 임을 보지 못한 것이 오히려 상사병을 막는 길이다. 이 역전의 상황을 하찮은 미물인 매미의 대답이 만들고 있다. 매미로 인하여 꿈에서라도 간절하게 만나기를 원망할 정도로 사무치게 그리운 감정을 절제하고 현실로 돌아오는 것이다. 표피만 읽으면 매미는 잠과 임과의 해후를 방해하는 자이지만, 심층적으로 읽으면 매미는 상사병을 막는 자이자 감정을 절제하고 현실을 돌아보게 하는 메신저다.

(3) 텍스트의 참

이 시조를 깊이 읽어보면 간과해서는 안 될 의미가 숨어있다. 매미 소리에 잠을 깬 까닭은 딴 데 있다. 매미는 3-5년을 굼벵이로 땅에서 지내다가 대개 7.8일을 살다 죽으며, 매미는 짝을 찾기 위하여 날개를 비벼 소리를 내는 것이 사람에게 울음으로 들리는 것이다. 매미야말로 열흘도 채 되지 않는 기간에 임과 짝짓기를 하지 못하면 3-5년의 기다림, 더 나아가 자신의 삶이 아무런 의미를 갖지 못하는 존재다. 그런데 비까지 내려 금쪽같은 시간을 날렸으니 매미가 더 세차게 우는 것은 당연한 것이다. 매미의 울음은 사랑을 하기 위한, 더 나아가 짝을 찾고 자신의 유전자를 남기기 위한 몸부림이다.

사람은 이와 유사하면서 다르다. 시적 자아는 임을 그리다가 잠이나 청하여 꿈에서나 임과 만나려 한다. 임이 부재한 현실을 꿈속에서 임의 현전으로 전환하려 한 것이다. 현실에서 불가능한 것을 환상에서 해결하려 시도하지만, 이는 매미의 울음소리 때문에 실패로 돌아간다. 시적 자아는 잠을 깬 그 순간 꿈 - 다시 말해 임과 환상적 해후 - 을 방해한 매미를 원망하였다. 그러나 짝을 찾아 목숨을 걸고 우는 매미의 울음소리를 통해 깨닫는다. 여기에 담긴 진실은 "꿈 깨어 곁에 없으면 그것이 더 병이 되지 않겠느냐는 것과 사랑은 환상이 아니라 구체적 현실이다."라는 것이다.

더구나 매미에게 "~노라"라는 시적 자아보다 윗자리에 있는 자가 행하는 어투를 부여하고 있다. 하찮은 미물에게 인간보다 상위의 자리를 부여한 것은 물질적·정신적 위상 때문이다. 물질적으로 볼 때 매미는 잠을 자는 시적 자아보다 나무 위의 높은 자리에 위치하고 있다. 정신적으로 볼 때 매미는 잠이나 청해 임을 꿈속에서 만나고자 하는 시적 자아에 견주어 사랑에 자신의 온몸을 던지고 있는 존재다. 사랑을 위해 목숨을 다 바쳐 울고 있는 매미의 시선으로 보면 임을 만나고자 겨우 잠을 청하는 행위를 하는 인간이야말로 미물인 것이다. 거듭 말하지만, 잠을 깨게 하여 임과 환상적인 해후를 방해한 매미의 울음소리는 바로 매미가 임을 만나기 위해 행하는 헌신적인 몸부림이다. 여기서 인간과 매미 사이에 위상의 전도가 발생한다. 위상의 전도를 깨달은 인간은 아래 그림 2에서 그림 3으로 인식을 전환한다.

三/아우름: 꿈속의 해후

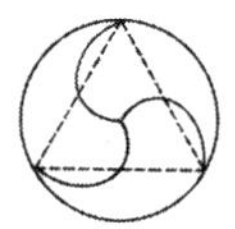

<그림 2: 인간의 시점에서 본 정과 한의 아우름>

인간의 시점에서 보면 임과 내가 늘 함께 하는 것이 정의 상태이다. 그러나 무슨 원인인지 알 수 없으나 임과 내가 헤어져 이별하게 되고 그리워해도 만날 수 없는 것은 정의 단절, 세계의 분열로 다가온다. 비 갠 뒤 버드나무가 청풍에 한들거리는 아름다운 여름날을 맞아 임이 더욱 그립게 되고 이는 한이 된다. 시적 자아는 이 한을 비극적이고 체념적이며 패배적인 한으로 머물게 하는 것이 아니라 이 한을 꿈속에서의 만남으로 승화시키고자 한다. 그러나 이는 매미에 의해 그림 3의 구조로 전환한다.

三/아우름: 역전과 전도의 興

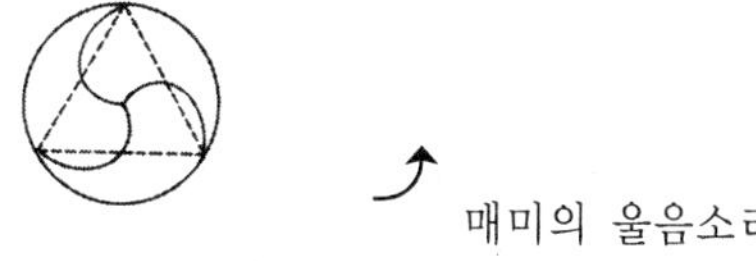

一/情: 꿈속의 만남   二/恨: 현실의 부재

<그림3: 매미의 시점에서 본 情과 恨의 아우름>

매미가 볼 때, 꿈속의 만남이 정(情)이다. 매미의 울음소리에 의해 잠을 깨고 임이 곁에 없음을 뼈저리게 느끼는 것이 한(恨)이다. 이제까지 매미의 울음은 만남의 방해자다. 그러나 그런 매미를 탓하다가 퍼뜩 깨달은 진실은 매미의 울음은 바로 임을 만나기 위한 헌신의 사랑 행위였다는 것이다. 시적 자아는 사랑을 위해 온몸을 던질 줄 아는 매미로부터 한 수 배운다. "진정한 사랑은 꿈에서나 임을 만나려고 잠을 청하는 소극적 실천에 있는 것이 아니라 자신의 모든 것을 던지는 행위에 있다."라는 진실을. 이렇게 하여 만물의 영장인 인간과 미물인 매미, 만남과 상사병,

꿈과 곁, 환상의 만남과 현실의 만남, 소극적 사랑과 적극적 사랑, 현실의 사랑과 환상의 사랑 사이에 전도가 일어난다. 임이 그리워 겨우 잠을 청해 꿈에서 만나려 하는 인간보다 자신의 모든 것을 던져 짝을 찾는 매미가 우위를 점한다. 꿈속에서의 만남이 오히려 만나지 못하고 이루어지지 못하여 야기되는 상사병의 동인이다. 꿈속에서 수만 번 임을 만난다 하더라도 그것이 한 차례라도 현실, 곁에 임이 존재하는 것만 못하다. 이런 모든 것을 매개한 것은 매미의 울음소리다. 이 순간 대립적으로 간주하였던 매미의 울음소리와 자아는 하나가 된다. 이러니 초장에서 "우지마라", 중장에서 "씌오느냐"라며 권위를 가지고 매미보다 상위에 서서 발화한 인간의 언술은 위상의 전도로부터 권력을 형성한 매미의 당당한 언술인 "우노라"에 묻히고 만다. 이처럼 우월하였던 것이 열등한 자리로 전락하는 전도와 대립적인 줄 알았던 매미와 자아가 하나가 되는 경지로부터 시적 자아는 물론 독자들은 정적(靜的) 흥(興)을[37] 느낀다.[38]

여기서 반영상은 초장과 중장이며, 종장이 굴절상이다. 현상계는 여름날 임과 헤어져 임이 그리운 현실이다. 원리계는 꿈을 통해 임을 만나려다 매미 울음소리를 듣고 깨어나 사랑은 구체적 현실이고 꿈속에서 수만 번

---

37) 필자는 興에 대해 辛恩卿의 논의를 참고하여 "대립적이었던 대상과 자아가 하나가 되는 경지나 우월한 것과 열등한 것의 위상의 전도를 통해 陰-슬픔, 불쾌, 따분함, 싫음-에서 陽-기쁨, 쾌, 즐거움, 좋음-으로, 생의 어두운 곳에서 밝은 측면으로 마음이 향했을 때 조성되는 미감, 혹은 놀이나 춤, 공동체의 의례나 집단적 행위를 통해 신명에 이른 마음의 상태"로 정의하기로 한다. 흥을, 시조에서 자연의 아름다움을 표현한 끝에 의례적으로 발화하는 흥처럼 자연과 하나가 되는 합일이나 위상의 전도에서 오는 '靜的 興'과 황홀경에 이른 무당의 춤이나 농악이나 사물놀이 등의 경우처럼 집단적 신명에 이른 '動的 興'으로 범주화할 수 있다.
辛恩卿의 논의에서 참고한 부분은 "흥은 생의 밝은 측면으로 마음이 향했을 때 조성되는 미감이다. 미감을 구성하는 정감요소 중에서도 즐거움, 기쁨, 상쾌함과 같은 陽의 요소가 기반이 된다. … 흥의 속성은 적은 것보다는 '많은 것', 靜的인 것보다는 '動的'인 것, 쇠미한 것보다는 '茂盛한 상태', 슬프고 어두운 것보다는 '즐겁고 밝은 상태', 하강하는 것보다는 '上昇'하는 상태, 혼자보다는 '여럿', 수축되고 움츠러들기보다는 '발산'과 '퍼짐'을 특징으로 하는 상태, 陰보다 '陽'의 속성을 띠는 것과 더 깊게 밀착된 것임을 알 수 있다."(辛恩卿, 『風流』, pp.95-98)이다.
38) 辛恩卿의 흥에 대한 진술 중, "흥에는 주변 사물이나 사람, 나아가서는 삶 자체에 대한 따뜻하고 긍정적인 시각이 담겨 있다."(辛恩卿, 위의 책, p.100) 언급이 이 부분을 이해하는 데 도움이 될 것이다.

만나는 것이 현실에서 한 번 만나는 것보다 못하다고 깨닫는 경지다. 진자계는 이 깨달음 속에서 인간과 미물인 매미, 만남과 상사병, 꿈과 곁, 환상의 만남과 현실의 만남, 소극적 사랑과 적극적 사랑, 현실의 사랑과 환상의 사랑 사이에서 오고가는 경계이다. 승화계는 '매미의 울음소리'를 매개로 이 모든 대립을 넘어서서 매미 울음소리와 하나로 어울리며 흥(興)에 이르는 경지다.

(4) 텍스트의 짓

이 시조의 경우 지시적 가치를 추구해 사전적 의미만으로 문법적 읽기를 하면 "여름 날 임이 그리워 낮잠을 자다 매미소리에 잠을 깨 매미를 원망하자, 매미가 꿈을 깨 곁에 없는 것을 알면 병이 될까 울었노라고 답을 하였다."이다.

문맥적 가치를 추구하는 이들은 이를 호석균의 삶의 맥락에서 읽고 "호석균이 여름날 어느 마을에서 임이 그리워 꿈에서나 임을 볼까 잠을 청했다가 매미소리에 잠을 깨는 바람에 임을 만나지 못하여 매미를 나무라자, 매미가 사랑은 꿈이 아니라 현실이니 꿈을 깨 곁에 없는 것을 알면 상사병이 될까 울었노라고 답을 하였다."로 해석한다.

여기서 가장 지향하기 쉬운 가치는 사회적 가치다. 이 시조를 향유하는 자들 대부분이 유교를 세계관이자 삶의 준칙으로 삼았던 유교적 지성이었기 때문이다. 유교의 이념에 얽매여 읽으면 '임'은 당연히 임금님이며 시적 자아는 임금과 백성을 지키기 위해 멀리 가덕도에서 첨사로 복무하고 있는 무관 호석균이다. 호석균이 그토록 그리워한 이는 바로 임금님이다. 하지만 가덕도와 한양의 거리는 너무도 멀다. 이런 맥락에서 이 시조를 읽으면, "호석균이 임금님을 그리워하여 꿈속에서라도 만나고자 잠을 청하였다가 매미소리를 듣고 잠을 깨 처음엔 임금님과 해후를 방해한 것을 원망하였으나 곧 꿈에서 수만 번 만난다 하더라도 그것이 실제 현실에서 임금님께 忠을 다하는 것만 못하다는 것을 깨달았다.”로 해석한다.

반면에 사회나 역사에서 떠나 자신의 내면을 성찰하고자 하는 이들, 곧 존재론적 가치를 추구하는 이들은 “진정한 사랑이란 자신의 모든 것을 던지는 것이며, 사랑은 환상이 아니라 구체적 현실이다.”로 해석한다.

표현적 해석은 예술을 종교나 이념에서 분리한 현대에서나 가능한 해석이다. 표현론적 가치를 추구하는 이들은 텍스트 자체에 주목하고 세류와 청풍을 아름다운 자연의 환유로, 매미를 헌신적인 사랑의 은유로 읽는다. 그 중 몇몇은 꿈과 곁-현실, 매미와 인간을 이항대립구조로 분석하기도 한다. 이를 통해 표현론적 가치를 추구하는 이들은 “아름다운 자연을 매개로 임을 그리워하여 꿈속의 해후를 추구하였으나 매미 울음소리를 통해 매미의 헌신적인 사랑을 깨닫고 매미와 인간, 꿈과 현실, 우월한 것과 열등한 것이 전도되는 미감을 맛보았다.”로 해석한다.

4. 시조와 하이쿠 미학의 비교

겨우 각각 두 수씩, 네 수의 시조와 하이쿠를 분석한 것으로 종합하는 것은 ‘성급한 일반화의 오류’를 범하는 것이다. 지면관계로 네 수만 대상으로 하였지만, 다른 시조나 하이쿠의 분석에서도 여기서 제기한 것들이 많은 공통점으로 추출됨을 확인하였다. 이를 토대로 양자의 미학을 비교하기로 한다.

시조와 하이쿠는 몇 가지 공통점을 갖는다. 우선 양자 모두 짧은 형식의 정형시다. 하이쿠가 17자로 45자 정도의 시조보다 더 짧지만, 시조 또한 같은 시대의 다른 나라의 시가양식에 비하면 짧다. 다음으로 시조와 하이쿠는 짧은 형식에 시상을 압축하여 담고 있다. 시조가 "순간의 솔직한 감정을 절제된 양식에 담아내는 것"이라면, 하이쿠는 "감동적인 침묵을 만들어내는 언어장치"이다. 셋째로, 양자 모두 전통 시가를 계승하고 있다. 시조는 민요로부터 파생된 3·4조의 가락을 수용하였다. 시조는 향가의 차사(嗟辭)와 3분단 구조를 계승하여 3장6구 및 종장 첫 음보를 통한 정과 한의 아우름 구조로 구성된다. 아울러 향가와 속요의 의미와 이미지를 일부 차용하고 있다. 반면에, 하이쿠는 와까[和歌]에서 렌까[連歌]로 면면히 이어지고 있는 5·7조의 운율로 이루어져 있으며, 계어는 물론이거니와 시어에서도 표현과 수사, 이미지를 계승하고 있다. 넷째로, 양자 모두 한시의 영향력을 무시할 수 없지만, 한시에 대응하여 민족어로 민족의 호흡과 가락과 세계관에 맞게 자기네 삶을 형상화한 시형식으로 한시와 다른 차별성을 갖는다.

　시조와 하이쿠는 많은 차이를 갖는다. 시조는 기본적으로 한 구 속에 3음절과 4음절을 교차 반복시키며 한 행 속에 3, 4음절을 규칙적으로 두 번 반복시키며 4보격을 형성하고 있다. 시조는 중간휴지를 경계로 하여, 안짝과 바깥짝이라는 두 개의 반행(半行, half-line)을 형성하고 이것이 서로 호응한다. 시조의 4음 4보격은 안짝과 바깥짝이 대칭을 이루어 완전한 율격적 평형을 얻고 안정성을 확보하게 되어, 4보격 특유의 유장한 율동감을 가장 자연스럽게 조성할 수 있게 된다. 3/4음절의 교차 반복은 음과 양의 조화를 이루고 있다. 3음절이 양이라면 4음절은 음이다. 율동적이고 동적인 것과 안정적이고 정적인 것이 서로 교차 반복하면서 시조는 운율 형성에서 비교적 일률적이면서도 운율에 굴곡과 파동을 준다. 이렇게 하여 시조는 정형 안에서 운율을 자유로이 구사하는 아름다움, 정적인 것과 동적인 것, 음과 양이 조화를 이루는 미를 갖는다.

　시조는 향가와 속요에서 계승된 3분단법, 정과 한의 아우름 구조를 더욱 압축시켜 3장6구의 구조를 만들었다. 시조는 통사의미론적 연결고리를 이루는 3개의 장(章)으로 하나의 시상을 완결한다. 각 장은 4개의 음보로 구성하되, 2음보를 하나의 구(句)로 하여 2개의 구가 병치, 호응하도록 함으로써 절제와 안정, 조화의 미감을 획득하도록 한다. 시상의 전환과 완결을 위해 종장의 첫 음보는 3음절로 고정시키고, 둘째 음보는 5음절 이상으로 늘여 변화를 준다.

시조는 초·중장에서 개별 대상이나 그에 담긴 원리(현상계와 원리계) - 사물, 혹은 세계와 나와의 미적 만남과 이의 자아화, 세계에 담긴 추상적 의미의 표출과 심화 -를 병렬 배치하며, 종장 제1음보를 통하여 초·중장의 규칙적인 흐름과 병렬 관계를 차단하고 극적 전환을 이루어 서정성을 최고로 고양시키는 가운데 반전시킨 다음 초·중장에 내포된 대립을 종합하고 있다. 이처럼 정과 한의 아우름의 구조에서 승화와 조화를 이루되, 시조는 3장의 간결한 구조로서 서정적인 고양과 시상의 완결을 이루어야 하는 까닭에 간결, 담백하게 절제된 언어와 형식의 틀로서 정제한다. 시조의 미학적 특성은 바로 순간의 솔직한 감정을 절제된 양식에 담아내는 것이다. 이런 미적 특성은 시조의 주요 향유층인 사대부들이 유가적 미학관을 지향하였고 그 심층에는 향가로부터 전승된 삼재와 풍류도의 고유 사상이 잠재되어 있기 때문이다.

하이쿠는 5/7/5 17자에 시상을 압축하고 있는데, 이것이 가능한 것은 키고와 기레 때문이다. 키고는 우선 환유로 읽히면서 이 기호에 물질성과 구체성을 부여한다. 키고는 계절마다 만나게 되는 사물과 자연의 아름다움을 한 낱말로 압축한 것이다. 이들은 모두 시간이 지남에 따라 사라지는 것, 곧 무상의 대상들이다. 그러기에 키고엔 삶의 덧없음, 소멸하는 것의 슬픔이 담겨 있다 그러나 그들 모두는 사라지기에 더욱 아름답고 소중한 것들이다. 모두 사라지는 것이지만 사물이 담고 있는 진리와 아름다움은 영원하다. 바로 이런 의미와 미를 순간적으로 포착한 기호가 바로 키고이다. 키고는 더 나아가 이와 관련된 和歌의 시구, 작자 및 독자의 키고와 관련된 경험, 읽은 텍스트를 부재텍스트로 가지게 된다. 현전 텍스트는 키고이지만 키고의 가치와 의미는 이들 부재텍스트에 의해 비로소 드러나며 부재텍스트가 무엇이냐에 따라 키고는 천차만별의 의미와 이미지가 실리게 된다.

키고를 은유로 읽을 경우 사물이 담고 있는 진리를 드러낸다. 키고는 사물의 실체, 근원에 다가가는 형이상학으로 작용해, 동일성을 함축하는 정적인 구조로 작용하기는 하지만 키고로 사용된 사물이 함유하고 있는 진정한 실체와 숨겨진 의미를 드러낸다.

기레는 함축적인 여백을 형성한다. 산만하고 장황한 글을 생략하고 절제한다. 여운을 남기면서 짧은 시의 공간을 극대화한다. 이 여백을 채우는 것은 키고에 나타난 기호들의 환유와 은유의 조합, 현전텍스트와 부재텍스트 사이의 인다라망과 같은 무한한 관계들이다.

기레가 만든 '틈'에서 현전텍스트와 부재텍스트는 불일불이(不一不二) 관계를 형성하면서 틈의 읽기를 가능하게 한다. 곧 현전텍스트는 부재텍스트와 관계를 통하여 비로소 의미를 드러내고 부재 텍스트는 현전텍스트를 통하여 재현되니 양자가 둘도 아니다. 부재텍스트는 현전텍스트에 흔적으로 남아 있고 이 흔적을 찾아낼 때마다 현전텍스트의 의미는 달라진다. 부재텍스트는 현전텍스트를 제한하는 동시에 현전텍스트를 통해 재현된다. 부재텍스트는 그 텍스트의 전제 조건인 동시에 계기이다. 부재텍스트는 현전텍스트 없이 존재하지 못하므로 공(空)하고 현전텍스트 또한 부재텍스트 없이 존재하지 못하므로 이 또한 공(空)하다. 그러나 씨가 죽어 싹이 돋고 줄기가 나고 가지가 자라 꽃이 피면 열매를 맺듯, 부재텍스트가 흔적을 남긴 채 사라지는 순간 현전텍스트가 드러난다. 열매는 스스로 존재하지 못하지만 땅에 떨어져 썩으면 씨를 내듯, 현전텍스트가 자신을 소멸시키는 순간 부재텍스트가 재현된다. 이 틈의 읽기 때문에 하이쿠의 의미는 무한하게 뻗어나간다.

시조가 이미지보다 기호, 경험의 언어에 치중한다면, 하이쿠는 의미보다 이미지, 경험의 언어보다 경험을 초월한 언어를 지향하는 경향이 강하다. 기호는 대상에 대해 분석적이고 논리적인 사고를 하는 반면에, 이미지는 유추적이고 비논리적인 사고를 한다. 시조가 유교의 이념에 비추어 대상을 분석하고 논리적으로 사고하려 한다면, 하이쿠는 대상에 대해 떠오른 감각적 이미지를 비논리적으로 포착하려 한다. 기호가 의식이나 이성을 통하여 진리에 이르려 한다면, 이미지는 감각을 통해 진리를 느끼려 한다. 시조가 주로 사대부들의 명징한 의식이나 이성을 통해 진리에 다가가려 한다면, 하이쿠는 감각적으로 사물을 접하고 이를 통해 사물에 담긴 실상을 드러내려 한다. 기호가 존재를 부분적으로 재현하려 한다면, 이미지는 존재를 통째로 드러내고자 한다. 시조가 명료한 의미를 갖는 언어로 존재를 드러내고자 한다면, 하이쿠는 이미지를 엮어 존재를 통째로 드러내려 한다.39)

유가적 미학을 지향하여 예(禮)와 악(樂)의 조화를 꾀하면서도 그것을 삼단논법적인 구조로 추리하여 형상화하며 삼재와 화쟁의 원리대로 정과 한의 아우름의 구조를 갖는 3장의 구조적 틀로 시상을 전개하고 형상화하는 것이 시조의 미적 구조이다. 이 때문에 시조는 모든 대립과 갈등을 조화하고 승화하려는 경향이 강하며 이를 흥(興), 또는 무심(無心)의 미학(美學)으로 표출한다. 때문에 시조는 진정한 가치를 추구하려는 진정성과 삶과 현실의 의미를 구체적으로 반영하려는 구체성이 강한 예술의 양상을

---

39) 이런 차이는 시조와 하이쿠 사이에 두드러진 차이를 일반화한 것이기에 이미지를 중시한 극히 일부의 시조나 반대로 경험의 언어로 의미를 드러낸 하이쿠의 경우에는 통하지 않는다.

보인다. 특히 시조는 경험의 맥락에서 연행(演行), 혹은 소통되는 경향이 강한 담론이다. 예를 들어 성종(成宗)과 유호인(俞好仁), 이방원(李芳遠)과 정몽주(鄭夢周), 임제(林悌)와 한우(寒雨), 최경창(崔慶昌)과 홍랑(洪娘)이 시조를 주고받는 맥락에서 보면, 이 순간 화자와 청자의 관계, 신분, 이데올로기, 양자가 맞고 있는 상황 등이 해석에 관여할 뿐만 아니라 미적 감동에도 관여한다.40) 이처럼 시조는 맥락에 따른 읽기를 하기에 텍스트의 해석은 맥락적이고 구체성을 갖는다. 대신 낯설게하기나 열린 읽기의 면에서는 부족하다.41)

(芭蕉風의) 하이쿠는 선(禪)의 미학을 지향하되. 일본의 고유종교인 신도(神道)를 내포하고 있다. 하이쿠는 이 영향으로 모든 사물에 내재한 신, 자연의 원리를 관조를 통해 통찰하고 이를 5/7/5 형식에 압축하여 형상화하여 고도의 생략이 주는 절제미, 정적 속의 깨달음의 미학, 곧 사비 (さび) 의 미(美)를 담고 있다. 하이쿠는 이미지의 형식, 은유와 환유의 교체, 부재텍스트와 현전 텍스트 간의 부단한 상호작용을 통해 5-7-5 짧은 형식 안에 인간의 우주와 자연과의 교감, 그 가운데 깨닫는 무한한 진리를 담았다. 때문에 하이쿠는 시조에 비하여 진정성이나 구체성이 부족하다. 대신 작품이 내용이나 형식의 면에서 독창적인 지평을 여는 낯설게 하기나 작품의 의미가 열린 읽기를 지향하는 다성성(多聲性)의 면에서 두드러진다.

시조가 인간과 세계의 만남과 대립에 대해 3분단으로 묘사하고 정과 한의 아우름, 화해와 조화를 지향한다면, 하이쿠는 사물과 세계가 담고 있는, 무상한 가운데 변하지 않는 진리와 아름다움을 순간적으로 포착하

---

40) 笑春風의 시조가 그 자리에 참석한 무인들을 흥분하게 하였지만 결국 무인과 문인 관료, 그리고 왕에 이르기까지 감동을 주어 비단과 호피 등 상까지 받은 것이 대표적인 예일 것이다.

41) 필자는 예술 작품의 미적 가치를 평가하는 기준으로 '낯설게하기, 진정성, 구체성, 多聲性, 접촉성' 이 네 가지를 제시한다. 상세한 논증은 졸저, 『화쟁기호학의 이론과 실제』(한양대출판부, 1999), 제 2장을 참고하기 바람.

여 이미지를 통해 드러내는 데서 멈춘다. 이는 결국 유교와 불교, (情과 퍼지의 문화인) 한국 문화와 (국화와 칼의 문화인) 일본 문화, 화해를 지향하는 한국인과 승부를 내기 좋아하는 일본인의 차이와 통하리라 본다.

5. 맺음말

시조는 한민족의 호흡에 맞게 한글로 빚어낸 한민족 예술의 정화(精華)이며, 예(禮)와 악(樂)의 조화, 모든 갈등과 대립을 정과 한의 아우름의 3장 구조를 통해 승화하는 미적 구조를 통해 시상을 전개하고 형상화한다. 하이쿠는 5-7-5 형식에 계어와 切れ를 결합하여 불과 17자에 인간의 우주와 자연과의 교감, 그 가운데 깨닫는 진리를 담은, "감동적인 침묵을 만들어내는 언어장치"(大岡信)이다.

한국과 일본의 문화와 예술은 서로 공통점을 공유하면서도 나름대로 차이를 가지며 이는 시조와 하이쿠에서도 마찬가지다. 시조와 하이쿠의 향유자들은 중국 한시의 영향을 받았으면서도 각기 자국의 민요나 고대시가를 토대로 독창적인 형식을 창조하고 공동문어인 한문에서 벗어나 민족어의 호흡과 가락에 바탕을 두고 운율과 의미가 어우러지는 민족의 시형식을 창조하고 수용하였다. 그 중에서도 시조와 하이쿠는 한국과 일본 시가의 정화다. 공통점은 서로를 어울리게 하고 차이점은 타자에 대한 배려의 바탕이다. 문화적으로는, 공통점은 영향관계를 떠나 동아시아 문화 예술의 보편성과 관련되고 차이는 이를 풍요롭게 하는 다양성의 토대다. 시조와 하이쿠의 비교 연구, 더 나아가 한시, 베트남 등의 시와 비교를 통해 동아시아 지평에서의 연구가 필요한 까닭이다. 더 늦기 전에 한국과 일본, 중국이 각자의 우물 안에서 나올 때이다. 비록 아주 미약한 파문이지만,

이런 연구가 각 나라 문화와 예술의 다양한 차이를 드러내는 동시에 아시아의 보편성을 형성하고 더 나아가 '동아시아 공동의 집'을 형성하는 데 도움을 주리라 본다.

참고문헌

1. 자료

『歌曲源流』. 亞細亞文化史 影印本. 1973.

朴乙洙 編著. 『韓國時調大事典』. 아세아문화사,: 1992.

惠能. 『六祖壇經』. 興聖寺本.

2. 저서 및 논문

교육도서출판사. 『조선국어고전시가사연구』. 교육도서출판사, 1984.

金大幸. 『韓國詩歌構造研究』. 三英社, 1984.

金大幸. 『詩歌 詩學 研究』. 이화여자대학출판부, 1991.

김학성. 『한국 고시가의 거시적 탐구』. 집문당, 1997.

김학성. 『한국시가의 담론과 미학』. 보고사, 2004.

金興圭. 「平時調 終章의 律格·統辭的 定型과 그 機能」. 『語文論集』 제 19·20 合集. 고려대국어국문학 연구회, 1977. 359~368면.

金興圭. 「韓國 詩歌 律格의 理論1」. 『民族文化研究』 제13집. 고려대민족문화연구소, 1978. 97~144면.

성기옥. 『한국시가율격의 이론』. 새문사, 1986.

성기옥·김수경·정끝별·엄경희·유정선. 『한국시의 미학적 패러다임과 시학적 전통』. 소명출판, 2004.

성호경. 『한국 시가의 형식』. 새문사, 1999.

辛恩卿. 『風流』. 보고사, 1999.

신은경, 「尹善道와 바쇼에 끼친 杜甫의 영향에 관한 연구-自然觀을 중심으로」, 『비교문학』 25권,. 한국비교문학회, 2000년. 145~175면.

양태순. 『한국고전시가의 종합적 고찰』. 민속원, 2003.

윤재근. 『東洋의 本來美學』. 나들목, 2006.

이도흠, 『화쟁기호학의 이론과 실제』. 한양대출판부, 1999.

이도흠. 「시가 선이 되고 선이 시가 되다」. 『유심』 14·15합집. 2003.

이도흠, 「한국 예술의 심층구조로서 정과 한의 아우름」. 『미학 · 예술학연구』

17집. 한국미학예술학회. 2003. 43-74면.

李都欽. 「松尾芭蕉の俳句に對する和諍記號學的研究」, 『日韓比較文學シンポジウム-異發文化の同化と異化』. 東京大學 比較文學比較文化研究室, 2005. 1~22면.

張師勛. 『時調音樂論』. 서울대출판부, 1986.

장파. 유중하·백승도·이보경·양태은· 이용재 옮김. 『동양과 서양, 그리고 미학』. 푸른숲, 1999.

전이정. 『순간 속에 영원을 담는다』. 창작과비평사, 2004.

조남권, 『동양의 음악사상 樂記』. 민속원: 2001.

조동일. 『한국 시가의 전통과 율격』. 한길사, 1982.

최충희·구정호·박혜성·고한범·이현영. 『일본시가문학사』. 태학사, 2004.

黃忠基. 『歌曲源流에 관한 研究』. 국학자료원, 1997.

황충기. 『여항시조사연구』. (서울: 국학자료원, 2003).

井本農一·堀信夫·村松友次 校注·譯者. 『日本古典文學全集』41, 『松尾芭蕉集』. (東京: 小學館文, 1989).

飯野哲二 編. 『芭蕉辭典』. (東京: 文殊企劃有限會社, 1991).

尾形仂. 『俳句と俳諧』. (東京: 角川書店, 1981).

尾川正二, 『일본 고전에 나타난 미적 이념』, 김학현 옮김 (서울: 도서출판 소화, 1999),

今井淳 · 小澤富夫 編著, 『논쟁을 통해본 일본사상』. 한국일본사상사학회 공역 (서울: 성균관대학교출판부, 2003).

Eihenbaum, "The Making of Gogol's 'the Overcoat' in Maguire", (1974), in Alan Swingewood, Sociological Poetics and Aesthetic Theory (London: Macmillan, 1986).

H. R. Jauss. Toward an Aesthetic Reception (Brighton: Harvester Press, 1982).

가사체 형식의 창가화에 대하여*

구인모

목 차

---

1. 서론

한국문학사에서 19세기 말에서 20세기 초에 이르는 이른바 근대계몽기(대체로 1895년부터 1910년까지)만큼 다양한 형식이 족출(簇出)했던 시기는 없었다고 해도 과언이 아니다. 이 시기는 알려진 바와 같이, 서구의 충격(western impact)으로 인해 조선이라는 지역이 중화세계 내에서의 소중화(小中華)로서가 아니라, 동시대 제국주의와 근대자본주의 세계체제 한 가운데에서 미개(未開) 혹은 반개(半開)의 변방에 불과하다는, 뼈아픈 로컬리티(locality)의 인식을 근저로 문명개화 담론이 조선 사회를 휩쓴 시기였다. 그리고 세계체제 내에서 조선이라는 지역의 피투성(被投性,

---

* 이 논문은 원래 『한국어문학연구』 제51호에 수록한 것이나, 이 책의 기획과정에서 요청이 있어, 다시 게재하게 되었음을 밝힌다.

geworfenheit)을 인식하고 체험한 지식인들은, 앞을 다투어 동시대 개인의 차원은 물론 조선인 공동체 전반이 처한 역사적 위기에 대한 인식과 각성을 통해, 자기정체성을 재구성하고 새롭게 정의하고자 하는 기투(企投, entwurf)의 기획으로서, 다양한 형식의 글쓰기를 시험했다.

그 대표적 사례가 바로 20세기 초에 등장한 창가(唱歌)라고 하겠다. 한국근대음악사의 관점에서 보자면 창가는 흔히 개화기 성악곡의 명칭으로, 예술가곡(藝術歌曲)·동요(童謠)·대중가요(大衆歌謠) 등으로 분화하기 이전의 초기 양식을 의미하고, 또한 그 악곡은 근본적으로 서양식 곡조에 근간한 것만을 가리키는 것으로 보인다.[1] 또한 한국문학사 연구에서는 대체로 찬송가를 비롯한 서양식 악곡과 창법에 맞춘 가사(歌詞, verse)로서, 대체로 4·4조나 7·5조의 형식으로 분련, 후렴구가 수반된 양식을 가리키기 일쑤이다.[2] 이 가운데 창가에 대한 한국문학연구의 입장만 두고 보자면, 우선 창가가 근대적인 의미의 시(poetry) 혹은 시의식(poesie)의 성립 이전의 과도기적인 양식 이상의 의미는 두지 않는 것이 보통이라고 하겠다. 이러한 한국근대문학연구의 평가는, 문자성(literacy)에 근간한 텍스트로서 자유시(le vers libre)의 형식을 지니고, 창조적 상상력의 담지자인 시인이 창작하여, 근대적인 출판자본에 의해 도서 형태의 매체로 유통된 것만을 근대적인 의미의 시라고 정의하는, 다분히 서구 중심적이고 근대 중심적인 관점에 근간하고 있다고 하겠다.

그러한 관점으로 보자면 창가가 한국문학 전체에서 차지하는 위상이란 왜소해 질 수밖에 없다. 문제는 창가가 지닌 '과도기적 양식'으로서의 성격

---

1) 이유선,「제2장 서양음악과 신문학의 태동」,『한국양악백년사(증보판)』, 음악춘추사, 1985. 민경찬, 「머리말」,『한국창가의 색인과 해제』(한국근·현대예술사 서술을 위한 기초연구-해제집[1]), 한국예술종합학교 한국예술연구소, 1997.
2) 김용직,『한국근대시사(상)』, 새문사, 1983. 김학동,『한국개화기시가연구』, 시문학사, 1981. 이병기·백철,『국문학전사』, 신구문화사, 1957. 정한모,『한국현대시문학사』, 一志社, 1974. 조연현,『한국현대문학사』, 현대문학사, 1956. 조윤제,『조선시가사강』, 박문출판사, 1946.

을 어떻게 이해할 것인가 하는 데에 있다. 주지하는 바와 같이 근대계몽기는 다양한 형식의 글쓰기가 실험되었던, 이를테면 글쓰기의 용광로(melting put)와도 같은 시기였다. 그 가운데 가사와 시조를 비롯한 문자성에 근간한 운문 양식을 비롯하여, 민요나 잡가 등의 구술성(orality)에 근간한 노래 양식에 이르기까지, 다양한 운문 양식들이 음송(吟誦)이나 가창(歌唱)을 전제로 변용하고 혼종하는 가운데, 그 역동성이 전례 없이 최대한 발휘되었던 시기이기도 했다. 물론 그 가운데에서도 계량적인 차원에서만 보자면 신흥 양식으로 부상하고 있었던 창가의 위상 또한 왜소하게 보일 지도 모른다. 이러한 사정은 이 시기 다양한 신문과 잡지를 통해 발표된 운문 양식은 대략 1574편으로, 그 가운데 가사가 832편, 시조가 589편, 민요가 11편, 신흥 양식인 창가가 66편을 차지한다는 사정을3) 통해서도 충분히 짐작할 수 있을 터이다.

한편 근대계몽기 운문 양식의 실험이 이루어진 주된 매체가 신문과 잡지였고, 이러한 매체를 통해 발표된 운문 양식들이란, 한결같게 급박한 조선의 현실에 대한 비판, 문명개화사상과 국민국가주의 이념의 대중적 전파와 계몽을 위한 정론적(政論的) 성격을 강하게 띠고 있었다는 사실을 새삼 염두에 둘 필요가 있다. 반면 창가는 초기 『少年』지나 『靑春』지와 같은 잡지를 근간으로 부상했으나, 이후 필요가 학교교육제도를 근간으로 조선총독부의 교과서들을 통해 정착했다. 그 가운데 조선의 문명개화사상과 국민국가주의 이념은 제국 일본의 국민국가주의 이념으로 흡수되거나 대체되었다.4) 이러한 사정은 19세기 말에서 20세기 초에 이르는 시

---

3) 이에 대해서는 다음의 서지를 참조할 수 있다. 김영철, 「III. 장르형성의 배경과 장르 인식과정」, 『한국개화기시가의 장르연구』, 학문사, 1987. 물론 이 통계는 개별 작품의 장르 분류를 어떻게 하느냐에 따라 다소 편차가 있으리라 본다.

4) 이에 대해서는 다음의 서지를 참조할 수 있다. 高仁淑, 「第1部 唱歌敎育における植民地敎育政策とその對應」, 『近代朝鮮の唱歌敎育』, 福岡:九州大學出版會, 2004.

기가, 다양한 운문 양식들을 통해 서정(抒情)이 아닌 동시대가 요구하는 이념에 일정한 문자해독력을 갖춘 조선인 독자 혹은 청자들 스스로 복무하도록 했다는 사실을 시사한다. 그것은 근대계몽기 운문 양식이란 서로 다른 문명개화론과 국민국가주의 이념이 조선인을 공동체의 개송(皆頌)·제창(齊唱)을 위한 호명(interpellation)의 장(場)이었다는 것을 의미한다.

그러한 근대계몽기 운문 양식의 역동적 장 가운데에서 단지 이념의 대결과 길항, 그리고 변용만이 이루어졌던 것은 아니다. 앞으로 자세히 검토하게 되겠지만, 그와 아울러 전통적인 운문 양식이 민요와 같은 전래 구술 양식은 물론이거니와 신흥 양식인 창가나 찬송가에 의한 변용과 개량을 통해 가영성(可詠性)이 아닌 가창성(可唱性)이 현저해졌던 사정을 간과할 수 없다. 심지어 경우에 따라서는 학교교육을 통한 일본 창가의 번안 작품들의 보급 과정에서도 전통적인 운문 양식에 뿌리를 둔 작품들의 생명력은 사라지지 않았기도 했다.

바로 그러한 관점에서 주목해야 할 대목은 이러한 작품들 가운데 근대계몽기의 가사 갈래가 도리어 4·4조 내외의 엄격한 형식을 지니면서, 연을 단위로 구분되고 후렴구가 덧붙는 현상이다. 또한 이러한 형식의 작품들을 통해 가사 갈래의 특징 가운데 하나인 교술적 요소가 전경화된 현상이다. 이제 자세히 검토하게 되겠지만 가사의 형식적 요소와 갈래의 관습을 따르면서 가창형식화 했던 이러한 운문의 형식, 즉 가사체의 형식은, 『獨立新聞』과 『大韓每日申報』 소재의 운문들을 비롯하여, 각종 창가집과 심지어 『少年』과 같은 잡지들 가운데에서도 허다하게 볼 수 있다. 그리고 이러한 현상은 근본적으로 근대계몽기 운문 양식의 창가화를 나타낸다고 하겠다.

이와 같은 관점으로 근대계몽기의 운문 양식들을 이해하면, '과도기적 양식'으로서의 창가의 성격은, 단지 근대시 형성의 전사(前史)라는 의미만이 아니라, 문학적 혹은 음악적 전통과 근대 사이의 날카로운 단절의 표징으로서가 아니라, 근대 초기 문화의 역동성은 물론이거니와 이문화 교류와 접변의 양상을 드러내는 장으로서 이해할 수도 있다는 것이 필자의 생각이다. 그러한 관점에서 보자면 창가는 물론이거니와 근대계몽기 운문을 중심으로 한 문학적 현상에 대한 이해는, 당연히 한국의 전통 운문 양식과 외래 운문 양식 사이의 접합과 변용이라는 새로운 의미를 지니게 될 것이다.

2. 가사체(歌辭體) 형식과 가창(可唱) 양식화

1896년 4월 11일 『독립신문』에는 서울 슌청골에 산다는 최돈셩의 '글' 한 편이 게재되었는데, 이 '글'은 『독립신문』에 게재된 무려 32편의 유사한 작품들 가운데 가장 이른 시기에 발표된 것으로, 흔히 '애국가(사)'류의 시가라고 일컫는 작품군에 포함되곤 한다.

> 2-1. 아셰아에 대죠션아 ᄌ쥬독립 분며ᄒ다/ 합가 익야에야 익국ᄒ셰 나라위히 죽어보셰//5)
>
> 2-2. 대죠션국 건양원년 ᄌ쥬독닙 깃버ᄒ셰/ 텬디간에 사름되야 진츙보국 뎨일이니 …(중략)… 우리나라 홍ᄒ기를 문명지화 열닌셰샹/ 비ᄂ이다 하ᄂ님쯰 말과일과 ᄀᆺ게ᄒ셰6)
>
> 2-3. 亞細亞洲 禮義邦은 우리大韓 分明ᄒ다/ 靑年들아 同胞들아 二千萬衆 同胞들아/ 腐敗氣像 다버리고 活潑勇氣 닉여보셰 …(중략)…우리 皇上 聖恩으로 與民同樂 今日이라/ 日暖風和 죠흔씩에 우리運動 질겁도다/ 太極國旗 놉피드니 東西洋에 빗ᄂ도다/ 千歲千歲 千千歲요 萬歲萬歲 萬萬歲라7)

---

5) 니필균, 「대죠션ᄌ쥬독립익국ᄒᄂ노릭」 제1절(전6절), 『獨立新聞』 제15호, 1896. 5. 9.

6) 최돈셩, 「글」, 『獨立新聞』 제1년 제3호, 1896. 4. 11.

7) 大韓體育俱樂部, 「愛國運動歌」, 『大韓每日申報』, 1906. 6. 13.

인용한 '2-1'과 '2-2'는 '자주독립(自主獨立)', '진충보국(盡忠報國)', '문명개화(文明開化)'라는 당시의 시대정신을 함축적으로 드러내는 어휘들이 시사하는 바와 같이, 청일전쟁 이후 조선이 중세의 중화질서로부터 독립하여, 군주를 중심으로 서구를 전범으로 삼아 근대적인 국민국가로 변모하고자 했던 조선의 열망을 고스란히 반영하고 있다. 이러한 사정은 10년 후에 발표된 '2-2'의 경우, 조선 그러니까 대한제국을 아시아 대륙의 일부로 보는 세계지리의 인식이나, 조선 반도에 거주하는 조선인들을 '동포'로 호명하는 종족적 민족주의(ethnic nationalism)의 인식, 그리고 조선을 '태극국기'로 표상하는 근대적인 국민국가에 대한 인식으로 나타난다. 환언하자면 인용한 시가 형식의 텍스트들은 근대 이후 세계체제의 변화, 근대적인 국민국가에 대한 관념과 종족적 민족주의의 인식의 성장, 그 가운데에서 조선의 미래를 서구를 전범으로 삼아 열어 나아고자 하는 열망이 빚어냈다고 하겠다. 그리고 그러한 시가 텍스트는 저 '2-2'에서 알 수 있듯이, 그러한 새로운 시대의 상징적 존재들인 '청년'들을 호명하고, 그들이 수양해야 할 새로운 교양인 삼육론(三育論), 즉 지육(智育)·덕육(德育)·체육(體育)의 이상을 구가(謳歌)하는 가운데 생명력을 지닌다고 하겠다. 이러한 시가 형식의 텍스트들, 특히 인용한 '2-1'과 '2-2'와 같은 작품들은 『독립신문』만 두고 보더라도 각급 학교(배재학당·송천사립학교·경성학교·경무학교)의 입학식, 졸업식, 운동회와 같은 행사나, 구한국(舊韓國)군대의 의식, 기독교 단체(달성회당·찬양회·부인회)의 의식과 행사에서, 실제로 서양식 악곡에 맞추어 제창(齊唱)하거나, 혹은 부곡(附曲)도 없이 전통적인 가사 음송(吟誦)의 방식으로 읊고 감상했던 것으로 보인다. 이를테면 인용한 '2-1'의 경우, 후일 악보가 발굴되어, 『독립군 군가집 광복의 메아리』(독립군가보존회, 1982)에 수록 되었고, 또한 광복 60주년 기념 음반인 『독립군가 다시 부르기―다시 부르는 노래』(국가보훈처,

2005)에 취입된 바도 있다.

　이러한 시가의 감상 형태란 개인의 차원이 아닌, 공동체 구성원들의 개송을 전제로 한 것이었다는 사정에 주목할 필요가 있다. 사실 이러한 텍스트들은 당시 문자텍스트의 대량생산과 유통을 가능하게 하는 인쇄술과 그것을 가능하게 한 근대자본주의의 결합으로 이루어진 근대 매체인 신문이, 조선에서 부상하고 있던 가운데 등장했다. 이러한 배경에서 한편으로는 문자텍스트로서 독자의 기억을 도우면서, 다른 한편으로는 묵독(黙讀)이 아닌 음독(音讀)이라는 비개인적 독서 방식과 구술적인 재현방식에 근간하고 있었던 것이다. 이러한 텍스트의 존재양상과 재현방식으로 인해, 그것을 제창하고 음송하는 공동체 구성원들은, 텍스트가 담지한 세계와 역사에 대한 인식을 공통된 감각을 통해 내면화하고, 그 가운데에서 공동체로서 종교적인 일체감을 얻게 될 터이다.8) 아울러 그러한 시가 형식의 텍스트란 결코 단순한 시가가 아니라, 저 '2-2'의 최돈성의 '글'은 마지막의 "아모것도 몰은ᄉ룸 감히일언 ᄒᆞ옵내다"에서 알 수 있듯이, 한편으로는 시가 형식의 텍스트이면서도 또 한편으로는『독립신문』을 탐독하며 문명개화론에 동조하는 독자의 공변된 발화의 형식이었다는 사정을 주목할 필요가 있다.

　물론 근대계몽기의 이러한 형식의 글쓰기가, 이후『대한매일신보』에 이르러 현저하게 드러나는 바와 같이, 개인의 서정적 발화보다 공동체를 향한 국내외의 정세에 대한 정견(政見)의 피력이나, 문명개화론이나 국민국가주의 이념의 호소를 위한 공변된 발화의 양식이었음은 주지의 사실이다. 그럼에도 불구하고 이러한 사정은, 우선 근대계몽기에 이르러 운문양식의 텍스트의 창작과 수용 방식이 본질적으로 변화하고 있었음을 시사

---

8) 이러한 사정에 대해서는 다음의 서지를 참조할 수 있다. 월터 J. 옹(Walter J. Ong), 이기우·임명진 역, 「3. 구술성의 정신역학」, 『구술문화와 문자문화(Orality and Literacy)』, 문예출판사, 1995, pp.117 ～118.

할 것이다.

그러나 이러한 변화의 양상 가운데에서도 결코 간과할 수 없는 현상은, 근대계몽기 조선에서 문명개화론이나 국민국가주의 이념이 신문이라는 근대적 매체를 통해 부상하면서, 시가 형식의 텍스트를 통해 개송·제창의 형식으로 발화되는 가운데, 앞서 인용한 사례들을 통해서도 알 수 있듯이, 우선 전통 운문 양식으로서 기본적으로 한 행이 4·4조 16음절수의 4어절 내외이고 두 행이 하나의 의미단락을 이루면서, 몇 개의 연이 중첩되는 가사체의 형식이 선택되었다는 사실이다. 조선 후기 이후 엄청난 형식의 변화를 경험한 가사체의 운문 양식이, 근대계몽기에 이르러 운문 양식의 중심을 차지하게 된 현상은, 우선 근대계몽기라는 시대적 상황에서 글쓰기 주체의 정서는 물론이거니와 사상과 이념을 분량의 제약 없이 서술할 수 있는 가사체의 문학적 특징이야말로, 문명개화론과 국민국가주의의 이념을 정의하고, 설명하고, 전파하는 데에 대단히 적합했기 때문일 터이다. 특히『대한매일신보』의 이른바 '사회등(社會燈)'란의 현저한 정론적 성격을 염두에 두고 보면 더욱 그러하다.『대한매일신보』의 '사회등'란이란, 청일전쟁 이후 조선에서 부상한 문명개화와 국민국가주의 이상이, 1905년 을사조약과 통감부의 탄생 이후 좌절되고, 심지어 제국 일본의 문명개화와 국민국가주의 이상으로 흡수되어 버릴지도 모르는 위기에서, 사회진화론을 근간으로 동시대 그 어떤 신문 매체보다도 강력한 자기비판과 종족적 민족주의 전파의 장이었기 때문이다.9)

　　2-4. ○春眠를 느지 씨여 壹大白을 滿人ᄒ고 環顧壹世 思量ᄒ니 滔滔
皆是 며 人物이 醉生夢死ᄒᄂ고나

---

9) 근대계몽기 신문 매체의 역할과『대한매일신보』의 입장에 대해서는 다음의 서지를 참조할 수 있다. 앙드레 슈미드(Andre Schmid), 정여울 역,『제국 그 사이의 한국 1895-1919(Korea between Empire 1895-1919)』, 휴머니스트, 2007.

○國存ᄒ면 家保ᄒ고 國無ᄒ면 家亡이라 壹時功名 貪을늬여 家國興亡 不關ᄒ고 國權讓與 웬일인가 割肉充腹 ᄒᄂ고나 內閣大臣의 醉夢이오10)

2-5. 놀고가세 놀고가세 各部大臣 놀고가셰 귀쏙말이 秘密ᄒ니 茶會晩餐 滋味로다 世上事ᄂ 如何턴지 一身安樂 第一인가 익고지고 흥// 음흉ᄒ다 음흉ᄒ다 뎌老物이 음흉ᄒ다 對韓政策 失手홈을 뎌國會셔 칙망홀제 宋農大의게 歸咎ᄒ니 賞곳ᄒ면 늠안줄걸 익고지고 흥11)

2-6. 녯것ᄇ리고 식것좃차 변ᄒ지안코 못살겟네/ 겨을에도 베것닙고 오졍에도 불켤손가/ 째를쏫차셔 변홀지오 형편보아셔 곳치시오/ 녯법만 됴케알다가ᄂ 야만인죵을 못면ᄒ네/ 에에에에야 에야지어라 방에로고나//12)

2-7. 가쟝 귀흔 대한 청년 거름ㅅㅅ 젼진ᄒ셰/ 고싱 환란 무릅쓰고 구름 갓치 싸힌 분을 봄눈 갓치만 에화 쓸어나 냅시다//「후렴」에ㅇ-헤-에헤이오-/ 에와 지와자 졍 조코나/ 무쟝을 썰치고셔 독립젼징에 에화 나어나 갑셰다13)

그러한 『대한매일신보』에 실린 방대한 가사체 형식의 시가 텍스트들 가운데 허다한 작품들 가운데에서 주목할 만한 대목은, 잡가나 민요의 형식과 접변하는 양상이라고 하겠다. 이를테면 십이가사(十二歌詞) 중 「춘면곡(春眠曲)」을 연상케 하는 인용한 '2-4'의 경우 정확히는 알 수 없으나, 글쓴이 스스로 본래 「춘면곡」이 그러하듯이 4분의 7박자 도들이장단에 계면조(界面調)로 가창할 것을 전제로 했는지는 정확히 알기 어렵다. 인용한 '2-5'의 경우 또한 민요나 잡가의 상투구(常套句)인 '놀다 가세'나 '흥'과 같은 조흥구(助興句)로 보건대, 당시 유행했던 「천안삼거리[興打令]」와 같은 민요와 접변하는 양상을 드러낸다. 그리고 '2-6'의 경우도 마찬가지로 "에에에에야 에야지어라 방에로고나"나 "에ㅇ-헤-에헤이

---

10) 智啞生, 「醉生夢死」, 『大韓每日申報』, 1908. 4. 10.

11) 작자 미상, 「歌謠諷誦」 제4·5연(전10연), 『大韓每日申報』, 1908. 1. 21.

12) 작자 미상, 「방에타령 戊童의 童謠」 제4연(전4연), 『大韓每日申報』, 1907. 9. 4.

13) 작자 미상, 「뎨六쟝 국문가」, 『愛國歌』, 하와이 호놀룰루, 1916. 5. 13. p.6.

오- 에와 지와자 졍 조코나”와 같은 반복적 조흥구에서 알 수 있듯이, 「방아타령」과 접변하는 양상을 나타내기도 한다. 이 ‘2-5’와 ‘2-6’의 경우, ‘2-5’의 경우와는 달리 원본에 해당하는 「천안삼거리」나 「방아타령」의 굿거리장단의 다소 흥쾌한 정취를 지니는 전통적 민요의 가창법에 근간해서 가창할 수도 있었을 지도 모르겠다. 특히 ‘2-7’의 경우 제목 옆에 “곡됴는 우리나라 방아타령과 동흠”이라고 밝힌 대목은, 그러한 사정을 엿보기에 충분하다고 본다.

 이와 같은 작품들은 전대의 운문 양식을 통해 단순히 음송의 차원을 넘어서 가창성을 얻는 사례라는 점에서는 흥미롭다. 이와 관련하여 인용한 ‘다’가 ‘ㅇ’ 표기를 전후로 하여 분절되어 있다는 데에 주목할 필요가 있다. 특히 『대한매일신보』 소재 ‘社會燈’란에 게재된 가사체 형식의 작품 대부분이, 이 ‘ㅇ’ 표기를 전후로 하여 분절되어 있었다. 이 또한 근대계몽기 전통 운문 양식이 본질적으로 변용하고 있는 사례라고 하겠다. 이러한 분절 현상은 비단 내용의 전개와 변화를 구분하기 위해서라든지, 독자의 가독성(可讀性)과 이해도를 높이기 위해서만이 아니라, 근본적으로는 독자의 암송(暗誦)을 도와 공동체의 개송을 염두에 두는 가운데 일어났다고 본다. 그리고 이러한 분절은 운문 양식이 음송의 차원을 넘어서 가창(歌唱)의 차원으로 나아가는 데에 필수불가결한 것이었을 터이다. 이와 같이 근대계몽기의 가사체 양식은 점차 가창성이 분명한 양식으로 변용해 가고 있었던 게다가 ‘2-6’의 “에에에에야 에야지어라 방에로고나”와 같은 후렴 형식의 추가로 인해 더욱 현저해졌다.

    2-8. 텬디만물챵죠후에/ 오쥬구역텬명이라/ 아시아쥬동양즁에/ 대죠
션국분명ㅎ다/ 후렴 돌깁긔쵸쟝구슐은/ 군민샹익졔일이라/ 깃분날깃분
날/ 대죠션국독립흔날/ 깃분날깃분날/ 대죠션국독립한날[14]
    2-9. 춤깃분날하ᄂ님이/ 나를그ᄌ식삼ᄂ날/ 일노크게깃분소릭/ 텬하

만민압희ᄒᆞ네/ 후렴 깃분날깃분날/ 예수내죄다씻기신날/ 빌고혼방비ᄒᆞ
ᄂᆞ법/ 예수붉히ᄀᆞᄅ쳣네/ 깃분날깃분날/ 예수내죄다씻신날[15]
  2-10. 靑山속에, 뭇친玉도,/ 갈아야믄, 光彩나네,/ 落落長松, 큰나무
도,/ 싹가야믄, 棟樑되네.[16]

  앞서 인용한 '2-1'과 마찬가지로 위에 인용한 세 사례 모두 4·4조 16음
절수 4어절이 한 행을 이루고, 또 한 행 혹은 두 행이 하나의 의미단락을
이루면서 분절되는 형식을 취하고 있는데, 이에 후렴이 부가되어 음송의
형식이 아닌 가창의 형식을 취하고 있다. '2-8'의 경우 정확히는 알 수
없으나, 개신교 찬송가인 '2-9'의 악곡에 노래가사 바꿔 부르기의 형태로
가창되었던 것으로 보인다. 특히 『독립신문』을 중심으로 이와 같은 가사의
변용 과정에, 이를테면 정동제일교회 감리교 목사이기도 했던 최병헌, 같
은 교회 교인 문경호, 김기범, 리영언과 같은 기독교인들의 역할이 적지
않았다는 사실은 흥미롭다.[17] 이러한 사정을 통해서 보건대, 가사체 형식
에 근간한 텍스트들이 4·4조 16음절수 4어절로 한 행을 이루고, 또 두
행이 하나의 의미단락을 이루면서 분절하는 현상을 나타내며 가창성을
얻는 현상은, 결국 근대계몽기 상당수의 운문 양식들이, 한 음부(note)에
한 음절이 대응하는 이른바 실러빅 스타일(syllabic style)의 한 도막 양식
(one-part song form)이나 두 도막 양식(two-part song form)에 대응되고
흡수되는 조건을 갖추도록 했던 것으로 보인다. 환언하자면 가사체 형식
은 이를테면 동시대 유행한 잡가나 민요와 같은 재래의 음악 양식이나,
찬송가와 같은 외래의 음악 양식에 의해 공동체의 제창에 적합한 형식으로

---

14) 최병헌, 「독립가」 제1절(전5절), 『獨立新聞』 제90호, 1896. 10. 3.
15) Edward Hymnal 작곡, 「뎨륙십 츰깃분날하ᄂᆞ님이」 제1절(전5절), 『찬미가 Chan Mi Ka―a selection
    of Hymns for the Korean Church』, The Korean Mission of The Methodist Episcopal Church,
    1895.
16) 작자 미상, 「第十八 學徒歌」, 『普通敎育唱歌集』(第一輯), 京城:朝鮮總督府, 1911, 36쪽.
17) 김병선, 「제2장 창가의 탄생과 『독립신문』」, 『창가와 신시의 형성 연구』, 소명출판, 2007.

변용하고 있었으며, 인용한 '2-10'에서 알 수 있듯이 결국 창가의 주된 형식 가운데 하나로 정착하게 되었던 것이다.

3. 창가(唱歌) 양식의 득세와 가사체 형식의 위상

근대계몽기 가사체 형식의 텍스트들이 가창성을 얻으면서 창가의 형식으로 변용하는 과정이란, 앞서 간단히 살펴본 바와 같이, 조선이 근대를 체험하는 과정에서 본래 메이지(明治)기 일본에서도 문명개화론과 국민국가주의 이념을 두 축으로 형성된 새로운 운문 양식이었던 쇼오카(唱歌)가 일방적으로 유입되어 정착했던 것은 아니었다는 사정을 시사한다. 그것은 무엇보다도 근대계몽기를 전후한 잡가의 득세 현상과 무관하지 않을 것이고, 또한 가사체 형식이 서양 음악의 형식에 적응할 수 있는 구조적 특징을 지니고 있었기 때문일 것이다. 이러한 사실은 결국 조선의 운문 양식이 주인 장르(host genre)로서 손님 장르(guest genre)인 찬송가나 창가와 접촉하는 가운데, 조선의 운문 양식 내부에서 문명개화론, 사회진화론, 국민국가주의 이념과 관련한 새로운 어휘와 담론이 생성되고 정당성을 얻는 가운데, 조선의 운문 양식의 전통적 감각을 통해 새롭게 변용해가고 있었음을 시사한다.18) 앞서 이 글의 모두에서 간단히 언급한 바와 같이, 창가의 유입에도 불구하고 근대계몽기의 가사, 즉 가사체 형식의 텍스트가 일단 양적으로 압도적 우위에 있었던 사정은 바로 그 증좌로도

---

18) 이러한 사정에 대해서는 다음의 서지를 참조할 수 있다. 리디아 리우(Lydia H. Liu), 민정기 역, 「제1장 서론」, 『언어횡단적 실천(Translingual Practice)』, 소명출판, 2005. 이 책의 중심 개념인 '언어횡단적 실천'이란 저자가 유럽에서 발생한 문학과 그 밖의 많은 지식들이 중국의 지식인들이 요구하는 바에 따라 도입, 선택, 결합되고 재고안되는 과정에서 새로운 낱말, 의미, 담론이 나타나고 정통성을 얻게 되는 현상을 가리키며 사용한 용어이다. 이 '언어횡단적 실천'이란 비단 언어적인 차원에서만이 아니라, 문학의 장르의 차원에서도 시사하는 바가 크다고 하겠다.

볼 수 있을 것이다.

가사체 형식의 텍스트들이『독립신문』의 운문 양식이나『대한매일신보』의 운문 양식 가운데 주된 위치를 차지할 수 있었던 데에는, 이를테면 천주가사도 그러하겠지만 역시 찬송가를 통해 서양 음악 형식과 접촉했던 가운데에서도, 그리스도교의 교리를 전파하고 그 신앙을 내면화하는 데에 글쓰기 주체의 정서는 물론 사상, 이념을 분량의 제약 없이 서술할 수 있는 가사체의 양식의 효용성을 발휘할 수 있었기 때문일 것이다.

> 3-1. 一. 여호와의룡샹압희 여호와이오직ᄒᆞ나 나라들은경비ᄒᆞ라 계신줄노알지어다// 二. 이셰상을내셧시니 아모지료아니쓰고 또ᄒᆞᆫ능히업게ᄒᆞ리 흙을비져사룸냇네// 三. 목쟈일흔고양ᄀᆞᆺ치 다시찻고다시차자 도라갈길몰낫더니 우리한희너ᄒᆞ셧네// 四. 우리사룸령혼육신 셰샹사룸사룸마다 여호와의주신겔셰 여호와의빅셩일셰// 五. 여호와의놉흔일홈 놉고놉흔하늘ᄀᆞᆺ치 엇지ᄒᆞ면공경홀가 노래소리놉혀보셰// 六. 여호와의너른명령 여호와의계신ᄒᆞ랑 셰샹ᄀᆞᆺ치너ᄅ고나 영원무궁계시도다// 七. 여호와의ᄒᆞ신말슴 돗ᄂᆞᆫ희가쉴쌔ᄭᆞ지 변홀수가업ᄉᆞ리라[19]

인용한 이 작품은 비교적 단순한 한 도막 양식의 악곡에 맞추어 부르도록 되어 있고, 가사는 전체 7연 혹은 7절로 이루어져 있다. 가사의 텍스트만 두고 보자면 결코 적은 규모가 아닐 뿐더러, 유절 형식으로 분절되어 있으나, 실상 그 분절은 음악적 형식에 따른 것일 뿐, 가사 내용과는 크게 상관없다고 하겠다. 이 작품 전체를 교회 전례 가운데 연주했는지는 알 수 없으나, 전례와 무관하게 독자 개인의 연주를 통해서도 그리스도교 교리의 이해에 충분한 도움은 될 것으로 보인다. 그것은 무엇보다도 이 작품이 가사체 형식에 근간하고 있는 사정과 결코 무관하지 않다. 게다가

---

19)「第六 萬國敬拜(Before Jehovah's awful throne)」, H. G. Underwood ed.,『찬양가(Hymns of praise)』, Yokohama:Seishi Bunsha, 1894.

이러한 작품은 『찬양가(Hymns of praise)』(1894)만 두고 보더라도 이러한 형식의 작품들, 즉 한 도막 양식의 악곡에 대체로 5절을 상회하는 분량으로서, 가사체의 형식을 지니는 찬송가는 전체 117곡 가운데 37곡을 차지할 만큼 결코 적지 않은 규모를 차지한다. 그리고 앞장에서 인용한 '2-8'의 경우를 통해서 알 수 있듯이, 가사체 형식은 찬송가를 경유하여 근대계몽기의 창가의 원형을 형성할 수 있었던 것이다.

그러나 이러한 과정은 그다지 순탄하지만은 않았던 것으로 보이는데, 이것은 무엇보다도 1910년을 경계로 『대한매일신보』가 『每日申報』로 바뀌는 가운데, 근대계몽기 조선의 문명개화론, 사회진화론, 국민국가주의 이념이 사실상 패퇴한 사정과 결코 무관하지 않았던 것으로 보인다. 아울러 1906년 통감부가 '보통학교령시행규칙'과 교과서 검정기준에 따라 일본식 '단음창가(單音唱歌)'를 위주로 하는 『尋常小學唱歌集』을 공식 교과서로 채택하고, 1911년 조선총독부가 『普通敎育唱歌集』을 공식 교과서로 채택하는 가운데, 이른바 사립학교의 '불온창가'를 보통학교 교과과정에서 배제했던 사정과도 밀접한 관계가 있다.[20] 이 가운데 창가의 형식 또한 7·5조의 가사에 주로 두 도막 형식의 일본식 창가가 지배적인 위상을 차지하게 되었던 것이다. 그럼에도 불구하고 그 가운데에서 가사체 형식의 창가는 결코 절멸하지 않고 살아남아 있는 사례들이 있어서 흥미롭다.

> 3-2. 一. 달아달아 밝은달아 리틱빅이 노든달아/ 져긔져긔 져달속에 계슈나무 빅혓스니/ 옥독긔로 찍어늬고 금독긔로 다듬어셔// 二. 초가삼간 집을짓고 량친부모 뫼셔다가 쳔년만년 살고지고 쳔년만년 살고지고 량친부모 뫼셔다가 쳔년만년 살고지고//[21]

---

20) 高仁淑, 위의 글, 위의 책, 25~48면.
21) 朝鮮總督府 編, 「第三 달月」, 『普通敎育唱歌集 第一集』, 京城:朝鮮總督府, 1911, pp.7~8. 「달

3-3. 一. 山아山아 놉흔山아 네아모리 놉다흔들/ 우리父母 날기르신
놉흔恩德 밋츨소냐/ 놉고놉흔 父母恩德 어이흐면 報答흐랴[22]
3-4. 無情歲月 如流흐야 살과갓치 다라난다 스랑흐는 나의親舊 서로
作別 흐게되니 섭섭흔情 못익여서 흔曲調로 노릭흐네 우리人間 녜로붓
혀 相逢作別 잇섯스니 오늘離別 흐온後에 以後歡迎 업슬소냐 우리다시
맛날동안 身體健强 흐옵소셔[23]
3-5. 一. 감샤흐신 텬부씌셔 춘하츄동 마련흐샤 동물식물 내이시니
모도우리 거시로다[24]

인용한 '3-2'의 경우 원래 이시카와 카즈사부로(石原和三郎) 작사, 노
쇼 벤지로(納所弁次郎) 작곡의 「달님(おつきさま)」에, 원곡의 가사 대신
조선의 전래동요를 붙인 작품이다. 또한 '3-3'은 「父母恩德」(음반번호 닛
뽄노홍[NIPPONOPHONE] K200-A(6216), 발매년도 미상)이라는 제목으
로 유성기음반에 취입되기도 했다. 가사체 형식의 창가라고 할 수 있는
이와 같은 작품은, 『普通敎育唱歌集』(1911)의 경우 전체 28편 가운데
앞장에서 인용한 '2-10'인 「第十八 學徒歌」, 「第十九 植松」, 「第二十六
運動歌」 이상 3편에 불과할 정도로 비중이 적다. 조선총독부의 검정과
무관하나 보통학교나 고등학교의 참고용으로 편찬한 것으로, '3-3'이 수록
된 김인식의 『(敎科適用)普通唱歌集』(1917)의 경우에도 전체 31편 가운
데 이러한 작품들은 3편뿐이다. 하지만 같은 목적으로 편찬한 것으로서,
'3-4'를 비롯하여 편자인 이상준의 창작곡이 다수 수록된 이상준의 『最新
唱歌集』(1918)에는 전체 42편 가운데 8편이 수록되어 있고, 주일학교의
교재로 사용되었던 것으로 보이는 안애리의 『챵가집』(1920)에는 전체 46
편 가운데 9편이 수록되어 있다.

(朝鮮歌)」, 『新編唱歌集』, 京城:朝鮮總督府, 1914, pp.80~81.
22) 金仁湜, 「第六. 父母의 恩德」, 『(敎科適用)普通唱歌集』, 京城:靑松堂書店, 1917, pp.6~8.
23) 李尙俊 作詞·作曲, 「第二十六課 惜別」, 『最新唱歌集』, 京城:博文書館, 1918, p.64.
24) 安愛理(A. L. Adams)「第三 감은가(Song in praise of spring)」, 『챵가집 둘지판』, 平壤:平壤耶蘇敎
書院, 1920, pp.4~5.

이러한 작품들은 가사체 형식의 운문 양식이, 조선총독부의『普通敎育唱歌集』이전『독립신문』과『대한매일신보』등의 근대계몽기 조선의 문명개화론, 사회진화론, 국민국가주의 이념을 대신하여, '효경(孝敬)', '사은(師恩)', '우정(友情)'과 같은 실천윤리를 표상하면서도, 여전히 운문 형식에 대한 조선인의 감수성 가운데 깊이 뿌리내리고 있었음을 시사한다. 특히 '3-5'가 수록된 안애리의『챵가집』의 경우는, 조선총독부가 주도하는 공교육 제도로부터 상대적으로 자유로운 위치에서 도리어 가사체 형식의 작품들이 상대적으로 다수를 차지하는 양상을 나타낸다는 점에서 흥미롭다. 그것은 조선총독부가 앞장에서 인용한 '2-3'과 같은 이른바 '불온창가'의 이념은 제국의 신민(臣民)이 갖추어야 할 실천윤리로 대체할 수 있었으나, 형식과 감수성은 결코 쉽게 대체할 수 없었음을 시사하기 때문이다. 환언하자면 그러한 대체 불가능성이란 곧 가사체 형식과 그것을 둘러싼 조선인의 감수성이 그만큼 유구하고 견고한 것이었음을 의미한다. 그러한 사정은 심지어 조선 반도의 외부에 존재했던 창가집에서 보다 분명하게 알 수 있다.

> 3-6. ㅡ. 간다간다 나는간다 너를두고 나는간다 잠시뜻을 얻얻노라
> 쌈을듸는 이시운이 나의등을 내미러셔 너를떠나 가게ᄒ니 일로붇어 여
> 러히를 너를보지 못ᄒ지나 그동안에 나는오직 너를위히 일ᄒ지니 나간
> 다고 슯어마라 나의사랑 한반도야[25]

인용한 작품은 아마도 안창호(安昌浩)가 독립협회의 후신 격인 신민회(新民會) 활동이 실패하자 1909년 조선을 떠나 망명길에 오르면서 남긴 것으로 보이는데, 가사체 형식의 창가 가운데에서도 완성도가 대단히 높은 사례라고 하겠다. 이를테면 시운으로 인해 영락한 '나'가 이인칭의 대상

---

25) 安昌浩,「뎨四十五쟝 거국가去國歌」,『愛國歌』, 하와이 호놀룰루, 1916. 5. 13. p.45.

으로 의인화 한 조선을 향해 고하는 대단히 절제된 비감어린 이별의 정서
야말로, 바야흐로 근대계몽기 이래 창작된 그 어떤 가사체 형식의 창가도
이르지 못한 서정성을 선취하고 있는 것이다. 그런데 흥미로운 것은 앞장
의 '2-7'과 이 작품이 모두 수록된 하와이 호놀룰루의 교민단체에서 간행
된『愛國歌』에는, 전체 76편의 작품 가운데 무려 26편이 4음절 혹은 5음절
을 한 어절로 하여 4어절수로 한 행을 이루고, 대체로 두 행이 하나의
의미단락인 연(聯)으로 분절되면서, 적게는 전5연에서 많게는 전10연 이
상으로 이루어진 가사체 형식으로 이루어져 있다는 사실이다. 이러한 형
식은 조선총독부가 편찬한 창가집이나, 창가 교육 참고용으로 편찬한 창
가집의 가사체 형식의 작품보다도 더욱 가사체 본령에 가까운 형식이라고
하겠다.

　이러한『애국가』는 편자가 "現時 有志大家의 著作흔 노래를 뎌 無道
無法한 伊藤及寺內 무리의 압슈흔 바를 이에 蒐集編纂흐야 後日까지
없어지지 안기에 期約흐"26)고자 했다는 데에서 알 수 있듯이, 근본적으로
조선총독부가 일소(一掃)하고자 했던 이른바 '불온창가'의 앤솔로지이다.
특히 이『愛國歌』는 그 서문으로 보건대 조선총독부가 불온창가로 지목
한, 윤치호의 한영서원(韓英書院)에서 발행한『唱歌集』(1915)의 서문과
대체로 일치하므로,『창가집』의 일부이거나 혹은 일부를 전사(傳寫)한 것
으로 여겨진다.27) 이러한 '불온창가'들이란 근본적으로 '애국'의 이념을
노래한 것이고, 또한 그러한 이념이 다수의 가사체 형식의 창가들을 통해
표상되었던 것으로 보인다. 이를테면『애국가』에 수록된 가사체 형식의
작품 가운데에서, 흔히「망국가」로 알려진「뎨三쟝 정신가精神歌」,「뎨二

---

26) 저자 미상,「愛國唱歌集序文」,『愛國歌』, 하와이 호놀룰루, 1916. 5. 13. p.1.
27) 이에 대해서는 다음의 서지를 참조할 수 있다. 박찬호, 안동림 역,「Ⅰ. 노래에 담긴 민중의 마음」,
　　『한국가요사』, 현암사, 1992, pp.50~54.

十四쟝 희망가」,「뎨二十六쟝 단군가」,「뎨三十八쟝 대한혼大韓魂」과 같이, 자주독립, 국혼배양과 문명개화의 열망이 황제에 대한 충군애국의 이념이나 단군 중심의 종족적 민족주의와 결합한 작품들은 바로 그러한 사례라고 하겠다. 그런데 이러한 작품들이 조선반도에서는 종적을 감추었으나 호놀룰루에서는 불렸다는 사실은 주목할 만하다. 그것은 무엇보다도 가사체 형식과 감수성이란 근본적으로는 충군애국과 종족적 민족주의 이념과 긴밀히 부합한 것이었으며, 사실은 그러한 작품들이야말로 사실은 조선 창가의 중심을 차지하고 있었음을 시사하기 때문이다.

요컨대 근대계몽기 운문 양식 가운데 주인 장르인 가사체의 형식의 운문이 손님 장르인 창가가사체 형식과 접촉하는 가운데 스스로를 변용하여 여전히 생명력을 잃지 않고 있었던 현상을 두고, 장르-횡단적 실천 (trans-genre practice)이라고 명명할 수 있다면, 그 대표적인 사례가 바로 『애국가』에 수록된 작품들이라고 할 수 있을 터이다. 물론 1910년 이후 창가가 제국 일본의 국민국가주의와 식민지통치의 이념의 강한 지배력 아래에 놓이면서, 그러한 장르-횡단적 실천이란 사실상 불가능하게 되었고 가사체 형식의 생명력은 점차 쇠미해져 갔던 것이 사실이다. 그것은 무엇보다도 근대계몽기의 가사체 형식이란 근본적으로 이념의 형식이었기 때문일 것이나, 다른 한편으로는 서양음악의 정착에 따른 음악적 감수성의 변화와도 무관하지 않은 것으로 보인다. 이를테면『애국가』가 편찬된 바로 그 해에 조선에서 간행된 홍난파(洪蘭坡)가 편찬한『通俗唱歌集』 (1916)의 경우, 가사체 형식의 창가는「思故友」단 한 작품에 불과하다는 것은 그 증좌라 하겠다. 그것은 홍난파의 이 창가집이 "世俗의 唱歌를 通俗的으로 編纂"했고, "和洋名曲中 趣味津津하고 優雅活潑 흔 者로 選擇"했다는「例言」그대로, 포스터(S. C. Foster)의 미국 민요나 아일랜드, 스코틀랜드의 민요, 다나카 호즈미(田中穗積) 작곡의 대중가요「아름

다운 자연(美しき天然)」과 같은 곡들이 주류를 이루고 있고, 그 내용 또한 대단히 서정적인 작품들이 지배적이었던 사정과 결코 무관하지 않을 것이다. 설령 앞서 인용한 '3-4'나 '3-6'에서 알 수 있듯이, 가사체 형식 가운데에서도 미약하나마 서정성이 움트고 있었다고 하더라도, 홍난파의 표현대로 '世俗의 唱歌'에 대한 음악적 감수성이 이처럼 변화하고 있었다면, 그것이야말로 제국 일본의 압력보다도 이념의 전달이라는 효용성에 근간한 가사체 형식의 창가가 설 자리를 더욱 좁히지 않았을까 한다.

4. 최남선의 가사체 형식의 감각과 실천

최남선(崔南善)의 「海에게서 少年에게」(1908)는 한국문학사에서 새로운 시형의 최초의 사례로서, 당시 제국 일본의 음악교육의 본격적인 보급에 따라 부상하고 있었던 창가 형식을 적극적으로 원용한 사례로 알려져 있다. 그 스스로도 천품(天品)이 시인이 아닌 작가의 형식의 실험이라고 밝힌 바도 있으나, 사실 그러한 실험은 최남선의 시적 텍스트 전반을 가로지르는 형국이었다. 그리고 실험을 통해 그가 구현하고자 했던 바는, 우선 독자가 묵독이 아닌 음송, 심지어 가창의 형식으로 텍스트를 공유하는, 일종의 개송·제창의 공통감각이라고 하겠다. 이를테면 한 연의 내부에서는 대단히 자유로운 형식을 띠나 작품 전체의 차원에서는 각 연의 형식이 공통되는 형국이 바로 그러한 증좌라고 하겠다. 즉 한 연 첫 행과 마지막 행의 의태어가 여섯 연 전체에 걸쳐 반복되거나, 한 연 각 행의 글자 수가 여섯 연 전체에 걸쳐 동일한 형식은, 그에 합당한 음곡(音曲)이 주어지면 가사(歌詞)가 될 수도 있을 터이다. 바로 이러한 사정이 그의 「海에게서 少年에게」가 창가의 영향과의 영향관계나 상호텍스트성을 통해 이루어졌다는 증좌인 것이다. 그것은 비단 형식의 측면뿐만이 아니라, 최남선 나름의 계몽주의적 사유와 이념의 측면에서도 그러하다. 요컨대 이념적인, 형식적인 측면에서든 최남선의 『少年』·『靑春』지 시절의 시적 텍스트들은, 저 「海에게서 少年에게」와 같이, 현저한 개송·제창의 형식에 근간하여 계몽주의적 사유를 공적으로 발화하는 다분히 효용론적 텍스트들이었던 것이다. 또한 그러한 최남선의 텍스트들은 당시 제국 일본의 음악교육의 본격적인 보급에 따라 부상하고 있었던 창가 형식을 적극적으로 원용하고 있었다고 하겠다.

하지만 「海에게서 少年에게」와 같은 형식적 실험 가운데 과연 창가만이 참조의 대상이 되었다고만 볼 수 없다. 그 스스로도 자신을 비롯하여 일찍이 자신들을 교도(敎導)할만한 자격을 지닌 부로(父老)도, 학교도, 사회도, 선각자도 없다고 했던[28] 동시대 '청춘'의 '소년'들에게, 계몽주의적 사유를 공적인 개송·제창의 형식으로 발화하는 태도는, 창가의 형식이 아니더라도 근대기 한국의 특별한 글쓰기의 폭넓은 체험, 특히 가사체 형식의 체험과 결코 무관하지 않다는 것이 필자의 생각이다.

> 4-1. 부글부글 쓸난듯한 東녁하날 보아라,/ 祥瑞긔운 籠罩하야 쌕쌕히찬 안에서/ 온갖勢力 根源되신 太陽이 오르네,/ 하날은 붉은빗헤 휩싸힌바 되얏고/ 바다는 더운힘에 降服하야 잇도다,/ 어두움에 가쳐잇던 億千萬의 사람이/ 눈을쓰고 삷혀보난 自由엇으며/ 몸을일혀 움작이난 氣運생기네,//[29]
>
> 4-2. 開化의괭이 압서잡고서 幸福의길을 몬저쑤릅세/ 文明進步의 大軌道에서 汽罐車소임 늘내가보세//[30]
>
> 4-3. 횡덩그런 저하늘이 보임가치 뷘것일가/ 아득한 저즈음이 임자업

---

28) 李光洙, 「今日我韓靑年의 境遇」, 「朝鮮사람인 靑年에게」, 『少年』 第3年 第6卷, 京城:新文館, 1910, 6.

29) 崔南善, 「三面環海國」, 『少年』 第10號, 京城:新文館, 1909. 9.

30) 崔南善, 「하세쏘합세」, 『靑春』 第12號, 京城:新文館, 1918. 3, p.2.

는 터전일가// 기나긴 막대잇서 내둘러 본다하면/ 거침새 막힘새가 아모
것 업슬는가[31]
　　4-4. 우렁탸게 토하난 긔뎍(汽笛) 소리에/ 남대문을 둥디고 떠나 나가
서/ 빨니 부난 바람의 형세 갓흐니/ 날개 가딘 새라도 못 따르겟네.//[32]

　이러한 최남선의 작품들은 그가 창가의 창작과 보급에 정력을 기울였던
『소년』과 『창조』지 시대의 창가 형식에 대한 감각을 시사한다는 점에서
주목할 필요가 있다. 인용한 작품들은 경우에 따라 3음절, 4음절 혹은 5음
절을 한 어절로 하여 4어절수로 한 행을 이루고, 대체로 두 행이 하나의
의미단락을 이루는 연(聯)으로 분절되는 형식에 근간하고 있다. 이러한
다소간의 편차에도 불구하고 인용한 작품들이 근본적으로 저 근대계몽기
의 가사체 형식의 자장 속에 가로놓여 있다고 보아도 무방하다. 특히 인용
한 '가'의 경우, 최남선의 창가 양식이 사실은 근대계몽기의 가사 형식이
이후 인용한 '바'와 같은 그의 7·5조 창가 형식으로 이행해 가는 사정을
나타낸다는 점에서 흥미롭다. 즉 "눈을쓰고 삷혀보난 自由엇으며…" 행은
바로 그러한 이행의 임계점인 것이다.
　이러한 작품들은 '4-1'의 경우 전체 4연, '4-2'의 경우 전체 8연, '4-3'의
경우 전체 20연, '4-4'의 경우 전체 67연 등으로, 설사 부곡에 맞추어 가창
을 한다고 하더라도, 악보 등이 없이는 가사 전체를 암송(暗誦)할 수 없을
만큼 긴 규모이다. 이러한 사정은 인용한 '4-5' 「경부텰도노래」(1908)를
비롯하여 「世界一周歌」(1914), 심지어 『朝鮮遊覽歌』(1928)와 같이, 오
와다 다케키(大和田建植)의 『普通敎育 鐵道唱歌』(1900)의 자장에서 창
작한 작품들의 경우는 더욱 그러하다. 특히 이 가운데 「世界一周歌」는
전체 90연에 이르기도 한다. 최남선은 「경부철도가」의 경우 스코틀랜드

---

31) 崔南善, 「저하늘」, 『靑春』 第14號, 1918. 7, p.2.
32) 崔南善, 「京釜鐵道歌」, 고려대학교 아세아문제연구소 편, 『六堂崔南善全集』(5), 현암사, 1973.

민요 「호밀밭을 지나서(Coming through the Rye)」를 부곡으로 상정했고, 「세계일주가」의 경우에도 두 곡의 부곡을 상정했으나, 설사 제시된 부곡에 맞추어 가창을 한다고 하더라도, 악보 등이 없이는 가사 전체를 도저히 암송(暗誦)할 수 없을 정도로 방대하다는 사실을 간과할 수 없다. 최남선은 이러한 작품들이 실재로 암송하여 가창할 것을 전제로 했다기보다는, 독자가 인쇄된 텍스트를 보면서 음송할 것을 전제로 했던 것으로 보인다. 그리고 이러한 텍스트의 재현의 방식은 가사체 형식의 체험이 없었더라면 불가능했을 것이다.

4-5.   4-6.

漢陽아잘잇거라 갓다오리라
압길이질펀하다 水陸十萬里
四千年녯도읍 平壤지나니
宏壯할사鴨綠江 큰쇠다리여//
七百里遼東벌을 바로쏠코서
다다르니奉川은 녯날 瀋陽城
東福陵저솔밧에 잠긴연긔는
二百五十年동안 숨자최로다//[33]

예컨대 최남선의 「세계일주가」만 보더라도, 인용한 『청춘』지의 지면 '4-5'에 '4-6'의 작품만이 게재된 것은 아니다. 이 '4-5'는 그 가운데 등장하는 주요 명소들에 대한 설명, 사진이나 그림, 그리고 이 작품의 악곡까지 나란히 놓인 가운데에서 그 효용과 의의를 드러낸다. 그 효용이란 「세계일주가」가 지닌 교술성을 근간으로 한 것이고, 의의란 일차적으로는 그의 문명개화사상임은 두말할 나위도 없다. 또한 「경부텰도노래」가 남대문(서울)에서부터 동래(부산)에 이르는 도정(道程)을 통해, 독자로 하여금 조선

---

33) 崔南善, 「世界一周歌」, 『靑春』 第1號, 京城:新文館, 1914. 10. p.38.

반도에 대한 지리적 인식은 물론 상상된 공동체(imagined community)로서 민족에 대한 감각을 환기했다면, 이 「세계일주가」는 한양으로부터 중국, 러시아를 거쳐 유럽을 순회하고 다시 미국과 일본을 거쳐 한양으로 돌아오는 역정(歷程)을 통해, 독자로 하여금 마치 조선이 세계의 열강들과 비견할 만한 지역이자 심지어 그 중심임을 은연중에 암시한다. 구세계질서의 중화(中華), 서구(西歐)의 제국(諸國)이나 아서구(亞西歐)인 일본만이 세계의 중심이 아니라, 조선 또한 세계의 중심이라는 인식이야말로, 조선을 둘러싼 로컬리티(locality)의 위계(位階)의 탈구축이라는 점에서 흥미롭다.

이와 같은 최남선의 사례는, 근대계몽기 이후 창가가 조선이라는 단일한 지역의 경계를 상상하고 그 경계 내에 거주하는 조선인을 민족 공동체로 인식하거나, 나아가 그러한 조선을 세계의 주변이 아닌 중심으로 인식하는 데에 기여하는 역할을 담당했던 양식이었음을 분명히 나타낸다고 하겠다. 이러한 창가의 본질이란 사실은 근대계몽기 가사체 형식의 운문 양식이 담당했던 역할을 대리하는 것이기도 했음을 시사한다. 그리고 그러한 일이 가능했던 것은, 앞서 인용한 작품들만이 아니라 최남선이 창작했던 『소년』지와 『청춘』지의 허다한 창가 작품들이, 근대계몽기 가사체 형식의 교술적 요소를 전유했기 때문일 터이다. 바로 이러한 대목에서 문학의 전통이란 숙부로부터 조카로 이어진다는 러시아 형식주의 이론의 유명한 전제를 새삼 떠올리게 된다.

한편 최남선은 그에게 창가시대라 명명할 1910년대가 지나면서, 저 『소년』지나 『청춘』지의 창가로부터 점차 멀어졌다. 물론 1928년 무렵에도 『조선유람가』를 발표한 바도 있고, 이후 허다한 각급 학교의 교가를 비롯한 다양한 단체가의 가사를 창작하기도 했으나, 이미 1926년 이후에는 그의 문학적 글쓰기의 본령이 시조로 옮겨가 있었다. 알려진 바와 같이 최남선은 시조를 조선의 고유어로 조선의 향토성인 조선심을 나타낸 조선 음률의 본령이라고 보고, 이러한 시조의 암송과 가창을 통해 조선인 독자 들로 하여금 민족주의 이념에 스스로 자신의 운명을 맡기는 길을 찾고 있었다.[34] 나아가 중일전쟁 이후 조선총독부 주도의 국민정신총동원운동 시기에는, 조선총독부가 지원한 문화단체였던 조선문예회에서 활동하면 서, 7·5조 12음절수 4행으로 이루어진 창가 형식의 작품을 창작하여 애국 요(愛國謠) 혹은 시국가요(時局歌謠)를 창작하여 음반으로도 취입하는 등, 제국 일본의 자기 확장을 정당화하는 정치의 미학화에 앞장서기도 했다.[35]

이러한 최남선의 사례는 가사체 형식의 창가나, 그 근저에 가로놓인 이념성이 도정할 수밖에 없는, 어떤 운명을 암시하는 것으로도 여겨진다. 최남선이 애국요 혹은 시국가요를 창작하면서 굳이 가사체 형식을 선택하 지 않고 7·5조의 형식을 선택했던 것은, 근대계몽기 가사체 형식의 운문 양식에 문명개화의 열망이나 충군애국의 이념, 그리고 조선인의 종족적 민족주의의 흔적이 뿌리 깊게 남아 있었기 때문일 것이다. 하지만 최남선 스스로 가사체 형식의 체험을 애써 소거했음에도 불구하고, 끝내 소거할 수 없었던 것은, 마치 운문 양식이란 어떤 이념을 공적으로 발화하는 방식 이고, 특히 정형적인 운문 양식을 고립된 개인으로서 독자가 아닌 공동체 가 음송이나 가창의 방식으로 그러한 양식의 텍스트를 공유하는 가운데, 비로소 진정한 생명력을 지닌다는, 그의 신념이라고 하겠다. 이를테면 이

---

34) 이에 대해서는 다음의 서지를 참조할 수 있다. 구인모, 「崔南善과 國民文學論의 位相」, 『한국근대 문학연구』 제6권 제2호, 한국근대문학회, 2005. 12.

35) 그러한 작품으로는 「來日」(Polydor CL1-A, 가곡, 최남선 작시, 이종태 작곡, 현제명 연주, 1937. 7(?)), 「동산」(Polydor CL1-B, 가곡, 최남선 작시, 이면상 작곡, 정훈모 연주, 1937. 7(?)), 「銃後義勇 」(VictorKS-2025-A, 시국가요, 최남선 작시, 이면상 작곡, 임동호와 스타합창단 연주, 스타관현악단 반주, 1937. 11) 그리고 이에 대해서는 다음의 서지를 참조할 수 있다. 구인모, 「최남선의 '시국가요' 와 식민지의 정치의 미학화」, 『국제어문』 제42집, 국제어문학회, 2008. 4.

념적 발화로서 운문 양식의 공통감각에 대한 그의 신념은, 저 근대계몽기 가사체 형식의 체험으로부터 비롯했다고 보아야 할 것이다.

5. 결론

지금까지 검토한 바를 통해서 알 수 있듯이, 근대계몽기의 가사체 형식의 운문 양식은, 잡가나 민요, 찬송가나 창가 양식과 한편으로는 서로 경쟁하면서, 또 다른 한편으로는 상호접변, 변용하면서 혼종된 가운데, 한국근대사 가운데에서 시대가 요구하는 이념의 대중적 전파와 계몽을 위한 공동체의 개송·제창의 양식으로서의 역할을 담당했다. 다르게 보자면 이 경쟁혹은 상호접변, 변용, 혼종의 양상들은, 전근대(혹은 반근대)와 근대, 조선과 일본을 필두로 한 서구 사이에 가로놓인 것이기도 했다. 물론 이 가운데전통 운문 양식의 수사와 형식 그리고 특징적 기능의 그 넓고도 견고한기반은 점차 소멸해 갔다. 또한 그러한 과정이란 근대계몽기 이후 조선의문명개화사상과 국민국가주의의 체현 가능성이 소멸해 간 과정이기도 하다. 이 가운데 조선인은 때로는 황제의 신민으로, 또 민족의 성원으로 심지어 제국의 국민으로 끊임없이 호명되어야 했던 과정이기도 했다. 또한조선의 음악적 감수성이 격동의 변화를 경험해 간 과정이기도 하다. 특히후자와 관련해서는 문학연구에서도 정치한 논의가 이루어져야 할 것으로본다.

한편 그 사이에 20세기 한국에서 운문 양식이란 어느새 고독한 개인의묵독을 전제로 한 독서행위를 통해서만이 아니라, 군중 혹은 대중의 가창을 통해 구체성을 얻는다는 관념이 자리 잡아 가게 되었던 것으로 보인다. 이를테면 최남선이 시조로 전회한 1920년대 후반 김억의 경우 조선의 고

유어로 조선의 향토성인 조선심을 표상하는 국민시가의 형식으로서, 7·5
조 12음절수 4행으로 이루어진 이른바 '격조시형(格調詩形)'을 고안하여,
이 형식에 근간하여 유행가와 신민요 가사의 '작시'로 나아갔다. 또한 이하
윤은 김억의 '격조시형'과 흡사한 '가요시'의 형식을 통해 같은 길로 나아
갔다. 한편 이들과 달리 김동환은 제3세계 민족해방운동 연대의 무기로서
가요(歌謠) 창작을 통해 결국 그들과 같은 길로 접어들었다. 아울러 이들
을 비롯해서 허다한 시인들이 저마다 사정은 다소 달랐으나, 수사·형식·정
서의 측면에서 끊임없이 전통의 문학적 관습의 구술성과의 상호텍스트성
가운데에서, 묵독보다는 가창에 적합한 운문을 창작하여, 이윽고 자신의
작품을 문자텍스가 아닌 음향텍스트인 유성기음반을 통해 대중음악의 형
태로 취입하기에 이르렀다. 이러한 작품들은 대체로 1934년부터 1943년
까지 약 9년 사이, 특히 1930년대 집중적으로 발표되었는데 그 분량만도
무려 369편에 달한다.[36]

　　1920, 30년대 한국근대시가 소수의 문자 해독자의 묵독의 형식이 아닌,
다수의 대중의 가창의 형식을 통해 유행가와 신민요로서 향유되었던 사정
의 이면에는, 앞서 김억 등이 주축이 되어 1929년 2월 22일 발족한 '朝鮮
歌謠協會'의 문학적 이상이 가로놓여 있다. 이들이 주장한 바, 조선의
모든 퇴폐적인 악종 가요를 배격하고, 조선민중에게 진취적인 노래를 부
르도록 촉구하는 가운데 건전한 조선 가요의 민중화를 지향하는[37] 이상이
란, 결국 근대계몽기의 가사체 형식의 운문 양식들이나 창가를 통해 체현
되었던 문명개화사상과 국민국가주의가 퇴조한 이후, 1930년대에 새롭게
부상한 공동체 개송·제창의 이상이라고 해도 과언이 아닐 것이다. 또한

---

36) 이러한 사정에 대해서는 다음의 서지를 참조할 것. 구인모, 「시가의 이상, 노래로 부른 근대」,
　　『한국근대문학연구』 제17호, 한국근대문학회, 2007. 12.
37) 기사, 「頹廢的 歌謠 排擊코저 朝鮮歌謠協會 創立」, 『朝鮮日報』, 京城:朝鮮日報社, 1929. 2.
　　24.

그러한 이상은 앞장에서 최남선의 경우를 검토하며 잠시 언급한 바도 있으나, 1930년대 후반부터는 예컨대 김억의 「正義의 行進」(Columbia40793-B, 시국가, 김억 작시, 전기현 작곡, 奧山貞吉 편곡, 조병기 연주, 콜럼비아관현악단 반주, 1937. 11)나, 이하윤의 「銃後의 祈願」(Columbia40889-A, 시국가, 이하윤 작사, 손목인 작곡, 奧山貞吉 편곡, 박세환·정찬주, 일본콜럼비아관현악단 반주, 1937. 12)의 경우와 같이, 조선총독부 주도의 국민정신총동원운동의 국민개창운동으로 흡수되고 말았다.

물론 이 무렵의 그러한 이상이란 특히 유행가와 신민요의 창작과 보급을 둘러싼 사정의 경우, 근대계몽기와 1920년대 최남선의 경우와 같이, 신문·잡지 매체를 중심으로 한 사상과 이념의 대중적 전파와 계몽의 시대적 요구에 근간하고 있었던 것이 아니라, 사실은 전지구적 근대자본주의의 이동이나 테크놀로지의 혁신과 보급을 배경으로, 문학이 근대적 매체와의 접변·적응·경쟁하는 가운데 상품화했던 사정을 배경으로 한다. 그럼에도 불구하고 운문 양식을 통해 사상이나 이념의 시대적 요구이든, 혹은 상품화의 요구이든, 한국근대문학을 가로지르는 공동체 개송·제창 이상의 근저에는, 저 근대계몽기 이후 한국인들의 넓은 의미에서의 창가 체험이 있다는 사실을 부정하기 어려울 터이다. 그것은 무엇보다도 앞서 검토한 바와 같이, 전통에 근간한 운문 양식이든, 부상하는 신흥 장르이든 모두 율격의 정형성을 근간으로 한 것이었다. 주지하는 바와 같이 운문의 본질적 요소인 율격이란, 지극히 주관적이고 감각적인 깊은 정서효과를 산출하는 힘을 지니고 있다고 알려져 있다. 그런데 정형률의 경우 객관적이고 분명하게 설명할 수 없는 방식으로 개인이나 공동체의 삶의 본질과 관계된다.38) 흥미로운 것은 창가를 비롯하여 한국근대문학사에서 반복적으로 나타나는 공동체 개송·제창의 이상이란, 개인보다도 공동체의 삶과 긴밀

---

38) 松浦友久, 「前書」, 『リズムの美学-日中詩歌論』, 明治書院, 1991, p.4.

하게 부합되어 있다는 사실일 터이다. 바로 그러한 사정에서 그러한 이상이란 저 근대계몽기가 상징적으로 시사하는 바와 같이, 한국의 근대사가 문명의 광기와 폭력에 의한 세계사적 소외나 심각한 자기정체성의 위기에 직면할 때마다, 동시대의 공동체의 삶을 이루는 총체성의 감각을 회복하려는 요구가 분출될 때마다, 끊임없이 한국근대문학사에서 나타나곤 했었던 것이다. 그리고 그 시발점에 가사체 형식의 운문 양식의 창가화 했던 사정이 가로놓여 있는 것이다.

참고문헌

1. 자료

고미숙·강명관 편, 『근대 계몽기 시가자료집』 ①②③, 성균관대학교 대동문화연구
　　　원, 2001.

金仁湜, 『(敎科適用)普通唱歌集』, 京城:靑松堂書店, 1917.

김근수 편, 『한국개화기시가집』, 태학사, 1991.

安愛理(A. L. Adams), 『챵가집 둘직판』, 平壤:平壤耶蘇敎書院, 1920.

李尙俊, 『最新唱歌集』, 京城:博文書館, 1918.

작자 미상, 『愛國唱歌集』, 하와이 호놀룰루, 1916. 5. 13.

朝鮮總督府 編, 『普通敎育唱歌集 第一集』, 京城:朝鮮總督府, 1911.

朝鮮總督府 編, 『新編唱歌集』, 京城:朝鮮總督府, 1914.

한국감리교사학회, 『한국찬송가전집』(1), 한국교회사문헌연구원, 1991.

2. 저서 및 논문

구인모, 「시가의 이상, 노래로 부른 근대」, 『한국근대문학연구』 제17호, 한국근대
　　　문학회, 2007. 12.

구인모, 「崔南善과 國民文學論의 位相」, 『한국근대문학연구』 제6권 제2호, 한국근
　　　대문학회, 2005. 12.

구인모, 「최남선의 '시국가요'와 식민지의 정치의 미학화」, 『국제어문』 제42집,
　　　국제어문학회, 2008. 4.

권오만, 『개화기시가연구』, 새문사, 1989.

김병선, 『창가와 신시의 형성 연구』, 소명출판, 2007.

김영철, 『한국개화기시가의 장르연구』, 학문사, 1987.

김용직, 『한국근대시사(상)』, 새문사, 1983.

김학동, 『한국개화기시가연구』, 시문학사, 1981.

나운영, 『작곡법』, 세광음악출판사, 1984.

민경찬, 『한국창가의 색인과 해제』(한국근·현대예술사 서술을 위한 기초연구-해
　　　제집①), 한국예술종합학교 한국예술연구소, 1997.

박찬호, 안동림 역,『한국가요사』, 현암사, 1992.

이병기·백철,『국문학전사』, 신구문화사, 1957.

이유선,『한국양악백년사(증보판)』, 음악춘추사, 1985.

정한모,『한국현대시문학사』, 一志社, 1974.

조연현,『한국현대문학사』현대문학사, 1956.

조윤제,『조선시가사강』, 박문출판사, 1946.

高仁淑,『近代朝鮮の唱歌教育』, 福岡:九州大學出版會, 2004.

松浦友久,『リズムの美学-日中詩歌論』, 明治書院, 1991.

앙드레 슈미드(Andre Schmid), 정여울 역,『제국 그 사이의 한국 1895-1919(Korea
    between Empire 1895-1919)』, 휴머니스트, 2007.

Ludwig Klages, 杉浦 實 譯,『リズムの本質(Vom Wessen Des Rhythmus)』, みすず
    書房, 1999.

리디아 리우(Lydia H. Liu), 민정기 역,『언어횡단적 실천(Translingual Practice)』,
    소명출판, 2005.

월터 J. 옹(Walter J. Ong), 이기우·임명진 역,『구술문화와 문자문화(Orality and
    Literacy)』, 문예출판사, 1995.

『남훈태평가』의 인간과 개화기 한남서림 서적발행의 의의*

전재진

1. 머리말

개화기의 서적업은 크게 목판본과 신식 활자본의 세대교체 속에서 그 맥을 가늠해 볼 수 있다. 일제를 통해 서양에서 전래된 신식 활자기술을 이용해 저렴한 가격으로 시장을 잠식해 나가는 새로운 흐름에 대해 구서(舊書)의 목판 중심으로 운영해 오던 재래의 방각업자들 내지 서적업자들이 어떻게 대응을 해 나갔느냐를 파악하는 것은 이 맥을 짚어내는 한 방법이기도 하다. 국문학의 경우 지금까지 이러한 작업의 일환으로 방각본

고소설, 딱지본 소설, 육전소설 등에 대해 관심이 모아졌다. 이와 같은 연구의 토대에는 당대 소설의 물량과 종류가 워낙 많았거니와 그 가격도 다양하여 상품성을 지니고 시장에 유통되는 과정에 대한 입체적 흐름을 파악해 내기 쉽다는 특성이 크게 작용했을 것이다.

반면 시가를 대상으로 한 연구는 실상 방각본 가집 자체가 드문 형편이라 매우 소극적이라고 할 수 있다. 그 중 유일하게 관심을 주목시키는 것이 있다면 한남서림 간행물로 남아있는『남훈태평가』1) 정도가 있을 뿐이다.

19세기에 편찬된 된 가집 중『남태』2)는 유독 최초의 방각본 가집이라는 점에서 주목을 받았으며, 이러한 주목은 방각본 출판물이 지니는 보편적 특성으로 지적되는 상업성과 대중성에 대한 관심을 내포한 것이다. 기존의 연구 성과들에 의해 이미 언급된 바와 같이『남태』는 시가 장르임에도 불구하고 신문관의 <육전소설문고> 시리즈 중 일부로 출판된 적이 있으며3) 또한 이것이 <육전소설문고>의 간행물 중 첫 번째라는 점4)도 지적된 바 있다.

가집의 이본에 대한 연구는 대체로 필사본을 대상으로 많이 연구되는 편이며, 또한 이러한 연구를 통해서 선행본(先行本)과 후사본(後寫本)

---

* 이 논문은『인문과학연구』37집(성균관대학교 인문과학연구소, 2007)에 게재되었던 글을 일부 수정한 것임.

1) 이하『남태』로 줄여서 사용하기로 한다.

2) 이 가집의 명칭을 한글로 표기한 이유는 이본에 따라 <남훈틔평가>,<南薰太平歌>,<南薰泰平歌> 등의 차이를 보이기 때문에 이본군 전체를 묶어 통칭하는 경우의 편의를 도모하기 위함이다.

3) 이주영,「신문관(新文館) 간행 육전소설(六錢小說) 연구」, 한국고전문학회, 고전문학연구, 1996. p.437.
  개화기 출판물의 간행에 있어 시가와 소설의 구분의식은 그다지 중요한 것이 아니었던 듯하다. <신문관육전소설문고>의 경우만이 가집인『남태』를 소설과 한데 묶어 시리즈로 편찬한 것이 아니라 <회동서관발행소설류>역시 소설과 시가의 구분 없이 김교헌의 가집『대동풍아』(등사판, 1908)를 소설과 같은 류로 취급해 발행하는 양상을 보이고 있다. <『벽부용』(회동서관,1912) 수록 '회동서관 발행소설류목록' 참조 >

4) 성무경,「보급용 가집 <남훈태평가>의 인간과 시조 향유에의 영향(1)」,『한국시가연구』제18집, 한국 시가학회, 2005

사이에 존재하는 서지적·내용적 차이가 더욱 확연히 드러나게 된다. 이것은 일반적으로 목판본이 완결성·동양성(同樣性)·고정성·정제성(同樣性) 등을 그 특성으로 하여 이본 발생 가능성이 희박함에 비해 필사본은 필사의 과정에서 필사자의 육체적인 피로에 따라 부분적, 혹은 행 전체의 오탈(誤脫)로 인해 이본이 생길 가능성이 크다는 점에 상당부분 원인이 있다. 더욱이 세책점에서 혹은 친분을 통해 책을 빌리거나 하여 필사할 경우 시간의 촉박함으로 인해 도중에 필사가 중단된 채 텍스트가 유통·파생되는 경우를 감안할 경우 이본 생성의 가능성과 그 편차는 더욱 확대될 수밖에 없다. 이 외에도 필사자의 의지에 따른 의도적 가필(加筆)에 의한 이본 파생 등도 고려해 볼 수 있을 것이다.

그러나 목판본의 경우도 필사본에 비해 상대적 빈출도가 적을 뿐 이러한 이본의 생성 가능성은 열려 있는바, 같은 표제를 달고 나오는 출판물이라도 재인간(再印刊), 개각(改刻), 번각(飜刻) 등의 과정에서 대중성·상업성이라는 존재가치에 부합하지 못하는 판본들은 얼마든지 변개될 수 있는 것이다.

방각본의 이와 같은 특성을 고려할 때, 『남태』는 그것의 인간과 각 서포에의 배본 자체만으로도 어느 정도 당대 사회에서의 상품 가치를 추측해 볼 수 있으며, 반면 그와 유사한 방각본 가집이 더 이상 없다는 점에서 가집의 상품가치가 전체 서적시장에서 차지하는 비율이 그다지 크지는 못했음을 알 수 있다.

현재까지의 주목할 만한 연구 성과5)들에도 불구하고 대부분이 텍스트 내적 분석에만 치중할 뿐, 정작 선행되어야 할 서지확정에 해당하는 텍스트 외적 부분인 간행과 이본의 계통성, 유통의 상황과 의미들에는 관심이

---

5) 최규수,「남훈태평가를 통해본 19세기 시조의 변모양상」,이화여대 석사학위논문, 1989
　박이정,「대중성의 측면에서 본 남훈태평가 시조의 내적 문법연구」, 서울대 석사학위논문, 2000

부족하였다. 다행스럽게도 최근에 이 부분에 대해 성무경에 의해 정밀한 연구가 행해진 바 있으나, 『남태』에 관한 분석에는 여전히 몇 가지 문제들이 남아있다.

요컨대, 『남태』의 경우 간기가 남아있음에도 방각소의 위치가 분명치 않으며, 원래의 판본이 한남서림으로 넘어가 출판된 이후의 개간과 인본(印本)의 과정, 이본의 파생과 계통에 대한 해명이 명확치 않은 점이 있다.

따라서 이 글에서는 이러한 문제들을 밝혀보고, 아울러 개화기 서적발행의 한 부분을 담당한 한남서림과 그 주인 백두용에 대한 추적을 통해 개화기 출판문화의 한 흐름을 살펴보고자 한다. 이러한 작업을 통해 개화기 서적발행의 주류가 아니었던 가집의 출판에까지도 관심을 기울였던 한남서림의 서적발행 의식과 그 구체적 실현에 대한 한 맥을 짚어볼 수 있으리라 기대한다.

2. 『남훈태평가』의 서지적 정리

(1) 『남태』의 소장 상황

『남태』는 현재 단권본과 上·下 2책본의 두 종류가 남아있으며 그 소장 상황과 서지적 특징은 다음과 같다.

소장처	표지	이본	간기	어미	편집자/ 인쇄자	책/권	판권	지질 紙質	구성
서강대학교 로욜라 도서관 소장본	南薰太平歌	권지단a (28장본)	癸亥○ 洞新刊	上二葉花 紋魚尾	백두용/ 김현수	1책/1권	○ (3)		표지,낙시됴,쇼춘향가, 민화가,백구사,춘면곡, 상사별곡,쳐사가,어부 사
	남훈태평가소	권지단b (28장본)	없음(落張 으로 보임)	上二葉花 紋魚尾	없음 (落張 으로 보임	1책/1권	× (落張으 로 보임)		표지,낙시됴,쇼춘향가, 민화가,백구사,춘면곡, 상사별곡,쳐사가,어부 사
	남훈태평가下	권지하 (16장본)	없음	上下內向 雙魚尾	없음	1책/2권	×		표지,(~)낙시됴,쇼춘향 가,민화가,백구사,춘면

				(15행)					곡,상사별곡,처사가,어부사,황계사
고려대학교 중앙도서관 본	남훈퇴평가	六堂文 所藏本 권지단 (28장본)	癸亥石 洞新刊	上二葉花 紋魚尾	×	1책/1권 (卷之單)	×	韓紙	표지,낙시됴,쇼춘향가,미화가,백구사,츈면곡,상사별곡,쳐사가,어부사
	南薰太 平歌	한적실본 권지단 (28장본)	癸亥○ 洞新刊	上二葉花 紋魚尾	白斗鏞/金鉉秀	1책/1권 (卷之單)	○ (3)	韓紙	표지,판권지,낙시됴,쇼춘향가,미화가,빅구사,츈면곡,상사별곡,쳐사가,어부사
이화여대 중앙도서관 소장본	남훈퇴평가 권지둔	Carl mille r 寄贈本 (28장본)	癸亥石 洞新刊	上二葉花 紋魚尾	×	1책/1권 (卷之單)	×	韓紙	표지,낙시됴,쇼춘향가,미화가,백구사,츈면곡,상사별곡,쳐사가,어부사
경북대학교 중앙도서관 소장본	南薰太平歌	권지단 (28장본)	癸亥○ 洞新刊	上二葉花 紋魚尾	백두용/김현수	1책1권 (卷之單)	○ (3)		표지,낙시됴,쇼춘향가,미화가,백구사,츈면곡,상사별곡,쳐사가,어부사
영남대학교 중앙도서관 소장본	南薰太平歌	도남문고본 (28장본)	癸亥石 洞新刊	上二葉花 紋魚尾	백두용/曺命天	1책/1권 (卷之單)	○ (1)		표지,낙시됴,쇼춘향가,미화가,빅구사,츈면곡,상사별곡,쳐사가,어부사,판권지
	南薰太 平歌 全	도남문고본 (28장본)	癸亥○ 洞新刊	上二葉花 紋魚尾	백두용/김현수	1책/1권 (卷之單)	○ (3)		표지,판권지,낙시됴,쇼춘향가,미화가,빅구사,츈면곡,상사별곡,쳐사가,어부사
	南薰太 平歌 全	목천문고본 (28장본)	癸亥○ 洞新刊	上二葉 花紋魚尾	백두용/김현수	1책/1권 (卷之單)	○ (3)		표지,판권지,낙시됴,쇼춘향가,미화가,빅구사,츈면곡,상사별곡,쳐사가,어부사
	없음	남재문고본 (16장본이나 2장 落張되어 있음)	없음	上下內 向雙魚尾 (15행	×	1책/2권 卷之下	×		표지,낙시됴,소춘향가,미화가,백구사,츈면곡,상사별곡,쳐사가(전반부),어부사(낙장),황계사(후반부)
서울대학교 중앙도서관 소장본	南薰太 平歌 全	奎章閣本 (28장본)	癸亥○ 洞新刊	上二葉 花紋魚尾	백두용/김현수	1책/1권 (卷之單)	○ (3)	韓紙	표지,판권지,낙시됴,쇼춘향가,미화가,빅구사,츈면곡,상사별곡,쳐사가,어부사
		가람본 (28장본)	癸亥○ 洞新刊	上二葉 花紋魚尾	백두용/김현수	1책/1권 (卷之單)	○ (3)	韓紙	표지,판권지,낙시됴,쇼춘향가,미화가,빅구사,츈면곡,상사별곡,쳐사가,어부사
		일사본(a) (28장본)	癸亥○ 洞新刊	上二葉 花紋魚尾	백두용/김현수	1책/1권 (卷之單)	○ (3)	韓紙	표지,판권지,낙시됴,쇼춘향가,미화가,빅구사,츈면곡,상사별곡,쳐사가,어부사
	남훈퇴평가	일사본(b) (28장본)	癸亥 石洞新	上二葉花 紋魚尾	백두용/조명천	1책/1권 (卷之單)	○ (1)		표지,낙시됴,쇼춘향가,미화가,빅구사,츈면곡,상사별곡,쳐사가,어부사,판권지
부산대학교 중앙도서관	南薰太平歌	권지단 (28장본)	癸亥○ 洞新刊	上二葉花 紋魚尾	백두용/김현수	1책/1권	○ (3)		표지,판권지,낙시됴,쇼춘향가,미화가,빅구사,

소장본									
소장본									춘면곡,상사별곡,쳐사가,어부사
단국대학교 소장본	南薰太平歌	율곡기념도서관본 권지단 (28장본)	없음	上二葉花紋魚尾	×	1책/1권(卷之單)	×	韓紙	표지,낙시됴,쇼춘향가,민화 가,백구사,츈면곡,상사별곡(후반부낙장),(쳐사가,어부사 부분 낙장인 듯)
	남훈틱평가下	율곡기념도서관 (나손문고 권지하)(16장본)	없음	上下內向雙魚尾(15행)	×	1책/2권 중 卷之	×	韓紙	표지,(~)낙시됴,쇼춘향가,민화가,백구사,츈면곡,상사별곡,쳐사가,어부사,황계사
연세대학교 중앙도서관 소장본	南薰太平歌全	권지단(28장본)	癸亥石洞新刊	上二葉花紋魚尾	백두용/김현수	1책/1권(卷之單)	○(3)	韓紙	표지,판권지,낙시됴, 쇼춘향가,민화가,백구사,츈면곡,상사별곡,쳐사가,어부사
	남훈태평가上	권지상(17장본)	없음	內向上下雙魚尾(15행)	없음	1책/2권 卷之上	×	韓紙	표지,낙시됴(~)
국립중앙도서관본	南薰泰平歌	권지단(28장본)	癸亥石洞新刊	上二葉花紋魚尾	백두용/曺命天	1책/1권(卷之單)	○(2)	韓紙	표지,낙시됴,쇼춘향가,민화가,백구사,츈면곡,상사별곡,쳐사가,어부사,판권지,
중앙대학교 도서관 소장본	南薰太平歌	권지단(28장본)	癸亥○洞新刊	上二葉花紋魚尾	백두용/김현수	1책/1권(卷之單)	○(3)	韓紙	표지,판권지,낙시됴, 쇼춘향가,민화가,백구사,츈면곡,상사별곡,쳐사가,어부사
장서각 소장본	남훈틱평가	상·하권	없음	내향상하쌍어미	없음	상하권 완질	×	한지	표지,낙시됴,쇼춘향가,민화가,백구사,츈면곡,상사별곡,쳐사가,어부사,황계사
	남훈틱평가 권지단	권지단(28장본a)	癸亥石洞新刊	내향상하쌍어미(15행)	없음	1책/1권	×	한지	표지,낙시됴,쇼춘향가,민화가,백구사,츈면곡,상사별곡,쳐사가,어부사
	남훈틱평가	권지단(28장본b)	癸亥石洞新刊	내향상하쌍어미	백두용/조명천	1책/1권(권지단)	○	한지	표지,판권지,낙시됴, 쇼춘향가,민화가,백구사,츈면곡,상사별곡,쳐사가,어부사

　※ 고려대학교 소장 『남훈태평가』<육당문고(조선광문회본)>, 이화여대 소장 『남훈틱평가』모두 <癸亥石洞新刊>으로 명기, 두 본간에 표지 이외에는 차이 없음. 판권지 없음. 편집자와 인쇄자에 대한 정보 없음.

(2) 초간본(初刊本)의 상정(想定)

방각본 인쇄물 판목의 간기는 간지(干支)를 통해 서적이 간행된 대략의 연도와 장소를 밝힐 수 있는 매우 중요한 단서이다. 그러나 방각본은 상품성을 전제로 존재하며, 상품가치의 정도에 따라 판목이 인수되고 간기가 깎여 신간으로 나오거나, 혹 지소(地所)마저 깎여버린 경우6)를 감안한다면 그 연대추정이나 방각소의 확정이 그리 쉽지 않은 것임을 알 수 있다.

『남태』역시 대다수 방각본 출판물 간기의 상례에서 크게 벗어나지 않으며 단권 말미에 판각된 '계해석동신간(癸亥石洞新刊)'이라는 기록이 그 서지적 연원을 읽어낼 수 있는 유일한 텍스트 내적 단서이다.

그러나 방각본 출판물의 성쇠에 대한 시기적 구분을 살펴보면 60년의 주기를 지니는 간지를 통해『남태』초간본의 개판(開板) 시기에 대한 대략의 고찰이 가능하다.

이에 앞서 방각본의 성쇠에 대한 일반적인 시기구분을 염두에 둘 필요가 있으리라 생각된다.

> 제1기: 방각본 출판의 발아기(1576년부터 1724년까지)
> 제2기: 방각본 출판의 활성화 시기(1725년부터 1842년까지)
> 제3기: 방각본 출판의 대중화 시기(1843년부터 1910년까지)
> 제4기: 방각본 출판의 쇠퇴기(1910년부터 1920년대까지)7)

초간본의 간행연대는 '계해석동신간'이라는 간기에 의하면 계해년(癸亥年), 즉 1803년과 1863년의 둘 중 하나로 비정(比定)해 볼 수 있을 것인데, 도남을 비롯해 대다수의 연구자들이 1863년으로 보는 것이 통설이다. 1863년은 위의 시대구분에서 보면 방각본 출판의 대중화시기에 해당된다.

---

6) 김동욱,「방각본에 대하여」,『동방학지』제11집, 연세대학교 동방학연구소, 1970. P.109. 참조.
7) 부길만,「17세기 한국 방각본 출판에 관한 고찰」,『출판잡지연구』제10권 제1호, 2002. p.65.

이 시기는 18·19세기 예술사의 시기구분 중 제3기에 해당하는 '19세기 후반~20세기 전반'의 구도와 맞물리며, 시정문학으로서의 독자적 통속미학을 한층 강화하는 때이기도 하다.8)

그러나 현재까지 각 대학에 소장된 『남태』는 가장 선본으로 볼 수 있는 이화여대·고려대본으로부터 시작해 방각본 출판의 쇠퇴기에 속하는 1920년에 한남서림에 의해 간행된 것에 이르기까지 그 편폭이 다양하다. 때문에 1863년부터 1920년에 이르는 기간 동안 거쳤을 대중의 문화적 기호의 변화에 부합하는 판목의 변형과정 속에서 살아남은 판본만이 최후까지 우리에게 전해진 것이라고 할 수 있다. 따라서 현재 우리가 접하는 『남태』의 텍스트들은 그 印刊 과정의 해명에 대한 여러 가지 코드를 함축하고 있으며 시학적 접근을 통한 텍스트 분석만이 아니라 서지적 접근이 병행되어야 한다.

『남태』의 인간(印刊)과 관련된 사실정보들은 이전의 연구9)에서 상당부분 밝혀진 바 있으며, 이를 통해 고려대 중앙도서관의 육당문고본 『남태』가 가장 초간본으로 추정되었다.

그러나 앞서 도표에서 제시한 바와 같이, 선행연구에서는 다루지 않고 넘어간 부분이나 이 육당문고본 『남태』는 이화여대 중앙도서관에 소장된 Call Miller씨의 기증본과 동일한 것이다.

Carl Miller는 25살에 연합군 중위로 한국에 온 뒤 1946년에 제대하고 미 군정청 정책고문관으로 지원해 한국에 거주했다. 그 후 1979년에 '민병갈'이라는 이름으로 귀화했고 태안 반도 천리포에 땅을 구입하여 본격적으로 수목원을 조성하기 시작한 것이 현재에는 수목원장으로 이름이 더 잘 알려진 인물이다. 그러나 그는 한 때 고서점을 운영하기도 했으며 인사

---

8) 김학성, 『한국시가의 담론과 미학』,보고사, 2004. pp.23~25.
9) 주4의 책. p. 350.

동 통문관의 주인인 산기(山氣) 이겸로 옹(翁)과도 절친한 사이였다.[10] 사망한 후 이화여대 도서관에 개인 소장 장서 5000여권을 기증하였는데 현재 소장된 『남태』 역시 그 중 일부이다.

그러나 육당문고본이나 Call Miller본 역시 초간본으로 보이지는 않는다. 이들 두 본이 비록 1909년 출판법 시행 이후에나 볼 수 있는 판권지를 부착하고 있지 않으며, 간기가 온전하다는 점은 이들이 다른 본들에 비해 비교적 연대가 앞설 것이라는 추정을 가능케 한다. 하지만 본문에 새겨진 魚尾를 자세히 살펴보면 이들 두 본 역시 몇 차례의 보각(補刻)을 거쳤음을 알 수 있다. 이화여대 소장본의 경우 전체적으로는 본문이 '상이엽화문어미(上二葉化紋魚尾)'로 이루어진 가운데 부분적으로 다른 어미가 나타나는데, 11장의 경우는 백어미(白魚尾)가 나타나며, 12·23·25·26장의 경우는 흑어미(黑魚尾)가 나타난다. 목판본의 특징인 형태적 정제성을 감안한다면 초간본의 경우 어미의 통일성이 지켜져야 할 것인데도 불구하고 이러한 현상이 나타나는 것은 보각 과정에서 각수(刻手) 변동에 따른 부분적인 차이가 발생한 것으로 생각된다.

따라서 현재 남아있는 육당문고본과 Call Miller본 『남태』는 상대적으로 선본이라고 볼 수는 있으나 결코 초간본이라고 할 수는 없으며 이들 두 본보다 앞선 초간본의 상정이 필요하다.

(3) '석동' 방각소의 위치

『남태』에는 '계해석동신간(癸亥石洞新刊)'이라는 간기가 남아있다. 이를 통해 『남태』가 '석동'이라는 방각소에서 판각되었음을 알 수 있으나 '석동' 방각소의 위치에 대해서는 현재 밝혀져 있지 않다. 이에 대해 도남

---

10) 서강대 소장본의 표지 뒷면에서 보이는 '통문관'이라는 서점명이나 가격 등과 같은 기록이 전혀 없는 것으로 보아 민병갈이 소장했던 『남태』가 통문관을 통해 구입한 것으로 단정하기는 어렵다.

(陶南)이나 천봉(千峯)은 '석동'이 '석정동(石井洞)'과 '석교동(石橋洞)'의 속칭일 것으로 추정하기도 했으며, 최강현은 '석동(席洞)'이라고 추측하는 등 여러 견해 등이 제기되었으나 최근까지도 과제로 남겨진 채 있다.

필자 역시 『한경지략(漢京識略)』이나 『경조부지(京兆府誌)』, 『동국여지비고(東國輿地備考)』 등에 기록된 한성부의 방(坊)·계(契)·동(洞) 등을 찾아보았으나 '석동'에 대한 기록은 없었다. 위의 책들에 '석동'의 지명이 없는 것으로 보아 당대의 정식 행정동명은 아니었을 것으로 판단된다. 이 점을 염두에 두고 기존의 논의들을 바탕으로 잘못된 사실정보들을 제외시켜나가며 '석동' 방각소의 위치에 대해 접근해보고자 한다.

먼저 가장 이의 제기가 손쉬운 최강현의 견해에 대해 언급해 본다면, '석동'은 고유어로 '자리전골'로 불리워온 지명이며, 『남태』의 간기에 남아있는 '석동'은 '돌'과 관계된 지명이라는 점에서 분명한 차이가 있다. 더구나 '석동'을 음만 우리말로 옮길 경우는 '셕동'이며 최강현이 추정한 '석동'과는 차이가 난다. 사설시조 중 한 편이 이러한 구분을 더욱 명확히 담고 있어 제시해본다.

各道 各船이 다 올나올 제 商賈 沙工이 다 올나 왓뇌
助江 석골 幕娼드리 빈마다 츠즐 제 싀뇌놈의 먼정이와 龍山 三浦
당도라며 平安道 獨大船에 康津 海南 竹船들과 靈山 三嘉] 地土船과
메욱 실은 濟州빈와 소곰 실은 瓮津빈드리 스르를 올나들 갈 제
　어듸셔 各津놈의 나로빈야 쐬야나 볼 줄 이스랴 <六堂本『靑丘永言』
727, 弄>

위의 작품은 김포에서부터 한강을 거슬러 올라와 용산 삼포나루에 다다르는 각처의 배들이 보여주는 번화한 상업적 유통의 모습을 소재로 삼아 편사(編辭)하고 즐거움과 해학적 흥취를 자아내는 악곡인 '농(弄)'에 실어

부른 것이다. 작품 속 '조강'이란 김포지역을 흐르는 한강을 일컫는데 이 지역의 '석골' 혹 '석동'은 지금의 경기도 김포시 고촌면 부근이며 고유어로는 '섶굴', 즉 '신동(薪洞)'에 해당한다.[11] 또한 섶이 많은 곳인 관계로 돗자리를 짜는 것으로 유명해 '석동(席洞)'으로 불리기도 한 것이다. 때문에 '돌'과는 아무 관계가 없는 지명이다. 최강현이 언급한 '석동' 역시 마찬가지로 일제침략기인 1914년에 도시행정구역 개편에 따라 용산구 수하동으로 편입된 '자리전골'일 뿐이며『남태』의 방각소인 '석동'과는 아무 관계가 없다고 할 수 있다.

다음으로 살펴볼 것은 천봉이 추정한 '석교동'의 문제이다.

'석교동'을 속칭 '석동'으로 부른다는 것은 일단 '석(石)'의 의미를 살렸다는 점에서는 좀 더 현실성 있는 추정이지만 방각소 표기에서는 이미 '석교'라는 지명이 존재하는 만큼 굳이 '석동'으로 약칭할 필요성이 떨어진다는 문제가 있다.[12] 더구나 방각소를 기록할 때 조선시대 동명 중 '교(橋)'가 들어가는 경우 그것을 생략하는 경우를 찾아보기 힘들다는 점[13]에서 '석교동'을 '석동'으로 보기는 더욱 힘들어진다.

남은 지명은 석정동인데, 이 문제에 접근하기 전에 먼저 한남서림이 인수한 방각본들에 대해 한 번 일람해 볼 필요가 있다.

한남서림은 유동(由洞)·송동(宋洞)·홍수동(紅樹洞) 방각소의 출판성향을 이은 서적상임이 이미 밝혀져 있으며[14], 따라서 한남서림의 출판물인『남태』의 방각소 역시 이들과의 연관 속에서 고찰해 볼 필요가 있다.

방각소들의 위치는 대개 종이의 생산과 관계가 깊다고 할 수 있는데,

---

11) 『한국땅이름큰사전』, 한글학회, 1991. 참조
12) 주4의 책. p.354.
13) 孝橋→孝橋新刊(『九雲夢』<단권 32장본, 대영박물관소장본>
　　漁靑橋→漁靑橋新刊(『홍길동전』<단권23장본, 오한근소장본>
　　武橋→武橋新刊(『쌍주기연』<단권33장본, 한국정신문화연구원소장본>
14) 유탁일,『한국문헌학연구』, 아세아문화사, 1990. p.177.

직접적인 생산이 없는 곳은 한강의 수운을 따라 전국에서 종이가 유통·집산되는 곳을 중심으로 모였을 것으로 여겨지며[15] 닥나무가 자생하는 지역은 그와 관계없이 자체적 종이생산과 맞물려 방각소가 위치했을 것으로 추정된다.

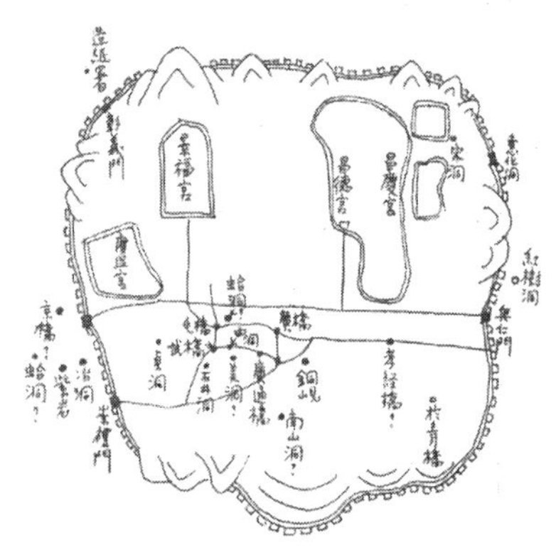

<京板 板刻地의 位置圖>(金東旭 작성)

옆의 그림 중 송동과 홍수동은 한양의 동북방면 성균관 뒤편 부근과 동숭동 낙산 부근에 위치한 방각소이며 유동은 광통방에 속한 지역으로 보인다. 그 외에 기존에 논의된 지명들을 살핀다면, 석교는 그림에서 한양 돈의문 밖 경교(京橋)(역시 '京庫橋'의 약칭) 근처인 반송방에 속한 곳이다.

박문서관 주인 노익형 씨의 증언에 따르면 그는 서적업을 처음에 남대문통에서 시작했다가 봉래정(반송방 만리동 지역)을 거쳐 종로 이정목(二町目)으로 들어왔다고 한다.[16] 위의 지도에서 보이듯 남대문통과 반송방은 예전부터 경교(京橋), 야동(冶洞), 합동(蛤洞), 자암동(紫岩洞) 등의 판각지들이 위치한 곳임을 알 수 있으며 따라서 판각지들의 이러한 집합적 활동은 조선후기부터 지속되어 개화기 서적상들에게로 명맥이 이어졌음을 추측할 수 있다. 개화기 서점들의 판권지를 확인해보더라도 한남서림·한성서관은 관훈동, 회동서관은 남대문통, 동양서원·덕흥서림·영창서관

---

15) 주 6의 책. p.111. 참조.
16) 「출판업으로 대성한 제가의 포부」,『조광』제4권 제12호, 1938년 12월호, p.312.

은 종로통, 대창서관·광한서림은 견지동[17] 등과 같은 식의 지역적 집적의 양상을 보이고 있다. 이를 고려한다면 '석동' 방각소의 위치 추정 역시 이들 조선후기 방각소의 집적현상과 그것이 개화기 서점으로 이어지는 맥락 속에서 이루어져야 할 것이다.

이러한 사정들을 염두에 두고 '석동' 방각소를 추정할 경우 그 대상은 남대문통과 종로통으로 축약된다. 홍수동이나 송동의 경우는 지명상 유사성이 전혀 없으므로 1차적인 배제가 가능하기 때문에 추정범위의 대상은 석교와 석정으로 국한되며, 석교는 앞서 이미 배제되었으므로 결과적으로는 도남이 『조선어문학회보』제7호 <고도서해제(6)>에서 단서를 남긴 '석정'만이 남게 된다. 다만 문제는 '석정동'이 석동으로 약칭될 가능성이 과연 있는가 하는 점인데, 이에 대해서는 당시의 다른 지명들이 어떻게 약칭되었는가를 살펴보는 것이 귀납적 근거가 되어줄 듯하다.

의외로 조선시대에 동명의 약칭은 쉽사리 찾아볼 수 있는 현상이다. 조선시대에 옥류동으로 불리던 지금의 옥인동 47번지는 과거 옥동으로 약칭된 적이 있었고[18] 「도성도(都城圖)」·「도성삼군분계도(都城三軍分界圖)」·「수선전도(首善全圖)」·「영국서울지도」 등에는 같은 지역에 장동과 장의동의 명칭이 혼용되어 있다.[19] 또한 낙산 기슭의 백동(栢洞)은 우리말로는 잣골이라고 불렸지만 실제 지도에는 대개 백자동(栢子洞)으로 표기된 점[20] 등 동명의 중간글자를 생략한 채 속칭으로 축약해 부르곤 하던 관행은 다반사라고 할 수 있다.

이러한 예들을 고려하면 석정동을 석동으로 상정했던 도남의 언급은 개화기 서적계의 상황과 시간적 현장성에서 그리 멀지 않은 1933년[21]의

---

17) 『손오공』<광문사, 1923년> 판권지 참조.
18) 『서울의 잊혀진 마을 이름과 그 유래』, 서울문화사학회, 국학자료원, 1999. p.15.
19) 위의 책. p.17.
20) 위의 책. p.29.

정황에서 그리 무리한 추론과정으로 보이지 않는다.

따라서 방각본 판각소들이 남대문통·반송방, 종로 부근에 집적된 현상을 개화기 서적업계가 그대로 물려받은 점이나 '석정동'이 당대 동명의 약칭 관습에 따르면 '석동'으로 불리기 쉽다는 귀납적 사례들로 미루어 『남태』의 간기에서 보이는 '석동'을 '석정동'으로 추정한 도남의 견해를 받아들이고자 한다.

(2) 이본의 선후관계와 계통성

육당문고본과 Call miller본을 현존 최고 선본으로 볼 경우 이를 토대로 그 이전의 원본의 존재를 가정해 볼 수 있게 된다. 그렇다면 남은 문제는 그 이후 간행된 본들의 선후 문제이다.

일단 선후 관계를 설정하기에 앞서 각 대학 소장본들을 비교·대조한 후 그것들에 관한 몇 가지 정보들을 밝혀 유형을 분류하고자 한다.

먼저 단국대학교 율곡기념 도서관본과 연대 소장본의 경우, 두 본은 같은 필체이나 표기법이 다르다는 차이를 보인다. 예컨대, 연대소장『남태』 단권본의 첫 수와 단국대 율곡기념 도서관본『남태』단권본의 첫 수를 대교시킨 결과에서도 차이가 나타난다.

<연대 소장본>

간밤에 부든 바람 만정도화 드 지거다
아희는 뷔를 들고 스로랴 ᄒᆞ는고야
낙화들 고지 아니랴 스러 무슴

---

21) 도남이 「<고도서해제>(6) '남훈태평가'」를 『조선어문학회보』에 게재했을 때 그의 나이는 서른이었다.

<단국대 소장본>
간밤에 부든 바람 만정도화 드 지거다
아희는 뷔를 들고 스로랴 ᄒ는고야
낙화들 곳치 아니랴 스러 무슴

위의 작품 중 연대 소장 『남태』단권본에서 '낙화들 고지 아니랴 스러 무슴'으로 표기된 것이 단국대 소장 『남태』단권본에서는 '낙화들 곳치 아니랴 스러 무슴'으로 바뀐 것은 물론 당대 국어의 표기법 변화를 반영한 결과이다. 중세에서 근대로 오면서 '꽃'의 표기변화 방향이 대개 '곳(곶)→곳'으로 이루어 진 점을 감안한다면 이러한 변화는 당연한 양상이라고 할 수 있다. 이러한 표기법 반영은 다시 연대소장본 『남태』상권으로 이어지며, 따라서 이들 사이의 계통성을 추정해 볼 수 있다.

또 다른 차이점은 판권지의 '유/무'에도 있다. 판권지는 1909년 일제에 의해 시작된 출판법 이 만들어낸 출판제도상의 실제적 변화상을 반영하고 있으며, 이의 '유/무'를 통해 출판법 시행 전/후의 발간물을 구분해주는 공식적인 지표가 되어주고 있다.

판권의 개념이 희박했던 조선시대 출판문화 속에서 처음으로 규범적 개념을 세우고자 하는 시도는 1884년에 이미 이루어진 적이 있으나[22]

---

22) 『한성순보』,「출판조례벌칙」1884년 3월 18일,
第1則, 내무성에 신고하지 않고 도서를 출판한 자와 출판권을 획득하지 않고도 출판권을 획득했다고 자칭한 자 및 서책을 납본하지 않거나 保檢비용을 납부하지 않고 도서를 매매한 자는 모두 판각·인쇄본 및 매매한 대금을 몰수한다. 第2則, 다른 사람이 이미 출판권을 획득한 도서의 내용을 약간 고치거나 그림을 그려 출판하거나 다른 사람의 출판권을 침해아여 출판한 자는 벌금 20원부터 3백원까지를 징수하고, 판각·인본 및 매매대금 전부를 먼저 출판권을 획득한 사람에게 주어야 한다. 第3則, 고의로 제1칙 및 제2칙을 범한 자는 벌금 5원에서 1백원을 징수한다. 다만 제3칙을 범한 자는 현재 보유하고 있는 도서 및 매매에서 얻은 돈 모두를 먼저 출판권을 획득한 자에게 주어야 한다. 第4則, 출판할 때 저자·역자의 성명을 기록하지 않고 판매하는 자 및 성명·주소를 바꿔 출판에 종사하는 자, 혹은 그런 줄을 알면서 고의로 판매한 자는 반드시 禁獄 10日에서 6月까지 처하며 그 몰수하는 예는 제1칙과 같다. 第5則, 저자·역자가 만약 법률을 비방하거나 新聞紙 條例 제12조 이하에 해당한 자는 저자·역자가 죄를 받는다. 단 저자나 역자가 먼저 출판인을 종용하였을 경우에는 禁獄 30일에서 1년까지, 벌금 3元에서 1백元까지이다. 第6則, 음란하고 외설한 도서를 출판한 자는 금옥 30일에서 1년까지와 벌금 3圓에서 1백圓까지이다. 第7則, 만약 법관이 도서에 대한 범죄자를 고발할 경우 곧바로 刻板·印本을 수거하고, 재판을 거쳐 그 물건을 몰수한다. 혹 활자

그 강제적 집행이 서적업계의 실제적 사업방식에 막대한 영향을 미친 것은 일제에 의해서라고 보여진다.

명치(明治) 42년인 1909년 2월 23일, 갑작스러운 출판법이 시행되자 '조선총독부 경무총감부인가'라든가 '허가'를 받지 않으면 서적을 판매할 수 없게 되었으며, 이것은 영세한 방각업자들, 특히 판권지를 붙일 수 없었던 방각업자들에게 가장 큰 타격을 주었을 것이다. 출판법 시행 이후 방각소설은 판권지를 부착한 형태로만 출판할 수 있었다. 판권지에는 어느 곳에 사는 누가 언제 인쇄하고 어느 곳에 사는 누가 언제 출판하는 것이며, 출판사는 어느 곳에 위치하고 있는지를 모두 밝히도록 하였다. 따라서 출판법의 시행 이후 '인가'를 받지 못한 방각업자들은 결국 '인가' 혹은 '허가'를 받은 방각업자에게 판목을 넘겨줄 수밖에 없었다. 때문에 판권지가 부착된 방각 소설은 방각소설의 후대적 변모을 잘 반영하고 있다 하겠으며, 기존 방각소들이 가지고 있던 판목들이 어떻게 인계·인수되었는지를 살펴볼 수 있는 자료의 역할을 담당하고 있다.[23]

표기법상으로는 더 후대의 개각을 거친 것으로 보이는 단국대본『남태』단권이 판권지를 부착하고 있지 않은데 반해, 그보다 앞선 것으로 보이는 연대본『남태』단권에 1909년 이후의 출판물에서나 보이는 판권지가 붙어 있는 사실에 대해 잠시 논리적 정리가 필요함을 느끼게 된다. 1909년 이후 그 전에 존재하던 남태』의 판목은 한남서림으로 인수되어 인간되었고 이때 인수판목은 단국대본 남태』가 아닌 연대본『남태』단권이었다는 논리가 이러한 과정에 대한 해명을 가능케 한다.

기계를 이용해 책을 출판하는 자, 기계를 관리하는 자가 이미 불법임을 알고도 출판한 자는 역시 활자 기계를 몰수한다.
23) 이창헌,『경판 방각본 소설의 연구』, 태학사, 2000. p.444. 참조

현재 서울대에 소장된 규장각본·일사본·가람본『남태』모두가 연대본 『남태』와 같은 판본으로 인간된 것이며, 이 계통의 가장 선본은 이화여대 소장본과 고려대 <육당문고본>으로 볼 수 있다. 간기를 보면 조금씩의 차이가 있는 것을 알 수 있는데 순차적으로 본다면 국립중앙도서관·이화여대·서울대 일사본 b등은 '석동'을 '석동(巵洞)'으로 표기하였으며, 연대 소장본에서는 다시 점을 지우고 '석동(石洞)'으로 고쳤다가 일사본a와 규장각본에 이르러서는 아예 간기의 '석(石)'을 지워버린 것으로 추론이 가능할 것이다.

그러나 이 과정은 판권지의 부착 방식과 부합하지 않는다. 따라서 이들은 하나의 판본에 생긴 순차적인 변이양상이 아닌, 애초부터『남태』에 하나 이상의 판목이 있었으며 그 중 출판법 시행 이전까지는 다른 곳에서 고려대소장본·이대소장본·단국대 소장본 등의 형태로 유통되다가 출판법 시행 이후 한남서림으로 인수되어 국립중앙도서관 본과 일사본b, 규장각본·일사본a 등의 형태로 바뀌어 印刊·유통된 것으로 보인다. 따라서『남태』의 印刊과정을 순차적으로 정리해본다면 다음과 같이 될 것이다.

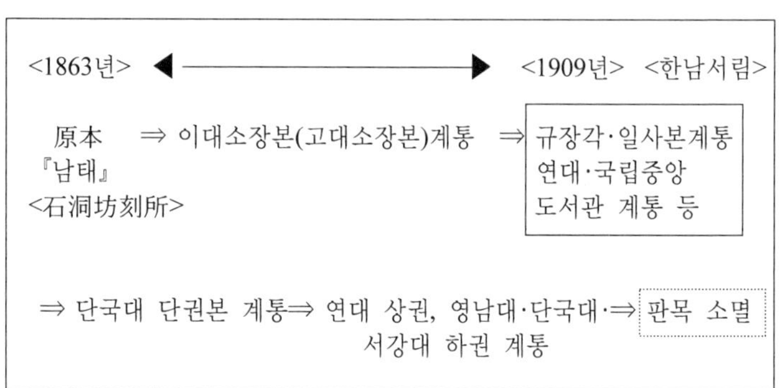

이와 같은 결과는 기존의 논의와 다소 차이가 나는 측면이 있다. 성무경은 앞선 논의에서 『남태』가 3종으로 간행되었으며 실제 배본이 이루어진 것이 5번 이상이라 하였다.[24]

위 논의에 따르면, 이 글에서 다루는 『남태』 텍스트는 방각본에 한정되므로 아직까지 자료가 소개만 되고 공개되지 않은 활판본 『남태』(1913)를 제외시키고 나면 총 4번의 배본 중 연도가 밝혀진 목판본 『남태』의 가장 최후의 간행은 1932년판이며 이에 해당하는 것이 서울대 일사본과 국립도서관본이라고 할 수 있다.

서울대에는 일사본이 2종으로 소장되어 있는데 위에 언급된 일사본은 무엇을 말하는 것인지 알 수는 없으나 종류에 상관없이 일사본의 판권지는 大正9년, 즉 1920년이라는 점에서 이것을 1932년판이라 한 근거가 의문스럽다. 일사본은 백지판과 개량지판의 2종인데 종이의 종류가 다르다고 해서 연대의 차이가 있다고 보기는 어렵다. 대정15년(1926)에 한남서림에서 발행된 『해동역대명가필보』 역시 같은 책이 백지판과 개량지판의 두 종으로 간행된 사례가 있기 때문이다.[25] 또 국립도서관본 『남태』 역시

---

24) 주4의 책. p.350.
25) 이 점은 당시 러시아를 통한 종이 제조용 목재의 가격 상승과 관련된 것으로 보이나 좀 더 연구가 필요함.

마찬가지로 판권지가 대정9년(1920)으로 되어 있다. 따라서 1932년에『남태』가 다시 간행되었다는 것은 어떤 근거에서 나온 주장인지 좀 더 확인이 필요하다고 본다.

3. 『남태』단권본과 상·하권본의 존재와 분권화의 상업적 전략

위의 도표에서 파악할 수 있듯『남태』는 방각본이라는 특성으로 인해 비교적 많은 책이 잔존해 있으며, 아마도 현재 각 대학에 원본으로 소장된 가집 중 가장 흔하게 접할 수 있는 것이 아닌가 싶다.

『남태』가 단권과 상·하권의 두 종류로 나뉘게 된 것은 방각본 출판물들이 보편적으로 겪어온 상업적 목적과 무관치 않아 보인다. 그러나 앞서 밝힌 소장상황에서 보아도 알 수 있듯이 현재의『남태』는 대부분 단권 형태의 것이 우리에게 전해지고 있는 바,『남태』상·하권은 그 본래의 상업적 의도를 만족시키지 못한 듯싶다.

이러한 결과를 낳은 이유를 추정해본다면, 우선 가장 첫 번째로 들 수 있는 것이 분권화 기준의 부재이다. 상·하권의 경우 상권에서는 시조만 1~146번까지 나열하다가 중단되고, 다시 하권에서는 147번부터 시작한 후 212번을 누락하고 대신 224~225번을 추가한데 이어 가사와 잡가를 실었으며, 단권에는 없었던 황계사까지도 추가하고 있다.

대개 고전 목판 인쇄의 경우 비록 장르의식에 따른 구분이라고까지 하기는 어려우나 글들의 성격에 따라 권을 달리 하여 제책하는 것이 상례이다. 방각본 고소설의 분권화 과정은 그러한 상례를 깨고 동일 작품임에도 권을 나누어 팔기를 꾀하지만 '직설' 등을 서두로 이어지는 서사적 텍스트의 유기성이 확보됨에 따라 충분히 독자들의 구매의욕을 불러일으킬 수 있었다. 즉 독자들은 소설 한 권이 끝남에 따라 단절된 서사문맥을 확인하고자 하는 욕구를 지니게 되고, 그것이 곧 다음 권의 구매를 자연스럽게 자극하게 된 것이다.

그러나 『남태』의 분권화는 크게 두 가지 면에서 고소설의 분권화와 다른 결과를 낳았다.

첫째, 텍스트를 중간에 분절하거나 하여 뒤의 것에 대한 궁금증을 불러일으키는 방식이 아니라 상권 자체만으로도 이미 시조라는 단일 장르로 채워져 편제적 완결성을 유지하였기 때문에 하권에까지 구매의욕을 불러일으키지 못했다.

둘째, 서사적 텍스트의 단절로 인해 후속 스토리에 대한 궁금증이 유발되는 고소설들과 달리 『남태』는 시가 텍스트이므로 이미 시조 한 편 한 편의 수록이 그 자체로 작품 내적 완결성을 확보할 뿐 더 이상 후속 텍스트에 대한 기대를 낳지 못했다.

이처럼 분권화 작업의 편제적 문제점과 시가 장르가 지닌 내재적 특성으로 요약되는 위의 두 문제점으로 인해 『남태』의 분권화를 통한 상업적 이익의 확대 추구는 적효하지 못한 것으로 보인다. 때문에 한남서림으로의 판목 인수 과정에서도 상·하권 판본은 인수되지 못하고 폐기된 것으로 추정된다.

덧붙여 이와 관련된 흥미로운 한 가지 사실을 지적해보고자 한다. 『남태』에 대해 현재로서 필자가 찾아볼 수 있는 최초의 기록은 일본인 마츠오 모키치(松尾茂吉)26)이『조선』(제1권 제4호, 일한서방(日韓書房), 1908년 6월)에 남긴 글이다. 비록 대략의 해제와 전체 작품 중 1~19번까지

---

26) 『대한제국 직원록』(1908년)에 의하면 松尾茂吉은 경성지방재판소 서기과에서 통역생으로 근무하였으며 『동아일보』의 기사에 따르면 1921년 6월 25일 대륙통신사 사장으로 근무하다가 사망하였다.

만을 소개한 것으로 그치기는 하였으나 이는 『남태』에 관해 일본인이 기록한 최초의 것이라는 점에서 의미가 있다.

『남태』에 관한 두 번째의 기록 역시 일본인에 의한 것인데, '통속조선문고' 시리즈로 도쿄의 자유토연사(自由討研社)에서 호소이 하지메(細井肇)에 의해 발행된 책들 중 제5권인 『징비록/남훈태평가』(1921년)가 바로 그것이다.

이 책에서 『남태』는 별다른 해제 없이 서애 유성룡의 『징비록』에 뒤이어 일어 번역문으로 실려 있는데, 한 가지 특이한 점은 마츠오 모키치(松尾茂吉)의 『남태』 소개방식과 차이점을 보인다는 점이다. 松尾茂吉이 소개하는 방식은 작품 1~19번까지의 부분적 제시인데 반해, 細井肇 편찬의 『남태』는 작품 147~161을 제시하고 있으며 다만 159·160번 작품만이 누락되어 있다. 더구나 細井肇 편 『남태』의 경우 가집에 대한 해제도 없으며, 단권에서 작품 초반에 보이는 곡조 등의 나열도 없이 곧장 작품을 수록하고 있다.

이들 두 일본인의 기록 사이에 존재하는 차이는 바로 細井肇가 접한 『남태』의 텍스트가 상·하권 중 하권이었기 때문으로 보인다. 『남태』하권의 첫 작품인 "화촉동방 사창박게 벽오동 성긴 빗소릐 잠놀나 씨니~"가 細井肇의 작품에서 소개된 것("花燭洞房紗窓の外, 碧梧桐に疎き雨の音に, 睡おとれろぬれは~")과 같이 일어로 번역된 뒤에 계속해서 『남태』하권의 작품이 158·159만 누락된 채 161번까지 순차적으로 이어진다.

여기서 주목할 점은 당대 조선에서 유행하는 작품들을 일본에 소개하는 의미를 지녔다고 보이는 '통속조선문고' 시리즈를 편찬한 細井肇가 『남태』하권만을 보고서 그것을 다른 책으로 편찬까지 했다는 점이다. 서적출판에 전문성을 지닌 편집·발행자가 『남태』의 하권만을 출판하고 상권에는 관심을 가지지 않았다는 것은 이미 『남태』가 상·하권의 합본을 통해 완결된 체제를 지닌다는 사실이 당대 서적 유통의 상황에서 그리 중요하지 않았다는 사실을 의미한다. 때문에 남태는 상·하권 분권을 통해 각 권의 장수를 줄이는 대신 상·하 모두를 구입하려는 독자의 구매욕을 불러일으켜 매출을 증가시키려는 상업적 목적달성에 실패하게 된 것이다. 현재 각 대학의 도서관 등에 소장된『남태』중 상·하권이 온전하게 모두 소장된 곳이 장서각을 제외하고는 전혀 없다는 사실 또한 이러한 논지에 대한 뒷받침이 되어준다.

4. 한남서림의 개화기 서적발행 활동과 의의

한남서림에 대해 살펴보려면 먼저 그 주인이었던 백두용에 대한 정보로부터 시작하는 것이 효과적인 접근법일 듯하다. 그에 대한 정보가 그리 많은 편은 아니나 선행 연구와 백두용 자신, 혹은 그 친우(親友)들이 한남서림 발행서적에 부분적으로 남긴 글 속의 정보를 합해본다면 인물의 대략적 면모를 알 수 있다.

> 號는 心齋 혹은 嘉林-白斗鏞[27],
> 翰南書林 主人 白斗鏞은 學識있고 風采있는 學者같은 느낌을 주는 사람이었다.[28]

> 翰南書林은 新舊書林보다는 뒤에 설립되었지만 由洞,宋洞,紅樹洞的인 출판성향을 이은 書店이며, 이를 경영했던 白斗鏞은 市井에 묻힌 知識人으로서 자기 著述을 남길 정도의 識見이 있었고, 蓮波居士란 선비를 後見人으로 모시고 출판사업을 했던 분이다[29]

---

27) 이 외에『箋註四家詩』(翰南書林, 1917) '卷之四'에는 백두용의 字가 建七이라고 밝혀져 있다.
28) 하동호, 「한국 고서적상 변천약고」,『출판학』20, 1974, 여름. p.77.
29) 유탁일,『한국문헌학연구』, 아세아문화사, 1990. p.177.

이 외에도 한남서림에서 발간한『천군연의』서문에 의하면 백두용은 장지연과 교우관계에 있었던 듯하며 위의 두 자료 중 어느 것을 보더라도 백두용에 대한 인물평은 거의 비슷한 양상을 보인다.[30]

「한남서림의 전경-왼쪽 두 번째 백두용」

이 논문에서 한남서림과 관련하여 주된 자료로 삼은 것은『남태』이지만 실상 한남서림의 출판물 중 가장 내세울 만한 것을 꼽으라 한다면 아마도 『해동역대명가필보』를 들 수 있을 것이다.『해동역대명가필보』는 목판본과 석판본 2종이며 총 6권6책으로 1926년에 한남서림에서 발행된 서적이며 백두용 본인과 한남서림의 건물을 찍은 사진까지 수록하고 있는 점은 다른 발간물들과 달리 제책에 자부심을 갖고 심혈을 기울인 흔적이라 여겨진다.

『해동역대명가필보』는 우리나라 역대 명가들의 필적을 모아 엮은 책으로서 자발(自跋)에 의하면 "돌아가신 아버님의 뜻을 이어 수십 년 동안 우리 역사 4,000년간 고금명가의 필적 700점을 모아 6권으로 편집하여 '해동역대명가필보'라 이름한다"[31]고 하였다.

사진에서 나타나듯 한남서림의 입구에 내어 건『해동역대명가필보』의

'연파거사(蓮波居士)는 일단 연파(蓮波) 이용민(李容民)으로 추정해볼 수 있으며, 이는 한남서림에서 출판된 '성호보휘(姓號譜彙)"의 서문을 참조하면 알 수 있음. 구체적인 정보는 추후 보완할 것임.'

30) <u>吾友白心齋斗鏞君은 隱於市者也라</u>. 集古今圖書凡累萬卷ㅎ야 而有金樓鄴候之富ㅎ야 以供世之好古博覽者 而嘗慨然於叔季風俗之頹弊ㅎ야 乃取鄭菊堂所箸天君演義一書ㅎ야 爲之繹解之ㅎ야 將以刊布於世ㅎ니 其書ㅣ 皆取古聖經傳中心學工夫ㅎ야 製之以演義之體裁者니 卽一部心經正學而文字簡易ㅎ야 便於世人之閱讀也오, 其下에 又附之以鄭歇吾齋所著心史一篇ㅎ니 亦傳心之要訣이오 省察之妙諦也라.   < 丙辰中嵩秋陽山人張志淵 > 鄭泰齊 著; 白斗鏞 閱,『天君演義 全』,京城 翰南書林(鉛印本), 大正6(1917).

31)『海東歷代名家筆譜』, <心齋 白斗鏞 謹跋>

간판으로 미루어 백두용은 이 책을 한남서림의 대표서적 중의 하나로 생각했던 듯 보이며, 자부심이 대단했던 것 같다. 또한 이 책을 통해서 한남서림이 전통문화의 명맥을 계승하는 일환으로 구서적 중심의 서적발행 사업에 목표를 두었음을 알 수 있다.

특히『해동역대명가필보』에 실린 윤희구의 서문 중 언급된 '단군'을 시초로 한 민족의 연원에 대한 단편적인 발언들에 좀 더 천착해 보면 그에 관한 다른 자료들과 관련지어 이해하는 데에 도움이 될 듯하며, 기존에 언급된 백두용에 대한 정보에서 간취하지 못했던 그에 대한 좀 더 내밀한 면모도 파악할 수 있다.

투사적 독립의사가 아닌 일개 서점 주인이었다는 점에서 소박하게 느껴질 수 있는 일이기는 하나, 백두용의 민족의식적 측면에 대한 천착은 일단 그의 기호흥학회 활동에서 시작해야 할 듯하다.

기호흥학회는 1908년 서울에서 조직되었던 애국계몽단체이며 . 1908년 1월 민족자강을 위한 교육계몽운동을 목적으로 발기인 정영택(鄭永澤)을 비롯, 기호인사(畿湖人士) 105명이 서울 신문로의 보성소학교(普成小學校)에서 창립총회를 열면서 시작되었다. 회보로 ≪기호흥학회월보≫를 발간하였고 발행인은 김규동(金奎東), 편집인은 이해조(李海朝)였다. 그러나 1909년 7월까지 월간·국판으로 통권 12호를 발간하다가 내용이 국권회복에 관계된다 하여 제6·9·10·11호 등이 여러 번 압수되기도 하다가 1910년 9월 일본에 의해 강제 해산된 단체이다.

1908년 8월 25일에 발간된『기호흥학회월보』를 참조하면 백두용은 기호흥학회의 찬무원(贊務員)으로 가담했음을 알 수 있다. 찬무원의 구체적인 역할이 명시되어 있지는 않으나 본문 중 "書記가 贊務員 金嘉鎭氏의 本會事業金 募集을 聯名 發起흔 事를 報告흐다"는 구절을 고려하면 아마도 기호흥학회의 활동을 지원하는 자금책의 역할이었던 듯하며 264

「心濟 白斗鏞의 모습」

명의 인원이 찬무원으로 등록되어 있다. 또 명단에는 백두용 이외에『해동역대명가필보』의 서문을 쓴 우당생(于堂生) 윤희구(字 朱玄)와『동상기찬』(한남서림,1918) 내제(內題)를 '열상노초의(洌上老艸衣)'라는 서명으로 쓰기도 했던 개화기의 서예가이자 독립운동가인 위창(葦滄) 오세창의 이름도 보인다.

민족운동과 관련된 또 다른 단체에서도 백두용의 행적을 찾아볼 수 있다.

《[단군신전봉찬회창립총회] 집회취체 상황보고(통보)》(1931년 11월 16일)32)과 《[단군신전봉찬회] 집회취체 상황보고(통보)》(1931년 11월 25일)33) 을 보면 백두용의 이름이 거론되는데, 이때도 '봉찬회'라는 명칭의 성격으로 보아 자금부분에 관련된 활동을 했던 듯하다. 이와 연계시켜 일제 초기인 1911년에 105인 사건으로 타격을 입고 해체된 신민회의 주된 자금책 중 하나가 서적상들이었음을 상기할 필요가 있다.34) 이렇다할만한 근대적 산업시설이 없었던 상황에서 초기적 상업자본의 축적은 대부분 서적·금광·미곡 등의 유통 이익 통해서 창출되었다. 당시 재계 십걸 중 손꼽힌 화신백화점 사장 박흥식이 초기에는 고향인 평남 용강에서 紙物 유통과 인쇄업을 통해서 거액의 차액을 남긴 데35)서도 알 수 있거니와

---

32) [문서번호]京鍾警高秘 제14018호, [발송자]京城 鍾路警察署長, 국사편찬위원회 데이터베이스 활용

33) [문서번호]京鍾警高秘 제14334호, [발송자]京城 鍾路警察署長, 국사편찬위원회 데이터베이스 활용

34) 윤경로,『105인 사건과 신민회연구』, 一志社, 1990. p.66 참조

35)「반도재계의 십걸-박흥식씨」,『삼천리』1933년 9월호. 당시 박흥식이 거대 자본축적을 한 결정적인

당시 제지, 그리고 이를 기반으로 한 서적업은 비교적 큰 이익 낳는 사업이었다. 1938년 당시 영창서관의 매출액이 6만원, 박문서관의 매출이 18만원이었던 것[36]은 당시의 경성지역 상점의 1년 매상고를 감안할 때, 서적업이 상당히 큰 이익을 창출하는[37] 업종이었음을 알려 주는 정보다. 이들 중 더러는 친일을 통해 더 많은 사적 이익을 추구하는 하는 경우도 있었던 반면 한남서림 소유주 백두용의 경우는 그와 달리 일제시대 민족운동의 찬무원으로서 그의 상업적 이익을 민족에 환원하고자 했던 것을 바로 위의 기록에서 감지해 낼 수 있다.

그러나 서적업의 존립은 엄연히 이익창출을 목적으로 하는 것임은 두 말 할 필요가 없거니와, 백두용 역시 일제 출판업자들의 침투와 그에 따른 서적시장의 잠식에 대항하는 작업에 동참하였다. 그 결과물이 '(주)조선도서'의 설립이라 할 수 있다. 『조선은행회사요록』에는 다음과 같이 그 기록이 남겨져 있다.

<한국근현대회사조합자료>

회사조합명: 朝鮮圖書(株)	주식상황: (주식수) 5000 (주주수) 44
자본금: 250,000 원	대주주: 池松旭(1633), 盧益亨(535),
불입금: 62,500 원	高裕相(500), 洪淳泌(430), 鄭圭弼
적립금: 2,125 원	(260), 金雨均(200), 白斗鏞, 朴基鴻
목 적: 각종 도서의 편집, 출판, 판매. 내외 도서 및 지물의 商事거래 및 위탁 판매. 인쇄 및 제본업	(각150)
배당률: 10 %	업종: 상업
사장/대표: 盧益亨	설립일: 1920-06-26
중역: (전무이사)洪淳泌	본점주소: 경성부 견지동 60
(이사)池松旭, 高裕相, 金元祐, (감사)金相冀, 南廷哲	

출전:『朝鮮銀行會社要錄』(1923年)(國史編纂委員會 韓國史DB)

계기는 동아일보 신문 용지의 독점적 공급을 담당한 계약이라고 한다.

36) 「출판업으로 대성한 제가의 포부」,『조광』제4권 제12호, 1938, 12월호. pp.312~323. 참조
37) 박용래,「대경성상단해부」,『조광』제2권 제2호, 1936, 2월호. p.308~310. 참조

　이 회사의 성립을 통해서 각 서적업주들은 자기 업소의 출판물들을 조합원의 서포에서 판매할 수 있는 공동의 유통망을 구성하고자 하였으며 이를 통해 일제의 근대적 출판업에 잠식당하는 국내 서적업의 위기를 타개해 보고자 하였을 것이다.

　이처럼 어려운 상황 속에서 한남서림의 『남태』출판이 지니는 의미는 무엇인가?

　『남태』가 원본에서 파생되어 두 종류의 판본이 생겨난 후, 그 중 단권화를 꾀한 쪽은 생존하나 분권화를 꾀한 쪽은 출판법 시행 후 판목이 인수되는 과정에서 도태한 사실부터 생각해보자. 분권화의 대세는 곧 상업적 이익과 연관됨에도 불구하고 『남태』의 분권화가 이익 극대화의 결과를 낳지 못한 것은 무슨 까닭일까? 이 대목에서 안자산이 『동아일보』에 게재한 19세기 말~20세기 초의 가집들에 대한 논평을 떠올려보게 된다.

　『남태』가 거론된 기록 중 현재까지 필자가 찾아볼 수 있는 것으로 가장 연대가 앞선 조선인의 글은 자산 안확(1886~1946)이 쓴 「시조의 연원(5)-조선시가의 정리」이다.

　　大院君 當時에는 朴孝寬, 崔守輔, 鄭仲甫 三人의 名歌가 出하야 歌人을 多數히 培養하니 그로부터 『歌曲源流』는 歌人間에 廣傳하게 되엿다. 그러나 그로부터 퍼저 나온 歌集은 同書異名으로 册名이 各殊하야 『靑丘永言』, 『女唱類聚』, 『大東風雅』, 『南薰太平歌』 其外 十數種의 別名을 지어 돌이어 昌披한 史籍이 되엇다. 余가 此等書를 旁求하야 査實해 본 結果 그 文句는 各其 訛誤함이 만흘쑨더러 심한 것은 作者의 氏名을 僞造 又는 相換하야 實證的 整理하기가 몹시 갓부게 되어잇다. 余가 此를 修正함에는 아즉까지도 完功을 세지 못하야 確言을 發키 持難하나 爲先 어림만 잡아보면 玆에 約述한 바에 止하거니와 通說을 明付함에는 그 齋料整理의 卒業日을 待하야 다시 發表코자 하고 이만한다.38)

---

38) 안확, 「시조의 연원(5)-조선시가의 정리」, 『동아일보』, 1930년 9월30일

대개 국문학에서는 『조선문학사』의 집필로 친근한 인물인 자산은 대원군의 수하였던 '천하장안' 중 안필주(安弼周)와 같은 집안이며 한때 이왕직 아악부의 촉탁을 역임하기도 하였던 인물이다. 19세기 말에 최수보·박효관 등에게 사사받은 국악의 거장 하규일의 직함이 역시 이왕직 아악부의 촉탁이었던 점을 생각하면 자산의 당시 시조에 대한 평론은 과히 그 전문성을 무시할 수 없다고 생각된다.

그러나 1930년에 작성된 글이니 위에서 언급된 『청구영언』은 진본을 말하는 것이 아님은 두말할 나위가 없거니와 아마도 육당본이나 경성제국대학교본 등이 아닐까 생각된다. 또한 『대동풍아』는 회동서관에서 발행된 등사판 가집을 보았을 것으로 추측된다. 따라서 『청구영언』·『남훈태평가』 등을 『가곡원류』로부터 파생된 가집으로 보는 안자산의 견해는 원본성에 대한 인식 없이 1930년 부근을 기점으로 그 당시에 유통된 가집들이 노랫말을 바꾸고 작자명을 위조하거나 하며 이름을 달리한 채 퍼져나가는 양상을 보이는 것에 대한 불평으로 이해할 수 있다.[39]

1차적으로 음악인에 의해서조차 이렇듯 불평을 듣는 가집이고 보니 『남태』의 소장 자체가 이미 제대로 정선된 조선가집을 샀다는 차원이라기보다는 그저 시장에서 누구나 돈만 내면 사볼 수 있는 수준의 가치였을 것이다. 때문에 당대인들은 굳이 두 권이나 분권된 것을 사느니 대강 한 권에 시조와 가사 잡가까지 모두 추려진 단권본을 사는 것이 낫다는 것이 일반적인 서적구매 의식이었으리라 짐작된다.

이렇듯 당대 국악 전문가에 의해서는 크게 인정받지 못하는 가집이었으나, 문화사적 의미에서 『남태』는 방각본이라는 특성으로 인해 개화기 출판

---

39) 이러한 인식에 대한 적극적 대응인지, 20세기 초의 가집 중에는 '정선(精選)'이라는 수식어를 앞세운 사례가 등장하기 시작한다. 그 대표적 사례로 '정선 조선가곡'을 들 수 있을 것이다. 자세한 것은 윤설희,「20세기 초 가집 <정선조선가곡>연구」, (성균관대 국문과 석사논문, 2007)을 참조할 것.

문화 속에서 조선의 시가를 대표하는 의미를 지닌다. 그 예가 앞에서도 밝힌 바와 같이 일본인들에 의한 『남태』의 번역 소개 작업이며, 20세기 초 프랑스인 아돌프 탈라소의 『아시아의 연시(戀詩) 시화집』에도 『남태』 수록 작품 3편이 소개되었다고 한다.[40]

개화기 한남서림의 구서 간행이 지향한 민족 전통이 담긴 서적의 보급이라는 소박한 의식은 대중적·통속적 가집이라는 특성상 가곡과 같은 아정함에서는 멀어졌다는 지적을 받기도 한다. 그러나 누구나 손쉽게 구입이 가능한 방각본이라는 이점으로 인해 개화기의 상황에서 외부세계의 눈에 조선의 시가문학을 대표하는 한 표본으로서도 기능하게 되었다고 할 수 있으며 이 점은 곧 실용서보다는 소설류를 주로 출판한 한남서림의 출판 성향이 거둔 부수적 성과이기도 하다.

5. 맺음말

지금까지 한남서림 출판 방각본 가집 『남훈태평가』에 관한 서지적 정보들과 이본의 계통성에 대해 추적하고, 아울러 한남서림의 주인 백두용 활동, 특히 민족운동 참여 등을 살펴보았다. 이를 통해 『남훈태평가』가 초간본에서 시작해 두 종류의 계통으로 파생되었고 그 중 단국대 소장본 계열 다시 상·하권으로 분권되었으나 상품가치를 상실하게 되어 시장에서 소멸되고 이화여대 소장본 계열은 한남서림으로 인수되어 판권지 부착 후 다시 서적시장에 등장하는 계통적 차이를 지님을 밝혔다. 또한 『남태』의 방각소를 규명하는 문제에 대해 조선시대 방각소들의 집적현상과 당대

---

40) 「6080세대 "마지막 지혜까지 환원"-원로들의 문화 사랑방 '태평관 기숙당' … 민간 차원 최초 귀중한 지적 재생산 장」, 『주간동아』, 2003년01월09일 (367호), pp.58 ~ 59.

지명의 약칭 관행에 비추어 볼 때 '석동'을 '석정동'으로 보아야 함을 논증했다.

다만 아쉬운 점은 한남서림의 다른 발간물들에 부기된 서/발문들에 대한 좀 더 깊은 천착을 통해 한남서림 출판물들 전체를 관류하는 출판의식을 감지하는 작업의 필요성이다. 또한 '연파거사'라고 알려진 백두용의 후견인 이용민의 구체적 신상정보를 찾아내는 문제인데, 이 문제 역시 백두용이 주로 그의 지인-장지연, 윤희구, 오세창 등등-과 교우들을 통해 서/발문을 맡기는 점에 착안해 살펴본다면 밝혀지리라 기대한다. 아울러 후속 연구에서는 조선후기 방각본 전체를 대상으로 범위를 넓혀 그들의 출판문화의 지형도를 좀 더 선명히 알아보고자 한다.

참고문헌

김동욱, 「방각본에 대하여」, 『동방학지』제11집(1970).

김학성, 「한국시가의 담론과 미학」,(서울: 보고사, 2004).

부길만, 「17세기 한국 방각본 출판에 관한 고찰」,『출판잡지연구』제10권 제1호 (2002).

성무경, 「보급용 가집 〈남훈태평가〉 의 인간과 시조 향유에의 영향(1)」,『한국시 가연구』제18집(2005).

유탁일, 『한국문헌학연구』(서울:아세아문화사, 1990).

윤경로, 『105인 사건과 신민회연구』(일지사, 1990).

이주영, 「신문관 간행 육전소설 연구」,『고전문학연구』제11집(1996).

이창헌, 『경판 방각본 소설의 연구』(서울: 태학사, 2000)

정태제 저, 백두용 열,『천군연의 전』(경성 한남서림, 1917)

하동호, 「한국 고서적상 변천략고」『출판학』제20호(1974, 여름)

______,『서울의 잊혀진 마을 이름과 그 유래』(국학자료원, 1999)

______,『한국땅이름큰사전』(한글학회, 1991)

박이정, 「대중성의 측면에서 본 남훈태평가 시조의 내적 분법 연구」(서울대 석사 학위논문, 2000)

최규수, 「남훈태평가를 통해 본 19세기 시조의 변모양상」(이화여대 석사학위 논 문, 1989))

S-Peterburg, Korean, 정신문화연구원 옮김, 『국역 한국지』(전광산업사, 1984)

한일 근대문학에 나타난 죽음의 미학

박수미

목 차

---

1. 서론

죽음이란 대개 시대와 문화를 초월하여 유사한 부정적 이미지를 가진다. 소멸이나, 고통, 상실, 슬픔, 패배, 또는 영원한 이별과 같은 단어들은 죽음과 직간접적으로 연결되어, 긴 세월 동안 그 어두운 성격의 단면들을 드러내왔다. 죽음이란 결코 환영받을 수 없는 개념이었으며 사건이고, 입에 담는 것조차 삼가야 하는 어두운 단어였다. 21세기인 현재에도 많은 병원에는 4층이나 13층이 없고, 장례식장에 다녀 온 사람에게는 소금을 뿌린다.

그렇기 때문에 사람들은 죽음을 피하기 위해 최선의 노력을 기울여 왔다. 과학과 의술이 발달할수록 인류의 평균수명이 길어진다는 사실은 "사람은 죽음을 싫어한다."는 명제가 참이라는 훌륭한 근거가 되어줄 것이다.

'개똥밭에 굴러도 이승이 낫다.'는 우리 속담이나, 지하세계의 하데스를 방문한 친구 오디세우스에게 아킬레우스가 "죽은 자들의 왕이 되어 다스리는 것보다는 차라리 소작농으로 먹고 사는 것이 좋겠네."라는 그리스 이야기[1] 등은 모두 죽음을 피하고 싶은 인간들의 보편적인 욕망을 보여주는 예라고 할 수 있다.

누군가 여기에 반론을 제기할 수도 있다. 자살을 어떻게 설명할 것인가 하는 문제이다. 집단적 자살과 같은 경우에는 특히 그 의외성이 두드러지는 일이기는 하다. 예를 들어 1997년 3월 26일 미국의 샌디에이고 인근에서는 하이어 소스(Higher Source)라는 집단에 소속된 39명이 3일간에 걸쳐 차례로 자발적인 자살을 했으며[2], 2004년 11월 17일 아프리카 우간다에서는 5백여 명이나 되는 많은 사람들이 집단 자살하는 사건도 있었다.[3] 이 외에도 자발적이고 집단적인 자살의 사례는 어렵지 않게 찾아볼 수 있다.

그러나 이들의 자발적 죽음은 모두 죽음을 끝으로 보지 않고 새로운, 더 나은 시작으로 이어지는 관문으로 보았다는 공통점이 있었다. 샌디에이고의 39인은 헤일-봅 혜성을 '영생'의 열쇠로 믿고 영원한 생명을 누리기 위해 자살을 택했으며, 우간다 사건은 종말론 신도들이 천국으로 가기 위해 스스로 목숨을 끊은 경우였다. 즉 이들은 모두 현재보다 더 길고 행복한 삶이 죽음 뒤에 있다고 믿었으므로 진정한 의미로 생을 끝내려 했던 것은 아니었다.

---

1) 요셉 프란츠 틸, 「무덤 저편의 삶」, 실비아 소프, 『죽음의 탄생』, 임영은 역, 말글 빛냄, 2008, p236.
2) 「한겨레21」, 1997년 4월 10일 제 152호
   (http://h21.hani.co.kr/hankr21/K_974A0152/974A0152_063.html)
3) http://afstudy.org/tt/board/ttboard.cgi?act=read&db=info&idx=63

이처럼 불길하고 두려운 '죽음'이지만 사람들은 그 미지의 영역에 대해 조금이라도 더 많은 정보를 얻으려 했다. 죽음 뒤의 세계에 대한 끝없는 호기심과 기대는 과학이나 철학의 영역에서 충분한 해답을 얻지 못했고, 결국 종교나 문학에게 의존할 수밖에 없었다.

문학에서, 특히 인생의 이야기라 불리는 소설에서 죽음이 중요한 소재로 다루어진다는 것은 새삼스러운 사실이 아니다. 오르페우스는 사랑하는 아내가 죽자 그녀를 되찾아오기 위해 하데스에게 하프를 연주해 감동시켰고, 손오공은 염라대왕의 명부에 있던 자신의 이름과 수명에 먹칠을 해버려 불사의 존재가 되었다. 로미오와 줄리엣은 사랑과 오해로 인해 죽음에 이르고, 벌레로 변해버린 그레고르 자므자는 가족들의 싸늘한 방관 속에 죽어간다.

죽음의 너머에 대한 두려움을 극복하기 위해 시작된 사후에 관한 담론은, 신화와 설화를 거쳐 문학에게 그 역할을 넘겼다. 고대 구비문학부터 중세까지의 문학이 재생이나 부활, 사후의 세계 등을 제시하는 것으로 향유자들에게 죽음에 대한 두려움을 덜게 만들었다면, 근대문학에서는 오히려 죽음을 직시하고 그 의미와 가치에 대한 진지하고 진솔한 고민을 표면으로 끌어냈다고 하겠다.

소설 속에서도, 현실에서도 어떤 이들은 생명의 가치 이상이라 여기는 무엇인가를 위해 기꺼이 죽는다. 그리고 그것이 사회의 미적 기준에 부합할 때, 사람들은 그 죽음을 거룩하다거나 아름답다고 평한다. 반대로 전혀 무의미한 죽음이라 평가되는 죽음도 있다. 보편적으로 대의나 사랑, 국가, 약자와 같이 보호해야 할 가치를 위한 죽음은 높은 평가를 받고, 반대로 재물이나 권력, 개인적 욕망을 만족시키기 위해 생명을 잃는 것은 부정적인 평가를 받는다. 나라를 구하기 위해 둑의 구멍을 몸으로 막은 소년의 죽음과, 좀 더 넓은 땅을 소유하기 위해 무리하게 달리던 사내의 죽음은 같은 가치를 가진 것으로 평가되지 않는다.

그러나 이와 같은 죽음에 대한 평가기준이 태초부터 부여된 절대적인 개념은 아니다. 헤겔은 "자연은 예술미의 반사(Reflex)에 지나지 않는다."[4]는 말로 자연이 가진 의미의 중립성을 주장하였는데, 죽음의 문제에서도 이러한 주장은 얼마간 유효한 것으로 보인다. 하나의 죽음에 대해 거룩하다거나, 무의미하다거나 하여 사회적 의미를 부여하는 것은 분명 인간이 만든 가치기준의 반영이고 예술에 의한 습관화라고 할 것이다.[5]

문학은 사회로부터 영향을 받고, 또 사회에 영향을 미친다. 하나의 문학에 나타난 죽음의 미학 역시 그 문학이 창작된 시대와 사회가 인식하고 있는 죽음을 반영하는 것이면서 동시에, 헤겔의 주장처럼 사회에 영향을 미치는 예술미가 된다. 예를 들어 1774년에 발표된 「젊은 베르테르의 슬픔」은 불만에 가득 찬 당시 젊은 지식인의 전형을 반영하고 있지만, 사회적으로 커다란 반향을 불러 수많은 모방 자살을 일으켰고 결국 이듬해에 판금당하기도 했다. 만약 그 소설이 국가를 위한 희생적 죽음에 강한 호감을 표현했던 것이었다면, 사회의 반향이 아무리 컸다 하더라도 판금으로 이어지지는 않았을 것이다.

본고에서 살펴보고자 하는 것은 한국과 일본의 근대초기 소설에 드러난 죽음의 미학이다. 지리적으로 인접하고 유교와 불교문화에 기반을 둔 두 나라의 전통적 유사성과, 식민지와 지배국이라는 근대이후의 차이점이 소설의 가장 극적인 사건 중 하나인 죽음에서 어떻게 형상화되었는가를 살핌으로써, 동시대 양국의 문학이 가진 국가적 특징을 도출해내고자 하

---

4) 유형식, 『문학과 미학-의미의 탄생에서 의미의 사망까지』, 도서출판 역락, 2005, p176. 재인용
5) 예술을 향유하지 않는 돌고래나 코끼리 등의 동물도 동료나 가족의 죽음에 대해 슬퍼하고 낙담하는 반응을 보이는 것은 죽음이라는 것이 '슬픔'의 본성을 가지고 있음을 짐작하게 하는 근거이지만, 앞서 예로 든 광신도들은 자발적으로 '기쁘게' 죽음을 택했다. 이는 죽음의 가장 근본적인 성격조차도 가치의 부여에 의해 변화적으로 인식될 수 있음을 보여주는 것이다.

는 것이 본고의 목표이다.

2. 죽음에 대한 외면과 거리두기 – 한국 근대초기문학의 경우

근대초기 한국 소설에서는 죽음이라는 주제에 대한 기피와 거리두기가 두드러지게 발견된다. 20년대나 30년대에 발표된 다수의 소설 작품들을 표면적으로 살펴본다면 이러한 필자의 주장은 쉽게 납득이 되기 어려운 면이 있다.

현진건의 「할머니의 죽음」이나 최서해의 「박돌의 죽음」처럼 제목부터 '죽음'이라는 단어를 포함한 소설들이 적지 않았고, 김동인의 많은 단편에도 죽음이 자주 등장한다. 심지어 신경향파, 카프의 소설들은 김기진이 인정했던 것처럼, 주인공이 죽는다든지 그렇지 않으면 다른 사람을 죽이는[6] 결말을 하나의 유형으로 삼기까지 했다. 또 사회적인 분위기를 감안한다고 해도 당시의 조선 혹은 대한제국은 죽음의 어두움에 매우 근접해 있었다고 할 수 있다. 국권의 상실과 경제적 수탈 속에서 지식인들은 자유로운 사회활동은 물론이고, 말 한마디도 마음 편히 할 수 없는 절대적인 압박을 받고 있었다는 것은 주지(周知)의 사실이다.

흥미로운 것은, 그럼에도 불구하고 이 시기의 소설가들이 대부분 암울하고 괴로운 현실을 작품 내에 반영하고는 있지만, 죽음 자체에 대한 직시는 꺼려했다는 점이다. 한국 근대초기 소설에 드러난 죽음에 대한 기피는 크게 두 가지 양상을 보인다. 먼저 죽음의 순간을 외면하는 경우가 있고, 그 외에 죽는 인물과 심리적 거리를 두고 서술하는 형태를 들 수 있다.

---

6) 조연현, 『韓國現代文學史』, 성문각, 1996, p320, 재인용.

> "내가 미쳐? 내가 도적놈이야? 이 악마같은 놈들 다 죽인다."
> 경수는 어느새 웃장거리 중국경찰서 앞에서 파수 보는 순사를 꽉 찔러 누이고 안으로 뛰어 들어갔다. 창문을 부신다. 보이는 사람대로 찌른다.
> "꽝꽝 꽝꽝"
> 경찰서 안에서는 총소리가 연방 났다. 벽력같이 울리는 총소리는 쌀쌀한 바람과 함께 쓸쓸한 거리에 처량히 울렸다. 모든 누리는 공포의 침묵에 잠겼다.[7]

위에 인용한 「기아와 살육」의 결말은 죽음에 대한 외면이 잘 드러난 경우라고 할 수 있다. 경수의 난동과 광기를 비교적 가까이에서 자세히 기술하던 화자는, 정작 경수가 죽음에 이르는 순간에는 직접적인 제시가 아닌 암시로 소설을 맺는다. 죽음의 순간에 갑자기 시점을 달리하여 물러나버리는 것이다.

현진건의「할머니의 죽음」에서도 이와 같은 유형의 의도적인 죽음에 대한 외면을 찾아볼 수 있다. 상태가 위중해져서 일가친척들을 모두 모여 들게 했던 화자의 할머니는 잠시 기운을 차리는 듯하다가, 화자가 다시 서울로 돌아온 사이에 숨을 거둔다. 때문에 화자는 임종의 순간을 보지 못하고 전보로 통보를 받을 뿐이다. 그의 「운수좋은 날」 역시 이와 비슷한 태도로 죽음을 다루었다. 작품의 서두에서부터 끊임없이 비극을 암시하며, 병들어 누운 아내의 심각한 상태와 김첨지의 불안한 심리를 세밀하게 묘사한 이 소설에서도 현진건은 다분히 의도적으로 죽음의 순간에 대해 기술하지 않았다. 따라서 「할머니의 죽음」이나 「운수좋은 날」에서 죽음은 가장 극적인 사건을 이루지 못하고 생략된 채, 일반적이고 피상적인 과정에 머무르고 만다. 전영택의 「화수분」에서도 이와 같은 죽음에 대한 외면을 찾아볼 수 있다.

---

7) 최서해, 「기아와 살육」, 『한국문학전집』 권2, 진학당, 1977, p383.

> 화수분은 왁 달려들어 안았다. 어멈은 눈은 떴으나 말은 못한다.
> 화수분도 말을 못한다. 어린것을 가운데 두고 그냥 껴안고, 밤을 지낸
> 모양이다.
> 　이튿날 아침에 나무장사가 지나가다 그 고개에 젊은 남녀의 껴안은
> 시체와, 그 가운데 아직 막 자다 깨인 어린애가 등에 따뜻한 햇볕을
> 받고 앉아서 시체를 툭툭 치고 있는 것을 발견하여 어린 것만 소에
> 싣고 갔다.8)

위의 예문을 보면 화수분 부부가 아이를 가운데 두고 얼어 죽었다는
것은, 문맥에 따라 단지 짐작할 수 있는 것뿐이지 화자에 의해 분명하게
설명된 사실이 아니다. 화수분과 그의 아내가 '젊은 남녀의 껴안은 시체'가
되는 과정은 생략되어 있는 것이다. 이처럼 시체만 있고 죽음은 없는 묘한
양상이 한국 근대초기소설에서는 빈번하게 나타난다.

염상섭의 「만세전」이나 김동인의 「감자」와 같은 작품들은 죽음의 순간
을 외면하지는 않았지만, 화자가 심리적 거리를 두고 서술을 진행하여
독자의 몰입이나 감정적인 동조를 차단한 경우이다. 화자인 '나(이인화)'
가 아내의 임종을 지키기 위해 귀국하는 내용의「만세전」에서는 죽어가는
사람에 대해 가벼운 동정을 보일 뿐, 가족이나 공동운명체로서의 안타까
움이나 슬픔은 찾아볼 수 없다.

> 　언제라고 그리 걱정을 해본 것은 아니지마는,
> '아직 죽지는 않은게로군!'
> 하고 안심이 되면서도, 도리어 좀 의아한 생각도 떠올랐다.
> 　돈은 그달 학비까지 합해서 백원이나 보내왔다. 병인은 죽었든 살았
> 든 하여간 돈백원은 반가웠다.9)

화자의 이러한 태도는 아내가 끝내 숨을 거둔 뒤에도 변하지 않아서

---

8) 전영택,『화수분』마당문고사, 1987, p14.
9) 염상섭,「萬歲前」,『한국문학전집』권5, 삼오문화사, 1987, p271.

"가엾은지 슬픈지 아무 생각도 머리에 떠오르지는 않았"고, 오히려 "내손으로 미음을 떠넣어 준 것만이 무슨 큰일이나 한 것 같이 유쾌하"기까지 하다. 임종 직후 남들이 눈물을 흘리는 중에 사랑으로 나와 담배를 피우고, 의사의 허둥대는 모습에 코웃음을 칠 만큼 화자는 병인의 죽음에 무덤덤하다. 화자의 심리가 이렇게 지극히 냉담하기 때문에, 그를 통해 이루어지는 서술속의 죽음에서 독자가 슬픔을 느끼거나 감정적인 일체화를 느끼기는 어렵다. 결국 이러한 서술의 거리두기 때문에 「만세전」에서의 죽음은 감정의 정화를 이끌어내는 특별한 사건이라기보다는, 하나의 현상에 머물고 만다. 화자인 '나'와 시선을 같이 하는 독자 역시 병인의 죽음에서 어떤 의미를 찾기가 어려워지는 것이다.

「감자」의 죽음은 주인공인 복녀의 최후이고 소설의 절정부분에 속하지만, 이 역시 적극적인 수용이 아니라 피상적인 묘사에 그친다.

복녀의 입에 여태껏 떠돌던 이상한 웃음은 문득 없어졌다.
"이까짓 것!"
그는 발을 들어서 치장한 신부의 머리를 찼다.
"자, 가자우, 가자우."
왕서방은 와들와들 떨었다. 왕서방은 복녀의 손을 뿌리쳤다. 복녀는 쓰러졌다. 그러나 곧 일어섰다. 그가 다시 일어설 때는 그의 손에 얼른얼른하는 낫이 한 자루 들리어 있었다.

"이 되놈 죽어라. 이놈, 나 때렸니! 이놈아, 아이구 사람 죽이누나."
그는 목을 놓고 처울면서 낫을 휘둘렀다. 칠성문 밖 외딴 밭 가운데 홀로 서 있는 왕서방의 집에서는 일장의 활극이 일어났다. 그러나 그 활극도 곧 잠잠하게 되었다. 복녀의 손에 들리어 있던 낫은 어느덧 왕서방의 손으로 넘어가고, 복녀는 목으로 피를 쏟으면서 그 자리에 고꾸라져 있었다.[10]

---

10) 김동인, 「감자」, 『감자·배따라기』, 일신서적공사, 1987, p93.

이 예문에서 눈여겨 볼만한 부분은 "처울면서 낫을 휘둘렀다."와 "칠성문 밖 외딴 밭 가운데"의 사이에 갑작스럽게 변화한 서술의 태도와 거리라고 할 수 있다. 복녀가 이상한 웃음을 지으며 왕서방과 그 신부를 질투하여 억지를 부리는 장면에서는 행동 하나, 표정 하나, 대화 한 마디까지도 모두 자세히 기술하던 화자는, 복녀가 낫을 휘두른 이후 갑자기 어조를 바꾼 채 서둘러 '그녀가 죽었다.'고 선언하는 것으로 서술을 마무리 지어버린다.

이를 영화에 비유해서 말하자면, 「감자」라는 소설 전체는 현대 영화의 극적 긴장감을 가진 것에 반해, 복녀가 죽음을 맞이하는 부분만은 초창기 흑백무성영화처럼 엉성하고 생동감이 부족한 것이다. 또 난데없이 서술의 중간에 "칠성문 밖 외딴 밭 가운데 홀로 서 있는 왕서방의 집에서는"이라고 장소에 관한 설명을 삽입함으로써 극의 맥을 끊고, 독자의 감정몰입을 약화시켰다.

그의 「붉은 산」이나 「광화사」역시 죽음을 이야기하고는 있지만 진지하고 적극적인 시선으로 그것을 직시하지는 않았다. 「붉은 산」에서는 익호가 어떻게 해서 허리가 꺾여 죽을 지경에까지 이르게 되었는지 암시적으로만 서술하여 의미 있는 죽음으로 형상화되지 못했고, 그 비장함이 제대로 전달되지 않는다. 「광화사」에서 소경처녀의 죽음은 우발적이고 급작스러운 사건이어서 "소경은 벌써 이 세상 사람이 아니었다."는 한 줄의 글로 마무리될 만큼 건조하다.

주요섭의 「인력거군」은 인력거꾼인 '아찡'의 죽음을 제재로 하고 있지만 그가 왜 죽는지, 무슨 생각을 하면서 죽음에 이르는지에 관해서는 거의 설명되지 않는다. 단지 "꿍- 소리를 지르며 도로 엎으러지고서는 다시 아무 것도 인식하지 못하게 되고 말았다."라고 한 뒤에 아찡의 시체를 검시하는 순사의 모습을 통해 그가 죽었음을 알린다.

이처럼 한국근대초기 소설에서 죽음은 담론의 소재로 빈번하게 채용되면서도 그 중앙에 위치하지 못했다. 대다수 작가들은 죽음에 대해 진지한 관찰을 하고 그 결과에 대해 의미를 부여하는 행위를 거부했다. 그들은 죽음의 순간을 보려하지 않았고, 혹시 보게 되더라도 감정을 제거한 채 멀리 떨어져 있으려 했고, 타인의 일이라 치부하려 했다.[11] 20년이 넘는 세월동안 다수의 작가들이 쓴 작품들이 일관적이라고 할 만큼 어떤 현상에 대해 이처럼 외면하고 기피했었다는 것은 흥미로운 사실이다.[12]

체코의 문인이자 이론가였던 무카로브스키(J. Mukařovský)는 대상을 격리시켜 관심을 끌게 하는 능력, 만족감을 불러일으키는 능력, 이미 상실된 기능을 대치하는 능력 등을 미학의 3가지 능력으로 규정했는데,[13] 이러한 기준에서 볼 때 당시의 한국소설의 주류에서 '죽음'이란, 온갖 부정적 의미가 더해진 '끝'이었으며 아름다움이 거의 완전히 제거된 사건이었다. 다수의 소설에서 죽음은 외면의 대상이었고, 죽음이라는 사건 뒤에 긍정적인 변화가 설정되지 않음으로써 독자가 그 '죽음'에서 감정의 정화나 만족감을 느낄 여지를 차단하였다.

문학에 있어 죽음이란 사전적 의미 그대로 한 개체의 생명력이 소멸된 것을 말하는 것이기도 하지만, 다른 여러 개념을 상징한다. 예를 들면 질서의 붕괴, 한 시대의 종결, 조화와 안정의 해체 등의 개념이 문학의 내부구조 속에서 '죽음'이라는 사건을 통해 독자에게 전달된다. 따라서 근대초기 한국 작가들의 죽음에 대한 외면은 국가의 완전한 종말을 인정하지 않으려

---

11) 이 시기에 발표된 소설 중, 지식인의 죽음을 다룬 작품이 찾아보기 어렵다는 것은, 당시 소설가들이 '죽음'을 '타인의 일'로 간주하려 했다는 해석을 가능하게 한다. 죽음이 소재로 채용된 대부분의 작품에서 죽는 인물은 인력거꾼이나 농촌빈민 등의 하층계급이었다.

12) 물론 예외적인 경우로 최서해의 「박돌의 죽음」이나 심훈의 「상록수」등을 꼽을 수 있을 것이다. 다만 「박돌의 죽음」에서는 썩은 생선 머리를 먹고 제대로 치료조차 받지 못하고 죽어가는 박돌과 그것을 절규하며 지켜보는 그의 어머니의 모습을 통해 빈곤계층의 고난이 매우 상세하게 그려진다. 그러나 어떤 이유에서인지 박돌이라는 인물이 독자의 주목을 끌어 감정적인 동조를 얻고 의미를 부여받기도 전에 이미 아픈 상태로 소설이 시작되어 아쉬움을 준다.

13) 유형식, 위의 책, p306. 재인용

는 심리에서 가장 먼저 그 원인을 찾아볼 수 있을 것이다.

3. 죽음에 대한 순응과 보상의 제시 – 일본 근대초기 문학의 경우

일본에서는, 그리고 일본 문학에서는 생사관(生死觀)이라는 말은 사용하지 않으며 사생관(死生觀)이라고 한다.[14] 사생관이라고 하는 단어는 한국인들에게는 낯선 단어임에 분명하다. 짧지 않은 식민통치로 인해 꽤 많은 한국의 한문단어들이 일본식으로 바뀌거나 일본의 영향을 받아 변형되었던 역사가 있지만, '사생관'이라는 어휘는 한국에서 정착되지 않았다. 그것은 죽음과 삶을 대하는 양국민의 의식에 근본적인 차이가 있었기 때문이라고 할 수 있을 것이다.

사생관과 생사관에 어떤 차이가 있는가 하는 해석의 문제에는 여러 가지 해석이 가능하다. 생사관은 생을 얻고 사(死)하는 생명의 순리를 나타낸 말이고, 사생관은 현세(生)의 시점에서 사(死)를 바라보고 윤회를 거친 그 다음 생을 바라보는 것이라는 견해[15]도 타당한 면이 있겠고, '군신(君臣)'이나 '선악(善惡)'처럼 보다 크다고 여기는 가치를 앞에 둔 것이라 볼 수도 있다. 중요한 것은 생과 사의 위치가 서로 뒤바뀐 이 두 단어의 글자배치 차이만큼이나 죽음을 대하는 양국의 문화적, 문학적 전통도 분명히 다르다는 점이다.

일본 민속학의 창시자라 불리는 야나기타 구니오(柳田國男)는 1945년 종전 직전에 탈고한「선조이야기(先祖の話)」에서 일본인은 죽음에 대한

---

14) 서정완,「일본 중세문학의 전개와 죽음의 미학」,『동아시아 기층문화에 나타난 죽음과 삶』, 민속원, 2001, p238.
15) 서정완, 위의 책, p238.

친근감(死の親しさ)을 가지고 있다고 했으며 또 최후의 일념의 달성가능
성과 함께 재생 관념을 굳게 믿고 있다고 주장했다.16) 그의 주장에 따르면
칠생보국을 믿는 일본인은 저승을 그리 먼 나라라고는 여기지 않았으며,
사후에라도 기회만 있으면 언제라도 이승으로 돌아와 인생을 영위하는
것도 가능하다고 믿었다. 물론 이러한 생사관이 역사를 통틀어 모든 일본
인들의 사고방식을 지배했다고 보는 데에는 무리가 있겠지만, 적어도 일
본인들의 죽음에 대한 인식의 보편적인 단면을 짐작하는 단서는 되어 줄
것이다.

문학 속에서 죽음에 거리를 두려하지 않고, 주시했던 일본인의 태도는
「헤이케모노가타리(平家物語)」나 「다이헤이키(太平記)」와 같은 작품에
서 발견할 수 있다. 일본 역사군담의 대표작 중 하나라고 할 수 있는「헤이
케모노가타리」는 13세기 무렵 성립되어 수 세기에 걸쳐 텍스트와 공연물
의 형태로 성장, 발전한17) 작품이다. 12세기 중엽부터 말에 걸쳐서 일어났
던 겐 씨(源氏) 와 헤이 씨(平氏)의 싸움을 소재로 삼은 이 「헤이케모노가
타리」는 비와법사(琵琶法師)라는 낭송 전문가들에 의해 읊어지던 대본
겸 서사시였다. 12권으로 완성된 후에도 내용이 계속 늘어나 결국에는
「겐페이세이스이키(源平盛衰期)」48권으로까지18) 이르게 되었다는 점을
감안하면 향유되던 당시의 인기를 짐작할 수 있을 것이다. 이렇게 대규모
의 군중 앞에서 인기를 얻으며 낭송되던, 승자인 겐 씨의 이야기가 아니라
패자인 헤이 씨의 이야기라는 점이 주목할 만하다. 패자의 시점에서 전투
에서 패하고, 죽어 가고, 그 과정에서 사별하는 이야기, 멸망하는 헤이케

---

16) 남근우, 「생사관의 정치학-야나기타민속학의 경우」, 『동아시아 기층문화에 나타난 죽음과 삶』,
   민속원, 2001, p196.
17) 장영철, 「무사계급에 의한 정권의 성립-『平家物語』」, 『모노가타리에서 하이쿠까지』, 글로세움,
   2003, p201.
18) 고니시 진이치 저, 『일본문학사』, 고려원, 김분숙 역, 1996, p125.

이야기[19]를 통해 생이 아닌 죽음에서 아름다움을 찾으려는 시도가 있었던 것이다.

비슷한 시기 패자의 죽음에 초점을 맞춰 서술을 진행한 또 하나의 작품으로 「다이헤이키」를 들 수 있다. 남북조 전란을 소재로 한 이 작품에는 가마쿠라 막부의 최고 실권자였던 호죠(北条)가문이 마지막 술잔을 돌리며 집단할복에 임하는 장면과 남조(南朝)측 무사들이 할복하는 장면 등이 삽입되어있다. 특히 남조 측 무사들은 할복을 하고 죽어가면서 모두 상대방에게 한없는 원념을 표출하는데, 이들은 결국 실제로 원령(怨靈)이 되어 소설의 3부에 등장해서 무로마치 막부의 내분을 획책하기도 한다.[20]

이처럼 일본에서는 적어도 중세 이후로는 죽음의 문제, 죽음의 순간, 죽음이 남긴 것이 매우 긴밀하게 문학에서 다루어졌으며 그 전통은 근대문학으로까지 이어졌다. 근대 초기 일본의 대표적인 작가 중 한 사람인 모리 오가이(森鷗外)도 「아베 일족(阿部一族)」이나「사카이 사건(堺事件)」과 같은 소설에서, 앞서 기술한 중세 문학작품들과 같이 할복과 죽음을 작품의 중요한 소재로 삼았다.

> "프랑스 놈들은 잘 들어라! 나는 네 놈들을 위해 죽는 게 아니다! 황국을 위해 죽는 것이다. 일본 사내 대장부의 할복이 어떤 것인지 똑똑히 봐 두어라!"
> 미노우라는 웃옷을 풀어헤치더니 단도를 왼손에 들고 왼쪽 옆구리를 힘껏, 그리고 깊숙이 찔렀다. 세 치 정도 내리 긋고 나서 다시 혼신의 힘을 다해 오른 쪽으로 칼을 당겼다. 이어 이번에는 다시 왼쪽으로 세 치 가량 끌어올렸다.
> 칼을 깊숙이 집어넣어서인지 그 상처는 몹시도 크게 벌어졌다. 미노우라는 단도를 내던지고 그 상처 안으로 오른 손을 쑤셔 넣었다. 그리고

---

19) 서정완, 위의 책, p229.
20) 최문정, 「천황제 이데올로기의 대중화-『태평기』」, 『모노가타리에서 하이쿠까지』, 글로세움, 2003, p210 참조.

> 창자를 쥐어들고 몸 밖으로 꺼내며 프랑스 공사를 노려보았다.
> 기다리고 있던 바바가 칼을 뽑아들고 목을 쳤으나 얕았다.
> "바바! 어찌 된 건가? 좀 더 침착하게 잘보고 치게나!"
> 미노우라가 호령하였다.
> 바바의 두 번째 칼이 목덜미를 내리치자 '뚝'하는 소리가 났다. 미노
> 우라는 다시 호령하였다.
> "아직 안 죽었다! 다시 베어라!"21)

위와 같은 끔찍한 장면으로 가득한 이 소설 「사카이 사건」은 에도 시대 말기 사카이 경비 중에 프랑스 군인을 죽인 일본 군사들의 이야기이다. 프랑스 공사는 프랑스 군인들의 죽음의 대가로 몇 가지 사후 조치를 요구하는데 이 중에는 사건에 관련한 도사번 군사 20명을 사형에 처하라는 것도 있었다. 조정은 결국 프랑스 측의 요구를 수용하기로 하고 나라를 지킨 군사들은 순식간에 사형수가 되어버리는 것이다. 이 부분까지의 이야기는 그리 독특하다고 할 것이 없다. 개항의 과정에서 열강에 시달려야 했던 대부분의 국가에서 유사하게 발견될 만한 사례와 크게 다르지 않다.

그런데 소설 「사카이 사건」의 일본적 독특함은 죽음이라는 운명이 결정된 이후에 군사들이 보이는 행동과 그것을 서술하는 작가의 태도에서 비롯된다. 사형이 집행되기 전날 밤에 군사들은 자신들이 범죄자로서 처형당하는 것을 납득할 수 없으며, 할복을 하겠다고 조정에 건의하여 허락을 얻어낸다. 죽기는 죽되 스스로 죽겠다는 것이다. 게다가 할복이란 고통을 참아가며 스스로 배를 가르고 뒤에서 대기하고 있던 이가 목을 치는, 더 괴로운 죽음이다. 자신들의 구명이 아닌 더욱 고통스러운 방식의 죽음을 요청하고, 그 허락을 얻어낸 후에는 기뻐하기까지 하는 20인의 모습은 '할복은 무사에게만 허락된 명예'라고 하는 일본의 문화 내에서만 이해가 가능할 것이다.

---

21) 모리 오가이 저, 「사카이 사건」, 『일본단편소설 Best15』, 김미숙 역, 거송미디어, 2005, p 154.

오가이는 이후 20인의 행적을 매우 치밀하게 추적하여 서술했다. 할복을 허락받음으로써 무사로 한 단계 잠정 상승한 그들의 신분, 할복 전야의 성찬, 할복 장소로 이동하는 모습, 주변 인파의 태도, 죽은 후 들어가게 될 옹관의 모습과 위치까지, 담담하면서도 조금도 서두르거나 피하지 않고 차분히, 20인이 죽음으로 가는 길을 서술하고 있다. 특히 할복 장면에 이르러서는 눈살이 찌푸려질 만큼 잔인한 상황까지도 세세하게 묘사하여 독자가 그들의 죽음에 관해 놓치고 지나는 부분이 없도록 했다.

군사들이 차례로 나서서 자신의 손으로 목숨을 끊는 의식을 지켜보던 프랑스 공사는 11명의 할복이 끝난 후, 더 버티지 못하고 달아난다. 그리고 일본 조정에게 나머지 군사들의 사면을 요청하는 것이다. 소설「사카이 사건」이 다룬 죽음의 미학은 바로 여기에 있다고 하겠다. 일본의 조정이 쩔쩔매는 강대국 프랑스의 공사이지만 '무사도의 극치(오가이의 입장에서)'를 보여준 일본남아들의 기개에는 당하지 못하고 결국 사면이라는 타협을 선택한다. 바꿔 말하면, 모리 오가이가 제시한 세계에서 20인의 군사는 할복이라는 죽음의 수단을 통해 제국주의의 거대한 힘을 이겨낼 수 있었다. 그는 일련의 역사소설들을 통해 근대일본의 독자에게 죽음이 승리에 이르는 방법이 될 수 있다고 하는 주장을 펴고 있는 것이다.22)

죽음에 대한 예찬까지는 아니더라도 삶과 죽음이 갈리는 순간을 관조한 소설들은 더욱 쉽게 찾아 볼 수 있다. 히로츠 류로(廣津柳浪)의 「이마도에서의 동반자살(今戸心中)」은 사랑을 이루지 못한 기생과 그 기생을 짝사랑하는 남자가 함께 강에 몸을 던져 동반자살을 하는 과정을 치밀히 다루었고, 토쿠토미 로카(德富蘆花)의 「두견새(不如歸)」는 폐결핵에 걸려 시어머니에게 쫓겨난 젊은 여인의 죽음이 감상적으로 그려진 작품이다.

---

22) 이후 사면 받은 9명의 군사들이 무사에서 강등되어 유배생활을 했다는 내용을 통해 구차한 삶과 숭상의 대상이 되는 죽음을 대비시킨, 소설의 결말에서 모리 오가이가 '의기 있는 죽음'에 의미를 부여하려 했음을 짐작할 수 있다.

이 두 소설의 죽음에서 공통적인 부분은 작중 인물들이 죽음에 이르는 순간, 그의 처지를 동정하고 진심으로 슬퍼하는 사람들이 곁을 지킨다는 점이다. 「이마도에서의 동반자살」의 경우는 동반자살이었으니 죽음을 완전히 공유하는 것이었고, 「두견새」의 나미꼬는 친정 가족에 둘러싸여 숨을 거둔다. 시집 식구들과 무정한 남편이 임종한 「만세전」의 경우와는 차이가 있다. 이처럼 최후의 순간에 의지할 누군가가 곁에 있다는 것은 의미하는 바가 크다. 그것은 누구나 언젠가는 맞이해야 할 죽음이라는 절차에 대한 원초적 두려움을 조금이나마 덜 수 있는 용기를 주는 설정이며, 동시에 소속된 집단이 사랑으로 최후까지 함께 해 줄 것이라는 약자들의 기대에 부응하는 문학적 약속이다.

남편이 병든 부인을 숨을 거둘 때까지 간호하는 유형의 여러 소설들 역시 이러한 맥락에서 이해할 수 있다. 요코미츠 리이치(橫光利一)의 「봄에는 마차를 타고(春は馬車に乘つて)」나 타키이 코사쿠(龍井孝作)의 「무한포옹(無限抱擁)」, 호리 타츠오(堀辰雄)의 「바람이 일다(風立ちぬ)」등이 모두 남편이나 약혼자의 간호를 받다가 숨을 거두는 병든 여인들의 죽음을 다룬 작품들이다. 병자를 최후까지 간호하고 곁을 지킨다는 것은 책임과 보상의 문제라 할 수 있다. 가족이기 때문에 혹은 사랑하기 때문에 간병인으로서의 고통과 수고를 견디고 죽음에 이르는 과정을 함께 하는 것이며, 죽음 이후에는 추모와 슬픔을 표현하는 것이다.

이런 유형의 작품에서 인물의 평소 행적은 죽음의 과정에서 어떤 처지에 놓이는가를 결정하는 핵심요소가 된다. 위에 적은 작품들에서 좋은 부인(혹은 애인이나 딸)이었던 여인들이 외롭지 않게 위로를 받으며 죽음의 순간을 맞는 것과 달리, 아리시마 타케오(有島武郎)의 「어떤 여자(或女)」에서는 사회규범에 연연하지 않고 문란한 생활을 하던 요오코(葉子)가 아무도 돌봐주지 않는 처지가 되어 결국 비참하게 죽어가는 것으로 설정되어 있어서 선명한 대조를 이룬다.

죽음의 순간에 고통과 두려움을 달래주는 간병인의 정성어린 모습은 단순히 순애보나 가족윤리의 표현이라고 하기 보다는, 사회와 구성원 간의 관계와 책임에 대한 작가의 입장표명이라고 이해하는 편이 바람직할 것이다. 죽어가는 사람을 동조의 시선으로 바라본다는 것은 생존가능성을 점차 줄이고 그 죽음을 인정해 나가는 과정이라고 할 수 있다.

「봄에는 마차를 타고」에서 의사에게서 '가망이 없다'는 말을 듣고 돌아오는 남편은, 부인의 병든 얼굴을 보지 않는다면 언제까지고 그녀가 살아 있다고 느낄 수 있으리라 생각한다. "보는 것이 믿는 것이다."라는 서양 속담처럼 부인의 죽음을 보지 않는다면 그녀의 생존에 아주 적은 가능성이라도 둘만한 근거가 생긴다는 의미이다. 따라서 한 죽음의 증인이 되어 끝까지 그 위치를 벗어나지 않고 지킨다는 설정은, 운명에 개한 순응을 의미하며 이를 확대하여 보면, 곧 소설 밖의 현실을 인정하고 그 질서에 따르겠다는 심리를 상징하는 것이라 하겠다.

메이지 시대의 평론가였던 이시카와 다쿠보쿠(石川啄木)는 일본 청년들과 국가 또는 강권 사이에는 진정한 적대관계가 없으며, 그들이 서로 '원수'처럼 보면서도 사실은 같은 '논리'를 추종하는 '복종'관계에 있음을 지적[23]한 바 있는데, 위에 열거한 작품들에 드러난 '죽음'의 미학 역시 확대하여 해석한다면 국가라는 거대한 시스템과 질서에 대한 순응의 메시지를 담고 있다고 하겠다. 모리 오가이가 일련의 역사소설에서 할복까지도 불사했던 무사의 윤리를 통해 절대자에 대한 무조건적 순종을 높이 내세우는 것도 그 자신의 태도 결정이며, 윤리적 선언이었다.[24]

죽음에 대한 수긍은 국가적 분위기와도 연관이 있었다. 다이쇼 시대의

---

23) 나카무라 미쓰오, 『일본 메이지문학사』, 고재석·김환기 역, 동국대학교 출판부, 2001, p26.
24) 우스이 요시미, 『일본 다이쇼문학사』, 고재석·김환기 역, 동국대학교 출판부, 2001, p93.

모리 오가이처럼, "높은 애국심, 충성심, 복종심, 용기, 동정심을 지님으로써 언제라도 서로를 돕거나 공동의 이익을 위해 자신을 희생할 수 있는 구성원들을 많이 포함한 종족이 다른 종족들을 이긴다[25]"고 하는 다윈 근본주의에 입각한 작가들에게는 대의를 위한 희생이 당연시되었을 것으로 보이고, 다수의 작가들에게도 러일전쟁의 승리나 강대국으로 발돋움한 국가의 위상은 그들의 순응적 '사생관' 구축에 큰 영향을 미쳤을 것이다.

그러나 당시의 모든 일본 작가들이 이처럼 죽음을 기꺼운 희생으로 보았다고는 할 수 없다. 일방적 질서에 대한 반항이 있었고 그 반항의 기세를 단번에 꺾을 만큼 강한 정부의 대처가 있었다. 프롤레타리아 문학 운동에 열성적이었던 코바야시 타키지(小林多喜二)와 같은 반체제적 작가는 체포되어 죽음을 당하기도 했고, 1911년에는 '권위라는 공동의 적'에 대항하려는 기미를 보인 자연주의 문학을 단속하기 위해 '사회'라는 단어가 붙은 모든 책을 금서화하기도 했다.[26] 더 거슬러 올라가 1910년에 있었던 이른바 '대역사건'은 24명의 사회주의자들을 사형시킴으로써 일본사회를 폐색의 분위기로 몰았다. 이러한 사회 분위기가 문인들에게도 적지 않은 영향을 주었다는 것은 쉽게 짐작할 수 있는 부분이다.

이시카와 다쿠보쿠는 대역사건의 감상을 "그것은 저도 모르게 걸어가게 된 외길에서 앞서 걸어가는 사람들이 돌연 불 속으로 뛰어드는 모습을 멀리서 목격하게 된 기분[27]"이라 표현했으며 나가이 가후(永井荷風)는 그 죽음에 대해 정의를 부르짖지 못했기 때문에 "스스로 문학자라는 사실에 엄청난 수치심을 느꼈다.[28]"고 회고하였다. 일본문인들에게도 개인의

---

25) 데미비드 베레비, 『우리와 그들, 무리짓기에 대한 착각』, 정준형 역, 에코리브르, 2007, p. 414, 재인용.
26) 우스이 요시미, 위의 책, p.32.
27) 우스이 요시미, 위의 책, p.16, 재인용.
28) 우스이 요시미, 위의 책, p.18, 재인용.

죽음을 통해 사회의 모순을 고발하는 일은 매우 조심스러운 작업이었음을 짐작하게 하는 기록들이라 하겠다.

4. 양국 문학 내 죽음의 미학적 차이와 그 이유

지금까지 살펴본 것처럼 근대 초기 한일 양국의 소설에 드러난 죽음의 미학의 주류는 상당한 차이를 보인다. 죽음에 대한 직시를 거부한 한국의 경우와, 죽음을 운명으로 받아들이고 그 과정과 남겨진 것을 관조한 일본의 경우는 식민지와 지배국의 입장을 고스란히 대변하는 것처럼 보이기도 한다. 소설 내부의 서사구조 뿐 아니라 실제의 삶에서도 양국 작가들의 죽음을 대하는 태도에는 큰 차이가 있었다.

36세의 나이에 음독자살한 아쿠타가와 류노스케(芥川龍之介)를 비롯하여 많은 일본의 문인들이 여러 가지 이유로 자살을 했다. 「인간실격(人間失格)」에서 우울하고 한없이 위태로운 인간의 본질을 제시한 다자이 오사무(太幸治)는 소설에서 자살을 고뇌를 이길만한 유혹으로 그리는 것에 그치지 않고, 그 자신도 네 차례의 자살을 기도한 후 다섯 번째 시도에서 자살에 성공[29]하였다. 다자이 오사무에게 소설을 지도받았던 다나카 히데미츠(田中英光)는 스승의 자살에 충격을 받고 그 이듬해 그의 무덤 앞에서 술과 약을 마시고 손목을 끊어 자살했다. 「어떤 여자」의 아리시마 다케오는 부인이 죽은 후 작가생활을 하다가 잡지사 기자와 별장에서 정사(情死)했고, 신경쇠약이 심했던 마키노 싱이치(牧野信一)는 유서도 남기지 않은 채 목을 매 자살했다. 근래의 사례를 살펴보아도, 20세기 일본 최고의 소설가로 평가받는 미시마 유키오(三島由紀夫)가 1970년 자위대

---

29) 한국일어일문학회, 『나쓰메 소세키에서 무라카미 하루키까지』, 글로세움, 2003, p197.

에게 평화헌법을 뒤엎으라는 극우적 연설을 한 후 할복을 했고, 얼마 후 그의 스승이자 노벨상 수상자인 가와바타 야스나리(川端康成)가 자살을 했다.

반면에 한국 문인의 자살을 꼽으라면 <사의 찬미>로 널리 알려진 윤심덕과 김우진의 정사(情死)외에는 전혜린의 자살(1965) 정도 밖에는 사례를 찾아보기 어렵다. 1장에서 '예술에 의한 습관화'를 거론한 바 있는데 적어도 '문인의 자살'이란 습관은 양국에서 정 반대의 방향으로 고정화되어간 것처럼 보인다.

근대 초기 한국의 작가들은 자살의 미학을 온전히 믿지 않았다. 그렇기 때문에 이 시기 발표된 소설에서 자살기도가 실패로 돌아가는 설정도 자주 사용되었다. 「혈의 누」에서 옥련의 모친이 대동강에 몸을 던지지만 사공에 의해 건져진 이래, 「무정」의 영채도 자살을 하려다가 마음을 바꾸고, 「장한몽」의 심순애 역시 대동강에 뛰어들었다가 백낙관에게 구출된다. 「흙」에서 허숭의 아내 정선은 죽으려고 열차에 뛰어 들지만 다리 하나를 잃고 살아남았고, 「벙어리 삼룡이」의 주인 아씨는 "길다란 명주 수건"에 목을 매려다가 삼룡의 개입으로 뜻을 이루지 못했다.

김기진은 신경향파의 문학에 대하여 "근래의 문단에는 적개심과 분노와 전생명적반역(全生命的叛逆)과 울분과 비관과 염세를 그리어내는 한 개의 경향[30]"이 있다고 하며 그 원인을 현실이 "살인, 자살을 유치"한 때문이라고 했지만, 그를 포함하여 신경향파나 카프의 작가들 중에 소설의 자살을 현실의 자살로 이어 실행한 경우는 찾아보기 어렵다.

돌이켜 보면 한국의 전통적 문화에서는 어느 정도 자살을 미화하고 의미를 부여했던 경향이 있었다. 남편을 잃은 부인이 자결하면 열녀문을 세웠던 유교적 전통이나, 임진왜란 때 패전한 신립이 강물에 몸을 던진

---

30) 조연현, 위의 책, p320, 재인용.

일, 경술국치를 당하자 절명시 네 편을 남기고 '나라의 체면과 선비로서의 의리'를 지키기 위해 스스로 목숨을 끊은 매천 황현의 예 등을 보면 자살이 한국의 문화에서도 결코 낯설지 않은 사건이었음을 알 수 있다. 따라서 자살을 거부하는 사회적 분위기는 계승되었다기보다는 새롭게 형성된 문화라고 보는 편이 타당할 것이다. 갑오개혁 이후 이인직이나 이광수 식의 계몽문학이 득세하면서 구습의 타파가 하나의 커다란 문학적 경향을 이루었을 때 자살이 부정적 구습의 하나로 간주되었을 가능성도 있고, 서구 사상과 함께 유입된 기독교 교리에 영향을 받았던 것도 한 이유라고 볼 수 있지만, 그보다는 시대적 특수성이 더욱 크게 작용했을 것으로 여겨진다.

근대 이후의 한국 문인들이 자살을 멀리한 이유, 나아가서는 그들의 작품 속에서 죽음을 직시하지 않으려 했던 이유에 대해서는 역시 그들 자신의 입을 빌려 의견을 듣는 것이 가장 정확한 방법일 것이다. 이태준이 1946년 발표한 소설「해방 전후」에는 작가를 투영한 인물이라 할 수 있는 '현'이 등장하여 일제하 말기의 지식인·문인들의 내면을 다음과 같이 술회하고 있다.

> 현은 정말 살고 싶었다. 살고 싶다기보다 살아 견디어내고 싶었다. 조국의 적일 뿐 아니라 인류의 적이요 문화의 적인 나치스의 타도를 오직 사회주의에 기대하던 독일의 한 시인은 모르토프가 히틀러와 악수를 하고 독소중립조약(獨蘇中立條約)이 성립되는 것을 보고는 그만 단순한 생각에 절망하고 자살하였다 한다.
> '그 시인의 판단은 경솔하였던 것이다. 지금 독소는 싸우고 있지 않은가? 미영중(美英中)도 일본과 싸우고 있다. 연합군의 승리를 믿자! 정의와 역사의 법칙을 믿자! 정의와 역사의 법칙이 인류를 배반한다면 그 때는 절망하여도 늦지 않을 것이다![31]

---

31) 이태준, 「해방전후」, 『다시 읽어야 할 우리 소설3 1945/1960』, 사계절출판사, 1991, p17.

이후에도 현은 질식할 것 같은 현실과 양심 사이에서, 이러지도 저러지도 못하게 자신을 죄는 압박감을 느낄 때면 "살고 싶다!"는 비명을 마음속으로 지른다. 살아남아서 국권을 찾은 조국을 보고, 그 조국에서 자유롭게 일을 하고 싶다는 지식인과 문인들의 열망은 "전생명적반역"보다는 '생존' 쪽에 더 큰 가치를 부여했다는 것을 짐작할 수 있는 부분이다.

'현'의 논리에 따르면 자살은 절망에서 비롯되지만, 경솔히 취할 행동이 아니다. 살아남는다는 것은 곧 희망을 버리지 않는다는 말과 상통한다. 여기에서 한국 문인들을 지배했던 죽음에 대한 인식이 일본의 그것과 완전히 반대되는 성격이었음을 짐작할 수 있다. 일본문학에 드러난 자살이 운명에 맞서는 용기나 거부감을 상징한다고 하면, 한국의 문인들이 인식했던 자살은 현실에 대한 패배의 인정에 불과했다.

그러한 이해의 차이는 당연하다고도 볼 수 있는 현상이다. 똑같이 배를 갈라 죽음에 이른다고 하더라도 묘우코쿠지(妙國寺)[32]에서 수백, 수천의 입회 아래 적의 수장을 벌벌 떨게 만드는 죽음과, 내장을 모두 빼앗긴 채 핀으로 사지를 고정당해 칠성판 위에 자빠져 있으며 텁석부리 선생의 강의 자료가 된 청개구리의 죽음이 같은 의미를 가질 수는 없다. 결국 양국 문인들의 죽음에 대한 인식의 차이는 곧, 자신들이 속한 시대와 그 사명에 대한 인식과 궤를 같이 했다고 할 수 있다.

5. 맺음말

근대 초기 한일 양국의 소설에 드러난 죽음의 문제를 논하는데 있어 분명히 할 것은, 이러한 시도가 어느 한 편이 옳다거나 우월하다는 획일적

---

32) 「사카이 사건」의 할복이 이루어진 장소

자리매김을 위한 것이 아니라는 점이다. 어떤 질문인가에 따라 답은 항상 달라진다. 이 논의를 통해 얻고자 하는 결론은 지리적으로 근접한 두 나라의 일견 유사해 보이는 문화 저변에 존재했던 차이가 죽음이라는 가장 극적인 문학적 제재를 통해 어떻게 표출되었는가 하는 것이지, 죽음의 미학이 더 우월한 나라가 어디였는가가 아니었다.

소설을 '당대 현실과 인물의 전형성을 어떻게 포착하여 제시하고, 그 현실적 모순의 극복방안을 얼마나 미학적으로 제시하는가'로 평가할 수 있는 문학 장르라고 한다면, 한국 근대초기 소설을 평가할 때에는 당시 한국의 작가들에게 '살아남아 기다리는 것' 외에 그 모순을 극복할만한 마땅한 대안이 없었다는 점을 감안해야 할 것이다. 그들은 이미 사방이 죽음의 기운으로 가득한 환경에 처해 있었으며 그 안에서 아름다움을 찾는다는 것은 현실도피에 가까운 행동이었다. 개인이 소멸해도 살아남은 자들이 그 역할을 대체한다면 국가는 계속 발전한다고 느낄 수 있었던 동시대의 일본 문인들과는 그 입장이 현저하게 달랐다.

20세기 철학과 미학에 많은 영향을 끼친 독일의 철학자 가다머(Hans-Georg Gadamer)는 예술을 "초과 실재"라 하여 '실재 + 어떤 것'으로 이루어졌다고 보았다[33]. 그의 말처럼 양국의 문학에 드러난 죽음도 실제의 죽음 이상의 의미가 더해져 만들어진 가상의 죽음이었다. 자연에 있어 죽음이란 소멸 이상도 이하도 아니다. 어떤 이의 죽음이 어떤 형태와 과정의 죽음이라고 해도 궁극적으로 본다면 생명이 소멸되었다는 사실만이 남는다. 근대 초기 한국의 경우에는 여기에 더욱 부정적인 요소를 더해 괴로운 사회 분위기를 전하고 생에 대한 의지를 역설적으로 전달하였다. 반대로 일본의 문학에서는 죽음에 보다 큰 의미를 부여하려는 노력이 있었다.

---

33) 유형식, 위의 책, P132.

죽은 자와의 추억이 현재의 산 자를 살게 하는 힘이 된다고 한 「바람이 일다」와, 죽는 사람은 죽는 것이고 산 사람은 살아야 한다고 한 「땡볕」은 다른 방식으로 접근하고는 있지만 실은 같은 이야기를 전한 것일 수도 있다. 「사카이 사건」의 영광스러운 죽음과 「붉은 산」의 무기력하고 슬픈 죽음은 양국의 세력만큼이나 그 기세에 차이가 나지만 죽은 사람들이 다시는 숨 쉴 수 없다는 것만이 분명한 사실이다. 어느 쪽을 택했다 하더라도 반성의 여지는 있을 수밖에 없다. 일본이 현재까지 극우적 사상에 대해 경계의 눈초리를 보내고 있는 것이나, 한국이 과거의 청산에 대해 아직도 격론을 벌이는 것은 모두 그러한 반성의 일환이라 할 수 있다.

미(美)라고 하는 것은 누군가 그것이 '아름답다'고 일방적으로 선언함으로써 진리로 결정되는 것이 아니라 그 사회 구성원의 보편적 공감을 얻어야 하는 것이다. 근대초기 문학에 드러난 한일 양국의 죽음의 미학 역시 작가 개인의 사상표출이라기 보다는 그 사회를 지배한 미의식의 전형을 제시한 것이라 보는 편이 타당할 것이며, 한국문학에 드러난 죽음의 미학과 일본문학이 제시한 죽음의 미학이 각기 다른 양상 임에도 모두 가치가 있는 것은 바로 그 반영성에 있다고 하겠다.

참 고 문 헌

김동인, 『감자·배따라기』, 일신서적공사, 1987.

김동인 외, 『한국문학전집』, 삼오문화사, 1987.

김석자, 『현대 일본문학 100선』, 단국대학교 출판부, 1999.

문학교육연구회 편, 『다시 읽어야 할 우리소설3 1945/1960』, 사계절, 1991.

유몽인, 『어우야담』, 시귀선·이월령 역주, 한국문화사, 1996.

유형식, 『문학과 미학 - 의미의 탄생에서 의미의 사망까지』, 도서출판 역락, 2005.

이광수 외, 『한국문학전집』, 진학당, 1977.

이지훈, 『존재의 미학』, 이학사, 2008.

장효현, 『한국고전소설연구사』, 고려대학교 출판부, 2002.

전영택, 『화수분』, 마당문고, 1987.

조연현, 『한국현대문학사』, 성문각, 1996.

최박광, 『동아시아의 문화 표상』, 박이정, 2007

피종호, 『해체미학-니체에서 후기구조주의까지』, 뿌리와 이파리, 2006.

한국일어일문학회, 『나쓰메 소세키에서 무라카미 하루키까지』, 글로세움, 2003.

한국일어일문학회, 『모노가타리에서 하이쿠까지』, 글로세움, 2003.

한림대학교 인문학연구소, 『동아시아 기층문화에 나타난 죽음과 삶』, 민속원, 2001.

고니시 진이치, 『일본문학사』 김분숙 역, 고려원, 1996.

기류 마사오, 『알고보면 매혹적인 죽음의 역사』, 김성기 역, 노블마인, 2007.

나카무라 미쓰오, 『일본 메이지문학사』, 고재석·김환기 역, 동국대학교출판부, 2001.

다자이 오사무 외, 『일본교과서에 수록된 일본단편소설 Best15』, 김미숙 역, 거송미디어, 2005.

데이비드 베레비, 『우리와 그들, 무리짓기에 대한 착각』, 정준형 역, 에코리브르, 2007.

실비아 쇼프, 『죽음의 탄생』, 임영은 역, 말글빛냄, 2008.

우스이 요시미, 『일본 다이쇼문학사』, 고재석·김환기 역, 동국대학교출판부, 2001.

장-뤽낭시 외,『숭고에 대하여』, 김예령 역, 문학과지성사, 2005.
죠지 딕키,『미학 입문-분석철학과 미학』, 오병남·황유경 역, 서광사, 1984.

「한겨레 21」 1997년 4월 10일 제 152호
http://h21.hani.co.kr/hankr21/K_974A0152/974A0152_063.html

제3부

문명을 넘어
– 차이와 소통

이원성 극복의 두 양상: 그리스 비극과 한국의 서사무가*

김창현

목 차

---

* 이 글은 2006년 정부(교육인적자원부)의 재원으로 한국학술진흥재단의 지원을 받아 수행된 연구임 (KRF-2006-551-A00149) / *이 글은 『비교문학』42집, 한국비교문학회, 2007에 실렸던 바 있음.

1. 머리말

이 글은 비극과 서사무가에 나타난 두 가지 이원성 극복의 양상이 지니는 의미를 우리가 살고 있는 이 지역, 이 시대에서 새롭게 해석하고자 한다. 사실 이 작업은 중층적이고 복합적인 여러 의도와 전제를 가지고 있어, 이에 대해 분명하게 밝혀야 할 필요가 있다. 여기서 '비극'이란 그리스 비극을 그 시작과 근원으로 하고 있는 서양비극을 의미한다. 이 비극의 문화적 파장은 이제 지리적 의미의 서양을 넘어 우리 모두에게 드리워져 있다. 한국사람이라도 오이디푸스나 로미오와 줄리엣을 모르는 사람은 없다. 대부분의 사람들이 번역서나 헐리우드 영화로나마 이 작품들을 본 적이 있을 정도다. 한편 여기서 논의의 대상으로 삼는 서사무가는 한국의 민중들이 전승해온 것이다. 아주 오랫동안 수많은 한국인들이 알고 믿어 왔지만 지금 한국대중들은 이 작품들을 거의 알지 못한다. 우리는 이제 비극의 자식들이 되었는지도 모른다. 이렇게 보면 이 글은 동서양의 비교이면서 과거와 현재의 비교이고, 고급문화와 기층문화의 비교이기도 하다.

동서양의 비교라는 것은 설명이 필요 없어 보이지만, 이 연구의 출발점이다. 서사무가는 인간운명의 비극성을 그린다는 점에서 한국의 비극이다. 본질적으로 같은 문제에 대응하는 철학적 차이가 이 두 예술양식 속에 전혀 다른 양상으로 형상화되어 있어 비교·대조가 의미 있게 된다. 그리고 이 서사무가의 바닥을 흐르는 사유는 한국을 넘어 동아시아가 공유하고 있는 원형사유라고 할 수 있어, 동서양 비교의 의미를 지닌다고 한 것이다. 과거와 현재의 비교라는 것은 이 연구가 여기 21세기 초입 한국에서 이루어지기 때문이다. 그리스 비극은 과거이지만 서양비극의 영향력은 지난 세기부터 점점 증대되어 온 현재의 일이다. 반면 서사무가는 불과 한 세기 전에는 우리의 현재였지만 지금은 과거가 된 것처럼 보인다. 고급은 저급과 기층(혹은 하층)은 상층과 대응하는 개념이다. 이럼에도 여기에서 고급과 기층을 내세운 것은 개념이 불러올 수 있는 오해를 가급적 배제하기 위해서다. 서양비극을 모두 상층문화라고 할 수는 없다. 그리스 비극은 당대 교양층인 시민들의 향유물이었다고 하더라도 서양비극에서 중요한 위치를 점하는 세익스피어 시대의 연극은 많은 서민들이 관람했다. 하지만 여러 새로운 시도와는 별개로 이 시기까지도 비극의 구성과 내용이 기층의 문화적 전통을 반영했다거나 완전히 통속화했다고 보기는 어렵다. 「로미오와 줄리엣」에서 멜로드라마의 통속적 기풍을 발견할 수 없는 것은 아니지만 아직 충분히 통속적이지는 않다는 것이다. 이 때문에 고급문화라고 한 것이다.

서사무가와 비극을 비교하는 순간 전제되는 복합적이고 중층적인 의미를 이 짧은 글이 하나하나 모두 담아낼 수는 없다. 이 글은 우리 시대의 중심 이데올로기로 기능하고 있는 다위니즘적 사유에 대한 비판을 통해 비극적 이원성을 넘어서는 두 방식을 현재적이고 미래지향적인 차원에서 조망하는데 집중하고자 한다. 다위니즘이 타협한 인간중심주의와 경쟁 긍정의 이념 아래 자리 잡은 자아와 세계의 대립이라는 이원적 세계관이 이 글이 지닌 문제의식의 출발점이기 때문이다. 이를 비판하는 과정에서 서로 맞물려있는 전제들이 출렁이며 그 속살을 보여주리라 생각한다.

2. 보편화된 다위니즘

1) 다위니즘의 본질-강한 것은 아름답다

1980년대 초 한국만화사에는 공전의 히트를 기록한 기념비적인 작품이 하나 등장한다. 『공포의 외인구단』이 그것이다.[1] 수많은 사람이 읽었을 뿐만 아니라 결국 영화로 만들어지기까지 했다.2) 한국만화 최초의 블록버스터라는 수식이 어색하지 않다. 이 만화는 재능이 없어 온갖 천시와 모멸 속에 살아가던 인물들이 혹독한 훈련을 거쳐 최강의 야구선수로 재탄생하여 무적의 신화를 창조한다는 줄거리에, 사랑에 목숨을 거는 주인공의 극단적 행동이 예측불가능한 변수로 작용하고 있다.

대중문화에도 이념이 있다. 아니 대중문화야말로 가장 이념적인 것일지도 모른다. 그런데 이 대중문화에서 가장 오래된 이념이 바로 사랑과 힘의 절대성이다. 『공포의 외인구단』은 이 두 이념을 극단화하고 그 사이의 갈등을 통해 지속적인 서사적 긴장감을 창출하는 매우 뛰어난 통속물이다. 선수들은 감독의 혹독한 훈련에 증오를 느끼면서도 '강한 자가 모든 것을 지배한다'는 그의 신념에 동화되어 간다. 아니 그들은 경험을 통해 이 명제의 참됨을 이미 알고 있었던 것이다.

이것은 서세동점의 엄중한 시기에 동아시아인들이 다위니즘을 받아들인 과정과 일치한다. 그리고 우울하게도 그 내용마저도 동일하다. 탈아입구를 내걸고 재빨리 서양식 군비를 갖춘 일본을 제외하고 한국과 중국을 포함한 동아시아, 아니 유럽과 미국을 제외한 대부분의 지역이 열강의 식민지로 전락해 가면서 오랜 역사 속에 이어져 온 가치관을 송두리째 버려야 했다. 그리고 그 빈자리를 '적자생존(適者生存)'의 다위니즘으로 채웠다. '적자만이 생존한다'는 명제는 곧 '생존하는 것이 적자이다'로 변질되며, 이것은 다시 '나는 생존해야 한다'는 가장 기본적인 욕망을 '내가 적자가 되어야 한다'는 자각으로 바꾼다. 이 때 '나'는 세계의 부분이 아니라 세계와 경쟁하는 별개의 존재이다.3) 그리고 적자란 결국 경쟁에서

---

1) 이현세 작,「공포의 외인구단」, 1983년 출간. 이 만화는 당시의 관례대로 대본소 만화로 출간되었으나, 지금은 서점에서 팔리고 있다.

2) 이장호 감독, 안성기·최재성·이보희 주연의 이 영화는 만화 출간 후 3년만인 1986년에 만들어져 당시로서는 대단한 성공을 거두어, 속편이 제작되기도 했다.

승리한 자를 의미하게 된다. 이 같은 자각은 '적자생존'의 전제라 할 수 있는 '나 아닌 것(세계)이 나의 생존을 가로막고 있다'는 생각과 결합하여 승리를 지상목표로 만든다. 이기기 위해서는 강해야 한다. 적자는 곧 강자이며, 옳은 자이다. 이제 약하다는 것은 부끄러운 것이 된다. 그래서 식민지에서 태어난 사람들은 부끄러움을 안고 살아야 했다. 이 부끄러움을 씻는 길은 오직 강해지는 것밖에 없다.

그리고 오랜 시간이 지나 그 식민지들은 대부분 독립했다. 그러나 '약한 것은 부끄럽고, 강한 것이 옳은 것'이라는 생각은 더욱 강해졌다. 영화 「공포의 외인구단」의 주제가, '강한 것은 아름다워'는 전세계 모든 통속서사의 주제가이기도 하다. 그 성지는 헐리우드이다. 헐리우드의 영화들은 '사랑'과 '가족'을 표제로 내걸고 '강한 것은 아름답다'고 외친다. 여기에는 강한 '내'가 세계를 배타적으로 지배할 수 있다는 이원적 세계관이 깔려 있다. 주인공은 강한 미국의 강한 아빠, 강한 애인, 강한 남편들이다. 그러나 영화의 바깥에는 부끄러움을 안고 사는 약한 아빠, 약한 애인, 약한 남편 그리고 약한 나라의 백성들이 있다.

2) 신채호, 제국주의를 긍정하다.

20세기 초 조선에는 부끄러운 나라의 백성 신채호(申采浩, 1880~1936)가 있었다. 그는 한학자에서 엘리트주의적인 민족주의를 거쳐 무정부주의에로 변화해간 사람으로 이해된다. 신채호는 평생을 반제국주의, 반봉건의 기치를 들고 나아가야 했다. 그리고 이것은 철저한 부정의 과제였다. 전자가 외세에 대한 부정이라면, 후자는 바로 자신에 대한 부정이다. 그런

---

3) 이 글에서 말하는 이원성은 동서양 어느 문화의 전통에서 추출한 것이 아니라 서로 다른 원리나 경향을 지닌 두 개의 요소가 맺는 관계를 말한다. 예컨대 이것은 정신과 육체는 물론 선과 악, 음과 양, 그리고 세계와 나로도 생각할 수 있다. 이 글에서 가장 중요하게 다루는 것은 마지막에 언급한 세계와 나이다.

만큼 이 두 과제는 상호모순되어 보이기도 한다. 외세에 대한 부정은 그 기반으로 자기에 대한 긍정을 필요로 한다. 한편 자기에 대한 부정도 그 대안을 요구한다.

외침에 맞서 유학자들은 더 강한 쇄국을 요구했고, 일부는 자결로 맞서기도 했다. 그들은 아직 스스로를 부정하지 않아도 되었기에 행복했다고 할 것이다. 신채호는 그러지 못했다. 그는 전통적인 한학교육을 받고 성균관 박사에 이른 유학자이자 한학자였다. 당대의 현실에 대해 비분강개하기는 절명시(絕命詩)를 지은 황현(黃玹, 1855~1910)과 다름이 없었다. 그러나 그는 1900년을 전후한 외세의 침탈과정을 지켜보며, 황실과 조정 대신들의 무능을 뼈저리게 느껴야 했다. 이 때문에 그는 철저한 반외세사상과 함께 철저한 자기부정으로서의 반봉건 사상을 지니게 된다. 신채호 사상의 전개과정은 이 두 가지, 반제국주의와 반봉건의 과업을 통합하여 실현하려는 불굴의 의지 없이는 설명되지 않는다.

한학자이면서 애국계몽운동가로 20대를 시작한 신채호는 조정대신들의 매국적 행위에 분노하면서 교육과 언론운동에 뛰어들게 되고, 자신이 지닌 원칙을 결코 양보하지 않는 비타협적이고 전투적인 삶을 살아가게 된다. 시대적 과업에 대한 투철한 인식과 전사적인 기질, 이 두 가지는 결코 별개의 것이 아니다. 역사를 대아(大我)와 소아(小我), 혹은 아(我)와 비아(非我)의 투쟁으로 파악하는 단재사관의 뿌리가 여기일 것이기 때문이다.

1908년 5월, 광학서포에서 펴낸 「을지문덕」은 신채호 사상이 지닌 전체상을 보여주는 비교적 초기의 작품이다. 여기서 신채호는 중세의 선비, 학자들을 다음과 같이 비판한다.

> 아아! 아깝다. 수백 년 오활한 선비의 손으로 붓을 뽑아 '무공은 문치만 못하다'며 마구잡이로 휘갈기고, 몇 십대 조정의 무능한 신하들은 혓바닥을 놀려 '어진 이는 작은 나라로 큰 나라를 섬기는 법'이라고 제멋대로 떠벌렸다.4)

문(文)을 앞세워 무(武)를 억눌렀다는 것과 사대주의가 신채호가 우리 중세를 비판하는 출발점이다. 따라서 이 작품은 결국 을지문덕의 혁혁한 전공을 살피고 밝혀, 우리 민족의 자부심을 북돋우고, 상무(尙武)의 기풍을 진작하며, 사대주의를 끊고 주체성을 회복하자는 의도에서 쓰여진 것이다. 이 같은 의도는 작품의 곳곳에서 선명하게 드러나기 때문에 중언부언할 이유가 없을 것이다.

그런데 이렇게 '무 또는 힘'을 숭상하는 신채호의 인식은 당대 개화파 학자들에게 널리 알려진 '사회진화론', 즉 다위니즘의 영향 하에 생성된 것이다. 그러나 제국주의 세력과 정직한 전쟁을 해서 이길 수 있는 상황은 아니다. 이 같은 사실과 을지문덕의 천별만화하는 계교에 대한 칭송은 관련이 있다.

> 아아! 이 때 우중문 등이 "족함을 알아 그만둘 것"을 원했던들 공이 그것을 허락하였으랴? 영웅은 사람을 잘 속인다는 말이 역시 빈말이 아닌 것이다.5)

> 당당한 충신이 홀연 또 거짓 반신이 되어 현신하고, 쩡쩡한 명장이 홀연 또 거짓 패장이 되어 현신하며, 순식간에 나타났다 어느 결에 사라지며, 숨었다 나타났다 멀어졌다 가까워졌다 일어났다 엎드렸다 하니 저 의기양양하게 요동에 나왔던 적국의 임금과 신하가 일시에 자유를 잃고 을지문덕의 술수에 좌지우지되고 말았다.6)

---

4) 송재소, 「을지문덕」, 『꿈하늘』, 동광출판사, 1990, p.173. 이 책은 철자법 정도만 바꾸었을 뿐 원작을 거의 손상 없이 옮긴 것이어서 가독성 등을 감안해 이 책에서 인용하기로 한다.
5) 같은 책, p.193.
6) 같은 책, p.194.

이 같은 생각은 신채호의 평생을 통해 실천되었다. 그는 언제나 무력투쟁을 지지하고 적극 실천하는 입장에 섰으며, 암살·폭파·화폐위조와 같은 극단적인 방법도 마다하지 않았다. 민족적 승리라는 목표를 위한 모든 수단을 정당화한 것이다. 그는 여기에서도 멈추지 않았다.

> 그런 까닭에 을지문덕주의는 적이 커도 나는 반드시 나아가고 적이 강하여도 나는 반드시 나아가며 적이 정예하든지 용감하든지 나는 반드시 나아가는 것이니, 한 발짝을 물러나면 땀이 등을 적시고 한 오라기를 양보하면 피가 가슴속에 들끓는다. 이것으로 자신을 다그치고 이것으로 동료를 북돋우며 이것으로 온 국민을 일떠세워, 사는 것도 조선 때문이요, 죽는 것도 조선 때문이며 한번 숨을 쉬고 한 끼 밥을 먹는 것도 조선 때문에 한 결과 여진 부락이 모두 우리의 식민지가 되었고 중국의 천자를 거의 우리 손으로 사로잡을 뻔했던 것이었으니, 아아! 땅덩이가 넓다 해도 그 나라가 큰 것이 아니다. 군사와 백성이 많다 해도 그 나라가 강한 것이 아니다. 오로지 자강자대하는 자가 있으면 그 나라는 강대해지기 마련이니, 현명하다. 을지문덕주의여. 을지문덕주의는 무슨 주의인가? 이는 곧 제국주의이다.[7]

신채호는 '현명하다. 제국주의여'라고 말한 것이다. 그가 아직 제국주의의 개념을 정확히 알지 못했다 하더라도 놀라운 말이다. 위 문장만으로 본다면 신채호는 제국주의를 긍정하고 칭송했다고 할 수 있다. 그렇다면 제국주의 침탈에 대한 그의 맹렬한 증오는 또 어떻게 된 것인가? 이에 대한 설명은 이 때 신채호가 이미 '아와 비아의 투쟁'으로 역사를 이해하고 있었음을 인정해야 가능하다. 역사가 어차피 나와 적의 투쟁일 뿐이므로, 일본이든 러시아든 그것이 나의 적일 때는 그것만으로 맹렬하게 증오할 수 있는 것이다. 다위니즘이 만든 모순이다. 물론 신채호가 이런 증오에 끝내 안주한 것은 아니다. 그는 크로포트킨(Peter Kropotkin, 1842~1921)

---

7) 같은 책, p.186.

의 무정부주의적 상호부조설을 통해 다위니즘을 극복할 때까지 끊임없이 사상을 갱신해 나갔다.8) 그러나 한때나마 약소국의 한학자 신채호로 하여금 기꺼이 제국주의를 찬양하게 한 다위니즘의 설득력은 다른 어디에 있었던 것이 아니라 핍박받는 민족의 현실이었다. 그러므로 신채호가 무장투쟁을 향해 진군한 뒤에도 대부분의 민족주의자들이 준비론에 안주한 것은 외인구단의 선수들이 감독을 미워하면서도 그의 논리에 설득당한 것처럼 일본처럼 되는 것 외에는 다른 길이 보이지 않았던 것이다.9)

3. 이원적 세계관과 비극

1) 진화론과 이원적 세계관

하나의 전혀 새로운 세계관이 기존의 세계관을 밀어내고 이를 대체한다는 것은 거의 불가능에 가깝다. 사람들은 기존의 세계관 속에서 사유하고 이 세계관의 언어로 말한다. 그러므로 사실 세계관의 전변이란 존재하지 않으며, 부분적으로 새로운 어떤 사유가 기존의 세계관 사이로 비집고 들어가 오랜 시간에 걸쳐 주류로 자리 잡는 것만이 가능할 뿐이다.10)

이런 점에서 진화론의 전파는 지동설과 함께 거의 예외적인 현상으로 보인다. 진화론은 인류가 받아들인 그 어떤 사상보다도 새로운 요소를

---

8) 신채호의 무정부주의 사상에 대해서는 신일철의 『신채호의 역사사상 연구』(고려대 출판부, 1983, p.173)와 신용하의 「신채호의 무정부주의 독립사상」(『신채호』, 고려대 출판부, 1990, pp.80~144) 등을 참조할 것.

9) 준비론 및 그 다위니즘적 성격에 대해서는 배용일의 「朴殷植과 申采浩 思想의 비교연구」(성신여대 박사논문, 1997), 한점돌의 『한국근대소설의 정신사적 이해』(국학자료원, 1993), 양문규의 「1910년대 한국 소설 연구: 사회사적 관련 양상을 중심으로」(延世大 박사논문, 1991), 김경미의 「1910년대 이광수 문학에 나타난 '준비론'의 양가성」(『어문학』 86호, 한국어문학회, 2004) 등 참조.

10) 쿤(T. Kuhn)은 이 같은 세계관의 교체 과정을 과학자 사회에 투영하여 과학관의 변화과정을 패러다임 변화로 규정하고 이를 『과학혁명의 구조』(까치, 1999)에서 논증한 바 있다.

여러 가지 가지고 있었다. 그 중에서도 가장 중요한 것은 인간 중심적 사유체계를 뒤흔든 부분이다. 다른 모든 동물과 마찬가지로 인간도 하등한 생물에서부터 진화해 왔다는 것이다. 이 가능성은 그 가능성만으로도 큰 충격을 주기에 충분했다. 성서는 인간이 신으로부터 선택받은 이 세상의 지배자임을 분명히 하고 있다. 인간만이 신을 닮은, 신의 숨결을 부여받은 존재이다. 신약으로 넘어오면 이것은 더욱 자명해진다. 인간을 위해 신의 아드님이—그 자체로 신이기도 한—직접 인간의 몸으로 강림해 모욕을 받고 죽어간다. 우주의 중심은 신이 아니라 인간이다. 그래서 인간이 신을 닮는 것이 아니라, 신이 인간을 닮는다. 인간이 신을 위해 사는 것이 아니라, 신이 인간을 위해 죽는다.

이 뿌리 깊은 인간중심주의는 서양적 사유의 한 축을 이룬다. 그리스 신화의 신들은 인간과 같은 부류이다. 그들은 더 많은 힘과 불사(不死)의 축복을 받았을 뿐이다. 그들은 인간의 눈으로 보기에 아름다운 몸과 강한 힘을 지니고, 인간과 꼭 같이 사랑하고 질투하고 분노하고 용서한다. 올림포스의 권좌가 정해지기까지 서로 싸우던 그들은 우주의 질서가 형성되고 인간이 등장하자 이제 온 신경을 인간사에 기울인다. 최고의 지위에 있는 신, 제우스가 인간 여자의 사랑을 얻기 위해 수고를 마다하지 않으며, 인간들이 벌인 전쟁 때문에 신들의 패가 갈린다. 인간들이 사는 땅은 가만히 있는데 아폴론이 태양을 몰고 수고로이 하늘을 돈다. 오랫동안 믿어져 온 천동설 역시 인간중심주의의 산물이다.

인간중심주의는 그러나 인간이 가장 위대하다는 것은 아니다. 인간은 약한 존재다. 인간들이 신을 부르고 복종하는 것은 스스로가 약한 존재임을 자각하기 때문이다. 거대한 세상의 힘 앞에서 인간은 하잘 것 없는 존재이다. 이로부터 인간은 두려움을 느낀다. 인간은 5분 뒤의 일조차 모른다. 나는 5분 안에 어떤 사소한 일이 발생하여 예기치 못한 죽음을 맞을 수도 있는 연약한 존재일 뿐이다. 인간사에 빈번한 불행한 사건들을 목격하면서 사람들은 '세상일이 참 내 뜻대로 되는 것이 아니구나' 하고 깨닫는다. 자아와 세계의 불화와 이 불화에서 빚어지는 자아의 필연적인 패배에 대한 인식, 이것이 비극적 세계관이다.[11]

인간중심주의와 비극적 세계관은 모두 아(我)와 비아(非我), 자아와 세계의 이원적 대립으로 세상을 사유하는 이원적 세계관을 기반으로 한다. 인간은 자신의 존재에 대한 두 가지 인식을 가진다. 하나는 내가 사유하고 욕망하는 중심으로서의 자아라는 것이고, 다른 하나는 나 역시 이 우주만물의 일부라는 것이다. 이것이 서양에서는 인간중심주의와 비극적 세계관으로 나타났지만 언제나 전자의 욕망이 강했다. 서양에서는 비극적 세계관조차 인간중심주의로 회귀한다.

다윈의 『진화론』은 적어도 두 가지 이상의 새로운 사유를 표명하고 있었지만, 그 중에서 제대로 받아들여진 것은 '적자생존'과 관련된 일련의 패러다임뿐이다. 나머지 하나 그러니까 인간도 다른 모든 생물종과 마찬가지로 원시적인 하등생물에서 오랜 시간을 거쳐 진화해 왔다는 생각, 다시 말해 인간과 다른 생물종 사이의 근본적인 동질성에 대한 사유는 결코 받아들여지지 않았다. 진화했다고 해도 그것은 인간이 특별하고 또 가장 강한 존재였기 때문이다. 다위니즘은 인간중심주의라는 서양사유의 전통과 타협함으로써 널리 유포될 수 있었던 것이다.

---

11) 이 글에서 '자아'와 '세계'는 문맥에 따라 '나, 我, 자신, 자기'와 '운명, 신, 전체, 非我, 자연' 등으로 바꾸어 사용된다. 이것은 문맥 속에서 언급되는 사상, 사유에서 사용되어 온 관례를 따른 것인데, 그 사상적 배경에 따라 자아와 세계는 보다 대결적인 성격을 띠기도 하고, 보완적이고 동질적인 성격을 띠기도 한다. 이 의미의 차이를 무시할 수 없기 때문에 용어의 혼선을 감수하는 것이 더 나을 것이다.

2) 비극성의 근원으로서 이원적 세계관과 동서양의 차이

이 글이 비극에 주목하는 이유는 비극정신이 바로 서양정신―이런 것이 있다면―이며, 이것이 다위니즘의 뿌리이기 때문이다. 서양에서 비극은 그리스 문화의 정수로, 그 철학의 육화로 여겨진다. 하지만 사실 세네카(Seneca, BC 4년경~AD 65년경) 시대 이후 비극은 무대극은 고사하고 독서물로도 창작되지 못하였다. 그런데 거의 15세기가 지나 엘리자베스 시대에 들어서서 비극은 다시 꽃을 피운다. 이 시기는 신대륙의 발견 이후 모험정신으로 무장한 인물들의 무용담이 떠돌던 때로, 비극의 내용도 꽤나 격렬해 거친 폭력과 유혈이 등장하는 이른바 '피의 비극'들이 창작되기도 한다.12) 이 시기, 16세기 말 혹은 17세기 초부터 서구 유럽의 식민지 개척이 시작되었으며 이 불길은 결국 동아시아와 한국을 향해 번져왔다.

세네카의 비극은 그의 스토아 철학과 관련된 것으로 여겨지며, 소포클레스를 비롯한 그리스 후기 비극은 아리스토텔레스에 의해 가장 고귀한 가치를 지닌 예술로 취급되었다.13) 그리고 그 뿌리는 결국 그리스 신화에 닿는다. 이것들이 공통으로 지닌 사유를 요약한다면 그것은 '이원적 세계관과 그 극복의지'이다. 그리스 신화는 아버지신을 제거하고 권좌에 오르는 아들신의 거듭된 투쟁으로 문을 연다. 세계는 끝없는 투쟁의 장이다. 이 투쟁은 인간에게도 마찬가지이다. 그리스는 트로이와 트로이는 그리스와 싸운다. '아(我)와 비아(非我)=자아와 세계'의 이원적 세계상이 그리스 신화의 핵심인 것이다. 그런데 이 투쟁이 신(운명)과 인간의 대결로 전개될 때 인간은 큰 곤란에 빠진다. 인간은 운명을 이길 수 없기 때문이다. 그리

---

12) 이 시기의 비극이 그리스 비극보다 세네카의 이른바 서재극의 영향을 더 받은 것은 분명하다. 그리고 이 시기의 시대적 분위기가 비극을 폭력적으로 만든 것처럼 세네카의 비극 역시 네로 황제 시대 로마의 분위기를 반영한다고 할 수 있을 것이다. 이런 작품으로 토마스 키드(Tomas Kyd: 1558~1594)의 「스페인 비극(The Spanish Tragedy)」을 들 수 있다. 여기에 대해서는 이경식, 『엘리자베스 시대 비극의 세네카 전통』(서울대 출판부, 1991) 참조.

13) L. Clifford, 문상득 역, 『비극』, 서울대 출판부, 서울, 1985, pp.17~26.

스 비극과 스토아 철학이 공히 이 문제에 주목한다. 그리고 비슷한 답을 제시한다. '운명을 받아들여라, 그러나 결코 두려워하지 말고 네 자신의 자유의지로 내면의 고귀함을 지켜라'.14)

이 수용은 결코 굴복이 아니다. 운명의 놀림감이 되어 가장 불운하고 끔찍한 범죄자가 된 오이디푸스는 자신이 세웠던 원칙에 따라 스스로를 단죄하고, 자기에게 일어난 일들이 아폴론의 힘에 의한 것임을 인정하면서도 "하나 이 두 눈은 다른 사람이 아니라 가련한 내가 손수 찔렀다"고 힘주어 말한다.15) 이것이 운명을 받아들이면서도 굴복하지는 않는 서구비극의 영웅상이다. 어떤 상황에서도 자신의 자유의지로 자기 내면의 평화와 고귀함을 지키는 것만이 인간이 비극적인 세계로부터 자신을 구원하여 위대해지는 유일한 길이다. 그리스 최고의 영웅 헤라클레스는 스스로 자신을 불태움으로써 신들마저 굴복시킨다. 이길 수 없는 싸움에서 이기는 단 하나의 방법을 그리스 신화와 비극은 보여준다. 여기에서 숭고하고 비장한 비극의 아름다움이 피어난다. 니체(F. W. Nietzsche, 1844~1900)는 별개로 치더라도 쇼펜하우어(F. W. Nietzsche, 1844~1900)와 키에르케고르, 야스퍼스(K. T. Jaspers, 1883~1969) 같은 많은 근대 철학자들이 이 아름다움 앞에 기꺼이 꽃을 바쳤다.16)

그런데 아도르노(T. W. Adorno, 1903~1969)와 호르크하이머(M. Horkheimer, 1895~1973)는 조금 시각을 달리한다. 이들은 그리스 신화, 특히 『오디세이아』에서 정복욕에 불타는 파시즘을 읽어낸다.17) 이 파시즘은 모든 것을 도구화하는 이성, 즉 도구적 이성과 일체를 이룬다. 세계대전

---

14) 사실 궁극적으로는 에피쿠로스 학파의 지향과도 일치한다. 그러나 즐거움을 추구한 이 학파는 스토아 학파처럼 널리 자리잡지 못했다. 어떤 점에서 에피쿠로스 학파의 原子說 등은 동아시아적 사유와 일맥상통하는 점도 있는 것 같다. 그러나 여기서 그것을 논증할 필요는 없을 것이다.

15) Sophocles, 천병희 역, 『오이디푸스왕 외』 제3판, 문예출판사, 2006, p.251.

16) 김창현, 「양산숙전의 비극성 연구」, 『온지논총』 16집, 온지학회, 2007, pp.83~88 참조.

17) T. W. Adorno; M. Horkheimer, 김유동 역, 『계몽의 변증법』, 문학과지성사, 2001, 80~130쪽.

의 포연 속에서 저자들은 이 파시즘이 타인만이 아니라 자연과 신, 즉 운명마저 정복하려는 멈추지 않는 욕망임을 간파했다. 이 욕망의 촉발, 즉 지리적 발견과 식민지 개척의 열풍은 16세기 이후 비극의 부흥과 무관하지 않다. 이것은 자아와 세계를 분리하는 철저한 이원적 세계관에서 기인한 것이다. 그리스는 수많은 신이 모두 존중되는 다신론적인 신앙체계를 지녔지만 이 신들은 모두 인간과 같은 형상과 성품을 지닌 인격신이었다. 다시 말해 모든 신들은 내가 아닌 타자이다.[18]

이원성(二元性)에 대한 관념은 인간이 분별하는 지혜(이성)를 지니면서 형성되는 것이다. 하늘과 땅, 낮과 밤, 남자와 여자, 높고 낮음, 선과 악, 그리고 나(我)와 나 아닌 것(非我) 혹은 자아와 세계. 이 중에서 자아와 세계라는 이원성의 원리는 수많은 이원적 분별의 하나이면서도 특별한 지위를 지닌다. 자아는 생각하고 욕망하는 나이고, 인식과 욕망의 중심이기 때문이다. 그런데 이 독특한 지위에 대해 동아시아인들은 그리스인들이 부여한 만큼의 가치를 부여하지 않았다. 중국을 중심으로 한 동아시아의 한자문화권에는 이 같은 이원성의 원리를 매우 체계적이고 일관되게 적용한 책이 있다. 『주역(周易)』이다. 이 책은 국가와 개인의 대소사(大小事)를 점쳐보는 방식과 원리를 정리하고 있는데, 그 주요한 사유를 정리하면 다음과 같이 말할 수 있을 것이다.[19]

> (가) 모든 것은 끊임없이 변화(變化)한다.
> (나) 이 변화의 기저에는 음(陰)과 양(陽)이라는 두 개의 상반되면서
>   도 상호보완적인 기운이 있다.

---

18) 스토아 철학자들이 운명에 대한 겸허함을 강조하고 죽음을 통해 기꺼이 자연으로 돌아간다는 사상을 심화할수록 신들의 모습은 점점 汎神論화되면서 自然의 理法에 가까운 어떤 것이 되었다. 하지만 그들의 문학에서 신들은 마지막까지 인간의 모습을 지켰다.

19) 주역의 원문은 『備旨具解原本周易』(학민문화사, 1996), 乾·坤 양권을, 역주는 성백효의 『(懸吐完譯)周易傳義』(전통문화연구회, 2004)를 주로 참고했다.

> (다) 음과 양은 변화의 원인일 뿐 아니라 만물의 존재를 가능하게
> 하는 두 원리이다.
> (라) 따라서 음양은 어디에도 있으며 언제나 상호 조화된 상태를 지
> 향한다.
> (마) 이 때 조화란 양적인 균등이나 기계적 균형이 아니라 그때그때
> 의 시공간에 가장 적합한 어울림을 뜻한다. 이런 점에서 서구적
> 사고와는 다른 동양적 화변(化變)의 개념이 있다.
> (바) 이렇게 모든 것은 음양의 원리에 따라 변화하므로 사람도 여기
> 에 응하여 행해야 길(吉)하다.(《주역》은 결국 이런 길함의 길
> 을 쫓도록 음양의 원리에 따른 점사(占辭)를 제공한다.)
> (사) 그러나 궁극적인 근원으로서 음양의 분별 이전의 상태인 태극
> (太極)이 있다. 이 태극은 무한하며 언제나 어디에나 있으면서
> 없다.(만물의 근원이며 돌아갈 곳으로의 태극)

(가)~(사)의 사상을 역(易)에 기반한 사유, 역학적 사유라고 하는데, 이것이 주자학의 기반이 되며, 도가의 기반이 되고, 심지어 동아시아 불교사상에도 영향을 미치게 된다. 그러므로 이 태극음양(太極陰陽)의 역학적 사유를 동아시아의 가장 중요한 원형사유라고 해도 과함이 없을 것이다. 《주역》은 음양을 상징하는 육(六)과 구(九), 두 효(爻)의 중첩으로 육십사괘(六十四卦)를 구성해 보이는데, 이것은 마치 이진법(二進法)으로 모든 정보를 표현하는 컴퓨터 언어와 같이 무한한 정보를 모두 표현할 수 있음을 보여준다.[20] 이 사유에 의하면 모든 것은 음양(陰陽)의 기운(氣運)에 따라 만들어지고 흩어지며 변화한다. 여기에는 예외가 없으며 사람도 마찬가지이다. 남효온(南孝溫)은 「귀신론(鬼神論)」에서 "기(氣)가 모여서 사람이 되고 기(氣)가 흩어져서 귀신(鬼神)이 되는 것"이라 하고, "무극태극(無極太極)은 리(理)요, 음양오행(陰陽五行)은 기(氣)"라고 했다. 이렇게 동아시아인은 자신을 포함한 모든 사람과 귀신을 모두 음양의 조화로

---

20) 라이프니츠(Leibniz, 1646~1716)가 이진법 이론을 완성하는데 선교사 친구가 보내준 주역도해가 큰 도움을 주었다는 일화는 유명하다.

나타나는 수많은 것 중 하나로 인식했다. 그렇다고 생각하고 욕망하는 나(자아)라는 존재가 사라지는 것은 아니지만, 자연(세계)에 순응하는 것이 당연한 것이 된다. 자연과 운명에의 순응이라는 것이 서구에서와 같이 끊임없는 수양을 통해서만 획득되는 어려운 것이 아니라 쉽고 자연스러운 것이 된다. 이것이 우리의 전통 비극문학이 지닌 미학적 특징을 서구의 고전비극과 크게 다르게 하는 원인이 된다.

또 하나 이런 경향을 심화하는 중요한 특징이 있는데 그것은 사람의 운수를 관장하는 것이 인격화된 신이 아니라 추상적 관념인 태극(太極)이나 음양(陰陽)이 된다는 것이다. 그리고 이것들이 어떤 일관된 의도를 가질 리 없기 때문에 운명의 개념 또한 서구와는 달라진다. 인간이 마음대로 할 수 있는 것은 아니지만 고정불변의 것도 아니다. 기미(機微)를 살펴 조심하면 불운을 피할 수도 있고, 함부로 살면 불운을 불러들일 수도 있다. 이렇게 되면 당연히 인간, 즉 자아 쪽의 책임이 커지게 된다. 그리스 비극의 영웅들에게서도 성격적 결함이 발견되지만 그것들은 대개 '사소한' 것으로 치부된다. 물론 괜찮다는 것은 아니지만, 운명을 받아들이는 겸허함에 비하면 상대적으로 크지 않은 것이다. 오이디푸스의 기질에는 결함이 있지만 큰 것은 아니다. 그의 범죄는 받아들일 수 없는 것이지만 관객들은 그에게 그 책임을 다 묻지 않는다. 오히려 그의 의지를 높이 산다. 크나큰 불행이 있었지만 왜 이렇게 되었는지 묻기는 어렵다. 그것은 신의 뜻(運命)이었다. 하지만 한국 설화에서는 왜 그렇게 되었는지에 대한 관심이 크게 나타난다. 좌절된 장수들의 이야기에는 주인공의 성격적 결함이나 배신, 흔히 음양오행과 관련된 금기에의 저촉 등, 일이 틀어진 이유에 대한 삽화가 많다.

운명이나 배경보다 '사람'에 초점이 맞추어지는 것이다. 그렇다고 해서 사람 혹은 자아를 중시하기 때문은 아니다. 전술했듯이 오히려 나조차도 다른 모든 것들과 본질적으로 동일하게 보는 데서 이런 경향이 나온 것이다. 이런 점은 비극적 세계관의 극복을 위한 수양의 방식조차도 다르게 한다. 스토아 철학은 끊임없는 성찰을 통해 지혜를 심화하고자 하는데, 이를 위해서는 엄격한 자기절제가 요구된다. 하지만 동아시아의 철학자들은 자연 속에서 즐기라고 한다. 즐기면서 자기도 모르게 동화되라는 것이다. 공자는 예악(禮樂)을 중시했고, 장자는 자연과 하나가 되어 노니는 삶을 추구했다. 절제하되 절제가 아니라 즐김이 되고 편안함이 되어야 한다는 것이다. 이것은 말하자면 일종의 심미적 수양관이다. 이렇게 동아시아적 사유는 이원적 분별과 그 극복이 통합된 사유이다. 물론 누구나 물화일체(物我一體), 물화(物化)의 경지에 도달하고 항상 거기에 머무를 수는 없다. 따라서 보통 사람들은 세계 속에서 자신의 한계를 발견할 수밖에 없고 그래서 비극문학이 있는 것이다. 하지만 그 인식의 체계와 형상화의 방식에 이 같은 사유—심미적이고 통합적인 비극관—의 특징이 드러난다.

4. 서사무가—비극적 세계관을 넘어서는 또 다른 방식

1) 제주 창세신화에 나타난 역학적 사유와 이원성에 대한 태도

민간신화에는 한국비극의 전형이 깃들어 있다고 해도 과언이 아니다. 무엇보다 비극적 세계관과 그 극복이라는 문제를 분리하지 않고 동시에 사유하는 한국적 특징을 여실히 드러내 보여주기 때문이다. 특히 서사무가는 이원성으로 인한 비극적 세계상을 선명하게 드러내면서도 이에 대한 낙관성과 자연과 신에 대한 어떤 믿음, 동류의식에 가까운 믿음을 보여준다. 먼저 제주의 민간 전승형 창세신화인 「베포도업침-천지왕본풀이」에 나타난 원형사유로서의 음양사상과 이원성에 대한 태도를 살펴보고,[21) 보다 깊은 비극성을 지닌 「제석본풀이」의 당금애기 신화와 「오구풀이」의 바리데기 신화를 살펴보기로 한다.[22)

제주에는 창세신화라고 할 만한 것이 있는데 그 줄거리는 세상이 아직 혼돈에 잠겨 있을 때 삼황닭이 울거나 옥황의 조화로 하늘과 땅이 갈라지고 음양오행의 조화에 따라 만물이 생겨났다는 것이다. 여기에 이미 창세의 순간부터 작용하는 음양오행의 개념이 있어 조물주를 대신하거나 조물주의 의도에 상응한다. 이처럼 음양의 원리가 창세의 순간에 직접적으로 작용하는 신화는 그리 흔치 않다. 역학적 사유가 제주 민중들에게까지 큰 영향을 미치고 있었음을 보여준다. 세상이 대충 자리 잡자 하늘의 옥황 천지왕과 지상의 대부 수명장자의 싸움이 일어나고 당연히 천지왕의 승리로 귀결된다. 이 과정에 천지왕이 지상의 한 여인과 잠자리를 같이 해 이승의 주재자인 소별왕과 저승의 주재자인 대별왕을 낳게 된다. 이들은 힘을 합쳐 고난을 이겨낸 끝에 아버지를 만나고, 두 개씩인 해와 달을 하나씩 없애라는 임무도 잘 완수한다. 이것은 과양과음(過陽過陰)을 제거하여 조화에 이르는 것으로 역시 역학적 사유의 반영으로 볼 수 있다.

그 다음 당연히 이승을 맡아야 할 형 대별왕에게 동생 소별왕이 이승을 자기에게 넘겨 달라고 하면서부터 문제가 발생한다. 능력과 품성에서 우위에 있는 대별왕이 동생의 속임수에 넘어가 거듭된 내기의 한 판을 진다는 것이다. 패배의 이유는 정직했기 때문이다. 대별왕은 이의를 제기하고 힘과 권위로 동생을 누를 수도 있었다. 하지만 그는 결과를 순순히 받아들

---

21) 이 제주의 창세신화와 이어지는 천지왕의 아들들 이야기에 대한 최근의 논의로는 김헌선, 「「베포도업침, 천지왕본풀이」에 나타난 신화의 논리」(『비교민속학』 28집, 비교민속학회, 2005)를 참조할 것.
22) 당금애기 신화의 다양한 양상은 방창환·조홍윤의 『제석님과 제석굿』(문덕사, 1997)을, 바리데기 신화의 다양한 양상은 김진영·홍태한의 『서사무가 바리공주 전집』 1·2(민속원, 1997)를 참조할 것.

인다. 이 이야기가 비극이라고 주장하려는 것이 아니다. 대별왕은 이미 신의 반열에 올랐기 때문에 이 패배가 그렇게 심각한 것이 아닐 수도 있다. 오히려 그가 결과를 받아들이는 태도에 주목해야 한다. 이것이 운명을 받아들이는 한국적인 방식이기 때문이다. 그리고 더욱 중요한 것은 이 신화가 표명하는 세계의 이원성에 대한 해명이다. 이 이야기는 (속임수를 쓴 소별왕이 이승을, 공명정대한 대별왕이 저승을 다스리게 되어) 그래서 이승에는 질투, 속임수 등이 많고 저승에는 공명정대한 질서가 서게 되었다는 것이다. 이것은 이 이야기가 이승에서의 삶이 항상 정당한 결과를 가져다주지 않는다는 생각, 세상이 내 마음대로—이 말은 대개 정직한 나를 상정하고 있다—되어주지는 않는다는 생각, 즉 이원적 세계관을 반영한다. 또 그런 불합리의 이유를 해명하면서 그 보상이 저승에서는 이루어진다는 생각도 보여준다. 일종의 생활신앙인 셈인데, 여기에는 내 잘못에도 불구하고 믿음을 보고 나를 구원해주는 인격신의 모습은 없다. 대별왕과 소별왕은 자연이법(自然理法)의 민중적 형상일 뿐이다. 이렇게 이 신화는 한국 민중의 생활화된 원형적 사유를 잘 보여준다.

전통적인 서양비극에서 운명은 의도를 지닌 인격신의 작용으로 인식되는데 반해, 우리 비극의 사유는 운명을 자연의 이법 같은 비인격적 추상으로 파악하는 경향이 있다고 지적한 바 있다. 그런데 우리에게 인격신이 없는 것은 아니다. 대별왕, 소별왕만 해도 그들이 그리 고도로 관념화된 신격은 아니다. 다만 이들이 인간의 행동에 일희일비(一喜一悲)하거나 사사건건 개입하는 그런 신이 아니라 뒤로 물러나 앉아 자연의 조화를 관장하는 존재라는 점에서 자연이법의 형상화라는 것이다. 한국 민중들에게는 말 그대로 인격신, 정말 인간 같은 신들이 있다. 당금애기, 바리데기, 액운애기 같은 무조신(巫祖神)들이 그것인데 이들은 원래 인간이었고, 보통사람보다 별로 나을 것 없는 연약하고 불쌍한 여인들이었다.

2) 서사무가에 나타난 신과 운명, 극복과 어울림

서사무가는 민간의 제의행사에서 불려지는 노래로 된 민간신화이다. 이 중 당금애기와 바리데기는 가장 널리 알려진 것으로, 이 두 신은 무속신 중 가장 중요하고 지위도 높다. 모두 이들이 어떻게 해서 신이 되었는가 하는 이야기다. 하지만 정작 인간이 어떻게 신이 될 수 있었는가에 대한 답은 나오지 않는다. 창자나 수용자 모두에게 별로 중요하지 않았다는 이야기다. 그런데 당금애기와 바리데기의 삶은 신이 되었다는 것만 빼면 그야말로 고난의 연속이며 비극적인 인생이다.

당금애기는 자신의 의사와는 달리 힘에 눌려 세존과 잠자리를 같이 한다. 그리고 세존이 떠난 후 아비 없는 자식 셋을 낳아 기른다. 이 과정에서 가족들의 비난을 받고 돌함에 갇히거나 어머니가 몰래 넣어주는 밥으로 아이들을 기르는 등 모진 고난을 겪었다. 그리고 아이들이 큰 다음에는 아버지를 찾아가게 되어 있어 다시 이별을 겪는다. 세존의 강압과 임신은 상대가 상대니만큼 당금애기에게 운명일 수밖에 없다. 그녀는 이에 저항하지만 이길 수 없다. 그리고 이 어쩔 수 없는 패배의 결과로 그녀는 온갖 고난을 겪는다. 선명한 비극적 세계상이 드러난다. 그런데 여기에서부터 비극적인 삶을 영위하는 당금애기의 모습이 어떻게 그려지는지 주목해야 한다. 한마디로 말하면 보통 여인의 모습이다. 창무(唱巫)의 사설과 음성에는 당금애기의 고통을 함께 느끼는 듯 아픔이 배어나기도 하지만, 사설 자체는 오히려 담담하다. 상대가 세존이라는 것은 아무나 겪을 수 없는 일인데도 마치 누구에게나 있을법한 팔자 이야기를 듣는 것 같다. 그녀를 위대하게 그리려는 어떤 노력도 보이지 않는다. 운명 앞에 당금애기는 그저 힘없는 한 여인일 뿐이다. 여기에서 환기되는 강한 비극적 정서로 인해 한국인은 한(恨)이 많다는 이미지가 만들어진 것이다. 하지만 이것은 무가(巫歌)의 세계를 잘못 이해한 것이다. 역설적으로 말해 이런 연약하고 평범한 모습 때문에 당금애기는 삼신이 된 것이다. 삼신은 산모와 아이들을 보살피는 신이다. 모든 인간, 특히 모든 어머니가 겪어야 하는 아픔을 가장 가혹하게 겪은 그녀에게 삼신의 자리를 줌으로써 민중들은 안심할 수 있게 된다. 당금애기는 가녀린 처녀의 몸으로 큰 고난을 겪고 가족에게까지 고통을 받았지만, 그래도 아이들을 건강하게 길러냈다. 그녀가 해낸 것은 이것뿐이고, 이마저도 그다지 적극적으로 해낸 것은 아니다. 어머니의 도움이 없었다면 낭패를 보았을 수도 있다. 하지만 그녀가 신이 되는데 이것으로 충분했다. 여기에 한국 민중들의 낙관성이 있다. 힘든 삶에서 아이들을 낳고 기르는 여인들은 그것으로 충분한 삶의 의미를 찾을 수 있었던 것이다. 그리고 그녀들은 어려운 일이 있을 때, 자신들과 꼭 같은 어려움을 먼저 겪은 삼신 할머니의 인정(人情)을 믿을 수가 있었다.

바리데기도 마찬가지다. 그녀는 아버지에게서 버려진 딸이었다. 그녀에게 그것은 육신은 물론 커다란 마음의 상처를 주었다. 그래서 아버지에게 다음과 같이 하소연한다.

> 젖유모 비단 공단에다가 연지 닷 말 분 닷 말에 젖유모 징여서 곱게곱게 자라 내던 큰형이며 둘째 형은 어이 허고 시궁창에 몰아넣어 썩어 죽으라던 버러데기를 부르오 마구간에 몰아 넣어 썩어 밟혀 죽으라던 버러데기를 부르며는 외양간에 몰아넣어 소한테 밟혀 죽으라던 버러데기를 부르시오. 나 오뉴월 삼복제절이면 다 핫것 입혀 태양 빛이 내놓아 떠 죽으라던 버러대기 아니 죽고 살아나던 버러데기를 부르며는 동지 섣달으 설한풍에 백설이 나리던 데 마포 옷을 입혀 북풍받이 내놓아 얼어 죽으라던 버러데기를 부르시면 할 길 없이 다 오늘 거저 갈 곳 없이 쫓겨나던 버러데기를 부르오23)

---

23) 박현국, 「바리데기(시왕풀이) 무가 고찰」,『민속학술자료 총서. 455 굿거리5』, 우리마당터, 2004, p.281.

이 같은 하소연은 바리데기의 효심이 어떤 이념에 근거한 것이 아니라 육친에 대한 정에 근거한 것임을 보여준다. 상처도 효심도 모두 정 때문이다. 그녀는 자기를 버린 아버지를 살리기 위해 고난의 길을 자처한다. 저승으로 아버지를 살릴 약수를 구하러 떠난 것이다. 그녀는 칠년간 빨래하고, 칠년간 밭 갈고, 무장승의 일곱 아들을 낳아주는 등 무속적으로 설정된 오랜 기간 고난을 거쳐 비로소 약수와 꽃을 구해 돌아온다. 이 때문에 그는 저승길을 인도하는 신이 된다. 바리데기에게도 그다지 큰 권능은 보이지 않는다. 아버지를 살리긴 했지만 그것이 그녀가 자유로이 사용할 수 있는 권능이 된 것은 아니다. 그녀가 약수를 얻기 위해 수많은 고난을 감내하는 동안 각인되는 것은 아버지의 죽음이라는 운명을 뛰어넘기 위해 오직 정에 의지하여 외로운 투쟁을 지속해야 한다는 것이다. 당금애기와 달리 그녀는 죽음이라는 절대적인 운명과 대결한다. 그러나 그녀는 연약하고 평범한 여인의 모습으로 그 투쟁을 수행한다. 비록 아버지가 살아나고 신이 되었지만, 그것이 그녀에게 충분한 보상을 준 것 같지는 않다. 신이 되었다는 결말까지 모두 듣고 나서도 수용자들의 마음은 여전히 비감하다. 당금애기의 경우도 그러하다. 청중들은 우리들 자신을 포함한 모든 인간들의 운명을 들은 것 같다. 미학적으로 비극적 세계관을 지니게 된 것이다. 하지만 여기에는 위안도 있다. 그토록 평범하고 정 많은 여인들이 신이 된 것이다. 그녀들이 신이 되었음을 믿지 않는 사람들에게도 위안은 있다. 이 작품의 핵심은 정이다. 민중들이 비극적 세계관 안에서 극복의 길을 찾기 위해서는 약간의 신앙과 정이 필요하다. 가족, 인간이야말로 현세적인 민중들이 위안을 얻는 마음의 고향이다. 범인(凡人)도 자식을 위해서는 생명을 버린다.

한국의 무속신은 신뢰할만한 강력한 힘과 권위 때문에 신이 된 것이 아니다. 그녀들은 인간의 존재론적 한계, 즉 운명 앞에 나약하고 힘없는 존재로 온갖 고난을 겪었기 때문에 신이 된다. 그녀들이 한 일은 그 고통 속에서도 포기하지 않고 아이들과 아버지—가족에 대한 애정을 지킨 것이다. 민중들로서는 이 점이 어떤 강력한 권능보다도 더 믿음직했던 것이다. 비극적 세계관을 넘어서게 해 주는 이 정에 대한 갈구와 믿음은 한국인들에게 그리스 지식인들의 '지혜에 대한 애정' 못지않은 높은 가치를 지니고 있다. 바리데기와 당금애기의 이야기에서 세존이나 무장승과의 결연은 사랑이라는 이름을 붙일 수 없는 운명의 수용이거나 운명 앞에 쓰러짐일 뿐이지만, 이 이야기를 통째로 지배하고 있는 '정(情)'과 한(恨)이라는 포장지 안에 들어앉은 '낙관성'은 한국 서사무가의 핵심을 이룬다. 이 정은 자연·운명·신들과 느끼는 동질감의 문학적 표현이다.

5. 맺음말; 물화(物化)의 직관, 혹은 심미적 이성을 위하여

이 글은 서세동점의 시기를 거치며 보편화된 다위니즘을 비판하고 동아시아의 원형사유로부터 그 대안을 찾고자 한다. 특히 사회다원주의의 뿌리를 자아와 세계의 대립이라는 이원성을 통해 삶을 바라보았던 그리스 신화와 비극에서 찾고, 그 대안으로 이원성을 넘어서는 이원성, 궁극적인 일원성을 꿈꾸었던 태극·음양의 사유와 그 문학적 반영인 서사무가를 제시, 분석했다. 여기서 이원성은 내가 세계와는 다른 원리, 욕망을 지니고 살아간다는 인식으로, 이것이 도구적 이성과 결합하면 타자(세계)에 대한 정복욕과 지배욕으로 나타나게 된다.

그리스인들은 무척 자존심이 강했다. 그들은 신이나 운명 앞에서도 품위를 잃지 않으려고 했다. 이길 수 없는 싸움에서도 지지 않는 법을 찾아냈다. 그런데 동아시아인들은 운명과 싸우거나 이에 굴복할 필요가 없었다.

스스로가 운명의 한 부분이었기 때문이다. 장자는 자기를 놓아버리고 자연과 하나가 되는 것을 물화(物化)라고 했다. 스스로 무엇으로도 화할 수 있기에 지인(至人)은 무한한 자유를 누릴 수 있다는 것이다. 본시 만물은 그 본질이 같기 때문에 물화의 경지는 다만 근본으로 돌아가는 길을 찾은 것이다. 나비가 되고, 물고기가 되어 자유로이 노닐거나, 바람이나 구름을 타고 소요한다. 더 이상 무엇이 있으랴.

아도르노는 돛대에 묶여 세이렌과 싸우는 오디세우스와 밀랍으로 귀를 막은 그 부하들에게 안타까움을 표한다. 세이렌의 노래에 자신을 던지는 충만함을 꿈꾸는 것이다. 예술은 나와 이웃, 인간과 자연, 자아와 세계의 동질성을 직관하게 해 주는 충만한 충동의 장이다. 이 충만함과 장자의 비어 있음이 다르지 않다. 자아와 세계를 하나로 파악하게 하는 전일적(全一的) 시야를 열어주는 것이다.

이 전일적 시야는 아름다움을 느끼는 힘, 직관과 심미안의 개입 없이는 열리지 않는다. 그리고 그 직관과 심미안을 작동시키는 에너지는 정(情)이다. 정은 곧 물화(物化)다. 장자가 연못 속의 물고기가 즐거움을 아는 것은 물고기의 마음을 느끼기 때문이다. 한국 민중들의 서사무가에는 이런 정에 대한 자각과 신뢰가 넘쳐난다. 그들은 당금애기와 바리데기를 통해 생사(生死)의 자연현상에 대해 두려움을 넘어선 신뢰를 표명한다. 지식인 아닌 그들이 생사의 길에서 발견해낸 것은 아이들과 부모에 대한 깊은 정이다. 한결같은 자연의 정(情)을 그런 식으로 표현한 것이다. 정(情)은 만물의 본성이다.

비극적 세계관을 넘어서는 동아시아적 방식, 그것은 자연과 운명을 나와 한가지로 느끼는 데 있다. 여기서 이원성은 그 출발부터 이미 극복을 포함한다.

참고문헌

김경미, 「1910년대 이광수 문학에 나타난 '준비론'의 양가성」, 『어문학』 86호, 한국어문학회, 2004.

김연재, 「주역의 예술적 생명정신」, 『유교사상연구』, 한국유교학회, 2006.

김진영·홍태한, 『서사무가 바리공주 전집』 1·2, 민속원, 1997

김창현, 「양산숙전의 비극성 연구」, 『온지논총』 16집, 온지학회, 2007

김항배, 『장자철학정해』, 불광출판부, 1992.

김헌선, 「「베포도업침, 천지왕본풀이」에 나타난 신화의 논리」, 『비교민속학』 28집, 비교민속학회, 2005.

박현국, 「바리데기(시왕풀이) 무가 고찰」, 『민속학술자료 총서. 455 굿거리5』, 우리마당터, 2004.

방창환·조흥윤, 『제석님과 제석굿』, 문덕사, 1997

배용일, 「朴殷植과 申采浩 思想의 비교연구」, 성신여대 박사논문, 1997.

성백효, 『(懸吐完譯)周易傳義』, 전통문화연구회, 2004.

신용하, 「신채호의 무정부주의 독립사상」, 『신채호』, 고려대 출판부, 1990.

신일철, 『신채호의 역사사상 연구』, 고려대 출판부, 1983.

신채호, 송재소 편저, 『꿈하늘』, 동광출판사, 1990.

안동림 역주, 『장자』, 현암사, 1994.

양문규, 「1910년대 한국 소설 연구: 사회사적 관련 양상을 중심으로」, 延世大 박사논문, 1991.

이경식, 『엘리자베스 시대 비극의 세네카 전통』, 서울대 출판부, 1991.

이현세, 「공포의 외인구단」, 1983.

조선도서주식회사 편집부 편찬, 『備旨具解原本周易』, 학민문화사, 1996.

한점돌, 『한국근대소설의 정신사적 이해』, 국학자료원, 1993.

Clifford, L., 문상득 역, 『비극』, 서울대 출판부, 서울, 1985.

Kuhn, T., 『과학혁명의 구조』, 까치, 1999.

Sophocles, 천병희 역, 『오이디푸스왕 외』 제3판, 문예출판사, 2006.

Adorno, T. W.; Horkheimer, M., 김유동 역, 『계몽의 변증법』, 문학과지성사, 2001.

일부다처를 둘러싼 근대 『구운몽』 읽기의 세 국면

―스콧(Elspet Robertson Keith Scott), 게일(James Scarth Gale),

김태준의 『구운몽』 읽기* ―

이상현

<table>
<tr><td align="center">목 차</td></tr>
<tr><td>

1. 근대적 독서체험의 산물, 『구운몽』영역본 서설
2. 동양 이문화의 표상 일부다처(一夫多妻)와 『구운몽』
　의 남녀관계
3. 번역된 '낭만적 사랑'과 동양의 지상천국
4. 구운몽의 '조선문학되기'

</td></tr>
</table>

1. 근대적 독서체험의 산물, 『구운몽』영역본 서설

게일(James Scarth Gale, 1863~1937)의 『구운몽』영역본(1922)에는 스콧(Elspet Robertson Keith Scott)의 서설(序說, Introduction)이 수록되어 있다.1) 스콧의 서설은 정규복이 게일의 『구운몽』영역본을 다루면서 영역

---

* 이 논문은 『동아시아고대학』15집에 게재했던 글을 일부 수정한 것임을 밝힌다.

1) James Scarth Gale trans., *The Cloud Dream of the Nine : A Korean novel, story of the times of the Tangs of China about 840 A.D.*, London : Daniel O'Connor, 1922 ; 이 영역본이 출판되는 과정에 대해서는 리처트 러트의 글에 소개되어 있다. 게일의 『구운몽』영역본은 1차 세계대전이 일어났을 때 시카고의 오픈코트(The Open Court)출판사의 편집자인 폴 카루스(Paul Carus, 1852~1919)가 심장마비로 사망하는 일이 없었다면, 1922년보다는 더 이른 시기에 발행될 예정이었다. 그의 사망으로 미루어져 오던 출판이 가능해진 것은 1919년 스콧 자매와의 만남을 통해서였다. 1919년 3월 한국에 방문한 엘리자베스 키스(Elizabeth Keith)와 스콧 자매가 게일과 만나 이 영역본을

본과 함께 개괄한 이래 본격적으로 검토된 적이 없었으며, 『구운몽』의 배경사상을 논한 논의 속에 간헐적으로 언급되어 왔을 뿐이다.[2] 하지만 일제 강점기에 국문학연구를 개척한 대표적인 학자로 평가되는 김태준(金台俊, 1905~1949)의 『증보조선소설사』(1939)에서는 "기실은 나보다 먼저 게일(Gale) 박사가 「The Cloud Dream of the Nine」의 序에 쓰되, '구운몽은 진면목한 極東智識의 啓示이니 그 문장과 어구가 奇巧할 뿐 아니라 극동적 사상과 취미의 신앙적 해석에 있어서 한층 더 문학적 성과를 발휘하고 있다.'라고 하였다. 肯綮에 적중할 말이다."[3]라고 스콧의 서설을 참조했음을 명시해주고 있다. 비록 그는 서설을 게일이 쓴 글로, 번역자에 대한 평을 『구운몽』에 대한 평가로 오인하고 있었지만,[4] 스콧의 서설을 근대적인 학설로 인정하고 있었음을 알 수 있다. 그 까닭은 무엇이었을까? 스콧이 쓴 서설은 크게 7장으로 구성되어 있는 데 그 표제를 정리해보면 다음과 같다.

I. The Book II. The Translator III. The Author IV. The Tale V. Woman's Voice in Polygamy VI. Heaven on Earth VII. The Present Translation

여기서 『구운몽』에 대한 스콧의 소견은 1장과 5~6장에서 드러난다. 1장에서는 서구인 독자 스콧에게 있어서 이 텍스트가 지닌 의미가 총체적으로 제시되어 있다. "(서구인) 독자가 『구운몽』을 철저히 즐겁게 감상하기 위

접하게 되었고, 그들이 영국 런던의 다니엘 오코너(Danial O'Cornner)출판사에 전해줌으로 1922년에 비로소 그 모습을 드러냈다.(Richard Rutt, *James Scarth Gale and his History of Korean People*, Seoul : the Royal Asiatic Society, 1972 p.59.)

2) 정규복, 「구운몽 영역본고」, 『국어국문학』21, 국어국문학회, 1959.

3) 金台俊(朴熙秉 校注), 『증보조선소설사』, 서울, 한길사, 1990 pp.121~122.

4) 주2)과 동일. p.156. 참조.

해서는, 모든 서구의 도덕관념에서 떠나야 한다.”와 “『구운몽』은 동양인이 지상의 일들뿐만이 아니라 우주의 숨겨진 일들에 대하여 느끼거나 생각하는 것에 대한 계시이다. 이는 우리가 이해할 수 없는 먼 동양의 지식을 얻도록 도와줄 것이다.”5)라는 언급 속에서『구운몽』텍스트는 ‘동양’이라는 지리적 경계를 획득하며, 서구의 도덕관념으로는 이해할 수 없는 ‘동양’의 지식이 담겨져 있는 이문화권의 텍스트란 의미를 지니게 된다.『구운몽』텍스트가 표상하는 “이해할 수 없는 동양의 지식”은 “일부다처는 중국과 조선 가족 제도의 중요한 보루이다.”6)와 “유자, 불자, 도사들의 생각이 이 이야기 속에서는 섞여 들어가 있으나, 모두 지상 천국(이상향)에 대한 확신을 말하고 있다.”7)란 진술에 요약되어있다. 전자는『구운몽』의 ‘일부다처’라는 남녀관계 혹은 가족제도를, 후자는 흔히『구운몽』의 배경사상을 논할 때 말하는 유불도(선) 삼교융합을 연상시킨다. 그가 거론한 세 골자는 이후『구운몽』연구에 있어 하나의 자명한 통념이 되었다.

서설 속에는 주목받지 못한 차이점이 더불어 존재하는데 이것이 더욱 스콧의 서설에 대한 온당한 평가와 관련된 의미있는 영역이라고 생각된다.『구운몽』의 배경사상에 대한 스콧의 기술을 살펴보면, 실상 유불도 사상이 혼융되어 있다는 사실(배경사상, 주제론)자체보다는 유불도의 이상향으로 제시되는 소설 속 장면들에 더 중점이 놓여 있다.8) 일부다처제라는 제도보

---

5) The reader must lay aside all Western notions of morality if he would thoroughly enjoy this books...... The Cloud Dream of the Nine" is a revelation of what the Oriental thinks and feels not only about things of the earth but about the hidden things of the Universe. It helps us towards a comprehensible knowlege of the Far East.(서설 1장, p.4)

6) Polygamy is the chief bulwark of the Chinese and Korean family system.(서설 5장, p.33)

7) Confucian, Buddhist and Taoist ideas are mingled throughout the story, but everyone speaks with confidence of Heaven as a place.(서설 6장, p.37)

8) 스콧의 서설이『구운몽』의 배경사상(혹은 주제론)과 연관되어 다루어지는 모습은 상대적으로 많았다고 볼 수 있는 데, 연구자의 관점에 따라 스콧의 서설은『구운몽』의 배경사상이 삼교융합이라는 사실에 객관성을 부여하는 예증으로 혹은『구운몽』의 배경사상을 삼교융합으로 보는 하나의 견해로 받아들여졌다.『구운몽』의 배경사상 혹은 주제론을 다루는 논의에서 이 점이 간과되었던 이유는 “Confucian, Buddhist and Taoist ideas are mingled throughout the story, but everyone speaks with

다 그러한 상황이 『구운몽』에 반영되어 있지만 작품 속에서 여성들이 스스로의 목소리를 낸다는 모습에 주목한다. 표제인 '일부다처제 속 여성의 목소리'(Woman's Voice in Polygamy), '지상천국'(Heaven on Earth)만을 보아도 짐작할 수 있는 전체논지가 지금까지 간과되어왔다. 김태준의 『증보소설사』를 읽어보면 스콧의 이 두 초점은, 이 시기 『구운몽』을 보는 두 사람이 어떤 공통적인 담론 안에 놓여 있다는 사실을 보여주기라도 하듯 잘 반영되어 있다. 두 사람의 논의는 "『구운몽』텍스트는 **서구의 도덕 관념으로는 이해할 수 없는 '동양'의 지식**을 제공하는 것으로 규정"되는 담론, '오리엔탈리즘' 안에 놓여있다고 할 수 있을 것이다. 그러나 『구운몽』 텍스트가 지닌 일부다처주의의 정당화 혹은 이상화된 남녀관계를 둘러싼 두 사람의 시각과 발화의 위치는 변별된다. 두 사람의 공유지점과 변별지점 사이에 놓인 존재는 번역자 게일이다. 필자는 지상천국으로 이상화되어 제시되는 『구운몽』의 소설적 시공간과 여주인공들이 보여주는 독특한 여성형상이라는 스콧의 두 초점이 이들 세 사람의 『구운몽』읽기를 분석하는데 단초가 될 수 있다고 생각한다. 이 글에서 고찰할 대상과 관점을 개괄적으로 제시하면 다음과 같다.

"1922년 영국의 여성독자 스콧이 한국의 고전소설 『구운몽』을 읽었다" 라고 규정되는 스콧의 독서 체험·활동이 지닌 중층적인 의미에 따라 『구운몽』텍스트는 '동양과 서양', '전근대와 근대', '한국어(한문, 국문)와 영어', '남성과 여성'이란 인식론적 구별을 통해 새로운 의미를 획득하고 있다. 서설의 목차 속에 보이는 '번역자'라는 항목 그리고 『구운몽 : 한국소설, 840년경 중국 唐代의 이야기』란 영역본의 부제는 이 점을 잘 드러내준다. 스콧이 『구운몽』을 읽는 것을 가능하게 했던 게일의 『구운몽』'번역'이란

---

confidence of Heaven as a place."란 스콧의 진술에서, but 이후의 진술이 생략된 채 다루어졌기 때문이다.

행위가 지닌 의미는 한국어로 상정된 언어공동체(한국)와 영어로 상정된 언어공동체(영국, 미국) 사이, 하나의 언어에서 또 다른 하나의 언어로 번역된다는 언어 간 번역이 이루어졌음을 의미한다. 영역본의 부제가 보여주는 한국과 중국이 동시에 병치된 『구운몽』이 지닌 이중 국적은 게일이 『구운몽』을 한국 고전소설을 대표하는 번역대상으로 삼게 했던 준거점으로 존재하는데, 근대 이전에는 언어 내 번역으로 존재하던 한문과 국문이 '민족어'로서 분절화되는 것을 알리는 표지이기도 하다.9) 이는 『구운몽』을 '한국의 고전소설'로 변화시켜온 다양한 제도와 담론들을 상기시켜주는데, 이와 겹쳐지는 지점이 '조선소설사'라는 역사적 총체를 서술하기 위한 김태준의 『구운몽』연구이다. 필자는 근대 이전에는 존재하지 않던 '서구 독자를 위한 『구운몽』서설', '『구운몽』영역본', '조선소설사 기술을 위한 『구운몽』연구'라는 글쓰기 형태로 스콧·게일·김태준의 『구운몽』에 대한 독서체험·활동이 표출되었다는 점에 의거하여, "이들의 『구운몽』읽기는 근대 이전에 존재하지 않았던 근대 『구운몽』읽기(독서체험·활동)의 양상을 보여준다"는 관점으로 이들의 독서체험의 산물들을 살펴보려 한다.

---

9) 상기의 내용은 "사카이 나오키(酒井直樹, 藤井たけし 역), 『번역과 주체 : '일본'과 문화적 국민주의』, 서울, 이산, 2005"의 서론을 참조했다. 이 글에서는 편의상 지리적 영역/국민적 주체로서의 '한국', '조선'이란 용어를 함께 사용했는데, 전자는 필자 역시 벗어날 수 없는 오늘날 우리 안의 자명한 범주로, 후자는 식민지 시기 김태준, 스콧, 게일에게 존재했을 개념으로 구분하고 싶었기 때문이다. 특히 대한제국이란 연호를 사용할 수 없었기에 사용된 용어이며, 김태준에게는 당대를 근대 국민국가가 완성되지 못한 상황으로 일본어를 국어로 여길 수밖에 없었던 '조선'이라는 용어의 심상지리는 결코 오늘날 '한국'과는 동일한 것이 아니었다고 생각된다. 더불어 '지리적 영역=국민적 주체'로서의 '한국'이란 자명한 틀을 필자 역시 벗어나지 못했음을 먼저 밝히며, 이는 후일의 과제로 남겨둔다.

2. 동양 이문화의 표상 일부다처(一夫多妻)와 『구운몽』의 남녀관계

1) 일부다처제 속 여성의 자기 목소리

서설의 5장을 동양의 '과거, 역사, 현실' 그리고 『구운몽』'텍스트' 상에 보이는 '일부다처제 속 여성'이란 두 층위로 나누어 생각해볼 필요가 있다.

> "ⓐ ① 일부다처는 중국과 조선의 가족제도에 있어서 중요한 보루이다. 그리고 일부다처의 기본적인 권리가 사회에 합의를 얻었을 때, 이 제도의 실효성은, 설사 그것이 불합리할지라도 의심할 여지가 없었다. ② 唐代의 남성들은 그러한 제도 속에서 모든 것을 가졌었다. 여성들은 그들의 처지를 순종적으로 받아들였는데, 그 이유는 그녀들은 여자로 태어난 수치심을 견디면서 전생의 죄를 속죄하는 것이라 믿었기 때문이었다. ⓑ 그러나 한 남자와 여덟 여자들의 결연을 옹호(숭상)하는 이 이야기 속에서 우리는 내면 깊은 곳의 불만을 토로하는 몇 몇 여성들을 발견하게 된다.10)

스콧은 먼저 '중국과 조선 = 동양'에 있어서 일부다처제란 가족제도가 지닌 의미, 그것을 여성이 스스로 정당화하는 기제(ⓐ)를 기술한 후, 이에 맞추어 『구운몽』텍스트 속에서 여성형상(ⓑ)을 제시해준다. 양자를 변별해보자면 전자(ⓐ)는 동양의 '과거/역사' '현실'이라고 상상되는 일부다처제 속 여성의 삶을, 후자(ⓑ)는 온전히 『구운몽』이라는 '텍스트'에서 드러나는 일부다처제 속 여성형상을 기술하는 부분으로 볼 수 있다. ⓐ와 ⓑ는

---

10) Polygamy is the chief bulwark of the Chinese and Korean family system, and when its basic claim is accepted by a community its practicableness, if not its justice, is undoubted. The men of the Tang era had everything to gain by such a system. The women accepted their place because they believed that they were expiating the faults of a former existence by enduring the shame of being women. But in this tale, which honours the mating of one man and eight women, we find some of the women giving voice to an inward discontent.(서설 5장 일부다처제 속 여성의 목소리. pp.33~34.)

일부다처제란 공통항으로 묶여지는 것처럼 보이지만, 둘을 연결하는 접속사인 '그러나'가 보여주듯 차이점이 강조된다. 여기서『구운몽』의 여성형상(ⓑ)은 "여자로 태어난 수치심을 견디면서, 전생의 죄를 속죄하는 것으로 믿"고 자신의 "처지를 순종적으로 받아들"이는 동양의 '현실', '과거/역사' 속 여성과는 달리 "마음속 깊은 곳의 불만을 토로"하기 때문이다. 예시를 통해 제시되는『구운몽』의 세 여주인공은 난양공주, 정경패, 가춘운이다.11)

그가 예로 드는 세 장면을 순서대로 정리해보면, 첫째 신분을 속인 채 난양공주가 가춘운, 정경패와 만나는 장면들, 둘째 정경패가 부처에게 던지는 발원문을 가춘운이 대신해서 낭독하는 장면 그리고 마지막으로 양소유의 권유에도 불구하고 가춘운이 정경패를 따르겠다는 선택을 내리는 장면이다.『구운몽』에서 일부다처의 문제로 가장 큰 갈등이 일어나는 대목인 황제가 강요한 늑혼(勒婚)으로 말미암아 발생한 정경패-양소유의 혼사 장애를 스콧은 예증으로 선택한 셈이다. 이 세 장면 중 스콧의 논지와 부합되는 것은 첫 번째와 두 번째 장면이다. 첫 번째 장면의 난양공주, 정경패의 대사12)는 전체문맥을 보면 사실 두 재자가인(才子佳人)이 지기

---

11) 그들에 대한 스콧의 주목은 서설 4장의 줄거리 요약 부분에서도 '성진의 환생' 대목 이후 이어지는 '진채봉' 그리고 '계섬월과의 결연과정'이 생략된 채로 바로 정경패와의 만남으로 전환되는 형태로 드러난다. 더불어 스콧은『구운몽』의 여주인공들이 기본적으로 才子佳人인 점과 그들의 그러한 재주와 능력들이 규방이란 제한된 공간에 한정될 수밖에 없었다는 점을 말했으며, '정경패와 난양공주' '정경패와 가춘운' 사이 여성 간의 돈독한 교우관계를 주목했다는 점을 지적할 수 있다.

12) 『구운몽』텍스트를 발췌인용 시에는 게일의 영역본과 가장 유사한 판본으로 여겨지는 을사본에 해당되는 <이가원 교주,『구운몽』, 서울, 연세대학교 출판부, 1980>으로 제시하겠다. 다만 원문과 너무 차이가 발생하는 경우에는 노존본 계열인 <정규복 · 진경환 역주,『구운몽』, 서울, 고려대학교 민족문화연구소, 1996.>로 인용한다. 영역본의 원문은 면수만을 표기하는 것으로 생략하도록 한다. (이하 이가원본, 노존본, 영역본은 각각 <李>, <老>, <G>로 약칭.) 두 여주인공의 대사는 다음과 같다. "남자는 천하에 친구를 구해 덕성을 도움 받는데 여자는 종들 외에는 접촉이 없으니 잘못이 있어도 누가 있어서 바로잡아주며 학문함에도 어디에다 질문하겠습니까?"(<G> pp.178~179. ; <老> p.198) : "저저의 말쌈이 곧 소매의 맘에 있던 바로소이다. 규중의 몸이 종적에 걸림이 있고 이목에 가리움이 많으므로 본대 창해의 물과 巫山의 구름을 알지 못하니."(<G> p.179 ; <李> p.214)

(知己)로서 서로의 기쁜 만남을 표현하는 내용으로 볼 수 있지만, 스콧의 눈에는 이것이 여성들이 마음 깊은 곳의 불만을 보여주는 것으로 읽히게 될 만하다. 그리고 난양공주와 양소유의 늑혼으로 말미암아 정경패 자신의 혼약이 파기될 위기를 맞자 부처께 올리게 되는 그녀의 발원문은 "진실하며 깊은 정경패의 마음이 부처께 올리는 그녀의 기도 속에 표현되었다."13)란 스콧의 표현처럼 서설 5장의 논지와 가장 잘 부응되는 부분이다. 『구운몽』 속에서도 가장 애절한 것으로 이 세상에 여자로 태어났음을 한탄하는 신랄한 글, 동양의 여성이 마음 속 깊은 곳의 불만을 토로하는 모습으로 충분히 읽힐 수 있기 때문이다.

하지만 그가 인용하는 마지막 장면을 보면, "내면 깊은 곳의 불만을 토로"하는 여성형상만으로는 충분히 설명할 수 없는 측면을 지니고 있다. 양소유의 권유에도 이를 거부하는 가춘운을 통해 남녀관계에 있어서 주도권, 주체성 혹은 자율성을 지닌 여성형상을 발견할 수 있기 때문이다. 즉, 그는 여성들의 대사를 여성 스스로의 자기 목소리로 받아들였음을 짐작할 수 있으며, 이러한 자율적 형상이 @와는 가장 큰 변별의 지점이었던 셈이다. 물론 서구인의 조선체험 기술과 서구인들의 여행기에서 억압되며 열등한 존재로 기술되는 동양의 여성들(@)은 결코 서구의 귀족에 대응하는 동양 상류층의 여성들은 아니었다. 일례로 명성황후에 관한 게일과 이자벨라 비숍 그리고 사대부가의 한 여성에 대한 스콧의 기술 속에서는 문명과 야만이란 이분법적 인식을 발견하기란 그리 쉽지 않다.14) 하지만 여기

---

13) "Jewel's real inner heart is expressed in her prayer to Buddha when she believed that she would have to give up Yang, who was under royal command to wed the Imperial Princess."(서설 5장 p.35)

14) Isabella Bird Bishop(이인화 역), 『한국과 그 이웃나라들』, 서울, 살림, 1994 pp.293~300 ; Elizabeth Keith·Elspet K. Robertson Scott의 같은 글, pp. 119~120. ; James Scarth Gale(장문평 역), 『코리안 스케치』, 서울, 현암사, 1970, pp. 232~235.((*Korean Sketches*, New York : Fleming H.Revell Company, 1898))

서 고평되는 것은 그 개별 인물의 품성과 교양 그리고 아름다운 외모 그 자체였을 뿐, 동양 여성이란 집합으로 인지되는 '외부세계와 격리되고 남성들에게 종속된 그 사회적 위치' 그리고 '결혼과 연결된 사랑의 부재'는 단지 생략되었을 뿐 동일한 것이었다. 즉, 스콧이 주목한 정경패와 난양공주는 서구인 여성들과 동등한 교양 혹은 사회적 위치를 지닌 규방과 황실의 여성에 해당되지만, 그것만으로는 스콧이『구운몽』속에서 발견한 동양의 사랑이란 ⓐ와 ⓑ 사이의 더 큰 변별점을 설명해주지 못한다.

2) 'Love'와 '스랑(愛)'·'련익(戀愛)'의 등가관계

ⓐ를 중국과 조선의 가족제도인 일부다처제(①)와 당대(唐代)의 일부다처제(②)라고 보다 섬세하게 분류해보면, ①은 과거(전근대)로부터 현재(근대)까지 이어지는 현실에서의 일부다처제로 ②는 과거적인 현실 더욱 구체적으로 말한다면 중국의 당대(唐代)라는 과거 역사 속 일부다처제라고 할 수 있다. ①은 ②가 현재(근대)까지 지속되는 '정체된' 동양의 전근대성이며, 과거역사/현실/텍스트란 세 층위 중 가장 부정적으로 서양인에게 인식되는 층위였다. 이는『구운몽』텍스트 속의 남녀관계와 가장 큰 변별의 지점이었다.

> "남자는 사랑하지 않는 여자와 결혼해서 부부를 이룬다. 이런 일은 동양의 마음에 합당하다. 그러나 첫 번째 아내가 죽으면 이번에는 자기가 사랑하는 여자를 두 번째 아내로 취한다. 이것은 잘못이다. 사실은 죄를 짓는 일이다. 실제로 그는 자기의 양심에 가책을 느낀다. 아내는 사랑을 받는 존재가 아니라, 아버지한테서 아들로 혈통이 이어지도록 하기 위해 봉사하는 목석같은 존재로 여겨지고 있을 뿐이다. 결국 그녀는 별수 없이 대를 이어주는, 그런 가계상의 교량역할을 감수하는 수밖에 없다."15)

　　상기 게일의 견해는 조선의 남성들은 '아내와 결혼하고 첩과 사랑을 나눈다.'16)란 진술로 요약될 수 있다. 게일은 조선 남성에게 있어 결혼이 지닌 의미는 成年이 되기 위한 하나의 통과의례였으며, 여기서 아내는 "옷을 빨아주고, 밥을 지어주"며 "대를 이어주는" 가문을 구성하기 위한 존재(가재도구)였기에 부부사이에는 사랑이 존재하지 않는다고 보았다.17) 물론 그가 보기에 동양에도 사랑은 존재했다. 그러나 그것은 '性愛=결혼= 사랑'으로 상상되는 서구의 이상적인 사랑에 대한 관념과는 어긋나는 것 이었다. 여기서 서구인들에게 이 동양의 '사랑'은 오히려 '간통, 바람'과 같은 '결혼의 골칫거리'였으며, '사회적 책무와 의무'를 일탈하는 '찰나적 인 매혹', '열정', '열병'과 같은 인류 보편적인 감정으로서의 '사랑'으로 보였다고 할 수 있다. 이 '사랑'은 유럽에서 18세기말 이후 '사랑'이 성, 계급, 경제조건 등의 외부조건이 배제된 채 남녀 개인 간의 평등하며 동반 자적인 위치에서 '자아실현' '자유' '결혼' 등의 개념과 결합된 특수한 문 화적인 현상, '낭만적 사랑'이라는 理想과는 일치하지 않는 것이었다.18)

　　스콧은, "지금까지 창작된 가장 감동적인 일부다처 로맨스"인 『구운몽』

---

15) 주14)와 동일 pp.208~209

16) Isabella Bird Bishop은 조선에서의 결혼을 그와 대화한 한 선비의 말을 통해 이와 같이 요약했
　　다.(p.397)

17) 스콧이 조선을 체험했던 기간은 3개월이란 짧은 기간이었단 점을 감안한다면, 조선에 관한 대부분의
　　지식은 게일에게서 왔다고 보는 편이 타당하다. 한 예로 결혼식장에서 조선의 신부를 기술하는
　　대목을 비교해보면 스콧 자매의 여행기 속 記述은 상대적으로 더욱 상세하며 세밀한 묘사를 보여주
　　기는 하나, 결국 혼인잔치에 있어서 신부는 '스스로의 욕구를 발현할 수 없고 가족들에 의해 고된
　　忍苦를 감내해야하는 억압된 존재'일 뿐, '남성과 동등한 인격적이며 정서적인 동반자'는 아니란
　　점에서 동일하다. 이는 그의 누이인 Elizabeth Keith의 진술이기는 하지만, 이 저서 전반에 이러한
　　진술은 상존한다. Elizabeth Keith·Elspet K. Robertson Scott(송영달 역), 『영국화가 엘리자베스
　　키스의 코리아 1920~1940』, 서울, 책과함께, 2006(*Old Korea－The Land of Morning Calm*, New
　　York : Philosophical Library, 1947.) p.120 ; James Scarth Gale(신복룡 역), 『전환기의 조선』,
　　서울, 집문당, 1999 p.86.(*Korean in Transition*, New York : Missionary Education Movement of
　　the United States and Cananda, 1912(『근세 동아시아 서양어 자료총서』 38, 경인문화사, 2000에
　　수록))

18) Anthony Giddens(배은경·황정미 역), 『현대사회의 성·사랑·에로티시즘－친밀성의 구조변동』, 서
　　울, 새물결, 2003의 3장 참조.

은 '이해할 수 없을 만치 먼 과거의 원시적이며 소박한 양태이지만 그 주인공들이 서로 헌신하는 이야기'19)라고 말한다. 또한 양소유로 환생한 후에 펼쳐지는 이야기들을 '여덟 겹의 사랑 이야기'20)라고 표현한다. 이러한 스콧의 언급과 게일의 『조선설화 : 도깨비, 귀신 그리고 요정들(Korean folk tales : Imps, Ghosts, and Fairies)』(1912)에 수록된 「자란(紫鸞, Charan)」에 대한 자평을 대비해볼 필요가 있다. 이 번역 작품은 임방(任埅, 1640~1724)의 『천예록(天倪錄)』에 수록된 「눈을 쓸다가 玉簫仙을 보다」(掃雪因玉簫仙)를 번역한 작품인데, 게일은 주인공 서생과 기녀 자란(紫鸞, 玉簫仙)의 관계 속에서 '사랑'을 발견한다.21) 이 이야기들 속에는 그들이 보기에 동양의 현실에는 존재하지 않는다고 간주되던 사랑의 형태가 존재했으며, 나아가 그것은 '첩', '두 번째 부인'에 대한 사랑과도 변별되는 사랑이었다.

　게일이 편찬한 두 개의 사전22) 속 'Love'에 해당하는 서로 다른 한국어의 배치(1:2의 대응)는 현실과 문학작품 사이에 이처럼 변별되는 두 층위의 다른 사랑에 대한 표상이다.

---

19) The scene of the amazing "Cloud Dream of the Nine," **the most moving romance of polygamy ever written**, is laid about 849 A.D. in the period of the great Chinese dynasty of the Tangs.…… **the story of the devotion of Master Yang to eight women and of their devotion to him and to each other is more than a naive tale of the relations of men and women under a social code so far removed from our own as to be almost incredible.**(서설 1장, p.4)

20) There follows the story of Song-jin's earthly life and his **eight-fold love story**.(서설 4장, p.19))

21) "어떤 이는 사랑, 강건함, 진실, 그리고 자기헌신을 동양에서 발견할 수 없다고 생각할 것이다. 그러나 400년 혹은 더 훨씬 먼 시기에 전해져 내려오는 자란의 이야기는 이런 생각에 대한 반론을 제기한다. 왜냐하면 이 이야기는 과거의 신선하고 향기로운 운치를 지닌 **로맨스**이기 때문이다."Some think that love, strong, true, and self-sacrificing, is not to be found in the Orient ; but the story of Charan, Which comes down four hundred years and more, proves the contrary, for it still has the fresh, sweet flavour of a romance of yesterday.(-*Korean Folk Tales : imps, ghost and fairies*, New York : J. M. Dent & Sons, 1913 p.13) ; 대조본으로는 임방(정환국 역),『교감 역주 천예록』, 성균관대 출판부, 2005을 참조.

22) 『韓英字典』, 國學資料院, 1993(영인본 Yokohama : Kelly & Walsh, Ltd, 1897.),『韓英大字典』, 朝鮮耶蘇教書會, 1931

1) 『韓英字典』(1897-1911년)
스랑ᄒ다 s 愛(스랑 - *의) To love ; to have affection for

2) 『韓英大字典』(1931년)
런이 l 戀愛 (싱각) (스랑) Love
런이쇼셜 l 戀愛小說 (싱각) (스랑) (적을) (말슴) A love-story ; an
erotic novel 런이지샹쥬의 l 戀愛至上主義 (싱각) (스랑) (지극홀) (웃)
(쥬장홀) (올흘) The principle of pure love
스랑 s 愛(스랑 - *의) Love ; affection
스랑스럽다 s 可愛 (올흘 - 가) (스랑 - 의) To be lovable
스랑ᄒ다 s 愛(스랑 - *의) To love ; to have affection for

여기서 '런이'(戀愛)는 비록 '스랑'과 구별되어있지 않으나, 1897년 발행된 사전에서는 개념화되지 않았던 단어였으며 1931년 발행한 사전 속에 병존하고 있는 '런이쇼셜(戀愛小說)'과 '런이지샹쥬의(戀愛至上主義)'란 단어 그리고 '스랑하다'에 대비되는 동사형(런이ᄒ다)의 부재가 암시해 주듯이, 텍스트(외국문학)를 통해서 일본에서 조선으로 전파되어 하나의 센세이션을 일으킨 번역어였다.[23] 주지하다시피 이 두 어휘는 1920년대 조선에 있어서는 사실상 변별되는 것이었으며, 서구의 'Love'에 대응되는 번역어가 '런이'였다면 '스랑'은 '情' '色' 등으로 표상되는 전통적인 동양의 사랑을 지칭하는 것이었다. 시공을 초월한 남녀사이의 인류 보편적인 감정 혹은 性愛라는 차원에서만 감안한다면 양자의 완전한 변별은 사실상 불가능하다. 하지만 이 두 개의 한국어는 변별되는 것으로 인식되었다. 이와 대비하여 서양이란 발화의 위치에서 '스랑'은 '열등한 것'이며, 그들

---

23) 야나부 아키라((柳父章, 서혜영 역),『번역어성립사정』, 서울, 일빛, 2003)는 '戀愛'란 번역어가 'to love'란 동사형이 명사형으로 번역어 된 것임을 지적했으며, 여기서 '연애는 현실 속에서 살아있는 의미가 아니라, 현실 밖에 서서 일본의 현실을 재단하는 규범이 되었다'라고 말했다. 이러한 '연애'란 단어가 한국에 있어 독서를 통한 전파되었음은 권보드래(『연애의 시대 : 1920년대 초반의 문화와 유행』, 서울, 현실문화연구, 2003)의 연구에서 잘 드러난다. 연애란 어휘가 1910~1920년 사이 지녔던 중층적인 개념들에 대해서는, 김지영의 논문(「연애라는 번역어-1910년대와 1920년대 전반의 용법을 중심으로」, Journal of Korean Culture 6, 고려대학교 BK21 한국학연구단, 2004)을 참조했다.

이 수용해야할 가치와 관념으로 전환/해석될 필요가 없을 정도로 너무나 보편적인 나머지 실상 막연한 개념을 지닌 것이었다.

사실 『구운몽』에서 서양의 'Love'와 대응되는 등가물은 '련익'가 상징하는 바―한국의 근대문학에서 '자유결혼' 그리고 '자유연애'로 표상되는 스스로의 선택이란 '자율성'을 지닌 결연의 준거점, 두 사람의 감정 이외의 외부적인 조건들을 배제하는 순수한 관계, 사랑이 결혼으로 완성되는 과정 등의 외연―과 상대적으로 근접한 것이었으며, 서구의 독자를 이해할 수 없는 머나먼 동양의 '亽랑'과 접촉할 수 있게 해주는 통로였다. 그것은 문자로 전해져 내려오던 '이야기' 속에 담겨진 동양인의 심성이며, 1절에서 전술했던 ⓐ-①과는 변별되는 것이었으며, 서양과 동양이라는 인식론적 구별이 엉키며 겹쳐지는 보편의 지점이기도 했다. 그러나 소설 양식으로 담론화된 문맥일지라도, 서구인에게 소설적 배경이 근대라는 시공간일 때 그 여성형상은 '딸로 태어난 사실 자체가 저주'이며 '소나 말보다도 못한 존재'로 여겨지고 있다고 지적된 바 있으며,[24] 그 속에서 여성들은 결코 '결혼 = 사랑 = 性愛'의 동반자는 아니었다는 측면을 고려해야한다.

'Love'와 '련익'의 등가관계 속에는 단순히 '텍스트와 현실' 혹은 '픽션과 논픽션' 사이의 차이점 이외의 또 다른 한정된 시간의 개념이 내포되어 있다. 스콧이 발견한 『구운몽』의 'Love'는 결코 조선에서 수용된 신조어 련익(戀愛)를 지칭하는 말은 아니었다. 즉, 그 등가관계는 서양의 근대 남녀관계의 준거점 'Love'와 동양의 전근대적인 '亽랑'의 배치로 성립되는 것이었으며, 다만 여기서 '亽랑'이란 개념은 '련익'란 관념으로 해석/변환되어 받아들여졌던 것이다. 또한 일부다처제가 『구운몽』텍스트에 대한 개괄적 기술 속에서는 '련익'란 관념에 의해 괄호로 묶여진다는 사실도

---

24) 윤승준,「20세기 초 한국을 소재로 한 영문소설―『한국의 미국소녀』와 『이화』에 비친 한국과 서양의 상호이해를 중심으로」, 『대동문화연구』41, 성균관대 대동문화연구원, 2002 p.408.

주목할 필요가 있다. 조선의 가족제도는 일부일처제가 근본이며 일부다처제를 허용하지 않았고 대신 부자들이 첩을 얻는 축첩제가 관행이었다는 사실을 초기 개신교 선교사들 역시 알고 있었다. 그러나 '축첩제' 자체를 용인한 것은 아니었다. 25)『구운몽』텍스트 속 여성형상은 일부다처제란 가족제도가 괄호에 묶인 채 당대 조선의 현실과 선명한 보색대비를 이루고 있다. 스콧은 3개월이란 시간 동안에는 결코 들을 수 없었던 동양 여성의 자기 목소리를 게일의 영역본을 통해서 들을 수 있었던 셈이며, 이 소설의 남녀관계에서 '련의'란 관념의 통로를 거쳐 번역·해석된 동양의 '스랑'을 발견한 것이다.

3. 번역된 '낭만적 사랑'과 동양의 지상천국

1) 게일의 자기검열과 텍스트 개입

게일은『구운몽』에 대한 직접적인 거론을 행한 바는 없다. 그러나 원본과 번역본 사이에 행해진 명백한 작위성을 지닌 자기검열과 번역자의 의도적인 텍스트 개입의 모습은 충분히 발견할 수 있으며, 그 속에서 그의『구운몽』읽기를 살펴볼 수 있다. 영역본은 "양소유의 연령"을 변화시키고, "육체적 정사"를 소거시킨 두 가지 변용을 보여준다. 장효현이 잘 지적해준 바대로, 양소유가 집을 떠나 과거에 급제하는 나이가 원본 텍스트에는 16세로, 게일의 영역본은 18세로 되어 있다.26) 기녀 계섬월을 만나는 대목

---

25) 옥성득의 논의(「초기 한국교회의 일부다처제 논쟁」,『한국기독교와 역사』16, 한국기독교 역사연구소, 2002)에 따르면, 감리교는 교인일 경우 학습인 자격을 박탈하거나 입교를 금지시키는 조치를 취하곤 했고, 장로교는 동일한 조치를 수행하는 입장과 감리교의 강압적인 조치를 취하기보다는 잠시 결정을 늦추자는 관용적 입장, '다처자의 입교는 허락하나 직분 등은 용인하지 않는' 중도적 입장이 있었다. 게일은 1896년 회의에서 중도적 입장을 취하였다고 한다.

26) 장효현,「구운몽 영역본의 비교연구」, Journal of Korean Culture 6, 고려대학교 BK21 한국학연구단, 2004 p.12 참조. 더불어 게일의 영역본의 문체를 리처드 러트의 구운몽 영역본과 비교한 장효현의

이 있다는 점 그리고 그녀와 양소유가 만나는 공간은 전진교에 있는 酒樓
란 점을 통해 추론해보면, 서구의 기준으로 보면 미성년이라고 할 수 있는
16세의 양소유가 주루에 가고 나아가 그녀와 정사를 벌이는 이야기를 게
일은 서구인 독자에게 전달할 수 없었다고 추측할 수 있다. 동양에서 전통
적인 成年의 의미는 육체적으로 성숙한 나이에 결혼하여 상투를 올리는
것을 의미했다.『구운몽』에는 근대적인 학교교육으로 상징되는 육체적으
로 성숙했어도 결혼하지 않은 상태, 즉 경제적이며 정신적 준비기간인
만 18세 이하로 규정된 미성년의 기간27)은 존재하지 않는다. 게일은 미성
년의 양소유를 20세(만 18세)의 성년 양소유로 변용시켰음을 짐작해볼
수 있다.

　두 번째 변용의 예는 일찍이 정규복이 양소유와 가춘운, 백능파, 진채봉,
심요연, 적경홍과 결연에서 육체적 정사 장면이 소거되었다라고 지적한
부분들이다. 그의 지적처럼 이러한 변용은 선교사이며 목사인 게일이 그
에 걸맞게 점잖은 번역을 하려고 했기 때문일 것이다.(정규복, p.98.) 그러
나 이 '점잖게 번역'된 '사랑'이 의미하는 바는 육체적 사랑이 소거된 고결
한 정신적 사랑이다. 그 이면에는 육체와 정신이 분리되어 있지 않은 사랑,
즉 만남(매혹)과 동시에 성적 결합으로 이어지는 '『구운몽』의 ᄉ랑'에 대
한 변용이 존재한다.『구운몽』에서 이러한 사랑의 양상은 육첩과 양소유의
관계에 국한된다. 또한 이러한 텍스트 변용의 준거점은 "자유결혼을 지향
하던 근대시기 구활자본 개·신작 고소설들의 변모양상"의 준거점—육체
적 관계에 대한 경시, 정절 중시, 스스로 배우자를 선택한다는 관념 등의
'자유결혼에 관한 근대 담론'과 사실상 겹쳐진다. 자유결혼에 관한 근대

논의가 있어 그 문체상의 특질은 명확히 잘 조명된 편이다. (장효현,「한국고전소설영역의 제문제」,『
한국고전소설사연구』, 서울, 고려대학교 출판부, 2002)
27) 김동식,「연애와 근대성 – 신소설과 계몽적 논설을 중심으로」,『민족문학사연구』18, 민족문학사 연
구소, 2001 pp.318~324 참조.

담론이 구활자본 고소설 속에 개입하게 될 때, 남녀관계의 양상은 "'신분갈등'이 사라지고 기생을 양반 남성과 동등한 처지의 '知己'로 격상시켜 부부의 연"을 맺게 되는 변모양상을 보여준다.28) 이는 '스랑'과 '련의' 사이의 우열관계와 분절을 동양이 스스로 정당한 것으로 수용한 모습을 보여주는 셈이다.

『구운몽』에는 2부와 6첩 간의 위계와 서열이 존재하는 데 "부모의 명령과 매파의 중매"(『孟子』,「騰文公編」))란 유교적 덕목이 두 명의 정실부인인 정경패, 난양공주와의 결연에서는 작동하고 있다. 외부 남성들로부터 격리되어 있는 사대부가와 황실의 여인을 양소유가 직접 접촉할 수 없다고 설정된 인과율이 엿보이기 때문이다. 양소유가 혼인 이전에 정경패의 얼굴을 보기위해 여도사로 변장하는 시도는 전통적인 결혼제도에 있어 일탈의 행위라고 할 수 있다. 이곳에서 미주의 형태로 게일은 오리지널 텍스트에 개입한다. 양소유가 혼인 이전 정경패의 얼굴을 보고 싶어 하는 마음을 두련사의 도관인 숙모에게 이야기하자, 그녀가 대답하는 대사 속에는 게일의 주석이 부여되어 있다.29) 그 주석을 보면,

> 미주 17) 이성 간의 분리(인용자 주 - 남녀칠세부동석) 이 풍속은 조선에서 현재까지 엄격하게 지켜짐을 발견하게 되며, 교재뿐만 아니라 남성들은 여성들과 소녀들을 볼 수조차 없다.......30)

---

28) 권순긍,「근대의 충격과 고소설의 대응- 개·신작 고소설에 투영된 남녀관계의 소설사적 고찰」,『고소설연구』18, 한국고소설학회, 2004

29) The priestess replied: "How could you ever hope to see this daughter of a high minister of state? [17] You do not trust what I say?"(p.57)

30) [미주 17] The division of the Sexes. This custom has been strictly observe in Korea up to the present time, and forbids not only acquaintance but never seeing of women and girls by members of the male sex. According to the law of Confucius, brothers and sisters were divided at seven years of age, the girls to abide thereafter in the inner quarters, while the boys were to live there lives outside this enclosure.

라고 기술하고 있는데, 여장을 해서 재상댁 여인을 엿본다는 작품 내 설정이 조선의 현실과는 얼마나 다른 것이며 충격적인 것인지를, 이를 당연한 것으로 여겼을 서양의 독자에게 '전달'해주려는 게일의 의도가 명백히 보인다. 게일의 자기검열과 텍스트 개입으로 인해 "조선의 남성들은 아내와 결혼하고 첩과 사랑한다."란 통념에서 『구운몽』은 멀어지게 된다. 영역본은 '첩과의 사랑'에서 육체적 욕정을 제거했으며, '아내와의 결혼'에서 양소유의 적극적인 자율성을 미주의 형태로 강조했기 때문이다. 게일은 『구운몽』의 '亽랑'을 서구독자의 기준에 맞추어 '전달'하려고 했음을 분명히 알 수 있다.

영국 여성독자인 스콧은 『구운몽』을 일부다처 '로맨스'로 받아들였다. 여기서 로맨스는 전술했던 게일의 「亽란」과 『구운몽』의 성격을 감안해볼 때 "Love에 아주 가까운 말" 즉 '련익 이야기'로 해석해도 타당할 것이다. 게일의 자기검열은 『구운몽』의 '亽랑'을 서구의 낭만적 사랑에 더더욱 근접하게 번역하는 것이었고, 그의 텍스트 개입은 낭만적 사랑에 부합된 『구운몽』 속의 장면을 부각시키는 방향이었다. 게일은 오리지널에 내재화되어 있던 전통적 '亽랑'이 지닌 보편적인 감정의 차원에서의 공감과 제도적 차원에서의 이질성을 동시에 읽은 셈이다. 이에 대한 강조와 변용은 스콧이 'Love와 등가물'적인 '련익' 관념을 발견할 수 있게 한 하나의 전제조건이었다.

하지만 일부다처제를 괄호에 묶을 경우 『구운몽』에는 남녀 서로에 대한 동등한 헌신과 존중, 스스로의 선택과 같은 내밀한 가치들이 존재한다는 점을 주목할 필요가 있다. 낭만적 사랑이 욕망과 욕정을 끌어안으며 단절되는 이상화과정은 텍스트 자체에도 이미 내재되어 있기 때문이다.[31]

---

31) 이 소설 자체의 남녀관계가 이상화되어 있기 때문에 현실의 통념과는 당연히 변별되는 측면이 분명히 존재한다. 게일의 자기검열과 텍스트 개입에서 배제 된, 정경패가 아닌 또 다른 정실부인인 난양공주와의 결연을 보면 이 점을 알 수 있다. 비록 타의에 의한 결혼이란 형태로 양소유와 난양공

『구운몽』의 남녀관계를 『金甁梅』,『好色一代男』과 같은 동아시아 일부다처 소설과 비교해볼 때 '정신적인 이끌림'이 '성행위'보다 우선시되며, 전체적인 사건의 전개에 있어서 남성이 우위에 있다고 여겨지지만 남녀 결연을 다룬 사건 하나하나에서는 여성이 주도권을 가져, 따라서 이는 "남성작자가 쓴 작품이면서 여성독자가 바라는 바를 적극적으로 나타내서 여성의 주장을 적극화한 것"이라 규정한 조동일의 언급은 이 점을 잘 짚어 준 견해이다.32) 『구운몽』텍스트 자체에도 서구인이 수용할 수 있는 이상화된 남녀관계의 양상은 존재하고 있던 셈이다.

'Love=련의'란 서양과 동등한 동양의 남녀관계는 관념 자체의 유사성만으로는 성립할 수가 없었다. 그 등가관계는 성립과 동시에 '동양과 서양 = 전근대와 근대'라는 이분법적 구별에 의해 구분되어져야만 했기 때문이다. 그것은 '로맨스'란 개념의 또 다른 외연과 관련된다. 김태준은 '로맨스'란 장르를 "단편적 기록에서 출발하여 空想을 기록하여 자기의 理想觀을 나타낸 것 즉, 사실적 현실적으로 자기의 얻은바 사실을 그대로 솔직하게 그리게 된 '노벨'(Novel) 이전의 서사 양식"(p.17)이라 언급했다. 그 재현의 양상은 근대 사실주의적 서술방식과는 변별되며, 게일의 번역 역시 古語와 문어체의 사용을 통해 맞추어져 있다. 그 분리는 Ⅱ장 2절에서 전술했던 중국의 唐代로 상징되는 동양의 과거/역사란 층위 그리고 스콧의 일부다처 로맨스란 『구운몽』의 규정에 수반된 '과거' '원시적'이라는 조건에 의해 이루어진다. 종국적으로 '근대 서구의 Love=근대 동양의 련의'는 '근대 서구의 Love= 전근대 동양의 스랑'이란 등가관계로 전환된다.

주는 결연을 행하며 소설 속에서 두 사람은 사전에 직접 접촉하지는 않지만, 혼담 이전에 두 사람이 음악적으로 교감을 일으키는 장면(知音의 경지, 운명적인 만남)이 제시되며 양소유는 정경패와의 약속된 결혼 때문에 난양공주와의 혼사를 받아들이지 않으려고 한다. 이러한 소설적 장치들로 말미암아 타의로 인한 통과의례적인 결혼으로만 비춰지지 않는다.

32) 조동일,『소설의 사회사 비교론』3, 서울, 지식산업사, 2001, pp.23~48.

2) 'Love=스랑' 성립의 전제조건

게일은 가정 내에서 여성들의 인고가 '여성 스스로의 자율성과 자발성'에 기인한다는 점과 실상 그들의 가정 내 실질적 위치는 남편의 상위에 속한다고 말한 바 있다. 그렇다고 이 여성들이 남성에게 있어 '결혼=사랑'의 동반자이며 그 남녀관계의 준거점이 'Love'라고 규정하지는 않았다.[33] 서설의 5장에서 스콧은 혼사장애 사건으로 인한 가장 큰 갈등이 발생하는 순간을 주목했다. 이는 조화와 화해로 귀결되는『구운몽』전체의 맥락을 읽는 독법과는 사실상 변별되며, 오히려 일부다처제로 말미암아 생기는 모순을 드러내 주는 것이었다. 그러나 소설이 보여주는 '일부다처주의에 대한 정당화'—남녀관계의 이상화에 대하여 직접적인 비판을 행하지 않았다.[34] 문자가 없는 민족의 풍속, 생활 등에 대한 인류학적인 시각과 문자, 문헌이 존재하는 민족의 문명에 대한 동양학적인 시각이 여기서 분리되고 있다.

문자, 문헌 속의 세계에서 게일이나 스콧에게 'Love=스랑' 성립의 전제조건은『구운몽』이 현재(근대) 남녀 간의 사랑이 아니라, 과거(전근대) 남녀 간의 사랑을 말한다는 점이다. 근대 동양과 전근대 서양의 공존이 배재된 채 '전근대 동양'과 '근대 서양'만이 동시에 존재하는 양자의 관계망 속에서 그 제도적 이질성은 괄호에 묶여지게 되며『구운몽』의 '스랑'은 서양과 동등한 사랑으로 규정된다. 게일은 사람들에게 '하늘'의 의미를 물을 때 하늘을 가르키고 말지만 문헌 속에서 담긴 '天'은 보다 많은 함의—그는 종국적으로 이 문자를 'God'로 번역했다—를 지니고 있다고 예를 들며, '사라져버린 말' 보다는 '남겨져 전하게 되는 문자'가 동양의 마음

---

33) 주14)와 동일 pp.229~230.

34) 주19)과 동일 "in this tale, which **honours** the mating of one man and eight women"를 보면 스콧이『구운몽』이 일부다처제를 정당화하고 있는 텍스트란 사실을 충분히 인식하고 있었다는 점을 알 수 있다.

깊은 곳을 가르쳐 준다고 믿었다. 그는 일생동안 이 '마음 속 생명의 참된 기록'을 탐구했다.[35] 그 문자가 담긴 문헌들은 서양의 근대 문명과 동등한 층위로 존재하는 동양의 과거문명이며 동시에 그가 애호했던 조선의 과거 문명이었다.[36] 그 문헌 속의 세계에서 벗어나 서구화가 진행되는 조선의 현실은 그에게 있어서는 동양이 오염되어가는 과정이었다.[37] 그 남겨진 문헌이 표상하는 곳과 『구운몽』의 남녀가 놓인 시공간은 사실상 동일한 장소이다. 그곳은 '849년경 중국 唐'이며 서설의 6장에서 스콧이 명명한 동양의 지상천국이었다. 여기서 유불도는 "오랜 시간동안 백성들의 영혼을 위로하고 사회를 하나로 묶던 옛 종교"[38] 즉, 사상이라기보다는 차라리 종교, 신비스러운 깨달음이었으며, 『구운몽』을 읽은 스콧에게 있어서는 동양인이 상상하는 낙원이었다.

스콧은 그가 제시한 『구운몽』의 세 장면들―입몽 이전 연화봉·토번 정벌 후 용궁방문·월왕과의 대결 이후 양소유 일행이 돌아오는 장면―에 대하여 유불도 중 어느 것에 규정되는 것인지 그것이 어떤 사상인지를 그는 명확히 말하지 않았다. 그가 비교적 긴 설명을 부여한 장면은 "양소유는 지상 천국 축제에서 충만함의 극치에 도달한 것 같다."[39]라 말한 세번째 장면이다. 소설 속 이 장대한 장면 묘사는 『구운몽』에서 '당 현종 거둥(擧動)의 재현' '태평기상'이란 老翁들의 말로 정리된다.[40] 고종의 거둥에

---

35) "Korean Literature", *The Christian Movement in Japan, Korea, and Formosa*, Kobe, 1923

36) 민경배(「게일의 宣敎와 神學 : 그의 韓國精神史에의 合流」, 『현대와 신학』23, 연세대학교 연합신학대학원, 1998)에서 그의 한국전통문화애호의 양상에 대한 전반적인 분석이 행해져 있다. 게일의 한국문학 번역과 한국학 저술 속에 드러난 오리엔탈리즘 비판은 이상란(「게일과 한국문학 : 조용한 아침의 나라, 그 문학적 의미」, 『캐나다 논총』1, 한국캐나다학회, 1993)의 논의를 참조했다.

37) 이 점은 *A History of the Korean People*, Chong-no, Seoul : The Christian Literature Society of Korea, 1927의 마지막 장에 잘 기술되어 있다.(『근세 동아시아 서양어 자료총서』124, 경인문화사, 2001)

38) 주37)과 동일, p.562.

39) Yang seems to have touched the height of satiety also at a festival in his earthly paradise.(p.38)

40) 월왕과 승상의 낙유원 잔치가 즐겁고 또 흥이 남았으나 날이 장차 저무는 고로 이에 잔치를 파하고 각각 금은 채단으로 상급하고 왕과 승상이 달빛을 띄어 돌아와 성문에 드니 종 소래 들리거늘

대한 이자벨라 비숍의 기록을 보면, 이 왕의 거둥 그리고 이를 지켜보는 사람들이 만들어내는 풍경을 그는 서구에서는 보기 힘든 '중세적이며 이국적인 동양의 풍경'이라 규정한다. 그는 이 풍경은 조선의 단조롭고 초라한 일상의 풍경에 대비되는 화려한 이례적인 풍경이었다. 그럼에도 거둥에 대해 계급적 갈등을 일으키기보다는 조화를 지향하는 군중의 모습은 서구와는 다른 것으로 그는 받아들였다.41) 이 군중의 모습은 노옹들이 이 풍경에 느끼는 심정을 잘 표현해주는 것이기도 하다. 스콧은 노옹들이 눈물을 흘리는 까닭이 "중국의 장인(예술가)들이 창조해낸 예술품"에 있다는 다소 어긋난 해석을 부여했는데, 엄밀히 말한다면 그것을 포함한 인물들의 행렬 그 자체에 대하여 노옹이 느낀 동양적 숭고미에 있다고 보는 편이 타당하다.

그러나 스콧은 이 장면을 '터무니없는 동양인의 인생관'을 보여주는 것이며 '중국장인 정신'이 만든 "지상의 선경과 천상의 선경이 혼합된 미지의 理想"이라고 규정한 곳에서 알 수 있듯이, 그 이질성만은 충분히 감지했다.42) 스콧은 성진의 삶과 양소유의 삶으로 인식되는 다른 층위의 이상 공간을 이생과 전생이 아니라 '聖'과 '俗'이라는 기준으로는 완전히

두 집 기악이 길을 다토와 앞에 가랴 할쌔 패물 소래 요란하며 향기 거리에 가득하고 흐르는 비녀와 떨어진 구슬이 다 말굽에 들어가 소낙비 소래 티끌 밖에 들리는지라, 장안 사람이 담 같이 둘러서서 구경하며 백세 노옹들이 도로혀 눈물을 흐리며 이르되, "내 어렸을 때에 **玄宗皇帝 華淸宮에 거둥하심**을 뵈오매 그 위의 이 같더니 의외에 오래살다 다시 **태평 기상**을 본다."하더라.(<李> p.297, <G> p.268)

41) Isabella Bird Bishop의 같은 글 p.67.
42) 우리는 이런 터무니없는 인생관에 미소 짓는다. 그러나 이것은 완벽하고 정교한 중국의 장인 정신이 세상에 내놓은 지상의 낙원과 천상의 선경이 혼합된 미지의 理想이다. 지난날의 예술가들은 술잔을 주조했고, 수를 놓았으며, 퉁소를 만들었고, 다른 모든 아름다운 것들을 경이롭게 만들었다. 더 교양이 있는 노인들은 거의 절망적으로 장인들이 창조해낸 아름다운 것들의 유물들을 바라본다. We smile at such an absurd conception of life. But it is to this strange ideal of a commingling of earthly paradises and fairy heavens that the world owes the exquisite perfection of so much Chinese craftsmanship. The artists of that bygone day moulded the drinking vessels, embroidered the robes, fashioned the jade flutes and made all the other lovely things worshipfully. A more sophisticated age looks almost with despair on the remnants of the loveliness they created.(서설 6장, p.38)

분리하지 않았다. 그곳은 동일한 동양의 지상천국이었다. 이 장면에 대하여 김태준은, 결코 동양의 지상천국으로는 주목하지 않았다.43) 즉, 그에게 양소유의 삶은 김만중의 삶과 떨어질 수 없는 관계(俗 유가의 理想실현의 공간)였고 성진의 삶(聖)과는 변별되는 것이다. 그의『조선소설사』(1933)를 보면, 그는 양소유의 일대기를 김만중의 욕망실현의 과정으로 등치시켜서 읽는 한 관점, '849년경 중국 당'이란 소설적 배경에서 김만중의 시대를 알레고리화하여 읽는 독법을 보여준다. 이에 비해 서설의 3장에서 김만중을 소개하는 진술을 보면, 스콧에게『구운몽』은 김만중이 그의 어머니를 즐겁게 해주기 위한 이야기였지 결코 김만중이 살았던 시대의 역사 자체를 읽어낼 수 있는 텍스트는 아니었다. 그것은 동양인의 마음과 생각을 발견할 수 있는 텍스트였다.

스콧과 게일에게 현실(중국과 조선의 가족제도 일부다처제(①))과 역사(唐代의 남성과 여성의 삶(②))란 두 층위 속에서『구운몽』의 일부다처제 속 '스랑'이 서구의 'Love'와 등가물이 되는 층위는 실상 ②라고 할 수 있다. ②는 ①의 과거/역사라고 할 수 있는데, 중국과 조선이라는 구별이 없는 담론의 층위이며 그것은 조선의 기원으로 상상되는 것이었다.『구운몽』에서 이 시공간은 그 재현방식이 비현실적 기술이었으며, 작가 김만중이 거했던 역사 그 자체를 감지할 수 없는 낭만적이며 환상적인 동양의 지상천국이었다. ②에 해당하는 상세한 언술을 스콧의 서설에서는 찾아볼 수가 없지만 게일의『조선민족사』(1927)를 보면, 그 대략적인 윤곽을 찾아볼 수가 있다. 중국과 한국은 뒤섞여 있고 그 기술양상을 보면 한국의 문화는 중국문화에 종속된 위치로 배치되어 있다.44) 게일은 '일부다처'의

---

43) "형산 연화봉에서 성진과 팔선녀가 결연한 것이라든지 토번 정벌을 향하다가 용왕의 향연에 참여한 것 같음은 지구상에 존재하는 천국을 그린 것이다. 이것은 유·불·선 삼교가 혼합된 상태로 민간신앙이 되어 있는 증거이다."(p.120)

44) 러트가 요약한 목차를 펼쳐보면 다음과 같다. 1. Korean myths : Tan'gun and Ch'i Tzŭ(단군과

시원은 주나라 혹은 그 이전일 것이라고 말한 후, 聖者 순임금이 두 아내를 둔 것을 기원으로 해서 그것이 관습화되고 공자에 의해 認可된 것을 그 유래로 진술했다. 그러나 게일이 보기에 이 일부다처제의 이면에는 대를 잇고자 하는 숨은 의미가 있는 것이라고 했고, 이 제도는 특히 왕실에 있어서 비극적인 참상을 낳았다고 했다. 순임금의 고사와 같은 동양의 신화적인 과거이며 그 속에서 이루어진 이상적인 조화를『구운몽』은 충족시켜줄 수 있는 텍스트였다. 암투로 말미암아 벌어지는 비극도 없었으며, 양소유는 아들을 낳기 위해서 8명의 여인과 결연하지 않았다. 나아가 이들이 거하는 곳은 김만중의 시대란 알레고리적 역사화가 불가능한 '중국'이라는 허구적이며 신화적인 이상 공간, 조선의 기원으로 상상되는 장소이다. 게일이 서구인에게 전달하고자 했던 서구의 낭만적 사랑에 대응되는 『구운몽』텍스트 속의 '스랑'은 신비로운 유불도란 동양 종교가 스며든 소설적 시공간에서 가능한 것이었다.

4. 『구운몽』의 '조선'문학 되기

서양의 'Love'와 동양의 '스랑'의 불일치 그리고 전근대 동양의 '스랑'과 근대 조선의 '련이'의 불일치는 사실상 동일한 것이었다. 관찰자와 관찰대상의 분리란 점에서 본다면 스콧이 동양을 타자화한 오리엔탈리즘과 김태준이『구운몽』에 나타난 동양의 과거 유불도의 이상적 시공간 중국 그리고 불교적 숙명론과 일부다처의 문제를 전근대 동양(중세 봉건)의 특성으로 규정하고 타자화한 방식은 동일하다. 그 구분점은 게일의 자기

기자) 2. Chinese mythical emperors ; taoism(도교) 3. Gautama Buddha(불교) 4. Confucius(유교)
5. Customs of Chou and Ch'in(주와 진의 관습) 6. The Han dynasty and its Korean colonies(한사군)

검열과 텍스트 개입의 준거점으로 존재하는 것, 전근대 동양과 근대 서양이란 구분 즉, 그 지정학·연대기적 구성방식 그 자체였기 때문이다. 다만 김태준에는 그의 시대에 역사화된 실체는 아니었지만 서구와 동일하게 만들어나가야 할 '근대 조선'이란 가상의 상이 있었으며 이는 '동양의 공통된 과거 중국과 분리되어야 하는 새로운 것'이었다.

김태준 역시『구운몽』의 여성들이 "때때로 여성적 비애를 숙명으로 보긴커녕 도처에 양소유에 대한 또는 일부다처에 대한 회의와 불평을 품고 있"(『증보조선소설사』p.120)음을 알고 있었다. 하지만 그는 결코『구운몽』의 '스랑'에는 주목하지 않았다. 그가『구운몽』의 여성형상을 통해 읽은 것은 그 남녀관계의 사랑이라기보다는 오히려 여성들의 사유를 지배하는 전근대적인 세계관, "佳緣은 天定한 것이라는 신념이 소위 사주팔자라는 신념과 함께 견고한 숙명적 관념"이라는 '불교적 숙명론'이었다.

> "양소유는 귀족이다. 양소유 일인의 호화스러운 팔선녀 생활을 계속하기 위해서 몇 천 몇 만의 농노들이 飢寒에 고민하지 않으면 안된다는 것을 망각할 수 없다. 양소유는 전생에 선업을 했으니 현실에 귀족에 귀족이 된 것이요 농노는 전생에 악업을 했으니 현시에 농노가 된 것이라고, 암만 노력을 할지라도 人力으로 어떻게 할 수 없는 것"(p.120)

스콧의 서설 5장을 상기해보면, 스콧에게 있어 불교적 숙명론은 여성들이 일부다처제를 스스로 정당화하여 받아들이게 하는 기제였다고 정리할 수 있다. 하지만 김태준의 포커스는 여성형상 그리고 '일부다처' 자체보다는 이를 규율하는 세계관인 '불교적 숙명론' 쪽에 맞춰져 있다. 여기서 '불교적 숙명론'은 스콧과 달리 남녀 주인공에만 국한되는 것이 아니라, 그들의 영화로운 생활을 가능하게 한 '몇 천 몇 만의 농노들'에게도 해당되는 세계관이다. 여기서 '농노들'이 보여주는 바는『구운몽』텍스트가 주인

공 남녀의 로맨스 이상의 의미를 부여받는 텍스트(국민문학)로 변화되고 있다는 사실이다.

김태준은 「朝鮮文學의 歷史性」(<조선일보> 1934. 10. 27~11. 2)에서 "『구운몽』은 性眞이 一夫八妻의 前緣으로 인간에 나서 갖은 향락을 누리다가 다시 옛날로 돌아가는 것이니, 당시 귀족의 이상을 대변한 것이요, 그 數奇한 인과적 운명 위에 놓여 있는 인생의 기구한 생활과 그 구구한 장면의 전개와 당시 귀족들의 인격 같은 것이 지면에 넘친다."45)라고 했다. 그가『구운몽』텍스트에서 발견한 것은 사실 지배계급 극소수의 정서였다. 그러나 '농노들'의 처지와 정서를 더불어 읽어야 하는 텍스트로 전환된 셈이며, 결국 여기서 불교적 숙명론은 계급을 초월하여 작동하는 당대의 세계관이기에 귀족과 농노들(국민 공동체의 과거)을 묶어줄 수 있는 준거점이었다. 그의『구운몽』읽기가 수행되는 맥락은 결국『증보조선소설사』서술이란 거시적 구도 안에 맞추어져 있었던 점을 주지할 필요가 있다. 즉, 그의 주된 고찰대상은『구운몽』텍스트 내의 인물형상 그 자체보다는 소설가 김만중의 작품『구운몽』이며, 이 보다는 김만중과 작품이 차지하는 소설사적 위상이었다.

그곳에는 스콧이 주목하지/발견하지 못한『구운몽』텍스트의 외부, 소설가 김만중의 시대(역사)가 놓여 있었다. 김태준이『구운몽』과 연계하여 규명하려고 했던 '역사'는 양소유의 일대기에 해당하는 중국의 '당'이라는 설정 그 자체보다는 소설가 김만중이 거했던 '李朝'였다.(『증보조선소설사』p.104) 그에게 '李朝'는 '귀족과 농노'란 신분제가 상징하듯 농경사회이며, 이 신분제의 신성성을 불교적 숙명론으로 보증하는 이념을 지닌 중세사회이다.46) 더불어 "고려말 호족과 사원의 권력을 중앙에 집권하고

---

45) 『김태준전집』3, 보고사, 1990 p.174(이후 『전집』으로 약칭)
46) 김창현(『한일 소설 형성사-자본이 이상을 몰아내다』, 서울, 책세상, 2002 pp.49~77)에서 고대

抑佛崇儒를 통해 경제책의 개조와 절대주의의 강화”를 수행해, ‘국민문학이 창조할 기운이 성숙한 시기’(「朝鮮文學의 歷史性」p.173)로 기술된다. 김만중과 그의 작품이 차지하는 위상은 (1) 과거 사람들이 살았던 방식은 지금 사는 사람들이 사는 방식과는 ‘원칙적으로’ ‘질적으로’ 다르다고 주장하는 전제를 지니며, (2) 문헌학적 비평을 통해 매우 먼 과거에 대한 지식을 획득하고, (3) 이러한 탐구들에 의해 밝혀진 차이를 사회가 한 단계에서 다른 단계의 진보적 운동으로 이론화되는 근대 역사담론[47])에 의해 자리매김하게 된다.

‘일부다처주의의 정당화’에 대하여 김태준이 비판적 입장을 견지했던 까닭은 불교적 숙명론과 일부다처란 남녀관계는 부정되어야할 ‘조선의 과거이자 동양의 과거’였기 때문이다. 즉, 이는 역사발전의 한 단계였으며, 그 뒤로는 중세 봉건 다음의 역사발전의 단계인 근대가 상정되어 있었기 때문이다. 그 근대에 대응되는 진화된 소설의 양식은 “사회생활의 풍습과 세태와 인정의 기미를 진실하게 서술” “인정세태를 묘사한 저작”(『증보조선소설사』pp.17~18) “노벨(Novel)”이었다. 김태준은 백화 중심의 중국문예운동에 대해서 상당량 긍정적인 시각을 견지했었고, ‘구어=자국어 문학’에 관한 시각은 조선 근대 문학에 있어서도 동일했다.[48]) 이는 스콧, 게일과 김태준이 비록 조선의 과거(역사) ‘동양’에 대해서 말을 했으나, 동양을 구성하고 있는 ‘중국’과 ‘조선’이 동일한 관계망을 이루고 있지 않았음을 암시해주기도 한다. 그 결정적인 차이점은 게일이 번역저본으로 삼았고

또는 근대와 구별되는 중세사회의 기본적인 특징을 (1) 경제적으로 농업에 대한 의존도가 큰 농경사회 (2) 농경사회를 안정적인 체재로 정착시키는 데 필요한 신분제도, 봉건제 (3) 신분제도의 신성성을 뒷받침해주는 ‘유교적’ 이념으로 정리했다. 김태준의 『구운몽』읽기에 개입된 역사담론은 (1)과 (2)에서는 동일하다. 그러나 (3)의 자리에 ‘불교적 숙명론’이 개입된 바가 의미하는 것은 ‘민간의 신앙차원’으로 각인된 관습화된 이데올로기를 부각시키려고 한 김태준의 의도가 엿보인다.

47) Alex Callinicos(박형신 역),『이론과 서사—역사철학에 대한 성찰』, 서울, 일신사, 2002 pp. 108~117
48) 김태준,「문학혁명후의 중국문예관 : 과거 14년간」(『전집』3) ;

김태준이 원본으로 인식했던 동일한 『구운몽』이란 작품이 지닌 두 개의 이본 계통(한문본/국문본)의 차이점에 상응한다. 이는 '漢學'(한문)으로 표상되는 조선의 과거를 대하는 태도에서 보여주는 양자의 차이점이기도 하다. 김태준에게 조선의 '한학'은 중세봉건으로 표상되며, 한 차례의 걸러냄 혹은 청산이 필요한 것이었던 반면, 게일에게 있어서는 전술한 바와 같이 지속되어야할 한국의 전통이었다.49) 그것은 '전근대 동양 - 근대 서양'이란 획일화된 지정학/역사학적인 연대기 구성에 대한 양자의 입장과 처지라고 말할 수 있다. 게일에게 있어 근대 서양과 동등한 층위의 근대 조선은 존재하지 않았던 반면, 김태준에게 그것은 추구해야할 목표였고 하나의 당위였다.50)

게일이 『구운몽』의 '스랑'이라는 오리지널을 번역을 통해 서구의 낭만적 사랑으로 변형한 바와 같이 김태준 역시 다른 방식의 번역을 시도한다. 그에게 이 번역이라는 행위는 중국에 오염된 이 오리지널을 더욱더 '조선'적인 순수한 것으로 정제시키는 행위를 의미한다. '언어 내 번역'이 아니라 상정된 두 언어 공동체의 '언어 간 번역'을 상상할 수 있는 바탕에서 김태준의 『구운몽』 읽기가 표출된다는 점을 주목할 필요가 있다. "문학이 무엇이라는 구체적 정의조차 들어보지 못하고" "문학이란 '한문학' 특히 지나의 고문을 가리킨 것인 줄로 알았"던 김태준이 "각국에는 각국의 문학" "영문학, 독문학, 노문학, 국문학(일본문학), 지나문학, 조선문학"이 있다는 것을 알았다는 스스로의 고백 속에 담겨져 있는 '조선문학'이라는 자명한 개념틀이 이것을 보여준다.51)전근대 '언어 내 번역'으로 존재하던 『구운몽』의 이중국적인 중국과 조선을 '언어 간 번역'의 틀에서 재규정하고

---

49) "박희병,「천태산인의 국문학 연구」,『민족문학사연구』3, 민족문학사 연구소, 1993 p.266."에서 정만조와 김태준의 한문학에 대한 태도를 비교한 부분은 사실 게일과 김태준의 경우에도 동일하다.
50) 김태준,「연안행」,『문학』1~3, 1946(『전집』3, p.435)
51)「외국문학전공자의 변」, 〈동아일보〉 1939년 11월 10일자.

'조선적인 순수한 것'으로 의미화하려는 그의 시도 역시 종국적으로는 오리지널에 대한 번역행위였다.

김태준은 "『구운몽』이란 작품을 통해서는 김만중 때의 時代色이랄까 또는 조선색이라고 할 것을 발견하기는"(pp.119~120) 곤란하며, 『구운몽』 텍스트의 '불교적 숙명론'과 '일부다처주의의 정당화'는 비단『구운몽』텍스트 자체의 특징이 아니라 '동양 각국의 常有한 사상'(p.120)이라고 진술했다. 『구운몽』텍스트 자체에서는 '중국'과 변별되는 '조선'의 과거, '李朝'의 역사가 사실상 발견되지 않았다. 그러나『구운몽』이 보여주는 동아시아 문예로서의 예술성과 사상성으로 말미암아 이와 모순된 "『구운몽』 = 조선사회 事情事典"(p.122)이라는 규정이 더불어 존재함을 주목해야 한다. 두 규정 사이의 모순적인 관계는『구운몽』속에서 중국과 조선이라는 이중 국적을 인식하며 양자를 분별해내려는 독법이 근대 국민국가의 국경개념이 전제되지 않으면 사실상 등장할 수 없었던 사정을 암시해주고 있다. 적어도 근대 이전『구운몽』을 향유했던 기록들을 보면, 『구운몽』의 배경설정인 중국 唐 그리고 그 저작언어는 크게 문제시 된 적이 없었다.[52]

---

[52] 金進洙, 《碧盧集》 권1.(『이조후기여항문학총서』, 권5, 여강출판사, 1986 p.345) "墨子의 鳶이나 배민의 호랑이 잡이는 여태까지도 쉼 없으니 / 자잘한 문장을 긁어 모으는 것이 刻舟求劍이나 다를 바 없네 / 어찌 다만 梅花만을 헛되이 集句하며 / 구운몽을 變幻하여 九雲樓로 하였는가. (註) 梅花 : ……(中略)…… 우리나라 소설인 구운몽을 자신의 뜻에 따라 분량을 늘이고 부연하였으니……(中略)……권두에는 김성탄의 사대기서처럼 각 인물의 삽화를 그려 넣어 10책으로 만들고, 서명을 구운루로 고쳤다. (인용자 - 중국문인의)자서에 말하기를 "내가 서쪽 성의 관리로 있을 때, 배 안에서 <구운몽>을 얻어 보았는데, 조선인이 지은 것이었다. 줄거리에 취할만한 것이 있으나 조선 사람은 패관야사에 익숙하지 않은 까닭에 개찬한다.""墨鳶裂虎迄無休 篇什叢殘盡刻舟 豈但梅花空集句 九雲夢幻九雲樓" "梅花 :……(中略)……我東小說九雲夢, 增演己意……(中略)……皆寫像於券首如聖歎四大書, 著爲十冊, 改名曰九雲樓. 自書曰, "余官西省也, 於舟中得見九雲夢, 卽朝鮮人所撰也, 事有可朶, 而朝鮮不嫻於稗官野史之書, 故改撰云" ; 오늘날 입장에서『구운몽』에서『구운루』로의 변용은 사실 '언어 간 번역'의 양상으로 볼 수 있을 것이다. 그러나 이 당시에도 이를 과연 '언어 간 번역'으로 볼 수 있었을까? 여기서 중국, 조선 간의 경계를 인식하는 모습은 물론 엿보이지만 그것은 작가 그리고 원작의 편집체계, 제명 상의 문제일 뿐 소설의 배경과 창작언어의 문제는 아니었다. 여기서 金進洙(1797~1865)에게 '구어 = 자국문학'이란 인식을 발견할 수는 없다. 그 변용의 양상은 하나의 언어에서 또 다른 언어로의 번역 행위라기보다는 '동일한 언어 문화권내에서의 번역'행위에 가까운 것이었다.

이 『구운몽』텍스트에 대한 양 규정사이 모순은 결코 『구운몽』텍스트만으로는 해결될 수 없는 문제였다. 스콧, 게일의 『구운몽』읽기는 '중국과 조선이라는 변별'이 없어 보이지만, 그들에게도 중국과 조선 사이의 양립되는 국경 개념은 분명히 존재했다. 다만 조선의 과거 혹은 문화의 기원을 중국에 종속시켜 양자 사이의 차이점을 지우고 '동양'이라는 더 큰 묶음으로 획일적으로 읽었을 뿐이다. 즉 그들의 『구운몽』읽기에 있어 '과거 조선'은 중국에 종속된 채 현재까지 지속되는 문화적인 측면을 의미했다. 오직 한 가지, 조선의 소설을 말해주는 징표는 창작자가 김만중이란 사실이었으며, 그 조건은 김태준에게 역시 마찬가지였다. 다만 김태준은 이 창작자를 통해 중국과 조선을 분리해내려는 『구운몽』의 '조선문학 되기'를 시도한다는 점에서 변별된다.

비록 텍스트 자체만으로 그는 중국(동양)과 조선을 분리시키지는 못했지만, 『구운몽』을 한국의 고전소설사 속에서 배치시킬 수 있는 방법을 알고 있었다. 그는 두 규정 사이의 모순을 두 가지 측면에서 조절한다. 먼저 『구운몽』의 인물설정, 화소, 인명들이 동일한 '조선'이라는 지리적 경계속의 작품들과의 병치를 통해 조선소설사에서 자리매김하는 방식이었다. 그러나 조선소설사의 한 단계를 포괄할 수 있는 위상을 위해서는 이러한 조건은 결코 필요충분조건은 아니었다. 그 속에서는 역사발전의 한 단계를 드러낼 징표가 존재하지 않았기 때문이다. 양자 사이의 온전한 조절은 『구운몽』에서 드러나는 소설적 시공간 중국을 "『구운몽』이란 작품이 아무리 天才神術로 창작되었을지라도 依據없이 일조일석에 된 것은 아니요"(p.122)란 언급에서 보이듯 '국민문학가'(p.117) 김만중의 소재 차원의 영역으로 돌림으로 가능해진 것이다.

즉, "조선 사람이 한문, 한시를 흉내내는 것은 鸚鵡之言과 같으니 왜 조선인은 조선말로 쓴 문학을 갖지 못하느냐고"고 논한 "국민문학가"(p.117)가 이상적인 동아시아의 시공간과 중국의 소재를 차용하여 국문으로 소설을 창작했다라는 사실이『구운몽』의 '조선문학 되기'를 가능하게 한 셈이며, 이는 소설사의 진보, 전근대와 근대를 연결시키는 내러티브 구성에 부합되는 것이었다.『구운몽』에서 보인 중세적인 세계관은 근대적인 국민문학가 김만중의 국문소설 창작이란 결정적인 계기 앞에 무화되는 것이기 때문이다. 그것은『조선소설사』(1933)에서 텍스트 내에서 양소유의 일대기를 김만중의 시대란 국민국가적 알레고리를 통해서 읽어내려는 독법보다 한결 더 생산적인 방식이었다.53)『구운몽』텍스트 자체에서 중국과 분리된 李朝의 역사성을 발견하기보다는, 김만중이라는 소설작가가 창작한 허구적 작품 그 자체로 읽는 독법이었기 때문이다.

하지만 스콧, 게일이 발견했던『구운몽』의 '스랑'을 김태준은 주목하지 못했다는 사실과 현재까지도 이 '스랑'이 온전한 사회적 의미를 획득하지 못하고 열등한 것으로 자리매김되고 있는 우리 안의 잠재된 오리엔탈리즘을 기억해야 한다. 또한 이 '스랑'에 대한 김태준 이후 계속 이어져온 우리의 무의식적인 독법으로는 종국적으로『구운몽』의 '스랑'을 향유했던 사람들의 읽기방식을 결코 대리보충할 수 없다는 사실도 마찬가지이다. '동양과 서구' 그리고 '스랑'과 '련이'란 분절, 중국과 조선이라는 근대의 국경 개념이 없는『구운몽』읽기, 나아가 이 시대와 완전히 변별된 이국취향적 장면에 대한 '향유'가 아닌 동시대적인 '향유'로서의『구운몽』읽기의 상을 모색/창출하는 작업은 이 글 이후 필자가 지향해야할 새로운 과제이다.

---

53) 류준필은『조선소설사』(1933)에서는 김태준이 양소유와 김만중을 등치시켜 김만중의 욕망이 양소유로 대리충족된 것을『구운몽』의 주제로 보고 비판을 했던 것이,『증보조선소설사』(1939)에서는 김만중과 양소유를 등치시키지 않고 동양적 봉건사회 일반 혹은 지배계급 일반에 대한 비판으로 변모됨을 지적했다. 류준필은 김태준의 연구방법론 상의 변모가 뚜렷하게 드러나는 대목이라 평가하고, 비판을 위한 비판의 차원에 머물던 수준에서 더 나아가 우리 소설사 내부에서 중세에 대한 내재적 비판의 가능성을 확인하려는 방식으로 시각이 달라졌다고 지적했다(「형성기 국문학연구의 전개양상과 특성-조윤제, 김태준, 이병기를 중심으로」, 서울대학교 박사논문, 1998 pp.162~164.)

참 고 문 헌

1. 자료

金台俊(朴熙秉 校注),『증보조선소설사』, 한길사, 1990

______,『김태준 전집』, 보고사, 1990

金進洙, 《碧盧集》 권1.(『이조후기여항문학총서』, 권5, 여강출판사, 1986)

이가원 교주,『구운몽』, 연세대학교 출판부, 1980

임방(정환국 역),『교감역주 천예록』, 성균관대 출판부, 2005

정규복·진경환 역주,『연강학술도서 한국고전문학전집27 구운몽』, 고려대학교 민
　　족문화연구소, 1996.

Bishop, Isabella Bird(이인화 역),『한국과 그 이웃나라들』, 살림, 1994

Scott, Elspet K. Robertson(송영달 역),『영국화가 엘리자베스 키스의 코리아
　　1920~1940』, 책과함께, 2006

Gale, James Scarth(신복룡 역),『전환기의 조선』,집문당, 1999 (Korean in
　　Transition, New York : Missionary Education Movement of the United
　　States and Cananda, 1912(『근세 동아시아 서양어 자료총서』38, 경인문화
　　사, 2000)

______, (장문평 역),『코리안 스케치』,현암사, 1970(Korean Sketches, New York
　　: Fleming H.Revell Company, 1898)

______,『韓英字典』, 國學資料院, 1993(영인본 Yokohama : Kelly & Walsh, Ltd,
　　1897.)

　　　,『韓英大字典』, 朝鮮耶蘇敎書會, 1931

______, *A History of the Korean People*, Chong-no, Seoul : The Christian
　　Literature Society of Korea, 1927(『근세 동아시아 서양어 자료총서』124,
　　경인문화사, 2001)

______, *Korean Folk Tales : imps, ghost and fairies*, New York : J. M. Dent
　　& Sons, 1913

______, "Korean Literature", *The Christian Movement in Japan, Korea, and
　　Formosa*, Kobe, 1923

______, trans., *The Cloud Dream of the Nine : A Korean novel, story of the times of the Tangs of China about 840 A.D.*, London : Daniel O'Connor, 1922

2. 연구논저

권보드래,『연애의 시대 : 1920년대 초반의 문화와 유행』, 현실문화연구, 2003

권순긍,「근대의 충격과 고소설의 대응— 개·신작 고소설에 투영된 남녀관계의 소설사적 고찰」,『고소설연구』18, 한국고소설학회, 2004

김동식,「연애와 근대성—신소설과 계몽적 논설을 중심으로」,『민족문학사연구』 18, 민족문학사 연구소, 2001

김지영,「연애라는 번역어—1910년대와 1920년대 전반의 용법을 중심으로」, Journal of Korean Culture 6, 고려대학교 BK21 한국학연구단, 2004

김창현,『한일 소설 형성사—자본이 이상을 몰아내다』, 책세상, 2002

류준필,「형성기 국문학연구의 전개양상과 특성—조윤제, 김태준, 이병기를 중심으로」, 서울대학교 박사논문, 1998

문상득,「『九雲夢』소고 : 一夫多妻와 佛敎的 主題」,『皮千得先生華甲紀念論叢』, 삼화출판사, 1971

민경배,「게일의 宣敎와 神學 : 그의 韓國精神史에의 合流」,『현대와 신학』23, 연세대학교 연합신학대학원, 1998

박희병,「천태산인의 국문학 연구」,『민족문학사연구』3~4, 민족문학사 연구소, 1993

윤승준,「20세기 초 한국을 소재로 한 영문소설—『한국의 미국소녀』와 『이화』에 비친 한국과 서양의 상호이해를 중심으로」,『대동문화연구』41, 성균관대 대동문화연구원, 2002

옥성득,「초기 한국교회의 일부다처제 논쟁」,『한국기독교와 역사』16, 한국기독교역사연구소, 2002

이상란,「게일과 한국문학 : 조용한 아침의 나라, 그 문학적 의미」,『캐나다 논총』1, 한국캐나다학회, 1993

장효현,「구운몽 영역본의 비교연구」, Journal of Korean Culture 6, 고려대학교 BK21 한국학연구단, 2004

______,「한국고전소설영역의 제문제」,『한국고전소설사연구』, 고려대학교 출판

부, 2002

정규복,「구운몽 영역본 고—Gale박사의 The Cloud Dream of the Nine」,『국어국문학』21, 국어국문학회, 1959.

조동일,『소설의 사회사 비교론』3, 지식산업사, 2001

사카이 나오키(酒井直樹, 藤井たけし 역),『번역과 주체 : ‘일본’과 문화적 국민주의』, 이산, 2005

야나부 아키라((柳父章, 서혜영 역),『번역어성립사정』, 일빛, 2003

Callinicos, Alex(박형신 역),『이론과 서사—역사철학에 대한 성찰』, 일신사, 2002

Giddens, Anthony (배은경·황정미 역),『현대사회의 성·사랑·에로티시즘—친밀성의 구조변동』, 새물결, 2003

Rutt, Richard James Scarth Gale and his History of Korean People, Seoul : the Royal Asiatic Society, 1972

Sarsby, Jacqueline (박찬길 역),『낭만적 사랑과 사회』, 민음사, 1985.